Het laatste oordeel

Michael Connelly

Het laatste oordeel

2008 – De Boekerij – Amsterdam

Oorspronkelijke titel: The Brass Verdict (Little, Brown and Company)
Vertaling: Hans Kooijman
Omslagontwerp: Wil Immink Design
Omslagfoto: Imagestore / Arcangel Images, Chris George

ISBN 978-90-225-4988-9

Ter nagedachtenis aan Frank Morgan en Terry Hansen

Deel I

Hoe een domoor in de val wordt gelokt

1

1992

Iedereen liegt.

De politie liegt. Advocaten liegen. Getuigen liegen. De slachtoffers liegen.

Een proces is een wedstrijd tussen leugens. En iedereen in de rechtszaal weet dit. Zelfs de jury. De juryleden komen de rechtszaal binnen in de wetenschap dat er tegen hen gelogen zal worden. Ze nemen plaats op de jurybanken en gaan ermee akkoord dat er tegen hen gelogen wordt.

Als je aan de tafel van de verdediging zit, is het de kunst om geduld te oefenen. Om te wachten. Niet op een willekeurige leugen, maar op de leugen waar je houvast aan hebt en die je als heet ijzer tot een scherp mes kunt smeden. Vervolgens gebruik je dat mes om de zaak open te rijten en de ingewanden ervan eruit te snijden.

Dat is mijn werk, het smeden en slijpen van het mes. Om het genadeloos en gewetenloos te gebruiken. Om de waarheid boven water te halen in een wereld waarin iedereen liegt.

2

Het was op de vierde procesdag in zaal 109 van het paleis van justitie in het centrum van de stad dat ik de leugen te horen kreeg die het mes zou worden waarmee ik de zaak zou openrijten. Mijn cliënt, Barnett Woodson, die van twee moorden beschuldigd werd, was hard op weg naar de staalgrijze kamer in San Quentin waar ze je de dodelijke injectie rechtstreeks in je arm geven.

Woodson, een zevenentwintigjarige drugsdealer uit Compton, werd ervan beschuldigd dat hij twee studenten uit Westwood had beroofd en vermoord. Ze hadden cocaïne van hem willen kopen, maar in plaats van de drug te leveren, had hij besloten hen van hun geld te beroven en hen met een jachtgeweer met afgezaagde loop dood te schieten. Dat beweerde het OM althans. Het was een misdaad van een zwarte tegen blanken, wat voor Woodson al ongunstig genoeg was – temeer omdat de stad nog maar vier maanden geleden door de rellen was verscheurd. Maar wat zijn situatie nog penibeler maakte, was dat hij had geprobeerd de misdaad te verbergen door de twee lijken te verzwaren en ze vervolgens in het Hollywood Reservoir te dumpen. Ze bleven vier dagen op de bodem liggen voordat ze als appels in een waterton naar het oppervlak schoten. Rotte appels. Het idee dat er in het reservoir, een belangrijke bron van drinkwater voor de stad, lijken hadden liggen rotten, deed de bevolking kokhalzen. Toen Woodson gearresteerd was nadat hij door middel van telefoongegevens met de dode mannen in verband was gebracht, was de publieke verontwaardiging bijna tastbaar. Het OM kondigde prompt aan dat het de doodstraf zou eisen.

De zaak tegen Woodson was echter helemaal niet zo duidelijk. Er was hoofdzakelijk indirect bewijs – de telefoongegevens – en de getuigenverklaringen waren afkomstig van andere criminelen. De belangrijkste van hen was Ronald Torrance, die beweerde dat Woodson de moorden tegenover hem had bekend.

Torrance zat gevangen op dezelfde verdieping van de mannengevangenis als Woodson. Beide mannen zaten op een extra beveiligde afdeling die uit zestien eenmanscellen op twee niveaus bestond en die uitkwamen op een dagverblijf. De zestien gevangenen op de afdeling waren altijd zwart vanwege het routinematige, maar dubieuze gevangenisbeleid om de gevangenen 'omwille van de veiligheid gescheiden te houden', wat inhield dat ze werden ingedeeld naar ras en de bende waartoe ze behoorden om confrontaties en geweld te voorkomen.

Torrance wachtte tot hij voor de rechter zou moeten verschijnen op beschuldiging van roof en zware mishandeling die hij gepleegd zou hebben bij plundering tijdens de rellen. De extra bewaakte gevangenen hadden van zes uur 's ochtends tot zes uur 's avonds toegang tot het dagverblijf, waar ze aan tafels aten, kaartten en zich op andere manieren met elkaar bezighielden onder het toeziend oog van bewakers die in een glazen hokje boven hun hoofd zaten. Torrance beweerde dat mijn cliënt had bekend dat hij de twee jongens uit Westwood had gedood toen deze met hem aan een van deze tafels zat.

Het OM had zijn uiterste best gedaan om Torrance voor de jury, die maar drie zwarte leden telde, presentabel en geloofwaardig te maken. Hij was geschoren en de vlechten waren uit zijn haar gehaald, dat nu kortgeknipt was. Hij droeg een lichtblauw pak zonder stropdas toen hij op de vierde dag van Woodsons proces de rechtszaal binnenkwam. Toen Jerry Vincent, de openbaar aanklager, hem vroeg zijn getuigenverklaring af te leggen, gaf Torrance het gesprek weer dat hij op een ochtend aan een van de tafels met Woodson gehad zou hebben. Woodson had niet alleen bekend dat hij de studenten had gedood, zei hij, maar hem ook een hoop veelzeggende details van de moorden gegeven. De jury werd duidelijk gemaakt dat alleen de echte moordenaar deze details zou kunnen weten.

Tijdens de getuigenis hield Vincent Torrance strak in de hand door lange vragen te stellen die op korte antwoorden gericht waren. De vragen waren zo gedetailleerd dat ze op het suggestieve af waren, maar ik nam niet de moeite bezwaar te maken, zelfs niet toen rechter Companioni me met opgetrokken wenkbrauwen aankeek en me bijna smeekte om in te grijpen. Maar ik maakte geen bezwaar omdat ik het voordeel van het contrast wilde hebben. Ik wilde dat de jury zag wat het OM deed. Wanneer het mijn beurt was, zou ik Torrance met zijn antwoorden de vrije hand geven terwijl ik achteroverleunde en op het mes wachtte.

Vincent was om elf uur met hem klaar en de rechter vroeg me of ik vroeg wilde lunchen voordat ik aan mijn eigen verhoor zou beginnen. Ik zei nee. Ik wilde geen pauze hebben en had er ook geen behoefte aan. Ik zei het op een toon alsof de gedachte dat ik nog een uur zou moeten wachten voordat ik de getuige zou kunnen ondervragen me met afkeer vervulde. Ik stond op en nam een groot, dik dossier en een blocnote mee naar de lessenaar.

'Meneer Torrance, mijn naam is Michael Haller. Ik ben de advocaat van meneer Barnett Woodson. Kennen wij elkaar?'

'Nee, meneer.'

'Dat dacht ik ook niet, maar u en de beklaagde, meneer Woodson, kennen elkaar al lang, nietwaar?'

Torrance glimlachte alsof hij ergens op betrapt was. Maar ik had mijn huiswerk gedaan en ik wist precies met wie ik te maken had. Hij was tweeëndertig jaar en had een derde van zijn leven in huizen van bewaring en gevangenissen doorgebracht. Zijn opleiding bestond uit niet meer dan vier jaar lagere school omdat hij er toen de brui aan had gegeven. Zijn ouders leken het niet te merken of misschien kon het hun niet schelen. Onder de *three strike*-wet van de staat, die inhield dat je na drie misdrijven de maximale straf kreeg, zou hij minimaal vijftien jaar moeten zitten als bewezen werd dat hij de bedrijfsleidster van een wasserette had beroofd en met de kolf van zijn pistool had neergeslagen. De misdaad was gepleegd tijdens de drie dagen van rellen en plunderingen die de stad hadden geteisterd nadat de vier politiemannen waren vrijgesproken van het gebruik van buitensporig geweld tegen Rodney King, een zwarte automobilist die was aangehouden wegens grillig rijgedrag. Kortom, Torrance had een goede reden om de staat te helpen Barnett Woodson te veroordelen.

'Ach, we kennen elkaar een paar maanden, meer niet,' zei Torrance. 'Sinds de hogere machten over ons waken.'

'Zei u "hogere machten"?' vroeg ik, me van den domme houdend. 'Hebt u het over een religie of een soort kerkgenootschap?'

'Nee, over de hogere machten binnen de gevangenis.'

'Dus u wilt beweren dat u Barnett Woodson daarvoor niet kende?' Ik stelde de vraag met een verraste klank in mijn stem.

'Ja, meneer. We hebben elkaar in de gevangenis leren kennen.'

Ik maakte een aantekening in mijn blocnote alsof hij iets belangrijks had toegegeven.

'Laten we even het rekenwerk doen, meneer Torrance. Barnett Woodson werd op vijf september van dit jaar overgebracht naar de extra beveiligde afdeling waar u al vastzat. Herinnert u zich dat?'

'Ja, ik herinner me dat hij binnenkwam, ja.'

'En waarom zat u daar?'

Vincent stond op en maakte bezwaar. Hij stelde dat ik een onderwerp aansneed dat hij in zijn ondervraging al behandeld had. Ik wierp tegen dat ik uitgebreider wilde horen waarom Torrance gevangenzat en rechter Companioni gaf me die speelruimte. Hij zei tegen Torrance dat hij de vraag moest beantwoorden.

'Zoals ik al gezegd heb, word ik beschuldigd van mishandeling en beroving.'

'En deze misdaden zou u gepleegd hebben tijdens de rellen. Is dat juist?'

Omdat er zelfs al voor de rellen in de gemeenschappen van etnische minderheden van de stad een sterk negatieve houding jegens de politie bestond, had ik er tijdens de juryselectie voor gevochten om zo veel mogelijk zwarten en bruinen benoemd te krijgen. Maar hier kreeg ik de kans om de vijf blanke juryleden te bewerken die het OM langs me had weten te loodsen. Ik wilde dat ze zouden weten dat de man aan wie het OM deze zaak voor een groot deel ophing een van de relschoppers was die verantwoordelijk waren voor de beelden die ze in mei op de buis hadden gezien.

'Ja, ik was erbij, zoals iedereen,' antwoordde Torrance. 'De politie komt in deze stad met veel te veel ongestraft weg, als u het mij vraagt.'

Ik knikte alsof ik het met hem eens was.

'En u reageerde op de onrechtvaardige vonnissen in de zaak-Rodney King door de straat op te gaan en een tweeënzestigjarige vrouw te beroven en met een pistool bewusteloos te slaan? Klopt dat, meneer?'

Torrance keek naar de tafel van het OM en daarna langs Vincent naar zijn eigen advocaat, die op de eerste rij van de tribune zat. Of ze al dan niet een antwoord op deze vraag gerepeteerd hadden, zijn advocaat en de aanklager konden hem nu niet helpen. Hij stond er alleen voor.

'Dat heb ik niet gedaan,' zei hij ten slotte.

'U bent onschuldig aan de misdaad die u ten laste is gelegd?'

'Ja.'

'En hoe zit het met plunderen? Hebt u tijdens de rellen helemaal geen misdaden gepleegd?'

Na een stilte waarin hij weer een blik met zijn advocaat wisselde, antwoordde Torrance: 'Ik beroep me op het Vijfde Amendement.'

Zoals te verwachten was, stelde ik Torrance vervolgens een serie vragen die hem geen andere keus lieten dan zichzelf te beschuldigen of te weigeren om te antwoorden met een beroep op het Vijfde Amendement. Ten slotte, nadat Torrance zich zes keer op het Vijfde Amendement had beroepen, kreeg de rechter er genoeg van dat ik op hetzelfde punt bleef hameren en hij spoorde me aan om me weer op de zaak zelf te richten. Ik gehoorzaamde onwillig.

'Goed, genoeg over u, meneer Torrance,' zei ik. 'Laten we teruggaan naar u en meneer Woodson. Kende u de bijzonderheden van deze dubbele moordzaak voordat u meneer Woodson in de gevangenis leerde kennen?'

'Nee, meneer.'

'Weet u dat zeker? Er is in de media heel veel aandacht aan besteed.'

'Ik zat in de gevangenis, man.'

'Hebben ze in de gevangenis geen kranten of tv?'

'Ik lees geen kranten en de tv op de afdeling is al kapot sinds ik er aankwam. We hebben er stennis over gemaakt en ze zeiden dat ze hem zouden repareren, maar ze hebben er nog geen klote aan gedaan.'

De rechter berispte Torrance vanwege zijn taalgebruik en de getuige verontschuldigde zich. Ik ging verder.

'Volgens de gevangenisadministratie arriveerde meneer Woodson op vijf september op de extra beveiligde afdeling en volgens de gegevens van het OM zocht u op twee oktober contact met de openbaar aanklager om Woodsons vermeende bekentenis te rapporteren. Geef ik dat zo goed weer?'

'Ja, dat klopt allemaal.'

'Toch kan ik het maar moeilijk geloven, meneer Torrance. U vertelt deze jury dat een man die van een dubbele moord beschuldigd wordt en mogelijk de doodstraf riskeert een bekentenis doet tegenover een man die hij nog geen vier weken kent?'

Torrance haalde zijn schouders op voordat hij antwoordde.

'Toch is het zo.'

'Dat zegt u. Wat krijgt u van het OM als meneer Woodson voor deze misdaden veroordeeld wordt?'

'Dat weet ik niet. Niemand heeft me iets beloofd.'

'Met uw strafblad en de aanklachten die tegen u zijn ingebracht, staat u meer dan vijftien jaar gevangenisstraf te wachten als u veroordeeld wordt. Klopt dat?'

'Daar weet ik allemaal niets van.'

'O nee?'

'Nee, meneer. Ik laat dat allemaal aan mijn advocaat over.'

'Heeft hij u niet gezegd dat u misschien een heel lange gevangenisstraf te wachten staat als u er niets aan doet?'

'Daar heeft hij me niets over gezegd.'

'Hmhm. Wat hebt u de openbaar aanklager in ruil voor uw getuigenis gevraagd?'

'Niets. Ik wil niets.'

'Dus u getuigt hier alleen omdat u gelooft dat het uw burgerplicht is. Klopt dat?'

De sarcastische klank in mijn stem was onmiskenbaar.

'Ja, dat klopt,' antwoordde Torrance verontwaardigd.

Ik hield het dikke dossier boven de lessenaar omhoog zodat hij het kon zien.

'Herkent u dit dossier, meneer Torrance?'

'Nee. Voor zover ik me herinner niet.'

'Weet u zeker dat u het niet in meneer Woodsons cel gezien hebt?'

'Ik ben nooit in zijn cel geweest.'

'Weet u zeker dat u daar niet naar binnen bent geslopen om meneer Woodsons dossier met stukken in te kijken terwijl hij in het dagverblijf was, onder de douche stond of wellicht in de rechtszaal zat?'

'Ja, dat weet ik zeker.'

'Mijn cliënt had veel van de documenten die betrekking hadden op zijn aanstaande proces in zijn cel. Deze bevatten verscheidene van de details die u vanochtend in uw getuigenverklaring hebt vermeld. Vindt u dat niet verdacht?'

Torrance schudde zijn hoofd.

'Nee. Ik weet alleen dat hij daar aan die tafel zat en me vertelde wat hij gedaan had. Hij voelde zich er slecht door en stortte zijn hart bij me uit. Het is mijn schuld niet dat mensen hun hart bij me uitstorten.'

Ik knikte alsof ik kon meevoelen met iemand zoals hij, die de last op zijn schouders droeg dat anderen hem in vertrouwen namen, vooral als het om een dubbele moord ging.

'Natuurlijk niet, meneer Torrance. Kunt u de jury precies vertellen wat hij tegen u heeft gezegd? En u hoeft niet zo kort te antwoorden als toen meneer Vincent de vragen stelde. Ik wil precies weten wat mijn cliënt tegen u gezegd heeft. Gebruik zijn eigen woorden, alstublieft.'

Torrance zweeg even alsof hij zijn geheugen raadpleegde en zijn gedachten op een rijtje zette.

'Goed,' zei hij ten slotte. 'We zaten daar met zijn tweeën toen hij opeens begon te vertellen dat hij spijt had van wat hij had gedaan. Ik vroeg hem wat hij dan had gedaan en hij vertelde me over die nacht waarin hij die twee jongens had vermoord. Hij zei dat hij zich er heel rot door voelde.'

De waarheid is kort. Leugens zijn lang. Ik wilde dat Torrance zou uitweiden, iets wat Vincent had weten te verhinderen. Gevangenisverlinkers hebben iets gemeen met alle bedriegers en professionele leugenaars. Ze proberen hun bedrog met misleiding en grappen te verbergen. Ze verpakken hun leugens in watten, maar in al dat dons vind je vaak de sleutel waarmee je de grote leugen kunt onthullen.

Vincent maakte weer bezwaar. Hij zei dat de getuige de vragen die ik stelde al beantwoord had en dat ik hem nu gewoon aan het sarren was.

'Edelachtbare,' antwoordde ik, 'deze getuige legt mijn cliënt een bekentenis in de mond. Wat de verdediging betreft, draait het daar in deze zaak om. Het hof zou in gebreke blijven als het me niet zou toestaan om de inhoud en de context van zo'n schadelijke getuigenis volledig te onderzoeken.'

Rechter Companioni knikte al instemmend voordat ik de laatste zin uitgesproken had. Hij verwierp Vincents bezwaar en zei dat ik door kon gaan. Ik richtte mijn aandacht weer op de getuige.

'U bent nog steeds aan het samenvatten, meneer Torrance,' zei ik met een ongeduldige klank in mijn stem. 'U beweert dat meneer Woodson de moorden bekend heeft. Vertelt u de jury dan wat hij tegen u gezegd heeft. Welke bewoordingen gebruikte hij precies toen hij deze misdaad bekende?'

Torrance knikte alsof hij zich nu pas realiseerde wat ik van hem verwachtte.

'Het eerste wat hij tegen me zei, was: "Ik voel me klote, man." En ik vroeg: "Waarom, vriend?" Hij zei dat hij maar aan die twee gasten bleef denken. Ik wist niet waar hij het over had, want zoals ik al zei, had ik niets over de zaak gehoord. Dus ik vroeg: "Welke twee gasten?" en hij zei: "Die twee nikkers die ik in het reservoir gedumpt heb." Ik vroeg wat hij precies bedoelde en hij vertelde me dat hij ze allebei met een jachtgeweer met afgezaagde loop had neergeknald en ze met kippengaas en zo omwikkeld had. Hij zei: "Ik heb één grote fout gemaakt," en ik vroeg hem wat dat was. Hij zei: "Ik had hun buik moeten opensnijden zodat ze niet boven waren komen drijven." Dat is alles wat hij me verteld heeft.'

Vanuit mijn ooghoek had ik gezien dat Vincent midden in Torrance' lange antwoord ineenkromp. En ik wist waarom. Ik kwam voorzichtig met het mes naar voren.

'Gebruikte meneer Woodson dat woord? Noemde hij de slachtoffers "nikkers"?'

'Ja, dat zei hij.'

Ik aarzelde terwijl ik over de formulering van de volgende vraag nadacht. Ik wist dat Vincent bezwaar zou maken als ik hem de kans gaf. Ik kon Torrance niet vragen om uit te leggen waarom Woodson dat woord had gebruikt. Ik mocht geen vraag stellen die betrekking had op Woodsons bedoeling of motivatie. Vincent zou dan toeslaan.

'In de zwarte gemeenschap kan het woord "nikker" verschillende dingen betekenen, nietwaar?'

'Dat zal wel.'

'Bedoelt u daarmee "ja"?'

'Ja.'

'De beklaagde is een Afro-Amerikaan. Is dat juist?'

Torrance lachte.

17

'Zo ziet hij er wel uit, ja.'

'Net als u. Klopt dat, meneer?'

Torrance begon weer te lachen.

'Sinds mijn geboorte,' zei hij.

De rechter tikte één keer met zijn hamer en keek me aan.

'Is dit echt nodig, meneer Haller?'

'Mijn verontschuldigingen, edelachtbare.'

'Gaat u alstublieft verder.'

'Meneer Torrance, was u geschokt toen meneer Woodson, zoals u beweert, dat woord gebruikte?'

Torrance wreef over zijn kin terwijl hij over de vraag nadacht. Toen schudde hij zijn hoofd.

'Niet echt.'

'Waarom was u niet geschokt, meneer Torrance?'

'Ik denk omdat ik het woord de hele tijd hoor, man.'

'Van andere zwarte mannen?'

'Ja, maar ik heb het blanken ook horen gebruiken.'

'Wanneer andere zwarte mannen dat woord gebruiken, zoals meneer Woodson naar uw zeggen heeft gedaan, over wie hebben ze het dan?'

Vincent maakte bezwaar en zei dat Torrance niet voor andere mannen kon spreken. Companioni steunde het bezwaar en ik nam even de tijd om te bedenken hoe ik Torrance alsnog het antwoord kon ontlokken dat ik wilde hebben.

'Goed, meneer Torrance,' zei ik ten slotte. 'Laten we het dan alleen over u hebben, oké? Gebruikt u dat woord wel eens?'

'Ik denk het wel.'

'En als u het gebruikt, wie bedoelt u er dan mee?'

Torrance haalde zijn schouders op.

'Andere mannen.'

'Andere zwarte mannen?'

'Ja.'

'Hebt u ooit blanke mannen "nikkers" genoemd?'

Torrance schudde zijn hoofd.

'Nee.'

'Oké, wat bedoelde Barnett Woodson dan volgens u toen hij de twee mannen die hij in het reservoir had gedumpt "nikkers" noemde?'

18

Vincent schoof heen en weer op zijn stoel. Zijn lichaamstaal verried dat hij bezwaar wilde maken, maar hij gaf er verbaal geen gevolg aan. Hij moest geweten hebben dat het zinloos was. Ik had Torrance in de tang en hij was van mij.

Torrance beantwoordde de vraag.

'Ik nam aan dat hij bedoelde dat het zwarte mannen waren en dat hij ze allebei vermoord had.'

Vincents lichaamstaal veranderde weer. Hij zakte een beetje in zijn stoel ineen omdat hij nu wist dat zijn gok om een gevangenisverlinker in het getuigenbankje te zetten op een fiasco was uitgelopen.

Ik keek op naar rechter Companioni. Hij wist ook wat er ging komen.

'Mag ik naar de getuige toe gaan, edelachtbare?'

'Dat mag,' zei de rechter.

Ik liep naar het getuigenbankje en legde het dossier voor Torrance neer. Het was groot, versleten en vaaloranje: een kleurcode die bewakers gebruiken om aan te geven dat het om juridische privédocumenten gaat die een gevangene in zijn bezit mag hebben.

'Goed, meneer Torrance, ik heb een dossier voor u neergelegd waarin meneer Woodson de stukken bewaart die zijn advocaten hem in de gevangenis doen toekomen. Ik vraag u nogmaals of u het herkent.'

'Ik heb op de extra beveiligde afdeling een heleboel oranje dossiers gezien. Dat betekent niet dat ik dit ook heb gezien.'

'U beweert dus dat u meneer Woodson nooit met dat dossier hebt gezien?'

'Dat kan ik me niet precies herinneren.'

'U hebt tweeëndertig dagen met meneer Woodson op dezelfde afdeling gezeten. U hebt verklaard dat hij u in vertrouwen heeft genomen en moorden tegenover u bekend heeft. Wilt u beweren dat u hem nooit met dat dossier hebt gezien?'

Hij antwoordde aanvankelijk niet. Ik had hem in een hoek gedreven waar hij nooit als overwinnaar uit zou kunnen komen. Ik wachtte. Als hij bleef volhouden dat hij het dossier nooit had gezien dan zou zijn bewering dat Woodson tegenover hem bekend had in de ogen van de jury verdacht zijn. Als hij eindelijk toegaf dat hij het dossier eerder had gezien dan opende hij een grote deur voor me.

'Wat ik beweer, is dat ik hem met dat dossier heb gezien, maar dat ik het nooit ingekeken heb.' Pats. Ik had hem te pakken.

'Dan vraag ik u het dossier te openen en het te bekijken.'

De getuige volgde de instructie op en bewoog zijn hoofd heen en weer terwijl hij naar het open dossier keek. Ik ging terug naar de lessenaar en keek in het voorbijgaan naar Vincent. Hij had zijn ogen neergeslagen en zijn gezicht was bleek.

'Wat ziet u in het open dossier, meneer Torrance?'

'Aan de ene kant zitten foto's van twee lichamen die op de grond liggen. Ze zijn daar vastgeniet, de foto's bedoel ik. Aan de andere kant zit een stapeltje documenten en rapporten en dergelijke.'

'Kunt u iets uit het eerste document aan de rechterkant voorlezen? U hoeft alleen de eerste regel van de samenvatting voor te lezen.'

'Nee, ik kan niet lezen.'

'Kunt u helemaal niet lezen?'

'Niet echt. Ik heb te weinig schoolopleiding.'

'Kunt u de woorden lezen die naast de kaders boven de samenvatting staan?'

Torrance keek naar het dossier en fronste geconcentreerd zijn wenkbrauwen. Ik wist dat zijn leesvaardigheid tijdens zijn laatste gevangenisstraf was getest en dat die van het laagst meetbare niveau bleek te zijn: lager dan het niveau van de tweede klas van de lagere school.

'Niet echt,' zei hij. 'Ik kan niet lezen.'

Ik liep snel naar de tafel van de verdediging en pakte een ander dossier en een viltstift uit mijn aktetas. Ik ging terug naar de lessenaar en schreef snel het woord KAUKASISCH in grote blokletters op het omslag van het dossier. Ik hield het dossier omhoog zodat zowel Torrance als de jury het kon zien.

'Dit is een van de woorden die in de samenvatting staan, meneer Torrance. Kunt u dit woord lezen?'

Vincent stond onmiddellijk op, maar Torrance schudde zijn hoofd al met een uitdrukking van diepe vernedering op zijn gezicht. Vincent maakte zonder onderbouwing bezwaar tegen de demonstratie en Companioni aanvaardde het. Dat had ik ook verwacht. Ik legde bij de jury alleen de basis voor mijn volgende zet en ik was er zeker van dat de meeste juryleden hadden gezien dat de getuige zijn hoofd schudde.

'Goed, meneer Torrance,' zei ik. 'Laten we dan nu eens naar de andere kant van het dossier kijken. Kunt u de lichamen op de foto's beschrijven?'

'Eh, twee zwarte mannen. Het lijkt erop dat ze daar in kippengaas en een paar stukken opengescheurd dekzeil liggen. Een stelletje politiemensen doet onderzoek en neemt foto's.'

'Van welk ras zijn de mannen op de stukken dekzeil?'

'Ze zijn zwart.'

'Hebt u die foto's ooit eerder gezien, meneer Torrance?'

Vincent stond op om bezwaar tegen mijn vraag te maken, omdat deze al eerder gesteld en beantwoord was. Maar het was alsof hij een hand ophief om een kogel tegen te houden. De rechter zei streng tegen hem dat hij moest gaan zitten. Het was zijn manier om de openbaar aanklager te zeggen dat hij zich rustig moest houden en moest incasseren wat er komen ging. Als je een leugenaar in het getuigenbankje zet, word je nu eenmaal in zijn val meegesleurd.

'U mag de vraag beantwoorden, meneer Torrance,' zei ik toen Vincent was gaan zitten. 'Hebt u die foto's eerder gezien?'

'Nee, meneer. Ik zie ze nu voor het eerst.'

'Bent u het met me eens dat er op de foto te zien is wat u eerder hebt beschreven? De lichamen van twee vermoorde, zwarte mannen?'

'Daar lijkt het wel op, maar ik heb de foto's nog nooit gezien. Ik heb alleen verteld wat ik van hem gehoord heb.'

'Weet u dat zeker?'

'Zulke foto's als deze zou ik nooit vergeten.'

'U hebt ons verteld dat meneer Woodson heeft bekend dat hij twee zwarte mannen heeft vermoord, maar hij staat terecht voor de moord op twee blanke mannen. Bent u het met me eens dat het erop lijkt dat hij helemaal geen bekentenis tegenover u heeft afgelegd?'

'Nee, dat heeft hij wel gedaan. Hij heeft me verteld dat hij die twee heeft vermoord.'

Ik keek op naar de rechter.

'De verdediging verzoekt u om het dossier dat voor meneer Torrance ligt als bewijsstuk 1 te accepteren, edelachtbare.'

Vincent maakte bezwaar omdat mijn verzoek ongegrond zou zijn, maar Companioni wees het af.

'Het zal als bewijs worden toegelaten en we zullen de jury laten beslissen of meneer Torrance de foto en de inhoud van het dossier al dan niet gezien heeft.'

Ik had gescoord en besloot er nog een schepje bovenop te doen.

'Dank u,' zei ik. 'En voor de openbaar aanklager zou dit wellicht een goed moment zijn om zijn getuige opnieuw te wijzen op de straf die op meineed staat.'

Het was een theatraal gebaar dat ik ten behoeve van de jury maakte. Ik verwachtte dat ik met Torrance door zou moeten gaan en hem met het mes van zijn eigen leugen zou moeten slachten. Maar Vincent stond op en vroeg de rechter om het proces op te schorten zodat hij met de raadsman van de tegenpartij zou kunnen overleggen.

Hieruit leidde ik af dat ik zonet Barnett Woodsons leven had gered.

'De verdediging heeft geen bezwaar,' zei ik tegen de rechter.

3

Toen de juryleden de rechtszaal hadden verlaten, ging ik terug naar de tafel van de verdediging. De parketwacht kwam binnen om mijn cliënt de handboeien om te doen en hem terug te brengen naar de detentiecellen van de rechtszaal.

'Die kerel is een leugenachtig stuk stront,' fluisterde Woodson tegen me. 'Ik heb geen twee zwarten vermoord. Ze waren blank.'

Ik hoopte maar dat de parketwacht dat niet gehoord had.

'Hou toch in jezusnaam je bek,' fluisterde ik terug. 'En de volgende keer dat je dat leugenachtige stuk stront in de bak tegenkomt, mag je hem wel bedanken, want door zijn leugens staat de openbaar aanklager op het punt om de doodstraf te vergeten en een deal te sluiten. Ik kom je erover vertellen zodra dat gebeurd is.'

Woodson schudde theatraal zijn hoofd.

'Ja, maar misschien wil ik nu helemaal geen deal. Ze hebben een smerige leugenaar in het getuigenbankje gezet, man. Deze hele zaak zou door het toilet gespoeld moeten worden. We kunnen deze klotezaak winnen, Haller. Ga niet akkoord met een deal.'

Ik staarde Woodson even aan. Ik had net zijn leven gered, maar hij wilde meer. Hij had het gevoel dat hij daar recht op had omdat het OM geen eerlijk spel had gespeeld – dat hij die twee jongens had vermoord, zoals hij net per ongeluk had toegegeven, deed er voor hem kennelijk niet toe.

'Je moet niet te inhalig worden, Barnett,' zei ik. 'Ik kom terug met het nieuws zodra ik het heb.'

De parketwacht liep met hem door de stalen deur die naar de detentiecellen achter de rechtszaal leidde. Ik keek hen na. Ik had geen illusies over Barnett Woodson. Ik had het hem nooit op de man af gevraagd, maar ik wist dat hij die twee jongens uit Westwood had vermoord. Dat was mijn zorg niet. Het was mijn taak om de zaak die het OM tegen hem had zo goed ik kon te testen, zo werkte het systeem nu eenmaal. Dat had ik gedaan en ik had het mes in handen gekregen. Dat zou ik nu gebruiken om zijn situatie aanzienlijk te verbeteren, maar Woodsons droom om vrijgesproken te worden van de moord op die twee studenten wier lichamen in het water zwart waren geworden, zou niet bewaarheid worden. Hij had dat misschien niet begrepen, maar zijn onderbetaalde en ondergewaardeerde pro-Deoadvocaat begreep het beslist wel.

Toen de rechtszaal leeg was, zaten Vincent en ik vanaf onze respectieve tafels naar elkaar te kijken.

'En?' zei ik.

Vincent schudde zijn hoofd.

'Ten eerste,' zei hij, 'wil ik duidelijk maken dat ik absoluut niet wist dat Torrance loog.'

'Natuurlijk niet.'

'Waarom zou ik mijn eigen zaak op zo'n manier saboteren?'

Ik wuifde zijn mea culpa weg.

'Doe geen moeite, Jerry. Ik heb je voor het proces al gezegd dat de man het dossier had ingekeken dat mijn cliënt in zijn cel bewaarde. Dat is een kwestie van gezond verstand. Mijn cliënt zou nooit iets zeggen tegen jouw man, een volslagen vreemde, en iedereen wist dat, behalve jij.'

Vincent schudde nadrukkelijk zijn hoofd.

'Ik wist het echt niet, Haller. Hij meldde zich en werd door een van onze beste onderzoekers gescreend. Niets wees erop dat hij loog, hoe onwaarschijnlijk het ook lijkt dat je cliënt met hem gepraat heeft.'

Ik lachte dat op een onvriendelijke manier weg.

'Niet "met hem gepraat", Jerry, maar "een bekentenis tegenover hem afgelegd". Dat is nogal een verschil. Je kunt maar beter eens met die gewaardeerde onderzoeker van je gaan praten, want hij is zijn salaris niet waard.'

'Luister, hij vertelde me dat de man niet kon lezen, dus hij kon op geen enkele manier de informatie die hij had uit het dossier gehaald hebben. Hij heeft het niet over de foto's gehad.'

'Precies, en daarom moet je een nieuwe onderzoeker zien te vinden. En ik zal je eens wat vertellen, Jerry. Ik ben meestal heel redelijk in dit soort dingen. Ik probeer me altijd flexibel op te stellen om met het OM te kunnen opschieten. Maar ik heb je eerlijk voor die vent gewaarschuwd. Dus na de pauze ga ik hem in het getuigenbankje afslachten en het enige wat jij dan kunt doen, is toekijken.'

Ik was nu razend en ik hoefde het maar een klein beetje te spelen.

'Dat noem ik "een stomkop aan het kruis nagelen". Maar als ik met Torrance klaar ben, zal hij niet de enige zijn die voor paal staat. Die jury zal denken dat je wist dat deze man een leugenaar was of dat je te dom was om dat in te zien. In beide gevallen zul je geen beste indruk achterlaten.'

Vincent keek uitdrukkingsloos naar de tafel en schoof kalm de dossiers die voor hem lagen recht. Hij sprak met zachte stem.

'Ik wil niet dat je doorgaat met de ondervraging,' zei hij.

'Prima. Hou dan op met de ontkenningen en het gelul en geef me een beschikking die ik kan...'

'Ik laat de doodstraf schieten. Vijfentwintig jaar tot levenslang zonder recht op vervroegde vrijlating.'

Ik schudde zonder te aarzelen mijn hoofd.

'Daar kunnen we het niet voor doen. Het laatste wat Woodson zei voor hij weggebracht werd, was dat hij bereid was om de gok te wagen. Hij zei letterlijk: "We kunnen deze klotezaak winnen." En ik denk dat hij wel eens gelijk zou kunnen hebben.'

'Wat wil je dan, Haller?'

'Ik wil maximaal vijftien jaar. Ik denk dat ik hem dat wel kan verkopen.'

Vincent schudde nadrukkelijk zijn hoofd.

'Uitgesloten. Als ik met zo'n straf voor twee koelbloedige moorden akkoord ga, word ik op een zijspoor gezet. Mijn beste aanbod is vijfentwintig jaar met recht op voorwaardelijke vrijlating. Dat is het. Met de huidige richtlijnen zou hij over zestien, zeventien jaar vrij kunnen zijn. Niet slecht voor de moord op die twee jongens.'

Ik keek hem aan en probeerde van zijn gezicht af te lezen of hij de waarheid sprak. Ik besloot te geloven dat dit het beste aanbod was dat hij zou doen. En hij had gelijk, het was geen slechte deal voor hetgeen Barnett Woodson had gedaan.

'Ik weet het niet,' zei ik. 'Ik denk dat hij zal zeggen dat we het er maar op moeten wagen.'

Vincent schudde zijn hoofd en keek me aan.

'Dan zul je het hem moeten verkopen, Haller, want lager kan ik niet gaan en als je de ondervraging doorzet, kan ik mijn carrière bij het OM waarschijnlijk wel vergeten.'

Nu aarzelde ik voordat ik antwoordde.

'Wacht even. Wat wil je daarmee zeggen, Jerry? Dat ik jouw troep voor je moet opruimen. Ik betrap jou met je broek om je enkels en dan moet mijn cliënt zich laten naaien.'

'Ik zeg dat het een mooi aanbod is voor een man die zo schuldig is als wat. Meer dan mooi. Ga met hem praten en gebruik je overredingskracht, Mick. Overtuig hem. We weten allebei dat je niet lang meer als pro-Deoadvocaat zult werken. Je zult mij misschien ook eens nodig hebben als je in de grote boze wereld op eigen benen staat en geen vast inkomen meer hebt.'

Ik staarde hem aan en overdacht het aanbod. Als ik hem nu help, helpt hij mij in de toekomst en Barnett Woodson blijft een paar jaar langer in de bajes zitten.

'Hij mag van geluk spreken als hij daar vijf jaar in leven blijft, laat staan twintig,' zei Vincent. 'Wat maakt het voor hem uit? Maar jij en ik? Wij hebben een toekomst, Mickey. We kunnen elkaar helpen.'

Ik knikte langzaam. Vincent was maar een paar jaar ouder dan ik, maar hij probeerde zich te gedragen als een oude, wijze man.

'Het punt is dat ik een cliënt nooit meer recht in de ogen zou kunnen kijken als ik zou doen wat je voorstelt, Jerry. Ik denk dat het dan niet goed met me zou aflopen.'

Ik stond op en verzamelde mijn dossiers. Ik was van plan terug te gaan om Barnett Woodson te vertellen dat we het erop zouden wagen en dat ik zou zien wat ik kon doen.

'Ik zie je na de lunchpauze,' zei ik.

En toen liep ik weg.

Deel II

Suitcase City

4

2007

Het was voor Lorna Taylor een beetje vroeg in de week om me te bellen en me te vragen hoe het ging. Meestal wachtte ze minstens tot donderdag. Ze belde nooit op dinsdag. Het was vast niet alleen een telefoontje om zich te melden, dacht ik toen ik opnam.

'Lorna?'

'Mickey, waar heb je gezeten? Ik probeer je de hele ochtend al te bellen.'

'Ik ben gaan hardlopen. Ik kom net onder de douche vandaan. Alles goed met je?'

'Prima. En met jou?'

'Ja hoor. Wat is…'

'Je hebt een dringende oproep van rechter Holder. Ze wil je onmiddellijk spreken… eigenlijk een uur geleden al.'

Dat stemde me tot nadenken.

'Waarover?'

'Dat weet ik niet. Ik weet alleen dat Michaela eerst belde en daarna de rechter zelf. Dat gebeurt niet vaak. Ze wilde weten waarom je niet reageerde.'

Ik wist dat ze met Michaela Michaela Gill bedoelde, de griffier van de rechter. En Mary Townes-Holder was de president van het gerechtshof van Los Angeles. Het feit dat ze me persoonlijk had gebeld, wekte niet de indruk dat ze me wilde uitnodigen voor het jaarlijkse justitiebal. Mary Townes-Holder belde advocaten niet zonder goede reden.

'Wat heb je tegen haar gezegd?'

'Alleen dat je vandaag niet naar de rechtbank hoefde en dat je misschien op de golfbaan was.'

'Ik speel geen golf, Lorna.'

'Nee, maar ik kon niets anders bedenken.'

'Het maakt niet uit. Ik bel de rechter wel. Geef me haar nummer even.'

'Bel niet, Mickey. Ga er gewoon heen. De rechter wil je in de raadkamer spreken. Ze was daar heel duidelijk over en ze wilde niet zeggen waarom. Ga maar gewoon.'

'Oké, ik ga wel, maar ik moet me eerst nog aankleden.'

'Mickey?'

'Ja.'

'Hoe gaat het echt met je?'

Ik kende haar code. Ik wist wat ze eigenlijk vroeg. Ze wilde niet dat ik met een rechter sprak wanneer ik er niet klaar voor was.

'Je hoeft je geen zorgen te maken, Lorna. Het gaat prima. Alles komt in orde.'

'Oké. Bel me zodra je kunt om me te vertellen wat er aan de hand is.'

'Doe ik.'

Ik hing op met het gevoel dat mijn vrouw, en niet mijn ex-vrouw, de baas over me speelde.

5

Als president van het gerechtshof van Los Angeles deed rechter Mary Townes-Holder het grootste deel van haar werk achter gesloten deuren. Als er echt haast bij was, werd haar rechtszaal af en toe gebruikt voor hoorzittingen over verzoeken om een rechterlijke uitspraak, maar zelden voor processen. Haar werk werd buiten het zicht van het publiek in de raadkamer gedaan. Ze hield zich hoofdzakelijk bezig met het besturen van het rechtssysteem van Los Angeles County. Meer dan tweehonderdvijftig rechtersplaatsen en veertig rechtbanken vielen onder haar gezag. Op alle oproepen om in een jury zitting te nemen die op de post gingen, stond haar naam en zonder haar toestemming werd geen parkeerplaats in een rechtbankgarage vergeven. Ze wees rechters zowel op geografische gronden als op grond van het soort recht – strafrecht, civiel recht, jeugdrecht of familierecht – aan rechtbanken toe. Wanneer een rechter pas benoemd was, bepaalde rechter Holder of hij in Beverly Hills of Compton zitting hield en of hij grote financiële zaken bij een civiele rechtbank of schrijnende echtscheidingszaken bij een familierechtbank te behandelen kreeg.

Ik had me snel aangekleed en mijn gelukspak, zoals ik het noemde, aangetrokken. Het was een Italiaans pak van Corneliani dat ik altijd droeg op dagen dat er vonnis werd gewezen. Omdat ik al meer dan een jaar niet in een rechtszaal was geweest en nog langer geen vonnis had horen uitspreken, moest ik het uit een plastic zak halen die achter in de kast hing. Daarna reed ik zonder oponthoud zo snel mogelijk naar de stad met het idee dat ik misschien naar een vonnis over mezelf onderweg was. Onder het rijden dacht ik koortsachtig na over de zaken en de cliënten die ik een jaar geleden had achtergelaten. Voor zover ik wist, was er niets dat ik niet afgemaakt of uitgesteld had. Maar misschien was er een klacht over me ingediend of had de rechter een rechtbankroddel opgevangen en wilde ze daar het hare van weten. Desondanks ging ik Holders rechtszaal niet zonder angst binnen. Een oproep van een rechter beloofde meestal weinig goeds en een oproep van de president van het gerechtshof was helemaal verontrustend.

Het was donker in de rechtszaal en het hokje van de griffier naast de rechtersstoel was leeg. Ik opende het hekje en toen ik naar de deur van de gang aan de achterkant liep, ging deze open en kwam de griffier binnen. Michaela Gill was een vriendelijk ogende vrouw die me aan een onderwijzeres van vroeger deed denken. Maar ze had niet verwacht dat er een man vanuit de rechtszaal naar de deur toe zou komen toen ze deze opende. Ze schrok en slaakte bijna een kreet. Ik maakte me snel bekend voordat ze naar de paniekknop op de rechtersstoel kon rennen. Ze herwon haar kalmte en leidde me toen direct naar achteren.

Ik liep de gang door en trof de rechter alleen aan in haar raadkamer, waar ze aan een enorm bureau van donker hout zat te werken. Haar zwarte toga hing aan een hoedenrek in de hoek. Ze droeg een kastanjebruin mantelpakje van conservatieve snit. Ze was een aantrekkelijke, elegante vrouw van midden vijftig met een slank figuur en kort, bruin haar dat ze in een no-nonsensekapsel droeg.

Ik had rechter Holder nog nooit ontmoet, maar ik wist wel het een en ander over haar. Ze was twaalf jaar openbaar aanklager geweest voordat ze door een conservatieve gouverneur tot rechter werd benoemd. Ze had strafzaken behandeld, waaronder een paar grote, en ze stond erom bekend dat ze maximale straffen gaf. Daardoor werd ze na haar eerste termijn gemakkelijk herkozen. Vier jaar later was ze tot president van het gerechtshof benoemd en die positie had ze sindsdien bekleed.

'Bedankt dat u gekomen bent, meneer Haller,' zei ze. Ik ben blij dat uw secretaresse u eindelijk heeft weten te vinden.'

Ze zei het op ongeduldige, zo niet gebiedende toon.

'Ze is eigenlijk mijn secretaresse niet, edelachtbare. Maar ze heeft me gevonden. Het spijt me dat het zo lang heeft geduurd.'

'Nou, u bent er in elk geval. Ik geloof niet dat we elkaar al eerder ontmoet hebben, of wel?'

'Ik dacht het ook niet.'

'Hiermee verraad ik mijn leeftijd, maar ik heb vroeger een zaak gedaan waarbij uw vader als advocaat van de beklaagde optrad. Ik geloof dat het een van zijn laatste zaken was.'

Ik moest mijn schatting van haar leeftijd bijstellen. Ze moest minstens zestig zijn, als ze ooit samen met mijn vader in een rechtszaal was geweest.

'Ik was eigenlijk een soort stagiaire bij de zaak. Ik kwam net van de universiteit en was zo groen als gras. Ze probeerden me een beetje proceservaring te laten opdoen. Het was een moordzaak en ze lieten me één getuige doen. Ik besteedde een week aan de voorbereiding van mijn ondervraging en je vader maakte in het kruisverhoor in tien minuten gehakt van de man. We hebben de zaak gewonnen, maar de les die ik toen heb geleerd zal ik nooit meer vergeten. Wees op alles voorbereid.'

Ik knikte. In de loop van de jaren had ik verscheidene oudere advocaten ontmoet die verhalen over Mickey Haller Sr. te vertellen hadden. Ik kende er zelf heel weinig. Voordat ik de rechter nog wat kon vragen over de zaak waarbij ze hem had leren kennen, ging ze haastig verder.

'Maar daarom heb ik u hier niet laten komen,' zei ze.

'Dat dacht ik ook niet. Het klonk alsof u iets... nogal dringends met me te bespreken had.'

'Dat is ook zo. Kende u Jerry Vincent?'

Ik was onmiddellijk van de wijs omdat ze de verleden tijd gebruikte.

'Jerry? Ja, ik ken Jerry. Wat is er met hem?'

'Hij is dood.'

'Dood?'

'Hij is vermoord.'

'Wanneer?'

'Gisteravond. Het spijt me voor u.'

Ik sloeg mijn ogen neer en keek naar de naamplaat op haar bureau. *Edelachtbare M.T. Holder* was in schrijfletters uitgesneden in een tweedimensionale, houten plaquette die plaats bood aan een ceremoniële hamer, een vulpen en een inktpot.

'Hoe goed waren jullie bevriend?' vroeg ze.

Het was een goede vraag waarop ik het antwoord echt niet wist. Ik hield mijn ogen neergeslagen terwijl ik sprak.

'We hebben bij een paar zaken tegenover elkaar gestaan toen hij bij het OM werkte en ik pro-Deoadvocaat was. We zijn allebei omstreeks dezelfde tijd een eigen praktijk begonnen en we hadden allebei een eenmansbedrijf. In de loop van de jaren hebben we aan een paar zaken samengewerkt, een paar drugsprocessen, en we vielen voor elkaar in als dat nodig was. Hij speelde me af en toe een zaak toe wanneer het iets was wat hij zelf niet wilde doen.'

Ik had een professionele relatie met Jerry Vincent. Af en toe dronken we samen wat in Four Green Fields of we zagen elkaar bij een honkbalwedstrijd in het Dodger Stadion. Maar het zou overdreven zijn om te zeggen dat we vrienden waren. Ik wist buiten het juridische wereldje weinig van hem. Ik had via rechtbankroddel gehoord dat hij een tijdje geleden gescheiden was, maar ik had hem er zelfs nog nooit naar gevraagd. Dat was persoonlijk en ik hoefde het niet te weten.

'U lijkt te vergeten, meneer Haller, dat ik bij het OM werkte toen meneer Vincent jong en veelbelovend was. Maar toen hij een grote zaak had verloren, verbleekte zijn ster. Hij nam ontslag en begon een eigen praktijk.'

Ik keek de rechter aan, maar ik zei niets.

'En ik meen me te herinneren dat u bij die zaak de advocaat van de beklaagde was,' voegde ze eraan toe.

Ik knikte.

'Barnett Woodson. Ik kreeg vrijspraak voor hem voor een dubbele moord. Toen hij de rechtszaal uit liep, verontschuldigde hij zich sarcastisch tegenover de media omdat hij ongestraft twee moorden had gepleegd. Hij moest het de openbaar aanklager zo nodig inwrijven en dat maakte zo'n beetje een eind aan Jerry's carrière bij het OM.'

'Waarom zou hij dan daarna nog met u samenwerken en u zaken toespelen?'

'Omdat ik er, door een eind te maken aan zijn carrière bij het OM, voor heb gezorgd dat hij aan zijn carrière als advocaat kon beginnen.'

Ik liet het daarbij, maar voor haar was het niet genoeg.

'En?'

'Een paar jaar later verdiende hij vijfmaal zo veel als bij het OM. Hij belde me op een dag op en bedankte me omdat ik hem het licht had laten zien.'

De rechter knikte veelbetekenend.

'Het ging om geld. Hij wilde graag geld hebben.'

Ik haalde mijn schouders op alsof het me een ongemakkelijk gevoel gaf om voor een dode te moeten antwoorden, maar ik zei niets.

'Wat is er met uw cliënt gebeurd?' vroeg de rechter. 'Wat is er van de man geworden die met moord wegkwam?'

'Hij zou beter af zijn geweest als hij veroordeeld was. Barnett werd twee maanden na zijn vrijspraak vanuit een langsrijdende auto doodgeschoten.'

De rechter knikte weer, dit keer alsof ze wilde zeggen 'einde verhaal, er is dus toch nog recht geschied'. Ik probeerde het gesprek weer op Jerry Vincent te brengen.

'Ik kan niet geloven dat Jerry vermoord is. Weet u wat er precies gebeurd is?'

'Dat is niet duidelijk. Hij is kennelijk gisteravond laat gevonden in zijn auto in de garage bij zijn kantoor. Hij is doodgeschoten. Ik heb gehoord dat de politie nog steeds op de plaats delict is en dat er geen arrestaties zijn verricht. Ik heb dit allemaal van een verslaggever van de *Times* die me belde om te informeren wat er nu met Vincents cliënten gaat gebeuren, vooral met Walter Elliot.'

Ik knikte. De laatste twaalf maanden had ik in een vacuüm geleefd, maar het was niet zo luchtdicht geweest dat ik niet van de moordzaak tegen een filmbons uit Hollywood had gehoord. Het was er maar één uit een serie sterk in de publiciteit staande zaken die Vincent in de loop van de jaren had gescoord. Ondanks het fiasco met Woodson had zijn reputatie als een vooraanstaand openbaar aanklager ervoor gezorgd dat hij vanaf het begin als een topstrafrechtadvocaat werd beschouwd. Hij hoefde niet op zoek te gaan naar cliënten; ze kwamen vanzelf naar hem toe. En meestal waren het rijke of machtige cliënten, wat betekende dat ze minstens een van de drie volgende kenmerken hadden: ze konden een hoop geld betalen voor de beste advocaten, ze waren aantoonbaar onschuldig aan de aanklachten die tegen hen waren ingediend of ze waren duidelijk schuldig, maar hadden de publieke opinie aan hun kant. Dit waren cliënten waar hij achter kon gaan staan, waar ze ook van beschuldigd werden. Cliënten die er niet voor zorgden dat hij zich aan het eind van de dag vies voelde.

En Walter Elliot had in elk geval een van die kenmerken. Hij was directeur/eigenaar van Archway Pictures en een machtig man in Hollywood. Hij werd ervan beschuldigd dat hij zijn vrouw en haar minnaar in een vlaag van razernij had vermoord nadat hij hen samen in een strandhuis in Malibu had betrapt. De zaak had allerlei connecties met seks en beroemdheid en werd in de media breed uitgemeten. Het was een publiciteitsmachine voor Vincent geweest en nu lag de zaak voor het grijpen.

De rechter doorbrak mijn gemijmer.

'Bent u bekend met RPC 2-300?' vroeg ze.

Ik verraadde mezelf onwillekeurig door na de vraag mijn ogen half dicht te knijpen.

'Eh... niet precies.'

'Laat me dan uw geheugen even opfrissen. Het is de sectie van de regels voor professioneel gedrag van de Orde van Advocaten van Californië die betrekking heeft op de overdracht of de verkoop van een advocatenpraktijk. In dit geval hebben we het natuurlijk over een overdracht. Meneer Vincent heeft u kennelijk in zijn standaardcontract voor vertegenwoordiging van cliënten als zijn plaatsvervanger genoemd. Daardoor mocht u voor hem invallen als hij daar behoefte aan had en werd u, indien nodig, in de advocaat-cliëntrelatie opgenomen. Verder heb ik ontdekt dat hij tien jaar geleden een verzoek bij de rechtbank heeft ingediend om zijn praktijk aan u over te dragen wanneer hij arbeidsongeschikt zou worden of zou overlijden. Het verzoek is nooit gewijzigd of bijgewerkt, maar het is duidelijk wat zijn bedoeling was.'

Ik staarde haar alleen maar aan. Ik wist van de clausule in Vincents standaardcontract. Ik had dezelfde in het mijne opgenomen waarin ik hem noemde. Maar wat ik me op dit moment realiseerde, was dat de rechter me vertelde dat ik nu al Jerry's zaken had. Allemaal, die van Walter Elliot incluis.

Dit betekende natuurlijk niet dat ik alle zaken zou houden. Iedere cliënt was vrij om een andere advocaat te nemen wanneer hij of zij eenmaal van Vincents overlijden op de hoogte was gesteld. Maar het betekende wel dat ik als eerste de kans had om de zaken te mogen doen.

Ik begon over mijn situatie na te denken. Ik had al een jaar geen cliënt meer gehad en ik was van plan om weer langzaam te beginnen, niet met zo'n groot aantal cliënten als ik kennelijk zojuist had geërfd.

'Maar voordat u al te opgetogen raakt over deze kwestie,' zei de rechter, 'moet ik u erop wijzen dat ik in mijn rol van president van het gerechtshof tekort zou schieten als ik me niet tot het uiterste zou inspannen om me ervan te verzekeren dat meneer Vincents cliënten worden overgedragen aan een vervangend raadsman die bekwaam is en een goede reputatie geniet.'

Nu begreep ik het. Ze had me laten komen om me te vertellen waarom ik Vincents cliënten niet toegewezen zou krijgen. Ze zou tegen de wens van de dode advocaat ingaan en iemand anders aanwijzen, waarschijnlijk een van de rijke advocaten die haar laatste herverkiezingscampagne met een flink bedrag hadden gesteund. Ik had in de loop van de jaren helemaal niets aan haar verkiezingskas bijgedragen.

Maar toen verraste de rechter me.

'Ik heb het bij enkele rechters nagetrokken,' zei ze. 'En ik ben me ervan bewust dat u bijna een jaar niet als advocaat hebt gewerkt. Ik heb daarvoor geen verklaring gevonden. Voordat ik bevel geef om u tot vervangend raadsman in deze kwestie te benoemen, wil ik me ervan verzekeren dat ik meneer Vincents cliënten niet aan de verkeerde overdraag.'

Ik knikte instemmend om een beetje tijd te rekken voordat ik moest antwoorden.

'U hebt gelijk. Ik heb mezelf een tijdje buitenspel gezet, maar ik ben net begonnen met het zetten van stappen om weer aan de slag te gaan.'

'Waarom bent u eruit gestapt?'

Ze vroeg het botweg en ze hield met haar blik de mijne vast om te zoeken naar iets wat erop zou wijzen dat ik de waarheid in mijn antwoord zou omzeilen. Ik sprak heel behoedzaam.

'Ik had een paar jaar geleden een zaak voor een cliënt die Louis Roulet heette. Hij was…'

'Ik herinner me die zaak, meneer Haller. U bent neergeschoten. Maar dat was, zoals u zegt, een paar jaar geleden. Ik meen me te herinneren dat u daarna weer een tijdje hebt gewerkt. Ik herinner me dat de media er toen over berichtten dat u weer aan de slag ging.'

'Tja,' zei ik, 'maar ik was eigenlijk te vroeg teruggekomen. Ik was in de buik geschoten en ik had langer de tijd moeten nemen om te herstellen. In plaats daarvan ben ik te snel begonnen en voor ik het wist kreeg ik pijn. De dokters zeiden dat ik een hernia had. Ik werd daaraan geopereerd, maar er waren complicaties. Ze maakten fouten. Ik kreeg nog meer pijn en werd nog een keer geopereerd. Maar goed, om een lang verhaal kort te maken, ik was een tijdje uitgeschakeld. Ik besloot niet een tweede keer terug te komen voordat ik zeker wist dat ik er klaar voor was.'

De rechter knikte meelevend. Het leek me dat ik er goed aan had gedaan om het deel over mijn verslaving aan pijnstillers en de periode in een ontwenningskliniek weg te laten.

'Geld was geen probleem,' zei ik. 'Ik had wat spaargeld en ik kon ook een regeling treffen met de verzekeringsmaatschappij. Dus ik heb er de tijd voor genomen om terug te komen. Maar ik ben er nu klaar voor. Ik wilde me net op de achterkant van de Gele Gids laten zetten.'

'Dan komt het wel heel goed uit dat u een hele praktijk kunt overnemen, hè?' vroeg ze.

Ik wist niet wat ik met haar vraag en de zalvende toon waarop ze hem stelde aan moest.

'Ik kan alleen maar zeggen dat ik mijn best zal doen voor Jerry Vincents cliënten.'

De rechter knikte, maar ze keek me niet aan. Ik wist wat dat betekende. Ze wist iets en het zat haar dwars. Misschien wist ze van de ontwenningskliniek.

'Volgens de gegevens van de Orde van Advocaten bent u verscheidene keren gestraft,' zei ze.

Daar gingen we weer. Ze overwoog weer de zaken aan een andere advocaat toe te spelen. Waarschijnlijk aan een geldschieter van haar campagne uit Century City die nog geen strafzaak zou kunnen winnen, al hing zijn leven ervan af.

'Dat is allemaal oude koek. Het waren allemaal formaliteiten. Ik sta op goede voet met de Orde. Ik weet zeker dat u dat te horen zult krijgen als u daar vandaag mee belt.'

Ze staarde me lang aan voordat ze haar blik neersloeg en op het document richtte dat voor haar op het bureau lag.

'Goed dan,' zei ze.

Ze krabbelde een handtekening op de laatste bladzijde van het document en ik voelde dat de opwinding in mijn borst begon te kriebelen.

'Dit is een rechterlijk bevel waarmee de praktijk aan u wordt overgedragen,' zei de rechter. 'U zult dat nodig hebben wanneer u naar zijn kantoor gaat. En ik zal u nog één ding zeggen. Ik ga u controleren. Ik wil begin volgende week een bijgewerkte inventaris van alle zaken hebben, plus de status van elke zaak op de cliëntenlijst. Ik wil weten welke cliënten met u in zee gaan en welke een andere advocaat zullen zoeken. Daarna wil ik dat u om de twee weken rapport uitbrengt over de status van de zaken waarin u als advocaat blijft optreden. Is dat duidelijk?'

'Volkomen. Hoe lang?'

'Pardon?'

'Hoe lang wilt u dat ik om de twee weken rapport bij u blijf uitbrengen?'

Haar gezicht kreeg een hardere uitdrukking toen ze me aankeek.

'Tot ik zeg dat u ermee kunt ophouden.'

Ze overhandigde me het bevel.

'U kunt nu gaan, meneer Haller, en als ik u was, zou ik nu naar Vincents kantoor gaan om uw nieuwe cliënten te beschermen tegen een onwettige huiszoeking en inbeslagname van hun dossiers door de politie. Als u op problemen stuit, kunt u me altijd bellen. Ik heb mijn privénummers op het bevel geschreven.'

'Ja, edelachtbare. Dank u.'

'Veel succes, meneer Haller.'

Ik stond op en liep weg. Toen ik bij de deur van de raadkamer kwam, keek ik naar haar om. Ze zat alweer met gebogen hoofd aan het volgende rechterlijke bevel te werken.

Op de gang las ik het twee pagina's tellende document dat de rechter me gegeven had om voor mezelf te bevestigen dat datgene wat ik net had meegemaakt echt gebeurd was.

Dat was het. In het document dat ik in mijn handen hield, werd ik, in elk geval tijdelijk, aangewezen als plaatsvervangend raadsman in alle zaken van Jerry Vincent. Het verschafte me onmiddellijk toegang tot zijn kantoor, zijn dossiers en de bankrekeningen waarop de vooruitbetalingen van de cliënten waren gestort.

Ik haalde mijn mobieltje tevoorschijn, belde Lorna Taylor en vroeg haar om het adres van Jerry Vincents kantoor op te zoeken. Toen ze het me had gegeven, zei ik dat ze daarnaartoe moest komen en dat ze twee sandwiches voor me moest meebrengen.

'Waarom?' vroeg ze.

'Omdat ik nog niet geluncht heb.'

'Nee, ik bedoel waarom ik naar Jerry Vincents kantoor moet komen?'

'Omdat we weer aan het werk gaan.'

6

Toen ik in mijn Lincoln naar Jerry Vincents kantoor reed, bedacht ik iets en ik belde Lorna Taylor weer. Toen ze niet opnam, belde ik haar mobieltje en ze bleek al in haar auto te zitten.

Ik zal een onderzoeker nodig hebben. Wat vind je ervan als ik Cisco bel?'

Ze aarzelde voordat ze antwoordde. Cisco was Dennis Wojciechowski die nu een jaar haar vriend was. Ik was degene die hen aan elkaar had voorgesteld toen ik bij een zaak van zijn diensten gebruikmaakte. Het laatste wat ik had gehoord, was dat ze nu samenwoonden.

'Ik heb er geen problemen mee om met Cisco samen te werken, maar ik wou dat je me vertelde waar dit allemaal om gaat.'

Lorna kende Jerry Vincent alleen als een stem aan de telefoon. Zij nam zijn gesprekken aan wanneer hij belde om te vragen of ik hem kon vervangen bij een uitspraak of een cliënt kon begeleiden wanneer hij in staat van beschuldiging werd gesteld. Ik kon me niet herinneren of ze elkaar ooit in het echt ontmoet hadden. Ik had haar het nieuws persoonlijk willen vertellen, maar daarvoor ging alles te snel.

'Jerry Vincent is dood.'

'Wat?'

'Hij is gisteravond vermoord en ik krijg als eerste de kans om al zijn cliënten over te nemen, met inbegrip van Walter Elliot.'

Ze zweeg secondelang voordat ze antwoordde.

'Mijn god... hoe kan dat? Het was zo'n aardige man.'

'Ik wist niet dat je hem ooit ontmoet had?'

Lorna werkte vanuit haar appartement in West-Hollywood. Al mijn telefoontjes en mijn facturering werden door haar afgehandeld. Als er een kantoor van cement en stenen voor advocatenbureau Michael Haller & Partners zou bestaan, zou dat haar huis zijn. Maar ik had

41

geen partners en wanneer ik werkte, was de achterbank van mijn auto mijn kantoor. Daardoor had Lorna weinig gelegenheid om de mensen die ik vertegenwoordigde of met wie ik omging persoonlijk te ontmoeten.

'Hij is op onze bruiloft geweest. Weet je dat niet meer?'

'Dat is waar ook. Dat was ik vergeten.'

'Ik kan het niet geloven. Wat is er gebeurd?'

'Dat weet ik niet. Holder zei dat hij in de garage van zijn kantoor is doodgeschoten. Misschien kom ik iets meer te weten wanneer ik daar ben.'

'Had hij een gezin?'

'Ik denk dat hij gescheiden was, maar ik weet niet of hij kinderen had. Ik denk het niet.'

Lorna zei niets. We werden allebei door onze eigen gedachten in beslag genomen.

'Ik ga je ophangen zodat ik Cisco kan bellen,' zei ik ten slotte. 'Weet je wat hij vandaag doet?'

'Nee, dat heeft hij niet gezegd.'

'Goed, dan zie ik wel.'

'Wat voor sandwich wil je hebben?'

'Welke weg neem je?'

'Sunset Boulevard.'

'Haal dan bij Dusty's een van die kalkoensandwiches met cranberrysaus. Het is bijna een jaar geleden dat ik er een gegeten heb.'

'Komt in orde.'

'En haal ook iets voor Cisco voor het geval hij honger heeft.'

'Oké.'

Ik hing op en zocht het nummer van Dennis Wojciechowski op in het adresboek dat ik in het dashboardkastje bewaar. Ik had zijn mobiele nummer. Hij was op de motor en hoewel ik wist dat zijn helm was uitgerust met een oortelefoon en een microfoon die in verbinding stonden met zijn mobieltje, moest ik schreeuwen.

'Met Mickey Haller. Stop even.'

Ik wachtte en hoorde dat hij de motor van zijn Panhead uit 1963 uitzette.

'Wat is er, Mick?' vroeg hij toen het eindelijk stil werd. 'Lang niets van je gehoord.'

'Je moet de dempers weer op je uitlaat zetten, man. Anders ben je voor je veertigste doof en hoor je van niemand meer wat.'

'Ik ben al over de veertig en ik hoor je prima. Wat is er?'

Wojciechowski was een freelanceonderzoeker die ik al eerder bij een paar zaken had ingehuurd. Zo had hij Lorna ontmoet, doordat hij zijn geld kwam halen. Maar ik kende hem daarvoor al tien jaar doordat hij lid was van de Road Saints, een motorclub waarvan ik verscheidene jaren feitelijk de huisadvocaat ben geweest. Dennis had nooit het RSMC-clubembleem gedragen, maar hij werd als buitengewoon lid beschouwd. De groep gaf hem zelfs een bijnaam, hoofdzakelijk omdat er al een Dennis lid was – die natuurlijk *Dennis the Menace* genoemd werd – en omdat zijn achternaam Wojciechowski onmogelijk moeilijk uit te spreken was. Geïnspireerd door zijn donkere uiterlijk en snor noemden ze hem de Cisco Kid. Het maakte niet uit dat hij honderd procent Pools was en niet uit San Francisco, maar uit het zuidelijk deel van Milwaukee kwam.

Cisco was een grote, imposante man, maar hij had zich nooit met de zaakjes van de Road Saints ingelaten. Hij was nooit met de politie in aanraking geweest en dat kwam hem goed van pas toen hij later bij de staat een vergunning aanvroeg om zich als privédetective te mogen vestigen. Nu, vele jaren later, was het lange haar verdwenen en de snor was bijgeknipt en werd grijs. Maar de naam Cisco en zijn voorliefde voor klassieke Harleys, die in zijn geboortestad werden gebouwd, waren gebleven.

Cisco was een grondig en bedachtzaam onderzoeker en hij had ook nog een ander voordeel. Hij was groot en sterk en kon zo nodig fysiek intimiderend zijn. Dat was een eigenschap die zeer nuttig kon zijn bij het opsporen van en het omgaan met mensen uit de schemerwereld rondom een strafzaak.

'Eerst wil ik weten waar je bent,' zei ik.

'In Burbank.'

'Ben je met een zaak bezig?'

'Nee, ik maak gewoon een ritje. Waarom? Heb je iets voor me? Neem je eindelijk een zaak aan?'

'Een heleboel zaken. En ik heb een onderzoeker nodig.'

Ik gaf hem het adres van Vincents kantoor en zei dat hij er zo snel mogelijk naartoe moest komen. Ik wist dat Vincent of een hele stal van onderzoekers of maar één onderzoeker in het bijzonder had gebruikt en ik zou tijd kunnen verliezen omdat Cisco zich moest inwerken, maar dat kon me niet schelen. Ik wilde een onderzoeker hebben die ik kon vertrouwen en met wie ik al een werkrelatie had. Ik zou Cisco ook nodig hebben om mijn nieuwe cliënten te lokaliseren. Uit ervaring weet ik dat beklaagden niet altijd te vinden zijn op het adres dat ze opgeven wanneer ze zich bij een advocaat als cliënt inschrijven.

Toen ik de telefoon had dichtgeklapt, realiseerde ik me dat ik al langs het gebouw was gereden waarin Vincents kantoor gevestigd was. Ik was op Broadway vlak bij Third Street en er was te veel verkeer om te kunnen keren. Ik verspilde tien minuten om bij het kantoor terug te komen omdat ik op elke hoek voor het rode licht kwam te staan. Tegen de tijd dat ik er aankwam, was ik zo gefrustreerd dat ik besloot zo snel mogelijk een chauffeur in dienst te nemen, zodat ik me op de zaken zelf in plaats van op de adressen kon concentreren.

Vincents kantoor was in een gebouw met vijf verdiepingen dat simpelweg het Juridisch Centrum werd genoemd. Dat het zo dicht bij de grootste rechtbanken voor zowel straf- als civiele zaken in de buurt stond, betekende dat het gebouw vol advocaten zat. Precies het soort gebouw dat de meeste politiemensen en dokters waarschijnlijk het liefst bij elke aardbeving zouden zien instorten. Ik zag de ingang van de parkeergarage ernaast en reed naar binnen.

Toen ik het kaartje uit de automaat haalde, kwam een politieagent naar mijn auto toe. Hij had een klembord bij zich.

'Meneer? Moet u in dit gebouw zijn?'

'Daarom parkeer ik hier.'

'Kunt u me zeggen wat u hier komt doen?'

'Wat hebt u daarmee te maken, agent?'

'We doen een onderzoek op een plaats delict in de garage en ik moet weten wat u hier komt doen voordat ik u kan binnenlaten.'

'Mijn kantoor is in het gebouw,' zei ik. 'Is dat genoeg?'

Het was niet echt een leugen. Ik had het rechterlijke bevel van rechter Holder in mijn jaszak en daardoor had ik een kantoor in het gebouw.

Het antwoord leek te werken want de agent vroeg me om een legitimatie. Ik had kunnen zeggen dat hij niet het recht had me om een legitimatie te vragen, maar ik besloot dat er geen reden was om de boel op de spits te drijven. Ik haalde mijn portefeuille tevoorschijn en gaf hem mijn rijbewijs. Hij noteerde mijn naam en het nummer van mijn rijbewijs op zijn klembord en liet me door.

'U kunt op dit moment niet op de eerste verdieping parkeren,' zei hij. 'Ze hebben de plaats delict nog niet vrijgegeven.'

Ik stak mijn hand naar hem op en reed de helling op. Toen ik op de eerste verdieping kwam, zag ik dat er behalve twee patrouillewagens geen auto's stonden en dat een zwarte BMW coupé in een vrachtwagen van de politie werd gehesen. Jerry Vincents auto, nam ik aan. Twee andere agenten begonnen net de gele tape weg te trekken die was gebruikt om de verdieping af te zetten. Een van hen gebaarde me dat ik door moest rijden. Ik zag geen rechercheurs in de buurt, maar de politie gaf de plaats delict nog niet vrij.

Ik reed door en vond pas op de vierde verdieping een plaats waar ik de Lincoln net in kon passen. Een reden temeer om weer een chauffeur te nemen.

Het kantoor dat ik zocht, was op de eerste verdieping aan de voorkant van het gebouw. De doorzichtige, glazen deur was dicht, maar zat niet op slot. Ik ging naar binnen en kwam in een receptieruimte met een leeg zitgedeelte en een balie waar een vrouw achter zat wier ogen rood waren van het huilen. Ze was aan het bellen, maar toen ze me zag, legde ze de telefoon op de balie zonder zelfs maar 'wacht even' te zeggen tegen degene die ze aan de lijn had.

'Bent u van de politie?' vroeg ze.

'Nee,' antwoordde ik.

'Dan spijt het me, maar het kantoor is vandaag gesloten.'

Ik liep naar de balie en haalde het rechterlijk bevel van rechter Holder uit de binnenzak van mijn colbert.

'Niet voor mij,' zei ik en ik overhandigde haar het bevel.

Ze vouwde het document open en staarde ernaar, maar ze leek het niet te lezen. Ik zag dat ze in haar ene hand een prop tissues klemde.

'Wat is dit?' vroeg ze.

'Dat is een rechterlijk bevel,' zei ik. 'Mijn naam is Michael Haller en rechter Holder heeft me tot plaatsvervangend raadsman van Jerry Vincents cliënten benoemd. Dat betekent dat we gaan samenwerken. Noem me maar Mickey.'

Ze schudde haar hoofd alsof ze een onzichtbare dreiging probeerde af te wenden. Mijn naam had meestal niet zo'n effect op mensen.

'Dat kunt u niet doen. Meneer Vincent zou dit niet gewild hebben.'

Ik pakte de papieren uit haar hand, vouwde ze weer op en stopte ze terug in mijn zak.

'Dat kan ik wel. De president van het gerechtshof van Los Angeles heeft me opgedragen dit te doen. En als u goed naar de contracten kijkt die meneer Vincent zijn cliënten liet tekenen, zult u zien dat ik daar al vermeld sta als plaatsvervangend raadsman. Dus wat meneer Vincent volgens u gewild zou hebben, doet nu niet ter zake omdat hij zelf een verklaring heeft gedeponeerd waarin ik tot zijn vervanger benoemd wordt, mocht hij arbeidsongeschikt worden of... overlijden.'

De vrouw had een versufte uitdrukking op haar gezicht. Ze had veel mascara op, die onder één oog uitliep. Daardoor zag ze er asymmetrisch en bijna komisch uit. Om de een of andere reden kwam er een visioen van Lisa Minelli in mijn hoofd op.

'Als u dat wilt, kunt u de griffier van rechter Holder bellen om er met haar over te praten,' zei ik. 'Intussen moet ik hier echt aan de slag. Ik weet dat dit een erg moeilijke dag voor u is geweest. Het is voor mij ook moeilijk. Ik kende Jerry al van toen hij nog bij het OM werkte, dus ik voel met u mee.'

Ik knikte en keek haar aan. Ik wachtte op een antwoord, maar dat kreeg ik niet. Ik ging verder.

'Ik heb een paar dingen nodig om hier aan het werk te kunnen. Ten eerste zijn agenda. Ik wil een lijst samenstellen van de actieve zaken die Jerry behandelde. Daarna wil ik dat u de dossiers voor me licht van degenen die...'

'Hij is weg,' zei ze abrupt.

'Wat is weg?'

'Zijn laptop. De politie heeft me verteld dat degene die dit gedaan heeft, zijn aktetas uit de auto heeft gehaald. Hij bewaarde alles op zijn laptop.'

'U bedoelt zijn agenda? Had hij geen uitdraai gemaakt?'

'Die is ook weg. Zijn portefeuille is ook meegenomen. Die zat in zijn aktetas.'

Ze staarde uitdrukkingsloos voor zich uit. Ik tikte op het computerscherm op haar bureau.

'En hoe zit het met deze computer?' vroeg ik. 'Heeft hij nergens een kopie van zijn agenda gemaakt?'

Ze zei niets, dus vroeg ik het nog een keer.

'Heeft Jerry ergens anders een kopie van zijn agenda gemaakt? Is er een manier om die in te zien?'

Ze keek eindelijk op en leek genoegen te scheppen in haar antwoord.

'Ik bewaarde de agenda niet. Dat deed hij zelf. Hij bewaarde het allemaal op zijn laptop en hij had een uitdraai in de oude map die hij bij zich had. Maar ze zijn allebei weg. de politie heeft me hier overal laten zoeken, maar ze zijn verdwenen.'

Ik knikte. De vermiste agenda zou een probleem worden, maar het was niet onoverkomelijk.

'En zijn dossiers. Had hij die ook in zijn aktetas?'

'Ik denk het niet. Hij bewaarde al zijn dossiers hier.'

'Oké, mooi. We zullen de dossiers van al zijn actieve zaken moeten lichten en aan de hand daarvan zijn agenda opnieuw moeten samenstellen. Ik wil ook eventuele grootboeken en chequeboeken zien die betrekking hebben op trust- en lopende rekeningen.'

Ze keek met een ruk naar me op.

'U gaat zijn geld niet inpikken.'

'Dat is niet…'

Ik zweeg, haalde diep adem en begon toen opnieuw op een kalme, maar eerlijke toon.

'Ten eerste wil ik me verontschuldigen. Ik heb dit helemaal verkeerd gedaan. Ik weet niet eens hoe je heet. Laten we opnieuw beginnen. Hoe heet je?'

'Wren.'

'Wren? En verder.'

'Williams.'

'Oké, Wren, ik zal je iets uitleggen. Het is zijn geld niet. Het is het geld van zijn cliënten en tot zij anders beslissen, zijn zijn cliënten nu mijn cliënten. Begrijp je dat? Ik heb je al gezegd dat ik me ervan bewust ben dat het vandaag een emotionele toestand voor je is en dat je geschokt bent. Voor mij is het een beetje hetzelfde. Maar je moet nu beslissen of je voor of tegen me bent, Wren. Want als je voor me bent, moet je me nu de dingen geven waarom ik gevraagd heb. En ik wil dat je met mijn assistente samen gaat werken, wanneer ze hier aankomt. Als je tegen me bent, wil ik dat je nu direct naar huis gaat.'

Ze schudde langzaam haar hoofd.

'De rechercheurs hebben tegen me gezegd dat ik moest blijven tot ze klaar waren.'

'Welke rechercheurs? Er waren alleen maar een paar agenten buiten toen ik aankwam.'

'De rechercheurs in meneer Vincents kantoor.'

'Heb je…?'

Ik maakte de zin niet af. Ik stapte om de balie heen en liep naar de twee aparte deuren in de achtermuur. Ik koos de linkerdeur en opende hem.

Ik liep Jerry Vincents kantoor binnen. Het was groot, luxueus en leeg. Ik draaide me driehonderdzestig graden rond tot ik in de uitpuilende ogen van een grote vis keek die was opgehangen boven een donker, laag dressoir dat naast de deur stond waardoor ik binnen was gekomen. De vis had een prachtige groene kleur en een witte onderbuik. Zijn lichaam was gewelfd alsof het stijf bevroren was op het moment dat hij uit het water was gesprongen. Zijn bek stond zo wijd open dat ik mijn vuist erin had kunnen stoppen.

Onder de vis hing een koperen plaat aan de deur. De tekst erop luidde:

ALS IK MIJN MOND HAD GEHOUDEN
ZOU IK NU HIER NIET ZIJN

Woorden om naar te leven, dacht ik. De meeste beklaagden praten zichzelf de gevangenis in en weinigen praten zich eruit. Het beste advies dat ik een cliënt ooit gegeven heb, is dat hij zijn mond dicht moest houden. Praat met niemand over de zaak, zelfs niet met je eigen vrouw, had ik tegen hem gezegd. Ga voortdurend bij jezelf te rade. Als je je op het Vijfde Amendement beroept, leef je een dag langer om de strijd voort te zetten.

Ik draaide me vliegensvlug om toen ik het onmiskenbare geluid hoorde van een metalen la die ingeschoven en daarna met een klap dichtgeslagen werd.

Aan de andere kant van de kamer waren nog twee deuren. Ze stonden allebei dertig centimeter open en door de ene opening zag ik een donkere badkamer. Door de andere zag ik licht.

Ik liep snel naar de verlichte kamer en duwde de deur helemaal open. Het was het archief, een grote, raamloze inloopkast met rijen stalen archiefkasten langs beide zijmuren. Tegen de achtermuur stond een kleine werktafel.

Er zaten twee mannen aan de werktafel. De een was jong en de ander oud. Waarschijnlijk was de jonge bij de oude in de leer. Ze hadden hun jasje uitgetrokken en over de stoelen gehangen. Ik zag hun in de holster gestoken revolver en hun penning die aan hun riem geklemd was.

'Wat doet u hier?' vroeg ik bars.

De mannen keken op van het dossier dat ze aan het lezen waren. Ik zag nog een stapel dossiers tussen hen in op de tafel liggen. De ogen van de oudere rechercheur werden even groot van verbazing toen hij me zag.

'Politie,' zei hij. 'En ik denk dat ik u dezelfde vraag moet stellen.'

'Dat zijn mijn dossiers en ik wil dat u ze direct neerlegt.'

De oudere man stond op en kwam naar me toe.

'Mijn naam is...'

'Ik weet wie u bent,' zei de rechercheur. 'Maar ik weet nog steeds niet wat u hier doet.'

Ik overhandigde hem het rechterlijke bevel.

'Dan vindt u hierin de verklaring voor mijn aanwezigheid. Ik ben door de president van het gerechtshof als vervangend advocaat voor Jerry Vincents cliënten aangewezen. Dat betekent dat zijn zaken nu mijn zaken zijn. En u hebt niet het recht om hier te zijn en dossiers te lezen. Dat is een duidelijke schending van het recht van mijn cliënten op bescherming tegen onwettige huiszoeking en inbeslagname. Deze dossiers bevatten geheime informatie en geheime briefwisselingen tussen de advocaat en zijn cliënten.'

De rechercheur nam niet de moeite naar de papieren te kijken. Hij bladerde ze snel door tot aan de handtekening en het zegel op de laatste bladzijde. Hij leek absoluut niet onder de indruk te zijn.

'Vincent is vermoord,' zei hij. 'Het motief en de identiteit van de moordenaar zijn misschien in een van die dossiers te vinden. We moeten...'

'Nee, dat moet u niet. Wat u wel moet doen, is hier zo snel mogelijk vertrekken.'

De rechercheur verroerde geen vin.

'Ik beschouw dit als een onderdeel van een plaats delict,' zei hij.

'U bent degene die moet vertrekken.'

'Lees het bevel, rechercheur. Ik ga nergens heen. Uw plaats delict is in de garage en geen enkele rechter in LA zou u toestaan die uit te breiden tot dit kantoor. Het is tijd dat u vertrekt zodat ik me zo snel mogelijk aan mijn cliënten kan wijden.'

Hij maakte geen aanstalten het rechterlijke bevel te lezen of het pand te verlaten.

'Als ik vertrek,' zei hij, 'laat ik dit kantoor afsluiten en verzegelen.'

Ik had er een hekel aan om met politiemensen in de clinch te gaan, maar soms was dat onvermijdelijk.

'Als u dat doet, heb ik het zegel binnen een uur van de deur en zult u de president van het gerechtshof moeten uitleggen waarom u de rechten van al Vincents cliënten met voeten hebt getreden. Als het zo veel cliënten zijn als ik denk, zou het best eens een record kunnen zijn... zelfs voor de politie van LA'

De rechercheur glimlachte naar me alsof hij lichtelijk geamuseerd was door mijn dreigementen. Hij hield het rechterlijke bevel omhoog.

'U zegt dat hierin staat dat u al deze zaken krijgt?'

'Dat klopt. Voorlopig althans.'

'De hele advocatenpraktijk?'

'Ja, maar iedere cliënt kan beslissen of hij bij me blijft of een andere advocaat neemt.'

'Tja, dan denk ik dat u daardoor op onze lijst komt.'

'Welke lijst?'

'Onze lijst van verdachten.'

'Dat is belachelijk. Waarom zou ik daarop moeten staan?'

'U hebt ons net verteld waarom. U hebt alle cliënten van het slachtoffer geërfd. Dat moet toch neerkomen op een financiële meevaller. Hij is dood en u krijgt de hele handel. Denkt u ook niet dat dat een motief voor moord is? Wilt u ons vertellen waar u gisteravond tussen acht en twaalf was?'

Hij glimlachte zonder warmte naar me. Het was de geoefende, beoordelende glimlach van een politieman. Zijn bruine ogen waren zo donker dat ik de scheiding tussen de pupil en de iris niet kon zien. Net als haaienogen leken ze geen licht op te vangen of te reflecteren.

'Ik wil niet eens een poging doen om u uit te leggen hoe lachwekkend dat is,' zei ik. 'Maar als u om te beginnen navraag doet bij de rechter, dan zult u ontdekken dat ik niet eens wist dat ik hiervoor in aanmerking kwam.'

'Dat zegt u, maar maakt u zich geen zorgen, we zullen een volledig onderzoek naar u instellen.'

'Prima. Vertrekt u nu alstublieft, anders bel ik de rechter.'

De rechercheur stapte achteruit naar de tafel en pakte zijn jasje van de stoel. Hij trok het niet aan, maar hield het vast. Hij pakte een dossier van de tafel, kwam ermee naar me toe en duwde het tegen mijn borst tot ik het aanpakte.

'Hier hebt u een van uw nieuwe dossiers terug, raadsman. Stik er niet in.'

Hij stapte door de deur naar buiten en zijn collega volgde hem. ik liep achter hen aan het kantoor in en besloot een poging te doen om de spanning te verminderen. Ik had het gevoel dat het niet de laatste keer was dat ik hen zou zien.

'Luister, heren, het spijt me dat het zo moet gaan. Ik probeer altijd een goede relatie met de politie te onderhouden en ik weet zeker dat we iets kunnen regelen. Maar op dit moment staat mijn verplichting jegens de cliënten voorop. Ik weet niet eens wat ik hier allemaal heb. Geef me even de tijd om...'

'We hebben geen tijd,' zei de oudere man. 'Als we snelheid verliezen, verliezen we de zaak. Begrijpt u wel waar u in verzeild bent geraakt?'

Ik keek hem even aan en probeerde te bedenken wat hij met de vraag bedoelde.

'Ik denk het, rechercheur. Ik werk pas achttien jaar als advocaat...'

'Ik heb het niet over uw ervaring. Ik heb het over datgene wat er in die garage gebeurd is. Degene die Vincent heeft vermoord, wachtte hem daar op. Hij wist waar Vincent was en hoe ze bij hem konden komen. Hij is in de val gelokt.'

Ik knikte alsof ik het begreep.

'Als ik u was,' zei de rechercheur, 'zou ik maar uitkijken met die nieuwe cliënten van u. Jerry Vincent kende zijn moordenaar.'

'En hoe zit het dan met de tijd waarin hij openbaar aanklager was? Hij heeft mensen in de gevangenis gezet. Misschien dat een van hen…'

'We zullen het natrekken, maar dat was lang geleden. Ik denk dat degene die we zoeken in die dossiers te vinden is.'

Na die woorden liepen hij en zijn collega naar de deur.

'Wacht even,' zei ik. 'Hebt u een kaartje? Geef me een kaartje.'

De rechercheurs bleven staan en draaiden zich om. De oudste haalde een kaartje uit zijn zak en gaf het me.

'Al mijn nummers staan erop.'

'Laat me hier eerst wegwijs worden, dan bel ik u daarna om iets af te spreken. Er moet een manier zijn waarop we kunnen samenwerken zonder iemands rechten te schenden.'

'Wat u wilt. U bent de advocaat.'

Ik knikte en keek naar de naam op het kaartje: Harry Bosch. Ik wist zeker dat ik de man nooit ontmoet had, maar toch was hij de confrontatie begonnen met te zeggen dat hij wist wie ik was.

'Luister, rechercheur Bosch,' zei ik. 'Jerry Vincent was een collega van me. We waren niet heel erg dik met elkaar, maar we waren wel vrienden.'

'En wat dan nog?'

'Succes met de zaak. Ik hoop dat u hem oplost.'

Bosch knikte en het fysieke gebaar had iets bekends. Misschien kenden we elkaar toch.

Hij draaide zich om en wilde achter zijn collega aan het kantoor uit lopen.

'Rechercheur?'

Bosch draaide zich weer naar me om.

'Hebben onze paden elkaar ooit eerder bij een zaak gekruist? Ik geloof dat ik u ergens van ken.'

Bosch glimlachte gladjes en schudde zijn hoofd.

'Nee,' zei hij, 'als we samen aan een zaak gewerkt hadden, zou u me zich wel herinneren.'

7

Een uur later zat ik aan Jerry Vincents bureau met Lorna Taylor en Dennis Wojciechowski tegenover me. We aten onze sandwiches en stonden op het punt om onze conclusies uit een zeer voorlopig onderzoek van het kantoor en de zaken te gaan bespreken. De sandwiches waren lekker, maar doordat we in Jerry's voormalige kantoor zaten en we nog steeds geschokt waren door wat hem was overkomen, had niemand veel trek.

Ik had Wren Williams vroeg naar huis gestuurd. Ze had maar niet met huilen kunnen ophouden en was blijven protesteren dat ik de zaken van haar dode baas overnam. Ik besloot het obstakel te verwijderen in plaats van er steeds omheen te moeten lopen. Het laatste wat ze vroeg voordat ik haar naar buiten bracht, was of ik haar ging ontslaan. Ik zei tegen haar dat ik daarover nog geen besluit had genomen, maar dat ze de volgende dag gewoon op haar werk moest komen.

Doordat we Jerry Vincents agenda niet hadden en Wren Williams vertrokken was, waren we maar wat blijven aanklungelen tot Lorna uitpuzzelde hoe het archiefsysteem werkte en ze de actieve dossiers begon te lichten. Uit aantekeningen in de dossiers over de data van diverse afspraken wist ze een overkoepelende agenda samen te stellen, het belangrijkste hulpmiddel in het professionele leven van een strafrechtadvocaat. Toen we een rudimentaire agenda hadden samengesteld, kreeg ik een beetje meer lucht. We pauzeerden om te lunchen en openden de kartonnen dozen met sandwiches die Lorna had meegebracht.

Het was geen volle agenda en er waren slechts hier en daar een paar hoorzittingen genoteerd. Het was duidelijk dat Vincent zijn tijd grotendeels vrijhield voor het proces tegen Walter Elliot dat over negen dagen zou beginnen met de juryselectie.

'Laten we beginnen,' zei ik. 'Volgens de agenda die we hebben samengesteld heb ik over drie kwartier een vonnis. Dus ik stel voor dat we nu een voorbereidende bespreking houden. Daarna blijven jullie hier en ga ik naar de rechtbank. Als ik terugkom, kunnen we zien hoeveel verder we zijn gekomen, voordat Cisco en ik op deuren gaan kloppen.'

Ze knikten allebei, nog steeds op hun sandwiches kauwend. Cisco had cranberry in zijn snor zitten, maar hij merkte het niet.

Lorna was even elegant en mooi als altijd. Ze was een schoonheid met blond haar en ogen die je het gevoel gaven dat je het middelpunt van het universum was wanneer ze je aankeek. Ik kreeg daar nooit genoeg van. Ik had haar het hele jaar dat ik niet gewerkt had doorbetaald. Door de regeling met de verzekeringsmaatschappij had ik me dat kunnen permitteren. Ik wilde niet het risico lopen dat ze voor een andere advocaat zou werken wanneer de tijd zou aanbreken dat ik terug kon komen.

'Laten we beginnen met het geld,' zei ik.

Lorna knikte. Zodra ze de actieve dossiers verzameld en voor me neergelegd had, was ze met de bankboeken verdergegaan, misschien het enige wat even belangrijk was als de agenda. De bankboeken zouden ons meer vertellen dan over hoeveel geld Vincents firma beschikte. Ze zouden ons inzicht geven in de manier waarop hij zijn eenmansbedrijf runde.

'Oké, ik heb goed en slecht nieuws over het geld,' zei ze. 'Hij heeft achtendertigduizend dollar op de bedrijfsrekening staan en honderdnegenentwintigduizend op de trustrekening.'

Ik floot. Voor een trustrekening was dat veel geld. Geld dat van cliënten ontvangen wordt, komt op de trustrekening te staan. Voor het gedane werk wordt geld van de trustrekening overgeheveld naar de bedrijfsrekening. Ik wil altijd meer geld op de bedrijfsrekening hebben dan op de trustrekening, want het geld is pas van mij als het daarnaar overgeschreven is.

'Er is een reden waarom de verhouding zo scheef is,' zei Lorna, die mijn verbazing aanvoelde. 'Hij heeft pas een cheque van honderdduizend dollar van Walter Elliot gekregen. Hij heeft het bedrag vrijdag op de rekening gezet.'

Ik knikte en tikte op de geïmproviseerde agenda die voor me lag.

Hij was getekend op een blocnote. Lorna zou een echte agenda moeten kopen zodra ze de gelegenheid had. Ze zou ook al zijn rechtbankafspraken op mijn computer in een online-agenda zetten. Ten slotte zou ze alles kopiëren en opslaan in een *off-site*-databank, iets wat Jerry nagelaten had.

'Het proces tegen Elliot begint volgende week donderdag,' zei ik. 'Hij heeft de honderdduizend als voorschot gekregen.'

Door deze voor de hand liggende conclusie, realiseerde ik me plotseling iets.

'Bel de bank, zodra we hier klaar zijn,' zei ik tegen Lorna. 'Kijk of de cheque al overgeboekt is en probeer dat alsnog te laten doen als dat niet zo is. Zodra Elliot hoort dat Vincent dood is, zal hij waarschijnlijk proberen de storting tegen te houden.'

'Komt in orde.'

'Wat heb je verder nog over het geld te zeggen? Als er honderdduizend dollar van Elliot is, van wie is de rest dan?'

Lorna opende een van de rekeningenboeken die ze op haar schoot had liggen. Van elke dollar in een trustfund moet vaststaan voor welke cliënt hij wordt vastgehouden. Een advocaat moet op elk moment kunnen vaststellen hoeveel van een voorschot van een cliënt naar de bedrijfsrekening is overgeboekt en hoeveel er nog in reserve op de trustrekening staat. Van Vincents trustrekening was honderdduizend dollar bestemd voor het proces tegen Walter Elliot. Er was dus negenentwintigduizend dollar ontvangen voor de rest van de actieve zaken. Dat was niet veel, gezien de stapel dossiers die we verzameld hadden toen we de archiefkasten doorzochten om de actieve zaken ertussenuit te halen.

'Dat is het slechte nieuws,' zei Lorna. 'Het lijkt erop dat er maar vijf of zes andere zaken met trustdeposito's zijn. Bij de rest van de actieve zaken is het geld al naar de bedrijfsrekening overgeheveld of uitgegeven, of de cliënten staan bij de firma in het krijt.'

Ik knikte. Het was geen goed nieuws. Het begon ernaar uit te zien dat Jerry Vincent op zijn zaken vooruit was gehold, dat hij in een tredmolen had gelopen en nieuwe zaken binnengehaald had om het geld te laten rouleren en ermee voor bestaande zaken te betalen. Walter Elliot moest de cliënt zijn die zijn financiële situatie weer gezond zou maken. Zodra diens honderdduizend dollar binnen waren, zou Vincent de tredmolen stil kunnen zetten en op adem kunnen komen, althans tijdelijk. Maar die kans had hij niet gekregen.

'Hoeveel cliënten hebben een betalingsregeling?' vroeg ik.

Lorna raadpleegde de papieren op haar schoot weer.

'Twee van hen moeten vóór het proces hun schuld aflossen. Ze zijn allebei ver achter met hun betalingen.'

'Hoe heten ze?'

Ze nam de gegevens door en het duurde even voor ze antwoordde.

'Eh, de een heet Samuels en de ander Henson. Ze lopen allebei ongeveer vijfduizend dollar achter.'

'Daarom nemen wij creditcards aan en hebben we geen geld uitstaan.'

Ik had het over mijn eigen financiële beleid. Ik was er lang geleden mee gestopt om als bank van lening op te treden. Ik nam geen restitueerbare contante betalingen aan. Ik accepteerde ook plastic geld, maar niet voordat Lorna de creditcards had nagetrokken en had vastgesteld dat ze gedekt waren.

Ik keek naar de aantekeningen die ik had gemaakt toen ik snel de agenda en de actieve dossiers had beoordeeld. Zowel Samuels als Henson stond op een sublijst die ik had opgesteld toen ik de actieve dossiers bekeek. Het was een lijst met zaken die ik als het even kon zou lozen. Ik baseerde dat op een snelle beoordeling van de aanklachten tegen hen en de feiten van de zaak. Als iets aan een zaak me niet beviel – om wat voor reden ook – zette ik hem op de sublijst.

'Geen probleem,' zei ik. 'Die lozen we.'

Samuels werd beschuldigd van doodslag omdat hij iemand onder invloed van alcohol had doodgereden, en Henson van kapitale diefstal. In Henson was ik even geïnteresseerd geweest omdat Vincent zijn verdediging wilde opbouwen rondom de verslaving van de cliënt aan op recept verkrijgbare pijnstillers. Hij zou proberen sympathie voor zijn cliënt te wekken en tegelijkertijd de schuld op een ander te schuiven. Hij zou een voorstelling van zaken geven waarin de dokter die Henson te veel pijnstillers had voorgeschreven in de eerste plaats verantwoordelijk was voor de gevolgen van de verslaving die hij had gecreëerd.

Patrick Henson, zou Vincent naar voren brengen, was een slachtoffer en geen misdadiger.

Deze verdediging kwam me heel bekend voor omdat ik er in de loop van de laatste twee jaar zelf herhaaldelijk gebruik van had gemaakt om mezelf vrij te pleiten van de vele fouten die ik in mijn rol van vader, ex-echtgenoot en vriend had gemaakt. Maar ik stopte Henson toch bij wat ik het afval noemde omdat ik in mijn hart wist dat de verdediging geen stand zou houden, net zomin als dat bij mij was gelukt. En ik was niet bereid om voor hem voor de rechtbank een kans te wagen.

Lorna knikte en maakte op een blocnote aantekeningen over de twee zaken.

'Wat is de score nu?' vroeg ze. 'Hoeveel zaken stop je bij het afval?'

'We hebben eenendertig actieve zaken verzameld,' zei ik. 'Daarvan komen er, denk ik, maar zeven bij het afval. Dat betekent dat we een heleboel zaken hebben waarbij er geen geld in de kassa zit. Ze zullen moeten betalen, anders komen ze alsnog bij het afval terecht.'

Ik maakte me er geen zorgen over of ik geld van de cliënten zou moeten loskrijgen. De belangrijkste vaardigheid die een strafrechtadvocaat dient te hebben, is dat hij geld moet kunnen binnenhalen. Ik was er goed in en Lorna kon het nog beter. De kunst was in de eerste plaats om betalende cliënten te krijgen en we hadden er net vierentwintig in de schoot geworpen gekregen.

'Denk je dat de rechter je zal toestaan om er hiervan een paar te dumpen?' vroeg ze.

'Nee, maar daar vind ik wel wat op. Misschien kan ik het op een belangenconflict gooien. Het conflict is dan dat ik graag voor mijn werk betaald wil worden en dat de cliënten niet willen betalen.'

Niemand lachte. Niemand glimlachte zelfs.

'Verder nog iets over het geld?' vroeg ik.

Lorna schudde haar hoofd.

'Dat is het wel zo'n beetje. Wanneer je bij de rechtbank bent, ga ik de bank bellen over het geld. Wil je dat we allebei voor de rekeningen kunnen tekenen?'

'Ja, net als bij mijn rekeningen.'

Ik had er niet over nagedacht dat er een probleem zou kunnen ontstaan wanneer we zouden proberen om het geld in handen te krijgen dat op Vincents rekeningen stond. Daar had ik Lorna voor. Ze was zakelijk in sommige opzichten veel beter dan ik. Soms was ze zo goed dat ik wenste dat we of nooit getrouwd of nooit gescheiden waren.

'Kijk of Wren Williams cheques mag tekenen,' zei ik. 'Als dat zo is, moet dat veranderd worden. Voorlopig wil ik dat alleen jij en ik bevoegd zijn om te tekenen.'

'Doe ik. Je zult misschien naar rechter Holder terug moeten gaan om haar om een rechterlijk bevel voor de bank te vragen.'

'Dat is geen probleem.'

Ik keek op mijn horloge en zag dat ik nog tien minuten had voordat ik naar de rechtbank moest. Ik richtte mijn aandacht op Wojciechowski.

'Wat heb jij voor me, Cisco?'

'Ik had hem eerder gezegd dat hij via zijn contacten het onderzoek naar de moord op Vincent zo goed mogelijk moest volgen. Ik wilde weten wat voor actie de rechercheurs ondernamen omdat ik uit datgene wat Bosch had gezegd afleidde dat het onderzoek best eens verstrengeld zou kunnen zijn met de zaken die ik zojuist had geërfd.

'Niet veel,' zei Cisco. 'De rechercheurs zijn nog niet eens terug bij Parker Center. Ik heb iemand bij het forensisch lab gebeld, maar ze zijn nog steeds bezig om de boel te onderzoeken. Ik heb niet veel informatie, behalve dat Vincent voor zover ze dat in de garage konden vaststellen door minstens twee kogels getroffen is. En er waren geen hulzen te vinden. De schutter heeft de boel opgeruimd.'

Daar viel wel iets uit af te leiden. De moordenaar had een revolver gebruikt of hij had de tegenwoordigheid van geest gehad om de patroonhulzen op te ruimen die uit zijn wapen geworpen waren.

Cisco ging verder met zijn verslag. 'Ik heb een ander contact bij de meldkamer gebeld en zij vertelde me dat het eerste telefoontje om twaalf uur drieënveertig binnenkwam. Ze kunnen het tijdstip van zijn dood nauwkeuriger vaststellen bij de autopsie.'

'Weten ze ongeveer wat er gebeurd is?'

'Het lijkt erop dat Vincent nog laat aan het werk was, wat hij kennelijk maandags altijd deed. Dan werkte hij altijd over om zich voor te bereiden op de komende week. Toen hij klaar was, pakte hij zijn aktetas in, sloot af en vertrok. Hij gaat naar de garage, stapt in zijn auto en wordt door het zijraampje aan de chauffeurskant doodgeschoten. Toen ze hem vonden stond de auto in de parkeerstand en het contactsleuteltje was omgedraaid. Het raampje was open. Het was gisteravond maar een graad of vijftien. Hij heeft misschien het raampje opengedraaid omdat hij van de koelte hield of anders omdat er iemand naar de auto toe kwam.'

'Iemand die hij kende.'

'Dat is één mogelijkheid.'

Ik dacht hierover na en over wat rechercheur Bosch had gezegd.

'Werkte er niemand in de garage?'

'Nee, de bediende gaat om zes uur naar huis. Daarna moet je geld in de automaat stoppen of je maandpas gebruiken. Vincent had een maandpas.'

'Camera's?'

'Er zijn alleen camera's bij de in- en uitgangen. Ze fotograferen kentekenplaten, zodat ze, wanneer iemand zegt dat hij zijn kaartje kwijt is, weten wanneer de auto naar binnen is gegaan, dat soort dingen. Maar volgens mijn contact bij het forensisch lab, stond er niets op de band waaraan de politie iets zou kunnen hebben. De moordenaar is de garage niet binnengereden. Hij is door het gebouw binnengekomen of anders via een van de voetgangersingangen.'

'Wie heeft Jerry gevonden?'

'De bewaker. Ze hebben één bewaker voor het gebouw en de garage. Hij controleert de garage een paar keer per nacht en bij zijn tweede ronde zag hij Vincents auto. De lichten waren aan en de motor draaide, dus ging hij kijken. Hij dacht eerst dat Vincent sliep, maar toen zag hij het bloed.'

Ik knikte en dacht na over het scenario en de uitvoering ervan. De moordenaar was een ongelooflijk roekeloze bofkont of hij wist dat er in de garage geen camera's hingen en dat hij Jerry Vincent op een maandagavond kon onderscheppen omdat het daar dan bijna uitgestorven was.

'Oké, blijf erbovenop zitten. Hoe zit het met Harry Potter?'

'Wie?'

'De rechercheur. Niet Potter. Ik bedoel…'

'Bosch. Harry Bosch. Daar werk ik aan. Hij schijnt een van de besten te zijn. Hij is een paar jaar geleden met pensioen gegaan en de hoofdcommissaris heeft hem zelf teruggehaald. Dat verhaal doet in elk geval de ronde.'

Cisco raadpleegde zijn aantekeningen op een blocnote.

'Zijn volledige naam is Hieronymus Bosch. Hij werkt in totaal al drieëndertig jaar bij de politie en je weet wat dat betekent.'

'Nee, wat betekent dat dan?'

'Volgens de pensioenregeling van de politie hier hoef je maar maximaal dertig jaar te werken, wat betekent dat je dan met volledig pensioen kunt stoppen en dat je pensioen niet hoger wordt, hoe lang je ook na die dertig jaar nog blijft werken. Dus voor het geld hoef je niet langer door te gaan.'

'Maar iemand met een missie, zou dat wel doen.'

Cisco knikte.

'Precies. Iedereen die na dertig jaar nog blijft werken, blijft niet voor het geld of de baan. Het is dan meer dan een baan.'

'Wacht even,' zei ik. 'Je zei Hieronymus Bosch? Zoals de schilder?'

De tweede vraag bracht hem in verwarring.

'Ik weet niets van een schilder, maar zo heet hij. Hieronymus Bosch. Een vreemde naam, als je het mij vraagt.'

'Niet vreemder dan Wojciechowski… als je het mij vraagt.'

Cisco wilde net zijn naam en erfgoed gaan verdedigen toen Lorna tussenbeide kwam.

'Ik dacht dat je zei dat je hem niet kende, Mickey.'

Ik keek haar aan en schudde mijn hoofd.

'Ik heb hem voor vandaag nooit ontmoet, maar de naam… ik kende de naam.'

'Je bedoelt van de schilderijen?'

Ik wilde geen discussie aangaan over iets wat zo ver in het verleden gebeurd was dat ik het me niet precies meer wist te herinneren.

'Laat maar,' zei ik. 'Het is niets en ik moet ervandoor.'

Ik stond op.

'Cisco, blijf op de zaak zitten en zoek zo veel mogelijk over Bosch uit. Ik wil weten in hoeverre ik de man kan vertrouwen.'

'Je bent toch niet van plan om hem de dossiers te laten zien, hè?' vroeg Lorna.

'Dit was geen willekeurige misdaad. Er loopt een moordenaar rond die wist hoe hij Jerry Vincent te grazen kon nemen. Ik zou me een stuk beter voelen als onze man met een missie uit weet te zoeken wie het was en de schoft kan arresteren.'

Ik kwam achter het bureau vandaan en liep naar de deur.

'Ik ben in de rechtbank van rechter Champagne. ik neem een stapeltje dossiers van lopende zaken mee om die tijdens het wachten door te lezen.'

'Ik laat je even uit,' zei Lorna.

Ik zag dat ze Cisco even aankeek en naar hem knikte zodat hij zou blijven zitten. We liepen de kamer uit en de receptieruimte in. Ik wist wat Lorna ging zeggen, maar ik liet haar begaan.

'Weet je zeker dat je hier klaar voor bent, Mickey?'

'Absoluut.'

'Dit was niet het plan. Je zou langzaam terugkomen, weet je nog wel? Je zou een paar zaken aannemen en het van daaruit opbouwen. In plaats daarvan neem je een hele praktijk over.'

'Dat klopt. En ik ben er klaar voor. Begrijp je niet dat dit veel beter is dan het plan? De zaak-Elliot brengt niet alleen al dat geld in het laatje, maar het is ook alsof er een reclamebord boven op het paleis van justitie prijkt waarop in grote neonletters IK BEN TERUG staat.'

'Ja, dat is geweldig. En door de zaak-Elliot zul je zo onder druk komen te staan dat…'

Ze maakte de zin niet af, maar dat was ook niet nodig.

'Ik ben daar helemaal vanaf. Het gaat uitstekend met me. Ik ben eroverheen en ik ben hier klaar voor. Ik dacht dat je er blij mee zou zijn. We krijgen voor het eerst in een jaar geld binnen.'

'Dat kan me niet schelen. Ik wil zeker weten dat het goed met je gaat.'

'Het gaat meer dan goed met me. Dit is een stimulans voor me. Ik heb het gevoel dat ik in één dag weer helemaal de oude ben geworden. Probeer me nou niet te ontmoedigen, oké?'

Ze keek me aan en ik keek terug tot er een aarzelende glimlach op haar strenge gezicht verscheen.

'Goed,' zei ze. 'Ga er dan maar tegenaan.'

'Maak je geen zorgen. Dat doe ik heus wel.'

8

Hoewel ik Lorna verzekerd had dat ik er klaar voor was, speelden gedachten aan al die zaken en aan al het werk dat verzet moest worden door mijn hoofd toen ik door de gang naar de brug liep die het kantoorgebouw met de garage verbond. Ik was vergeten dat ik op de vierde verdieping had geparkeerd en ik moest uiteindelijk drie hellingen omhooglopen voordat ik de Lincoln vond. Ik deed de achterklep open en legde de dikke stapel dossiers die ik bij me had in mijn tas.

Het was een tas met verschillende gebruiksmogelijkheden die ik, toen ik mijn terugkeer in de advocatuur voorbereidde, had gekocht in een winkel die Suitcase City heette.

Het was eigenlijk een rugzak met riemen, die ik om mijn schouders kon binden op de dagen dat ik me sterk voelde, en er zat ook een handvat aan zodat ik hem, als ik wilde, als een aktetas kon dragen. En hij had twee wielen en een uitschuifbaar handvat zodat ik hem op mijn zwakkere dagen achter me aan kon trekken.

De laatste tijd waren de sterke dagen veel talrijker dan de zwakke en ik zou het waarschijnlijk meestal wel kunnen redden met de traditionele leren aktetas. Maar ik hield van de tas en zou hem blijven gebruiken. Er stond een logo op: de contouren van een bergkam met de woorden SUITCASE CITY er dwars overheen gedrukt, zoals Hollywood met de grote letters op de bergwand aangeduid wordt. Erboven verlichtten sterren de horizon en completeerden het droombeeld van verlangen en hoop. ik denk dat het logo de echte reden was waarom ik van de tas hield. Want ik wist dat Suitcase City geen winkel was. Het was een stad. Het was Los Angeles.

Los Angeles was het soort stad waar iedereen ergens anders vandaan kwam en niemand echt het anker uitwierp. Het was een doorgangsstad voor mensen die aangetrokken werden door de droom of vluchtten voor de nachtmerrie. Er woonden twaalf miljoen mensen en ze waren allemaal gereed om zo nodig te vluchten. Figuurlijk, letterlijk, metaforisch – hoe je er ook naar wilt kijken – iedereen in LA heeft een gepakte koffer klaarstaan. Alleen maar voor het geval dat.

Toen ik de achterklep sloot, schrok ik omdat ik een man zag staan tussen mijn auto en de auto die ernaast geparkeerd was. Doordat de achterklep openstond, had ik hem niet kunnen zien aankomen. Het was een vreemde voor me, maar ik zag aan hem dat hij wist wie ik was. Bosch' waarschuwing voor Vincents moordenaar schoot door mijn hoofd en het vecht-of-vluchtinstinct maakte zich van me meester.

'Kan ik u even spreken, meneer Haller?'

'Wie bent u in vredesnaam en waarom sluipt u bij de auto's van andere mensen rond?'

'Ik sloop niet rond. Toen ik u zag, sneed ik de weg tussen de andere auto's door af, dat is alles. Ik werk voor de *Times* en ik vroeg me af of u met me over Jerry Vincent wilde praten.'

Ik schudde mijn hoofd en blies mijn adem uit.

'Ik schrok me dood van u. Weet u niet dat hij in zijn garage is vermoord door iemand die naar zijn auto toe kwam?'

'Luister, het spijt me. Ik was alleen...'

'Vergeet het maar. Ik weet niets over de zaak en ik moet naar de rechtbank.'

'Maar u neemt toch zijn zaken over?'

Ik gebaarde hem opzij te gaan en liep naar het portier van mijn auto.

'Wie heeft u dat verteld?'

'Onze rechtbankverslaggever heeft een kopie van het rechterlijk bevel van rechter Holder in handen gekregen. Waarom heeft meneer Vincent u uitgekozen? Waren jullie goede vrienden of zo?'

Ik opende het portier.

'Hoe heet u?'

'Jack McEvoy. Ik ben misdaadverslaggever.'

'Dat is mooi voor je, Jack, maar ik kan er nu niet over praten. Als je me je kaartje geeft, bel ik je wanneer ik dat wel kan.'

Hij maakte geen aanstalten om me zijn kaartje te geven en hij liet evenmin blijken dat hij begrepen had wat ik zei. Hij stelde alleen een andere vraag.

'Heeft de rechter u geheimhouding opgelegd?'

'Nee, dat heeft ze niet gedaan. Ik praat niet met je omdat ik niets weet, oké? Wanneer ik iets te zeggen heb, zeg ik het ook.'

'Kunt u me dan vertellen waarom u meneer Vincents zaken overgenomen hebt?'

'Het antwoord op die vraag ken je al. Ik ben door de rechter aangewezen. Ik moet nu naar de rechtbank.'

Ik dook de auto in, maar liet het portier open toen ik het sleuteltje omdraaide. McEvoy legde zijn elleboog op het dak en leunde naar binnen om nogmaals te proberen me over te halen hem een interview te geven.

'Luister,' zei ik, 'ik moet weg, dus zou je naar achteren willen stappen zodat ik mijn portier dicht kan doen en achteruit kan rijden?'

'Ik hoopte dat we een deal konden sluiten,' zei hij snel.

'Een deal? Wat voor deal? Waar heb je het over?'

'Over informatie. Ik heb een lijntje met de politie en u hebt een lijntje met de rechtbank. Het zou tweerichtingsverkeer zijn. U vertelt mij wat u te horen krijgt en ik vertel u wat ik te horen krijg. Ik heb het gevoel dat dit een grote zaak gaat worden. Ik heb alle informatie nodig die ik kan krijgen.'

Ik draaide me opzij en keek hem even aan.

'Maar zal de informatie die je me geeft de volgende dag niet in de krant staan? Daar kan ik toch gewoon op wachten?'

'Niet alles komt in de krant. Sommige dingen kun je niet publiceren, ook al weet je dat ze waar zijn.'

Hij keek me aan alsof hij een grote wijsheid met me deelde.

'Ik heb het gevoel dat jij dingen eerder te horen krijgt dan ik,' zei ik.

'Dat risico wil ik wel nemen,' zei hij. 'Deal?'

'Heb je een kaartje?'

Deze keer haalde hij een kaartje uit zijn zak en overhandigde me dat. Ik hield het tussen mijn vingers en legde mijn hand over het stuur. Ik hield het kaartje omhoog en keek er nogmaals naar.

'Oké, we hebben een deal.'

Ik gebaarde hem weer opzij te gaan, trok het portier dicht en startte. Hij stond er nog steeds. Ik draaide het raampje omlaag.

'Wat is er?' vroeg ik.

'Denk eraan dat ik niet wil dat u de andere kranten of de tv dingen vertelt die ik niet weet.'

'Maak je geen zorgen. Ik weet hoe het werkt.'

'Mooi zo.'

Ik zette de auto in zijn achteruit, maar bedacht toen iets en hield mijn voet op de rem.

'Ik wil je nog een vraag stellen. Hoe goed ken je Bosch, de rechercheur die het onderzoek leidt?'

'Ik ken hem, maar niemand kent hem echt goed. Zelfs niet zijn vaste collega.'

'Wat is zijn verhaal?'

'Dat weet ik niet. Ik heb het hem nooit gevraagd.'

'Is hij er goed in?'

'In het oplossen van misdaden? Ja, hij is erg goed. Ik geloof dat hij als een van de besten beschouwd wordt.'

Ik knikte en dacht aan Bosch. De man met een missie.

'Pas op je tenen.'

Ik reed achteruit en toen ik geschakeld had, riep McEvoy naar me: 'Hé, Haller, mooie kentekenplaat.'

Ik stak mijn hand door het raampje naar buiten en zwaaide naar hem toen ik de helling af reed. Ik probeerde me te herinneren in welke van mijn Lincolns ik reed en wat er op de kentekenplaat stond. Ik heb drie Town Cars die dateren uit de tijd dat ik me uit de naad werkte. Maar ik had de auto's het afgelopen jaar zo weinig gebruikt dat ik er bij toerbeurt in reed om de motoren in conditie en het stof uit de pijpen te houden. Een deel van mijn strategie om terug te komen, denk ik. De auto's waren op de kentekenplaten na exacte duplicaten van elkaar en ik wist niet in welke ik nu reed.

Toen ik bij het hokje van de bediende kwam en hem mijn controlestrookje overhandigde, zag ik een klein videoscherm naast de kassa. Er was het beeld op te zien van een camera die nog geen meter achter mijn auto hing. Het was de camera waarover Cisco me had verteld. Hij was zodanig opgehangen dat hij de achterbumper en de kentekenplaat filmde.

Op het scherm zag ik mijn gepersonaliseerde nummerplaat.

Ik grijnsde. Wat een gotspe. Ik was op weg naar de rechtbank waar ik een van Jerry Vincents cliënten voor het eerst zou ontmoeten. Ik zou hem de hand schudden en daarna zou hij regelrecht de bak in draaien.

9

Rechter Judith Champagne luisterde naar verzoeken om een rechterlijke uitspraak toen ik vijf minuten te vroeg de rechtszaal binnenliep. Er waren nog acht andere advocaten die op hun beurt wachtten. Ik zette mijn tas tegen het hek en vertelde de parketwacht fluisterend dat ik in plaats van Jerry Vincent de uitspraak in de zaak van Edgar Reese kwam bijwonen. Hij antwoordde dat de rechter een lange lijst met verzoeken moest afwerken, maar dat, zodra de verzoeken afgehandeld waren, Reese als eerste voor de rechtbank zou verschijnen om zijn vonnis aan te horen. Ik vroeg of ik Reese kon spreken en de parketwacht leidde me door een stalen deur naar de detentiecel aan de achterkant van de rechtszaal. Er zaten drie gevangenen in de cel.

'Edgar Reese?' zei ik.

Een kleine, krachtig gebouwde man kwam naar de tralies toe. Toen ik gevangenistatoeages zag die langs zijn nek omhoogliepen, was ik opgelucht. Reese ging terug naar een plek die hij al kende. Ik zou niet de hand vast hoeven te houden van een groentje die nog nooit een cel vanbinnen had gezien. Dat zou het gemakkelijker voor me maken.

'Ik ben Michael Haller. Ik val vandaag voor uw advocaat in.'

Het leek me niet veel zin te hebben om deze man te vertellen wat er met Vincent was gebeurd. Reese zou me alleen maar een hoop vragen gaan stellen waarvoor ik geen tijd had en waarop ik de antwoorden niet wist.

'Waar is Jerry?' vroeg Reese.

'Hij is verhinderd. Bent u er klaar voor?'

'Alsof ik een keus heb.'

'Heeft Jerry het te verwachten vonnis met u besproken toen het proces afgelopen was?'

'Ja, dat heeft hij gedaan. Vijf jaar in de staatsgevangenis en vrij over drie jaar als ik me goed gedraag.'

Dat zouden eerder vier jaar worden, maar daar zou ik me niet mee bemoeien.

'Oké, de rechter is nog het een en ander aan het afmaken, maar als ze klaar is, wordt u naar binnen gebracht. De aanklager zal u een hoop juridisch jargon voorlezen. Wanneer hij vraagt of u het begrepen hebt, zegt u "ja" en daarna spreekt de rechter het vonnis uit. Binnen een kwartier is het gepiept.'

'Het kan me niet schelen hoe lang het duurt. Ik kan nergens heen.'

Ik knikte en liet hem achter. Ik tikte lichtjes op de metalen deur zodat de parketwacht in de rechtszaal het zou horen, maar de rechter hopelijk niet. Hij liet me eruit en ik ging op de eerste rij van de tribune zitten. Ik opende mijn tas, haalde de meeste dossiers eruit en legde ze naast me op de bank.

Het bovenste dossier was dat van Edgar Reese. Ik had het al doorgenomen om me op het vonnis voor te bereiden. Reese was een van Jerry's draaideurcliënten. Het was een huis-tuin-en-keukendrugszaak. Een verkoper die zijn eigen product gebruikte. Reese was er ingeluisd door een klant die als politie-informant werkte. Volgens de achtergrondinformatie in het dossier had de klant het op Reese gemunt gehad omdat hij een wrok tegen hem koesterde. Hij had daarvoor cocaine van Reese gekocht en gemerkt dat het spul te sterk versneden was, met een laxeermiddel voor baby's. Dat was een veel voorkomende fout van dealers die zelf gebruikten. Ze versneden het product te sterk waardoor ze meer voor eigen gebruik overhadden, maar de kick van het poeder dat ze verkochten werd zwakker. Het was een slechte manier van zakendoen, omdat je er vijanden mee maakte. Een gebruiker die van een aanklacht af wil door als informant te werken, zal er eerder een dealer inluizen die hij niet mag dan een die hij wel mag. Dit was de les waarover Edgar Reese de komende vijf jaar in de staatsgevangenis zou moeten nadenken.

Ik stopte het dossier terug in mijn tas en keek naar het volgende dossier op de stapel. Het was van Patrick Henson, de man van de pijnstillers wiens zaak ik zou laten schieten, zoals ik Lorna had verteld. Ik bukte me om het dossier in de tas terug te stoppen, maar plotseling leunde ik achterover tegen de rugleuning van de bank en legde het op mijn schoot. Ik sloeg er een paar keer mee tegen mijn dij terwijl ik nog een over de zaak nadacht en opende het toen.

Henson was een vierentwintigjarige surfer die via Florida in Malibu terechtgekomen was. Hij was een beroeps, maar had een lage positie op de ranglijst. Hij had beperkte steun van sponsors en hij had maar weinig overwinningen geboekt bij de professionalstour. Bij een wedstrijd op Maui had hij een smak gemaakt in een golf die hem hard tegen de lavastenen op de bodem van Paia Bay had geslagen waardoor zijn schouder in elkaar gedrukt was. Na een operatie om de schouder uit te schrapen, schreef de dokter hem oxycodone voor. Achttien maanden later was Henson volkomen verslaafd en voortdurend op jacht naar pillen om de pijn te verdrijven. Hij raakte zijn sponsors kwijt en was te zwak om nog aan wedstrijden deel te nemen. Hij bereikte een dieptepunt toen hij een diamanten halssnoer stal uit een huis in Malibu waar hij door een vriendin was uitgenodigd. Volgens het politierapport was het halssnoer van de moeder van de vriendin en bevatte het acht diamanten, die haar drie kinderen en vijf kleinkinderen symboliseerden. In het rapport stond dat het vijfentwintigduizend dollar waard was, maar Henson beleende het voor vierhonderd dollar en ging naar Mexico om tweehonderd tabletten oxycodone te kopen die daar zonder recept verkrijgbaar waren.

Henson was gemakkelijk met de diefstal in verband te brengen. De diamanten halsketting werd uit het pandjeshuis teruggehaald en op de film van de beveiligingscamera was duidelijk te zien dat hij die beleende. Vanwege de hoge waarde van de halsketting trok het OM alle registers open en werd hij aangeklaagd wegens handel in gestolen eigendom, kapitale diefstal en illegaal drugsbezit. Het hielp ook niet dat de dame van wie hij de ketting had gestolen, getrouwd was met een dokter met goede connecties die een royale financiële bijdrage had geleverd aan de herverkiezing van verscheidene leden van de raad van toezicht van de county.

Toen Vincent Henson als cliënt aannam, betaalde Henson het eerste voorschot van vijfduizend dollar in natura. Vincent accepteerde zijn twaalf speciaal voor hem gemaakte Trick Henson-surfplanken en verkocht ze via zijn liquidateur aan verzamelaars en op eBay. Henson werd ook op een betalingsregeling van duizend dollar per maand gezet, maar hij deed geen enkele betaling omdat hij, op de dag nadat zijn moeder, die in Melbourne in Florida woonde, zijn borg had betaald, naar een ontwenningskliniek was gegaan.

Volgens het dossier had Henson de ontwenningskuur met succes gevolgd en werkte hij nu parttime in een surfkamp voor kinderen op het strand in Santa Monica. Hij verdiende amper genoeg om van te kunnen leven, laat staan dat hij Vincent duizend dollar per maand kon betalen. Zijn moeder, die zijn borg en de kosten van zijn verblijf in de kliniek had betaald, was inmiddels blut.

Het dossier stond vol verzoeken om de betaling voort te zetten en er bleek duidelijk uit dat Vincent vertragingstactieken toepaste terwijl hij wachtte tot Henson met meer geld over de brug zou komen. Dit was vaste praktijk. Zorg dat je je geld van tevoren krijgt, vooral wanneer de zaak waarschijnlijk een zeperd zou worden. De aanklager had Henson op band staan terwijl deze gestolen waar beleende. Dat betekende dat Henson bijna zeker kansloos was.

Er stond een telefoonnummer van Henson in het dossier. Wat iedere advocaat er bij iedere cliënt die niet gevangenzat inhamerde, was dat hij op de een of andere manier bereikbaar moest zijn. Mannen tegen wie een aanklacht liep en die waarschijnlijk in de gevangenis zouden komen, hadden vaak geen vaste woon- of verblijfplaats. Ze trokken rond en waren soms dakloos. Maar een advocaat moest hen snel kunnen bereiken. Het nummer in het dossier was van zijn mobiele telefoon en als het nog klopte, zou ik hem nu kunnen bellen. De vraag was of ik dat wel wilde.

Ik keek op naar de rechter die nog steeds aan het discussiëren was over een verzoek tot vrijlating op borgtocht. Er wachtten nog drie advocaten op hun beurt om een verzoek om een rechterlijke uitspraak te doen en de aanklager die aan de zaak Edgar Reese was toegewezen, was nog nergens te bekennen. Ik stond op en fluisterde weer tegen de parketwacht.

'Ik ga even de gang op om te bellen. Ik blijf in de buurt.'

Hij knikte.

'Als u niet terug bent als het tijd is, kom ik u halen,' zei hij. 'Let er alleen op dat u die telefoon uitzet voordat u weer binnenkomt. De rechter houdt niet van mobiele telefoons.'

Dat hoefde hij míj niet te vertellen. Ik wist al uit eigen ervaring dat de rechter geen mobiele telefoons in haar rechtszaal duldde. Ik had

70

mijn lesje geleerd toen ik een keer voor haar verscheen en mijn telefoon de Ouverture van *Wilhelm Tell* begon te spelen, mijn dochter had de ringtone gekozen, niet ik. De rechter strafte me met een boete van honderd dollar en sindsdien noemde ze me altijd de *lone ranger*. Kennelijk was ze op dit idee gekomen omdat er in de jaren vijftig een tv-serie over de lone ranger was vertoond waarvan de ouverture van *Wilhelm Tell* de herkenningsmelodie was. Dat ze me die bijnaam gaf vond ik niet zo erg. Ik had soms zelf het gevoel dat ik de lone ranger was. Alleen reed ik in een zwarte Lincoln Town Car in plaats van op een wit paard. Ik liet mijn tas en de andere dossiers achter op de bank van de tribune en liep met alleen Hensons dossier de gang op. Ik vond een redelijk rustig plekje in de drukke gang en belde het nummer. Er werd opgenomen nadat de telefoon twee keer was overgegaan.

'Met Trick.'

'Patrick Henson?'

'Ja, met wie spreek ik?'

'Ik ben je nieuwe advocaat. Mijn naam is Mi…'

'Ho, wacht eens even. Wat is er met mijn oude advocaat gebeurd? Ik heb die Vincent…'

'Hij is dood, Patrick. Hij is gisteravond overleden.'

'Néééé.'

'Ja, Patrick. Het spijt me voor je.'

Ik wachtte even om te kijken of hij er nog iets anders over te zeggen had en begon toen zo werktuiglijk als een bureaucraat tegen hem te praten.

'Mijn naam is Michael Haller en ik neem Jerry Vincents zaken over. Ik heb je dossier doorgenomen en ik heb gezien dat je je niet aan de betalingsregeling hebt gehouden die meneer Vincent met je heeft afgesproken. Je hebt zelfs geen enkele betaling gedaan.'

'Ja. man, maar het zit zo. Ik heb me erop geconcentreerd om er weer bovenop te komen en erbovenop te blijven en ik heb geen geld. Oké? Ik heb die Vincent al mijn planken al gegeven. Hij heeft er vijfduizend dollar voor gerekend, maar ik weet zeker dat hij er meer voor heeft gekregen. Een paar van die planken waren minstens duizend dollar per stuk waard. Hij zei tegen me dat dat genoeg was om te beginnen, maar het enige wat hij heeft gedaan, is de boel vertragen. Ik kom helemaal nergens aan toe zolang dit allemaal nog niet achter de rug is.'

'Blijf je erbovenop, Patrick? Ben je clean?'

'Zo clean als wat, man. Vincent heeft me gezegd dat ik alleen dan een kans heb om uit de gevangenis te blijven.'

Ik keek links en rechts de gang in. Het stond er vol advocaten, beklaagden, getuigen en familieleden van slachtoffers en beschuldigden. De gang was zo lang als een footballveld en iedereen die er stond, hoopte op één ding. Een meevaller. Iedereen hoopte dat de zon zou doorbreken en dat het voor één keer eens zou meezitten.

'Jerry had gelijk, Patrick. Je moet clean blijven.'

'Dat blijf ik ook.'

'Heb je een baan?'

'Zijn jullie soms blind, man? Niemand geeft iemand zoals ik een baan. Niemand neemt me in dienst. Ik wacht tot deze zaak voorkomt en ik zit misschien in de bak voordat het allemaal voorbij is. Ik bedoel, ik geef parttime les aan kinderen op het strand, maar het betaalt geen moer. Ik woon in mijn auto en slaap op de standplaats van de strandwachten op Sunset Beach. Twee jaar geleden om deze tijd sliep ik in een suite in de Four Seasons in Maui.'

'Ja, ik weet het. Het leven is klote. Heb je nog steeds een rijbewijs?'

'Dat is ongeveer het enige wat ik nog heb.'

Ik nam een besluit.

'Oké, weet je waar Jerry Vincents kantoor is? Ben je daar ooit geweest?'

'Ja, ik heb de surfplanken daar afgeleverd. En mijn vis?'

'Je vis?'

'Hij wilde ook een tarpon van vijftien kilo hebben die ik als jongen in Florida heb gevangen. Hij zei dat hij hem aan de muur zou hangen en zou doen alsof hij hem zelf had gevangen of zoiets.'

'Ja, nou je vis hangt er nog. Maar goed, zorg dat je morgen precies om negen uur op kantoor bent, dan kun je bij me solliciteren. Als het goed gaat, kun je direct beginnen.'

'Wat moet ik dan doen?'

'Je moet me rijden. Ik betaal je vijftien dollar per uur om te rijden en nog eens vijftien dollar die ik van je advocatenkosten aftrek. Wat vind je daarvan?'

Er viel een korte stilte voordat Henson met gretige stem antwoordde.

'Dat is mooi, man. Daarvoor wil ik wel komen.'

'Goed, dan zie ik je morgen. Maar één ding moet je goed onthouden, Patrick. Je moet clean blijven. Als je dat niet bent, merk ik het direct, neem dat maar van me aan.'

'Maak je geen zorgen, man. Ik ga die rotzooi nooit meer gebruiken. Die troep heeft mijn leven voorgoed verpest.'

'Oké, Patrick. Tot morgen.'

'Hé, man, waarom doe je dit?'

Ik aarzelde voordat ik antwoordde.

'Dat weet ik eigenlijk niet.'

Ik klapte de telefoon dicht en lette erop dat ik hem uitzette. Ik ging de rechtszaal weer binnen en vroeg me af of ik iets goeds deed of dat ik een fout maakte waarmee ik me in de nesten zou werken en waar ik de rekening nog voor gepresenteerd zou krijgen.

Mijn timing was perfect. De rechter was net klaar met het laatste verzoek toen ik de rechtszaal binnenkwam. Ik zag dat een hulpofficier van justitie, die Don Pierce heette, aan de tafel van het OM zat, gereed om zijn eisen uit te spreken. Hij was een oud-marineman die zijn stekeltjeskapsel had gehouden en hij was een van de vaste klanten op het borreluur in de Four Green Fields. Ik stopte snel alle dossiers in mijn tas en trok hem door het hekje achter me aan naar de tafel van de verdediging.

'Ah,' zei de rechter. 'Ik zie dat de lone ranger ook weer onder ons is.'

Ze zei het met een glimlach en ik glimlachte naar haar terug.

'Ja, edelachtbare. Leuk u weer te zien.'

'Ik heb u een tijdje gemist, meneer Haller.'

Een open rechtszaal was niet de plaats om haar te vertellen waar ik geweest was. Ik hield mijn antwoorden kort. Ik spreidde mijn handen alsof ik mijn nieuwe ik voorstelde. 'Ik kan alleen maar zeggen dat ik terug ben, edelachtbare.'

'Ik ben blij dat te zien. U bent hier in plaats van meneer Vincent. Klopt dat?'

Ze vroeg het op een routineuze toon waaraan ik hoorde dat ze niet wist dat Vincent dood was. Ik wist dat ik het geheim zou kunnen houden en gewoon het vonnis zou kunnen aanhoren. Maar daarna zou ze het verhaal toch te horen krijgen en zich afvragen waarom ik het haar niet verteld had. Dat was geen goede manier om een rechter aan je kant te houden.

'Helaas is meneer Vincent gisteravond overleden, edelachtbare.'

De rechter trok geschrokken haar wenkbrauwen op. Ze was lang openbaar aanklager geweest voordat ze rechter werd en dat was ze nu ook al heel lang.

Ze voelde zich verbonden met het juridische wereldje en kende Jerry Vincent waarschijnlijk goed. Het was een grote schok voor haar.

'O, mijn god, hij was nog zo jong!' riep ze uit. 'Wat is er gebeurd?'

Ik schudde mijn hoofd alsof ik het niet wist.

'Het was geen natuurlijke dood, edelachtbare. De politie onderzoekt de zaak. Behalve dat hij gisteravond bij zijn kantoor in zijn auto is gevonden, weet ik er niet veel van. Rechter Holder heeft me vandaag bij zich laten komen om me tot plaatsvervangend raadsman te benoemen. Daarom ben ik hier voor meneer Reese.'

De rechter keek naar beneden en nam even de tijd om zich van de schok te herstellen. Ik vond het naar dat ik de boodschapper moest zijn. Ik boog me voorover en haalde het dossier van Edgar Reese uit de tas.

'Ik vind het heel erg,' zei de rechter ten slotte.

Ik knikte instemmend en wachtte.

'Goed,' zei de rechter na nog een paar seconden. 'Laat de beklaagde maar halen.'

Jerry Vincents dood rechtvaardigde geen verder uitstel. Of de rechter haar twijfels had over Jerry of het leven dat hij had geleid, zei ze niet. Maar het leven in het paleis van justitie zou doorgaan. De molens van het recht zouden zonder hem doordraaien.

10

De boodschap van Lorna Taylor was kort en ter zake. Ik kreeg het bericht zodra ik mijn telefoon aanzette en de rechtszaal had verlaten nadat ik had gezien dat Edgar Reese zijn vijf jaar kreeg. Ze zei dat ze net Holders griffier had gebeld over het rechterlijk bevel dat de bank eiste voordat haar en mijn naam op de bankrekeningen van Vincent gezet konden worden. De rechter had erin toegestemd het bevel op te stellen en ik kon het zo ophalen als ik door de gang naar haar raadkamer liep.

Het was weer donker in de rechtszaal, maar de griffier van de rechter zat in het hokje naast de rechtersstoel. Ze deed me nog steeds aan mijn oude onderwijzeres denken.

'Mevrouw Gill?' zei ik. 'Ik zou hier een bevel van de rechter komen ophalen.'

'Ja, ik denk dat ze het nog bij zich heeft in de raadkamer. Ik zal even gaan kijken.'

'Is er een kans dat ik haar even te spreken kan krijgen?'

'Er is op het ogenblik iemand bij haar, maar ik zal even kijken.'

Ze stond op en liep de gang achter haar hokje in. Aan het einde ervan was de deur naar de raadkamer van de rechter en ik zag dat ze klopte voordat ze naar binnen werd geroepen. Toen ze de deur opende, zag ik een man in dezelfde stoel zitten waarin ik een paar uur eerder had gezeten. Ik herkende hem als de echtgenoot van rechter Holder, een letseladvocaat die Mitch Lester heette. Ik herkende hem van de foto in zijn advertentie. Vroeger, toen hij nog strafzaken deed, hadden we eens de achterkant van de Gele Gids gedeeld. Mijn advertentie stond op de bovenste en die van hem op de onderste helft. Hij had al heel lang geen strafzaken meer gedaan.

Een paar minuten later kwam mevrouw Gill binnen met het bevel dat ik nodig had. Ik dacht dat dat betekende dat ik de rechter niet te spreken zou krijgen, maar mevrouw Gill zei dat ik naar binnen kon gaan zodra de rechter met haar bezoeker klaar was.

Ik zou weinig tijd hebben om de dossiers in mijn tas verder te bestuderen, dus liep ik maar wat rond in de rechtszaal en dacht na over wat ik tegen de rechter zou zeggen. Op het lege bureau van de parketwacht lag een oude rol van de vorige week en ik keek hem snel door. Ik kende de namen van verscheidene advocaten die op de lijst stonden en die voor dringende hoorzittingen of verzoeken om een rechterlijke beslissing in de rechtbank hadden moeten zijn. Een van hen was Jerry Vincent, die namens Walter Elliot optrad. Het was waarschijnlijk een van de laatste keren geweest dat Jerry voor de rechtbank was verschenen.

Na drie minuten hoorde ik een belletje rinkelen in het hokje van mevrouw Gill en ze zei dat ik naar de raadkamer van de rechter kon gaan.

Toen ik op de deur klopte, deed Mitch Lester open. Hij glimlachte naar me en gebaarde me binnen te komen. We schudden elkaar de hand en hij zei dat hij net gehoord had wat er met Jerry Vincent was gebeurd.

'Het is een angstaanjagende wereld,' zei hij.

'Dat kan het zijn,' antwoordde ik.

'Als je ergens hulp bij nodig hebt, hoor ik het wel van je.'

Hij liep de raadkamer uit en ik nam zijn plaats voor het bureau van de rechter in.

'Wat kan ik voor u doen, meneer Haller? U hebt het bevel voor de bank?'

'Ja, edelachtbare. Bedankt. Ik wilde u even vertellen hoe het tot nu toe allemaal loopt en u iets vragen.'

Ze zette haar leesbril af en legde hem op het vloeiblad.

'Ga alstublieft uw gang.'

'Het gaat een beetje langzaam omdat we zonder agenda zijn begonnen. Zowel Jerry Vincents laptop als de uitdraai van zijn agenda op zijn laptop is gestolen nadat hij is vermoord. We hebben een nieuwe agenda moeten samenstellen nadat we de actieve dossiers gelicht hadden. We denken dat we de boel nu onder controle hebben en ik kom zelfs net van een vonnis vandaan dat rechter Champagne in een van de zaken heeft uitgesproken, dus we hebben niets gemist.'

De rechter leek niet onder de indruk van de moeite die mijn personeel en ik gedaan hadden.

'Over hoeveel actieve zaken hebben we het?' vroeg ze.

'Eh... het ziet ernaar uit dat we eenendertig actieve zaken hebben... of eigenlijk dertig nu dat vonnis is uitgesproken. Die zaak is achter de rug.'

'Dan zou ik zeggen dat u een zeer goed lopende praktijk hebt geërfd. Wat is het probleem?'

'Ik weet niet zeker of er een probleem is, edelachtbare. Tot dusver heb ik maar met een van de actieve cliënten gesproken en het lijkt erop dat ik zijn advocaat zal blijven.'

'Was dat Walter Elliot?'

'Eh, nee, hem heb ik nog niet gesproken. Ik ben van plan dat later op de dag te proberen. Degene die ik gesproken heb, was bij iets minder ernstigs betrokken. Een kapitale diefstal.'

'Oké.'

Ze werd ongeduldig, dus kwam ik ter zake.

'Ik wilde u iets over de politie vragen. U had vanochtend gelijk toen u me waarschuwde voor bemoeienis van de politie. Toen ik, nadat ik hier was vertrokken, naar Vincents kantoor ging, trof ik daar een paar rechercheurs aan die de dossiers aan het doornemen waren. Jerry's receptioniste was daar ook, maar ze had niet geprobeerd hen tegen te houden.'

Haar gezicht kreeg een harde uitdrukking.

'Nou, dan hoop ik dat u dat wél gedaan hebt. Die rechercheurs hadden beter moeten weten. Ze mogen niet zomaar in de dossiers gaan zitten neuzen.'

'Ja, edelachtbare. Ze zijn vertrokken toen ik binnenkwam en bezwaar maakte. Ik heb zelfs gedreigd een klacht bij u in te dienen. Daarom vertrokken ze.'

Ze knikte en er verscheen een uitdrukking van trots op haar gezicht omdat het noemen van haar naam zo veel indruk had gemaakt.

'Waarom bent u dan hier?'

'Omdat ik me afvraag of ik hen er weer bij moet betrekken.'

'Ik begrijp u niet, meneer Haller. Waarom zou u dat doen?'

'De rechercheur die het onderzoek leidt, zei iets waarin hij volgens mij gelijk had. Hij zei dat het bewijsmateriaal suggereert dat Jerry Vincent zijn moordenaar kende. Daarom kon de man waarschijnlijk naar hem toe komen en hem van dichtbij doodschieten. Hij zei dat het daarom best eens een van Jerry' eigen cliënten zou kunnen zijn geweest. Ze zochten dus naar potentiële verdachten toen ik hen betrapte.'

De rechter maakte een wegwuivend gebaar.

'Natuurlijk deden ze dat en ze schonden daarmee de rechten van die cliënten.'

'Ze waren in het archief en keken dossiers van oude zaken door. Gesloten zaken.'

'Dat maakt niet uit. Open of gesloten, het blijft een schending van het recht van de cliënt dat alles geheim blijft wat hij met zijn advocaat bespreekt.'

'Dat begrijp ik, maar toen ze weg waren, zag ik dat ze een stapel dossiers op de tafel hadden achtergelaten. Dat waren de dossiers die ze wilden meenemen of die ze beter wilden bekijken. Ik heb ze doorgenomen en gezien dat er dreigementen in stonden.'

'Dreigementen tegen meneer Vincent?'

'Ja. Het waren zaken waarbij de cliënten niet blij waren met het vonnis, de straf in ruil voor een bekentenis of de omstandigheden van de gevangenisstraf. Er waren bedreigingen en in alle gevallen nam hij ze serieus genoeg om gedetailleerd te noteren wat er gezegd was en wie het gezegd had. Dat waren de rechercheurs op een rijtje aan het zetten.'

De rechter leunde achterover en vouwde haar handen samen terwijl ze met haar ellebogen op de leuningen van haar leren stoel steunde. Ze dacht na over de situatie die ik had beschreven en keek me toen recht aan.

'U denkt dat we het onderzoek belemmeren doordat we de politie haar werk niet laten doen.'

Ik knikte.

'Ik vroeg me af of er een manier was om beide kanten van dienst te zijn,' zei ik. 'We beperken de schade voor de cliënten, maar we laten de politie de weg volgen die het onderzoek wijst, waarheen die ook leidt.'

De rechter dacht hier weer even zwijgend over na en zuchtte toen.

'Ik wou dat mijn echtgenoot gebleven was,' zei ze ten slotte. 'Ik hecht heel veel waarde aan zijn mening.'

'Ik heb een idee.'

'Natuurlijk hebt u dat. Wat is het?'

'Als ik de dossiers zelf zou doorlichten en een lijst zou opstellen van de mensen die Jerry bedreigd hebben, dan zou ik die aan rechercheur Bosch kunnen geven en hem bovendien enkele details van de bedreigingen kunnen vertellen. Op die manier zou hij krijgen wat hij wil hebben zonder dat hij de dossiers zelf heeft. Hij tevreden en ik tevreden.'

'Bosch is de rechercheur die het onderzoek leidt?'

'Ja, Harry Bosch. Hij zit bij Berovingen-Moordzaken. Ik kan me de naam van zijn vaste collega niet herinneren.'

'U moet begrijpen, dat u, zelfs als u deze Bosch de namen geeft, nog steeds uw geheimhoudingsplicht schendt, meneer Haller. U zou daarvoor door de Orde van Advocaten geroyeerd kunnen worden.'

'Daar heb ik ook over nagedacht en ik geloof dat er een uitweg is. Een van de redenen waarom de geheimhoudingsplicht opgeheven kan worden, is bedreiging van de persoonlijke veiligheid. Als Jerry Vincent wist dat een cliënt hem wilde vermoorden, had hij de politie kunnen bellen en de naam van zijn cliënt mogen noemen. Daarmee zou hij zijn geheimhoudingsplicht niet geschonden hebben.'

'Ja, maar wat u hier overweegt, is iets totaal anders.'

'Het is anders, edelachtbare, maar niet totaal anders. Ik heb rechtstreeks van de rechercheur die het onderzoek leidt te horen gekregen dat het hoogstwaarschijnlijk is dat de naam van Jerry Vincents moordenaar in Jerry's eigen dossiers te vinden is. Die dossiers zijn nu van mij, dus het bezit van die informatie vormt een bedreiging voor me. Wanneer ik deze cliënten ga ontmoeten, zou ik zonder het te weten de hand van de moordenaar kunnen schudden. Ik heb daarom het gevoel dat ik op de een of andere manier in gevaar ben, hoe ik er ook naar kijk. En dat is een reden voor ontheffing van de geheimhoudingsplicht.'

Ze knikte nogmaals en zette haar bril weer op. Ze strekte haar hand uit en pakte een glas water dat, verborgen voor mijn blik, achter haar computer had gestaan.

Nadat ze een grote slok had genomen, zei ze: 'Goed, meneer Haller. ik denk dat u op een juiste en acceptabele manier handelt als u de dossiers doorlicht zoals u hebt voorgesteld. Ik wil dat u een verklaring bij dit hof deponeert waarin u uw handelwijze toelicht en uitlegt waarom u zich bedreigd voelt. Ik zal die ondertekenen en verzegelen en als het een beetje meezit, zal dat document nooit het daglicht meer zien.'

'Dank u, edelachtbare.'

'Verder nog iets?'

'Ik denk dat dat het wel is.'

'Dan wens ik u verder een prettige dag.'

'Ja, edelachtbare. Dank u.'

Ik stond op en liep naar de deur, maar toen herinnerde ik me iets. Ik draaide me om en ging voor haar bureau staan.

'Edelachtbare? Ik ben iets vergeten. Ik heb in de rechtszaal uw rol van vorige week bekeken en ik heb gezien dat Jerry Vincent bij u geweest is in verband met de zaak-Elliot. Ik heb het dossier van de zaak nog niet grondig doorgenomen, maar als u er geen bezwaar tegen hebt, zou ik toch graag weten waar de hoorzitting voor was.'

De rechter moest even nadenken om zich de hoorzitting te herinneren.

'Het was een dringend verzoek om meneer Elliot op borgtocht vrij te laten. Rechter Stanton had de vrijlating op borgtocht herroepen en bevolen dat meneer Elliot is hechtenis bleef. Ik heb de herroeping opgeschort.'

'Wat was de reden van de herroeping?'

'Meneer Elliot was zonder toestemming te vragen naar een filmfestival in New York gegaan. Het was een van de voorwaarden van de vrijlating op borgtocht dat hij voor dat soort dingen toestemming zou vragen. Toen meneer Golantz, de aanklager, in *People magazine* een foto van Elliot op het festival zag, vroeg hij rechter Stanton om de vrijlating te herroepen. Hij was er kennelijk om te beginnen al niet blij mee dat de vrijlating was toegestaan. Rechter Stanton herriep de vrijlating en toen kwam meneer Vincent bij me. Hij vroeg me dringend om opschorting van de arrestatie en opsluiting van zijn cliënt. Ik besloot meneer Elliot een tweede kans te geven en zijn vrijheid te beperken door hem een elektronische enkelband te laten dragen. Maar ik kan u verzekeren dat meneer Elliot geen derde kans zal krijgen. Onthoud dat wanneer u hem als cliënt mocht behouden.'

'Dat begrijp ik. Dank u.'

Ik knikte, liep de raadkamer uit en bedankte mevrouw Gill toen ik de rechtszaal uit liep.

Ik had Harry Bosch' kaartje nog in mijn zak. Ik viste het eruit toen ik met de lift naar beneden ging. Ik had drie straten verderop geparkeerd op een parkeerterrein bij het Kyoto Grand Hotel en onderweg zou ik vlak langs Parker Center komen. Ik belde Bosch' mobieltje toen ik de rechtbank uit liep.

'Met Bosch.'

'Met Mickey Haller.'

Hij aarzelde even. Misschien herkende hij mijn naam niet.

'Wat kan ik voor je doen?' vroeg hij ten slotte.

'Hoe gaat het met het onderzoek?'

'Het gaat wel, maar ik heb niets waarover ik met je kan praten.'

'Dan zal ik direct ter zake komen. Ben je nu in Parker Center?'

'Ja. Waarom?'

'Ik kom nu vanuit de rechtbank naar je toe. Ik zie je voor het gedenkteken.'

'Luister, Haller, ik heb het druk. Kun je me niet gewoon vertellen waar het over gaat?'

'Niet over de telefoon, maar ik denk dat het voor jou de moeite waard zal zijn. Als je er niet bent wanneer ik langskom, begrijp ik daaruit dat je de gelegenheid voorbij hebt laten gaan en dan zal ik je niet meer lastigvallen.'

Ik klapte de telefoon dicht voordat hij kon antwoorden. Het kostte me vijf minuten om te voet bij Parker Center te komen. Het centrum liep op zijn laatste benen en een vervangend gebouw werd een stukje verderop in Spring Street gebouwd. Ik zag Bosch staan naast de fontein die een onderdeel vormde van het monument voor politiemensen die tijdens hun werk waren omgekomen. Ik zag dunne, witte draden die van zijn oren naar zijn jaszak liepen. Ik liep naar hem toe en nam niet de moeite hem de hand te schudden of hem op een andere manier te begroeten. Hij trok de oortjes eruit en stopte ze in zijn zak.

'Sluit je de wereld buiten, rechercheur?'

'Dat helpt me om me te concentreren. Dient deze ontmoeting ergens toe?'

'Nadat je vandaag het kantoor verliet, heb ik de dossiers doorgekeken die je op de tafel in het archief opgestapeld had.'

'En?'

'Ik begrijp wat je probeert te doen. Ik wil je helpen, maar ik wil ook dat je begrijpt wat mijn positie is.'

'Ik begrijp je. Je moet die dossiers en de identiteit van de mogelijke moordenaar die erin te vinden is, beschermen omdat dat de regels zijn.'

Ik schudde mijn hoofd. Deze man ging het me niet gemakkelijk maken om hem te helpen.

'Ik zal je wat vertellen, rechercheur Bosch. Als je morgenochtend om acht uur naar het kantoor komt, geef ik je wat ik kan.'

Ik denk dat het aanbod hem verraste, want hij antwoordde niet.

'Ben je daar dan?' vroeg ik.

'Wat is het addertje onder het gras?' vroeg hij op zijn beurt.

'Dat is er niet. Zorg dat je niet te laat bent. Ik krijg om negen uur iemand voor een sollicitatie en daarna ben ik waarschijnlijk op weg om met cliënten te praten.'

'Ik ben er om acht uur.'

'Oké.'

Ik wilde weglopen, maar ik had de indruk dat hij nog iets wilde zeggen.

'Wat is er?'

'Ik wilde je nog iets vragen.'

'Wat dan?'

'Had Vincent ook federale zaken?'

Ik dacht even na over wat ik van de dossiers wist. Ik schudde mijn hoofd.

'We zijn alles nog steeds aan het doornemen, maar ik denk het niet. Hij leek op mij, hij werkte het liefst in een staatsrechtbank. Het is een kwestie van aantallen. Ze behandelen daar meer zaken, dus gaan er meer dingen fout en zijn er meer gaten om doorheen te glippen. De federale rechtbanken steken de kaarten graag. Ze houden niet van verliezen.'

Ik dacht dat hij de geringschattende opmerking persoonlijk op zou vatten, maar hij stapte eroverheen en het leek alsof hij zijn gedachten op een rijtje zette. Hij knikte.

'Oké.'

'Is dat het? Is dat alles wat je wilde vragen?'

'Ja.'

Ik wachtte op uitleg, maar die kwam niet.

'Oké, rechercheur.'

Ik stak onbeholpen mijn hand uit. Hij schudde hem en leek zich er net zo onbeholpen bij te voelen. Ik besloot een vraag te stellen die ik tot nog toe voor me gehouden had.

'Er is ook nog iets wat ik jou had willen vragen.'

'Wat dan?'

'Het staat niet op je kaartje, maar ik heb gehoord dat je volledige naam Hieronymus Bosch is. Is dat waar?'

'Wat is daarmee?'

'Ik vroeg me alleen af hoe je aan zo'n voornaam komt.'

'Die heeft mijn moeder me gegeven.'

'Je moeder? En wat vond je vader daar dan van?'

'Dat heb ik hem nooit gevraagd. Ik moet nu verder met het onderzoek. Is er verder nog iets?'

'Nee, dat was het. Ik was alleen nieuwsgierig. Ik zie je morgen om acht uur.'

'Ik zal er zijn.'

Ik liet hem bij het gedenkteken staan en liep weg. Terwijl ik de straat uit liep, vroeg ik me de hele tijd af waarom hij had gevraagd of Jerry Vincent federale zaken had. Toen ik op de hoek rechts afsloeg, keek ik om en zag dat Bosch nog steeds bij de fontein stond. Hij keek naar me. Hij wendde zijn blik niet af, maar ik wel en ik liep door.

11

Cisco en Lorna waren nog steeds in Jerry Vincents kantoor aan het werk toen ik terugkwam. Ik overhandigde Lorna het rechterlijk bevel voor de bank en vertelde haar over de twee vroege afspraken die ik de volgende dag had.

'Ik dacht dat je Patrick Henson bij de stapel afvallers had gelegd,' zei Lorna.

'Dat is ook zo, maar ik heb hem teruggelegd.'

Ze fronste haar wenkbrauwen, zoals ze altijd doet wanneer ik haar in verwarring breng, wat vaak gebeurt. Ik had vaak geen zin om dingen uit te leggen. Vervolgens vroeg ik of er nog nieuwe ontwikkelingen waren geweest in de tijd dat ik naar de rechtbank was.

'Een paar dingen,' zei Lorna. 'Ten eerste is de cheque van Walter Elliot overgeboekt. Als hij over Jerry heeft gehoord, is het te laat om betaling tegen te houden.'

'Mooi zo.'

'Het wordt nog beter. Ik heb het dossier met contracten gevonden en ik heb Jerry's overeenkomst met Elliot bekeken. Die honderdduizend die vrijdag is gestort, was maar een gedeeltelijke betaling.'

Ze had gelijk. Het werd inderdaad beter.

'Hoeveel?' vroeg ik.

'Volgens de overeenkomst heeft Jerry tweehonderdvijftigduizend dollar als voorschot genomen. Dat was vijf maanden geleden en het ziet ernaar uit dat dat geld helemaal verdwenen is. Maar hij zou nog tweehonderdvijftigduizend voor het proces krijgen. Niet terugvorderbaar. De honderdduizend was maar het eerste deel daarvan. De rest moet op de eerste dag van de getuigenverklaringen betaald worden.'

Ik knikte tevreden. Vincent had veel geld verdiend. Ik had nog nooit een zaak gehad waarbij dat soort bedragen werden betaald.

Maar ik vroeg me af hoe hij de eerste tweehonderdvijftigduizend er zo snel doorheen had gejaagd. Lorna zou de rekeningen moeten bestuderen om daar een antwoord op te krijgen.

'Oké, dat is allemaal echt goed, als we Elliot tenminste krijgen. Anders maakt het niet uit. Wat hebben we nog meer?'

Lorna keek teleurgesteld omdat ik niet langer bij het geld stilstond en niet enthousiaster was over haar ontdekking. Ze was even vergeten dat ik Elliot nog steeds vast moest zien te houden. Formeel gezien was hij vrij om te doen wat hij wilde. Ik zou als eerste de kans krijgen om hem over de zaak te spreken, maar ik moest hem nog als cliënt zien te behouden, voordat ik erover kon fantaseren hoe het zou zijn om tweehonderdvijftigduizend dollar voor een proces te krijgen.

Lorna beantwoordde mijn vraag op vlakke toon.

'We hebben een aantal bezoekers gehad terwijl jij bij de rechtbank was.'

'Wie dan?'

'Ten eerste kwam een van de onderzoekers van Jerry langs toen hij het nieuws had gehoord. Toen hij één blik op Cisco had geworpen, ging hij bijna met hem op de vuist. Daarna werd hij verstandig en krabbelde terug.'

'Wie was het?'

'Bruce Carlin. Jerry had hem ingehuurd om aan de zaak Elliot te werken.'

Ik knikte. Bruce Carlin was een voormalig politieman uit LA die naar de andere kant was overgelopen en nu voor advocaten werkte. Veel advocaten huurden hem in omdat hij uit ervaring wist hoe het er bij de politie aan toeging. Ik had hem ook eens voor een zaak ingehuurd en ik was tot de conclusie gekomen dat zijn reputatie onverdiend was. Ik had nooit meer van zijn diensten gebruikgemaakt.

'Roep hem terug,' zei ik. 'Spreek met hem af wanneer hij weer begint.'

'Waarom, Mick? je hebt Cisco toch?'

'Dat weet ik, maar Carlin werkte aan de zaak-Elliot en ik betwijfel of dat allemaal in de dossiers staat. Je weet hoe het gaat. Als je iets uit het dossier houdt, kan het bij de inzage van de stukken ook niet aan de orde komen. Dus haal hem erbij. Cisco kan met hem praten om te kijken wat hij weet. Betaal hem voor zijn tijd – wat zijn uurtarief ook is –

en stuur hem weg wanneer we niets meer aan hem hebben. Wat verder nog? Wie is er nog meer geweest?'

'Een echte stoet verliezers. Carney Andrews kwam binnentrippelen met het idee dat ze de zaak-Elliot gewoon van de stapel kon pakken en er weer mee naar buiten kon trippelen. Ik heb haar met lege handen weggestuurd. Ik heb daarna de overschrijvingen op de bedrijfsrekening doorgekeken en gezien dat ze vijf maanden geleden als toegevoegd advocate voor de zaak-Elliot was ingehuurd. Een maand later werd ze ontslagen.'

Ik knikte. Ik begreep het. Vincent was voor Elliot een rechter aan het zoeken geweest. Carney Andrews was een ongetalenteerde advocate en een gluiperd, maar ze was getrouwd met een rechter van het gerechtshof die Bryce Andrews heette. Hij was vijfentwintig jaar openbaar aanklager geweest voordat hij tot rechter werd benoemd. In de ogen van de meeste strafrechtadvocaten die in het paleis van justitie werkten, had hij het OM nooit verlaten. Hij werd als een van de strengste rechters in het gebouw beschouwd, een die soms duidelijk met het OM samenwerkte of deed alsof hij er een verlengstuk van was. Dit creëerde een huisindustrie waaraan zijn vrouw een zeer goed inkomen overhield omdat ze als tweede advocaat werd ingehuurd bij zaken die haar echtgenoot behandelde. Daardoor werd een belangenconflict geschapen zodat de zaak toegewezen moest worden aan andere, hopelijk lankmoediger rechter.

Het werkte fantastisch en het mooie was dat Carney Andrews nooit als advocate hoefde te werken. Ze hoefde alleen maar een zaak aan te nemen en als tweede advocaat in een rechtszaal te verschijnen. Daarna wachtte ze tot de zaak van de rol van haar echtgenoot was gehaald en aan een andere rechter werd toegewezen. Ze kon dan een aanzienlijk honorarium incasseren en verdergaan met de volgende zaak.

Ik hoefde zelfs niet in het dossier van Elliot te kijken om te weten wat er gebeurd was. Zaken werden in het kantoor van de president van de rechtbank volgens een willekeurige selectie toegewezen. De zaak Elliot was kennelijk in eerste instantie bij Bryce Andrews terechtgekomen en Vincent had zijn kansen bij hem laag ingeschat. Om te beginnen zou Andrews een verdachte van een dubbele moord nooit op borgtocht vrijlaten om nog maar te zwijgen over de harde lijn die hij tegen de beklaagde zou volgen wanneer de zaak voorkwam. Dus huurde Vincent de vrouw van de rechter in als tweede advocaat en het probleem was opgelost. De zaak werd daarna, weer na willekeurige selectie, toegewezen aan rechter James P. Stanton wiens reputatie precies tegenovergesteld was aan die van Andrews. Het kwam erop neer dat het de moeite waard was geweest, wat Vincent Carney ook had betaald.

'Heb je het gecontroleerd?' vroeg ik aan Lorna. 'Hoeveel heeft hij haar betaald?'

'Ze heeft tien procent van het oorspronkelijke voorschot gekregen.'

Ik floot. Vijfentwintigduizend dollar voor niets. Dat verklaarde in elk geval waar een deel van het kwart miljoen was gebleven.

'Mooi werk als je het krijgen kunt,' zei ik.

'Maar dan zou je 's nachts met Bryce Andrews moeten slapen,' zei Lorna. 'Ik weet niet of het dat wel waard is.'

Cisco lachte. Ik lachte niet, maar Lorna had een punt. Bryce Andrews was minstens twintig jaar ouder en ruim vijftig kilo zwaarder dan zijn vrouw. Het leverde geen mooi plaatje op.

'Waren dat alle bezoekers?' vroeg ik.

'Nee,' zei Lorna. 'Er zijn ook een paar cliënten geweest die hun dossier terug wilden hebben nadat ze op de radio over Jerry's dood hadden gehoord.'

'En?'

'We hebben ze aan het lijntje gehouden. Ik heb gezegd dat alleen jij een dossier kon overdragen en dat je binnen vierentwintig uur contact met hen zou opnemen. Ze leken er een punt van te willen maken, maar omdat Cisco erbij was, besloten ze dat het beter was om te wachten.

Ze glimlachte naar Cisco en de grote man boog, alsof hij wilde zeggen: tot jullie dienst.

Lorna overhandigde me een velletje papier.

'Dit zijn de namen. Er staat ook bij waar ze bereikbaar zijn.'

De ene zat in de stapel afvallers, dus dat dossier zou ik met genoegen overdragen. De andere werd beschuldigd van schennis der eerbaarheid en ik dacht dat ik daar wel iets mee zou kunnen doen. Een politieman had de vrouw gesommeerd uit het water bij een strand in Malibu te komen. Ze zwom naakt, maar dat werd pas duidelijk toen de politieman haar beval uit het water te komen. Omdat de aanklacht een misdrijf betrof, moest de politieman daarvan getuige zijn om haar te kunnen arresteren. Maar door haar te bevelen uit het water te komen, creëerde hij het misdrijf waarvoor hij haar arresteerde. Dat zou bij de rechtbank niet in goede aarde vallen. Ik wist dat ik de zaak niet-ontvankelijk zou kunnen laten verklaren.

'Ik ga deze twee vanavond opzoeken,' zei ik. 'Eigenlijk wil ik met alle zaken snel aan de slag. Ik ga eerst maar eens bij Archway Pictures langs. Ik neem Cisco mee en ik wil dat je alles wat je van hier nodig hebt, verzamelt en naar huis gaat, Lorna. Ik wil niet dat je hier alleen bent.'

Ze knikte, maar toen zei ze: 'Weet je zeker dat je Cisco wilt meenemen?'

Het verbaasde me dat ze de vraag stelde waar hij bij was. Ze verwees naar zijn grootte en uiterlijk – de tatoeages, de oorring, de laarzen, het leren vest enzovoort – de algehele dreiging die er van zijn voorkomen uitging. Ze vreesde kennelijk dat hij meer cliënten zou wegjagen dan hij zou helpen behouden.

'Ja,' zei ik. 'Hij moet mee. Wanneer ik iets subtiel wil aanpakken, kan hij in de auto wachten. Bovendien wil ik dat hij rijdt, zodat ik de dossiers kan bestuderen.'

Ik keek Cisco aan. Hij knikte en leek geen bezwaar tegen de regeling te hebben. Hij zou er in zijn motorvest misschien een beetje vreemd uitzien achter het stuur van een Lincoln, maar hij klaagde nog niet.

'Over de dossiers gesproken,' zei ik. 'We hebben toch geen zaken die door een federale rechtbank behandeld worden?'

Lorna schudde haar hoofd.

'Voor zover ik weet niet.'

Ik knikte. Het bevestigde wat ik al tegen Bosch had gezegd en het maakte me nog nieuwsgieriger naar de reden waarom hij die vraag had gesteld. Ik begon er een idee over te krijgen en ik nam me voor hem er morgenochtend naar te vragen.

'Oké,' zei ik. 'Ik denk dat het tijd is dat ik weer de Lincoln-advocaat word. Kom mee, Cisco.'

12

In het laatste decennium was Archway Pictures van een onbeduidend bedrijf in de filmindustrie tot een van de grote spelers uitgegroeid. Dat kwam doordat Hollywood altijd door één ding geregeerd was. Geld. Toen de productiekosten van films de pan uit begonnen te rijzen, concentreerde de industrie zich tegelijkertijd op het maken van de duurste soort films en de grote studio's gingen steeds vaker op zoek naar partners om de kosten en de risico's van dergelijke waagstukken te kunnen spreiden.

Dat was de periode waarin Archway Pictures kwam opzetten. Archway was oorspronkelijk een overwoekerd stuk grond langs Melrose Avenue dat maar een paar straten verwijderd was van het reusachtige complex van Paramount Studios. Archway was gebouwd om dezelfde rol te vervullen als de zuigvis bij de mensenhaai. Hij hing rond bij de bek van de grotere vis en pakte de afgescheurde restjes die toevallig niet de gigantische muil binnengezogen werden. Archway bood productiefaciliteiten en geluidsstudio's te huur aan wanneer alles bij de grote studio's volgeboekt was. Het bedrijf verhuurde kantoren aan producenten in de dop en aan producenten die hun tijd gehad hadden en niet beantwoordden aan de eisen die aan studioproducenten werden gesteld of niet dezelfde gunstige deals hadden kunnen maken als zij. Archway stimuleerde onafhankelijke films die lagere productiekosten hadden, maar meer risico met zich meebrachten en vermoedelijk een kleinere kans hadden om een succes te worden dan hun tegenhangers die in de grote studio's werden gemaakt.

Walter Elliot en Archway Pictures ploeterden op deze manier een decennium voort tot hij twee keer enorme mazzel had. In een periode van slechts drie jaar verdiende Elliot goud aan twee van de onafhankelijke films die hij had gesteund door geluidsstudio's, apparatuur en productiefaciliteiten beschikbaar te stellen in ruil voor een deel van de winst. De films tartten de verwachtingen van Hollywood en werden een enorm succes, zowel bij de critici als financieel. De ene won zelfs de Academy Award voor de beste film van het jaar. Walter en zijn marginale studio baadden plotseling in het licht van het enorme succes. Meer dan honderd miljoen mensen hoorden dat Walter persoonlijk bedankt werd in de uitzending waarin de Academy Awards uitgereikt werden. En, wat belangrijker was, Archways wereldwijde aandeel in de winst die de twee films maakten, was meer dan honderd miljoen dollar per stuk.

Walter deed iets verstandigs met dat geld. Hij voerde het aan de haaien en medefinancierde een aantal producties waarbij de grote studio's naar partners zochten met wie ze het risico konden delen. Er waren natuurlijk ook een paar mislukkingen. Het was tenslotte Hollywood. Maar er waren genoeg successen om de reserves te laten groeien. In de loop van het volgende decennium wist Walter Elliot zijn aandeel eerst te verdubbelen en daarna te verdriedubbelen en tegelijkertijd werd hij een speler die regelmatig in de tijdschriften voorkwam op de lijsten van de honderd machtigste personen van de filmindustrie. Elliot had Archway van een obscuur bedrijfje dat met paria's uit Hollywood werd geassocieerd, opgebouwd tot een megabedrijf met een wachttijd van drie jaar voor de huur van een vensterloos kantoor.

Elliots persoonlijke rijkdom groeide intussen enorm. Hoewel hij vijfentwintig jaar geleden naar het westen gekomen was als de rijke telg uit een familie uit Florida die in fosfaat handelde, was het geld dat hij toen had niets vergeleken bij de rijkdommen die hij in Hollywood vergaarde. Zoals zo veel mannen die op de lijsten van de honderd machtigste personen voorkwamen, wisselde Elliot zijn vrouw in voor een nieuwer model en samen begonnen ze huizen te verzamelen. Eerst in de cañons, daarna in het lage gedeelte van Beverly Hills en vervolgens in Malibu en Santa Barbara. Volgens de informatie in de dossiers hadden Walter Elliot en zijn vrouw zeven verschillende huizen en twee ranches in en rondom Los Angeles. Het maakte niet uit hoe vaak ze elk huis gebruikten. Het bezit van vastgoed was in Hollywood een manier om de stand bij te houden.

Al dat huizenbezit en al die tophonderdlijsten kwamen goed van pas toen Elliot van een dubbele moord beschuldigd werd. De studiobaas wendde zijn politieke en financiële invloed aan en speelde iets klaar wat in een moordzaak nog zelden vertoond was. Hij werd op borgtocht vrijgelaten. Onder constante protesten van het OM werd de borg vastgesteld op twintig miljoen en Elliot betaalde dat snel in vastgoed. Sindsdien wachtte hij in vrijheid zijn proces af, ook al was er vorige week sprake van geweest dat zijn vrijlating op borgtocht herroepen zou worden.

Een van de huizen die Elliot voor de borg in onderpand had gegeven, was het huis waarin de moorden waren gepleegd. Het was een weekendhuis dat aan een afgelegen, kleine baai stond. Op de zekerheidsstelling van de borg stond genoteerd dat het zes miljoen waard was. Het was daar dat de negenendertigjarige Mitzi Elliot samen met haar minnaar was vermoord in een slaapkamer van honderdtwintig vierkante meter met een glazen wand die uitzicht bood op de grote blauwe Stille Oceaan.

Het dossier met de stukken ter inzage stond vol forensische rapporten en kleurenkopieën van de foto's die op de plaats delict waren gemaakt. De kamer des doods was helemaal wit – de muren, het tapijt, het meubilair en het beddengoed. Twee naakte lichamen lagen respectievelijk languit op het bed en de vloer – Mitzi Elliot en Johan Rilz. De plaats delict was rood op wit. De man had twee kogelgaten in de borst en de vrouw twee in de borst en een in het voorhoofd. Hij lag bij de deur van de slaapkamer en zij op het bed. Rood op wit. Het was een onaangenaam tafereel om te zien. De wonden waren groot. Hoewel het wapen niet gevonden was, stond in een bijgevoegd rapport dat uit ballistisch onderzoek was gebleken dat de kogels die uit de lichamen waren verwijderd afkomstig waren uit een Smith & Wesson Model 29, een .44 magnumrevolver. Als het wapen van dichtbij afgevuurd werd, was het overkill.

Walter Elliot had zijn vrouw al verdacht. Ze had aangekondigd dat ze van hem wilde scheiden en Elliot geloofde dat er een andere man in het spel was. Hij vertelde de rechercheurs van Moordzaken dat hij naar het strand van Malibu was gegaan, omdat zijn vrouw hem had verteld dat ze een afspraak had met de binnenhuisarchitect. Volgens Elliot loog ze en hij had het tijdstip van zijn aankomst in het huis zo gepland dat hij de confrontatie met haar en haar minnaar zou kunnen aangaan. Hij hield van haar en hij wilde haar terug hebben. Hij was bereid om voor haar te vechten. Hij was naar het huis toe gegaan om de confrontatie met haar aan te gaan, herhaalde hij, niet om haar te doden. Hij had geen .44 magnum, had hij hun verteld. Hij had helemaal geen wapens.

Volgens de verklaring die Elliot tegenover de rechercheurs aflegde, had hij zijn vrouw en haar minnaar naakt en al dood aangetroffen toen hij in Malibu aankwam. Het bleek dat de minnaar inderdaad de binnenhuisarchitect was: Johan Rilz, een Duitser van wie Elliot altijd had gedacht dat hij een homo was. Elliot vertrok uit het huis en stapte in zijn auto. Hij reed weg, maar bedacht zich toen. Hij besloot het juiste te doen. Hij keerde en reed de oprijlaan weer op. Hij belde het alarmnummer en wachtte voor het huis tot de politie zou arriveren.

Vanaf dat moment zouden de chronologie en de details van het onderzoek belangrijk zijn bij het bepalen van een verdedigingsstrategie. Volgens de rapporten in het dossier gaf Elliot de rechercheurs toen een eerste verslag van zijn ontdekking van de twee lijken. Daarna werd hij door twee rechercheurs naar het bureau in Malibu gebracht zodat hij niet in de weg zou lopen tijdens het onderzoek op de plaats delict. Hij was op dat moment niet gearresteerd. Hij werd in een niet afgesloten verhoorkamer gezet waar hij drie lange uren wachtte tot de twee rechercheurs die het onderzoek leidden de plaats delict eindelijk hadden vrijgegeven en naar het bureau waren gekomen. Er volgde een ondervraging die op video werd vastgelegd, maar volgens het transcript dat ik las, werd de grens met een verhoor snel overschreden. Elliot werd toen op zijn rechten gewezen en gevraagd of hij vragen wilde blijven beantwoorden. Elliot was zo verstandig om zijn mond te houden en om een advocaat te vragen. Beter laat dan nooit, zou je kunnen zeggen, want Elliot zou beter af zijn geweest als hij het besluit om te zwijgen eerder had genomen en nooit een woord tegen de rechercheurs had gezegd. Hij had zich gewoon op het Vijfde Amendement moeten beroepen en zijn kaken op elkaar moeten houden.

Terwijl de rechercheurs op de plaats delict aan het werk waren en Elliot in de verhoorkamer in het bureau wachtte, stelde een rechercheur van Moordzaken in het hoofdbureau in Whittier verscheidene bevelen tot huiszoeking op die vervolgens naar een rechter van het gerechtshof werden gefaxt om ze te laten ondertekenen. Daardoor mochten de rechercheurs het hele strandhuis en Elliots auto doorzoeken en hadden ze toestemming om Elliots handen en kleren op kruitresten te onderzoeken om vast te stellen of er gasnitraten en microscopisch kleine deeltjes verbrand kruitpoeder op zaten. Nadat Elliot had geweigerd om verder mee te werken, waren er in het bureau plastic zakjes om zijn handen gebonden en daarna werd hij naar het hoofdbureau gebracht waar een onderzoeker de test in het forensisch lab uitvoerde. De test bestond eruit dat er met chemisch behandelde schijven over Elliots handen en kleren gewreven werd. Toen de schijven door een technicus uit het lab werden onderzocht, bleken de schijven waarmee over zijn handen en mouwen waren gewreven hoge niveaus gasnitraten en kruitpoeder te hebben.

Pas toen werd Elliot formeel gearresteerd op verdenking van moord. Met het ene telefoontje dat hem toegestaan was, nam hij contact op met zijn huisadvocaat, die op zijn beurt Jerry Vincent belde, die een studiegenoot van hem was. Elliot werd uiteindelijk naar de countygevangenis overgebracht waar proces-verbaal van een dubbele moord werd opgemaakt. De rechercheurs belden daarna de voorlichtingsafdeling van de politie en stelden voor om een persconferentie te houden. Ze hadden net een grote vis gearresteerd.

Ik sloot het dossier toen Cisco voor Archway Studios stopte. Er liep een aantal demonstranten op het trottoir. Het waren stakende schrijvers die rood-met-witte borden ophielden waarop WIJ WILLEN EEN EERLIJK DEEL! en VERENIGDE SCHRIJVERS stond! Op sommige borden stond een vuist die een pen vasthield en op een ander bord stond: UW FAVORIETE TEKST? EEN SCHRIJVER HEEFT DIE GESCHREVEN. Aan het trottoir was een groot opblaasvarken vastgemaakt dat een sigaar rookte en dat het woord PRODUCENT op zijn achterwerk had staan. Het varken en de tekst op de meeste borden waren versleten clichés en omdat de demonstranten schrijvers waren, had ik verwacht dat ze iets originelers verzonnen zouden hebben.

Ik was voor dit eerste bezoek achterin gaan zitten om indruk te maken. Ik hoopte dat Elliot door het raam van zijn kantoor een glimp van me zou opvangen en me zou aanzien voor een rijke, zeer bekwame advocaat. Maar de schrijvers zagen een Lincoln met een passagier op de achterbank en daarom dachten ze dat ik een producent was. Toen we het terrein van de studio op reden, stortten ze zich met hun borden op de auto en begonnen ze te scanderen: 'Inhalige rotzak! Inhalige rotzak!' Cisco gaf gas, ploegde ertussendoor en een paar van de arme schrijvers doken voor de spatborden weg.

'Voorzichtig!' blafte ik. 'Het laatste wat ik nodig heb is wel dat je een werkloze schrijver overrijdt.'

'Maak je geen zorgen,' antwoordde Cisco kalm. 'Ze gaan altijd opzij.'

'Deze keer niet.'

Toen hij bij het wachthuisje kwam, reed Cisco zover naar voren dat mijn raampje op gelijke hoogte met de deur was. Ik controleerde of geen van de schrijvers ons het terrein van de studio op gevolgd was en draaide toen het raampje naar beneden om met de man te praten die naar buiten stapte. Hij droeg een beige uniform met een donkerbruine stropdas en epauletten in dezelfde kleur. Het zag er belachelijk uit.

'Kan ik u helpen?'

'Ik ben Walter Elliots advocaat. Ik heb geen afspraak, maar ik moet hem onmiddellijk spreken.'

'Mag ik uw rijbewijs even zien?'

Ik haalde het tevoorschijn en overhandigde het hem door het raampje.

'Ik behandel deze zaak voor Jerry Vincent. Dat is de naam die meneer Elliots secretaresse zal herkennen.'

De bewaker ging het huisje binnen en schoof de deur dicht. Ik wist niet of dit was om de koele lucht van de airconditioning niet te laten ontsnappen of om te voorkomen dat ik zou horen wat er gezegd werd terwijl hij belde. Wat de reden ook was, hij schoof de deur al snel weer open en hield me de telefoon voor terwijl hij met zijn hand het mondstuk bedekte.

'Mevrouw Albrecht is meneer Elliots secretaresse. Ze wil u spreken.'

Ik pakte de telefoon aan.

'Hallo?'

'Meneer Haller? Waar gaat dit om? Meneer Elliot heeft wat deze kwestie betreft uitsluitend met meneer Vincent te maken en er staat geen afspraak in zijn agenda genoteerd.'

Deze kwestie. Dat was een vreemde manier om naar een aanklacht voor een dubbele moord te verwijzen.

'Ik zou hier liever niet bij het hek over wilen praten. Zoals u zich kunt voorstellen, gaat het om een zeer delicate "kwestie", zoals u het noemt. Kan ik naar het kantoor komen om meneer Elliot te spreken?'

Ik draaide me in mijn stoel om en keek door het achterraam. Achter mijn Lincoln stonden twee auto's voor het wachthuisje te wachten. Het konden geen producenten zijn, want de schrijvers hadden ze ongehinderd doorgelaten.

'Ik vrees dat dat niet goed genoeg is, meneer Haller. Mag ik u even in de wacht zetten terwijl ik meneer Vincent bel?'

'U zult hem niet kunnen bereiken.'

'Ik weet zeker dat hij wel een telefoontje van meneer Elliot aanneemt.'

'Ik weet zeker dat hij dat niet zal doen, mevrouw Albrecht. Jerry Vincent is dood. Daarom ben ik hier.'

Ik keek naar Cisco's reflectie in de achteruitkijkspiegel en haalde mijn schouders op alsof ik wilde zeggen dat ik geen andere keus had dan haar met het nieuws te overvallen. Ik had het plan gehad om me naar binnen te kletsen zodat ik Elliot persoonlijk zou kunnen vetellen dat zijn advocaat dood was.

'Neem me niet kwalijk, meneer Haller. Zei u dat meneer Vincent... dood is?'

'Inderdaad. En ik ben door de rechtbank als zijn vervanger aangewezen. Mag ik nu binnenkomen?'

'Ja, natuurlijk.'

Ik gaf de telefoon terug aan de bewaker en het hek ging snel daarna open.

13

We kregen een prachtige parkeerplaats op het terrein voor de directie toegewezen. Ik zei tegen Cisco dat hij in de auto moest wachten en ging alleen naar binnen met de twee dikke dossiers die Vincent over de zaak had samengesteld. Het ene bevatte stukken die tot dusver door het OM waren overgedragen, waaronder de belangrijke onderzoeksdocumenten en de transcripten van de ondervragingen en in het andere zaten documenten en verslagen van het werk dat Vincent had verricht in de vijf maanden dat hij met de zaak bezig was geweest. Uit de beide dossiers had ik een goed beeld kunnen krijgen van wat het OM wel en niet had en van de richting waarin de aanklager het proces wilde sturen. Er was nog steeds werk te doen en er ontbraken nog delen van het verweer en de strategie van de verdediging. Misschien hadden die delen in Vincents hoofd gezeten of hadden ze op zijn laptop of op zijn blocnote in zijn map gestaan, maar tenzij de politie een verdachte arresteerde of de gestolen eigendommen terugvond, zou ik daar niets aan hebben.

Op weg naar Elliots kantoor volgde ik een pad door een prachtig verzorgd gazon. Ik had een drieledig doel voor ogen. Ten eerste wilde ik Elliot als cliënt behouden. Als dat gelukt was, zou ik zijn toestemming vragen om het proces uit te laten stellen, zodat ik tijd zou hebben om op gang te komen en me erop voor te bereiden. In de derde plaats wilde ik nagaan of Elliot me meer kon vertellen over de ontbrekende delen van het verweer en de strategie. Het tweede en derde punt zouden natuurlijk niet meer aan de orde komen als ik bij het eerste punt geen succes had.

Walter Elliots kantoor was in Bungalow One aan de rand van het terrein van Archway. De meeste mensen denken dat bungalows klein zijn, maar in Hollywood zijn ze groot. Ze zijn daar een statussymbool.

Het leek alsof je je eigen particuliere huis op het terrein had. En zoals in elk particulier huis kon je geheimhouden wat er binnen gebeurde.

Een Spaans betegelde hal leidde naar een lagergelegen huiskamer met een gashaard tegen de ene muur en een mahoniehouten bar in de hoek ertegenover. Ik ging midden in de kamer staan, keek rond en wachtte. Ik keek naar het schilderij boven de haard. Het stelde een ridder in wapenrusting op een wit paard voor. De ridder had het vizier van zijn helm geopend en zijn starende ogen hadden een intense blik. Ik deed een paar stappen naar voren en zag dat de ogen zo geschilderd waren dat ze naar degene staarden die naar het schilderij keek, waar deze ook in de kamer stond. Ze volgden me.

'Meneer Haller?'

Ik herkende de stem omdat ik hem via de telefoon van de bewaker had gehoord en ik draaide me om. Elliots poortwachter, mevrouw Albrecht, was door een ingang die ik niet had gezien de kamer binnengekomen. 'Elegant' was het eerste woord dat in me opkwam. Ze was een schoonheid op jaren die zich er niet veel van aan leek te trekken dat ze ouder werd. Door haar ongeverfde haar liepen grijze strepen en ze had kleine rimpeltjes om haar ogen en mond die kennelijk niet in toom werden gehouden door injecties of plastische chirurgie. Mevrouw Albrecht zag eruit als een vrouw die van haar eigen huid hield. Naar mijn ervaring was dat in Hollywood iets zeldzaams.

'Meneer Elliot kan u nu ontvangen.'

Ik volgde haar een hoek om en door een korte gang naar een receptieruimte. Ze liep langs een leeg bureau – het hare, vermoedde ik – en duwde de grote deur naar het kantoor van Walter Elliot open.

Elliot was een overdreven gebruinde man bij wie meer grijs haar uit de open boord van zijn overhemd kwam dan er boven op zijn hoofd groeide. Hij zat achter een grote glazen werktafel waar geen laden onder zaten en waarop geen computer stond, al lagen er wel paperassen en scripts op uitgespreid. Het maakte niet uit dat hij van twee moorden beschuldigd werd. Hij bleef bezig. Hij werkte en bestuurde Archway zoals hij altijd had gedaan. Misschien deed hij dat op advies van de een of andere zelfhulpgoeroe, maar het was geen ongebruikelijke gedragswijze of filosofie voor mensen die van een misdaad werden beschuldigd. Gedraag je alsof je onschuldig bent en je zult als onschuldig beschouwd worden. Ten slotte zul je onschuldig zijn.

Er was een zitgedeelte aan de rechterkant van het kantoor, maar hij koos ervoor om achter zijn werktafel te blijven zitten. Hij had donkere, doordringende ogen die me bekend voorkwamen, maar toen besefte ik dat ik er net naar gekeken had: de ridder op het witte paard in de huiskamer was Elliot.

'Dit is meneer Haller, meneer Elliot,' zei mevrouw Albrecht.

Ze wees naar de stoel tegenover Elliot aan de tafel. Toen ik was gaan zitten, gebaarde Elliot mevrouw Albrecht zonder naar haar te kijken dat ze kon gaan en ze liep zonder nog iets te zeggen het kantoor uit. In de loop van de jaren had ik meer dan twintig moordenaars verdedigd en was ik veelvuldig in hun gezelschap geweest. De enige regel is dat er geen regels zijn. Je hebt ze in alle soorten en maten, rijk en arm, bescheiden en arrogant, berouwvol en koud tot op het bot. Mijn ervaring vertelde me dat Elliot hoogstwaarschijnlijk een moordenaar was. Dat hij kalm zijn vrouw en haar minnaar had vermoord en zo arrogant was dat hij dacht dat hij ermee weg kon komen. Maar bij deze eerste ontmoeting was er niets aan hem te zien dat erop wees of hij schuldig was of niet. En zo was het altijd.

'Wat is er met mijn advocaat gebeurd?' vroeg hij.

'Voor een gedetailleerde verklaring moet ik u naar de politie verwijzen. De korte versie is dat hij gisteravond in zijn auto is vermoord.'

'En wat heeft dat voor mij voor gevolgen. Ik sta over een week voor de rechter en ik riskeer de doodstraf!'

Dat was een beetje overdreven. De juryselectie zou over negen dagen beginnen en het OM had niet aangekondigd dat het de doodstraf zou eisen. Maar het leek me dat het geen kwaad kon dat hij in die termen dacht.

'Daarom ben ik hier, meneer Elliot. Op dit moment neem ik uw zaak waar.'

'En wie bent u? Ik heb nog nooit van u gehoord.'

'U hebt nog nooit van me gehoord omdat ik ervoor zorg dat de mensen niet van me horen. Beroemde advocaten richten te veel de aandacht op hun cliënten. Ze voeden hun eigen roem door hun cliënten op te offeren. Zo werk ik niet.'

Hij tuitte zijn lippen en knikte. Ik zag aan hem dat ik net een punt gescoord had.

'En u neemt Vincents praktijk over?' vroeg hij.

'Ik zal het u uitleggen, meneer Elliot. Jerry Vincent had een eenmansbedrijf, net als ik. Af en toe hadden we een andere advocaat nodig om bij een zaak te helpen of voor ons in te vallen. Wij vervulden die rol voor elkaar. Als u naar het contract kijkt dat u ondertekend hebt, zult u zien dat mijn naam voorkomt in een paragraaf waarin staat dat Jerry uw zaak met mij mocht bespreken en dat het beroepsgeheim ook voor mij geldt. Met andere woorden, Jerry vertrouwde me met zijn zaken. En nu hij dood is, ben ik bereid in zijn plaats verder te gaan. Eerder vandaag heeft de president van het gerechtshof een rechterlijk bevel opgesteld dat me het recht geeft om Jerry's zaken voort te zetten. Natuurlijk kunt u uiteindelijk kiezen door wie u zich bij het proces wilt laten verdedigen. Ik ben zeer vertrouwd met uw zaak en ik kan uw verdediging zonder problemen voortzetten. Maar, zoals ik al zei, u moet zelf de keus maken. Ik ben alleen hier om u te vertellen wat uw opties zijn.'

Elliot schudde zijn hoofd.

'Ik kan dit echt niet geloven. Het proces zou volgende week beginnen en ik wil het niet uitstellen. Ik wacht al vijf maanden op de gelegenheid om mijn naam te zuiveren. Hebt u enig idee wat het voor een onschuldig iemand betekent om maar op gerechtigheid te moeten wachten en wachten? Om al die insinuaties en al dat gelul in de media te moeten lezen? Om een openbaar aanklager te hebben die overal met zijn neus bovenop zit en wacht tot ik iets doe waardoor hij mijn vrijlating op borgtocht kan herroepen? Kijkt u hier eens naar!'

Hij strekte zijn rechterbeen uit, stroopte zijn broekspijp op en liet me de elektronische enkelband zien die hij van rechter Holder moest dragen.

'Ik wil dit achter de rug hebben!'

Ik knikte troostend. Ik wist dat hij het onmiddellijk met me voor gezien zou houden als ik hem vertelde dat ik het proces wilde laten uitstellen. Ik besloot daarover te beginnen in een strategiebespreking nadat ik de deal gesloten had, als dat tenminste zou gebeuren.

'Ik heb met veel cliënten te maken gehad die vals beschuldigd waren,' loog ik. 'Het wachten op gerechtigheid kan bijna onverdraaglijk zijn, maar het maakt rehabilitatie ook des te betekenisvoller.' Elliot reageerde niet en ik liet de stilte niet lang duren.

'Ik heb het grootste deel van de middag doorgebracht met het bestuderen van de dossiers en het bewijsmateriaal in uw zaak. Ik vertrouw erop dat u het proces niet uit hoeft te stellen, meneer Elliot. Ik ben er meer dan klaar voor om verder te gaan. Een andere advocaat is dat misschien niet, maar ik ben er klaar voor.'

Dat was het dan, mijn beste verkooppraatje dat voor het grootste deel uit leugens en overdrijvingen bestond. Maar ik hield nog niet op.

'Ik heb de strategie bestudeerd die meneer Vincent uitgestippeld heeft. Ik zou daar geen verandering in aan willen brengen, maar ik denk wel dat er ruimte is voor verbetering. En ik ben zo nodig volgende week gereed om te beginnen. Ik denk dat uitstel altijd nuttig kan zijn, maar het is niet nodig.'

Elliot knikte en wreef met een vinger over zijn mond.

'Ik moet erover nadenken,' zei hij. 'Ik moet met een paar mensen praten en u laten natrekken, net zoals ik dat bij Vincent heb gedaan voor ik met hem in zee ging.'

Ik besloot te gokken en te proberen om Elliot tot een snel besluit te dwingen. Ik wilde niet dat hij me zou natrekken en er misschien achter zou komen dat ik een jaar verdwenen was geweest. Dat zou te veel vragen oproepen.

'Dat is een goed idee,' zei ik. 'Neem de tijd ervoor, maar laat het niet te lang duren. Hoe langer u met uw beslissing wacht, hoe groter de kans is dat de rechter het nodig zal vinden om het proces uit te stellen. Ik weet dat u dat niet wilt, maar in afwezigheid van meneer Vincent of een andere advocaat, wordt de rechter waarschijnlijk nerveus en overweegt hij uitstel. Als u mij kiest, zal ik proberen de zaak zo snel mogelijk voor de rechter te krijgen. Ik zal hem zeggen dat we er nog steeds klaar voor zijn.'

Ik stond op, haalde een kaartje uit mijn zak en legde dat op de glazen tafel.

'Dit zijn al mijn nummers. U kunt me altijd bellen.'

Ik hoopte dat hij zou zeggen dat ik moest gaan zitten en dat we met de voorbereidingen voor het proces zouden kunnen beginnen. Maar Elliot pakte alleen het kaartje op. Hij leek het te bestuderen toen ik hem alleen liet. Voordat ik bij de deur van het kantoor was, werd hij van de andere kant geopend en mevrouw Albrecht stond voor me. Ze glimlachte warm.

'Ik weet zeker dat we elkaar nog zullen spreken,' zei ze.

Ik had het gevoel dat ze alles had gehoord wat er tussen haar baas en mij was besproken.

'Dank u, mevrouw Albrecht,' zei ik. 'Ik hoop het van harte.'

14

Toen ik terugkwam, stond Cisco leunend tegen de Lincoln een sigaret te roken.

'Dat was snel,' zei hij.

Ik opende het achterportier om in de auto te gaan zitten voor het geval er camera's op het parkeerterrein hingen en Elliot naar me keek.

'Jij hebt ook altijd iets opbeurends te zeggen.'

Ik stapte in en hij deed hetzelfde.

'Ik zeg alleen dat het me een beetje snel leek,' zei hij. 'Hoe ging het?'

'Ik heb mijn best gedaan. We zullen waarschijnlijk gauw iets horen.'

'Denk je dat hij het gedaan heeft?'

'Waarschijnlijk wel, maar dat maakt niet uit. We hebben andere dingen om ons zorgen over te maken.'

Het was moeilijk om na over een honorarium van een kwart miljoen te hebben nagedacht mijn aandacht te richten op enkelen van de mindere goden op Vincents cliëntenlijst, maar dat was het werk nu eenmaal. Ik opende mijn tas en haalde de andere actieve dossiers eruit. Het was tijd om te beslissen bij wie we als volgende zouden langsgaan.

Cisco reed achteruit de parkeerplaats af en zette koers naar de poort.

'Lorna wil graag horen hoe het ging,' zei hij.

Ik keek hem in de achteruitkijkspiegel aan.

'Wat?'

'Lorna heeft me gebeld toen je binnen was. Ze wil echt graag weten hoe het met Elliot ging.'

'Maak je geen zorgen. Ik bel haar wel, maar laat me eerst bedenken waar we naartoe gaan.'

Het adres van iedere cliënt – in elk geval het adres dat opgegeven was nadat het contract met Vincent was getekend – stond keurig op de buitenkant van de dossiers. Ik controleerde snel de dossiers om naar adressen in Hollywood te zoeken. Ten slotte stuitte ik op het dossier van de vrouw die van schennis der eerbaarheid was beschuldigd. De cliënte die eerder die dag naar Vincents kantoor was gekomen om haar dossier terug te vragen.

'Hier gaan we heen,' zei ik. 'Rij als je het terrein af bent Melrose Avenue af naar La Brea Avenue. We hebben daar een cliënte. Een van degenen die vandaag op kantoor zijn geweest. Ze kwam haar dossier halen.'

'Oké.'

'Daarna kom ik naast je zitten. ik wil niet dat je te veel het gevoel krijgt dat je een chauffeur bent.'

'Het is geen slecht baantje. Ik zou eraan kunnen wennen.'

Ik haalde mijn telefoon tevoorschijn.

'Hé, Mick, ik moet je iets vertellen,' zei Cisco.

Ik haalde mijn duim van de sneltoets voor Lorna.

'Ja, zeg het maar.'

'Ik wilde het je zelf vertellen voordat je het van iemand anders zou horen. Lorna en ik… we gaan trouwen.'

Ik had zelf al aangevoeld dat ze die richting uit gingen. Lorna en ik waren al vijftien jaar vrienden voordat we één jaar getrouwd waren geweest. Het was voor mij een reactie op een eerder, gestrand huwelijk en het was het stomste wat ik ooit had gedaan. We scheidden toen we onze fout inzagen en het lukte ons op de een of andere manier om goede vrienden te blijven. Er was niemand op de wereld die ik meer vertrouwde. We waren niet meer verliefd, maar ik hield nog steeds van haar en ik zou haar altijd beschermen.

'Vind je dat goed, Mick?'

Ik keek Cisco in de achteruitkijkspiegel aan.

'Daar sta ik buiten, Cisco.'

'Dat weet ik, maar ik wil weten of je het goedkeurt. Je begrijpt wel wat ik bedoel.'

Ik keek door het raampje naar buiten en dacht even na voor ik antwoordde. Toen keek ik hem weer in de spiegel aan.

'Ja, ik vind het prima, maar ik zal je iets vertellen, Cisco. Ze is een van de vier belangrijkste mensen in mijn leven. Je bent zo'n twintig kilo zwaarder dan ik en, ik geef het toe, het zijn allemaal spieren. Maar als je haar pijn doet, zal ik een manier vinden om jou ook pijn te doen. Begrijp je dat?'

Hij wendde zijn blik van de spiegel af en keek naar de weg voor hem. We zaten in de rij auto's die van het terrein af ging en we reden langzaam. De stakende schrijvers hadden zich op het trottoir verzameld en probeerden mensen die de studio verlieten op te houden.

'Ja, Mick, dat begrijp ik.'

We zwegen daarna een tijdje terwijl we met een slakkengangetje doorreden. Cisco bleef in de spiegel naar me kijken.

'Wat is er?'

'Ik ben aan het tellen. Je dochter is er één. En dan hebben we Lorna. Ik vroeg me af wie de andere twee waren.'

Voordat ik kon antwoorden, begon de elektronische versie van de ouverture van *Wilhelm Tell* in mijn hand te spelen. Ik keek naar het schermpje van mijn telefoon. Er stond PRIVÉBELLER. Ik nam op.

'Haller.'

'Wacht u even op Walter Elliot,' zei mevrouw Albrecht.

Niet veel later hoorde ik de bekende stem.

'Meneer Haller?'

'Ja. Wat kan ik voor u doen?'

Ik voelde dat mijn maag van nervositeit verkrampte. Hij had beslist.

'Is u iets aan mijn zaak opgevallen, meneer Haller?'

De vraag overviel me.

'Hoe bedoelt u?'

'Eén advocaat. Ik heb één advocaat, meneer Haller. Ik moet deze zaak niet alleen voor de gewone rechtbank winnen, maar ook voor die van de publieke opinie.'

'Dat snap ik,' zei ik hoewel ik niet helemaal begreep wat hij wilde zeggen.

'Ik heb in de afgelopen tien jaar heel wat winnaars weten uit te kiezen. Ik heb het over films waarin ik mijn geld investeer. Ik heb winnaars uitgekozen omdat ik de opinies en de smaak van het grote publiek goed aanvoel. ik weet wat de mensen mooi vinden, omdat ik weet wat ze denken.'

'Dat geloof ik graag, meneer.'

'En ik denk dat het publiek gelooft dat je meer advocaten nodig hebt naarmate je schuldiger bent.'

Daar had hij geen ongelijk in.

'Dus het eerste wat ik tegen meneer Vincent zei toen ik hem in de arm nam, was dat ik geen dreamteam wilde hebben, alleen hem. We hebben er in het begin een tweede advocaat bij gehaald, maar dat was maar tijdelijk. Ze heeft haar nut gehad en is weer vertrokken. Eén advocaat, meneer Haller. Zo wil ik het hebben. Maar dan wel de beste die ik kan krijgen.'

'Dat begr...'

'Ik heb een besluit genomen, meneer Haller. U hebt indruk op me gemaakt toen u hier was. Ik wil voor het proces van uw diensten gebruikmaken. U zult mijn ene advocaat zijn.'

Ik probeerde mijn stem rustig te laten klinken voordat ik antwoordde.

'Ik ben blij dat te horen. Zeg maar Mickey.'

'En noem jij me maar Walter. Maar ik wil per se één ding met je afspreken voor we deze overeenkomst bezegelen.'

'Wat is dat dan?'

'Geen uitstel. We komen op schema voor de rechter. Ik wil het je horen zeggen.'

Ik aarzelde. Ik wilde uitstel hebben, maar ik wilde ook de zaak heel graag doen.

'We zullen de boel niet uitstellen,' zei ik. 'We zullen aanstaande donderdag klaar zijn om voor de rechter te verschijnen.'

'Welkom aan boord dan. Wat gaan we nu doen?'

'Ik ben nog steeds op het terrein. Ik kan keren en terugkomen.'

'Ik vrees dat ik tot zeven uur moet vergaderen en daarna heb ik een voorvertoning van onze film voor het awardsseizoen.'

Ik zou gedacht hebben dat zijn proces en zijn vrijheid hem meer waard zouden zijn dan zijn vergaderingen en films, maar ik zei er niets van. Ik zou Walter Elliot de volgende keer dat ik hem sprak meer realiteitszin bijbrengen.

'Oké, als je me dan nu je faxnummer geeft, dan laat ik mijn secretaresse je een contract sturen. Het zal dezelfde honorariumstructuur hebben als het contract dat je met Jerry Vincent had.'

Er viel een stilte en ik wachtte. Als hij het honorarium wilde verlagen, zou hij dat nu kunnen doen. Maar in plaats daarvan herhaalde hij een faxnummer dat ik mevrouw Albrecht aan hem hoorde opgeven. Ik schreef het op het omslag van een van de dossiers.

'Hoe ziet je dag er morgen uit, Walter?'

'Morgen?'

'Ja, als we vanavond niets kunnen doen dan moet het morgen maar. We moeten beginnen. Als je geen uitstel wilt, dan wil ik nog beter voorbereid zijn dan ik nu al ben. We moeten praten en de zaak doornemen. Er zitten een paar leemten in de verdediging en ik denk dat je me kunt helpen die op te vullen. Ik kan in de middag naar de studio komen of je waar dan ook treffen.'

Ik hoorde gedempte stemmen toen hij met mevrouw Albrecht overlegde.

'Ik heb nog ruimte om vier uur,' zei hij ten slotte. 'Hier in de bungalow.'

'Oké, ik zal er zijn. En zeg af wat je eventueel om vijf uur hebt. We hebben minstens een paar uur nodig om te beginnen.'

Elliot ging akkoord met twee uur en we wilden net het gesprek beëindigen toen ik aan iets anders dacht.

'Walter, ik wil de plaats delict zien. Kan ik vóór onze bespreking in het huis in Malibu gaan kijken?'

Er viel weer een stilte.

'Hoe laat?'

'Zeg jij maar wat het beste uitkomt.'

Weer bedekte hij de telefoon en weer hoorde ik hem gedempt met mevrouw Albrecht praten. Daarna kwam hij weer aan de lijn.

'Is elf uur goed? Dan zorg ik dat er iemand is om je binnen te laten.'

'Dat is prima. Zie je morgen, Walter.'

Ik klapte de telefoon dicht en keek Cisco in de spiegel aan.

'We hebben hem.'

Cisco drukte van vreugde op de claxon. Het was een lang getoeter waardoor de automobilist voor ons zijn vuist ophief en zijn vinger naar ons opstak. De stakende schrijvers op straat vatten het getoeter op als een teken van steun vanuit de gehate studio. Ik hoorde een luid gejuich uit hun gelederen opstijgen.

15

Bosch arriveerde de volgende ochtend vroeg. Hij was alleen. Zijn vredesaanbod was de extra kop koffie die hij bij zich had en die hij me overhandigde. Ik drink geen koffie meer – ik probeer elke verslaving in mijn leven te vermijden – maar ik pakte hem toch aan omdat ik dacht dat de geur van cafeïne me misschien een oppepper zou geven. Het was pas kwart voor acht, maar ik had al meer dan twee uur in Jerry Vincents kantoor zitten werken.

Ik ging met Bosch het archief binnen. Hij zag er nog vermoeider uit dan ik me voelde en ik was er vrij zeker van dat hij hetzelfde pak aanhad als de vorige dag.

'Lange nacht?' vroeg ik.

'O ja.'

'Achter aanwijzingen of achter de meiden aan gezeten?'

Het was een vraag die ik eens de ene rechercheur aan een andere had horen stellen nadat hij hem in een gang van de rechtbank had begroet. Ik denk dat hij alleen gereserveerd was voor politiemensen, want hij kwam bij Bosch niet zo goed over. Hij maakte een geluid in zijn keel en antwoordde niet.

In het archief zei ik tegen hem dat hij aan de kleine tafel kon gaan zitten. Er lag een blocnote op tafel, maar er lagen geen dossiers. Ik ging op de andere stoel zitten en zette mijn koffie neer.

'Zo,' zei ik en ik pakte de blocnote op.

'Zo,' zei Bosch toen ik verder niets meer zei.

'Ik heb rechter Holder gisteren in haar raadkamer gesproken en een plan bedacht met behulp waarvan we je kunnen geven wat je uit de dossiers nodig hebt zonder je de dossiers zelf te geven.'

Bosch schudde zijn hoofd.

'Wat is er?' vroeg ik.

'Je had me dat gisteren bij Parker Center moeten vertellen,' zei hij. 'Dan zou ik mijn tijd niet verknoeid hebben.'

'Ik dacht dat je dit zou waarderen.'

'Het gaat niet werken.'

'Hoe weet je dat? Hoe kun je daar zo zeker van zijn?'

'Hoeveel moorden heb je onderzocht, Haller? En hoeveel heb je er opgelost?'

'Oké, het is me duidelijk. Jij bent de man van Moordzaken. Maar ik ben beslist in staat om dossiers te bestuderen en vast te stellen wat een echte bedreiging van Jerry Vincent was. Door mijn ervaring als strafpleiter zou ik misschien zelfs een bedreiging kunnen ontdekken die jij als rechercheur over het hoofd zou zien.'

'Dat zeg jij.'

'Ja, dat zeg ik.'

'Luister, ik beweer alleen maar iets voor de hand liggends. Ik ben de rechercheur. Ik ben degene die die dossiers zou moeten doorspitten omdat ik weet waarnaar ik zoek. Ik wil je niet beledigen, maar je bent hierin een amateur. Dus ik ben hier in een positie waarin ik moet aannemen wat een amateur me geeft en er maar op moet vertrouwen dat ik alles krijg wat er uit de dossiers te halen is. Zo werkt het niet. Ik vertrouw het bewijsmateriaal pas als ik het zelf gevonden heb.'

'Ik begrijp wat je bedoelt, rechercheur, maar het is niet anders. Dit is de enige methode die rechter Holder heeft goedgekeurd en ik moet je zeggen dat je al boft dat je dit krijgt. Ze was er helemaal niet happig op om je te helpen.'

'Dus je wilt beweren dat je de kastanjes voor me uit het vuur gehaald hebt?'

Hij vroeg het op een ongelovige, sarcastische toon, alsof het een soort wiskundige onmogelijkheid was dat een advocaat een politierechercheur zou helpen.

'Dat klopt,' zei ik uitdagend. 'Ik heb de kastanjes voor je uit het vuur gehaald. Ik heb je gisteren verteld dat Jerry Vincent een vriend van me was. Ik wil graag dat je zijn moordenaar te pakken krijgt.'

'Je maakt je waarschijnlijk ook zorgen om je eigen hachje.'

'Dat ontken ik niet.'

'Dat zou ik ook doen wanneer ik jou was.'

'Moet je luisteren, wil je de lijst nu hebben of niet?'

Ik hield de blocnote omhoog alsof ik een hond met een speeltje plaagde. Toen hij zijn hand ernaar uitstrekte, trok ik de mijne terug, maar ik had er onmiddellijk spijt van en overhandigde hem snel de blocnote. Het was een onhandig gedoe, net als toen we elkaar de vorige dag de hand schudden.

'Er staan elf namen op die lijst met een korte samenvatting van het dreigement dat ieder van hen tegenover Jerry geuit heeft. We boffen dat Jerry het belangrijk vond om elk dreigement dat hij ontving te onthouden en op te schrijven. Ik heb dat nooit gedaan.'

Bosch antwoordde niet. Hij las de eerste bladzijde van de blocnote.

'Ik heb de zwaarste bedreigingen bovenaan gezet,' zei ik.

Bosch keek me aan en ik wist dat hij me weer de les wilde gaan lezen omdat ik de rol van rechercheur had aangenomen. Ik hief een hand op om hem de mond te snoeren.

'Niet vanuit het standpunt van je onderzoek, maar vanuit het standpunt van een advocaat. Ik heb me voorgesteld dat ik in Jerry's schoenen stond en me vervolgens afgevraagd welke dreigementen mij het meest zorgen zouden baren. Zoals dat van de laatste op de lijst, James Demarco. De man is de bak in gegaan wegens wapenhandel en verboden wapenbezit en hij vond dat Jerry de zaak verknald had. Zodra zo'n man vrijgelaten wordt, kan hij aan een wapen komen.'

Bosch knikte en keek weer op de blocnote. Hij sprak zonder ervan op te kijken.

'Wat heb je verder nog voor me?'

'Hoe bedoel je?'

Hij keek me aan en zwaaide met de blocnote alsof de informatie erin niets voorstelde.

'Ik ga deze namen door de computer halen om te kijken waar deze gasten allemaal zijn. Misschien is je wapenhandelaar op vrije voeten en is hij op wraak uit. Maar dit zijn dode zaken. Als deze dreigementen serieus waren, zouden ze al lang geleden uitgevoerd zijn. Datzelfde geldt voor de dreigementen die hij heeft ontvangen toen hij openbaar aanklager was. Dus hiermee bezorg je me alleen maar een hoop werk, Haller.'

'Een hoop werk? Sommigen van die kerels bedreigden hem toen ze naar de gevangenis afgevoerd werden. Misschien zijn enkelen van hen vrij. Misschien is er maar één vrij en heeft hij zijn dreigement uitgevoerd. Misschien heeft iemand het vanuit de gevangenis door een ander laten doen. Er zijn een heleboel mogelijkheden en ze horen niet als "een hoop werk" te worden afgedaan. Ik begrijp je houding hierin niet.'

Bosch glimlachte en schudde zijn hoofd. Ik herinner me dat mijn vader hetzelfde deed wanneer hij mij als vijfjarige ging vertellen dat ik iets verkeerd begrepen had.

'Het kan me niet schelen wat je van mijn houding vindt,' zei hij. 'We zullen je aanwijzingen natrekken, maar ik ben op zoek naar iets recenters. Iets uit Vincents open zaken.'

'Daarmee kan ik je niet helpen.'

'Natuurlijk kun je dat. Je hebt nu alle zaken. Ik neem aan dat je ze aan het bestuderen bent en met al je nieuwe cliënten een afspraak maakt. Als je iets tegenkomt of iets ziet of hoort wat niet lijkt te kloppen of niet juist lijkt en je misschien beetje bang maakt, moet je me bellen.'

Ik staarde hem zonder te antwoorden aan.

'Je weet maar nooit,' zei hij. 'Misschien redt het je van…'

Hij maakte de zin niet af en haalde zijn schouders op, maar de boodschap was duidelijk. Hij probeerde me zo bang te maken dat ik veel vergaander zou meewerken dan rechter Holder zou toestaan en dan ik me kon permitteren zonder me er onprettig bij te voelen.

'Het is één ding om informatie uit gesloten zaken door te spelen,' zei ik. 'Maar het is heel iets anders als ik datzelfde doe met actieve zaken. En bovendien weet ik dat je me om meer dan alleen dreigementen vraagt. Je denkt dat Jerry ergens op gestuit is of dat hij iets wist wat hem het leven heeft gekost.'

Bosch bleef me aankijken en knikte langzaam. Ik wendde als eerste mijn blik af.

'Hoe zit het met dat tweerichtingsverkeer, rechercheur? Wat weet je dat je me niet wilt vertellen? Wat stond er op de laptop dat zo belangrijk was? Wat zat er in de map?'

'Ik kan niet met je over een lopend onderzoek praten.'

'Toen je gisteren over de FBI vroeg kon je dat anders wel.'

Hij keek me aan en kneep zijn donkere ogen half dicht.

'Ik heb je niets over de FBI gevraagd.'

'Kom nou, rechercheur. Je hebt me gevraagd of hij ook federale zaken had. Waarom zou je dat doen als je niet vermoedt dat er een federaal verband bestaat? Ik vermoed dat het de FBI was.'

Bosch aarzelde. Ik had het gevoel dat ik goed gegokt had en dat ik hem in het nauw gedreven had. Doordat ik de FBI had genoemd, zou hij denken dat ik iets wist. Nu zou hij mij iets moeten geven om iets terug te krijgen.

'Deze keer jij eerst,' spoorde ik hem aan.

Hij knikte

'Oké, de moordenaar heeft Jerry Vincents mobiele telefoon meegenomen die in een van zijn zakken of in zijn aktetas zat.'

'Ja.'

'Ik heb gisteren de telefoongegevens gekregen, vlak voordat ik jou sprak. Op de dag waarop hij is vermoord is hij drie keer door de FBI gebeld en vier dagen daarvoor twee keer. Hij praatte met iemand daar of zij praatten met hem.'

'Wie?'

'Dat weet ik niet. Alle uitgaande gesprekken worden daar op het hoofdnummer geregistreerd. Ik weet alleen dat hij gebeld werd door de FBI. Ik weet geen namen.'

'Hoe lang duurden die gesprekken?'

Bosch aarzelde. Hij wist niet precies wat hij kon onthullen. Hij keek naar de blocnote in zijn hand en ik zag dat hij onwillig besloot me meer te vertellen. Hij zou boos worden wanneer ik hem op mijn beurt niets te vertellen had.

'Het waren allemaal korte gesprekken.'

'Hoe kort?'

'Geen van alle langer dan een minuut.'

'Dan hadden ze misschien gewoon het verkeerde nummer gedraaid.'

Hij schudde zijn hoofd.

'Dat zou te vaak zijn. Ze wilden iets van hem.'

'Heeft de FBI naar het moordonderzoek geïnformeerd?'

'Nog niet.'

Ik dacht daarover na en haalde mijn schouders op.

'Misschien doen ze dat nog en dan weet je het.'

'Ja, en misschien doen ze het niet. Het is hun stijl niet, als je begrijpt wat ik bedoel. Nu is het jouw beurt. Wat voor federale zaak heb je?'

'Geen enkele. Ik heb geconstateerd dat Vincent geen federale zaken had.'

Ik zag dat Bosch steeds bozer werd toen tot hem doordrong dat ik hem erin had laten lopen.'

'Wil je beweren dat je geen enkele federale connectie hebt gevonden? Zelfs geen kaartje van iemand van de FBI?

'Dat klopt. Niets.'

'Het gerucht deed de ronde dat een federale onderzoekscommissie een onderzoek naar corruptie bij de staatsrechtbanken gaat instellen. Weer je daar iets van?'

Ik schudde mijn hoofd.

'Ik ben een jaar uit de roulatie geweest.'

'Bedankt voor je hulp.'

'Luister, rechercheur, ik snap dit niet. Waarom kun je de FBI niet gewoon bellen en vragen wie met het slachtoffer gebeld heeft? Zou een onderzoek zo niet moeten verlopen?'

Bosch glimlachte alsof hij een kind tegenover zich had.

'Als ze willen dat ik iets moet weten, komen ze wel naar me toe. Als ik hen bel, negeren ze me gewoon. Als dit deel uitmaakt van een onderzoek of als ze met iets anders bezig zijn, is de kans dat ze met een lokale politieman praten heel klein tot nihil. Als zij degenen zijn die verantwoordelijk zijn voor zijn dood, is de kans nul.'

'Hoe zouden zij voor zijn dood verantwoordelijk kunnen zijn?'

'Dat heb ik je net verteld. Ze bleven bellen. Ze wilden iets van hem. Ze zetten hem onder druk. Misschien wist iemand anders daarvan en beschouwde hij hem als een risico.'

'Dat is veel speculatie voor vijf telefoontjes die samen nog geen vijf minuten hebben geduurd.'

Bosch hield de blocnote omhoog.

'Niet meer dan in deze lijst.'

'En de laptop?'

'Wat is daarmee?'

'Gaat dit daar allemaal om, om iets wat op zijn computer stond?'

Bosch knikte en stond op.

'Nog een prettige dag, Haller.'

Hij liep weg met de blocnote in zijn hand. Ik vroeg me af of hij me had gewaarschuwd of dat hij de hele tijd dat hij in de kamer was een spelletje met me had gespeeld.

112

16

Een kwartier nadat Bosch was vertrokken, arriveerden Lorna en Cisco en we gingen met z'n drieën in Vincents kantoor zitten. Ik nam plaats achter het bureau van de dode advocaat en zij gingen naast elkaar tegenover me zitten. Het was weer een bijeenkomst om de score bij te houden. We namen de zaken door, bespraken wat er de vorige avond was bereikt en wat er nog gedaan moest worden.

Met Cisco achter het stuur had ik de vorige avond elf cliënten van Vincent bezocht. Acht van hen gingen met mij als advocaat verder en de andere drie gaf ik hun dossier terug. Dit waren de gevallen die voorrang hadden, cliënten die ik hoopte te houden omdat ze konden betalen of omdat ik bij het doornemen van hun zaken had geconcludeerd dat ze niet kansloos waren. Het waren zaken die ik kon winnen of die een uitdaging vormden.

Dus het was geen slechte avond geweest. Ik had zelfs de vrouw die van schennis der eerbaarheid werd beschuldigd, weten over te halen me als advocaat aan te houden. En dat ik Walter Elliot had vastgehouden, was natuurlijk de kers op de taart. Lorna vertelde dat ze hem een contract had gefaxt en dat het al ondertekend was teruggestuurd. Wat dat betreft stonden we er dus goed voor. Ik kon de honderdduizend dollar op de trustrekening aanspreken.

Vervolgens stelden we het plan voor vandaag op. Ik zei tegen Lorna dat ik wilde dat zij en Wren – mocht die komen opdagen – zouden proberen de resterende cliënten te bereiken. Als dat lukte moesten ze hen van Jerry Vincents overlijden op de hoogte stellen en afspraken voor me maken zodat ik met hen de opties voor hun verdediging zou kunnen bespreken. Ik wilde ook dat Lorna zou doorgaan met het samenstellen van de agenda en dat ze zich zou verdiepen in Vincents dossiers en financiële gegevens.

Ik zei tegen Cisco dat ik wilde dat hij zijn aandacht op de zaak-Elliot zou richten met speciale nadruk op het behouden van de getuigen. Dat betekende dat hij aan de hand van de door Jerry Vincent al samengestelde voorlopige lijst met getuigen die de verdediging wilde oproepen dagvaardingen moest uitschrijven voor de politiemensen en andere getuigen die als vijandig beschouwd konden worden. Met de betaalde getuige-deskundigen en anderen die bereid waren om voor de verdediging te getuigen, moest hij contact opnemen en hun verzekeren dat het proces volgens plan zou doorgaan met mij in plaats van Jerry Vincent aan het roer.

'Oké,' zei Cisco. 'Hoe zit het met het onderzoek naar de moord op Vincent? Wil je nog steeds dat ik dat volg?'

'Ja, blijf het bijhouden en laat me horen wat je aan de weet komt.'

'Ik ben erachter gekomen dat ze gisteravond iemand verhoord hebben, maar dat ze hem vanochtend weer vrijgelaten hebben.'

'Wie was het?'

'Dat weet ik nog niet.'

'Een verdachte?'

'Ze hebben hem vrijgelaten, dus nemen ze aan dat hij onschuldig is. Voorlopig.'

Ik knikte alsof ik daarover nadacht. Geen wonder dat Bosch eruit had gezien alsof hij de hele nacht op was geweest.

'Wat ga jij vandaag doen?' vroeg Lorna.

'Elliot is vanaf vandaag mijn prioriteit. Die andere zaken hebben nog een paar puntjes waaraan ik enige aandacht moet besteden, maar ik zal me van nu af aan op Elliot richten. We hebben over acht dagen de juryselectie. Vandaag wil ik op de plaats delict beginnen.'

'Ik zou met je mee moeten gaan,' zei Cisco.

'Nee, ik wil alleen feeling met de plek krijgen. Je kunt er later met een camera en een meetlint naartoe gaan.'

'Is er geen manier om Elliot over te halen om het proces uit te stellen?' vroeg Lorna. 'Beseft hij niet dat je tijd nodig hebt om de zaak te bestuderen en te begrijpen?'

'Dat heb ik hem verteld, maar dat interesseert hem niet. Hij stelde het als voorwaarde om me in de arm te nemen. Ik moest ermee akkoord gaan om volgende week met het proces te beginnen, anders zou hij een andere advocaat nemen. Hij zegt dat hij onschuldig is en hij wil geen dag langer wachten dan nodig om het te bewijzen.'

'Geloof je hem?'

Ik haalde mijn schouders op.

'Dat maakt niet uit. Hij gelooft het en hij heeft er een vreemd vertrouwen in dat het allemaal zal gaan zoals hij wil. Dus ik ben aan het eind van de week klaar om met het proces te beginnen of ik raak hem als cliënt kwijt.'

Op dat moment zwaaide de deur van het kantoor open en ik zag Wren Williams aarzelend in de deuropening staan.

'Neem me niet kwalijk,' zei ze.

'Hallo, Wren,' zei ik. 'Blij dat er bent. Als je even in de receptieruimte wacht, dan komt Lorna er zo aan om met je samen te werken.'

'Prima. Er wacht daar ook een van de cliënten. Patrick Henson. Hij was er al toen ik binnenkwam.'

Ik keek op mijn horloge. Vijf voor negen. Het was een goed teken dat hij op tijd was.

'Stuur hem maar naar binnen.'

Een jongeman kwam binnen. Patrick Henson was kleiner dan ik had verwacht, maar misschien kwam door het zijn lage zwaartepunt dat hij zo'n goede surfer was geworden. Hij had de vereiste diepbruine kleur, maar zijn haar was kortgeknipt. Geen oorringen, geen witte halsketting van schelpen of haaientanden en, voor zover ik kon zien, geen tatoeages. Hij droeg een wijde, zwarte broek en iets wat waarschijnlijk voor zijn mooiste overhemd moest doorgaan. Het had een kraag.

'We hebben elkaar gisteren over de telefoon gesproken, Patrick. Ik ben Mickey Haller en dit is mijn assistente Lorna Taylor. De grote man is Cisco, mijn onderzoeker.'

Hij kwam naar het bureau toe en schudde ons de hand. Zijn greep was stevig.

'Ik ben blij dat je hebt besloten om te komen. Is dat jouw vis daar aan de muur?'

'Ja, dat is Betty.'

'Heb je een opgezette vis een naam gegeven?' vroeg Lorna. 'Het was toch geen huisdier?'

Henson glimlachte voor zich uit.

'Nee, ik heb hem heel lang geleden gevangen. In Florida. We heb-

115

ben hem naast de voordeur gehangen in het huis in Malibu dat ik samen met een paar anderen huurde. Mijn huisgenoten en ik zeiden altijd: "Hallóóó, Betty," tegen haar wanneer we thuiskwamen. Het was een beetje raar.'

Hij draaide zich om en keek me aan.

'Over namen gesproken, noemen we je Trick?'

'Nee, dat was gewoon de naam waar mijn agent mee aankwam. Ik heb die man niet meer. Noem me maar gewoon Patrick.'

'Oké, en je hebt een geldig rijbewijs?'

'Natuurlijk.'

Hij haalde een dikke, nylon portefeuille uit een voorzak van zijn broek. Hij viste zijn rijbewijs eruit en overhandigde het me. Ik bestudeerde het even en gaf het toen aan Cisco. Hij bestudeerde het iets langer dan ik én knikte toen, waarmee hij het zijn officiële goedkeuring gaf.

'Oké, Patrick, ik heb een chauffeur nodig,' zei ik. 'Ik lever de auto en betaal de benzine en de verzekering en jij verschijnt hier elke ochtend om negen uur om me overal heen te brengen waar ik wil. Ik heb je gisteren gezegd hoe de betaling wordt geregeld. Ben je nog geïnteresseerd?'

'Ja.'

'Ben je een veilige chauffeur?' vroeg Lorna.

'Ik heb nog nooit een ongeluk gehad,' zei Patrick.

Ik knikte goedkeurend. Ze zeggen dat een verslaafde het best een andere verslaafde kan herkennen. Ik zocht naar tekenen die erop wezen dat hij nog steeds gebruikte. Zware oogleden, trage spraak, het vermijden van oogcontact. Maar ik vond niets.

'Wanneer kun je beginnen?'

Hij haalde zijn schouders op.

'Ik heb niets te… ik bedoel, wanneer u maar wilt.'

'Zullen we dan maar direct beginnen? Vandaag ben je op proef. We zullen zien hoe je het doet en aan het eind van de dag praten we erover.'

'Prima.'

'Oké, dan gaan we nu weg. Ik vertel je in de auto wel hoe ik alles wil hebben.'

'Cool.'

Hij haakte zijn duimen in zijn broekzakken en wachtte op mijn volgende instructie. Hij zag eruit alsof hij een jaar of dertig was, maar dat kwam doordat zijn huid te veel aan de zon had blootgestaan. Ik wist uit zijn dossier dat hij pas vierentwintig was en nog veel te leren had.

Het plan was om hem vandaag mee terug te nemen naar school.

17

We namen de 10 om het centrum uit te komen en reden in westelijke richting naar Malibu. Ik zat achterin en opende mijn laptop op de uitklapbare tafel. Terwijl ik wachtte tot hij opgestart was, vertelde ik Patrick Henson hoe het allemaal werkte.

'Ik heb geen kantoor meer sinds ik twaalf jaar geleden stopte als pro-Deoadvocaat. Mijn auto is mijn kantoor. Ik heb twee andere Lincolns net als deze. Ik gebruik ze bij toerbeurt. Ze hebben allemaal een printer en een fax en ik heb een draadloze *slot card* in mijn computer. Alles wat ik in een kantoor kan doen, kan ik hier ook doen, terwijl ik op weg ben. Er zijn in LA County meer dan veertig rechtbanken die door de hele provincie verspreid liggen. Je kunt dus het beste zaken doen als je mobiel bent.'

'Cool,' zei Patrick. 'Ik zou ook niet in een kantoor willen zitten.'

'Groot gelijk,' zei ik. 'Te claustrofobisch.'

Mijn computer was opgestart. Ik riep de file op waarin ik algemene formulieren en verzoeken bewaar en begon een verzoek op te stellen om het bewijsmateriaal te mogen onderzoeken.

'Ik werk nu aan jouw zaak, Patrick.'

Hij keek me in de spiegel aan.

'Hoe bedoelt u?'

'Ik heb je dossier doorgenomen en iets gevonden wat meneer Vincent heeft nagelaten en waarvan ik vind dat we het moeten doen.'

'Wat dan?'

'We moeten een onafhankelijke taxatie laten doen van de halsketting die je gestolen hebt. Ze hebben als waarde ervan vijfentwintigduizend dollar opgegeven en daardoor kom je in de categorie kapitale diefstal terecht. Maar het ziet er niet naar uit dat iemand dat heeft aangevochten.'

'U bedoelt dat het geen kapitale diefstal is, als de diamanten nep zijn?'

'Daar kan het op uitdraaien. Maar ik dacht ook nog aan iets anders.'

'Wat dan?'

Ik haalde zijn dossier uit mijn tas om een naam te controleren.

'Laat me je eerst een paar vragen stellen, Patrick,' zei ik. 'Wat deed je in dat huis toen je de halsketting stal?'

Hij haalde zijn schouders op.

'Ik had wat met de dochter van de vrouw des huizes. Ik had haar op het strand leren kennen en gaf haar een beetje surfles. We zijn een paar keer met elkaar uit geweest en gingen met elkaar om. Toen er een verjaardagsfeestje in het huis was, werd ik uitgenodigd. De moeder kreeg de halsketting als verjaardagscadeau.'

'Kwam je er toen achter wat de waarde ervan was?'

'Ja, de vader zei dat het een diamanten halsketting was toen hij hem aan haar gaf. Hij was er echt trots op.'

'Dus de volgende keer dat je in het huis was, heb je de halsketting gestolen.'

Hij antwoordde niet.

'Het was geen vraag, Patrick. Het is een feit. Ik ben nu je advocaat en we moeten de feiten van de zaak bespreken. Lieg nooit tegen me, want dan ben ik je advocaat niet meer.'

'Oké.'

'Dus de volgende keer dat je in het huis was, heb je de halsketting gestolen.'

'Ja.'

'Vertel me er eens over.'

'Toen we alleen in het zwembad waren, zei ik dat ik naar het toilet moest, maar ik wilde eigenlijk alleen kijken of er pillen in het medicijnkastje zaten. Ik had pijn. Er waren geen pillen in de badkamer beneden, dus ging ik naar boven en keek daar rond. Ik keek in het juwelenkistje van haar moeder en zag de halsketting. Ik heb hem gewoon meegenomen.'

Hij schudde zijn hoofd en ik wist waarom. Hij schaamde zich dood voor de dingen die hij vanwege zijn verslaving had gedaan. Ik had dat zelf ook meegemaakt en ik wist dat terugkijken nadat je afgekickt was bijna even beangstigend was als vooruitkijken.

'Het geeft niet, Patrick. Bedankt voor je eerlijkheid. Wat zei die man toen je de ketting beleende?'

'Hij zei dat hij me maar vier meier kon geven omdat de ketting wel van goud was, maar dat de diamanten volgens hem vals waren. Ik zei tegen hem dat hij lulde, maar wat kon ik doen? Ik nam het geld aan en ging naar Tijuana. Ik had de tabletten nodig, dus ik pakte wat ik krijgen kon. Ik was zover heen door die troep dat het me niet kon schelen.'

'Hoe heet dat meisje? Dat staat niet in het dossier.'

'Mandolin, bijna zoals het muziekinstrument. Haar ouders noemen haar Mandy.'

'Heb je haar nog gesproken nadat je gearresteerd was?'

'Nee, man. We hebben elkaar nooit meer gezien.'

De ogen in de spiegel keken nu treurig en vernederd.

'Stom,' zei Henson. 'Het was allemaal zo stom.'

Ik dacht even na over wat hij me had verteld en haalde toen een polaroidfoto uit mijn jaszak. Ik reikte met mijn hand over de rugleuning en tikte hem met de foto op de schouder.

'Kijk hier eens naar.'

Hij pakte de foto aan en hield hem boven het stuur terwijl hij ernaar keek.

'Wat was er in vredesnaam met u gebeurd?' vroeg hij.

'Ik was over een stoep gestruikeld en voor mijn huis hard op mijn gezicht terechtgekomen. Ik had mijn neus en een tand gebroken en mijn voorhoofd lag ook helemaal open. Ze hebben bij de eerstehulppost die foto van me gemaakt om me eraan te helpen herinneren.'

'Waaraan?'

'Ik was net uit mijn auto gestapt nadat ik mijn elfjarige dochter naar het huis van haar moeder teruggebracht had. In die tijd zat ik op driehonderdtwintig milligram OxyCortin per dag. Ik stampte de tabletten fijn en snoof het spul op zodra ik 's ochtends wakker werd, alleen waren de middagen voor mij de ochtenden.'

Ik liet dat even bij hem bezinken voordat ik verderging.

'Dus jij denkt dat wat jij deed stom was? Ik reed mijn dochtertje rond met driehonderdtwintig milligram van die rotzooi in mijn lijf.'

Nu schudde ik mijn hoofd.

'Je kunt aan het verleden niets meer doen, Patrick. Je kunt het alleen daar houden.'

Hij staarde me in de spiegel recht aan.

'Ik ga je door het juridische gedoe heen helpen,' zei ik. 'De rest moet je zelf doen en dat is het moeilijkste deel. Maar dat wist je al.'

Hij knikte.

'In elk geval zie ik hier een lichtstraaltje, Patrick. Iets wat Jerry Vincent niet gezien heeft.'

'Wat is dat dan?'

'De echtgenoot van die moeder heeft haar die halsketting gegeven. Hij heet Roger Vogler en hij heeft een heleboel mensen financieel gesteund die zich in de county voor de een of andere politieke functie verkiesbaar hebben gesteld.'

'Ja, hij is sterk in politiek geïnteresseerd, dat heeft Mandolin me verteld. Ze gaven thuis diners en dat soort dingen om geld in te zamelen.'

'Als de diamanten van die halsketting vals zijn, zal hij niet willen dat dat in de rechtszaal naar voren komt. Vooral niet als zijn vrouw dat niet weet.'

'Maar hoe kan hij dat dan tegenhouden?'

'Hij is iemand die politici financieel steunt, Patrick. Mede door zijn bijdragen zijn minstens vier leden van de raad van toezicht van de county gekozen. De toezichthouders controleren het budget van het OM. Het OM vervolgt je. Het is een voedselketen. Als doctor Vogler een boodschap wil sturen, wordt die gestuurd, geloof me maar.'

Henson knikte. Hij begon het licht te zien.

'In mijn verzoek vraag ik of ik het bewijsmateriaal, met name de diamanten halsketting, onafhankelijk mag laten onderzoeken en taxeren. Je weet maar nooit. Het woord "taxeren" zou de boel wel eens kunnen opschudden. We hoeven alleen maar achterover te leunen en te kijken wat er gaat gebeuren.'

'Gaan we naar de rechtbank om het verzoek in te dienen?'

'Nee, ik tik het verzoek nu in en stuur het per e-mail naar de rechtbank.'

'Dat is cool.'

'De zegeningen van internet.'

'Bedankt, meneer Haller.'

'Graag gedaan, Patrick. Mag ik nu mijn foto terug?'

Hij gaf me de foto over de rugleuning terug en ik keek ernaar. Ik had een bult zo groot als een knikker onder mijn lip en mijn neus wees de verkeerde kant op. Er zat ook een bloedige, geschaafde plek op mijn voorhoofd. De ogen waren het moeilijkst om naar te kijken. Versuft en verloren staarden ze met onvaste blik naar de camera. Hier was ik op mijn dieptepunt.

Ik stopte de foto veilig terug in mijn zak.

We reden een kwartier lang zwijgend door terwijl ik het verzoek intikte, online ging en het verstuurde. Het was beslist een waarschuwing voor het OM en het gaf me een goed gevoel. De Lincoln-advocaat was terug. De lone ranger reed weer.

Toen we de tunnel in reden die het einde van de snelweg markeert en uitkomt op de Pacific Coast Highway keek ik op van de computer en zette het raampje een stukje open. Ik vond het altijd een heerlijk gevoel als ik de tunnel uitkom en de oceaan ruik.

We volgden de PC in noordelijke richting naar Malibu. Het was moeilijk voor me om op de computer door te werken wanneer ik de blauwe Grote Oceaan vanuit het raam van mijn kantoor kon zien. Ten slotte gaf ik het op, draaide het raampje helemaal open en leunde achterover.

Toen we eenmaal de mond van Topanga Canyon voorbij waren, zag ik groepen surfers op de golven. Ik zag dat Patrick steeds even naar het water keek.

'In je dossier staat dat je in de ontwenningskliniek bij Crossroads in Antigua hebt gezeten,' zei ik.

'Ja. De kliniek die Eric Clapton heeft opgezet.'

'Was het daar prettig?'

'Het ging wel, maar echt prettig is het in dat soort instellingen natuurlijk nooit.'

'Dar heb je gelijk is. Waren daar golven?'

'Niet noemenswaardig. Ik kreeg trouwens niet veel kans om mijn plank te gebruiken. Hebt u in een ontwenningskliniek gezeten?'

'Ja, in Laurel Canyon.'

'Waar al die sterren naartoe gaan?'

'Het was dicht bij huis.'

'Bij mij was het juist het tegenovergestelde. Ik was zo ver mogelijk van mijn vrienden en mijn huis vandaan. Het heeft gewerkt.'

'Wil je weer gaan surfen?'

Hij keek door het raampje naar buiten voordat hij antwoordde.

122

Een stuk of tien surfers in wetsuits stonden op hun planken en wachtten op de volgende reeks golven.

'Ik denk het niet. In elk geval niet als professional. Mijn schouder is
naar de knoppen.'

Ik wilde hem net vragen waar hij zijn schouder bij het surfen voor
nodig had toen hij zijn antwoord toelichtte.

'Door het water waden is één ding, maar het belangrijkste is om op
de plank te komen. Ik kon dat niet goed meer toen mijn schouder naar
de klote was. Sorry voor mijn taalgebruik.'

'Dat geeft niet.'

'Bovendien denk ik maar één dag vooruit. Dat hebben ze u in Laurel Canyon ook geleerd, hè?'

'Ja. Maar surfen is toch typisch iets waarbij je maar één dag vooruit
hoeft te denken, misschien zelfs maar één golf.'

Hij knikte en ik keek naar zijn ogen. Ze bleven naar de spiegel
terugschieten om me aan te kijken.

'Wat wil je me vragen, Patrick?'

'Eh, ja, ik had een vraag. U weet dat Vincent mijn vis heeft gehouden en aan de muur gehangen?'

'Ja.'

'Nou, ik eh… vroeg me af of hij ergens nog een paar van mijn planken bewaard heeft.'

Ik opende zijn dossier weer en keek het door tot ik het rapport van
de liquidateur vond. Er stond een lijst in met twaalf surfplanken en de
prijzen die ervoor waren betaald.

'Je hebt hem twaalf planken gegeven, hè?'

'Ja, dat waren ze allemaal.'

'Hij heeft ze aan de liquidateur gegeven.'

'Wat is dat?'

'Dat is iemand die hij in de arm nam wanneer hij waardevolle spullen van een cliënt kreeg – sieraden, huizen, maar meestal auto's – en
die te gelde wilde maken om zijn honorarium te krijgen. Volgens dit
rapport heeft de liquidateur ze alle twaalf verkocht. Hij heeft twintig
procent van het geld ingehouden en Vincent achtenveertighonderd
dollar gegeven.'

Patrick knikte, maar hij zei niets. Ik keek nog even naar hem en
concentreerde me toen weer op het rapport van de liquidateur. Ik

herinnerde me dat Patrick in ons eerste telefoongesprek had gezegd dat de twee lange planken het waardevolst waren. Op de lijst stond dat de planken drie meter lang waren en ze waren allebei gemaakt door One World in Sarasota, in Florida. De ene was voor twaalfhonderd dollar aan een verzamelaar verkocht en de andere voor vierhonderd dollar op E-Bay, de online veilingsite. Door het grote prijsverschil tussen de twee planken vermoedde ik dat de verkoop op E-Bay nep was. De liquidateur had de plank waarschijnlijk goedkoop aan zichzelf verkocht met de bedoeling om hem later met winst door te verkopen. Iedereen is op zijn voordeel uit, ook ik. Ik wist dat ik een kans had om de plank terug te krijgen als hij hem nog niet had verkocht.

'Als ik nu eens een van de lange planken zou kunnen terugkrijgen?' vroeg ik.

'Dat zou fantastisch zijn! Ik wou dat ik er een had gehouden.'

'Ik beloof niets, maar ik zal zien wat ik kan doen.'

Ik besloot er later mijn onderzoeker op te zetten. Het zou de liquidateur vast toeschietelijker maken als Cisco verscheen en vragen ging stellen.

Patrick en ik zwegen de rest van de rit. Na nog eens twintig minuten reden we de oprijlaan van Walter Elliots huis op. Het was een in Moorse stijl gebouwd stenen huis met bruine luiken. Het middelste deel van de gevel eindigde in een toren die zich in silhouet tegen de blauwe hemel aftekende. Een zilverkleurige middenklasse-Mercedes stond op de kinderhoofdjes geparkeerd. We parkeerden ernaast.

'Wilt u dat ik hier wacht?' vroeg Patrick.

'Ja. Ik denk niet dat het lang zal duren.'

'Ik ken dit huis. Het is van achteren helemaal van glas. Ik heb een paar keer geprobeerd erachter te surfen, maar de stroming is te sterk.'

'Doe de achterklep eens open.'

Ik stapte uit en liep naar de kofferbak om mijn digitale camera te pakken. Ik zette hem aan om te controleren of de batterij nog vol genoeg was en nam toen snel een foto van de voorkant van het huis. De camera deed het en ik kon beginnen.

Ik liep naar de deur die al opening voordat ik op de bel had gedrukt. Mevrouw Albrecht stond voor me en ze zag er even mooi uit als toen ik haar de vorige dag had gezien.

18

Toen Walter Elliot tegen me zei dat hij ervoor zou zorgen dat er iemand in het huis in Malibu zou zijn, had ik niet verwacht dat hij zijn secretaresse zou sturen.

'Mevrouw Albrecht, hoe is het met u?'

'Heel goed. Ik ben hier net aangekomen en ik dacht al dat ik u misschien gemist had.'

'Nee hoor. Ik kom ook net aan.'

'Komt u alstublieft binnen.'

Het huis had een entree van twee verdiepingen onder de toren. Toen ik omhoogkeek, zag ik dat er een smeedijzeren kroonluchter in het atrium hing. Er zaten spinnenwebben op en ik vroeg me af of die er waren gekomen omdat het huis sinds de moorden niet meer werd gebruikt of doordat de kroonluchter zo hoog hing dat je er met een stofdoek niet bij kon.

'Hierheen,' zei mevrouw Albrecht.

Ik volgde haar de grote woonkamer in die groter was dan mijn hele huis. Het was een complete ontvangstruimte met een glazen wand aan de westkant die de Grote Oceaan direct het huis binnenbracht.

'Prachtig,' zei ik.

'Dat is het zeker. Wilt u de slaapkamer zien?'

Ik negeerde de vraag, zette de camera aan en nam een paar foto's van de woonkamer en het uitzicht.

'Weet u wie hier binnen is geweest sinds de politie het huis vrijgegeven heeft?' vroeg ik.

Mevrouw Albrecht dacht even na voordat ze antwoordde.

'Heel weinig mensen. Ik geloof niet dat meneer Elliot hier is geweest, maar natuurlijk is meneer Vincent hier een keer naartoe gekomen en ik geloof dat zijn onderzoeker hier ook een paar keer is geweest. En de politie is hier twee keer teruggekomen sinds het huis weer aan meneer Elliot is overgedragen. Ze hadden een huiszoekingsbevel.'

Er zaten kopieën van de huiszoekingsbevelen in het dossier. Beide keren had de politie maar één ding gezocht: het moordwapen. De zaak tegen Elliot was helemaal op indirect bewijsmateriaal gebaseerd, ook al had hij kruitsporen op zijn handen gehad. Ze hadden het moordwapen nodig om de zaak helemaal rond te krijgen, maar dat hadden ze niet. Volgens de aantekeningen in het dossier hadden duikers na de moorden twee dagen in het water achter het huis gezocht, maar ze hadden de revolver niet kunnen vinden.

'Hoe zit het met schoonmakers?' vroeg ik. 'Is er iemand binnen geweest om het huis schoon te maken?'

'Nee, niemand. Meneer Vincent had ons gezegd dat we alles zo moesten laten als het was, voor het geval dat hij het huis tijdens het proces op de een of andere manier nog nodig zou hebben.'

Er werd in de dossiers niet vermeld dat Vincent het huis mogelijkerwijs tijdens het proces nog nodig zou hebben. Ik wist niet wat de redenering daarachter zou kunnen zijn. Mijn instinctieve reactie op het huis was dat ik er geen jury bij in de buurt zou willen hebben. Het uitzicht en de pure luxe die het huis uitstraalde zou Elliots rijkdom alleen maar benadrukken en de juryleden van hem vervreemden. Ze zouden begrijpen dat ze niet echt een jury van zijn gelijken waren. Ze zouden weten dat hij van een totaal andere planeet kwam.

'Waar is de grote slaapkamer?' vroeg ik.

'Die beslaat de hele bovenverdieping.'

'Laten we dan naar boven gaan.'

Toen we een witte wenteltrap met een oceaanblauwe leuning opliepen, vroeg ik mevrouw Albrecht wat haar voornaam was. Ik zei dat het me een ongemakkelijk gevoel gaf dat we zo formeel met elkaar omgingen, temeer daar haar baas en ik elkaar met de voornaam aanspraken.

'Ik heet Nina. Zo kunt u me noemen als u dat wilt.'

'Goed. En u kunt mij Mickey noemen.'

De trap leidde naar een deur die uitkwam op een slaapkamer die zo groot was als sommige rechtszalen waarin ik had gepleit. Hij was zo groot dat hij zowel in de zuid- als de noordmuur een haard had. Er waren een zitgedeelte, een slaapgedeelte en een aparte mannen- en vrouwenbadkamer. Toen Nina Albrecht op een knopje naast de deur drukte, gingen de gordijnen aan de westkant geruisloos open en onthulden een glazen wand die uitzicht op de zee bood.

Het op bestelling gemaakte bed was twee keer zo groot als een gewoon kingsize bed. Het bovenste matras en alle beddengoed en kussens waren ervan afgehaald. Ik nam aan dat die waren meegenomen voor forensische analyse. Op twee plaatsen in de kamer waren stukken vloerbedekking van een meter tachtig in het vierkant weggesneden. Ook dit was gebeurd voor het verzamelen en analyseren van het bloed en eventueel ander bewijsmateriaal.

Op de muur naast de deur zaten opgedroogde bloedspatten die door rechercheurs waren omcirkeld en gemarkeerd met lettercodes. Er waren geen andere tekenen van het geweld dat in de kamer had plaatsgevonden.

Ik liep naar de hoek naast de glazen wand en keek de kamer in. Ik bracht de camera omhoog en nam een paar foto's vanuit verschillende hoeken. Nina liep een paar keer door het beeld, maar dat maakte niet uit. De foto's waren niet voor de rechtbank. Ik zou ze gebruiken om mijn geheugen op te frissen terwijl ik de strategie voor het proces uitwerkte.

De plaats waar een moord is gepleegd, is een kaart. Als je weet hoe je die kunt lezen, kun je soms de weg vinden. De plattegrond van de kamer, de rust van de slachtoffers in de dood, de hoek van het uitzicht, de lichtinval en het patroon van de bloedspatten, de ruimtelijke beperkingen en de geometrische differentiaties waren allemaal aspecten van de kaart. Je kunt dat niet allemaal altijd uit een politiefoto halen. Soms moet je het met eigen ogen zien. Daarom moest ik naar het huis in Malibu toe, voor de kaart, voor de geografie van de moorden. Wanneer ik die begreep, zou ik klaar zijn voor het proces.

Vanuit de hoek keek ik naar het weggesneden vierkant in de witte vloerbedekking vlak bij de deur van de slaapkamer. Daar was het mannelijke slachtoffer, Johan Rilz, doodgeschoten. Mijn blik dwaalde naar het bed waarin Mitzi Elliot was doodgeschoten en waarop haar naakte lichaam diagonaal uitgestrekt had gelegen.

De samenvatting van het onderzoek in het dossier suggereerde dat het naakte stel een indringer in het huis had gehoord. Toen Rilz naar de slaapkamerdeur liep en hem opende, werd hij direct door de moordenaar verrast. Rilz werd in de deuropening doodgeschoten en de moordenaar stapte over zijn lichaam heen de kamer in.

Mitzi Elliot sprong op van het bed en bleef er verstijfd naast staan, met een kussen voor haar lichaam geklemd. Het OM geloofde dat bepaalde aspecten van de misdaad suggereerden dat ze haar moordenaar kende. Ze had hem misschien gesmeekt om haar te laten leven of wellicht had ze geweten dat ze haar dood niet kon ontlopen. Ze was twee keer door het kussen heen getroffen vanaf een geschatte afstand van een meter. Ze was achterover op het bed geworpen en het kussen dat ze als schild had gebruikt, was op de grond gevallen. De moordenaar was daarna naar het bed gestapt en had de loop van de revolver tegen haar voorhoofd gedrukt voor het dodelijke schot.

Dat was in elk geval de officiële lezing. Toen ik daar in de hoek van de kamer stond, wist ik dat er genoeg ongefundeerde aannamen waren die ik tijdens het proces zonder moeite zou kunnen doorprikken.

Ik keek naar de glazen deuren, die uitkwamen op een veranda die uitzicht bood op de Grote Oceaan. In het dossier had niet gestaan of de gordijnen en de deuren ten tijde van de moorden open waren geweest. Ik wist niet of het iets betekende, maar het was een detail dat ik graag had willen weten.

Ik liep naar de glazen deuren en merkte dat ze op slot zaten. Het kostte me moeite om uit te puzzelen hoe ze opengingen. Ten slotte kwam Nina naar me toe om me te helpen. Ze drukte met haar vinger een veiligheidshendel naar beneden terwijl ze met haar andere hand het slot omdraaide. De deuren gingen naar buiten open en lieten het geluid van de donderende branding binnen.

Ik wist onmiddellijk dat het geluid van de branding, als de deuren ten tijde van de moorden open waren geweest, elk geluid dat een indringer in het huis gemaakt mocht hebben, gemakkelijk had kunnen overstemmen. Dit zou de theorie van het OM tegenspreken dat Rilz bij de slaapkamerdeur was doodgeschoten, want hij was naar de deur gegaan nadat hij een indringer had gehoord. Dat zou de nieuwe vraag oproepen wat Rilz naakt bij de deur deed, maar dat maakte voor de verdediging niet uit. Ik hoefde alleen vragen op te roepen en op discrepanties te wijzen om het zaad van de twijfel in het hoofd van een jurylid te planten. Als er maar twijfel in het hoofd van één jurylid gezaaid was, had ik succes. Het was de verdraai-of-vernietigmethode van de strafpleiter.

Ik stapte de veranda op. Ik wist niet of het hoog- of laagwater was, maar ik vermoedde dat het er ergens tussenin zat. Het water was dichtbij. De golven kwamen in en het water stroomde helemaal tot aan de pieren waarop het huis was gebouwd. Het waren golven van bijna twee meter hoog, maar er waren geen surfers te zien. Ik herinnerde me dat Patrick had gezegd dat hij had geprobeerd in de baai te surfen, maar dat de stroming te sterk was.

Ik ging terug naar binnen en zodra ik de slaapkamer weer binnenkwam, besefte ik dat mijn telefoon overging, maar dat ik hem niet had kunnen horen door het lawaai dat de oceaan maakte. Ik keek naar het schermpje, maar er stond PRIVÉBELLER op.

'Nina, ik moet dit gesprek aannemen. Vind je het erg om naar mijn auto te gaan en mijn chauffeur te vragen binnen te komen?'

'Nee hoor.'

'Dank je.'

Ik nam het gesprek aan.

'Hallo?'

'Ik ben het. Ik wil alleen even weten hoe laat je komt.'

'Ik' was mijn eerste ex-vrouw, Maggie McPherson. Volgens het onlangs herziene voogdijcontract mag ik alleen op woensdagavond en om de twee weken het weekend bij mijn dochter zijn. Dat was een groot verschil met de gedeelde voogdij die we eens hadden, maar ik had dat verknald, samen met de tweede kans die ik bij Maggie had gehad.

'Waarschijnlijk om half zeven. Ik heb vanmiddag een bespreking met een cliënt en het zou een beetje kunnen uitlopen.'

Er viel een stilte en ik voelde aan dat ik het verkeerde antwoord had gegeven.

'Wat is er? Heb je een afspraakje?' vroeg ik. 'Hoe laat wil je dat ik er ben?'

'Ik moet hier om half acht weg.'

'Dan ben ik er voor die tijd. Wie is de bofkont?'

'Dat gaat je niets aan. Maar over een bofkont gesproken, ik heb gehoord dat je Jerry Vincents hele praktijk hebt gekregen.'

Nina Albrecht en Patrick Henson kwamen de slaapkamer binnen.

Ik zag Patrick naar het weggesneden vierkant in de vloerbedekking kijken. Ik bedekte het mondstuk en vroeg hun of ze naar beneden wilden gaan en daar op me wilden wachten. Daarna ging ik verder met het telefoongesprek. Mijn ex-vrouw was hulpofficier van justitie en ze werkte in de Van Nuys-rechtbank. Daardoor was ze in een positie om dingen over me te horen.

'Dat klopt,' zei ik. 'Ik ben zijn vervanger, maar ik weet niet of ik daar nu zo mee bof.'

'Je moet aan de zaak Elliot toch een lekker centje verdienen.'

'Ik sta nu in het huis waar de moorden gepleegd zijn. Mooi uitzicht.'

'Nou, veel succes bij je poging om hem vrij te pleiten. Als iemand dat kan, ben jij het wel.'

Ze zei het op de hatelijke toon van een openbaar aanklager.

'Daar zal ik maar niet op reageren.'

'Ik weet toch wel hoe je dat zou doen. Nog één ding. Je krijgt vanavond toch geen bezoek, hè?'

'Waar heb je het over?'

'Ik heb het over twee weken geleden. Hayley zei dat er een vrouw was. Ik geloof dat ze Lanie heette. Ze vond het nogal pijnlijk.'

'Maak je geen zorgen. Ze zal er vanavond niet zijn. Ze is gewoon een vriendin en ze heeft in de logeerkamer geslapen. Maar voor alle duidelijkheid, ik kan iedereen die ik wil te allen tijde bij me thuis laten komen, omdat het mijn huis is en jij bent vrij om in jouw huis hetzelfde te doen.'

'En ik ben ook vrij om naar de rechter te stappen om te zeggen dat je je dochter blootstelt aan het gezelschap van drugsverslaafden.'

Ik haalde diep adem voordat ik zo kalm als ik kon antwoordde.

'Hoe zou jij moeten weten aan wiens gezelschap ik Hayley blootstel?'

'Omdat je dochter niet dom is en haar gehoor is perfect. Ze heeft me zo'n beetje verteld wat er gezegd is en het was heel gemakkelijk om te concluderen dat je… vriendin een ontwenningskuur heeft gevolgd.'

'Is dat een misdaad? Omgaan met mensen die een ontwenningskuur hebben gevolgd?'

'Het is geen misdaad, Michael. Het lijkt me alleen niet goed voor Hayley om met een stoet drugsverslaafden geconfronteerd te worden wanneer ze bij jou logeert.'

130

'Nu is het al een stoet. Ik denk dat ik de verslaafde ben waar jij je het drukst om maakt.'

'Ach, wie de schoen past...'

Ik verloor bijna mijn zelfbeheersing, maar ik kalmeerde mezelf weer door wat frisse zeelucht op te snuiven. Toen ik begon te praten, was ik kalm. Ik wist dat het tonen van woede me alleen maar zou schaden wanneer het zover was om de voogdijregeling aan te passen.

'We hebben het hier over onze dochter, Maggie. Doe haar geen pijn door te proberen mij pijn te doen. Zij heeft haar vader nodig en ik heb mijn dochter nodig.'

'Dat is nu precies wat ik bedoel. Met jou gaat het goed. Het is geen goed idee om het met een verslaafde aan te leggen.'

Ik kneep zo hard in de telefoon dat ik bang was dat hij zou breken. Ik voelde dat mijn wangen en mijn nek warm en vuurrood werden van schaamte.

'Ik moet ophangen.'

Mijn woorden kwamen er gesmoord door mijn eigen mislukkingen uit.

'En ik ook. Ik zal Hayley zeggen dat je er om half acht bent.'

Dat deed ze altijd. Ze eindigde een gesprek altijd met een soort waarschuwing dat ik mijn dochter teleur zou stellen als ik te laat kwam wanneer ik had afgesproken haar op te halen. Ze hing op voordat ik kon regeren.

De woonkamer beneden was leeg, maar toen zag ik Patrick en Nina op de veranda. Ik stapte naar buiten en liep naar de balustrade waar Patrick naar de golven stond te staren. Ik probeerde de opwinding van het gesprek met mijn ex-vrouw uit mijn hoofd te bannen.

'Je zei toch dat je had geprobeerd om hier te surfen, maar dat de stroming te sterk was, Patrick?'

'Dat klopt.'

'Heb je het over een getijdenstroom?'

'Ja, die is hier niet mis. Dat komt door vorm van de baai. De energie van de golven die aan de noordkant inkomen, wordt onder het oppervlak omgeleid en ricocheert dan naar het zuiden. Ze volgt daarna helemaal de omtrek van de baai en verdwijnt dan. Ik heb een paar keer in die stroming vastgezeten, man. Ik werd helemaal langs die rotsen aan de zuidkant meegevoerd.'

Ik bestudeerde de baai terwijl hij beschreef wat er onder het wateroppervlak gebeurde. Als hij gelijk had en als er een getijdenstroom op de dag van de moorden was geweest, dan hadden de duikers van de politie waarschijnlijk op de verkeerde plaats naar het moordwapen gezocht.

En nu was het te laat. Als de moordenaar het wapen in de branding had gegooid, kon het door de stroming onder water helemaal de baai uit en de zee in gevoerd zijn. Ik begon er vertrouwen in te krijgen dat het moordwapen niet onverwacht tijdens het proces zou opduiken.

Voor mijn cliënt was dat goed mieuws.

Ik staarde naar de golven en dacht eraan dat er onder het prachtige oppervlak voortdurend een verborgen kracht in beweging was.

19

De schrijvers hadden een vrije dag genomen of hun stakerspost verplaatst naar een andere locatie. Bij Archway Studios kwamen we zonder de vertraging van de vorige dag door de controle van de verdediging. Het hielp dat Nina Albrecht in de auto voor ons zat en het pad geëffend had.

Het was laat en de mensen gingen allemaal naar huis. Patrick kon de auto vlak voor Elliots bungalow parkeren. Patrick was opgewonden, want hij was nog nooit binnen de hekken van een filmstudio geweest. Ik zei tegen hem dat hij rustig rond kon kijken als hij zijn telefoon maar bij zich hield, want ik wist niet hoe lang de bespreking met mijn cliënt zou duren en ik moest mijn dochter op tijd ophalen.

Terwijl ik achter Nina aan naar binnen liep, vroeg ik of ik Elliot ergens anders dan in zijn kantoor kon spreken. Ik zei dat ik papieren moest uitspreiden en dat de tafel waaraan we de vorige dag hadden gezeten te klein was. Ze antwoordde dat ze me naar de directiekamer zou brengen en dat ik me daar kon installeren terwijl zij haar baas ging halen. Ik zei dat ik dat prima vond, maar de waarheid was dat ik geen papieren zou uitspreiden. Ik wilde Elliot alleen op een neutralere plek spreken. Als ik tegenover hem aan zijn werktafel zou zitten, zou hij de bespreking domineren. Dat was tijdens onze eerste ontmoeting wel duidelijk geworden. Elliot was een sterke persoonlijkheid, maar van nu af aan moest ik degene zijn die de touwtjes in handen had.

Het was een grote kamer met twaalf zwartleren stoelen rondom de glanzende ovale tafel. Er stond een overheadprojector en aan de muur ertegenover hing een langwerpige bekisting waarin het projectiescherm zat. Aan de andere muren hingen ingelijste posters van de films die in de studio waren gemaakt. Ik nam aan dat dit de films waren waarmee de studio veel geld had verdiend.

Ik ging zitten en haalde de dossiers van de zaak uit mijn tas. Toen ik vijfentwintig minuten later de stukken van het OM aan het doornemen was, ging de deur open en kwam Elliot eindelijk binnen. Ik nam niet de moeite om op te staan en hem een hand te geven. Ik probeerde geïrriteerd te kijken toen ik naar de stoel tegenover me aan de tafel wees.

Nina kwam achter hem aan de kamer binnen om te vragen of we iets wilden drinken.

'Nee, niets, Nina,' zei ik voordat Elliot kon antwoorden. 'We moeten direct aan de slag. We laten het je wel weten als we iets nodig hebben.'

Ze leek even verrast doordat iemand anders dan haar baas haar vertelde wat ze moest doen. Ze keek hem aan om bevestiging te vragen en hij knikte. Ze vertrok en sloot de dubbele deuren achter zich. Elliot ging in de stoel zitten die ik hem aangewezen had.

Ik keek mijn cliënt over de tafel heen secondelang aan voordat ik begon te spreken.

'Ik begrijp je niet, Walter.'

'Hoe bedoel je? Wat valt er te begrijpen.'

'Om te beginnen beweer je weliswaar steeds dat je onschuldig bent, maar ik heb niet de indruk dat je dit echt serieus neemt.'

'Daar vergis je je in.'

'O ja? Begrijp je dat je de gevangenis in gaat als je dit proces verliest? En je kunt in afwachting van je hoger beroep niet op borgtocht vrijkomen na een veroordeling voor een dubbele moord. Als je veroordeeld wordt, doen ze je in de rechtszaal de handboeien om en nemen ze je mee.'

Elliot leunde een stukje naar voren voordat hij antwoordde.

'Ik begrijp precies in welke positie ik me bevind, dus waag het niet me te vertellen dat ik dit niet serieus neem.'

'Oké, laten we dan zorgen dat we op tijd zijn wanneer we een bespreking hebben. We hebben nog heel wat werk te doen en we hebben niet veel tijd. Ik weet dat je een studio moet leiden, maar dat heeft geen prioriteit meer. De volgende twee weken heb je maar één prioriteit. Deze zaak.'

Nu keek hij mij secondelang aan voordat hij antwoordde. Het was misschien wel de eerste keer in zijn leven dat hij berispt werd omdat hij te laat was en ook nog te horen kreeg wat hij moest doen. Ten slotte knikte hij.

'Oké,' zei hij.

Ik knikte terug. Onze posities waren nu duidelijk. We zaten in zijn directiekamer op zijn studioterrein, maar ik was nu de alfahond. Zijn toekomst hing van me af.

'Goed,' zei ik. 'Het eerste wat ik nu moet vragen, is of we hier afgeluisterd kunnen worden.'

'Natuurlijk niet.'

'Gisteren was dat anders wel het geval. Het was duidelijk dat Nina kon meeluisteren met wat er in je kantoor gezegd werd. Dat is misschien nuttig als je over films vergadert, maar niet wanneer we je zaak bespreken. Ik ben je advocaat en niemand mag horen wat we tegen elkaar zeggen. Niemand. Nina heeft wat dat betreft geen privilege. Ze zou opgeroepen kunnen worden om tegen je te getuigen. Eigenlijk zou het me niet verbazen als ze op de getuigenlijst van het OM terechtkomt.'

Elliot leunde achterover in zijn stoel en bracht zijn gezicht omhoog naar het plafond.

'Nina,' zei hij. 'Zet de microfoon maar uit. Als ik iets nodig heb, bel ik je wel.'

Hij keek me aan en spreidde zijn handen. Ik knikte tevreden.

'Dank je, Walter. Laten we dan nu aan het werk gaan.'

'Ik wil eerst nog iets vragen.'

'Ga je gang.'

'Is dit de bespreking waarin ik je vertel dat ik het niet heb gedaan en jij mij vertelt dat het je niet uitmaakt of ik het gedaan heb of niet?'

Ik knikte.

'Of je het gedaan hebt, is irrelevant, Walter. Het gaat erom wat het OM wettig en overtuigend kan bew…'

'Nee!'

Hij sloeg met de vlakke hand op de tafel. Het klonk als een schot. Ik schrok, maar ik hoopte dat het niet aan me te zien was.

'Ik ben dat advocatengelul beu! Dat het niet uitmaakt of ik het gedaan heb en dat het alleen gaat om wat bewezen kan worden. Dat maakt wel uit! Begrijp je dat niet? Het maakt wel uit. Ik moet geloofd worden, verdomme! Ik wil dat jíj me gelooft. Het kan me niet schelen wat de bewijzen tegen me zijn. Ik heb dit NIET gedaan. Begrijp je me? Als mijn eigen advocaat me niet gelooft of als het hem niet kan schelen, dan heb ik geen kans.'

Ik wist zeker dat Nina binnen zou komen stormen om te kijken of alles in orde was. Ik leunde achterover om op haar te wachten en om me ervan te verzekeren dat Elliot uitgesproken was.

Zoals ik verwachtte, ging een van de deuren open. Het was Nina en ze wilde naar binnen komen, maar Elliot stuurde haar met een handgebaar weg en zei streng tegen haar dat ze ons niet moest lastigvallen. De deur ging dicht en hij keek me recht aan. Ik hief mijn hand op om hem te laten zwijgen. Het was mijn beurt.

'Er zijn twee dingen waar ik me druk om moet maken, Walter,' zei ik kalm. 'Ten eerste moet ik de zaak van het OM begrijpen en ten tweede moet ik weten hoe ik er gehakt van kan maken.'

Ik tikte op het dossier met stukken van het OM terwijl ik sprak.

'Op dit moment begrijp ik de zaak van het OM. Het is een gerechtelijke vervolging die geen problemen oplevert. Het OM gelooft dat het met groot gemak kan aantonen dat je een motief en de gelegenheid had.'

'Laten we beginnen met het motief. Je vrouw had een affaire en dat maakte je woedend. En dat niet alleen, maar de overeenkomst over de verdeling van jullie bezittingen die ze twaalf jaar geleden heeft getekend, was van kracht geworden en je kon alleen van haar afkomen zonder al je bezit met haar te moeten delen door haar te doden. Dan de gelegenheid. Ze weten hoe laat je auto die ochtend door de poort van Archway is gereden. Ze hebben de rit diverse keren gemaakt en elke keer de tijd opgenomen. Ze zeggen dat je gemakkelijk ten tijde van de moorden in het huis in Malibu kunt zijn geweest. Dat is gelegenheid. Het OM rekent erop dat het voldoende motief en gelegenheid kan aantonen om de jury te overtuigen en de zaak te winnen, terwijl het feitelijke bewijs tegen je heel dunnetjes en indirect is. Dus is het mijn taak om de jury te laten begrijpen dat er een heleboel rook, maar geen echt vuur is. Als me dat lukt, word je vrijgesproken.'

'Ik wil toch weten of je gelooft dat ik onschuldig ben.'

Ik glimlachte en schudde mijn hoofd.'

'Ik zeg je dat dat niet uitmaakt, Walter.'

'Voor mij wel. Ik wil het hoe dan ook weten.'

136

Ik liet me vermurwen en maakte een gebaar met mijn hand alsof ik een witte duif in de lucht gooide.

'Goed, dan zal ik je vertellen wat ik denk, Walter. Ik heb het dossier grondig bestudeerd. Ik heb alles wat erin staat minstens twee keer gelezen en het grootste deel drie keer. Ik ben naar het strandhuis geweest waar deze ongelukkige gebeurtenis heeft plaatsgevonden en ik heb de geografie van deze moorden bestudeerd. Dat heb ik allemaal gedaan en ik zie het als een reële mogelijkheid dat je onschuldig bent aan deze aanklachten. Betekent dat dat ik geloof dat je een onschuldig man bent? Nee, Walter. Het spijt me, maar ik doe dit al te lang en eerlijk gezegd heb ik niet al te veel onschuldige cliënten meegemaakt. Dus ik kan je niet meer zeggen dan dat ik het niet weet. Als dat niet goed genoeg voor je is, dan weet ik zeker dat je zonder moeite een advocaat kunt vinden die je precies zal vertellen wat je wilt horen, of hij je nu gelooft of niet.'

Ik leunde met mijn stoel achterover terwijl ik op zijn antwoord wachtte. Hij vouwde zijn handen voor zich op de tafel ineen terwijl hij mijn woorden overdacht. Ten slotte knikte hij.

'Dan kan ik waarschijnlijk niet om meer vragen,' zei hij.

Ik probeerde mijn adem te laten ontsnappen zonder dat hij het zou merken. Ik had de zaak nog steeds. In elk geval voorlopig.

'Maar weet je wat ik wel geloof, Walter?'

'Nee, wat dan?'

'Dat je iets voor me verzwijgt.'

'Verzwijgt? Waar heb je het over?'

'Er is iets wat ik over deze zaak niet weet en jij houdt dat voor me achter.'

'Ik weet echt niet waar je het over hebt.'

'Je hebt er te veel vertrouwen in, Walter. Het lijkt wel alsof je weet dat je vrijgesproken zult worden.'

'Ik word ook vrijgesproken. Ik ben onschuldig.'

'Onschuldig zijn is niet genoeg. Onschuldigen worden soms veroordeeld en diep vanbinnen weet iedereen dat. Daarom heb ik nog nooit een echt onschuldige cliënt meegemaakt die niet bang was. Bang dat het systeem niet goed zou werken, dat het erop gericht is om schuldigen schuldig te bevinden en niet om vast te stellen dat onschuldigen onschuldig zijn. Die angst ontbreekt bij jou, Walter. Je bent niet bang.'

'Ik begrijp niet wat je bedoelt. Waarom zou ik bang zijn?'

Ik staarde hem over de tafel heen aan en probeerde hem te doorgronden. Ik wist dat mijn intuïtie klopte. Er was iets wat ik niet wist, iets wat ik in de dossiers over het hoofd gezien had of iets wat Vincent in zijn geheugen had opgeslagen en niet in zijn dossiers had vermeld. Wat het ook was, Elliot wilde het me nog niet vertellen.

Voorlopig was dat in orde. Soms wil je niet weten wat je cliënt weet omdat je de geest niet meer in de fles kunt terugduwen als hij er eenmaal uit is.

'Oké, Walter,' zei ik. 'Wordt vervolgd. Laten we intussen maar aan het werk gaan.'

Zonder op antwoord te wachten, opende ik het dossier van de verdediging en ik keek naar de aantekeningen die ik aan de binnenkant van het omslag had gemaakt.

'Ik denk dat we voldoende voorbereid zijn wat betreft de getuigen en de strategie van het OM. Wat ik in het dossier niet gevonden heb, is een solide strategie voor je verdediging.'

'Hoe bedoel je?' vroeg Elliot. 'Jerry heeft me verteld dat we er klaar voor waren.'

'Misschien was dat niet zo, Walter. Ik weet dat het iets is wat je niet wilt zien of horen, maar ik heb dit in het dossier gevonden.'

Ik schoof een document van twee bladzijden over de glanzende tafel naar hem toe.

Hij wierp er een blik op, maar keek er niet echt naar.

'Wat is het?'

'Dit is een verzoek om uitstel. Jerry had het opgesteld, maar nog niet ingediend. Maar het lijkt me duidelijk dat hij het proces wilde uitstellen. Uit de codering op het verzoek blijkt dat hij het maandag heeft geprint, slechts een paar uur voor hij werd vermoord.'

Elliot schudde zijn hoofd en hij schoof het document terug over de tafel.

'Nee, we hebben erover gesproken en hij stemde ermee in dat we volgens plan zouden verdergaan.'

'Was dat maandag?'

'Ja, maandag. De laatste keer dat ik hem sprak.'

Ik knikte. Dat beantwoordde een van de vragen die ik had. Vincent hield in al zijn dossiers de rekening van de cliënt bij en in het dossier van Elliot had ik gezien dat hij op de dag van zijn dood een uur in rekening had gebracht.

'Was dat een bespreking in jouw kantoor of het zijne.'

'Het was een telefoontje. Maandagmiddag. Hij had eerder een boodschap achtergelaten en ik heb hem teruggebeld. Nina kan je de exacte tijd geven als je die nodig hebt.'

'In het dossier heeft hij genoteerd dat het om drie uur was. Heeft hij het met je over uitstel gehad?'

'Ja, maar ik heb hem gezegd dat ik dat niet wilde.'

Vincent had een uur in rekening gebracht. Ik vroeg me af hoe lang hij en Elliot over het uitstel geredetwist hadden.

'Waarom wilde hij uitstel?' vroeg ik.

'Hij wilde gewoon meer tijd hebben om zich voor te bereiden en misschien om zijn rekening te spekken. Ik heb hem gezegd dat we er klaar voor waren, zoals ik ook tegen jou zeg. We zijn er klaar voor!'

Ik lachte een beetje en schudde mijn hoofd.

'Het punt is dat jij hier niet de advocaat bent, Walter. Dat ben ik. En wat ik je probeer te vertellen, is dat ik hierin niet veel kan vinden over een strategie van de verdediging. Ik denk dat Jerry daarom het proces wilde laten uitstellen. Hij had geen zaak.'

'Nee, het OM heeft geen zaak.'

Ik begon er genoeg van te krijgen dat Elliot bleef proberen om op mijn terrein de baas te spelen.

'Ik zal je uitleggen hoe dit werkt,' zei ik vermoeid. 'En neem me het niet kwalijk als je dit allemaal al weet, Walter. Het wordt een proces in twee delen, oké? De openbaar aanklager begint en hij zet zijn zaak uiteen. Vervolgens krijgen wij de kans om datgene wat hij heeft gezegd aan te vechten. Wij krijgen dan de gelegenheid om onze bewijzen en onze alternatieve theorieën over de misdaad naar voren te brengen.'

'Oké.'

'En uit wat ik uit mijn bestudering van de dossiers afleid, is dat Jerry zich meer op de zaak van het OM verliet dan op zijn eigen verdediging. Er zijn...'

'Hoezo?'

'Wat ik wil zeggen is dat hij helemaal voorbereid was op wat het OM te berde zou brengen. Hij had eigen getuigen en hij had plannen voor kruisverhoren gereed voor alles wat het OM naar voren zou brengen. Maar ik mis iets aan de kant van de verdediging. We hebben geen alibi, geen alternatieve verdachten, geen alternatieve theorieën, niets. In elk geval staat er niets over in het dossier. En dat bedoel ik wanneer ik zeg dat we geen zaak hebben. Heeft hij ooit met je besproken hoe hij de verdediging wilde opbouwen?'

'Nee, dat zouden we nog doen, maar toen werd hij vermoord. Hij vertelde me dat hij dat allemaal aan het uitwerken was. Hij zei dat hij de magische kogel in handen had en dat hoe minder ik wist hoe beter het was. Hij zou het me vertellen als we dichter bij het proces waren, maar dat heeft hij nooit gedaan. Hij kreeg de kans niet meer.'

Ik kende de term. De magische kogel was het middel waardoor je vrijkwam en naar huis kon gaan. Het was de getuige of het bewijsstuk dat je in je achterzak had en waarmee je al het bewijsmateriaal van het OM van tafel zou vegen of waarmee je permanent gerede twijfel zou zaaien in het hoofd van alle juryleden. Als Vincent een magische kogel had, had hij dat niet in het dossier genoteerd. En als hij die magische kogel had, waarom was hij dan maandag over uitstel begonnen?

'Heb je er geen idee van wat die magische kogel was?' vroeg ik.

'Ik weet alleen wat hij me verteld heeft, dat hij iets had gevonden wat de hele zaak van het OM zou opblazen.'

'Dat is niet logisch als hij het proces maandag nog wilde uitstellen.'

Elliot haalde zijn schouders op.

'Dat heb ik je net gezegd, hij wilde meer tijd hebben om zich voor te bereiden. Waarschijnlijk om me meer in rekening te kunnen brengen. Maar ik heb hem gezegd dat we, als we een film maken, een datum kiezen en dat die film dan op die datum uitkomt, wat er ook gebeurt. Ik heb tegen hem gezegd dat we zonder uitstel aan het proces beginnen.'

Ik knikte terwijl ik Elliots geen-uitstelmantra aanhoorde, maar ik dacht aan Vincents gestolen laptop. Zat de magische kogel daarin? Had hij zijn plan op de computer bewaard en het niet in het dossier beschreven? Was de magische kogel de reden waarom hij vermoord was? Was zijn ontdekking zo bedreigend geweest dat iemand hem erom had vermoord?

Ik besloot het onderwerp te laten rusten en verder te gaan.

'Ik heb de magische kogel niet, Walter, maar als Jerry hem heeft kunnen vinden, kan ik dat ook en dat zal ik zeker doen.'

Ik keek op mijn horloge en probeerde de indruk te wekken dat ik me er niet druk om maakte dat ik niet wist wat het sleutelelement in de zaak was.

'Oké, laten we het eens over een alternatieve theorie hebben.'

'Hoe bedoel je?'

'Ik bedoel dat het OM zijn theorie heeft en dat wij er ook een moeten hebben. De theorie van het OM is dat je woedend was omdat je vrouw overspel pleegde en omdat het je een hoop geld zou kosten om van haar te scheiden. Dus ben je naar Malibu gegaan en heb je zowel je vrouw als haar minnaar gedood. Daarna heb je het moordwapen op de een of andere manier geloosd – je hebt het verborgen of in de oceaan gegooid – en vervolgens heb je het alarmnummer gebeld om te zeggen dat je de lijken had ontdekt. Die theorie geeft het OM alles wat het nodig heeft. Motief en gelegenheid. Maar om haar te ondersteunen hebben ze alleen de kruitsporen op je handen en verder bijna niets. Wat het bewijsmateriaal betreft steunt hun hele zaak op de aanwezigheid van die kruitsporen.'

'Dat onderzoek deugde niet!' zei Elliot fel. 'Ik heb nooit een wapen afgevuurd. En Jerry heeft me verteld dat hij de beste expert van het land erbij zou halen om de vloer met dat onderzoek aan te vegen. Het is een vrouw van het John Jay College in New York. Ze zal verklaren dat de procedures in het forensisch lab slordig en onnauwkeurig waren en dat daardoor de kans groot was dat het onderzoek een fout resultaat zou opleveren.'

Ik knikte. Het vuur waarmee hij ontkende, beviel me. Dat zou nuttig kunnen zijn als hij getuigde.

'Ja, dokter Arslanian, die laten we nog steeds komen,' zei ik. 'Maar ze is geen magische kogel, Walter. Het OM zal een eigen getuige-deskundige laten opdraven die precies het tegenovergestelde zal beweren: dat het lab goed geleid wordt en dat alle procedures naar behoren zijn gevolgd. Op zijn best zal dat onderzoek niet als bewijs erkend worden. Maar het OM zal dan toch nog zwaar blijven steunen op motief en gelegenheid.'

'Wat voor motief? Ik hield van haar en ik wist niet eens van Rilz. Ik dacht dat hij een nicht was.'

Ik hief mijn handen op om hem te kalmeren.

'Bewijs jezelf een dienst, Walter, en noem hem nooit zo, noch in de rechtszaal noch ergens anders. Als het nodig is om naar zijn seksuele voorkeur te verwijzen, zeg je dat hij homoseksueel was. Oké?'

'Ik zal eraan denken.'

'Het OM zal simpelweg zeggen dat je wist dat Johan Rilz de minnaar van je vrouw was en met bewijsmateriaal en getuigenverklaringen op de proppen komen waaruit blijkt dat een scheiding ten gevolge van de ontrouw van je vrouw je meer dan honderd miljoen dollar zou kosten en mogelijkerwijs je controle over de studio zou verzwakken. Als ze dat allemaal in de hoofden van de juryleden weten te planten, zullen die daar een behoorlijk goed motief voor moord in zien.'

'En het is allemaal gelul.'

'En ik zal er bij het proces moeiteloos de vloer mee aan kunnen vegen. Een heleboel van hun sterke punten kunnen in zwakke punten veranderd worden. Het zal een dans worden, Walter. We zullen slagen uitwisselen. We zullen proberen hun getuigenverklaringen te verdraaien en te vernietigen, maar uiteindelijk zullen zij meer slagen uitdelen dan we kunnen afweren. Daarom zijn wij de underdog en daarom is het altijd goed voor de verdediging om een alternatieve theorie te poneren. We moeten de jury een aannemelijke theorie voorschotelen die verklaart waarom deze mensen zijn vermoord. We moeten de verdenking van jou afwentelen en op iemand anders schuiven.'

'Zoals de eenarmige man in *The Fugitive*?'

Ik schudde mijn hoofd.

'Dat is niet precies hetzelfde.'

Ik herinnerde me de film en de televisieserie die ervóór uitgezonden was. Daarin bestond echt een eenarmige man. Ik had het over een rookgordijn, een alternatieve theorie die door de verdediging verzonnen was, want ik geloofde Elliots steeds herhaalde bewering dat hij onschuldig was niet, nog niet tenminste.

Er klonk een zoemend geluid. Elliot haalde een telefoon uit zijn zak en keek naar het schermpje.

'We zijn hier aan het werk, Walter,' zei ik.

Hij nam het gesprek niet aan en stopte de telefoon onwillig terug in zijn zak. Ik ging verder.

'Goed, in de fase waarin het OM bezig is, gebruiken we kruisverhoren om de jury één ding volkomen duidelijk te maken. En dat is dat toen uit het onderzoek was gebleken dat je kruitsporen op je handen had…'

'Dat klopte niet!'

'Dat doet er nu niet toe. Het punt is dat niemand meer twijfelde, toen ze eenmaal geloofden dat ze het bewijs hadden dat je heel kort geleden een wapen had afgevuurd. Een geheel open onderzoek raakte sterk gericht op één persoon. Op jou. Het veranderde van wat ze een volledig veldonderzoek noemen in een volledig onderzoek naar jou. Ze hebben dus een heleboel mogelijkheden niet onderzocht. Zo was Rilz bijvoorbeeld pas vier jaar in dit land. Er is geen enkele rechercheur naar Duitsland gegaan om zijn achtergrond na te trekken en te kijken of hij daar vijanden had die hem dood wilden hebben. Dat is nog maar één ding. Ze hebben zijn achtergrond in LA ook niet grondig onderzocht. Dit was een man die toegang had tot de huizen en de levens van enkelen van de rijkste vrouwen van de stad. Neem me niet kwalijk dat ik het zo botweg vraag, maar neukte hij nog andere getrouwde cliëntes of alleen uw vrouw? Waren er andere belangrijke en machtige mannen die hij woedend gemaakt kan hebben of was u de enige?'

Elliot antwoordde niet op de onbeschofte vragen. Ik had ze opzettelijk zo gesteld om te kijken of ik hem op de kast kon krijgen of hem een reactie kon ontlokken die zijn bewering tegensprak dat hij van zijn vrouw hield. Maar hij reageerde helemaal niet.

'Begrijp je wat ik wil zeggen, Walter? Bijna vanaf het begin was de aandacht op jou geconcentreerd. Wanneer de beurt aan de verdediging is, zullen we de aandacht op Rilz richten. En van daaruit zullen we twijfel blijven zaaien.'

Elliot knikte peinzend terwijl hij naar zijn spiegelbeeld in het glanzende tafelblad keek.

'Maar dat kan niet de magische kogel zijn waarover Jerry het had. En er zijn risico's aan verbonden als we ons op Rilz richten.'

Elliot keek me aan.

'Dat komt doordat de aanklager wist dat dit een tekortkoming was toen de rechercheurs de zaak aanbrachten. Hij heeft vijf maanden de tijd gehad om erop vooruit te lopen dat we deze aanpak zouden kiezen en als hij goed is, en dat is hij zeker, zal hij zich er stilletjes op hebben voorbereid dat we deze richting zullen inslaan.'

'Zou dat dan niet uit de stukken van het OM moeten blijken?'

'Niet altijd. Het is een kunst om de stukken samen te stellen. Meestal is het belangrijk wat er niet in het dossier met de stukken van het OM staat en daar moet je voor uitkijken. Jeffrey Golantz is een ervaren professional. Hij weet precies wat hij in de stukken moet zetten en wat hij voor zichzelf moet houden.'

'Ken je Golantz? Heb je al eerder bij een proces tegenover hem gestaan?'

'Ik ken hem niet en ik heb nooit tegenover hem gestaan. Ik ken alleen zijn reputatie. Hij heeft nog nooit een proces verloren. De stand is zoiets als 27-0.'

Ik keek op mijn horloge. De tijd was snel voorbijgegaan en ik moest het tempo erin houden, wilde ik op tijd zijn om mijn dochter af te halen.

'Oké,' zei ik. 'Er zijn nog een paar andere dingen die we moeten bespreken. Eén daarvan is of je getuigt of niet.'

'Dat is geen vraag. Dat is een gegeven. Ik wil mijn naam zuiveren. De jury zal willen dat ik zeg dat ik dit niet gedaan heb.'

'Ik wist dat je dat ging zeggen en ik waardeer het dat je met zo veel vuur ontkent, maar je getuigenis moet meer om het lijf hebben. Het moet een verklaring bieden en daardoor kunnen we in de problemen raken.'

'Dat kan me niet schelen.'

'Heb je je vrouw en haar minnaar vermoord?'

'Nee!'

'Waarom ben je dan naar het huis gegaan?'

'Ik was wantrouwig. Als ze daar met iemand zou zijn, zou ik de confrontatie met haar aangaan en hem eruit gooien.'

'Verwacht je dat de jury gelooft dat een man die een filmstudio leidt die een half miljard waard is, de middag vrijneemt om naar Malibu te rijden om zijn vrouw te bespioneren?'

'Nee, ik ging haar niet bespioneren. Ik had verdenkingen en ging ernaartoe om met eigen ogen te zien of ze juist waren.'

'En om haar een revolver onder haar neus te duwen?'

Elliot opende zijn mond om iets te zeggen, maar toen aarzelde hij en deed er het zwijgen toe.

'Zie je wel, Walter?' zei ik. 'Als je in het getuigenbankje gaat zitten, stel je jezelf aan van alles bloot, en het meeste ervan is niet goed.'

Hij schudde zijn hoofd.

'Dat kan me niet schelen. Het is een gegeven. Schuldigen leggen geen getuigenis af. Dat weet iedereen. Ik ga verklaren dat ik dit niet heb gedaan.'

Hij prikte bij elke lettergreep van de laatste zin met zijn vinger naar me. Zijn krachtige optreden beviel me nog steeds. Hij was geloofwaardig. Misschien zou hij in het getuigenbankje overleven.

'Tja, uiteindelijk is het jouw beslissing,' zei ik. 'We zullen je voorbereiden op je getuigenis, maar we nemen de beslissing pas wanneer we in de verdedigingsfase van het proces zijn aangekomen en weten waar we staan.'

'Het is nu al beslist. Ik leg een getuigenis af.'

Zijn gezicht kreeg een dieprode kleur. Ik moest hier op mijn tellen passen. Ik wilde niet dat hij zou getuigen, maar het zou onethisch zijn om het te verbieden. Het was een beslissing die de cliënt zelf moest nemen en als hij ooit zou beweren dat ik hem die beslissing uit handen had genomen of geweigerd had om hem te laten getuigen, zou de Orde van Advocaten geen spaan van me heel laten.'

'Luister, Walter,' zei ik. 'Je bent een machtig man. Je leidt een studio, maakt films en je zet dagelijks miljoenen dollars op het spel. Ik begrijp dat allemaal. Je bent het gewend om beslissingen te nemen zonder dat er iemand vraagtekens bij zet. Maar wanneer we naar de rechtbank gaan, ben ik de baas. Weliswaar zul je deze beslissing zelf nemen, maar ik moet er zeker van zijn dat je naar me luistert en mijn raad in overweging neemt. Als je dat niet doet, heeft het geen zin om door te gaan.'

Hij wreef ruw met zijn hand over zijn gezicht. Dit was moeilijk voor hem.

'Oké, ik begrijp het. We nemen hierover later een beslissing.'

Hij zei het met tegenzin. Het was een concessie die hij niet wilde doen. Niemand wil zijn macht aan een ander afstaan.

'Oké, Walter,' zei ik. 'Dan zijn we het daarover eens.'

Ik keek weer op mijn horloge. Er stonden nog een paar dingen op mijn lijst en ik had nog wat tijd.

'Goed, laten we verdergaan,' zei ik.

'Graag.'

'Ik wil een paar mensen aan het verdedigingsteam toevoegen. Ze zullen buitengewoon…'

'Nee, dat heb ik je al gezegd. Hoe meer advocaten een beklaagde heeft, hoe schuldiger hij lijkt. Kijk maar naar Barry Bonds. Dacht jij soms dat de mensen niet denken dat hij schuldig is? Hij heeft meer advocaten dan teamgenoten.'

'Je hebt me niet laten uitpraten, Walter. Dit zijn geen advocaten en ik beloof je dat alleen jij en ik aan de tafel van de verdediging zullen zitten wanneer het proces begint.'

'Wie wil je er dan bij hebben?'

'Een consulente juryselectie en iemand die met je aan je imago en je getuigenis en dergelijke gaat werken.'

'Geen juryconsulente. Dat wekt de indruk dat je de boel probeert te manipuleren.'

'Luister, de expert die ik wil inhuren, zit op de publieke tribune. Niemand zal haar opmerken. Ze verdient haar geld met poker en ze bestudeert alleen de gezichten van de mensen om naar signalen te zoeken waarmee ze zichzelf verraden. Dat is alles.'

'Nee, ik betaal niet voor die flauwekul.'

'Weet je het zeker, Walter?'

Ik probeerde vijf minuten lang om hem te overtuigen en ik vertelde hem dat het kiezen van de juryleden misschien wel het belangrijkste deel van het proces was. Ik benadrukte dat het bij zaken die op indirect bewijs steunden de hoogste prioriteit had om onbevooroordeelde juryleden uit te kiezen, juryleden die niet automatisch aannamen dat iets waar was, alleen omdat de politie of het OM het beweerde. Ik vertelde hem dat ik er prat op ging dat ik zo goed een jury kon uitkiezen, maar dat ik de hulp van een expert kon gebruiken die aan gezichten en gebaren van alles kon aflezen. Aan het einde van mijn pleidooi schudde Elliot simpelweg zijn hoofd.

'Flauwekul. Ik vertrouw wel op jouw keuze van juryleden.'

Ik bestudeerde hem even en besloot toen dat we voor vandaag genoeg gepraat hadden. Ik zou de rest de volgende keer wel ter sprake brengen. Ik was me gaan realiseren dat er geen twijfel aan was dat hij de touwtjes stevig in handen had, ook al bewees hij lippendienst aan het idee dat ik bij het proces de baas zou zijn.

En ik kon er niets aan doen dat ik geloofde dat hij daardoor regelrecht in de gevangenis terecht zou kunnen komen.

20

Tegen de tijd dat ik Patrick bij zijn auto in het centrum had afgezet en in het drukke avondverkeer naar de Valley reed, wist ik dat ik te laat zou komen en dat ik op een nieuwe confrontatie met mijn ex-vrouw afstevende. Ik belde haar om haar te laten weten dat ik eraan kwam maar ze nam niet op en ik liet een boodschap achter. Toen ik eindelijk bij haar appartementencomplex in Sherman Oaks arriveerde, was het bijna tien over half acht en ik zag dat moeder en dochter bij de stoep stonden te wachten. Hayley liet haar hoofd hangen en keek naar het trottoir. Het was me opgevallen dat ze de laatste tijd deze houding aannam wanneer haar ouders dicht bij elkaar in de buurt kwamen. Het was alsof ze op de transportcirkel stond en wachtte tot ze ver van ons vandaan gestraald zou worden.

Ik deed de sloten van de deuren open terwijl ik stopte en Maggie hielp Hayley met haar schoolrugzak en haar weekendtas achter in de auto.

'Bedankt dat je op tijd bent,' zei ze op vlakke toon.

'Geen probleem,' zei ik, alleen om te zien of haar ogen zouden gaan vlammen. 'Het moet een spannend afspraakje zijn dat je hier buiten op me wacht.'

'Nee, niet echt. Een ouderavond op school.'

Dat drong door mijn dekking heen en raakte me op de kin.

'Dat had je me moeten vertellen. We hadden een kinderoppas kunnen nemen en samen kunnen gaan.'

'Ik ben geen kind,' zei Hayley achter me.

'Dat hebben we geprobeerd,' zei Maggie links van me. 'Weet je nog wel? Je bent zo tegen de leraar tekeergegaan over Hayleys lage cijfer voor wiskunde – terwijl je helemaal niet wist hoe dat kwam – dat ze je gevraagd hebben om niet meer terug te komen.'

Ik herinnerde me het incident maar vaag. Het was veilig opgeborgen in mijn door oxycodone aangetaste geheugen. Maar ik voelde de schaamte op mijn gezicht en in mijn nek branden. Ik wist niets terug te zeggen.

'Ik moet gaan,' zei Maggie snel. 'Hayley, ik hou van je. Wees lief tegen je vader. Ik zie je morgen.'

'Oké, ma.'

Ik staarde even door het raampje naar mijn ex-vrouw voordat ik wegreed.

'Neem ze te grazen, Maggie,' zei ik.

Ik reed van de stoep vandaan en draaide het raampje aan mijn kant dicht.

We reden zwijgend over Ventura Boulevard en we stopten voor DuPar's om te eten. Het was het lievelingsrestaurant van mijn dochter omdat ik haar altijd pannenkoeken liet bestellen. Om de een of andere reden dacht ze dat ze door het bestellen van een ontbijt als avondmaal een soort grens overschreed en dat gaf haar het gevoel dat ze rebels en dapper was.

Ik bestelde een sandwich met bacon, sla en tomaat met Thousand Island-dressing en gezien mijn laatste cholesterolcontrole vond ik eigenlijk dat ik rebels en dapper was. We maakten samen haar huiswerk, wat voor haar een makkie en voor mij een hele klus was, en daarna vroeg ik haar wat ze wilde doen. Ik vond alles goed – een film, het winkelcentrum, wat ze maar wilde – maar ik hoopte dat ze gewoon naar mijn huis zou willen gaan om maar wat rond te hangen en misschien om een oud familiefotoalbum tevoorschijn te halen en naar de vergeelde foto's te kijken.

Ze aarzelde voordat ze antwoordde en ik meende te weten waarom.

'Er logeert niemand bij me, als je je daar zorgen om maakt, Hay. De dame die je hebt ontmoet, Lanie? Die bezoekt me niet meer.'

'Bedoel je dat ze je vriendin niet meer is?'

'Ze is nooit mijn vriendin geweest. Ze was gewoon een vriendin. Weet je nog dat ik vorig jaar in het ziekenhuis lag? Daar heb ik haar leren kennen en we zijn vrienden geworden. We proberen op elkaar te letten en af en toe komt ze bij me wanneer ze geen zin heeft om alleen thuis te zijn.'

148

Het was niet de hele waarheid. Lanie Ross en ik hadden elkaar tijdens de groepstherapie in de ontwenningskliniek leren kennen. We zetten de relatie voort nadat we het programma hadden afgemaakt, maar het kwam nooit tot een romance omdat we daar emotioneel niet toe in staat waren. De verslaving had die zenuwuiteinden gevoelloos gemaakt en ze herstelden zich maar langzaam. We brachten tijd met elkaar door en waren er voor elkaar, een praatgroep van twee personen. Maar toen we eenmaal een paar maanden terug waren in de echte wereld, herkende ik een zwakheid in Lanie. Ik wist intuïtief dat ze het niet zou redden en ik kon de reis om samen met haar terug te vallen niet maken. We gingen ieder ons weegs.

'Je weet dat je het me altijd kunt vertellen als iets je niet bevalt of als ik iets doe wat je dwarszit, Hayley.'

'Ja.'

'Mooi zo.'

'Dan denk ik dat ik gewoon naar huis wil om tv te kijken.'

'Goed, dat is wat ik zelf ook wil.'

We pakten haar schoolboeken bij elkaar en ik legde geld neer op de rekening. Tijdens de rit over de heuvel zei ze dat haar moeder haar had verteld dat ik een belangrijke nieuwe baan had. Ik was verbaasd, maar verheugd.

'Nou ja, het is een soort nieuwe baan. Ik ga weer doen wat ik altijd heb gedaan. Maar ik heb een heleboel nieuwe zaken waaronder één heel grote. Heeft je moeder je dat verteld?'

'Ze zei dat je een grote zaak had en dat iedereen jaloers op je zou zijn, maar dat je het heel goed zult doen.'

'Zei ze dat?'

'Ja.'

Onder het rijden dacht ik daarover na en ik vroeg me af wat het zou kunnen betekenen. Misschien had ik het toch niet helemaal bij Maggie verbruid. Ergens respecteerde ze me nog steeds. Misschien betekende dat iets.

'Eh...'

Ik keek mijn dochter in de achteruitkijkspiegel aan. Het was nu donker, maar ik kon zien dat ze door het raampje naar buiten keek en mijn blik meed. Kinderen zijn soms een open boek. Waren volwassenen dat ook maar.

'Wat is er, Hayley?'

'Eh, ik vroeg me alleen maar af waarom jij niet hetzelfde doet als ma.'

'Hoe bedoel je?'

'Nou, slechte mensen in de gevangenis stoppen. Ze zei dat je grote zaak om een man gaat die twee mensen heeft vermoord. Het lijkt wel alsof je altijd voor schurken werkt.'

Ik zweeg even om naar woorden te zoeken.

'De man die ik verdedig, wordt ervan beschuldigd dat hij twee mensen heeft vermoord, Hayley. Er is niet bewezen dat hij iets verkeerds heeft gedaan. Op dit moment is hij nergens schuldig aan.'

Ze antwoordde niet en haar scepsis was bijna tastbaar. De bewering dat kinderen naïef zijn, moest je ook maar met een korreltje zout nemen.

'Het werk dat ik doe, is even belangrijk als het werk dat je moeder doet, Hayley. Wanneer iemand in ons land van een misdaad wordt beschuldigd, heeft hij er recht op om zichzelf te verdedigen. Als jij er op school nu eens van beschuldigd zou worden dat je ergens mee geknoeid had, terwijl je wist dat het niet waar was? Zou je dan niet willen dat je de kans kreeg om uitleg te geven en jezelf te verdedigen?'

'Ik denk het wel.'

'Dat denk ik ook. Zo gaat het bij de rechtbanken ook. Als je van een misdaad beschuldigd wordt, kun je een advocaat zoals ik nemen om je te helpen jezelf te verdedigen. De wetten zijn heel ingewikkeld en het is moeilijk voor mensen om dat alleen te doen als ze niet op de hoogte zijn van alle regels voor de bewijsvoering en dat soort dingen. Dus help ik hen daarbij. Dat betekent niet dat ik goedkeur wat ze hebben gedaan, als ze het gedaan hebben. Maar het is een onderdeel van het systeem. Een belangrijk onderdeel.'

De uitleg klonk mezelf hol in de oren. Op intellectueel niveau begreep ik het argument en geloofde ik er woord voor woord in. Maar als ik het aan mijn dochter moest uitleggen, voelde ik me als een van mijn cliënten die in het getuigenbankje peentjes zit te zweten.

Hoe kon ik het haar laten geloven wanneer ik er niet eens zeker van was dat ik er zelf nog in geloofde?

'Heb je ook wel eens onschuldige mensen geholpen?' vroeg mijn dochter.

Deze keer keek ík niet in de spiegel.

'Een paar, ja.'

Het was het beste antwoord dat ik in alle eerlijkheid kon geven.

'Mama heeft een heleboel slechte mensen in de gevangenis gestopt.'

Ik knikte.

'Ja, dat is waar. Vroeger dacht ik dat we als het ware op een weegschaal stonden. Dat haar werk en het mijne elkaar in evenwicht hielden. Maar nu...'

Ik hoefde de zin niet af te maken. Ik zette de radio aan en drukte op het *preset*-knopje waarmee op het Disney-muziekkanaal werd afgestemd.

Het laatste wat ik tijdens de rit naar huis dacht, was dat volwassenen misschien even gemakkelijk te doorzien waren als hun kinderen.

21

Nadat ik mijn dochter op donderdagochtend bij haar school had afgezet, reed ik rechtstreeks naar Jerry Vincents kantoor. Het was nog vroeg en er was weinig verkeer. Toen ik de garage naast het Juridisch Centrum in reed, zag ik dat er bijna overal plaats was. De meeste advocaten zijn pas tegen negenen, wanneer de rechtbanken beginnen, op kantoor. Ik was hun allemaal minstens een uur voor. Ik reed naar de eerste verdieping zodat ik op gelijke hoogte met het kantoor kon parkeren. Via elke verdieping van de garage kon je het gebouw binnenkomen.

Ik reed naar de plek waar Jerry Vincent geparkeerd had gestaan toen hij doodgeschoten werd en parkeerde hoger op de helling. Toen ik naar de brug liep die de garage met het Juridisch Centrum verbond, zag ik een geparkeerde Subaru-stationcar staan met een rek voor surfplanken op het dak. Er zat een sticker op het achterraam met een afbeelding in silhouet van een surfer die op de neus van een plank balanceerde. Er stond ONE WORLD op de sticker.

De achterste raampjes van de auto hadden getint glas zodat ik niet naar binnen kon kijken. Ik liep verder naar voren en keek door het zijraampje aan de chauffeurskant naar binnen. Ik zag dat de achterbank uitgeklapt was. De helft van het achterste deel van de auto stond vol open kartonnen dozen met kleren en persoonlijke bezittingen. De andere helft diende als bed voor Patrick Henson. Ik wist dit omdat hij er, met zijn gezicht van het licht afgewend, in een slaapzak lag te slapen. Pas toen herinnerde ik me iets wat hij tijdens ons eerste telefoongesprek had gezegd toen ik hem had gevraagd of hij mijn chauffeur wilde worden. Hij had me verteld dat hij in zijn auto woonde en in een strandwachtenpost sliep.

Ik bracht mijn vuist omhoog om op het raam te kloppen, maar besloot toen Patrick te laten slapen. Ik zou hem pas later op de ochtend nodig hebben. Het was niet nodig om hem wakker te maken. Ik stak over naar het kantoorcomplex, ging naar binnen, sloeg af en liep een gang door naar de deur waarop Jerry Vincents naam stond. Toen ik ervoor stond, zag ik rechercheur Bosch staan. Hij luisterde naar zijn muziek en wachtte op me. Hij had zijn handen in zijn zakken en keek peinzend en misschien wel een beetje verontrust. Ik was er vrij zeker van dat we geen afspraak hadden, dus wist ik niet waarom hij uit zijn doen was. Misschien kwam het door de muziek. Hij trok de oordopjes los toen ik dichterbij kwam en stopte ze weg.

'Wat? Geen koffie?' zei ik bij wijze van begroeting.

'Vandaag niet. Ik zag gisteren aan je dat je geen koffie wilde hebben.'

Hij stapte opzij zodat ik de deur kon openen.

'Mag ik je iets vragen?' vroeg ik.

'Als ik nee zou zeggen, zou je de vraag toch stellen.'

'Daar heb je waarschijnlijk gelijk in.'

Ik opende de deur.

'Stel de vraag dan.'

'Goed. Je lijkt me geen type voor een iPod. Waar luister je naar?'

'Naar iemand van wie je vast nooit hebt gehoord.'

'Ik snap het. Het is Tony Robbins, de zelfhulpgoeroe.'

Bosch schudde zijn hoofd en hij hapte niet.

'Frank Morgan,' zei hij.

Ik knikte.

'De saxofonist? Ja, ik ken Frank.'

Bosch keek verbaasd toen we de receptieruimte binnengingen.

'Je kent hem,' zei hij ongelovig.

'Ja, ik ga meestal even langs om gedag te zeggen wanneer hij in de Catalina of in de Jazz Bakery speelt. Mijn vader was dol op jazz en in de jaren vijftig en zestig was hij Franks advocaat. Frank zat vaak in de problemen voordat hij een fatsoenlijk mens werd. Uiteindelijk speelde hij in San Quentin met Art Pepper, die ken je toch wel, hè? Tegen de tijd dat ik Frank leerde kennen, had hij geen strafrechtadvocaat meer nodig. Het ging hem goed.'

Het duurde even voordat Bosch zich had hersteld van zijn verbazing omdat ik Frank Morgan kende, de obscure erfgenaam van Charlie Parker die twee decennia lang de erfenis aan heroïne had verkwist. We liepen de receptieruimte door en gingen het kantoor binnen.

'Hoe gaat het met de zaak?' vroeg ik.

'Het gaat,' zei hij.

'Ik heb gehoord dat je gisteren vóór onze afspraak de nacht in Parker Center hebt doorgebracht met het verhoren van een verdachte. Hij is niet gearresteerd, hè?'

Ik liep om Vincents bureau heen, ging zitten en begon de dossiers uit de tas te halen. Bosch bleef staan.

'Wie heeft je dat verteld?' vroeg hij.

De vraag had niets terloops. Het was eerder een bevel. Ik deed er nonchalant over.

'Dat weet ik niet,' zei ik. 'Ik moet het ergens opgepikt hebben. Misschien van een verslaggever. Wie was de verdachte?'

'Dat zijn jouw zaken niet.'

'Wat zijn mijn zaken met jou dan wel, rechercheur? Waarom ben je hier?'

'Ik kwam kijken of je nog meer namen voor me had.'

'Wat is er gebeurd met de namen die ik je gisteren gegeven heb?'

'Die zijn nagetrokken.'

'Hoe kan het dat je ze nu al allemaal nagetrokken hebt?'

Hij leunde naar voren en zette zijn handen op het bureau.

'Omdat ik niet in mijn eentje aan deze zaak werk, oké? Ik heb hulp en we hebben al je namen nagetrokken. Ze zaten in de gevangenis, waren dood of maakten zich niet druk meer om Jerry Vincent. We hebben ook verscheidene mensen nagetrokken die hij als aanklager achter de tralies heeft gezet. Het is een doodlopende weg.'

Ik voelde me echt teleurgesteld en ik realiseerde me dat ik misschien te sterk had gehoopt dat een van die namen uit het verleden die van de moordenaar was en dat ik me na zijn arrestatie niet meer bedreigd zou hoeven te voelen.

'En Demarco, de wapenhandelaar?'

'Die heb ik zelf gedaan en het duurde niet lang voordat ik hem van de lijst kon schrappen. Hij is dood, Haller. Hij is twee jaar geleden in zijn cel in Corcoran overleden. Inwendige bloedingen. Toen ze hem opensneden, vonden ze een van een tandenborstel gemaakt mes dat in de anus vastzat. Er is nooit vastgesteld of hij het daar had zelf in had gestopt om het te verbergen of dat iemand anders het gedaan heeft, maar het was een goede les voor de andere gevangenen. Ze hingen zelfs een bord op met de tekst: Stop nooit scherpe voorwerpen in je reet.'

Ik leunde achterover in mijn stoel, zowel vol afkeer van het verhaal als teleurgesteld door het verlies van een potentiële verdachte. Ik herstelde me en probeerde op nonchalante toon verder te gaan.

'Tja, wat moet ik erover zeggen, rechercheur. Demarco was wat mij betreft de meest waarschijnlijke verdachte. Die namen waren alles wat ik had. Ik heb je verteld dat ik je niets over actieve zaken mag vertellen, maar ik zal je matsen. Ik kan je zeggen dat er niets te vertellen valt.'

Hij schudde ongelovig zijn hoofd.

'Ik meen het, rechercheur. Ik heb alle lopende zaken doorgenomen. Er staat niets in dat een bedreiging voor Vincent vormde of dat een reden zou kunnen zijn dat hij zich bedreigd voelde. Er staat niets in dat op een connectie met de FBI duidt. Er staat niets in dat erop duidt dat Jerry ergens op gestuit is waardoor hij zichzelf in gevaar heeft gebracht. Bovendien heb je je geheimhoudingsplicht als je slechte dingen over je cliënten ontdekt. Dus er is niets in te vinden. Ik bedoel, hij verdedigde geen maffialeden of drugsdealers. Er stond niets in de...'

'Hij verdedigt moordenaars.'

'Mensen die van moord beschuldigd worden. En ten tijde van zijn dood had hij maar één moordzaak – Walter Elliot – en in zijn dossier is ook niets te vinden. Geloof me maar, ik heb echt goed gekeken.'

Ik wist niet zo zeker of ik het zelf wel geloofde toen ik het zei, maar Bosch leek het niet op te merken. Hij ging eindelijk op de rand van de stoel voor het bureau zitten en zijn gezichtsuitdrukking leek te veranderen. Er verscheen een bijna wanhopige uitdrukking op.

'Jerry was gescheiden,' zei ik. 'Heb je zijn ex-vrouw nagetrokken?'

'Ze zijn negen jaar geleden gescheiden. Ze is gelukkig hertrouwd en ze staat op het punt een tweede kind te krijgen. Ik denk niet dat een vrouw die zeven maanden zwanger is met een revolver achter een ex-echtgenoot aan gaat die ze negen jaar niet gesproken heeft.'

'Heeft hij nog andere familieleden?'

'Een moeder in Pittsburgh. Verder niemand.'

'Een vriendin?'

'Hij neukte zijn secretaresse, maar dat was niet serieus. En haar alibi klopt. Ze neukte ook met zijn onderzoeker. En zij waren die avond bij elkaar.'

Ik voelde dat ik rood werd. Dat onverkwikkelijke scenario verschilde niet erg van mijn eigen situatie, al hadden Cisco en ik nooit tegelijkertijd wat met Lorna gehad. Ik wreef over mijn gezicht alsof ik moe was en ik hoopte maar dat het mijn kleur zou verklaren.

'Dat is handig,' zei ik. 'Dat ze elkaars alibi zijn.'

Bosch schudde zijn hoofd.

'Het is bevestigd door getuigen. Ze waren met vrienden bij een filmvertoning op Archway. Die grote cliënt van je had hen uitgenodigd.'

Ik knikte, deed een gefundeerde gissing en maakte toen een opmerking die Bosch verraste.

'De man die je die eerste nacht hebt verhoord, was de onderzoeker, Bruce Carlin.'

'Wie heeft je dat verteld?'

'Dat heb je net zelf gedaan. Je had een klassieke liefdesdriehoek ontdekt. Het zou me verbaasd hebben als je daar niet mee begonnen was.'

'Slimme advocaat. Maar, zoals ik al zei, het is niets geworden. We zijn een nacht met hem bezig geweest en 's ochtends waren we nog steeds nergens. Vertel me eens over het geld.'

Hij gaf me een koekje van eigen deeg, want ik stond even perplex.

'Welk geld?'

'Het geld op de zakelijke rekening. Je zult me wel gaan vertellen dat je daar ook niets over mag zeggen.'

'Eigenlijk zou ik waarschijnlijk met de rechter moeten praten om erachter te komen hoe dat precies zit, maar ik hoef die moeite niet te doen. Mijn secretaresse is een kei in boekhouden. Ze is met de boeken bezig geweest en ze heeft me verteld dat er niets op aan te merken is. Elke cent die Jerry ontvangen heeft, is verantwoord.'

Bosch antwoordde niet, dus vervolgde ik: 'Ik zal je iets vetellen, rechercheur. Wanneer advocaten in de problemen raken, komt het meestal door geld. De boeken. Alleen daarin zitten geen grijze gebieden. De Orde van Advocaten van Californië steekt er graag haar neus

156

in. Mijn boekhouding is de schoonste die er in het advocatenwereldje te vinden is, omdat ik de Orde nooit een reden wil geven om achter me aan te komen. Dus zowel ik als Lorna, mijn secretaresse, zou het weten als er in die boeken iets niet klopte. Maar alles was in orde. Ik denk dat Jerry zichzelf waarschijnlijk een beetje te snel betaalde, maar daar is formeel gezien niets mis mee.'

Ik zag Bosch' ogen even oplichten bij iets wat ik zei.

'Wat is er?'

'Wat wil dat zeggen, hij betaalde zichzelf een beetje te snel?'

'Dat zal ik je vertellen, maar laat me bij het begin beginnen. Het werkt als volgt. Wanneer je een cliënt aanneemt, krijg je een voorschot. Dat geld wordt op de trustrekening van de cliënt gestort. Het is zijn geld, maar je houdt het vast omdat je er zeker van wilt zijn dat je het kunt krijgen wanneer je het verdiend hebt. Kun je het volgen?'

'Ja, je kunt je cliënten niet vertrouwen omdat het criminelen zijn. Dus laat je hen vooruitbetalen en je stort het geld op een trustrekening. Daarna betaal je jezelf ervan terwijl je het werk voor je cliënt doet.'

'Dat is het wel min of meer. Maar goed, het geld staat op de trustrekening en terwijl je het werk doet, voor de rechtbank verschijnt, de zaak voorbereidt enzovoort, haal je je honorarium van de trustrekening. Je hevelt het geld over naar de bedrijfsrekening. Van die rekening betaal je je eigen rekeningen en salarissen. Huur, secretaresse, onderzoeker, autokosten, enzovoort, enzovoort. Je betaalt ook jezelf.'

'Oké, maar je zei dat Vincent zichzelf te snel betaalde.'

'Dat wil ik niet per se beweren. Het is een kwestie van gewoonte. Maar uit de boeken krijg je de indruk dat hij graag een laag saldo op de bedrijfsrekening had. Hij heeft eens een grote cliënt gehad die een enorm voorschot betaalde. Dat geld was behoorlijk snel van de trust- en de bedrijfsrekening afgehaald. Na aftrek van de kosten ging de rest naar Jerry als salaris.'

Bosch' lichaamstaal duidde erop dat ik iets had verteld wat klopte met iets wat belangrijk voor hem was. Hij leunde een stukje dichter naar me toe en zijn schouder- en nekspieren leken zich aan te spannen.

'Walter Elliot,' zei hij. 'Was hij die grote cliënt?'

'Ik mag die informatie niet geven, maar ik denk dat het zich gemakkelijk laat raden.'

157

Bosch knikte en ik zag dat hij nadacht. Ik wachtte, maar hij zei niets.

'Heb je hier iets aan, rechercheur?' vroeg ik.

'Ik mag die informatie niet geven, maar ik denk dat het zich gemakkelijk laat raden.'

Ik knikte. Hij had me teruggepakt.

'Luister, we moeten ons allebei aan regels houden,' zei ik. 'We zijn keerzijdes van dezelfde munt. Ik doe alleen maar mijn werk. En als er niets anders is waarmee ik je kan helpen, ga ik daar weer mee door.'

Bosch staarde me aan en leek een besluit te nemen.

'Wie heeft Jerry Vincent in de zaak Elliot omgekocht?' vroeg hij ten slotte. De vraag kwam uit de lucht vallen. Ik had hem niet verwacht, maar in de seconden daarna besefte ik dat hij hiernaartoe was gekomen om juist die vraag te stellen. Tot dit moment had hij me alleen maar aan de praat gehouden.

'Wat is dit? Heb je dit van de FBI?'

'Ik heb niet met de FBI gesproken.'

'Waar heb je het dan over?'

'Ik heb het over omkoping.'

'Van wie?'

'Dat vraag ik jou juist.'

Ik schudde mijn hoofd en glimlachte.

'Luister, ik heb je al verteld dat de boeken kloppen. Er is…'

'Als je iemand met honderdduizend dollar wilde omkopen, zou je het dan in de boeken zetten?' Ik dacht na over Jerry Vincent en de keer dat ik tijdens de zaak Barnett Woodson het subtiele quid pro quo had geweigerd. Ik had zijn voorstel van de hand gewezen en het was ermee geëindigd dat hij had moeten slikken dat mijn cliënt werd vrijgesproken. Het had Vincents leven veranderd en hij bedankte me daar vanuit het graf nog steeds voor. Maar misschien was zijn instelling in de daaropvolgende jaren niet veranderd.

'Je hebt gelijk,' zei ik. 'Dat zou ik niet doen. Maar wat wil je daarmee zeggen?'

'Dit is in vertrouwen, Haller. Ik heb je hulp nodig en ik denk dat je dit moet weten om me te kunnen helpen.'

'Oké.'

'Zeg het dan.'

'Wat moet ik zeggen?'

'Dat je deze informatie vertrouwelijk zult behandelen.'

'Ik dacht dat ik dat al gedaan had. Maar goed, ik zal het zeggen. Ik zal het niet doorvertellen.'

'Ook niet aan je medewerkers. Alleen jij mag het weten.'

'Prima. Alleen ik. Vertel het me maar.'

'Jij hebt Vincents bedrijfsrekening.Ik heb zijn privérekening. Je zei dat hij zichzelf het geld van Elliot snel betaald heeft. Hij…'

'Ik heb niet gezegd dat het Elliot was. Dat heb jij gedaan.'

'Ook goed. Het punt is dat hij vijf maanden geleden honderdduizend dollar op een persoonlijke investeringsrekening heeft gezet en dat hij een week later zijn makelaar heeft gebeld om te zeggen dat hij het geld contant wilde opnemen.'

'Bedoel je dat hij honderdduizend dollar in contanten opgenomen heeft.'

'Dat heb ik net gezegd.'

'Wat is ermee gebeurd?'

'Dat weet ik niet. Maar je kunt niet zomaar bij een makelaar naar binnen lopen om honderdduizend dollar in contanten op te halen. Je moet dat soort bedragen bestellen. Het duurde een paar dagen voor de makelaar het bij elkaar had en toen ging hij het ophalen. De makelaar heeft hem een heleboel vragen gesteld om zich ervan te verzekeren dat het geen veiligheidskwestie was. Er zou bijvoorbeeld iemand in gijzeling gehouden kunnen worden, terwijl hij bezig was het geld bij elkaar te krijgen. Het zou voor een losgeld of zoiets bestemd kunnen zijn. Vincent zei dat alles in orde was, dat hij het geld nodig had om een boot te kopen en dat hij de beste koop zou kunnen doen als hij contant betaalde. Hij zou daardoor een heleboel besparen.'

'En waar is de boot?'

'Er is geen boot. Het verhaal was gelogen.'

'Weet je dat zeker?'

'We hebben alle transacties gecontroleerd en overal in Marina del Rey en San Pedro vragen gesteld. We kunnen geen boot vinden. We hebben zijn huis twee keer doorzocht en zijn creditcardaankopen gecontroleerd. Er waren geen kwitanties of uitgaven die met boten verband hielden. Geen foto's, geen sleutels, geen vishengels. Geen registratie bij de Coast Guard, die verplicht is bij zo'n grote transactie. Hij heeft geen boot gekocht.'

'Ook niet in Mexico?'

Bosch schudde zijn hoofd.

'Hij was al negen maanden LA niet uit geweest. Hij is niet naar Mexico gegaan en ook nergens anders heen. Ik zeg je dat hij geen boot heeft gekocht, anders zouden we die gevonden hebben. Hij heeft iets anders gekocht en je cliënt Walter Elliot weet waarschijnlijk wat het is.'

Ik kon zijn logica volgen en begreep dat hij daarmee bij Walter Elliots deur moest uitkomen. Maar ik zou die deur niet openen terwijl Bosch over mijn schouder meekeek.

'Ik denk dat je je vergist, rechercheur.'

'Dat denk ik niet, Haller.'

'Nou, ik kan je niet helpen. Ik weet hier niets van en ik heb er in de boeken of dossiers die ik heb geen aanwijzing voor kunnen vinden. Als je deze zogenaamde omkoping met mijn cliënt in verband kunt brengen, dan moet je hem arresteren en aanklagen. Anders moet ik je nu zeggen dat hij verboden terrein is. Hij praat hierover of over wat dan ook niet met je.'

Bosch schudde zijn hoofd.

'Ik zou mijn tijd niet verdoen door te proberen met hem te praten. Hij heeft zijn advocaat hiervoor als dekmantel gebruikt en ik zal altijd tegen het beroepsgeheim aan lopen. Maar jij zou het als een waarschuwing moeten opvatten, Haller.'

'O ja? Hoezo?'

'Simpel. Zijn advocaat is vermoord, niet hij. Denk daar maar eens over na. En denk aan die rilling in je nek die over je ruggengraat naar beneden loopt. Dat is het gevoel dat je krijgt wanneer je weet dat je over je schouder moet kijken. Wanneer je weet dat je in gevaar bent.'

Ik glimlachte.

'O, is dat het? Ik dacht dat dat het gevoel was dat ik krijg wanneer ik weet dat ik belazerd word.'

'Ik vertel je alleen maar de waarheid.'

'Je hebt twee dagen een spelletje met me gespeeld. Je hebt me van alles wijs proberen te maken over omkopingen en de FBI. Je hebt geprobeerd me te manipuleren en het is verspilling van mijn tijd geweest. Je moet nu weggaan, rechercheur, want ik heb écht werk te doen.'

Ik stond op en strekte mijn hand naar de deur uit. Bosch stond ook op, maar hij maakte geen aanstalten om weg te gaan. 'Neem jezelf niet in de maling, Haller. Maak die fout niet.'

'Bedankt voor het advies.'

Bosch draaide zich eindelijk om en liep weg. Maar toen bleef hij staan, kwam terug naar het bureau en haalde intussen iets uit de binnenzak van zijn jasje.

Het was een foto. Hij legde hem op het bureau.

'Herken je die man?' vroeg hij.

Ik bestudeerde de foto. Het was een korrelige foto van een videofilm was. Er stond een man op die door de deur van een kantoorgebouw naar buiten kwam.

'Dit is toch de ingang aan de voorkant van het Juridisch Centrum?'

'Herken je hem?'

De foto was vanaf een afstand genomen en vergroot, waardoor de pixels van het beeld verder uit elkaar waren komen te liggen en het onduidelijk maakte. De man op de foto leek me iemand van Latijns-Amerikaanse afkomst. Hij had een donkere huid, donker haar en een Poncho Villa-snor zoals Cisco vroeger had. Hij droeg een panamahoed en een overhemd met open boord onder een leren sportjasje. Toen ik de foto beter bekeek, begreep ik waarom ze dit beeld van de beveiligingsvideo hadden uitgekozen. Het jasje van de man was opengevallen toen hij de glazen deur openduwde. Ik zag iets wat op het bovenste deel van een pistool leek uit zijn broeksband steken.

'Is dat een pistool? Is dat de moordenaar?'

'Kun je verdomme eindelijk eens een vraag beantwoorden zonder een wedervraag te stellen? Herken je deze man? Dat is alles wat ik wil weten.'

Nee, rechercheur. Tevreden?'

'Dat is weer een vraag.'

'Sorry.'

'Weet je zeker dat je hem nooit eerder hebt gezien?'

'Niet voor honderd procent, maar dat is geen beste foto die je daar hebt. Waar komt hij vandaan?'

'Een straatcamera op de hoek van Broadway en Second Street. De camera speurt de straat af en we hebben hem er maar een paar seconden op staan. Beter dan dit konden we niet krijgen.'

Ik wist dat de stad in de laatste paar jaar stilletjes langs de grotere verkeersaders camera's had geïnstalleerd. Straten als Hollywood Boulevard waren volledig van camerabeveiliging voorzien. Broadway zou een waarschijnlijke kandidaat zijn geweest. Het krioelde er overdag altijd van de voetgangers en het verkeer was er druk. Het was ook de straat die het meest gebruikt werd voor protestdemonstraties die door studenten georganiseerd werden.

'Ach, het is beter dan niets. Denk je dat het haar en de snor een vermomming zijn?'

'Laat mij de vragen maar stellen. Zou deze man een van je nieuwe cliënten kunnen zijn?'

'Dat weet ik niet, Ik heb ze nog niet allemaal ontmoet. Als je de foto bij me achterlaat, laat ik hem aan Wren Williams zien. Zij zal beter weten dan ik of het een nieuwe cliënt is.'

Bosch pakte de foto van het bureau.

'Het is mijn enige exemplaar. Wanneer begint ze?'

'Ongeveer over een uur.'

'Dan kom ik later wel terug. Pas intussen goed op jezelf, Haller.'

Hij wees met een vinger naar me alsof het een pistool was, draaide zich toen om, liep de kamer uit en sloot de deur achter zich. Ik bleef zitten nadenken over wat hij had gezegd terwijl ik naar de deur staarde en half en half verwachtte dat hij zou terugkomen om me nog een onheilspellende waarschuwing te geven.

Maar toen de deur een minuut later openging, was het Lorna die binnenkwam.

'Ik zag net die rechercheur in de gang.'

'Ja, hij was hier.'

'Wat wilde hij?'

'Me bang maken.'

'En?'

'Dat is hem aardig gelukt.'

22

Lorna wilde weer een bespreking houden en me op de hoogte brengen van de dingen die de vorige dag gebeurd waren tijdens mijn bezoekjes aan Malibu en Walter Elliot. Ze zei zelfs dat ik later op de dag een hoorzitting in de rechtbank had voor een mysterieuze zaak die niet op de agenda stond die we samengesteld hadden. Maar ik had wat tijd nodig om na te denken over wat Bosch me net had verteld en over de betekenis ervan.

'Waar is Cisco?'

'Hij komt eraan. Hij is vroeg de deur uitgegaan om met een van zijn bronnen te praten voordat hij naar het kantoor zou komen.'

'Heeft hij ontbeten?'

'Niet bij mij.'

'Oké, wanneer hij er is, gaan we naar de Dining Car om te ontbijten. We kunnen dan daar alles doornemen.'

'Ik heb al ontbeten.'

'Dan kun jij praten terwijl wij eten.'

Ze fronste quasiverbaasd haar wenkbrauwen, maar ging de receptieruimte binnen en liet me met rust. Ik stond op van achter het bureau en begon met mijn handen in mijn zakken te ijsberen. Ik probeerde te bedenken wat de informatie van Bosch betekende.

Volgens Bosch had Jerry Vincent aan een of meer onbekende personen een aanzienlijk bedrag aan steekpenningen betaald. Het feit dat de honderdduizend dollar uit Walter Elliots voorschot afkomstig waren, leek erop te duiden dat de omkoping op de een of andere manier verband hield met de zaak-Elliot, maar dat was absoluut niet zeker. Vincent zou gemakkelijk geld van Elliot gebruikt kunnen hebben om een schuld of een omkoopsom te betalen die met een andere zaak of met iets totaal anders te maken had. Het zou een gokschuld kunnen zijn die hij verborgen wilde houden. Het enige wat vaststond was dat Vincent de honderdduizend van zijn rekening via een omweg naar een onbekende bestemming had geloodst en had geprobeerd de transactie te verbergen.

Het volgende waarover ik moest nadenken, was de timing van de transactie en het mogelijke verband ervan met de moord op Vincent. Bosch zei dat de overdracht van het geld vijf maanden geleden had plaatsgevonden. De moord op Vincent was maar drie dagen geleden en het proces tegen Elliot zou over een week beginnen. Weer stond er niets definitief vast. Doordat er zo veel tijd tussen de transactie en de moord was verlopen, leek het niet voor de hand te liggen dat er een verband tussen bestond.

Maar toch kon ik ze niet los van elkaar zien en de reden daarvoor was Walter Elliot zelf. Met behulp van Bosch' informatie kon ik nu enkele van mijn vragen beantwoorden en begon ik mijn cliënt – en mezelf – in een ander licht te zien. Ik begreep nu dat Elliots vertrouwen dat hij uiteindelijk vrijgesproken zou worden misschien voortvloeide uit zijn geloof dat er al voor betaald was. Ik zag nu zijn onwil om het proces uit te stellen als een kwestie van timing die verband hield met de omkoping. En ik zag zijn bereidheid om me zo snel toe te staan om de fakkel van Vincent over te nemen zonder ook maar één referentie te controleren als een poging om zonder vertraging voor de rechter te kunnen komen. Het had niets te maken met vertrouwen in mijn bekwaamheid en vasthoudendheid. Ik had geen indruk op hem gemaakt. Ik was gewoon degene geweest die kwam opdagen. Ik was gewoon een advocaat die binnen het raamwerk zou opereren. Eigenlijk was ik perfect. Ik was uit de bak gevonden voorwerpen getrokken. Ik was uit de roulatie geweest en was gretig en gereed. Als ik afgestoft en in een pak gehesen werd, zou ik Vincent zó kunnen vervangen zonder dat er vragen gesteld zouden worden.

Deze confrontatie met de realiteit was even onaangenaam als de eerste nacht in de ontwenningskliniek, maar ik begreep ook dat deze zelfkennis me een voorsprong zou kunnen geven. Ik zat midden in een soort toneelstuk, maar nu wist ik tenminste dat het een toneelstuk was. Dat was een voordeel. Ik kon er nu mijn eigen toneelstuk van maken.

Er was een reden voor Elliots haast om voor de rechter te komen en ik dacht nu dat ik wist wat die was. De boel was geregeld. Er was geld betaald voor een specifieke oplossing en die oplossing kon alleen geboden worden als het proces volgens plan gehouden zou worden. De volgende vraag in deze reeks was waarom. Waarom moest het proces op het afgesproken tijdstip gehouden worden? Daar had ik nog geen antwoord op, maar dat zou ik nog wel krijgen.

Ik liep naar de ramen en trok de luxaflex uit elkaar. In de straat zag ik een busje van Channel 5 dat met twee wielen op de stoep geparkeerd stond. Er stonden een cameraploeg en een verslaggever op het trottoir en ze waren gereed voor een directe uitzending om hun kijkers het laatste nieuws over de zaak-Vincent te geven, het laatste nieuws zou hetzelfde zijn als gisterochtend: geen arrestaties, geen verdachten, geen nieuws.

Ik stapte van het raam vandaan en liep naar het midden van de kamer om verder te gaan met ijsberen. Het volgende waarover ik moest nadenken, was de man op de foto die Bosch me had laten zien. Er was hier sprake van een contradictie. De eerste aanwijzingen duidden erop dat Vincent zijn moordenaar had gekend en dat deze daarom dicht bij hem had kunnen komen. Maar de man op de foto leek zich vermomd te hebben. Zou Jerry het raampje voor de man op de foto opengedraaid hebben? In aanmerking genomen wat er over de plaats delict bekend was, leek het onlogisch dat Bosch zich op deze man geconcentreerd had.

De telefoontjes van de FBI naar Vincents mobiele telefoon riepen ook vragen op die ik niet kon beantwoorden. Wat wist de FBI en waarom was er geen agent naar Bosch toe gekomen? Het zou kunnen dat de FBI zijn sporen verborg, maar ik wist ook dat ze niet uit de schaduw zouden willen komen als daaruit zou blijken dat ze zelf met een onderzoek bezig waren. Als dat zo was, zou ik nog voorzichtiger moeten zijn dan ik al was geweest. Als ik ook maar een beetje besmet uit een federaal onderzoek naar corruptie tevoorschijn zou komen, zou ik daar nooit meer overheen komen.

Het laatste om over na te denken was de moord zelf. Vincent had de omkoopsom betaald en was gereed om volgens plan voor de rechtbank te verschijnen. Waarom was hij dan een risicofactor geworden? De moord op hem bracht beslist het tijdschema in gevaar en het was een extreme reactie. Waarom was hij vermoord?

Er waren voorlopig te veel vragen en te veel onbekende factoren.

Ik had meer informatie nodig voordat ik met enige zekerheid kon besluiten hoe ik verder zou gaan. Maar er was één conclusie waar ik niet omheen kon. Het was me onaangenaam duidelijk dat mijn eigen cliënt tegen me loog. Elliot hield me onkundig van de interne machinaties in de zaak.

Maar ik zou hetzelfde kunnen doen. Ik besloot de informatie die de rechercheur me had gegeven geheim te houden. Ik zou mijn medewerkers er niet van op de hoogte brengen en ik zou op dit moment Walter Elliot zeker niet vragen wat hij van deze dingen wist. Ik zou mijn hoofd boven het donkere water van de zaak houden en mijn ogen goed de kost geven.

Ik verplaatste mijn aandacht naar datgene wat recht voor me hing. Ik keek in de opengesperde bek van Patrick Hensons vis.

De deur ging open en Lorna kwam het kantoor binnen. Ze zag dat ik naar de tarpon stond te staren.

'Wat doe je?' vroeg ze.

'Nadenken.'

'Nou, Cisco is hier en we moeten gaan. Je hebt vandaag een druk rooster in de rechtbank en ik wil niet dat je te laat komt.'

'Laten we dan gaan. Ik barst van de honger.'

Ik volgde haar naar buiten, maar niet voordat ik omgekeken had naar de grote, prachtige vis aan de muur. Ik meende precies te weten hoe hij zich voelde.

23

Ik liet ons door Patrick naar de Pacific Dining Car rijden waar Cisco en ik biefstuk met eieren bestelde en Lorna thee met honing. De Dining Car was een zaak waar de machtige mannen van het zakencentrum graag bijeenkwamen voordat ze het een dag met elkaar uitvochten in een van de nabijgelegen glazen torens. Het eten was er te duur, maar lekker. Het was goed voor het zelfvertrouwen en gaf de gewone klant het gevoel dat hij ook een grote jongen was. Zodra de ober onze bestelling had opgenomen en weggegaan was, schoof Lorna haar bestek opzij en opende ze een agenda met spiraalband op de tafel.

'Eet snel,' zei ze. 'Jullie hebben een drukke dag voor de boeg.'

'Zeg het maar.'

Ze bladerde even in de agenda en ging toen verder.

'Je hebt om tien uur een afspraak met rechter Holder in haar raadkamer. Ze wil een bijgewerkte cliëntenlijst zien.'

'Ze heeft gezegd dat ik daar een week voor had,' protesteerde ik. 'Vandaag is het pas donderdag.'

'Ja, maar Michaela heeft gebeld om te zeggen dat de rechter een interimlijst wil zien. Ik denk dat de rechter in de krant heeft gelezen dat je doorgaat als Elliots advocaat. Ze is bang dat je te veel tijd aan Elliot zal besteden en te weinig aan de andere cliënten.'

'Dat is niet waar. Ik heb gisteren een verzoek om een rechterlijke beslissing voor Patrick ingediend en dinsdag ben ik bij het vonnis van Reese geweest. Ik bedoel, ik heb nog niet eens alle cliënten ontmoet.'

'Maak je geen zorgen. Ik heb een cliëntenlijst op kantoor liggen die je mee kunt nemen. Er staat op wie je hebt gesproken en voor wie je blijft werken, plus de afspraken die je met hen allemaal hebt gemaakt. Duw gewoon de papieren onder haar neus, dan zal ze niet kunnen klagen.'

Ik lachte. Een betere secretaresse dan Lorna kon je je niet wensen.

'Geweldig. Verder nog iets?'

'Dan heb je om elf uur een afspraak met rechter Stanton over Elliot. Ook in de raadkamer.'

'Wil hij weten hoe de stand van zaken is?'

'Ja, hij wil weten of je donderdag klaar bent om te beginnen.'

'Nee, maar Elliot wil het niet anders.'

'Nou, dan kan de rechter hem dat zelf horen zeggen. Hij wil dat de beklaagde zelf ook bij het gesprek aanwezig is.'

Dat was ongebruikelijk. Het waren meestal routinebesprekingen die maar kort duurden. Het feit dat Stanton wilde dat Elliot erbij aanwezig was, maakte er iets veel belangrijkers van.

Ik bedacht iets en haalde mijn telefoon tevoorschijn.

'Heb je het Elliot laten weten. Hij is…'

'Stop hem maar weg. Hij weet het en hij zal er zijn. Ik heb vanochtend zijn secretaresse gesproken – een zekere mevrouw Albrecht – en ze weet dat hij er moet zijn omdat de rechter zijn vrijlating op borgtocht kan herroepen als hij niet komt opdagen.'

Ik knikte. Het was een slimme zet. Hij bedreigde Elliots vrijheid om hem te dwingen aanwezig te zijn.

'Mooi,' zei ik. 'Dat is het?'

Ik wilde Cisco vragen wat hij nog meer had ontdekt over het onderzoek naar de moord op Vincent en ik wilde weten of zijn bronnen iets hadden gezegd over de man op de foto van de beveiligingscamera die Bosch me had laten zien.

'Bij lange na niet, vriend,' antwoorde Lorna. 'We komen nu bij de mysterieuze zaak.'

'Laat maar horen.'

'We hebben gistermiddag in Vincents kantoor een telefoontje gehad van de griffier van rechter Friedman. Ze wilde weten of er iemand aanwezig was die de zaken overnam. Toen de griffier te horen kreeg dat jij dat zou doen, vroeg ze of je wist dat er vandaag om twee uur een hoorzitting voor rechter Friedman gehouden zou worden. Ik heb in onze nieuwe agenda gekeken en gezien dat je daar om twee uur niets hebt. Dus dat is het mysterie. Je hebt om twee uur een hoorzitting voor een zaak die niet alleen niet in onze agenda staat, maar waarvan we ook geen dossier hebben.'

168

'Hoe heet de cliënt?'

'Eli Wyms.'

De naam zei me niets.

'Kende Wren de naam?'

Lorna schudde haar hoofd.

'Heb je de oude zaken gecontroleerd? Misschien was het dossier gewoon in de verkeerde stapel terechtgekomen.'

'Nee, dat hebben we gecontroleerd. Er is nergens in het kantoor een dossier van de zaak.'

'En waar gaat de hoorzitting over? Heb je dat aan de griffier gevraagd?'

'Verzoeken om een rechterlijke beslissing. Wyms wordt beschuldigd van poging tot moord op een politieman en van wapenhandel. Hij is op twee mei gearresteerd in een park in Calabasas. Hij werd in staat van beschuldiging gesteld, onder toezicht geplaatst en voor negentig dagen naar Camarillo gestuurd. Hij moet toerekeningsvatbaar zijn verklaard, want de hoorzitting van vandaag heeft tot doel om een datum voor het proces vast te stellen en te beoordelen of hij op borgtocht vrijgelaten kan worden.'

Ik knikte. Ik kon in de korte samenvatting tussen de regels door lezen. Wyms was in een wijk die Calabasas heette in een soort confrontatie met de politie verzeild geraakt waarbij wapens betrokken waren. Hij was voor onderzoek naar het psychiatrisch evaluatiecentrum van de staat gestuurd waar de zielenknijpers er drie maanden over hadden gedaan om te beslissen of hij gek was of toerekeningsvatbaar en in staat het proces tegen hem te begrijpen. De dokters concludeerden dat hij toerekeningsvatbaar was, wat betekende dat hij goed van kwaad kon onderscheiden toen hij probeerde een politieman dood te schieten, waarschijnlijk de politieman die de confrontatie met hem aanging.

Het was een uiterst summiere schets van de penarie waarin Eli Wyms zat. Er zouden meer bijzonderheden in het dossier staan, maar dat hadden we niet.

'Is er ergens een verwijzing naar Wyms in de stortingen op de trustrekening?' vroeg ik. Lorna schudde haar hoofd. Ik had moeten weten dat ze haar werk grondig had gedaan en de bankrekening had gecontroleerd om Eli Wyms te vinden.

'Oké, dus het ziet ernaar uit dat Jerry zijn zaak pro Deo zou doen.'

Advocaten doen af en toe zaken gratis – pro Deo – voor minvermogende of speciale cliënten. Soms doen ze dit uit altruïstische overwegingen en andere keren is de reden dat de cliënt gewoon niet betaalt. In beide gevallen zou het begrijpelijk zijn dat Wyms geen voorschot had betaald, maar het ontbreken van het dossier was een ander verhaal.

'Weet je wat ik denk?' vroeg Lorna.

'Nee.'

'Dat Jerry het dossier bij zich had – in zijn aktetas – toen hij maandagavond uit kantoor kwam.'

'En dat het door de moordenaar meegenomen is, samen met de laptop en de mobiele telefoon.'

Ze knikte en ik knikte terug.

Het leek logisch. Hij bereidde zich die avond voor op de komende week en hij had donderdag een hoorzitting over Wyms. Misschien had hij geen zin meer gehad en had hij het dossier in zijn aktetas gestopt om er later naar te kijken. Of misschien had hij het dossier bij zich gehouden omdat het belangrijk was, ook al wist ik niet op welke manier. Het was ook mogelijk dat de moordenaar het dossier van Wyms wilde hebben en niet de laptop of de mobiele telefoon.

'Wie is de aanklager bij de zaak?'

'Joanne Giorgetti en ik ben je ver voor. Ik heb haar gisteren gebeld en de situatie uitgelegd. Ik heb haar gevraagd of ze het erg zou vinden om het dossier met stukken van het OM nog een keer voor ons te kopiëren. Ze zei dat het geen probleem was. Je kunt het ophalen na je afspraak om elf uur met rechter Stanton. Daarna heb je nog een paar uur om je erin te verdiepen voor de hoorzitting om twee uur.'

Joanne Giorgetti was een uitstekende openbaar aanklager die op een afdeling van het OM werkte die misdaden tegen wetshandhavers behandelde. Ze was ook een oude vriendin van mijn ex-vrouw en de basketbalcoach van mijn dochter in de YMCA-competitie. Ze was altijd hartelijk en collegiaal tegen me geweest, zelfs nadat Maggie en ik gescheiden waren. Het verbaasde me niet dat ze een kopie van de stukken voor me wilde maken.

'Je denkt ook overal aan, Lorna,' zei ik. 'Waarom neem je Vincents praktijk niet gewoon over? Je hebt mij niet nodig.'

Ze glimlachte om het compliment en ik zag haar ogen in Cisco's richting schieten. Ik leidde daaruit af dat ze wilde dat hij besefte hoe waardevol ze voor de advocatenfirma Haller & Partners was.

'Ik werk graag op de achtergrond,' zei ze. 'Ik laat het midden van het podium aan jou over.'

Onze borden werden gebracht en ik deed een ruime hoeveelheid tabasco op mijn biefstuk en mijn eieren. Soms kon alleen een hete saus me nog het gevoel geven dat ik leefde.

Eindelijk had ik de gelegenheid om van Cisco te horen wat hij over het onderzoek naar de moord op Vincent had ontdekt, maar hij begon net te eten en ik wist dat het niet verstandig was om hem van zijn maaltijd af te houden. Ik besloot te wachten en ik vroeg Lorna hoe het op het werk met Wren Williams ging. Ze antwoordde met zachte stem, alsof Wren vlak bij haar in het restaurant zat en haar zou kunnen verstaan als ze op een normale toon praatte.

'Ik heb niet veel aan haar, Mickey. Ze lijkt geen idee te hebben hoe het kantoor werkt en waar Jerry zijn spullen bewaarde. Ze boft als ze zich kan herinneren waar ze haar auto vanochtend heeft geparkeerd. Als je het mij vraagt, werkte ze hier om een andere reden.'

Ik had haar kunnen vertellen wat die reden was – door te herhalen wat ik van Bosch had gehoord – maar besloot mijn mond erover te houden. Ik wilde Lorna niet afleiden met roddels.

Ik keek naar Cisco en zag dat hij de jus van zijn biefstuk en de hete saus op zijn bord met een stuk toast opveegde. Hij was klaar met eten.

'Wat heb je vandaag op het programma staan, Cisco?'

'Ik werk aan Rilz om meer over hem te weten te komen.'

'Hoe gaat dat?'

'Ik denk dat ik wel een paar dingen heb gevonden die je kunt gebruiken. Wil je ze horen?'

'Nog niet. Ik vraag er wel om wanneer ik ze nodig heb.'

Ik wilde geen informatie over Rilz krijgen die ik misschien ter inzage aan de aanklager zou moeten overdragen. Hoe minder ik wist, hoe beter het op dit moment was. Cisco begreep dit en hij knikte.

'Ik heb vanmiddag ook het gesprek met Bruce Carlin,' voegde Cisco eraan toe.

'Hij wil tweehonderd dollar per uur hebben,' zei Lorna. 'Pure diefstal, als je het mij vraagt.'

Ik wuifde haar protest weg.

'Betaal het maar gewoon. Het zijn eenmalige onkosten en hij heeft waarschijnlijk informatie die we kunnen gebruiken en dat kan Cisco tijd besparen.'

'Maak je geen zorgen, we betalen hem. Ik ben er alleen niet blij mee. Hij zet ons af omdat hij weet dat het kan.'

'Formeel gezien zet hij Elliot af en ik denk niet dat het hem wat kan schelen.'

Ik richtte me weer tot mijn onderzoeker.

Cisco stelde me op de hoogte van de dingen die hij had ontdekt. Het waren grotendeels forensische details, die suggereerden dat zijn bron bij de mensen die aan het onderzoek werkten, uit die hoek kwam. Hij zei dat Vincent twee keer getroffen was, beide keren in de linkerslaap. De ingangswonden lagen nog geen tweeënhalve centimeter uit elkaar en de brandplekken van het kruitpoeder op de huid en het haar duidden erop dat het wapen vanaf een afstand tussen de tweeëntwintig en dertig centimeter was afgevuurd. Cisco zei dat dit erop wees dat de moordenaar twee keer snel achter elkaar had geschoten en dat hij een redelijk goede schutter was. Het was onwaarschijnlijk dat een amateur snel twee schoten kon afvuren die zo dicht bij elkaar doel troffen.

Bovendien, zei hij, waren de kogels in het hoofd blijven zitten en ze waren er uit gehaald tijdens de autopsie die gisteravond laat was uitgevoerd.

'Ze hadden kaliber .25,' zei hij.

Ik had talloze kruisverhoren afgenomen bij ballistische experts en deskundigen op het gebied van sporen die door gereedschap werden achtergelaten. Ik wist het een en ander van kogels en het was me bekend dat .25 kogels uit een klein wapen kwamen, maar grote schade konden aanrichten, vooral wanneer ze in de schedel werden geschoten. De kogels zouden binnen ricocheren. Het zou lijken alsof de hersenen van het slachtoffer in een blender waren gestopt.

'Weten ze al welk wapen precies is gebruikt?'

Ik wist dat ze konden vaststellen met welk wapen de kogels waren afgevuurd door de vlakken en de groeven in de kogels te bestuderen. Ook bij de moorden in Malibu wisten de rechercheurs welk wapen was gebruikt, al hadden ze het niet gevonden.

172

'Ja, een .25 Beretta Bobcat. Lekker klein. Je zou het bijna in je hand kunnen verbergen.'

Een totaal ander wapen dan dat waarmee Mitzi Elliot en Johan Rilz waren vermoord.

'Wat kunnen we daaruit afleiden?'

'Het is het wapen van een huurmoordenaar. Je neemt het mee wanneer je weet dat het een schot door het hoofd moet worden.'

Ik knikte instemmend.

'Dus dit was gepland. De moordenaar wist wat hij ging doen. Hij wacht in de garage, ziet Jerry naar buiten komen en loopt direct naar de auto toe. Het raampje wordt opengedraaid of het was al open en de man schiet Jerry twee keer in het hoofd. Vervolgens pakt hij de aktetas met de laptop erin, de mobiele telefoon, de map en, denken we, het dossier van Eli Wyms.'

'Precies.'

'Goed, wat kun je over de verdachte zeggen?'

'De man die ze de eerste nacht verhoord hebben?'

'Nee, dat was Carlin. Ze hebben hem vrijgelaten.'

Cisco keek verbaasd.

'Hoe ben je erachter gekomen dat het Carlin was?'

'Dat heeft Bosch me vanochtend verteld.'

'Wil je beweren dat ze een andere verdachte hebben?'

Ik knikte.

'Hij heeft me een foto laten zien van een man die ongeveer ten tijde van de schietpartij het gebouw uit kwam. Hij had een pistool en was duidelijk vermomd.'

Ik zag Cisco's ogen even vlammen. Het was een kwestie van beroepstrots dat hij mij van dat soort informatie voorzag. Hij vond het niet leuk wanneer het andersom gebeurde.

'Hij had geen naam, alleen de foto,' zei ik. 'Hij wilde weten of ik die man ooit eerder had gezien en of het een van mijn cliënten was.'

Cisco's ogen kregen een boze uitdrukking toen hij zich realiseerde dat zijn bron dingen voor hem achterhield. Als ik hem had verteld over de telefoontjes van de FBI zou hij waarschijnlijk de tafel opgepakt en door het raam gegooid hebben.

'Ik zal zien wat ik kan doen,' zei hij zacht tussen zijn opeengeklemde lippen door.

Ik keek Lorna aan.

'Bosch zei dat hij vanochtend zou terugkomen om Wren de foto te laten zien.'

'Ik zal het haar zeggen.'

'Kijk er in elk geval zelf ook naar. Ik wil dat iedereen op zijn hoede is voor die vent.'

'Oké, Mickey.'

Ik knikte. We waren klaar. Ik legde een creditcard op de rekening en haalde mijn telefoon tevoorschijn om Patrick te bellen. Dat ik mijn chauffeur ging bellen, deed me ergens aan denken.

'Cisco, er is nog één ding dat je vandaag moet doen.'

Cisco keek me aan. Hij hoopte kennelijk op iets wat hem zou afleiden van het idee dat ik een betere bron had bij de rechercheurs die op het onderzoek zaten dan hij.

'Ga naar Vincents liquidateur en kijk of hij een van Patricks surfplanken vastgehouden heeft. Als dat zo is, wil ik hem terug hebben voor Patrick.'

Cisco knikte.

'Dat lukt wel. Geen probleem.'

24

Doordat ik werd opgehouden door de langzame liften in het paleis van justitie was ik vier minuten te laat toen ik de rechtszaal van rechter Holder binnenkwam en me langs het hokje van de griffier naar de gang haastte die naar haar raadkamer leidde. Ik zag niemand en de deur was dicht. Ik klopte zachtjes en ik hoorde de rechter roepen dat ik binnen kon komen.

Ze zat achter haar bureau en droeg haar zwarte toga. Daaruit leidde ik af dat ze spoedig een openbare hoorzitting had en dat het niet best was dat ik te laat kwam.

'We hadden een afspraak om tien uur, meneer Haller. Ik geloof dat u dat duidelijk medegedeeld is.'

'Ja, edelachtbare, het spijt me. De liften in dit gebouw zijn...'

'Alle advocaten nemen dezelfde liften en de meeste komen op tijd als ze een afspraak met me hebben.'

'Ja, edelachtbare.'

'Hebt u uw chequeboek meegebracht?'

'Ik denk het wel, ja.'

'We kunnen dit op twee manieren doen,' zei de rechter. 'Ik kan u wegens minachting van de rechtbank een boete geven en u een verklaring van uw gedrag tegenover de Orde van Advocaten van Californië laten geven of we kunnen dit informeel afhandelen. In het laatste geval kunt u uw chequeboek trekken en een donatie doen aan de Stichting Doe Een Wens. Ze doen daar goede dingen voor zieke kinderen.'

Dit was ongelooflijk. Ik kreeg een boete omdat ik vier minuten te laat was. De arrogantie van sommige rechters was verbijsterend. Op de een of andere manier wist ik mijn verontwaardiging te bedwingen.

'Het idee om zieke kinderen te helpen staat me wel aan,' zei ik. 'Hoeveel moet ik overmaken?'

'Zoveel als u wilt. En ik zal hem zelfs voor u verzenden.' Ze wees naar een stapel papieren op de linkerkant van haar bureau. Ik zag twee andere cheques, hoogstwaarschijnlijk uitgeschreven door twee andere arme stakkers die deze week met de rechter in aanvaring waren gekomen. Ik boog me voorover en rommelde in de voorzak van mijn tas tot ik mijn chequeboek gevonden had. Ik schreef een cheque voor 250 dollar voor Doe Een Wens uit, scheurde hem uit en overhandigde hem haar over het bureau heen. Ik keek naar de ogen van de rechter toen ze naar het bedrag keek dat ik gedoneerd had. Ze knikte goedkeurend en ik wist dat ik goed zat.

'Dank u, meneer Haller. 'Ze zullen u per post een ontvangstbewijs sturen voor uw belastingaangifte. Het zal naar het adres op de cheque verzonden worden.'

'Zoals u al zei, ze doen goed werk.'

'Ja, inderdaad.'

De rechter legde de cheque boven op de andere twee en richtte haar aandacht toen weer op mij.

'Voor we de zaken bespreken, wil ik u iets vragen,' zei ze. 'Weet u of de politie vorderingen maakt met het onderzoek naar de dood van meneer Vincent?'

Ik aarzelde even en vroeg me af wat ik de president van het gerechtshof moest vertellen.

'Ik ben er niet echt van op de hoogte,' zei ik. 'Maar ze hebben me een foto laten zien van een man die ze, naar ik aanneem, als verdachte beschouwen.'

'O ja? Wat voor foto?'

'Een foto van een beveiligingscamera die vanaf de straat is gemaakt. De man die erop staat lijkt een pistool bij zich te hebben. Ik denk dat ze het tijdstip waarop de foto is gemaakt aan het tijdstip van de schietpartij in de garage hebben kunnen koppelen.'

'Herkende u de man?'

Ik schudde mijn hoofd.

'Nee, de foto was te korrelig. Het leek er trouwens ook op dat hij een vermomming droeg.'

'Wanneer was dit?'

'Op de avond van de schietpartij.'

'Nee, ik bedoel wanneer ze u de foto hebben laten zien.'

'Vanmorgen. Rechercheur Bosch kwam ermee naar het kantoor.'

'Oké, meneer Haller, laten we dan nu over cliënten en zaken praten.'

'Ja, edelachtbare.'

Ik bukte, ritste mijn tas open en haalde de lijst tevoorschijn die Lorna voor me had opgesteld. Rechter Holder hield me een uur lang vast terwijl ik alle zaken en cliënten met haar besprak en haar bijzonderheden gaf over de status van de zaken en de gesprekken die ik met de cliënten had gevoerd.

Tegen de tijd dat ze me eindelijk liet gaan was ik te laat voor mijn hoorzitting van elf uur in de raadkamer van rechter Stanton.

Ik vertrok, negeerde de liften en rende de twee trappen op naar de verdieping waar Stantons rechtszaal was. Ik was acht minuten te laat en ik vroeg me af of dat me op een donatie aan het favoriete goede doel van een andere rechter zou komen te staan.

De rechtszaal was leeg, maar Stantons griffier zat in haar hokje. Ze wees met haar pen naar de open deur van de gang die naar de raadkamer van de rechter leidde.

'Ze wachten op u,' zei ze.

Ik liep snel langs haar heen en de gang door. De deur van de raadkamer stond open en ik zag de rechter achter zijn bureau zitten. Links achter hem zat een stenografe en aan de andere kant van het bureau stonden drie stoelen tegenover hem. Walter Elliot zat in de rechterstoel, de middelste stoel was leeg en Jeffrey Golantz zat in de derde stoel. Ik had de aanklager nog nooit ontmoet, maar ik herkende hem van de tv en de krantenfoto's. In de afgelopen paar jaar had hij succesvol een reeks zaken behandeld die sterk in de publiciteit stonden en hij had naam gemaakt. Hij was de ongeslagen rijzende ster van het OM.

Ik vond het heerlijk om het tegen ongeslagen aanklagers op te nemen. Hun zelfvertrouwen verraadde vaak hun bedoelingen.

'Het spijt me dat ik te laat ben, edelachtbare,' zei ik toen ik me in de lege stoel liet glijden. 'Rechter Holder heeft me opgeroepen voor een hoorzitting en die is uitgelopen.'

Ik hoopte dat het noemen van de president van het gerechtshof als reden dat ik te laat was, zou voorkomen dat ook rechter Stanton een aanval op mijn chequeboek zou doen en het leek te werken.

'Dan wordt er vanaf nu genotuleerd,' zei hij,

De stenografe boog zich naar voren en zette haar vingers op de toetsen van haar machine.

'In de zaak van Californië tegen Walter Elliot... zijn we vandaag in de raadkamer bijeen voor een bespreking van de stand van zaken. Aanwezig zijn de beklaagde, meneer Golantz voor het OM en meneer Haller die wijlen meneer Vincent vervangt.'

De rechter moest hier even ophouden om de stenografe de juiste spelling van de namen op te geven. Hij sprak op een autoritaire toon die een rechter vaak krijgt als hij het ambt een decennium lang heeft uitgeoefend.

Hij was een knappe man met een volle kop borstelig grijs haar. Hij was in goede conditie en zijn zwarte toga verhulde zijn ontwikkelde schouders en borst niet.

'Zo,' zei hij toen, 'we hebben aanstaande donderdag – vandaag over een week – volgens schema de aan de rechtszitting voorafgaande ondervraging van de juryleden en het is me opgevallen, meneer Haller, dat ik geen verzoek heb ontvangen om de zaak uit te stellen zodat u de tijd hebt om u goed in de zaak in te werken.'

'We willen geen uitstel,' zei Elliot.

Ik legde mijn hand op de onderarm van mijn cliënt en schudde mijn hoofd.

'Meneer Elliot, ik wil dat u uw advocaat tijdens deze zitting het woord laat doen,' zei de rechter.

'Neemt u me niet kwalijk, edelachtbare,' zei ik. 'Maar de boodschap is hetzelfde of u het nu van mij of direct van meneer Elliot te horen krijgt. We willen geen uitstel. Ik heb me de hele week ingewerkt en ik zal aanstaande donderdag klaar zijn om met de juryselectie te beginnen.

De rechter keek me met half dichtgeknepen ogen aan.

'Weet u dat zeker, meneer Haller?'

'Absoluut. Meneer Vincent was een goede advocaat en hij heeft de dossiers grondig bijgehouden. Ik begrijp de strategie die hij ontwikkeld heeft en ik zal donderdag gereed zijn om te beginnen. De zaak heeft mijn volle aandacht en ook die van mijn medewerkers.'

De rechter leunde achterover in zijn stoel en draaide ermee heen en weer terwijl hij nadacht. Ten slotte keek hij Elliot aan.

'Het blijkt dat u toch nog mag spreken. Ik zou graag direct van u horen dat u het volledig met uw nieuwe advocaat eens bent en dat u begrijpt welk risico u loopt wanneer u zo kort voor het proces met een andere verdediger in zee gaat. Het is uw vrijheid die hier op het spel staat, meneer. Laat maar eens horen wat u hierover te zeggen hebt.'

Elliot leunde naar voren en sprak op uitdagende toon. 'Ten eerste ben ik het volkomen met mijn advocaat eens. Ik wil dat deze zaak zo snel mogelijk voor de rechter komt, zodat ik de aanklager hier kan laten zien dat hij onzin uitkraamt. Ik ben een onschuldig man en ik word achtervolgd en vervolgd voor iets wat ik niet heb gedaan. Ik wil geen dag langer dan nodig is als beklaagde door het leven gaan. Ik hield van mijn vrouw en ik zal haar altijd blijven missen. Ik heb haar niet vermoord en het snijdt me door mijn ziel wanneer ik de mensen op tv die smerige dingen over me hoor zeggen. Wat me het meest pijn doet, is de wetenschap dat de echte moordenaar nog vrij rondloopt. Hoe sneller meneer Haller bewijst dat ik onschuldig ben hoe beter.'

Het was precies O.J. Simpson, maar de rechter bestudeerde Elliot even. Hij knikte peinzend en richtte toen zijn aandacht op de openbaar aanklager.

'Meneer Golantz? Wat is de mening van het OM hierover?'

De hulpofficier van justitie schraapte zijn keel. Het juiste woord om hem te beschrijven was 'telegeniek'. Hij was knap en donker en zijn ogen leken de toorn van de gerechtigheid uit te stralen.

'Edelachtbare, het OM is gereed voor het proces en heeft er geen bezwaar tegen om volgens schema verder te gaan. Maar als meneer Elliot er zo zeker van is dat hij zonder uitstel wil doorgaan, dan zou ik hem willen vragen om formeel afstand te doen van het recht op hoger beroep mochten de zaken tijdens het proces niet zo gaan als hij voorspelt.'

De rechter draaide zijn stoel opzij zodat hij zijn aandacht weer op mij kon richten.

'Wat vindt u daarvan, meneer Haller?'

'Edelachtbare, ik denk niet dat mijn cliënt afstand hoeft te doen van een eventuele bescherming die hem door de wet geboden wordt…'

'Dat kan me niet schelen,' onderbrak Elliot me. 'Ik zal verdomme afstand doen van wat u maar wilt. Ik wil voor de rechter komen.'

Ik keek hem scherp aan, maar hij haalde zijn schouders op.

'We gaan deze zaak winnen,' verklaarde hij.

'Wilt u even de gang op gaan, meneer Haller?' vroeg de rechter.

'Dank u, edelachtbare.'

Ik stond op en gebaarde Elliot dat hij ook moest opstaan.

'Kom mee.'

'We liepen de korte gang in die naar de rechtszaal leidde. Ik sloot de deur achter ons. Elliot begon al te spreken voor ik iets kon zeggen, waarmee hij het probleem benadrukte.

'Luister, ik wil dit achter de rug hebben en ik…'

'Hou je kop!' zei ik op een geforceerde fluistertoon.

'Wat?'

'Je hebt me wel gehoord. Hou in jezusnaam je kop. Begrepen? Je zult er vast en zeker aan gewend zijn om te praten wanneer je wilt en dat iedereen naar elk briljant woord van je luistert, maar je bent niet meer in Hollywood, Walter. Je bespreekt geen films met het filmbonsje van de week. Begrijp je wat ik zeg? Dit is het echte leven. Je praat niet tenzij er tegen je gesproken wordt. Als je verder iets te zeggen hebt, dan fluister je dat in mijn oor en als ik denk dat het de moeite van het herhalen waard is dan zeg ík – en niet jíj – het tegen de rechter. Snap je dat?'

Het duurde lang voordat Elliot antwoordde. Zijn gezicht werd donkerrood en ik begreep dat ik misschien op het punt stond om een cliënt te verliezen. Maar op dat moment kon me dat niet schelen. Wat ik had gezegd, moest gezegd worden. Het was een welkom-in-mijn-wereldtoespraakje dat ik al veel eerder had moeten houden.

'Ja,' zei hij ten slotte, 'ik snap het.'

'Goed, onthoud het dan. Laten we nu weer naar binnen gaan om te kijken of we kunnen vermijden dat we je recht op een appèl weggeven als je toevallig veroordeeld mocht worden, omdat ik de boel verknald heb doordat ik niet voldoende voorbereid was op het proces.'

'Dat zal niet gebeuren. Ik heb vertrouwen in je.'

'Daar ben ik blij om, Walter, maar de waarheid is dat je vertrouwen nergens op gebaseerd is. En of je dat vertrouwen nu hebt of niet, we geven niets weg. We gaan nu naar binnen en je laat mij het woord doen. Daarvoor krijg ik zo'n smak geld betaald.'

Ik sloeg hem op de schouder. We liepen naar binnen en gingen weer zitten. Walter zei geen woord meer. Ik argumenteerde dat hij zijn recht op hoger beroep niet op hoefde te geven omdat hij het snelle proces wilde hebben waar hij recht op had. Maar rechter Stanton koos partij voor Golantz en besliste dat Elliot, als hij het aanbod om het proces uit te stellen van de hand wees, zich er na een veroordeling niet over kon beklagen dat zijn advocaat te weinig tijd had gehad om zich voor te bereiden. Ook nadat hij deze beslissing te horen had gekregen, hield Elliot voet bij stuk en weigerde het uitstel, zoals ik wist dat hij zou doen. Ik vond het best. Onder de gecompliceerde wetten was bijna niets veilig voor hoger beroep. Ik wist dat Elliot, als het nodig zou zijn, nog steeds de beslissing die de rechter net had genomen, zou kunnen aanvechten.

We gingen daarna verder met wat de rechter daarna 'de huishoudelijke aangelegenheden' noemde. Allereerst vroeg hij beide partijen of ze een verzoek van Rechtbank TV wilden inwilligen om delen van het proces live te mogen uitzenden in het dagelijkse programma van de zender. Golantz noch ik maakte bezwaar. Tenslotte was het gratis reclame waardoor ik nieuwe cliënten zou kunnen krijgen en Golantz zijn politieke aspiraties misschien sneller zou kunnen realiseren. En Walter Elliot fluisterde in mijn oor dat hij de camera's erbij wilde hebben om vast te leggen dat hij vrijgesproken werd.

Vervolgens vertelde de rechter ons wanneer we de laatste stukken en de laatste getuigenlijsten moesten overdragen. Hij gaf ons tot maandag de tijd voor de stukken en tot dinsdag voor de getuigenlijsten.

'Geen uitzonderingen, heren,' zei hij. 'Verrassingstoevoegingen na de deadline kunnen we niet hebben.'

Dit zou voor de verdediging geen problemen opleveren. Vincent had al twee keer een dossier met stukken ingeleverd en er was daarna heel weinig nieuws bij gekomen dat ik met het OM hoefde te delen. Cisco Wojciechowski deed goed werk door me onwetend te laten over de dingen die hij over Rilz ontdekte. En wat ik niet wist kon ik niet in het dossier met stukken stoppen.

Wat de getuigen betrof, was ik van plan Golantz het gebruikelijke rad voor ogen te draaien. Ik zou een lijst inleveren waarop iedere politieman en iedere forensisch onderzoeker stond die in de politierapporten als potentiële getuigen werd genoemd. Dat was standaardprocedure. Golantz zou zijn hoofd erover moeten breken wie ik echt zou oproepen en wie belangrijk was voor de verdediging.

'Goed, heren, ik heb waarschijnlijk een rechtszaal vol advocaten die op me wachten,' zei Stanton ten slotte. 'Is alles duidelijk?'

Golantz en ik knikten allebei. Ik kon er niets aan doen dat ik me afvroeg of de rechter of de openbaar aanklager de ontvanger van de omkoopsom was. Zat ik zonder het te weten bij de man die ervoor zou zorgen dat mijn cliënt vrijgesproken zou worden? Als dat zo was, dan had hij zich nergens door verraden. Nu de bijeenkomst beëindigd was, dacht ik dat Bosch het helemaal mis had. Er was niemand omgekocht. Er lag ergens in een haven in San Diego of Cabo een boot van honderdduizend dollar met Jerry Vincents naam op het koopcontract.

'Goed dan,' zei de rechter. 'We gaan volgende week aan de slag. We kunnen donderdagochtend over de basisregels praten, maar ik wil nu al nadrukkelijk zeggen dat ik dit proces als een goed geoliede machine ga laten lopen. Geen verrassingen, geen trucs, geen rare dingen. Is dat duidelijk?'

Golantz en ik gaven opnieuw te kennen dat alles duidelijk was, maar de rechter draaide zich op zijn stoel naar me toe en keek me recht aan. Hij kneep zijn ogen achterdochtig half dicht.

'Daar zal ik u aan houden,' zei hij.

Het leek een boodschap die alleen voor mij bestemd was, een boodschap die niet in het verslag van de stenografe zou komen.

Hoe komt het, vroeg ik me af, dat het altijd de advocaat van de beklaagde is die door de rechter gewantrouwd wordt?

25

Ik kwam vlak voor de lunchpauze bij Joanne Giorgetti's kantoor aan. Ik wist dat het te laat zou zijn als ik daar één minuut over twaalf aankwam. De kantoren van het OM stromen letterlijk leeg tijdens de lunchpauze en de mensen die er werken gaan naar buiten voor zonlicht, frisse lucht en voedsel. Ik zei tegen de receptioniste dat ik een afspraak met Joanne had en ze belde haar. Daarna drukte ze op een knopje om het slot van de deur achter haar te openen en zei ze dat ik naar binnen kon gaan.

Giorgetti had een klein raamloos kantoor waarvan de vloer grotendeels bedekt was met kartonnen archiefdozen. Het was in het kantoor van iedere openbaar aanklager hetzelfde, of het nu groot of klein was. Ze zat achter haar bureau, maar ze was verborgen achter een muur van verzoeken om rechterlijke beslissingen en dossiers. Ik strekte mijn arm voorzichtig over de muur heen om haar de hand te schudden.

'Hoe gaat het, Joanne?'

'Niet slecht, Mickey. En met jou?'

'Prima.'

'Ik heb gehoord dat je net een heleboel zaken hebt gekregen.'

'Ja, behoorlijk wat.'

Het gesprek haperde. Ik wist dat zij en Maggie goede vriendinnen waren en het was mogelijk dat mijn ex-vrouw in het afgelopen jaar haar hart bij Joanne had gelucht over mijn problemen.

'Dus je bent hier voor Wyms?'

'Ja. Ik kwam er pas vanochtend achter dat ik de zaak had.'

Ze overhandigde me een dossier waarin een stapel documenten van tweeënhalve centimeter dik zat.

'Wat denk je dat er met Jerry's dossier is gebeurd?' vroeg ze.

'Ik denk dat het misschien in zijn aktetas zat die de moordenaar meegenomen heeft.'

Ze vertrok haar gezicht.

'Vreemd. Waarom zou de moordenaar dit dossier meenemen?'

'Waarschijnlijk was het onbedoeld. Jerry's laptop zat in de aktetas. De moordenaar heeft die gewoon meegenomen, met alles erin.'

'Hmhm.'

'Is er iets ongewoons aan deze zaak? Iets waardoor Jerry een doelwit is geworden?'

'Ik denk het niet. Gewoon een gek met een pistool, zoals zo vaak voorkomt.'

Ik knikte.

'Heb je gehoord dat een federale onderzoekscommissie een onderzoek doet naar de staatrechtbanken?'

Ze fronste haar wenkbrauwen.

'Waarom zou die naar deze zaak kijken?'

'Dat zeg ik ook niet. Ik ben een tijdje uit de roulatie geweest. Ik vroeg me af of jij iets gehoord hebt.'

Ze haalde haar schouders op.

'Alleen de gebruikelijke geruchten in het roddelcircuit. Het lijkt wel alsof er altijd een federaal onderzoek naar het een of ander aan de gang is.'

'Ja.'

Ik zei verder niets in de hoop dat ze me zou vertellen wat het gerucht inhield, maar dat deed ze niet en het was tijd om verder te gaan.

'Dient de hoorzitting van vandaag om een datum voor het proces vast te stellen?' vroeg ik.

'Ja, maar ik neem aan dat je uitstel wilt aanvragen zodat je je in de zaak kunt inwerken.'

'Ik zal tijdens de lunch naar het dossier kijken. Daarna laat ik wel weten wat ik van plan ben.'

'Oké, Mickey, maar ik zal me niet tegen uitstel verzetten. Het is maar dat je het weet.'

'Bedankt, Cojo.'

Ze glimlachte toen ik de naam gebruikte waarmee haar jonge basketbalsters in de YMCA haar aanspraken.

'Heb je Maggie de laatste tijd nog gezien?' vroeg ze.

'Ja, gisteravond toen ik Hayley ging ophalen. Het leek goed met haar te gaan. Heb jij haar nog gezien?'

'Alleen bij de basketbaltraining, maar ze zit daar meestal met haar neus in een dossier. We gingen daarna vaak met de meisjes naar Hamburger Hamlet, maar Maggie kreeg het te druk om mee te gaan.'

Ik knikte. Zij en Maggie waren al vriendinnen vanaf de dag dat ze bij het OM kwamen werken en ze bleven dat terwijl ze carrière maakten. Ze waren eigenlijk concurrenten van elkaar, maar ze gedroegen zich niet zo. Maar de tijd verstrijkt en afstand heeft zijn invloed op elke relatie.

'Ik neem dit mee en bekijk het allemaal,' zei ik. 'De hoorzitting bij rechter Friedman is toch om twee uur?'

'Ja. Ik zie je daar wel.'

'Bedankt dat je dit hebt gedaan, Joanne.'

'Tot je dienst'

Ik verliet haar kantoor en moest vanwege de lunchdrukte tien minuten op een lift wachten. Ik stapte als laatste in en ging met mijn gezicht vijf centimeter van de deur vandaan naar beneden. Ik haatte de liften meer dan wat dan ook in het gebouw.

'Hé, Haller!'

Het was een stem achter me. Ik herkende hem niet, maar het was zo druk dat ik me niet kon omdraaien om te kijken wie me geroepen had.

'Wat is er?'

'Ik heb gehoord dat je al Vincents zaken binnengehaald hebt.'

Ik was niet van plan om in een volle lift mijn zakelijke situatie te bespreken. Ik antwoordde niet. We kwamen eindelijk op de begane grond aan en de deuren gingen open. Ik stapte naar buiten en keek over mijn schouder om de man te zoeken die me aangesproken had.

Het was Dan Daly, een andere strafpleiter die deel uitmaakte van een coterie van advocaten die af en toe naar wedstrijden van de Dodgers ging kijken en regelmatig martini's ging drinken in Four Green Fields. Ik had het laatste seizoen van drank en honkbal gemist.

'Hoe gaat het, Dan?'

We schudden elkaar de hand, waaruit wel bleek hoe lang we elkaar niet hadden gezien.

'Wie heb je moeten omkopen?'

Hij zei het met een glimlach, maar ik zag dat er iets achter zat. Misschien jaloezie omdat ik de zaak-Elliot binnengehaald had. Iedere advocaat in de stad wist dat het een grote zaak was. Ik zou er jarenlang heel veel geld aan kunnen verdienen, eerst aan het proces en daarna aan de hogerberoepszaken die op een veroordeling zouden volgen.

'Niemand,' zei ik. 'Jerry heeft me in zijn testament gezet.' We liepen naar de uitgang. Daly's paardenstaart was langer en grijzer, maar het meest opvallende eraan was dat hij zo ingewikkeld gevlochten was. Dat had ik nog niet eerder opgemerkt.

'Dan bof je maar,' zei Daly. 'Laat het me weten wanneer je hulp met de zaak nodig hebt.'

'Hij wil maar één advocaat hebben. Hij heeft nadrukkelijk gezegd dat hij geen dreamteam wilde.'

'Hou me dan in gedachten als schrijver voor de rest.'

Dat betekende dat hij beschikbaar was om beroep aan te tekenen na eventuele veroordelingen van mijn nieuwe groep cliënten. Daly had een solide reputatie opgebouwd als een expert in het aantekenen van beroep en hij had een hoge successcore.

'Dat zal ik doen,' zei ik. 'Ik ben alles nog aan het bestuderen.'

'Dat is goed genoeg.'

We liepen naar buiten en ik zag dat de Lincoln langs de stoep stond te wachten. Daly ging de andere kant op. Ik zei tegen hem dat ik contact met hem zou houden.

'We missen je aan de bar, Mick,' zei hij over zijn schouder.

'Ik kom wel een keer langs,' riep ik terug.

Maar ik wist dat ik dat niet zou doen, dat ik van dat soort plaatsen moest wegblijven.

Ik stapte achter in de Lincoln – ik zeg altijd tegen mijn chauffeurs dat ze nooit moeten uitstappen om het portier voor me open te houden – en zei tegen Patrick dat hij me naar Chinese Friends in Hill Street moest brengen. Ik zei dat hij me alleen af hoefde te zetten en dat hij daarna zelf ergens kon gaan lunchen. Ik wilde rustig kunnen lezen zonder te hoeven praten.

Ik kwam tussen de eerste en tweede golf lunchklanten bij het restaurant aan en ik hoefde niet langer dan vijf minuten op een tafel te wachten. Omdat ik direct aan het werk wilde, bestelde ik een bord gebakken varkenskoteletten. Ik wist dat ze perfect zouden zijn. Ze waren vliesdun en heerlijk en ik kon ze met mijn vingers eten zonder mijn blik van Wyms' documenten af te wenden.

Ik opende het dossier dat Joanne me gegeven had. Het bevatte alleen kopieën van de stukken die de aanklager aan Jerry Vincent had overgedragen volgens de regels voor inzage van stukken: hoofdzakelijk rapporten van de politie over het incident, de arrestatie en het daaropvolgende onderzoek. Eventuele aantekeningen, beschrijvingen van strategieën en documenten ten behoeve van de verdediging die Vincent had opgesteld, waren samen met het oorspronkelijke dossier verloren gegaan.

Het natuurlijke startpunt was het rapport van de arrestatie, dat de eerste en meest beknopte samenvatting behelsde van wat er gebeurd was. Zoals vaak het geval is, begon het allemaal met telefoontjes naar het alarmnummer van de politie. Er kwamen verscheidene meldingen uit een buurt naast een park in Calabasas binnen van mensen die schoten hadden gehoord.

Volgens het rapport was de eerste politieman die reageerde een zekere Todd Stallworth. Hij had nachtdienst in het bureau in Malibu en was om 10.21 uur naar de buurt aan de Las Virgenes Road gestuurd. Daarvandaan was hij naar het nabijgelegen Malibu Creek State Park gedirigeerd waar de schoten werden afgevuurd. Omdat hij nu zelf schoten hoorde, belde Stallworth om versterking en reed het park in om de boel te onderzoeken.

Er waren geen lichten in het ruige bergpark, omdat het na zonsondergang gesloten was. Toen Stallworth over de toegangsweg het park binnenreed, ving hij in het licht van zijn koplampen een weerkaatsing op en hij zag dat er op een open plek vóór hem een voertuig geparkeerd stond. Hij zette zijn zoeklicht aan en verlichtte een pick-up waarvan de laadklep naar beneden was. Op de laadklep stonden een piramide van bierblikjes en iets wat eruitzag als een geweertas waaruit de lopen van verscheidene geweren staken. Stallworth stopte tachtig meter van de pick-up vandaan en hij besloot te wachten tot de versterking zou arriveren. Hij beschreef over de radio de pick-up voor het bureau in Malibu en zei dat hij er niet dicht genoeg bij was om het kenteken te kunnen lezen, toen er plotseling een schot klonk en het zoeklicht boven de zijspiegel door de impact van de kogel uiteenspatte. Stallworth zette de andere lichten van de auto uit en dook naar buiten, Hij kroop naar een paar struiken langs de open plek om dekking te zoeken en vroeg over zijn handradio om extra versterking en een arrestatieteam.

Er volgde een drie uur durende patstelling waarbij de schutter zich in het bosachtige terrein vlak bij de open plek schuilhield. Hij vuurde zijn wapen herhaaldelijk af, maar kennelijk richtte hij in de lucht. Er werden geen politiemensen door kogels getroffen en er raakten geen andere voertuigen beschadigd. Ten slotte wist een in het zwart gekleed lid van het arrestatieteam zo dicht bij de truck te komen dat hij het kenteken met zijn extra sterke verrekijker met nachtzicht kon lezen. Aan de hand van het kenteken kon worden vastgesteld dat de schutter Eli Wyms heette en daardoor kon zijn mobiele nummer achterhaald worden. De schutter nam op nadat de telefoon één keer overgegaan was en de onderhandelaar van het arrestatieteam begon een gesprek met hem.

De schutter was inderdaad Eli Wyms, een vierenveertigjarige huisschilder uit Inglewood. Hij werd in het arrestatierapport beschreven als een boze, suïcidale alcoholist. Hij was eerder op de dag door zijn vrouw het huis uit gezet nadat ze hem had verteld dat ze verliefd was op een andere man. Wyms was eerst naar de oceaan, vervolgens naar het noorden, naar Malibu, en daarna over de bergen naar Calabasas gereden. Toen hij het park zag, leek het hem een goede plek om te stoppen en te gaan slapen, maar hij reed door en kocht een traytje bier bij een benzinestation vlak bij de 101 Freeway. Daarna keerde hij om en reed terug naar het park.

Wyms vertelde de onderhandelaar dat hij had geschoten omdat hij in het donker geluiden had gehoord en bang was geworden. Hij dacht dat hij op hondsdolle coyotes had geschoten die hem wilden opvreten. Hij zei dat hij hun rode ogen in het donker had zien glanzen. Hij zei dat hij het zoeklicht van de eerst aangekomen patrouillewagen kapot had geschoten omdat hij bang was dat het licht zijn positie aan de dieren zou verraden. Toen hem gevraagd werd hoe hij het zoeklicht vanaf tachtig meter had kunnen raken, antwoordde hij dat hij zich als scherpschutter had gekwalificeerd tijdens de eerste oorlog in Irak.

In het rapport werd geschat dat hij minstens zevenentwintig keer had geschoten terwijl de politie ter plaatse was en daarvoor ook nog tientallen keren. Rechercheurs verzamelden uiteindelijk in totaal vierennegentig patroonhulzen.

Wyms gaf zich die nacht pas over toen zijn bier op was. Kort nadat hij het laatste lege blikje in zijn hand platdrukte, zei hij over de mobiele telefoon tegen de onderhandelaar dat hij één geweer wilde ruilen voor een sixpack. Dat werd geweigerd. Daarna zei hij dat het hem speet en dat hij aan het incident en al het andere een eind wilde maken, dat hij zelfmoord zou plegen en letterlijk met een knalleffect uit het leven zou stappen. De onderhandelaar probeerde het hem uit het hoofd te praten en hield het gesprek gaande, terwijl een uit twee man bestaande eenheid van het arrestatieteam zich door het zware terrein naar de plek bewoog waar hij zich in een dicht bosje eucalyptusbomen ophield. Maar al snel hoorde de onderhandelaar gesnurk over de telefoon. Wyms was buiten westen geraakt.

Het arrestatieteam trok op en Wyms werd gevangengenomen zonder dat er door de politie één schot was gelost. De orde was hersteld. Omdat agent Stallworth het oorspronkelijke telefoontje had aangenomen, mocht hij de arrestatie op zijn conto schrijven. De schutter werd in Stallworth' patrouillewagen gezet, naar het bureau in Malibu gebracht en in bewaring gesteld.

In andere documenten in het dossier werd de Eli Wyms-saga voortgezet. Toen hij de ochtend na zijn arrestatie in staat van beschuldiging werd gesteld, werd Wyms minvermogend verklaard en kreeg hij een pro-Deoadvocaat toegewezen. Het systeem zette niet veel vaart achter de zaak terwijl Wyms in de centrale mannengevangenis zat. Maar toen bemoeide Vincent zich ermee en hij bood gratis zijn diensten aan. Allereerst vroeg hij een psychiatrische evaluatie van zijn cliënt aan om vast te laten stellen of deze toerekeningsvatbaar was en daarin werd toegestemd. Dit had tot gevolg dat de zaak nog meer vertraagd werd omdat Wyms afgevoerd werd naar het staatsziekenhuis in Camarillo voor een psychiatrische evaluatie van negentig dagen.

Die evaluatieperiode was nu voorbij en de rapporten waren binnen. Alle psychiaters en dokters die met Wyms hadden gepraat en hem hadden onderzocht en getest, waren het erover eens dat hij toerekeningsvatbaar was en terecht kon staan.

Tijdens de twee uur durende hoorzitting bij rechter Friedman zou een datum voor de rechtszitting worden vastgesteld en zou de klok van de zaak weer gaan tikken. Voor mij was het allemaal een formaliteit. Nadat ik het dossier van de zaak één keer had doorgelezen, wist ik dat er geen proces zou komen. Tijdens de hoorzitting zou bepaald worden hoeveel tijd ik zou krijgen om over de straf voor mijn cliënt te onderhandelen.

Het was een uitgemaakte zaak. Wyms zou schuld bekennen en waarschijnlijk een paar jaar gevangenisstraf en professionele psychologische hulp krijgen. De enige vraag die ik aan mijn bestudering van het dossier overhield, was waarom Vincent om te beginnen de zaak had aangenomen. De zaak had geen overeenkomst met de zaken die hij gewoonlijk deed voor betalende of meer tot de verbeelding sprekende cliënten. De zaak leek ook beroepsmatig geen uitdaging te bieden. Het was een routinezaak en Wyms' misdaad was evenmin ongebruikelijk. Was het simpelweg een zaak die Jerry had aangenomen om in zijn behoefte aan pro-Deowerk te voorzien? Als dat het geval was, leek het me dat Vincent wel een interessantere zaak had kunnen vinden die op andere manieren lonend zou zijn, bijvoorbeeld doordat hij ermee in de publiciteit zou komen. De zaak-Wyms had aanvankelijk de aandacht van de media getrokken vanwege het openbare spektakel in het park. Maar een proces of een schikking in de zaak zou waarschijnlijk ver onder de radar van de media blijven.

Mijn eerste gedachte was dat er vermoedelijk een connectie was met de zaak-Elliot. Vincent had een soort verband gevonden.

Maar bij de eerste lezing van het dossier kon ik er niet de vinger op leggen. Er waren wel twee algemene verbanden te leggen. Ten eerste had het incident met Wyms minder dan twaalf uur voor de moorden in het strandhuis plaatsgevonden en beide misdaden waren in het district Malibu gepleegd. Maar deze verbanden hielden bij nadere bestudering geen stand. Geografisch gezien hielden de misdaden totaal geen verband met elkaar. De moorden werden op het strand gepleegd en het schietincident met Wyms vond ver landinwaarts in het park aan de andere kant van de bergen plaats. Voor zover ik me kon herinneren kwam geen enkele naam uit het dossier-Wyms voor in de documenten van de zaak-Elliot die ik had bestudeerd. Het schietincident gebeurde tijdens de nachtdienst van de politie en de moorden vonden tijdens de dagdienst plaats.

Ik kon de vinger niet op een specifiek verband leggen en ik sloot het dossier zeer teleurgesteld omdat ik met de onbeantwoorde vraag bleef zitten. Ik keek op mijn horloge en zag dat het tijd was om terug te gaan naar het rechtsgebouw als ik mijn cliënt nog voor de hoorzitting van twee uur in de detentiecel wilde spreken.

Ik belde Patrick om me te laten ophalen, rekende mijn lunch af en liep naar buiten. Ik stond met Lorna te bellen toen de Lincoln stopte. Ik stapte achterin en vroeg aan Lorna: 'Heeft Cisco al met Carlin gesproken?'

'Nee, dat gebeurt om twee uur.'

'Zeg tegen Cisco dat hij hem ook naar de zaak-Wyms moet vragen.'

'Oké, wat is daar dan mee?'

'Laat hem vragen waarom Vincent die zaak heeft aangenomen.'

'Denk je dat de zaken verband met elkaar houden? Elliot en Wyms?'

'Dat denk ik, maar ik zie het verband nog niet.'

'Oké, ik zal het tegen hem zeggen.'

'Gebeurt er verder nog iets?'

'Op het moment niet, maar je krijgt heel veel telefoontjes van de media. Wie is Jack McEvoy?'

De naam kwam me bekend voor, maar ik kon hem niet thuisbrengen.

'Ik weet het niet. Wie is het?'

'Hij werkt bij de *Times*. Hij belde heel verontwaardigd op om te vragen waarom hij niets van je hoorde. Hij zei dat je een exclusieve deal met hem had gemaakt.'

Nu wist ik het weer. Het tweerichtingsverkeer.

'Maak je over hem geen zorgen. Ik heb van hem ook niets gehoord. Is er verder nog iets?'

'Rechtbank TV wil een afspraak met je maken om over Elliot te praten. Ze gaan het hele proces live verslaan. Ze maken er hun belangrijkste programma van en daarom hopen ze dat jij aan het einde van elke zittingsdag commentaar wilt geven.'

'Wat vind jij ervan, Lorna?'

'Ik denk dat het gratis landelijke reclame is. Ik zou het maar doen. Ze hebben me verteld dat het proces zijn eigen logo onder aan het scherm krijgt. *Moord in Malibu* noemen ze het programma.'

'Regel het dan maar. Verder nog wat?'

'Ja, nu we het toch over reclame hebben. Ik heb een week geleden bericht gekregen dat je busbankjescontract aan het eind van de maand afloopt. Ik wou het gewoon laten aflopen omdat er geen geld was, maar nu werk je weer en er is geld. Moeten we het verlengen?'

De afgelopen zes jaar had ik reclame gemaakt op busbankjes die door de hele stad strategisch verspreid stonden in gebieden met hoge misdaadcijfers en veel verkeer. Hoewel ik het laatste jaar uit de roulatie was geweest leverden de bankjes nog steeds een gestage stroom telefoontjes op van potentiële cliënten, die door Lorna allemaal werden doorverwezen.

'Het is een tweejarig contract, hè?'

'Ja.'

Ik nam snel een besluit.

'Oké, verleng het maar. Verder nog iets?'

'Dat is het wel. O, wacht even. Nog één ding. De verhuurster van het gebouw kwam vandaag langs. Ze wil weten of we het kantoor aanhouden. Jerry's dood is een geldige reden om de huur tussentijds op te zeggen, als we dat willen. Ik heb het gevoel dat er een wachtlijst voor het gebouw is en dat dit een gelegenheid is om de huur op te krikken voor de volgende advocaat die erin komt.'

Ik keek door het raampje van de Lincoln terwijl we het viaduct van de 101 overstaken en het bestuurscentrum weer binnenreden. Ik zag de pas gebouwde katholieke kathedraal en erachter de bewegende stalen huid van het Disney-muziekcentrum. Het ving het zonlicht op en veranderde dat in een warme oranje gloed.

'Ik weet het niet, Lorna. Het bevalt me om vanaf de achterbank te werken. Het is nooit vervelend. Wat vind jij ervan?'

'Ik ben er niet echt dol op om elke ochtend make-up op te doen.'

Dat betekende dat ze liever thuis werkte dan dat ze elke dag naar een kantoor in het centrum moest rijden. Zoals gewoonlijk waren we het met elkaar eens.

'Iets om over na te denken,' zei ik. 'Geen make-up. Geen kantooroverhead. Niet vechten voor een plaats in de parkeergarage.'

Ze antwoordde niet. Ik moest het beslissen. Ik keek voor me uit en zag dat we één straat verwijderd waren van het paleis van justitie, waar ik afgezet zou worden.

'We praten er later nog wel over,' zei ik. 'Ik moet uitstappen.'

'Oké, Mickey. Doe voorzichtig.'

'Jij ook.'

26

Eli Wyms was nog steeds versuft door de medicijnen die hij toegediend had gekregen in de drie maanden die hij in Camarillo had doorgebracht. Hij was teruggestuurd naar de countygevangenis met een recept voor medicijnen die me niet zouden helpen bij zijn verdediging, laat staan dat ze hem beter in staat zouden stellen om vragen te beantwoorden over mogelijke verbanden met de moorden op het strand. Het kostte me nog geen twee minuten om in de detentiecel van de rechtbank vast te stellen hoe de zaken er met hem voor stonden en te besluiten een verzoek bij rechter Friedman in te dienen om hem met het gebruik van medicijnen te laten stoppen. Ik ging terug naar de rechtszaal en zag dat Joanne Giorgetti op haar plaats aan de tafel van het OM zat. De hoorzitting zou over vijf minuten beginnen.

Ze schreef iets op de binnenkant van het omslag van een dossier toen ik naar de tafel liep. Zonder dat ze had opgekeken wist ze op de een of andere manier dat ik het was.

'Je wilt uitstel hebben, hè?'

'Ja, en ik wil dat hij geen medicijnen meer krijgt. De man is een zombie.'

Ze hield op met schrijven en keek naar me op.

'In aanmerking genomen dat hij in het wilde weg op de politie heeft geschoten, weet ik niet of ik er bezwaar tegen heb dat hij in die toestand verkeert.'

'Maar ik moet hem een aantal basisvragen kunnen stellen om hem te kunnen verdedigen, Joanne.'

'O ja?'

Ze zei het met een glimlach, maar ze had het begrepen. Ik haalde mijn schouders op en zakte door mijn knieën zodat onze ogen op gelijke hoogte waren.

'Ik denk niet dat we het hier over een proces hebben,' zei ik. 'Ik hoor graag een aanbod van je.'

'Je cliënt heeft op een patrouillewagen geschoten waar iemand in zat. Het OM wil met deze zaak graag een signaal uitzenden. We houden er niet van dat mensen dat doen.' Ze kruiste haar armen om aan te geven dat het OM niet bereid was in deze zaak een compromis te sluiten. Ze was een aantrekkelijke en atletisch gebouwde vrouw. Ze trommelde met haar vingers op haar ene biceps en ik kon er niets aan doen dat de rode nagellak me opviel. Zolang ik haar kende, waren haar nagels altijd bloedrood gelakt geweest. Ze deed meer dan het OM vertegenwoordigen. Ze vertegenwoordigde politiemensen die beschoten, aangevallen, mishandeld of bespuwd waren. En ze wilde bloed zien van iedere schoft die de pech had om door haar vervolgd te worden.

'Ik zou tegenwerpen dat mijn cliënt, die in paniek geraakt was door de coyotes, op het licht op de auto schoot en niet op de auto zelf. In je eigen documenten staat dat hij scherpschutter in het leger was. Als hij die agent had willen doodschieten, had hij dat gekund, maar dat heeft hij niet gedaan.'

'Hij is vijftien jaar geleden uit het leger ontslagen, Mickey.'

'Dat klopt, maar sommige dingen verleer je nooit. Net als fietsen.'

'Ja, dat is een argument dat je beslist bij de jury kunt gebruiken.'

Mijn knieën begaven het bijna. Ik stak mijn hand uit naar een van de stoelen aan de tafel van de verdediging, trok hem naar me toe en ging zitten.

'Natuurlijk kan ik dat argument naar voren brengen, maar het is waarschijnlijk in het belang van het OM om deze zaak af te sluiten, meneer Wyms van de straat te halen en hem een soort therapie te laten volgen die voorkomt dat dit ooit nog een keer gebeurt. Wat vind je ervan? Zullen we ergens in een hoek gaan zitten om dit uit te werken of gaan we het voor een jury uitvechten?'

Ze dacht even na voordat ze antwoordde. Het was het klassieke dilemma van de aanklager. Het was een zaak die ze gemakkelijk kon winnen. Ze moest besluiten of ze of haar statistieken wilde opvijzelen of dat ze zou doen wat misschien juist was.

'Als ik de hoek maar mag uitzoeken.'

'Dat is mij best.'

'Oké, ik zal me niet verzetten tegen uitstel als je het verzoek indient.'

'Dat klinkt goed, Joanne. En hoe zit het met de medicijnen?'

'Ik wil niet dat die man nog een keer door het lint gaat, zelfs niet in de gevangenis.'

'Wacht maar tot ze hem naar buiten brengen. Je zult wel zien dat het een zombie is. Je wilt toch niet dat we dit regelen en dat hij daarna de overeenkomst aanvecht omdat hij door toedoen van het OM niet in staat was om een besluit te nemen? Laten we zorgen dat hij helder in zijn hoofd is zodat we de deal kunnen sluiten. Daarna kun je hem volpompen met wat je maar wilt.'

Ze dacht erover na, zag de logica ervan in en knikte toen.

'Maar als hij in de gevangenis ook maar één keer over de rooie gaat, zal ik jou de schuld geven en hem ervoor laten boeten.'

Ik lachte. Het idee om mij de schuld te geven, was absurd.

'Wat jij wilt.'

Ik stond op en wilde de stoel terugschuiven naar de tafel van de verdediging, maar toen draaide ik me weer om naar de aanklager.

'Ik wil je nog iets anders vragen, Joanne. Waarom heeft Jerry Vincent deze zaak aangenomen?'

Ze haalde haar schouders op en schudde haar hoofd.

'Dat weet ik niet.'

'Verbaasde het je niet?'

'Natuurlijk. Het was een beetje vreemd dat hij kwam opdagen. Ik ken hem nog van toen.'

Ze bedoelde uit de tijd dat hij nog aanklager was.

'Ja, wat is er dan gebeurd?'

'Op een dag – een paar maanden geleden – kreeg ik het verzoek om te laten vaststellen of Wyms toerekeningsvatbaar was en Jerry's naam stond erop. Ik belde hem op en vroeg waarom hij in vredesnaam niet had gebeld om te zeggen dat hij de zaak overnam? Hij zei alleen dat hij graag wat pro-Deowerk wilde doen en dat hij daarom gevraagd had. Maar ik ken Angel Romero, die de zaak oorspronkelijk had. Toen ik hem hier in het gebouw op een dag tegen het lijf liep, vroeg hij me hoe het me de zaak-Wyms ging. In de loop van het gesprek vertelde hij me dat Jerry niet gewoon om een pro-Deozaak had gevraagd, maar dat hij Wyms eerst in de gevangenis had opgezocht en hem een contract had laten tekenen. Daarna was hij naar Angel toe gekomen om te vragen of hij het dossier wilde overdragen.'

'Waarom denk je dat hij de zaak genomen heeft?'

Ik heb in de loop van de jaren geleerd dat je verschillende antwoorden krijgt als je dezelfde vraag meer dan één keer stelt.

'Dat weet ik niet. Ik heb hem dat nog speciaal gevraagd, maar hij gaf niet echt antwoord. Hij veranderde van onderwerp. Het ging een beetje raar. Ik herinner me dat ik dacht dat er misschien iets anders achter zat, dat hij Wyms wellicht al ergens van kende, maar toen hij hem daarna naar Camarillo stuurde, wist ik dat hij de man geen dienst bewees.'

'Hoe bedoel je?'

'Je hoeft je maar een paar uur met de zaak bezig te houden om te weten hoe het zal gaan. Wyms bekent, gaat de gevangenis in, krijgt daarna de een of andere therapie en wordt onder toezicht gesteld. Zo was het voordat hij naar Camarillo werd gestuurd. Dus het was zinloos dat hij daar die drie maanden gezeten heeft. Jerry heeft alleen het onvermijdelijke langer laten duren.'

Ik knikte. Ze had gelijk. Je deed een cliënt er geen plezier mee als je hem naar de psychiatrische afdeling van Camarillo te sturen. De mysterieuze zaak werd steeds mysterieuzer. Alleen was mijn cliënt niet in een toestand om me te vertellen hoe de vork in de steel zat. Zijn advocaat – Vincent – had hem drie maanden laten opsluiten en vol medicijnen laten pompen.

'Oké, Joanne. Bedankt. Zullen we…'

Ik werd onderbroken door de griffier, die riep dat de zitting begon, en toen ik opkeek, zag ik dat rechter Friedman al plaatsnam.

27

Het leven van Angel Romero was een van die humaninterestverhalen die je af en toe in de krant las. Het verhaal over het lid van een jeugdbende dat opgroeide in de harde wereld van de straten van Oost-LA, maar zich eruit had geknokt en een schoolopleiding en zelfs een studie rechten had gevolgd. Daarna zette hij zich in om de gemeenschap iets terug te geven. Angel deed dat door uitsluitend pro-Deozaken te doen en de underdogs van de maatschappij te verdedigen. Hij deed dat al zijn leven lang en hij had vele jonge advocaten – onder wie ikzelf – zien komen en gaan op weg naar een privépraktijk en het grote geld dat daarmee te verdienen zou zijn.

Na de hoorzitting van Wyms – waarbij de rechter het verzoek om uitstel inwilligde om Giorgetti en mij de gelegenheid te geven tot overeenstemming te komen over de strafmaat voor Wyms – ging ik naar de pro-Deoafdeling op de negende verdieping en vroeg naar Romero. Ik wist dat hij praktiserend advocaat was, geen chef, zodat hij hoogstwaarschijnlijk ergens in een rechtszaal in het gebouw zou zijn. De receptioniste tikte iets in haar computer in en keek naar het scherm.

'Zaal 124,' zei ze.

'Dank u,' zei ik.

Zaal 124 was de rechtszaal van rechter Champagne op de twaalfde verdieping, de verdieping waar ik net vandaan kwam. Maar zo was het leven in het paleis van justitie, het leek in kringetjes rond te draaien. Ik ging weer met de lift naar boven en liep de gang door tot ik bij zaal 124 kwam en ik zette mijn telefoon uit toen ik de dubbele deuren naderde. De rechtbank was in zitting en Romero stond voor de rechter om een verzoek te verdedigen om de borg te verlagen. Ik liet me op de achterste bank van de publieke tribune glijden en hoopte op een snelle beslissing zodat ik Romero te spreken zou kunnen krijgen zonder lang te hoeven wachten.

Ik spitste mijn oren toen ik Romero zijn cliënt 'meneer Scales' hoorde noemen. Ik liet me op de bank verder naar beneden glijden zodat ik de beklaagde, die naast Romero zat, beter zou kunnen zien. Het was een blanke man in een oranje gevangenispak. Toen ik hem en profil zag, wist ik dat het Sam Scales was, een oplichter en een oude cliënt van me. Het laatste wat ik me van Scales herinnerde, was dat hij de gevangenis in was gegaan. Hij had bekend en ik was met het OM overeengekomen dat hij een relatief lichte straf zou krijgen. Dat was drie jaar geleden. Kennelijk had hij zich weer in de nesten gewerkt, alleen had hij deze keer mij niet gebeld.

Toen Romero zijn argumenten naar voren had gebracht, stond de aanklager op. Hij verzette zich fel tegen vrijlating op borgtocht en hij vatte in zijn betoog de beschuldigingen tegen Scales samen. Toen ik hem had verdedigd was hij beschuldigd van creditcardfraude waarbij hij mensen oplichtte die geld doneerden voor een organisatie die tsunamislachtoffers hulp bood. Deze keer had hij het nog bonter gemaakt. Hij werd weer van fraude beschuldigd, maar ditmaal waren zijn slachtoffers weduwen van militairen die in Irak waren gedood. Ik schudde mijn hoofd en glimlachte bijna. Ik was blij dat Sam me niet had gebeld. Romero mocht hem hebben.

Rechter Champagne nam snel een beslissing toen de aanklager uitgesproken was. Ze noemde Scales een roofdier en een gevaar voor de maatschappij en hield zijn borgsom op een miljoen dollar. Ze merkte op dat ze de borgsom waarschijnlijk verhoogd zou hebben, als het haar was gevraagd. Op dat moment herinnerde ik me dat het rechter Champagne was geweest die Scales in de eerdere fraudezaak had veroordeeld. Er was niets ergers voor een beklaagde dan voor een andere misdaad weer voor dezelfde rechter te moeten verschijnen. Het was dan bijna alsof de rechters de tekortkomingen van het rechtssysteem persoonlijk opvatten.

Ik liet me op de bank ineenzakken en gebruikte een andere toeschouwer op de tribune om me achter te verschuilen zodat Scales me niet zou zien wanneer de parketwacht hem liet opstaan, de handboeien omdeed en hem terugbracht naar de detentiecel. Toen hij weg was, richtte ik me op en ik wist Romero's blik op te vangen. Ik gebaarde hem dat ik wilde dat hij naar de gang kwam en hij stak vijf vingers naar me op. Vijf minuten. Hij had kennelijk nog iets te regelen in de rechtszaal.

Ik liep de gang op om op hem te wachten en zette mijn telefoon weer aan. Geen boodschappen. Ik belde Lorna net om me te melden toen ik Romero's stem achter me hoorde. Hij was vier minuten te vroeg.

'Een moordenaar hoort in de cel, maar als zijn advocaat Haller is, dan weet je het wel. Hij loopt zo weer vrij op straat, hallo, kameraad.'

Hij glimlachte. Ik klapte de telefoon dicht en we stootten onze vuisten tegen elkaar. Ik had dat zelfgemaakte rijmpje niet meer gehoord sinds ik op de pro-Deoafdeling werkte. Romero had het gemaakt nadat ik in 1992 Barnett Woodson vrij had weten te krijgen.

'Wat is er?' vroeg Romero.

'Dat zal ik je vertellen. Je pikt mijn cliënten in, man. Sam Scales was vroeger mijn cliënt.'

Ik zei het met een veelbetekenende glimlach en Romero glimlachte terug.

'Wil je hem hebben? Je kunt hem zo krijgen. Dat is echt een smerige bleekscheet. Zodra de media lucht van deze zaak krijgen, wordt hij aan het kruis genageld voor wat hij heeft gedaan.'

'Geld van oorlogsweduwen afgepakt, hè?'

'Gestolen van vrouwen die toch al diep in de ellende zitten. Ik heb heel wat slechte mensen verdedigd, die heel wat slechte dingen hebben gedaan, maar ik stop Scales in de categorie van kinderverkrachters, man. Ik kan die vent niet uitstaan.'

'Ja, wat doe je trouwens met een bleekscheet? Je doet toch misdaden van bendeleden.'

Er verscheen een ernstige uitdrukking op Romero's gezicht en hij schudde zijn hoofd.

'Niet meer, man. Ze vonden dat ik te vriendschappelijk met de cliënten omging. Je weet wel, eens een bendelid, altijd een bendelid. Ze hebben me van de bendes afgehaald. Na negentien jaar mag ik geen bendeleden meer verdedigen.'

'Het spijt me dat te horen, vriend.'

Romero was opgegroeid in Boyle Heights in een buurt die geregeerd werd door een bende die Quatro Flats heette. Hij had de tatoeages om het te bewijzen, als je zijn armen tenminste kon zien. Hoe warm het ook was, hij droeg altijd lange mouwen wanneer hij werkte. En wanneer hij een bendelid verdedigde dat van een misdaad beschuldigd werd, deed hij meer dan hem voor de rechtbank verdedigen. Hij deed zijn best om de man uit de klauwen van het bendeleven te bevrijden. Dat ze hem van de bendezaken hadden afgehaald, was een stommiteit die alleen in een bureaucratisch apparaat als het rechtssyteem kon voorkomen.

'Wat wil je van me, Mick? Je bent toch niet echt hiernaartoe gekomen om Scales van me af te pakken, hè?'

'Nee, je mag Scales houden, Angel. Ik wilde je iets vragen over een andere cliënt die je eerder dit jaar hebt gehad. Eli Wyms.'

Ik wilde hem de bijzonderheden van de zaak geven om zijn geheugen op te frissen, maar hij herkende de zaak onmiddellijk en hij knikte.

'Ja, Vincent heeft die zaak van me overgenomen. Heb jij hem gekregen nu Vincent dood is?'

'Ja, ik heb al Vincents zaken. Ik ben er vandaag pas achter gekomen dat ik de zaak-Wyms ook had.'

'Nou, veel succes dan met hem. Wat wil je over Wyms weten?' Vincent heeft de zaak minstens drie maanden geleden van me overgenomen.'

Ik knikte.

'Ja, dat weet ik. Ik heb het dossier al doorgenomen. Ik ben nieuwsgierig waarom Vincent de zaak heeft genomen. Volgens Joanne Giorgetti is hij er zelf achteraan gegaan. Klopt dat?'

Romero zocht even in zijn geheugen voordat hij antwoordde. Hij wreef met zijn hand over zijn kin en terwijl hij dat deed, zag ik de vage littekens op zijn knokkels waar hij tatoeages had laten weghalen.

'Ja, hij is naar de gevangenis gegaan en hij heeft Wyms overgehaald. Hij liet hem een brief ondertekenen waarin Wyms mij ontsloeg en daar kwam hij mee aanzetten. Daarna was de zaak van hem. Ik heb hem mijn dossier gegeven en daarmee was de kous af, man.'

Ik ging dichter bij hem staan.

'Heeft hij gezegd waarom hij de zaak wilde hebben? Ik bedoel, hij kende Wyms toch niet, hè?'

'Niet dat ik weet. Hij wilde de zaak gewoon hebben. Hij gaf me een vette knipoog. Snap je?'

'Nee, wat bedoel je precies?'

'Ik vroeg hem waarom hij de zaak overnam van een man die in het zuiden van de stad was geboren en getogen en het gebied van de blanken was binnengegaan om een beetje in het wilde weg te gaan schieten. En dan ook nog pro Deo. Ik dacht dat hij misschien een raciale invalshoek had of zoiets, iets wat hem een beetje publiciteit zou geven. Maar hij knipoogde alleen maar naar me, alsof er iets anders achter zat.'

'Heb je hem gevraagd wat dat was?'

Romero deed onwillekeurig een stap achteruit toen ik zijn persoonlijke ruimte binnendrong.

'Ja, man, dat heb ik gedaan, maar hij wilde het me niet vertellen. Hij zei alleen dat Wyms de magische kogel had afgeschoten. Ik begreep niet wat hij bedoelde en ik had geen tijd meer om spelletjes met hem te spelen. Ik heb hem het dossier gegeven en ben weer aan het werk gegaan.'

Daar had je hem weer. De magische kogel. Ik voelde dat ik dicht in de buurt van de oplossing van het raadsel begon te komen en het bloed ging sneller door mijn aderen stromen.

'Is dat alles, Mick? Ik moet weer naar binnen.'

Ik richtte mijn blik op Romero's gezicht en ik zag dat hij me vreemd aankeek.

'Ja, Angel, bedankt. Dat is alles. Ga terug naar binnen en neem ze te grazen.'

'Ja, man, dat zal ik doen.'

Romero liep terug naar de deur van zaal 124 en ik haastte me naar de lift. Ik wist wat ik de rest van de dag en een groot deel van de avond zou doen. Een magische kogel opsporen.

28

Ik ging het kantoor binnen en stormde rakelings langs Lorna en Cisco, die achter de receptiebalie naar het computerscherm zaten te kijken. Zonder op mijn weg naar het heilige der heiligen te stoppen zei ik tegen hen: 'Als jullie me nog ergens over willen bijpraten of me iets anders te vertellen hebben wat ik moet weten, dan moeten jullie nu binnenkomen, want ik ga me opsluiten.'

'Ook goedemiddag,' riep Lorna me na.

Maar Lorna wist heel goed wat er ging gebeuren. Wanneer ik me ging opsluiten, sloot ik alle deuren en ramen, trok de gordijnen dicht, zette de telefoons uit en ging dan volledig geconcentreerd aan het werk aan een zaak of een dossier. Als ik me opsloot, was dat het ultieme NIET STOREN-bordje aan de deur. Lorna wist dat ik, als ik me eenmaal opgesloten had, niet naar buiten te krijgen was voordat ik had gevonden wat ik zocht.

Ik liep om Jerry Vincents bureau heen en liet me op de stoel ploffen. Ik opende mijn tas op de vloer en begon de dossiers eruit te trekken. Voor mijn gevoel was het 'ik tegen hen'. Ergens in de dossiers zou ik de sleutel tot Jerry Vincents laatste geheim vinden. Ik zou de magische kogel vinden.

Lorna en Cisco kwamen vlak nadat ik me had geïnstalleerd het kantoor binnen.

'Ik heb Wren niet gezien,' zei ik voordat een van hen iets kon zeggen.

'En je zult haar ook niet meer zien,' zei Lorna. 'Ze heeft ontslag genomen.'

'Dat was nogal plotseling.'

'Ze is gaan lunchen en niet meer teruggekomen.'

'Heeft ze gebeld?'

'Ja, ze heeft eindelijk gebeld. Ze zei dat ze een beter aanbod had gekregen. Ze wordt nu Bruce Carlins secretaresse.'

Ik knikte. Daar leek wel een zekere logica in te zitten.

'Voordat je je opsluit, moeten we een paar dingen doornemen,' zei Lorna.

'Dat zei ik toch al toen ik binnenkwam. Wat heb je voor me?'

'Lorna ging in een van de stoelen voor het bureau zitten. Cisco bleef achter haar staan en begon een beetje heen en weer te lopen.

'Goed,' zei Lorna, 'Er zijn een paar dingen gebeurd terwijl je in de rechtbank was. Ten eerste moet je een gevoelige plek geraakt hebben met dat verzoek dat je ingediend hebt om het bewijsmateriaal In Patricks zaak te mogen bestuderen.'

'Wat is er dan gebeurd?' vroeg ik.

'De aanklager heeft vandaag drie keer gebeld. Hij wilde over een schikking praten.'

Ik glimlachte. Het verzoek om het bewijsmateriaal te mogen onderzoeken was een gok geweest, maar het zag ernaar uit dat het succes zou hebben en dat ik Patrick zou kunnen helpen.

'Wat is daarmee aan de hand?' vroeg Lorna. 'Je hebt me niet verteld dat je een verzoek hebt ingediend.'

'Gisteren vanuit de auto. En het volgende is daarmee aan de hand. Ik denk dat doctor Vogler zijn vrouw valse diamanten voor haar verjaardag heeft gegeven. Om er zeker van te zijn dat ze er nooit achter komt, willen ze een deal met Patrick sluiten als ik mijn verzoek intrek om het bewijsmateriaal te mogen onderzoeken.'

'Mooi. Ik denk dat ik Patrick aardig vind.'

'Ik hoop dat hij de kans krijgt. Wat nog meer?'

Lorna keek naar haar aantekeningen in haar stenoboek. Ik wist dat ze er niet van hield om opgejaagd te worden, maar ik deed het toch.

'Je krijgt nog steeds heel veel telefoontjes van de lokale media. Over Jerry Vincent of Walter Elliot of over allebei. Wil je ze doornemen?'

'Nee, ik heb geen tijd voor telefoontjes van de media.'

'Dat heb ik ook tegen ze gezegd, maar daar zijn ze niet blij mee, Vooral die vent van de *Times* niet. Dat is echt een klootzak.'

'En wat dan nog als ze er niet blij mee zijn. Wat kan mij dat schelen?'

'Ik zou maar uitkijken, Mickey. Er is geen woede zo groot als die van de versmade media.'

Daar had ze gelijk in. De media kunnen de ene dag van je houden en je de volgende dag afmaken. Mijn vader was bijna twintig jaar lang de lieveling van de media geweest, maar tegen het einde van zijn professionele leven was hij een paria geworden, omdat de journalisten het beu waren dat hij schuldigen vrij wist te pleiten. Hij werd de belichaming van een rechtssysteem dat andere regels had voor rijke beklaagden met goede advocaten.

'Ik zal proberen toeschietelijker te zijn,' zei ik. 'Maar nu niet.'

'Prima.'

'Heb je verder nog iets te melden?'

'Ik denk dat dat het is… ik heb je over Wren verteld, dus dat is alles. Bel je de aanklager over Patricks zaak?'

'Ja, ik zal hem bellen.'

Ik keek over Lorna's schouder naar Cisco, die nog steeds stond.

'Oké, Cisco, jouw beurt. Wat heb jij voor me?'

'Ik werk nog steeds aan Elliot. Grotendeels met betrekking tot Rilz en ik heb de hand van enkele van onze getuigen vastgehouden.'

'Ik heb een vraag over getuigen,' onderbrak Lorna hem. 'Waar wil je doctor Arslanian onderbrengen?'

Shamiram Arslanian was de kruitsporenexpert die volgens Vincents plan uit New York zou overkomen om als getuige-deskundige op te treden en tijdens het proces de vloer aan te vegen met de getuige-deskundige van het OM. In haar vakgebied was er geen betere te vinden en met Walter Elliots financiële armslag kon Vincent de beste experts uitkiezen die voor geld te krijgen waren. Ik wilde haar dicht bij het paleis van justitie in het centrum hebben, maar de hotelkeuze was beperkt.

'Probeer Chequers eerst,' zei ik. 'En zorg dat ze een suite krijgt. Als ze daar volgeboekt zijn, probeer je het Standard en daarna het Kyoto Grand. Maar zorg in elk geval dat ze een suite krijgt zodat we ruimte hebben om te werken.'

'Begrepen. En wat doen we met Muniz? Wil je hem ook in de buurt hebben?'

Julio Muniz was een freelancevideograaf die in Topanga Canyon woonde. Omdat zijn huis zo dicht bij Malibu was, was hij de eerste vertegenwoordiger van de media geweest die op de plaats delict aankwam nadat hij over de plitieband de oproep aan rechercheurs van Moordzaken had gehoord. Hij had buiten het strandhuis video-opnamen gemaakt van Walter Elliot met de agenten. Hij was een waardevolle getuige, want zijn videoband en zijn eigen herinneringen konden gebruikt worden om de verklaringen van de agenten en de rechercheurs te bevestigen of tegen te spreken.

'Ik weet het niet,' zei ik. 'Het kan wel een uur tot drie uur duren om van Topanga in het centrum te komen. Ik wil het risico liever niet nemen, Cisco. Is hij bereid om naar de stad te komen en in een hotel te gaan zitten?'

'Ja, zolang wij betalen en hij bij de roomservice mag bestellen.'

'Oké, haal hem dan maar naar de stad. Waar is trouwens zijn videoband? Er zitten alleen aantekeningen in het dossier. Ik wil de band niet voor het eerst in de rechtszaal zien.'

Cisco keek verbaasd. 'Dat weet ik niet, maar als hij hier niet is, kan ik Muniz een kopie laten maken.'

'Nou, ik heb hem hier nergens gezien, dus bezorg me maar een kopie. Wat verder nog?'

'Een paar dingen. Ten eerste heb ik met mijn bron over de zaak-Vincent gesproken en hij bleek niets te weten over de verdachte op die foto die Bosch je vanochtend heeft laten zien.'

'Helemaal niets?'

'Nada.'

'Wat denk jij? Weet Bosch dat deze man het lek is en heeft hij hem erbuiten gehouden?'

'Dat weet ik niet. Maar alles wat ik hem over die foto vertelde, was nieuw voor hem.'

Ik dacht er even over na wat dit betekende.

'Is Bosch vanochtend nog teruggekomen om de foto aan Wren te laten zien.'

'Nee,' zei Lorna. 'Ik ben de hele ochtend bij haar geweest. Bosch is niet teruggekomen.'

Ik wist niet wat dit allemaal betekende, maar ik kon me er niet door laten ophouden. Ik moest met de dossiers aan de slag.

'Wat was dat andere?'

'Wat?'

'Je zei dat je me een paar dingen te vertellen had. Wat was dat andere?'

'O ja. Ik heb Vincents liquidateur gebeld en je had gelijk. Hij had nog steeds een van Patricks surfplanken.'

'Wat wil hij ervoor hebben?'

'Niets.'

Ik keek Cisco aan en trok mijn wenkbrauwen op alsof ik wilde vragen waar het addertje onder het gras zat.

'Laten we het er maar op houden dat hij je graag een plezier wilde doen. Hij is aan Vincent een goede cliënt kwijtgeraakt. Ik denk dat hij hoopt dat jij hem voor toekomstige liquidaties zal inhuren. Ik heb hem niet van het idee afgeholpen en hem ook niet verteld dat je meestal geen bezittingen van je cliënten verkoopt om voor bewezen diensten betaald te krijgen.'

Ik begreep het. Ik zou de surfplank krijgen zonder dat er verplichtingen aan verbonden waren.

'Bedankt, Cisco. Heb je hem meegenomen?'

'Nee, hij had hem niet in zijn kantoor, maar hij heeft erover gebeld en iemand zou hem vanmiddag bij hem brengen. Ik kan hem gaan ophalen, als je dat wilt.'

'Nee, geef me alleen het adres maar, dan laat ik hem wel door Patrick ophalen. Hoe is het met Bruce Carlin gegaan? Heb je hen vanochtend niet ondervraagd? Misschien heeft hij de band van Muniz wel.'

Ik wilde om verscheidene redenen graag horen wat Bruce Carlin gezegd had, maar allereerst wilde ik weten of hij voor Vincent aan de zaak-Eli Wyms had gewerkt. Als dat zo was, zou hij me naar de magische kogel kunnen leiden.

Maar Cisco beantwoordde mijn vraag niet. Lorna draaide zich om en ze keken elkaar aan alsof ze zich afvroegen wie van hen me het slechte nieuws moest vertellen.

'Wat is er?' vroeg ik.

Lorna draaide zich weer naar mij toe.

'Carlin neemt ons in de zeik,' zei ze.

Ik zag dat ze haar kaken woedend op elkaar klemde en ik wist dat ze dat soort taal voor speciale gelegenheden reserveerde. Er was iets misgegaan met Carlins ondervraging en ze was er behoorlijk kwaad om.

'Hoezo?'

'Hij moet zijn gaan nadenken in de tijd nadat hij had afgesproken hier te komen en de tijd waarop hij hier zou zijn, want hij belde om twee uur – direct nadat Wren had gebeld om ontslag te nemen – en stelde nieuwe eisen.'

Ik schudde geërgerd mijn hoofd.

'Hoeveel wil hij hebben?'

'Ik denk dat hij zich realiseerde dat hij hooguit twee of drie uur à raison van tweehonderd dollar in rekening zou kunnen brengen, Meer tijd zou Cisco niet nodig hebben. Dus belde hij op om te zeggen dat hij een vast bedrag wilde hebben, anders konden we proberen om de dingen zelf uit te zoeken.'

'Ik vroeg al hoeveel?'

'Tienduizend dollar.'

'Dat meen je niet. Jezus christus.'

'Precies wat ik zei.'

Ik keek van haar naar Cisco.

'Dit is afpersing. Is er geen overheidsdienst die jullie controleert? Kunnen we op de een of andere manier niet iets tegen dit soort smerige streken doen?'

'Er zijn allerlei controlerende instanties, maar dit is een schemergebied.'

'Ja, dat zal wel. Die vent is onbetrouwbaar. Dat vind ik al jaren.'

'Wat ik bedoel is dat hij geen overeenkomst met Vincent had. We hebben geen contract kunnen vinden, dus is hij niet verplicht om ons informatie te geven. We moeten hem gewoon inhuren en hij heeft zijn prijs op tienduizend dollar gesteld. Het is pure oplichterij, maar het is waarschijnlijk legaal. Ik bedoel, jij bent de advocaat. Zeg jij het maar.'

Ik dacht er even over na en probeerde het toen uit mijn hoofd te zetten. Ik teerde nog steeds op de adrenalinestoot die ik in de rechtbank had gekregen en ik wilde het effect ervan niet verzwakken door me te laten afleiden.

'Goed, ik zal Elliot vragen of hij het wil betalen. Intussen ga ik vanavond alle dossiers weer doornemen en als ik mazzel heb en vind wat ik zoek, dan hebben we hem niet nodig. Dan zijn we klaar met hem en kan hij verder de klere krijgen.'

'Klootzak,' mompelde Lorna.

Ik was er vrij zeker van dat ze daarmee Bruce Carlin bedoelde en niet mij.

'Oké, is dat het?' vroeg ik. 'Verder niets meer?'

Ik keek hen allebei even aan. Ze hadden geen van beiden nog iets te zeggen.

'Goed, dan bedank ik jullie voor alles wat jullie deze week te verduren hebben gehad en voor jullie werk. Jullie kunnen gaan en ik wens jullie een prettige avond.'

Lorna keek me bevreemd aan.

'Stuur je ons naar huis?' vroeg ze.

Ik keek op mijn horloge.

'Waarom niet?' zei ik. 'Het is bijna half vijf. Ik ga in die dossiers duiken en ik wil niet afgeleid worden. Gaan jullie maar naar huis en maak er een gezellige avond van. Morgen gaan we weer verder.'

'Ga je hier vanavond in je eentje werken?' vroeg Cisco.

'Ja, maar maak je geen zorgen. Ik doe de deur op slot en laat niemand binnen, zelfs geen bekenden.'

Ik glimlachte, maar Lorna en Cisco niet. Ik wees naar de open deur van het kantoor. Hij had een grendel waarmee hij aan de bovenkant op slot gedaan kon worden. Zo nodig zou ik zowel de binnen- als de buitendeur op slot kunnen doen.

'Kom op, er gebeurt me niets. Ik heb werk te doen.'

Ze liepen langzaam en onwillig mijn kantoor uit.

'Lorna,' riep ik hun achterna. 'Patrick moet buiten staan. Zeg hem dat hij in de buurt moet blijven. Ik heb hem misschien iets te vertellen wanneer ik de aanklager gebeld heb.'

29

Ik opende het dossier van Patrick Henson en zocht het nummer van de openbaar aanklager op. Ik wilde dit achter de rug hebben voordat ik aan de zaak-Elliot ging werken.

De aanklager was Dwight Posey, een man met wie ik bij mijn zaken al eerder te maken had gehad en die ik nooit had gemogen. Sommige aanklagers behandelen advocaten alsof ze maar weinig beter zijn dan hun cliënten, als pseudocriminelen, niet als ontwikkelde en ervaren professionals. Niet als noodzakelijke tandjes van de ronddraaiende raderen van het rechtssysteem. De meeste politiemensen huldigen deze opvatting en daar kon ik mee leven, maar het zat me dwars als collega-juristen deze houding aannamen. Helaas was Dwight Posey een van hen en als ik de rest van mijn leven nooit meer met hem zou hoeven te praten, zou ik er niet rouwig om zijn, maar dat was me helaas niet vergund.

'Zo, Haller,' zei hij toen hij opgenomen had, 'je loopt dus nu in de schoenen van een dode?'

'Wat?'

'Ze hebben je toch alle zaken van Vincent gegeven? Zo ben je toch aan Henson gekomen?'

'Ja, zoiets. Maar goed, ik bel je terug, Dwight. Je hebt zelfs drie keer gebeld. Wat is er? Heb je het verzoek ontvangen dat ik gisteren heb ingediend?'

Ik herinnerde mezelf eraan dat ik nu voorzichtig moest zijn, wilde ik alles uit het telefoontje halen wat erin zat. Ik mocht het resultaat voor mijn cliënt niet door mijn afkeer van de openbaar aanklager laten beïnvloeden.

'Ja, ik heb het verzoek ontvangen. Het ligt hier voor me op mijn bureau. Daarom heb ik je gebeld.'

Hij gaf me de kans om te reageren.

'En?'

'En, eh, dat gaan we niet doen, Mick.'

'Wat niet, Dwight?'

'Ons bewijsmateriaal door jou laten onderzoeken.'

Het begon er steeds meer op te lijken dat ik met mijn verzoek wel een heel gevoelige plek had geraakt.

'Tja, Dwight, dat is nu het mooie van het systeem. Jij neemt die beslissing niet, dat doet een rechter. Daarom heb ik het niet aan jou gevraagd. Ik heb een verzoek bij de rechter ingediend.'

Posey schraapte zijn keel.

'Nee, in feite doen wij dat deze keer,' zei hij. 'We laten de aanklacht wegens diefstal vallen en gaan alleen verder met de aanklacht wegens drugsgebruik. Dus je kunt je verzoek intrekken of we kunnen de rechter vertellen dat het niet meer ter zake doet.'

Ik glimlachte en knikte. Ik had hem te pakken. Ik wist op dat moment dat Patrick vrijuit zou gaan.

'Het enige probleem daarmee, Dwight, is dat de aanklacht wegens drugsgebruik uit het onderzoek naar de diefstal voortkwam. Dat weet je. Mijn cliënt is gearresteerd wegens diefstal. De drugs werden tijdens de arrestatie gevonden. Dus zonder het een heb je het ander niet. In geen enkele rechtbank waar ik ooit ben geweest, zal dat kunnen lukken.'

Ik had het gevoel dat hij alles wist wat ik zei en dat het telefoontje simpelweg een scenario volgde. We gingen de richting uit die Posey uit wilde gaan en dat vond ik prima. Deze keer wilde ik dezelfde kant op.

'Dan kunnen we het misschien over een schikking in de zaak hebben,' zei hij alsof het idee hem net te binnen schoot.

We waren er. We waren op het punt aangekomen waar Posey had willen zijn vanaf het moment dat hij het telefoontje had aangenomen.

'Ik sta er voor open, Dwight. Je moet weten dat mijn cliënt vrijwillig een ontwenningsprogramma heeft gevolgd. Hij heeft het programma afgemaakt, heeft een fulltimebaan en is al vier maanden clean. Hij wil zijn pis overal en te allen tijde inleveren.'

'Dat is fijn om te horen,' zei Posey met vals enthousiasme. 'Net als de rechtbanken ziet het OM altijd graag dat mensen vrijwillig afkicken.'

Vertel me iets wat ik niet weet, zei ik bijna.

'De jongen doet het goed, daar sta ik voor in. Wat wil je voor hem doen?'

Nu wist ik wat er verder in het scenario zou staan. Posey zou er een grootmoedig gebaar van het OM van maken. Hij zou het laten lijken alsof het OM hier een gunst uitdeelde, terwijl het in werkelijkheid probeerde te voorkomen dat een belangrijk figuur politieke en huwelijksproblemen zou krijgen. Dat was mij best. De politieke kanten van de deal interesseerden me niet, zolang mijn cliënt maar kreeg wat ik wilde dat hij zou krijgen.

'Ik zal je wat vertellen, Mick. Laten we er een streep door halen, dan kan Patrick misschien van deze gelegenheid gebruikmaken om een productief lid van de maatschappij te worden.'

'Dat lijkt me een prima plan, Dwight. Je hebt mijn dag goedgemaakt en die van hem ook.'

'Oké, stuur me dan de gegevens van het ontwenningsprogramma toe, dan stoppen we die in een pakketje voor de rechter.'

Posey bedoelde daarmee dat hij er een zaak met tussenkomst vóór het proces van wilde maken. Patrick zou om de twee weken een drugstest moeten ondergaan en dan zou de zaak over zes maanden achter de rug zijn als hij clean bleef. Hij zou nog steeds een arrestatie op zijn strafblad hebben, maar geen veroordeling. Tenzij…

'Ben je bereid zijn strafblad te wissen?' vroeg ik.

'Eh… dat is wel wat veel gevraagd, Mickey. Hij heeft tenslotte ingebroken en die diamanten gestolen.'

'Hij heeft niet ingebroken, Dwight. Hij was uitgenodigd. En om die zogenaamde diamanten gaat het allemaal, hè? Of hij al dan niet diamanten gestolen heeft.'

Posey moest zich gerealiseerd hebben dat hij zich versproken had door over de diamanten te beginnen en hij praatte er snel overheen.

'Oké, prima. Dan stoppen we dat ook in het pakketje.'

'Je bent een goed mens, Dwight.'

'Dat probeer ik te zijn. Trek je je verzoek dan nu in?'

'Ik zal het morgenochtend direct doen. Wanneer laten we de zaak voorkomen? Ik heb een proces dat aan het eind van de volgende week begint.'

'Dan mikken we op maandag. Ik laat het je nog weten.'

Ik hing op en belde de receptiebalie over de intercom. Gelukkig nam Lorna op.

'Ik dacht dat ik jullie naar huis gestuurd had,' zei ik.

'We wilden net de deur uit gaan. Ik laat mijn auto hier staan en rij met Cisco mee.

'Wat, op zijn motor?'

'Neem me niet kwalijk, pá, maar ik denk niet dat jij daar iets over te zeggen hebt.'

Ik kreunde.

'Maar ik heb wel iets te zeggen over wie er als mijn onderzoeker werkt. Als ik jullie gescheiden kan houden, dan kan ik jou misschien in leven houden.'

'Waag het niet, Mickey!'

'Kun je even tegen Cisco zeggen dat ik dat adres van de liquidateur nodig heb?'

'Doe ik. En ik zie je morgen.'

'Ik hoop het. En zet een helm op.'

Ik hing op en Cisco kwam binnen met een notitieblaadje in de ene hand en een pistool in een leren holster in de andere. Hij liep om het bureau heen, legde het notitieblaadje voor me neer, opende toen een lade en stopte het wapen erin.

'Wat doe je?' vroeg ik. 'Je kunt me geen pistool geven.'

'Het wapen is volkomen legaal en staat op mijn naam geregistreerd.'

'Dat is geweldig, maar je kunt het me niet geven. Dat is onwet…'

'Ik geef het je ook niet. Ik bewaar het gewoon hier omdat ik voor vandaag klaar ben met mijn werk. Ik kom het morgenochtend wel halen, oké?'

'Je doet maar. Ik vind dat je overdreven reageert.'

'Dat is beter dan te slap reageren. Ik zie je morgen.'

'Dank je. Stuur je Patrick naar binnen voordat je weggaat?'

'Doe ik. En ik laat haar trouwens altijd een helm dragen.'

Ik keek hem aan en knikte.

'Dat is goed, Cisco.'

Hij liep het kantoor uit en even later kwam Patrick binnen.

'Patrick, Cisco heeft met Vincents liquidateur gesproken en de man heeft nog steeds een van je surfplanken. Je kunt bij hem langsgaan om de plank op te halen. Zeg tegen hem dat je hem voor mij komt ophalen en bel me als er een probleem ontstaat.'

'Geweldig, man. Dank u.'

'Nou, ik heb zelfs nog beter nieuws over je zaak.'

'Wat is er gebeurd?'

Ik vertelde hem over het telefoongesprek dat ik net met Dwight Posey had gevoerd. Toen ik Patrick vertelde dat hij de gevangenis niet in hoefde zolang hij clean bleef, zag ik dat er weer een beetje meer licht in zijn ogen kwam. Het leek alsof ik een last van zijn schouders zag vallen. Hij kon weer over de toekomst nadenken.

'Ik moet mijn moeder bellen,' zei hij. 'Ze zal zo blij zijn.'

'Nou, ik hoop dat jij dat ook bent.'

'Dat ben ik zeker.'

'Zoals ik het berekend heb, ben je me voor mijn werk hieraan een paar duizend dollar schuldig. Dat is ongeveer tweeënhalve week rijden. Als je wilt, kun je bij me blijven tot het bedrag afbetaald is. Daarna kunnen we erover praten wat we verder doen.'

'Dat klinkt goed. Het werk bevalt me.'

'Mooi zo, Patrick, dat is dan afgesproken.'

Patrick glimlachte breed en draaide zich om naar de deur.

'Nog één ding, Patrick.'

Hij keerde zich weer naar me toe.

'Ik heb vanmorgen gezien dat je in je auto in de garage sliep.'

'Het spijt me. Ik zoek wel een andere plek.'

Hij keek naar de vloer.

'Nee, het spijt míj,' zei ik. 'Ik was vergeten dat je me, toen we elkaar voor het eerst over de telefoon spraken, hebt verteld dat je in je auto of in een post van de strandwachten sliep. Ik weet niet hoe veilig het is om in een garage te slapen waar een paar nachten geleden iemand is doodgeschoten.'

'Ik vind wel iets anders.'

'Als je wilt, kan ik je een voorschot op je salaris geven. Zou dat je helpen om een motelkamer of zo te nemen?'

'Eh, ik denk het wel.'

Ik was blij dat ik hem kon helpen, maar ik wist dat in een motel logeren bijna even deprimerend was als in een auto wonen.

'Ik zal je wat vertellen,' zei ik. 'Als je wilt, kun je een paar weken bij mij logeren. Tot je wat geld in je zak hebt en misschien andere plannen hebt gemaakt.'

'In uw huis?'

'Ja, tijdelijk.'

'Bij u?'

Ik besefte dat ik een fout gemaakt had.

'Je zou bij mij thuis je eigen kamer hebben. En het zou beter zijn als je woensdagnacht en om het weekend bij een vriend of in een motel logeerde. Dan heb ik namelijk mijn dochter.'

Hij dacht erover na en knikte toen.

'Ja, dat zal wel lukken.'

Ik stak mijn hand over het bureau uit en gebaarde hem dat hij me het notitieblaadje met het adres van de liquidateur terug moest geven. Ik schreef mijn eigen adres erop terwijl ik zei: 'Je kunt je plank gaan ophalen en dan naar mijn huis op dit tweede adres gaan. Fareholm is vlak bij Laurel Canyon, één straat voor Mount Olympus. Op de voorveranda staan een tafel met een asbak en stoelen. De reservesleutel ligt onder de asbak. De logeerkamer is direct naast de keuken. Maak het je gemakkelijk.'

'Bedankt.'

Hij pakte het notitieblaadje aan en keek naar het adres dat ik opgeschreven had.

'Ik kom waarschijnlijk pas laat thuis,' zei ik. 'Ik heb een proces dat volgende week begint en daarvoor heb ik nog heel wat werk te doen.'

'Oké.'

'Luister, we hebben het maar over een paar weken. Tot je weer op eigen benen kunt staan. Intussen kunnen we elkaar misschien helpen. Als een van ons weer de behoefte aan drugs begint te voelen, is het misschien goed als de ander er is om mee te praten. Oké?'

'Ja.'

We zwegen even. Waarschijnlijk dachten we allebei aan de afspraak. Ik vertelde Patrick niet dat hij mij uiteindelijk misschien meer zou helpen dan ik hem. In de laatste achtenveertig uur begonnen al die nieuwe zaken een steeds zwaardere last voor me te worden. Ik voelde dat ik teruggezogen werd en ik verlangde naar de in watten verpakte wereld die de pillen me zouden schenken. De pillen creëerden ruimte tussen mij en de bakstenen muur van de werkelijkheid. Ik begon naar die ruimte te smachten.

Maar diep in mijn hart wist ik dat ik dat niet meer wilde en misschien kon Patrick me helpen om sterk te zijn.

'Bedankt, meneer Haller.'

Ik schrok op uit mijn gedachten en keek naar hem op.

'Zeg maar Mickey,' zei ik. 'En ik zou jou eigenlijk moeten bedanken.'

'Waarom doe je dit allemaal voor me?'

Ik wierp een blik op de grote vis aan de muur achter hem en keek hem toen weer aan.

'Dat weet ik niet precies, Patrick, maar ik hoopte dat ik mezelf zou helpen als ik jou zou helpen.'

Patrick knikte alsof hij wist waar ik het over had. Dat was vreemd, want ik wist zelf niet eens precies wat ik bedoelde. 'Ga je surfplank halen, Patrick,' zei ik. 'Ik zie je bij mij thuis. En vergeet niet om je moeder te bellen.'

30

Toen ik eindelijk alleen in het kantoor was, begon ik, zoals altijd, met lege bladzijden en geslepen potloden aan de periode waarin ik mezelf opsloot. Ik pakte twee nieuwe blocnotes en vier Black Warrior-potloden uit de voorraadkast, sleep de punten van de potloden en ging aan het werk.

Vincent had voor de zaak-Elliot twee dossiers aangelegd. Het ene bevatte de stukken van het OM en het tweede, dunnere dossier bevatte de documenten van de verdediging. Het was mijn zorg niet dat het dossier van de verdediging een stuk dunner was. De verdediging hanteerde dezelfde regels voor de overdracht van stukken als het OM. Van alles wat in het tweede dossier terechtkwam, werden kopieën naar het OM gestuurd. Een ervaren strafpleiter wist hoe hij het dossier dun moest houden. Hij bewaarde de rest in zijn hoofd of verborgen op een microchip in zijn computer als dat veilig was. Ik had Vincents hoofd, noch zijn laptop, maar ik was er zeker van dat Jerry Vincents geheim, de magische kogel, ergens in de dossiers verborgen was. Ik moest hem vinden.

Ik begon met het dikste dossier, dat van het OM. Ik las het helemaal door, woord voor woord en bladzijde voor bladzijde. Ik maakte aantekeningen in de ene blocnote en tekende een stroomschema van de tijdstippen en de handelingen in de andere. Ik bestudeerde de foto's van de plaats delict met een vergrootglas dat ik uit de bureaulade had gehaald. Ik stelde een lijst op van alle namen die ik in het dossier tegenkwam.

Daarna ging ik verder met het dossier van de verdediging en las dat ook van A tot Z door. Er werd twee keer gebeld, maar ik keek zelfs niet op om te zien welke naam op het schermpje stond. Het kon me niet schelen. Ik ging helemaal op in het speurwerk en het enige wat me op dit moment interesseerde, was het vinden van de magische kogel.

Toen ik klaar was met de beide dossiers, opende ik het dossier van de zaak-Wyms en las elk document en elk rapport dat erin zat, wat een tijdrovende bezigheid was. Omdat Wyms was gearresteerd na een openbaar incident waarbij verscheidene agenten en leden van het arrestatieteam betrokken waren, was dit dossier extra dik door de rapporten van de diverse erbij betrokken eenheden en ander personeel dat ter plaatse was. Het zat vol met transcripties van de gesprekken die met Wyms gevoerd waren, rapporten over de gebruikte wapens en de ballistische kenmerken van de kogels, een uitgebreide inventarisatie van het bewijsmateriaal, getuigenverklaringen, gegevens van de meldkamer en rapporten over de inzet van patrouillewagens.

Er kwamen een heleboel namen in het dossier voor en ik vergeleek ze allemaal met de lijst met namen die ik aan de hand van de dossiers van de zaak-Elliot had opgesteld. Ik vergeleek ook alle adressen.

Ik heb eens een cliënte gehad van wie ik de echte naam niet eens kende, omdat ik zeker wist dat de naam waaronder ze in het systeem was opgenomen niet haar eigen naam was. Ze was voor het eerst voor een misdrijf gearresteerd, maar ze kende het systeem te goed om helemaal een groentje te kunnen zijn. Eigenlijk wist ze alles te goed. Wat haar naam ook was, ze had op de een of andere manier met het systeem geknoeid en ze was erin opgenomen als iemand die ze niet was.

Ze werd beschuldigd van inbraak, maar er zat zo veel meer achter die ene aanklacht. De vrouw koos graag hotelkamers als doelwit uit waarin mannen sliepen die grote hoeveelheden geld bij zich hadden. Ze wist hoe ze hen moest uitkiezen. Ze volgde hen daarna en forceerde de deursloten en de kamerkluizen terwijl ze sliepen. In een openhartig moment – waarschijnlijk het enige in onze relatie – vertelde ze me over de adrenalinekick die ze elke keer kreeg wanneer het laatste cijfer op zijn plaats viel en ze hoorde dat de elektronische raderen van de hotelkluis in beweging kwamen en zich van elkaar losmaakten. Het moment waarop ze de kluis opende en zag wat erin zat, was nooit zo bevredigend als het moment waarop de raderen begonnen te knarsen en ze het bloed sneller door haar aderen voelde stromen. Niets ervoor of erna was zo bevredigend als dat moment. Ze deed de klussen niet voor het geld. Ze deed het om haar bloed sneller te laten stromen.

Ik had geknikt toen ze me dit allemaal vertelde. Ik had nog nooit in een hotelkamer ingebroken terwijl er een man snurkend in het bed lag, maar ik kende het moment waarop de raderen begonnen te knarsen. Ik wist hoe het aanvoelde wanneer het bloed sneller begon te stromen.

Ik vond wat ik zocht toen ik een uur met de tweede lezing van de dossiers bezig was. Ik had het de hele tijd al onder mijn neus gehad, eerst in Elliots arrestatierapport en daarna in het stroomschema van de tijdstippen en de handelingen dat ik zelf had getekend. Ik noemde het schema 'de kerstboom'. Hij begon altijd kaal en onversierd, net als de naakte feiten van de zaak. Toen ik daarna de dossiers bleef bestuderen en ik me de zaak eigen maakte, begon ik er lampjes en versieringen in te hangen. Details en getuigenverklaringen, bewijsmateriaal en resultaten van laboratoriumonderzoek. Al snel was de boom helder verlicht en opgetuigd. Alles wat met de zaak te maken had, kon ik daar zien in de context van tijdstippen en handelingen.

Ik besteedde speciaal aandacht aan Walter Elliot toen ik de boom getekend had. Hij was de stam van de boom en alle takken ontsproten uit hem. Ik had al zijn bewegingen, verklaringen en handelingen per tijdstip genoteerd.

12.40 uur	–	W.E. arriveert bij het strandhuis
12.50 uur	–	W.E. ontdekt lijken
13.05 uur	–	W.E. belt alarmnummer
13.24 uur	–	W.E. belt nogmaals alarmnummer
13.28 uur	–	Politie arriveert op plaats delict
13.30 uur	–	W.E. in hechtenis genomen
14.15 uur	–	Moordzaken arriveert
14.40 uur	–	W.E. meegenomen naar politiebureau in Malibu
16.55 uur	–	W.E. ondervraagd en op zijn rechten gewezen
17.40 uur	–	W.E. overgebracht naar Whittier
19.00 uur	–	W.E. getest op kruitsporen
20.00 uur	–	Tweede poging tot ondervraging, W.E. weigert en wordt gearresteerd
20.40 uur	–	W.E. wordt naar gevangenis overgebracht

Sommige tijdstippen moest ik schatten, maar de meeste haalde ik direct uit de arrestatierapporten en uit andere documenten in het dossier. Wetshandhaving bestaat in dit land voor een aanzienlijk deel uit papierwerk. Bij het reconstrueren van de tijdstippen van de gebeurtenissen kon ik altijd op het dossier van het OM rekenen.

Bij de tweede ronde gebruikte ik zowel het potlood als het vlakgom en begon ik versieringen aan de boom toe te voegen.

12.40 uur	–	W.E. arriveert bij strandhuis voordeur niet op slot
12.50 uur	–	W.E. ontdekt lijken balkondeur open
13.05 uur	–	W.E. belt alarmnummer wacht buiten
13.24 uur	–	W.E. belt nogmaals alarmnummer waarom duurt het zo lang?
13.28 uur	–	Politie arriveert op plaats delict Murray (4-alfa-1) en Harber (4-alfa-2)
13.30 uur	–	W.E. in hechtenis genomen in patrouillewagen gezet Murray/Harber doorzoeken huis
14.15 uur	–	Moordzaken arriveert eerste team: Kinder (#14492) en Ericsson (#2101) tweede team: Joshua (#2234) en Toles (#15154)
14.30 uur	–	W.E. mee naar binnen genomen, beschrijft ontdekking lijken
14.40 uur	–	W.E. overgebracht naar politiebureau in Malibu door Joshua en Toles
16.55 uur	–	W.E. wordt ondervraagd en op zijn rechten gewezen Kinder neemt de leiding bij ondervraging
17.40 uur	–	W.E. overgebracht naar Whittier Joshua/Toles
19.00 uur	–	W.E. getest op kruitsporen Forensisch onderzoekster Anita Sherman Laboratoriumtransport Sherman
20.00 uur	–	Tweede ondervraging, Ericsson heeft leiding, W.E. weigert slim geworden
20.40 uur	–	W.E. overgebracht naar gevangenis Joshua/Toles

Terwijl ik de kerstboom construeerde, hield ik op een andere bladzijde een aparte lijst bij van iedereen die in de politierapporten werd vermeld. Ik wist dat dit de getuigenlijst zou worden die ik volgende week bij het OM zou inleveren. In de regel dek ik de zaak af door iedereen te dagvaarden die ik in de rapporten van het onderzoek kan vinden. Je kunt een getuigenlijst altijd tijdens het proces inkorten. Soms kan het een probleem zijn om er getuigen aan toe te voegen.

Uit de getuigenlijst en de kerstboom zou ik kunnen afleiden hoe het OM zijn zaak zou ontvouwen. Ik zou ook kunnen vaststellen welke getuigen het OM-team wilde mijden en misschien ook waarom. Terwijl ik mijn werk bestudeerde en er in deze termen over nadacht, begonnen de raderen te knarsen en liep er een koude rilling over mijn rug toen ik voelde dat ik er bijna was. Alles werd me plotseling duidelijk en ik vond Jerry's magische kogel.

Walter Elliot was van de plaats delict naar het politiebureau in Malibu gebracht en daar opgesloten, zodat hij niet in de weg zou lopen terwijl de rechercheurs hun onderzoek in het huis voortzetten. Elliot werd op het politiebureau kort ondervraagd voordat hij zijn mond hield. Daarna werd hij naar het hoofdbureau in Whittier gebracht waar hij op kruitsporen werd getest. Er bleken uit kruitpoeder afkomstige nitraten op zijn handen te zitten. Daarna probeerden Kinder en Ericsson hun verdachte nog een keer te ondervragen, maar hij was zo verstandig om te weigeren daaraan mee te werken. Hij werd toen formeel gearresteerd en naar de countygevangenis gebracht.

Het was standaardprocedure en in het arrestatierapport werden de stadia van Elliots hechtenis beschreven.

Hij werd uitsluitend door de rechercheurs van Moordzaken begeleid toen hij van de plaats delict naar het politiebureau en vervolgens naar het hoofdbureau en de gevangenis werd gebracht. Maar wat me opviel was met wie hij vóór hun aankomst te maken had gehad. Hier zag ik iets wat ik daarvoor over het hoofd had gezien. Het was zoiets simpels als de aanduidingen van de geünifomeerde agenten die het eerst op het telefoontje naar de meldkamer reageerden. Volgens de rapporten hadden de agenten Murray en Haber respectievelijk de aanduiding '4-alfa-1' en '4-alfa-2' achter hun naam staan. En ik had minstens een van die aanduidingen in het dossier van Wyms gezien.

Switchend van zaak naar zaak en van dossier naar dossier vond ik snel het arrestatierapport van Wyms. Ik las het haastig door en stopte pas toen ik de eerste verwijzing naar de 4-alfa-1-aanduiding zag.

Agent Todd Stallworth had de aanduiding achter zijn naam staan. Hij was de agent die oorspronkelijk opdracht had gekregen om de melding te onderzoeken dat er in het Malibu Creek State Park werd geschoten. Hij was degene die in de patrouillewagen reed waarop Wyms vuurde en toen er een eind aan de patstelling was gekomen, was hij degene die Wyms officieel arresteerde en hem naar de gevangenis bracht.

Ik besefte dat '4-alfa-1' niet naar een speciale agent verwees, maar naar een specifiek patrouilleringsgebied of een specifieke verantwoordelijkheid. Het district Malibu omvatte de grote gebieden in het westelijk deel van de county, vanaf de stranden van Malibu tot en met de bergen en de daarachter liggende dorpen Thousand Oaks en Calabasas. Ik nam aan dat dit het vierde district was en dat 'alfa' de speciale aanduiding was voor een bepaalde patrouillewagen. Het leek me de enige manier om te verklaren waarom agenten die verschillende diensten draaiden dezelfde aanduiding in verschillende arrestatierapporten hadden.

De adrenaline werd in mijn aderen gepompt en mijn bloed begon sneller te stromen toen alles op zijn plaats viel. In één ogenblik besefte ik wat Vincent in zijn schild had gevoerd en wat hij van plan was geweest. Ik had zijn laptop en zijn blocnotes niet meer nodig. Ik had zijn onderzoeker niet meer nodig. Ik wist precies wat de strategie van de verdediging was.

Dat dacht ik tenminste.

Ik haalde mijn mobiele telefoon tevoorschijn en belde Cisco. Ik kwam direct ter zake.

'Cisco, met mij. Ken je politieagenten?'

'Eh, een paar. Hoezo?'

'Ook agenten die op het politiebureau van Malibu werken?'

'Ik ken één man die er gewerkt heeft. Hij werkt nu in Lynwood. Malibu was hem te saai.'

'Kun je hem vanavond bellen?'

'Vanavond? Natuurlijk. Wat is er?'

'Ik wil weten wat de aanduiding '4-alfa-1' van een patrouillewagen betekent. Kun je dat aan hem vragen?'

'Dat lijkt me geen probleem. Ik bel je terug, maar blijf nog even aan de lijn. Lorna wil met je praten.'

Ik wachtte terwijl Cisco haar de telefoon overhandigde. Ik hoorde het geluid van de tv op de achtergrond. Ik had een gezellig huiselijk samenzijn verstoord.

'Ben je nog steeds op kantoor, Mickey?'

'Ja.'

'Het is half acht. Ik vind dat je naar huis moet gaan.'

'Dat denk ik ook. Ik wacht hier tot Cisco terugbelt – hij trekt even iets voor me na – en dan ga ik naar Dan Tana's om een biefstuk met spaghetti te eten.'

Ze wist dat ik altijd naar Dan Tana's ging wanneer ik iets te vieren had. Meestal een gunstig vonnis.

'Je hebt voor je ontbijt al een biefstuk gegeten.'

'Dan zal dit een perfecte dag worden.'

'Ging het allemaal goed vanavond?'

'Ik denk het wel. Echt goed.'

'Ga je alleen?'

Ze zei het met medeleven in haar stem, alsof ze, nu ze met Cisco was, medelijden met me kreeg omdat ik alleen was in de grote, boze wereld.

'Craig of Christian houdt me wel gezelschap.'

Craig en Christian werkten als portier bij Dan Tana's. Ze zorgden voor me wanneer ik binnenkwam, alleen of niet.

'Ik zie je morgen, Lorna.'

'Oké, Mickey, amuseer je.'

'Dat doe ik al.'

Ik hing op en wachtte terwijl ik in het kantoor heen en weer liep en alles nog een keer overdacht. De dominostenen vielen achter elkaar om. Het gaf me een goed gevoel en het leek allemaal te kloppen. Vincent had de zaak-Wyms niet aangenomen omdat hij het gevoel had dat hij dat verplicht was aan het rechtssysteem, de armen of de rechtelozen. Hij had Wyms als camouflage gebruikt. In plaats van de zaak met de voor de hand liggende beschikking af te handelen, had hij Wyms drie maanden in Camarillo laten opbergen, waardoor hij de zaak levend en actief hield. Intussen verzamelde hij zogenaamd informatie voor de verdediging van Wyms om die in de zaak-Elliot te gaan gebruiken, terwijl hij zijn gemanipuleer en zijn strategie voor het OM verborgen hield.

Formeel gezien handelde hij waarschijnlijk binnen de grenzen van de wet, maar ethisch gezien was het fout. Wyms had negentig dagen in een inrichting doorgebracht, zodat Vincent een verdediging van Elliot kon opbouwen. Elliot kreeg de magische kogel, terwijl Wyms een zombiecocktail kreeg. Het mooie was dat ik me geen zorgen hoefde te maken over de zonden van mijn voorganger. Wyms was uit Camarillo en ik kon gewoon de vruchten plukken van Vincents ontdekkingen en aan het proces beginnen.

Het duurde niet lang voordat Cisco terugbelde.

'Ik heb met de man in Lynwood gesproken. Vier-alfa is de patrouillewagen die op de belangrijkste meldingen afgestuurd wordt. De vier duidt het politiebureau in Malibu aan en de alfa staat voor... alfa. Zoals bij de alfahond. De leider van de meute. Meldingen van belangrijke personen – de telefoontjes die met voorrang worden behandeld – gaan naar de alfa-auto. Vier-alfa-een is de chauffeur en als er een collega meerijdt is die vier-alfa-twee.'

'Dus de alfawagen bestrijkt het hele vierde district?"

'Dat is wat hij me verteld heeft. Vier-alfa mag het hele district door zwerven en de boel afromen.'

'Hoe bedoel je?'

'De beste telefoontjes. Van de grote jongens.'

'Ik snap het.'

Mijn theorie was bevestigd. Een dubbele moord en schoten die vlak bij een woonwijk werden afgevuurd, zouden zeker meldingen voor de alfawagen zijn. Eén benaming, maar verschillende agenten die op een melding reageerden. Verschillende agenten die reageerden, maar dezelfde patrouillewagen. De dominostenen kletterden tegen elkaar en vielen om.

'Heb je daar wat aan, Mick?'

'Zeker, Cisco. Maar het betekent ook meer werk voor jou.'

'Aan de zaak-Elliot?'

'Nee, dat niet. Ik wil dat je aan de zaak-Wyms gaat werken. Probeer zo veel je kunt uit te vinden over de nacht waarin hij gearresteerd is. Bezorg me details.'

'Daar ben ik voor.'

31

Door de ontdekking van die avond werd het minder een papieren zaak en begon mijn fantasie te werken. Er kwamen beelden van de rechtszaal in mijn hoofd op. Beelden van verhoren en kruisverhoren. Ik legde in gedachten de kostuums uit die ik in de rechtszaal zou dragen en de houdingen die ik zou aannemen wanneer ik voor de jury stond. De zaak kwam in mijn hoofd tot leven en dat was altijd een goed teken. Je kon uit dit soort momenten kracht putten. Als je het goed timet, begin je aan een proces met de diepe overtuiging dat je niet zult verliezen. Ik wist niet wat er met Jerry Vincent was gebeurd en evenmin of zijn daden tot zijn dood geleid hadden en of zijn dood op de een of andere manier verband hield met de zaak-Elliot, maar ik had het gevoel dat ik de boel onder controle had. Mijn bloed stroomde sneller en ik was klaar voor de strijd.

Ik was van plan om bij Dan Tana's in een hoekbox te gaan zitten en in grote lijnen een paar van de ondervragingen van de belangrijkste getuigen op papier te zetten en voor ieder van hen de basisvragen en de mogelijke antwoorden te bedenken. Ik wilde er graag aan beginnen en Lorna had zich geen zorgen over me hoeven te maken. Ik zou niet alleen zijn. Ik zou mijn zaak bij me hebben. Niet Jerry Vincents zaak, maar de mijne.

Nadat ik snel de dossiers en de nieuwe potloden en blocnotes had ingepakt, doofde ik de lichten en deed ik de deur van het kantoor op slot. Ik liep de gang door en stak de brug naar de parkeergarage over. Net toen ik de garage binnenging, zag ik een man vanaf de begane grond de helling op lopen. Hij was ongeveer vijftig meter van me verwijderd en na een paar seconden en een paar stappen herkende ik hem als de man op de foto die Bosch me had laten zien.

Mijn hart stond even stil. Het vecht-of-vluchtinstinct maakte zich abrupt van me meester. Een ogenblik deed de rest van de wereld er niet toe. Er was alleen dit moment en ik moest een keus maken. Mijn hersenen beoordeelden de situatie sneller dan een IBM-computer ooit zou kunnen. En het resultaat van de beoordeling was dat de man die naar me toe kwam de moordenaar was en dat hij een pistool had.

Ik draaide me razendsnel om en begon te rennen.

'Hé!' riep een stem achter me.

Ik bleef rennen. Ik liep terug de brug over tot aan de glazen deuren die naar het gebouw leidden. Eén enkele, duidelijke boodschap werd aan elke synaps in mijn hersenen doorgegeven. Ik moest naar binnen om bij Cisco's pistool te komen. Ik moest doden of ik zou gedood worden.

Maar het was na kantoortijd en de deuren waren achter me in het slot gevallen toen ik het gebouw had verlaten. Ik stak snel mijn hand in mijn zak om mijn sleutels te zoeken en rukte ze er toen uit. Papiergeld, munten en mijn portefeuille kwamen mee.

Terwijl ik de sleutel in het slot stak, hoorde ik achter me rennende voetstappen die snel naderden. *Het pistool! Zorg dat je bij het pistool komt!*

Eindelijk rukte ik de deur open en ik rende door de gang naar het kantoor. Ik keek achterom en zag dat de man de deur tegenhield vlak voordat hij in het slot viel. Hij zat nog steeds achter me aan.

Met de sleutels nog in mijn hand, bereikte ik de deur van het kantoor en ik kreeg de sleutel na wat gemorrel in het slot. Ik voelde dat de moordenaar dichterbij kwam. Toen ik de deur eindelijk open had, ging ik naar binnen, sloeg de deur dicht en deed hem op slot. Ik haalde de lichtschakelaar over, liep de receptieruimte door en stormde Vincents kantoor binnen.

Het pistool dat Cisco voor me achtergelaten had, lag in de la. Ik griste het eruit, rukte het uit de holster en liep de receptieruimte weer in. Aan de andere kant ervan zag ik de contouren van de moordenaar door het matglas. Hij probeerde de deur open te krijgen. Ik bracht het pistool omhoog en richtte op het vage beeld.

Ik aarzelde, bracht het pistool toen verder omhoog en vuurde twee schoten in het plafond af. Het geluid was oorverdovend in de afgesloten ruimte.

'Wil je dood?' schreeuwde ik. 'Kom dan maar binnen!'

De gedaante aan de andere kant van de deur verdween. Ik hoorde wegrennende voetstappen in de gang en daarna hoorde ik de deur van de brug open- en dichtgaan. Ik bleef doodstil staan en probeerde andere geluiden op te vangen. Ik hoorde niets.

Zonder mijn blik van de deur af te wenden, liep ik naar de receptiebalie, pakte de telefoon en belde het alarmnummer. Er werd direct opgenomen, maar ik kreeg een bandje waarop gezegd werd dat mijn telefoontje belangrijk was en dat ik aan de lijn moest blijven tot er een telefoniste vrij was.

Ik realiseerde me dat ik beefde, niet van angst, maar door de overdosis adrenaline. Ik voelde in mijn zakken en bleek mijn mobiele telefoon niet verloren te hebben. Met de kantoortelefoon in mijn ene hand, opende ik met de andere de mobiele telefoon en belde Harry Bosch. Hij nam op nadat de telefoon één keer was overgegaan.

'Bosch! Die kerel van de foto was net hier!'

'Haller? Waar heb je het over? Wie?'

'Die vent op de foto die je me gisteren hebt laten zien. Die met het pistool!'

'Oké, rustig maar. Waar is hij? Waar ben jij?'

Ik besefte dat mijn stem gespannen en scherp klonk door de opwinding van het moment. Gegeneerd haalde ik diep adem en ik probeerde kalm te worden voordat ik antwoordde.

'Ik ben op kantoor. Vincents kantoor. Toen ik wegging, zag ik hem in de garage. Ik ben weer naar binnen gerend en hij rende achter me aan. Hij probeerde het kantoor binnen te komen. Ik denk dat hij weg is, maar ik weet het niet zeker. Ik heb een paar schoten afgevuurd en toen...'

'Heb je een pistool?'

'En of ik dat heb, verdomme.'

'Ik stel voor dat je het wegstopt voordat er iemand gewond raakt.'

'Als die kerel hier nog is, zal hij degene zijn die gewond raakt. Wie is hij in jezusnaam?'

Er viel een stilte voordat hij antwoordde.

'Dat weet ik nog niet. Luister, ik ben nog in het centrum en wilde net zelf naar huis gaan. Ik zit in de auto. Blijf waar je bent, dan ben ik er over vijf minuten. Blijf in het kantoor en hou de deur op slot.'

'Maak je geen zorgen. Ik ga nergens heen.'

'En schiet me niet neer wanneer ik daar aankom.'

'Daar kun je op rekenen.'

Ik legde de kantoortelefoon op de haak. Ik had het alarmnummer niet nodig als Bosch eraan kwam.

'Hé, Haller?'

'Ja.'

'Wat wilde hij?'

'Wat?'

'Die kerel. Waarom was hij daar?'

'Dat is een verdomd goeie vraag, maar ik heb het antwoord niet.'

'Luister, lul niet zo en vertel het me!'

'Ik zeg je toch dat ik niet weet wat hij wilde. Hou nu maar op met praten en kom hierheen!'

Ik balde mijn handen onwillekeurig tot vuisten toen ik schreeuwde en ik schoot per ongeluk in de vloer. Ik sprong omhoog alsof iemand anders op me geschoten had.

'Haller!' schreeuwde Bosch. 'Wat was dat in vredesnaam?'

Ik haalde diep adem en nam de tijd om kalm te worden voordat ik antwoordde.

'Haller? Wat gebeurt er?'

'Kom hiernaartoe, dan zie je het wel.'

'Heb je hem geraakt? Heb je hem neergeschoten?'

Zonder te antwoorden, klapte ik de telefoon dicht.

32

Bosch was er in zes minuten, maar voor mijn gevoel duurde het wel een uur. Een donkere gedaante verscheen aan de andere kant van de deur en hij klopte luid.

'Haller, ik ben het. Bosch.'

Met het pistool langs mijn zij opende ik de deur en liet hem binnen. Ook hij had zijn pistool langs zijn zij.

'Is er nog iets gebeurd sinds we gebeld hebben?' vroeg hij.

'Ik heb hem niet meer gezien of gehoord. Ik denk dat ik hem weggejaagd heb.'

Bosch stopte zijn pistool in de holster en wierp me een blik toe, alsof hij wilde zeggen dat mijn houding van de harde jongen niemand overtuigde, behalve misschien mezelf.

'Wat was dat laatste schot?'

'Een ongelukje.'

Ik wees naar het gat in de vloer.

'Geef me dat pistool maar voordat je jezelf nog doodschiet.'

Ik overhandigde hem het wapen en hij stopte het achter zijn broeksband.

'Je hebt geen wapenvergunning. Dat heb ik gecontroleerd.'

'Het is van mijn onderzoeker. Hij laat het 's nachts hier.'

Bosch keek naar het plafond en hij zag de twee gaten die ik erin geschoten had. Daarna keek hij me aan en schudde zijn hoofd.

Hij liep naar de jaloezieën en keek naar buiten, naar de straat. Broadway was om deze tijd van de avond uitgestorven. Een paar nabijgelegen gebouwen waren omgebouwd tot woningen, maar Broadway had nog een lange weg te gaan voordat het nachtleven van tachtig jaar geleden er terug zou zijn.

'Goed, laten we gaan zitten,' zei hij.

Hij wendde zich van het raam af en zag dat ik achter hem stond.

'In je kantoor.'

'Waarom?'

'Omdat we hierover gaan praten.'

Ik liep het kantoor binnen en ging achter het bureau zitten. Bosch nam tegenover me plaats.

'Ik zal je eerst je spullen geven. Ik heb ze hier op de brug gevonden.'

Hij haalde mijn portefeuille en los papiergeld uit zijn broekzak. Hij legde alles op het bureau en stak zijn hand toen weer in zijn zak om de munten te pakken.

'Oké, wat nu?' vroeg ik en ik stopte mijn eigendommen terug in mijn zak.

'Nu gaan we praten,' zei Bosch. 'Ten eerste, wil je hier aangifte van doen?'

'Waarom zou ik de moeite doen? Jij weet er nu van. Het is jouw zaak. Hoe komt het dat je niet weet wie die vent is?'

'We werken eraan.'

'Dat is niet goed genoeg, Bosch! Hij is achter me aan gekomen. Waarom kunnen jullie hem niet identificeren?'

Bosch schudde zijn hoofd.

'Omdat we denken dat hij een huurmoordenaar van buiten de stad is. Misschien zelfs van buiten het land.'

'Dat is geweldig, verdomme! Waarom is hij hier teruggekomen?'

'Kennelijk vanwege jou. Om wat je weet.'

'Ik? Ik weet niets.'

'Je bent hier de hele week geweest. Je moet iets weten waardoor je een gevaar voor hem vormt.'

'Ik zeg je toch dat ik niets weet.'

'Dan zul je jezelf moeten afvragen waarom die vent is teruggekomen. Wat heeft hij de eerste keer achtergelaten of wat is hij vergeten?'

Ik staarde hem alleen maar aan. Ik wilde hem echt helpen. Ik was het beu om onder druk te staan en als ik Bosch één antwoord had kunnen geven, zou ik het gedaan hebben.

Ik schudde mijn hoofd.

'Ik kan geen enkel…'

'Kom op, Haller!' blafte Bosch. 'Je leven wordt hier bedreigd! Snap je dat niet? Wat weet je?'

'Dat heb ik je al gezegd.'

'Wie heeft Vincent omgekocht?'

'Dat weet ik niet en als ik het wel wist, zou ik het je niet kunnen vertellen.'

'Wat wilde de FBI van hem?'

'Dat weet ik ook niet!'

Hij begon naar me te wijzen.

'Jij vuile hypocriet. Je verbergt je achter de wet terwijl er buiten een moordenaar op je wacht. Je ethiek en je regels zullen geen kogel tegenhouden, Haller. Vertel me wat je weet!'

'Ik heb je al verteld dat ik niets weet en zit verdomme niet met je vinger naar me te wijzen. Dit is mijn werk niet, het is jouw werk. En als je dat deed, zouden de mensen hier misschien niet het gevoel hebben...'

'Pardon?'

De stem kwam van achter Bosch. In één vloeiende beweging draaide hij zich om en kwam hij uit zijn stoel omhoog terwijl hij zijn pistool trok en op de deur richtte.

Een man met een vuilniszak in zijn hand stond in de deuropening. Zijn ogen werden groot van schrik.

Bosch liet onmiddellijk zijn wapen zakken en de schoonmaker van het kantoor zag eruit alsof hij flauw zou vallen.

'Sorry,' zei Bosch.

'Ik kom later wel terug,' zei de man met een zwaar Oost-Europees accent.

Hij draaide zich om en liep haastig door de deur naar buiten.

'Verdomme!' zei Bosch, die er duidelijk ongelukkig mee was dat hij zijn pistool op een onschuldige man had gericht.

'Ik betwijfel of onze vuilnisbakken ooit nog geleegd zullen worden,' zei ik.

Bosch liep naar de deur, deed hem dicht en schoof de grendel ervoor. Hij kwam terug naar het bureau en keek me met boze ogen aan. Hij ging weer zitten, haalde diep adem en sprak op een veel kalmere toon verder.

'Ik ben blij dat je je gevoel voor humor weet te bewaren, Haller, maar hou nou maar op met die grappen.'

'Oké, geen grappen meer.'

Bosch keek me aan alsof hij niet precies wist wat hij nu moest doen of zeggen. Hij speurde de kamer af en keek me toen aan.

'Goed, je hebt gelijk. Het is mijn werk om die vent te pakken. maar hij was verdomme hier! Dus is het een logische veronderstelling dat hij hier met een doel was. Of hij was hier om je te vermoorden, wat onwaarschijnlijk lijkt omdat hij je blijkbaar niet eens kent, of hij was hier omdat hij iets van je wilde hebben. De vraag is wat. Wat is er in dit kantoor of in een van de dossiers waaruit we de identiteit van de moordenaar kunnen afleiden?'

Ik probeerde op even kalme toon te antwoorden.

'Het enige wat ik je kan vertellen, is dat zowel mijn secretaresse als mijn onderzoeker hier de hele week is geweest en Jerry Vincents eigen receptioniste was hier vandaag tot lunchtijd. Daarna heeft ze ontslag genomen. En niemand van ons, rechercheur, *niemand van ons* heeft de rokende revolver kunnen vinden die er volgens jou zeker moet zijn. Je vertelt me dat Vincent iemand omgekocht heeft, maar ik kan er in geen enkel dossier en bij geen enkele cliënt een aanwijzing voor vinden dat dat waar is. Ik heb hier de afgelopen drie uur de dossiers van de zaak-Elliot door zitten nemen en ik heb geen enkele aanwijzing gevonden dat hij iemand heeft betaald of omgekocht. In feite heb ik gevonden dat hij niemand om hóéfde te kopen. Vincent had een magische kogel en hij had een goede kans om de zaak eerlijk te winnen. Dus wanneer ik zeg dat ik niets weet, dan meen ik dat. Ik neem je niet in de maling en ik hou niets achter. Ik heb je niets te vertellen. Niets.'

'En hoe zit het met de FBI? Weet je daar iets van?'

'Hetzelfde antwoord. Niets.'

Bosch antwoordde niet. Ik zag dat zijn gezicht betrok van oprechte teleurstelling. Ik vervolgde: 'Als die man met de snor de moordenaar is, dan heeft hij natuurlijk een reden om hiernaartoe terug te komen, maar die ken ik niet. Maak ik me er zorgen om? Nee, dat zou ik niet zeggen. Ik schijt zeven kleuren stront van angst omdat deze man denkt dat ik iets heb, want als ik het heb, dan weet ik dat niet eens en dat geeft me geen prettig gevoel.'

Bosch stond abrupt op. Hij trok Cisco's pistool uit zijn broeksband en legde het op het bureau.

'Hou het geladen en als ik jou was, zou ik niet meer 's avonds werken.'

Hij draaide zich om en liep naar de deur.

'Is dat alles?' riep ik hem na.

Hij draaide zich onmiddellijk om en kwam terug naar het bureau.

'Wat wil je dan nog meer van me?'

'Je wilt alleen maar informatie van mij hebben, meestal informatie die ik je niet kan geven. Maar je geeft niets terug en dat is voor de helft de reden dat ik in gevaar ben.'

Bosch keek me aan alsof hij over het bureau heen wilde springen om me te lijf te gaan, maar toen zag ik dat hij zichzelf weer onder controle kreeg. Alleen het onderhuidse geklop hoog op zijn jukbeenderen en vlak bij zijn linkerslaap verdween niet. Daarmee verraadde hij zich en dat gaf me opnieuw het gevoel dat ik hem ergens van kende.

'Wat kan het me ook verdommen,' zei hij ten slotte. 'Wat wil je weten, Haller? Ga je gang. Stel maar een vraag – wat voor vraag ook – en ik zal hem beantwoorden.'

'Ik wil weten hoe het zit met die omkoping. Naar wie is het geld toe gegaan?'

Bosch schudde zijn hoofd en lachte ongemeend.

'Ik geef je de kans om te vragen wat je wilt en ik neem me voor om antwoord te geven, wat je vraag ook is. En wat doe je? Je stelt me precies een vraag waarop ik geen antwoord heb. Denk je dat ik hier bij je zou zijn als ik wist waar het geld naartoe is gegaan en wie het gekregen heeft? Nee, Haller, dan zou ik nu een proces-verbaal tegen een moordenaar opmaken.'

'Dus je weet zeker dat het een met het ander te maken heeft? Dat de omkoping – als die er was – verband houdt met de moord?'

'Dat lijkt me in elk geval waarschijnlijk.'

'Maar de omkoping – als die er was – heeft vijf maanden geleden plaatsgevonden. Waarom is Jerry dan nu vermoord? Waarom belt de FBI hem nu?'

'Goede vragen. Laat het me weten wanneer je de antwoorden hebt gevonden. Kan ik intussen nog iets anders voor je doen, Haller? Ik was op weg naar huis toen je belde.'

'Ja, dat is er.'

Hij keek me aan en wachtte.

'Ik was ook op weg naar buiten.'

'Wil je dat ik op weg naar de garage je hand vasthou? Prima, kom maar mee.'

Ik sloot de deur van het kantoor opnieuw af en we liepen door de gang naar de brug naar de garage. Bosch was opgehouden met praten en de stilte was om te snijden. Ten slotte verbrak ik het stilzwijgen.

'Ik wilde een biefstuk gaan eten. Heb je zin om mee te gaan? Misschien kunnen we de wereldproblemen oplossen terwijl we er een stuk rood vlees bij eten.'

'Waar, Musso's?'

'Ik dacht aan Dan Tana's.'

Bosch knikte.

'Als je ons binnen kunt krijgen.'

'Maak je geen zorgen. Ik heb mijn contacten.'

33

Bosch volgde me, maar toen ik op Santa Monica Boulevard snelheid minderde om op de valetserviceplaats voor het restaurant te stoppen, reed hij door. Ik zag hem langsrijden en op Doheny Road rechts afslaan.

Ik ging alleen naar binnen en Craig liet me plaatsnemen in een van de hoekboxen waar ik graag zat. Het was een drukke avond, maar het begon al stiller te worden. Ik zag de acteur James Woods, die bijna klaar was met eten, in een box zitten met een filmproducer die Mace Neufield heette. Het waren vaste klanten en Mace knikte naar me. Hij had eens geprobeerd om een optie te krijgen om een van mijn zaken te verfilmen, maar het was niets geworden. In een andere box zag ik Corbin Bernson zitten, de acteur die op tv de rol van een advocaat had gespeeld die de beste benadering van de werkelijkheid was die ik ooit had gezien. En in een andere box had de baas zelf, Dan Tana, een laat diner met zijn vrouw. Ik liet mijn blik naar het geruite tafelkleed zakken. Genoeg who's who, dacht ik. Ik moest me voorbereiden op Bosch. Tijdens de rit had ik lang en diep nagedacht over wat er net in het kantoor was gebeurd en nu wilde ik er alleen nog over nadenken hoe ik Bosch met mijn conclusies moest confronteren. Het leek alsof ik me voorbereidde op het kruisverhoor van een vijandige getuige.

Tien minuten nadat ik was gaan zitten, verscheen Bosch eindelijk in de deuropening en Craig bracht me naar hem toe.

'Ben je verdwaald?' vroeg ik toen hij zich in de box had geperst.

'Ik kon geen parkeerplaats vinden.'

'Ze zullen je wel niet genoeg betalen om van de valetservice gebruik te maken.'

'Nee, valetservice is prachtig, maar ik mag mijn dienstauto niet aan een valet geven. Dat is tegen de regels.'

Ik knikte en vermoedde dat het waarschijnlijk was omdat hij een geweer in de kofferbak had.

Ik besloot te wachten tot we besteld hadden voordat ik met Bosch in de clinch zou gaan. Ik vroeg of hij het menu wilde zien, maar hij zei dat hij al wist wat hij wilde hebben. Toen de ober kwam, bestelden we allebei de Steak Helen met spaghetti en rode saus. Bosch bestelde een glas bier en ik vroeg een flesje bronwater zonder koolzuur.

'Zo,' zei ik. 'Waar is je collega de laatste tijd?'

'Hij werkt aan andere aspecten van de zaak.'

'Ach,' zei ik. 'Het is goed om te horen dat de zaak nog andere aspecten heeft.'

Bosch keek me even onderzoekend aan voordat hij antwoordde.

'Moet dat een grapje voorstellen.'

'Het is alleen maar een observatie. Vanuit mijn gezichtspunt lijkt er niet veel te gebeuren.'

'Dat komt misschien doordat je bron opgedroogd is.'

'Mijn bron? Ik heb geen bron.'

'Niet meer. Ik ben erachter gekomen wie je onderzoeker informatie gaf en daar is vandaag een einde aan gekomen. Ik hoop alleen dat je hem niet voor de informatie betaalde, want Interne Zaken zal hem daarvoor slachten.'

'Ik weet dat je me niet zult geloven, maar ik heb geen idee waar je het over hebt. Ik krijg informatie van mijn onderzoeker. Ik vraag hem niet hoe hij er aankomt.'

Bosch knikte.

'Dat is de beste manier om het te doen, hè? Distantieer jezelf zodat je geen opspattend vuil in je gezicht krijgt. Als een politiecommandant intussen zijn baan verliest, heeft hij pech gehad.'

Ik had me niet gerealiseerd dat Cisco's bron zo'n hoge rang had.

De ober bracht onze drankjes en een mandje brood. Ik dronk wat water en dacht erover na wat ik zou gaan zeggen. Ik zette het glas neer en keek Bosch aan. Hij trok zijn wenkbrauwen op alsof hij iets verwachtte.

'Hoe wist je wanneer ik vanavond uit kantoor zou komen?'

Bosch keek niet-begrijpend.

'Hoe bedoel je?'

'Ik denk dat het de lichten waren. Jullie stonden op Broadway en toen ik de lichten uitdeed, stuurde je je mannetje de garage in.'

'Ik weet niet waar je het over hebt.'

'Dat weet je best. De foto van de man met het pistool die het gebouw uit kwam, was nep. Je hebt het in scène gezet en het gebruikt om je lek uit te roken. Daarna heb je geprobeerd mij ermee te beduvelen.'

Bosch schudde zijn hoofd en keek rond alsof hij iemand zocht die hem kon helpen te begrijpen wat ik zei. Het was een slecht stukje toneelspel.

'Je hebt die foto laten maken en me hem daarna laten zien omdat je wist dat het via het contact van mijn onderzoeker met jouw lek bij je terug zou komen. Je wist dat degene die je naar de foto zou vragen het lek was.'

'Ik kan geen enkel aspect van het onderzoek met je bespreken.'

'En daarna heb je hem gebruikt om mij onder druk te zetten. Om te kijken of ik iets verborgen hield en me zo bang te maken dat ik het je zou vertellen.'

'Ik heb je al gezegd, ik kan niets...'

'Dat hoeft ook niet, Bosch. Ik weet dat je het hebt gedaan. Weet je welke fout je hebt gemaakt? Dat je niet bent teruggekomen, zoals je had gezegd, om de foto aan Vincents secretaresse te laten zien. Als de man op de foto echt bestond, zou je hem aan haar hebben laten zien, want ze kent de cliënten beter dan ik. Maar dat heb je niet gedaan en daardoor weet ik het.'

Bosch keek naar de bar in het midden van het restaurant. Op de tv die hoog boven de bar stond, waren hoogtepunten van sportwedstrijden te zien. Ik leunde over de tafel heen dichter naar hem toe.

'Dus wie is de man op de foto? Je collega met een opgeplakte snor? De een of andere grappenmaker van de zedenpolitie? Heb je niets beters te doen dan spelletjes met me te spelen?'

Bosch leunde achterover en bleef rondkijken. Hij keek alle kanten op, behalve naar mij. Hij overwoog iets en ik gaf hem daar alle tijd voor die hij nodig had.

'Oké, je hebt me te pakken. Het was bedrog. Je bent een slimme advocaat dat je dit in de gaten had, Haller. Precies je vader. Ik vraag me af waarom je je talenten verspilt aan het verdedigen van tuig. Zou je nu niet bezig moeten zijn met het eisen van schadevergoedingen van dokters of het verdedigen van grote tabaksbedrijven of zoiets nobels?'

Ik glimlachte.

'Wil je het zo spelen? Je wordt erop betrapt dat je iets doet wat niet deugt en dan beschuldig je mij ervan dat ík niet deug.'

Bosch lachte en zijn gezicht werd rood terwijl hij zich van me afwendde. Het was een gebaar dat me vertrouwd voorkwam en dat hij mijn vader genoemd had, riep herinneringen aan hem op. Ik herinnerde me vaag dat hij ongemakkelijk lachte en zijn blik afwendde terwijl hij aan de eettafel achteroverleunde. Mijn moeder had hem beschuldigd van iets wat ik niet begreep omdat ik nog te jong was.

Bosch legde zijn armen op de tafel en boog zich naar me toe.

'Je hebt toch wel gehoord van de eerste achtenveertig?'

'Waar heb je het over?'

'Over de eerste achtenveertig uur. De kans om een moord op te lossen neemt elke dag met de helft af als je hem niet in de eerste achtenveertig uur oplost.'

Hij keek op zijn horloge voordat hij verderging.

'Ik ben nu bijna tweeënzeventig uur bezig en ik heb nog niets,' zei hij. 'Geen verdachte, geen goede aanwijzing, niets. En ik hoopte dat ik je vanavond zo bang zou kunnen maken dat je me iets zou vertellen. Iets wat me de juiste richting zou wijzen.'

Ik staarde hem aan en verwerkte wat hij had gezegd. Ten slotte vond ik mijn stem terug.

'Dacht je echt dat ik wist wie Jerry Vincent heeft vermoord en dat ik je dat niet wilde vertellen?'

'Het was een mogelijkheid waarmee ik rekening moest houden.'

'Val toch dood, Bosch.'

Op dat moment bracht de ober onze biefstukken en de spaghetti. Toen de borden werden neergezet, staarde Bosch me aan met iets wat leek op een veelbetekenende glimlach. De ober vroeg of hij ons nog iets anders moest brengen, maar ik gebaarde hem dat hij kon gaan zonder het oogcontact met Bosch te verbreken.

'Je bent een arrogante klootzak,' zei ik. 'Je zit daar gewoon met een glimlach op je gezicht nadat je me ervan beschuldigd hebt dat ik bewijsmateriaal voor of kennis van een moord achterhou. Een moord op een man die ik kende.'

Bosch keek naar zijn biefstuk, pakte zijn mes en vork op en sneed er een stukje af. Het viel me op dat hij links was. Hij stopte het stukje vlees in zijn mond en staarde me aan terwijl hij het opat. Hij liet zijn vuisten aan weerskanten van zijn bord op de tafel rusten met het mes en de vork stevig omvat alsof hij het voedsel tegen dieven beschermde. Een heleboel van mijn cliënten die in de gevangenis hadden gezeten, aten op dezelfde manier.

'Rustig aan, Haller,' zei hij. 'Je moet iets begrijpen. Ik ben er niet aan gewend om aan dezelfde kant te staan als de advocaat, oké? Mijn ervaring is dat strafpleiters geprobeerd hebben om me af te schilderen als dom, corrupt, bevooroordeeld en wat al niet meer. Dus met die ervaring in gedachten heb ik inderdaad geprobeerd om een spelletje met je te spelen in de hoop dat het me zou helpen een moord op te lossen. Duizendmaal excuses. Als je dat wilt, laat ik mijn biefstuk inpakken en neem ik hem mee naar huis.'

Ik schudde mijn hoofd. Bosch had er een talent voor om mij mezelf schuldig te laten voelen over zijn streken.

'Misschien moet jij je een beetje rustig houden,' zei ik. 'Ik zeg alleen maar dat ik vanaf het begin open en eerlijk tegen je ben geweest. Ik heb de ethische grenzen van mijn beroep opgerekt. En ik heb je verteld wat ik je kon vertellen, wanneer ik het je kon vertellen. Ik heb het niet verdiend dat ik vanavond doodsbang ben gemaakt. En jij hebt verdomd veel geluk gehad dat ik je mannetje geen kogel in zijn borst geschoten heb toen hij voor de deur van het kantoor stond. Hij vormde een prachtig doelwit.'

'Je had geen pistool horen te hebben. Dat heb ik gecontroleerd.'

Bosch begon weer te eten en hij hield zijn hoofd omlaag terwijl hij met de biefstuk bezig was. Hij nam een paar happen en ging toen verder met het bord spaghetti. Hij was niet iemand die de spaghetti om zijn vork draaide. Hij hakte met zijn vork in de pasta voordat hij een hap in zijn mond stak. Hij sprak verder nadat hij het voedsel had doorgeslikt.

'Wil je me helpen, nu we dat allemaal uitgepraat hebben?'

Ik schoot in de lach.

'Dat meen je toch niet? Heb je dan helemaal niet gehoord wat ik heb gezegd?'

'Ja, ik heb het allemaal gehoord. En ik meen het wel. Per slot van rekening zit ik toch met een dode advocaat – je collega – en ik zou je hulp nog steeds kunnen gebruiken.'

Ik sneed mijn eerste stukje biefstuk af. Ik besloot dat hij wel even zou kunnen wachten, zoals ik op hem had gewacht. Dan Tana's serveerde volgens velen de beste biefstuk van de stad en ik ben een van de velen. Ik werd niet teleurgesteld. In nam de tijd ervoor en genoot van de eerste hap. Daarna legde ik mijn vork neer.

'Wat voor hulp?'

'We gaan de moordenaar uit zijn tent lokken.'

'Fantastisch. Hoe gevaarlijk is dat?'

'Dat hangt van een heleboel dingen af, maar ik zal niet tegen je liegen. Het zou gevaarlijk kunnen worden. Ik wil dat jij een paar dingen opschudt, dat je de moordenaar laat denken dat er ergens een los eindje is, dat je gevaarlijk voor hem zou kunnen zijn. En dan kijken we wat er gebeurt.'

'Maar jij bent erbij. Ik word beschermd.'

'Bij elke stap die je doet.'

'Hoe schudden we de boel op?'

'Ik dacht aan een verhaal in de krant. Ik neem aan dat je telefoontjes van verslaggevers hebt gehad. We kiezen er een uit en geven hem het verhaal, een exclusief verhaal, en daar planten we iets in wat de moordenaar aan het denken zet.'

Ik dacht erover na en herinnerde me dat Lorna me had gewaarschuwd dat ik met de media eerlijk spel moest spelen.

'Er is een man bij de *Times*,' zei ik. 'Ik heb een soort deal met hem gesloten om van hem af te komen. Ik heb tegen hem gezegd dat ik met hem zou praten als ik daar klaar voor was.'

'Dat is perfect. We kunnen hem gebruiken.'

Ik zei niets.

'En? Doe je mee?'

Ik pakte mijn mes en vork op en bleef zwijgen terwijl ik weer een stukje vlees afsneed. Het bloed liep over het bord. Ik dacht aan mijn dochter, die op het punt aangeland was dat ze me dezelfde vragen ging stellen als haar moeder, vragen die ik nooit kon beantwoorden. *Het lijkt erop dat je altijd voor de boeven werkt.* Zo eenvoudig was het niet, maar dat nam de stekeligheid niet weg en ook niet de blik die ik in haar ogen had gezien.

Ik legde het mes en de vork neer zonder nog een hap te nemen. Ik had plotseling geen honger meer.

'Ja,' zei ik. 'Ik doe mee.'

Deel III

Niets dan de waarheid

34

Iedereen liegt.

Politiemensen liegen. Advocaten liegen. Zelfs juryleden liegen.

Er is een richting in het strafrecht die het standpunt huldigt dat elk proces wordt gewonnen of verloren bij het kiezen van de jury. Ik ben het daar nooit helemaal mee eens geweest, maar ik weet wel dat er waarschijnlijk geen enkel onderdeel van een moordproces belangrijker is dan de selectie van de twaalf burgers die over het lot van je cliënt gaan beslissen. Het is ook het meest complexe en vluchtigste deel van het proces. Het is afhankelijk van de grillen van het lot en van je vermogen om op het juiste moment de juiste vragen aan de juiste persoon te stellen.

En toch beginnen we er elk proces mee.

De juryselectie in de zaak van het OM tegen Elliot begon volgens plan donderdag om tien uur in de rechtszaal van rechter Stanton en het was er stampvol. De zaal werd voor de ene helft gevuld door de tachtig potentiële juryleden die willekeurig gekozen waren uit de jurypool in het kantoor op de tweede verdieping van het paleis van justitie en voor de andere helft door vertegenwoordigers van de media, medewerkers van de rechtbank, mensen die anderen succes kwamen wensen en gewone nieuwsgierigen die een plaatsje hadden weten te bemachtigen.

Ik zat alleen met mijn cliënt aan de tafel van de verdediging, waarmee zijn wens om slechts door één advocaat verdedigd te worden en niet door een team van advocaten in vervulling was gegaan. Voor me op de tafel lagen een open, maar lege dossiermap, een klein notitieblok en drie viltstiften, een rode, een blauwe en een zwarte. Op kantoor had ik de dossiermap geprepareerd door er met behulp van een liniaal een rooster op te tekenen. Het bestond uit twaalf vierkanten, elk ter grootte van een notitieblaadje. Elk vierkant was bestemd voor een van de twaalf juryleden die gekozen zouden worden om een oordeel te vellen over Walter Elliot. Sommige advocaten gebruiken computers om potentiële juryleden op te sporen. Ze hebben zelfs software die de informatie die tijdens het selectieproces bekend wordt, filtert door een sociopolitiek patroonherkenningsprogramma en ogenblikkelijk adviseert of een jurylid behouden of afgewezen dient te worden. Ik gebruikte het ouderwetse roostersysteem al sinds ik als beginnend advocaat pro-Deozaken deed. Het had bij mij altijd goed gewerkt en ik was niet van plan op een ander systeem over te stappen. Ik wilde niet afhankelijk zijn van de intuïtie van een computer wanneer er een jury gekozen moest worden. Ik wilde mijn eigen intuïtie gebruiken. Een computer kan niet horen hoe iemand een antwoord geeft en iemands ogen niet zien als hij of zij liegt.

De procedure was dat de rechter aan de hand van een door de computer gegenereerde lijst de eerste twaalf burgers uit de groep van de potentiële juryleden opriep, die vervolgens op de jurybanken plaatsnamen. Op dat moment was ieder van hen jurylid, maar ze mochten hun plaats alleen houden als ze de ondervraging doorstonden waarin ze aan de tand gevoeld werden over hun achtergrond, hun meningen en hun begrip van de wet. Er was een vaste gang van zaken. Eerst stelde de rechter hun een aantal basisvragen en daarna kregen de advocaten de kans om meer toegespitste vragen te stellen.

Juryleden konden op twee manieren van de jurybanken verwijderd worden. Ze konden afgewezen worden omdat ze er door hun antwoorden, hun houding of zelfs hun levensomstandigheden blijk van gaven dat ze geloofwaardigheid niet eerlijk konden beoordelen of niet onbevooroordeeld van de zaak kennis konden nemen. Er was in dit geval geen limiet aan het aantal wrakingen van juryleden dat de advocaten tot hun beschikking hadden. Vaak verwijdert de rechter een jurylid voordat de openbaar aanklager of de verdediger zelfs maar bezwaar kan maken. Ik heb altijd geloofd dat de snelste manier om uit een jury gezet te worden is dat je verklaart dat je ervan overtuigd bent dat alle politiemensen liegen of dat politiemensen altijd de waarheid spreken. Een rigide geest is een reden voor wraking.

De tweede manier om een jurylid te verwijderen was de preventieve wraking, die elke advocaat een beperkt aantal keren mag toepassen, afhankelijk van het soort zaak en het soort aanklacht. Omdat het in dit proces om moord ging, mocht zowel het OM als de verdediging maximaal twintig keer een jurylid wraken. Het was bij het oordeelkundige en tactische gebruik van deze preventieve wrakingen dat strategie en intuïtie mee gingen spelen. Een bekwame advocaat of openbaar aanklager kon zijn wrakingen gebruiken om de jury tot een werktuig van de verdediging of het OM om te vormen. Door een preventieve wraking kan een jurylid verwijderd worden om geen andere reden dan dat de advocaat of de openbaar aanklager een instinctieve afkeer van deze persoon heeft. Een uitzondering hierop is het in het oog springende gebruik van wrakingen om een bevooroordeelde jury te creëren. Een openbaar aanklager die consequent zwarte juryleden verwijdert of een advocaat die hetzelfde bij blanke juryleden doet, zou snel in botsing komen met de tegenpartij en de rechter.

De regels voor de ondervraging van de potentiële juryleden zijn opgesteld om ervoor te zorgen dat de jury onbevooroordeeld en eerlijk is. Dit is natuurlijk in strijd met het doel van beide partijen. Uiteraard wilde ik bij elk proces een bevooroordeelde jury hebben. Ik wilde dat de jury bevooroordeeld was tegen het OM en de politie. Ik wilde dat de juryleden geneigd waren om mijn kant te kiezen. Om eerlijk te zijn, was een onpartijdig persoon de laatste die ik in de jury wilde hebben. Ik wilde iemand hebben die al aan mijn kant stond of er snel toe gebracht zou kunnen worden om mijn kant te kiezen. Ik wilde twaalf lemmingen in de jurybanken hebben. Juryleden die mij volgden en zich als handlangers van de verdediging zouden gedragen.

En natuurlijk wilde de man die in de rechtszaal ruim een meter van me vandaan zat, bij de juryselectie een diametraal daaraan tegengesteld resultaat bereiken. De openbaar aanklager wilde zijn eigen lemmingen hebben en hij gebruikte zijn wrakingen om de jury, ten koste van mijn resultaat, naar zijn hand te zetten.

Om kwart over tien had de efficiënte rechter Stanton de computeruitdraai met de eerste twaalf willekeurig geselecteerde kandidaten bekeken. Hij heette hen welkom en liet hen plaatsnemen in de jurybanken door de codenummers af te roepen die ze hadden gekregen in het kantoor met de pool voor juryleden op de tweede verdieping. Het waren zes mannen en zes vrouwen, drie medewerkers van de posterijen, twee ingenieurs, een huisvrouw uit Pomona, een werkloze scenarioschrijfster, twee leraren op een middelbare school en drie gepensioneerden.

We wisten waar ze vandaan kwamen en wat ze deden, maar hun naam kenden we niet. Het was een anonieme jury. Tijdens alle besprekingen voorafgaand aan het proces had de rechter benadrukt dat de juryleden beschermd dienden te worden tegen publieke aandacht en pogingen om meer over hen aan de weet te komen. Hij had bevolen dat de camera van Rechtbank TV boven de jurybanken aan de muur moest worden bevestigd zodat de jury op de beelden van de rechtszaal niet te zien zou zijn. Hij had ook beslist dat de identiteit van alle potentiële juryleden zelfs voor de openbaar aanklager en de advocaat van de beklaagde advocaten verborgen moest blijven en dat er tijdens de ondervraging met het nummer van hun zitplaats naar hen verwezen zou worden.

De rechter vroeg alle potentiële juryleden eerst wat ze voor de kost deden en waar in Los Angeles-county ze woonden. Daarna stelde hij een aantal basisvragen. Hij wilde weten of ze het slachtoffer van een misdaad waren geweest, of ze familieleden hadden die in de gevangenis zaten en of ze politiemensen of openbaar aanklagers in hun familie hadden. Hij vroeg of ze kennis van de wet en rechtbankprocedures hadden en of ze al eerder zitting in een jury hadden gehad. Hij stuurde drie mensen direct weg: een medewerkster van de posterijen omdat ze een broer had die politieman was, een gepensioneerde omdat zijn zoon het slachtoffer was van een aan drugs gerelateerde moord en de scenarioschrijfster omdat ze, hoewel ze nooit voor Archway Studios had gewerkt, Elliot misschien een kwaad hart zou toedragen vanwege de in het algemeen conflictrijke relatie tussen scenarioschrijvers en het studiomanagement.

Een vierde potentieel jurylid – een van de ingenieurs – werd weggestuurd omdat de rechter zijn verzoek om vrijstelling vanwege inkomensderving inwilligde. Hij werkte voor zichzelf als consulent en als hij twee weken bij het proces aanwezig zou moeten zijn, zou hij twee weken geen inkomen hebben, behalve dan de vijf dollar per dag die hij als jurylid zou verdienen.

Dit viertal werd snel vervangen door vier anderen uit de groep opgeroepen potentiële juryleden. En zo ging het door. Tegen het middaguur had ik twee van mijn preventieve wrakingen gebruikt voor de overgebleven medewerkers van de posterijen en ik stond op het punt om een derde te gebruiken om de tweede ingenieur uit de jury te laten verwijderen, maar besloot toen het lunchuur te benutten om er nog wat langer over na te denken. Intussen hield Golantz zijn hele arsenaal aan wrakingen vast. Zijn strategie was kennelijk om mij mijn wrakingen op te laten gebruiken, zodat hij daarna de jury definitief vorm zou kunnen geven.

Elliot had de houding aangenomen van het hoofd van de verdediging. Ik deed het werk, maar hij wilde per se dat ik hem al mijn preventieve wrakingen ter goedkeuring voorlegde. Dat kostte extra tijd omdat ik hem moest uitleggen waarom ik van een jurylid af wilde en hij altijd zijn mening gaf. Maar elke keer gaf hij uiteindelijk, als de man die de leiding had, met een knikje te kennen dat hij het goed vond en werd het jurylid geschrapt. Het was irritant, maar ik kon het verdragen zolang Elliot maar deed wat ik wilde.

Kort na het middaguur pauzeerde de rechter voor de lunch. Hoewel we nog maar aan de juryselectie bezig waren, was het formeel gezien de eerste dag van mijn eerste proces in meer dan een jaar. Lorna Taylor was naar de rechtbank gekomen om te kijken en om me te steunen. We waren van plan om samen te gaan lunchen. Daarna zou ze teruggaan naar kantoor en beginnen met inpakken.

Toen we de gang buiten de rechtszaal op liepen, vroeg ik Elliot of hij zin had om mee te gaan, maar hij zei dat hij even snel op en neer naar de studio moest om een paar dingen te controleren. Ik zei hem dat hij niet te laat terug moest komen. De rechter was zo genereus geweest om ons anderhalf uur lunchpauze gegeven en hij zou het niet op prijs stellen als er mensen te laat terugkwamen.

Lorna en ik bleven even staan en lieten de potentiële juryleden de liften binnendrommen. Ik wilde niet samen met hen naar beneden gaan. Als je dat doet, zal een van hen onvermijdelijk zijn mond opendoen en je iets vragen wat hij niet hoort te vragen en dan moet je dat voor de vorm aan de rechter melden.

Toen de deur van een van de liften openging, zag ik dat de verslaggever, Jack McEvoy, zich langs de juryleden naar buiten drong. Hij speurde de gang af en zoemde toen met zijn blik op mij in.

'Fantastisch,' zei ik. 'Daar zul je het hebben.'

McEvoy kwam regelrecht naar me toe.

'Wat wil je?' vroeg ik.

'Ik wil het uitleggen.'

'Je bedoelt dat je wilt uitleggen waarom je een leugenaar bent.'

'Nee, luister nou eens even, toen ik tegen je zei dat het zondag geplaatst zou worden, meende ik dat. Dat hadden ze me verteld.'

'En nu is het al donderdag en er is nog geen verhaal in de krant gekomen en toen ik heb geprobeerd je erover te bellen, heb je niet teruggebeld. Er zijn andere verslaggevers die in me geïnteresseerd zijn, McEvoy. Ik heb de *Times* niet nodig.'

'Dat begrijp ik, maar het blijkt dat ze hebben besloten om het vast te houden, zodat ze het dichter bij het begin van het proces kunnen plaatsen.'

'Het proces is twee uur geleden begonnen.'

De verslaggever schudde zijn hoofd.

'Je begrijpt wel wat ik bedoel. Het echte proces. Getuigenverklaringen en bewijsmateriaal. Ze plaatsen het aanstaande zondag op de voorpagina.'

'De voorpagina op zondag. Is dat afgesproken?'

'Maandag op zijn laatst.'

'O, nu is het opeens weer maandag.'

'Luister, zo gaat het nu eenmaal bij een krant. Dingen veranderen. Het zou zondag geplaatst worden, maar als er iets belangrijks in de wereld gebeurt, verschuiven ze het misschien naar maandag. Ze moeten een keus maken.'

'Dat zal best. Ik geloof het pas wanneer ik het zie.'

Ik zag dat er niemand meer voor de liften stond te wachten. Lorna en ik konden nu naar beneden gaan zonder bij potentiële juryleden in de lift te staan. Ik pakte Lorna's arm vast en leidde haar naar de liften. Ik drong me langs de verslaggever.

'Is alles weer in orde tussen ons?' vroeg McEvoy. 'Hou je je eraan?'

'Waaraan?'

'Dat je niet met niemand anders praat en dat je het exclusieve interview niet door een ander laat afnemen.'

'Welja.'

Ik liet hem in onzekerheid achter en liep naar de liften. Toen we het gebouw uit kwamen, liepen we een straat verder, naar City Hall, waar ik ons door Patrick liet ophalen.

Ik wilde niet dat potentiële juryleden die misschien bij de rechtbank rondhingen, zouden zien dat ik achter in een Lincoln stapte. Dat zou hun misschien niet lekker zitten. Een van de instructies die ik Elliot voor het proces had gegeven, was dat hij de studiolimo niet moest gebruiken en elke dag zelf naar de rechtbank moest rijden. Je weet nooit wie wat buiten de rechtszaal ziet en wat voor effect dat kan hebben.

Ik zei tegen Patrick dat hij ons naar de French Garden in 7th Street moest brengen. Daarna belde ik Harry Bosch op zijn mobieltje en hij nam direct op.

'Ik heb net met de verslaggever gepraat,' zei ik.

'En?'

'Het stuk wordt eindelijk zondag of maandag geplaatst. Op de voorpagina, zegt hij, dus zorg dat je er klaar voor bent.'

'Eindelijk.'

'Ja. Ben jij er dan ook klaar voor?'

'Maak je geen zorgen. Ik ben er klaar voor.'

'Ik moet me wel zorgen maken. Het is mijn... hallo?'

Hij was al weg. Ik klapte de telefoon dicht.

'Wat was dat?' vroeg Lorna.

'Niets.'

Ik besefte dat ik van onderwerp moest veranderen.

'Luister, wanneer je vandaag teruggaat naar kantoor wil ik dat je Julie Favreau belt om te vragen of ze morgen naar de rechtbank kan komen.'

'Ik dacht dat Elliot geen juryconsulente wilde hebben.'

'Hij hoeft niet te weten dat we haar inhuren.'

'Hoe betaal je haar dan?'

'Dat geld haal ik uit de algemene kosten. Het maakt me niet uit. Desnoods betaal ik haar uit mijn eigen zak. Maar ik heb haar nodig en het kan me niet schelen wat Elliot vindt. Ik heb al twee wrakingen opgebruikt en ik heb het gevoel dat ik met de wrakingen die ik nog overheb morgen heel zorgvuldig moet omspringen. Ik wil haar hulp hebben bij het laatste deel van de selectie. Zeg tegen haar dat ik haar naam aan de parketwacht zal doorgeven en dat hij ervoor zal zorgen dat ze een plaats krijgt. Ze moet op de tribune gaan zitten en ze mag me niet benaderen, wanneer ik bij mijn cliënt ben. Ze kan me een sms'je sturen als ze iets belangrijks heeft.'

'Oké, ik zal haar bellen. Gaat het wel goed met je, Mick?'

Ik moest te snel hebben gepraat of te veel hebben gezweet. Lorna had mijn opwinding aangevoeld. Ik voelde me een beetje trillerig en ik wist niet of het kwam door het gelul van de verslaggever, doordat Bosch opgehangen had of door het groeiende besef dat datgene waar ik een jaar naartoe had gewerkt spoedig werkelijkheid zou worden.

'Het gaat prima,' zei ik scherp. 'Ik heb alleen honger. Je weet hoe ik ben wanneer ik honger heb.'

'Tuurlijk,' zei ze. 'Ik begrijp het.'

Eerlijk gezegd had ik geen honger. Ik had zelfs geen zin om te eten. Ik voelde de last op mijn schouders drukken. De last dat de toekomst van een man in mijn handen lag.

En het was niet de toekomst van mijn cliënt waar ik aan dacht. Het was die van mezelf.

35

Op de tweede dag van de juryselectie hadden Golantz en ik om drie uur meer dan tien uur rechtbanktijd aan preventieve en gewone wrakingen besteed. Het was een hele strijd geweest. We hadden elkaar stilletjes aangevallen door de juryleden die de ander per se wilde hebben te identificeren en achteloos en gewetenloos te wraken. We waren bijna door de hele groep potentiële juryleden heen en mijn kaart met de zitplaatsen van de jury was op sommige plekken bedekt met wel vijf lagen notitieblaadjes. Ik had nog twee preventieve wrakingen over en Golantz, die in het begin zuinig met zijn wrakingen was geweest, had me eerst ingehaald en was me vervolgens gepasseerd en hij had nu nog maar één preventieve wraking over. Het zat er bijna op. De jurybanken waren bijna vol. In de huidige samenstelling bestond de jury nu uit een jurist, een computerprogrammeur, twee nieuwe medewerkers van de posterijen en drie onlangs gepensioneerden, een verpleger, een bomensnoeier en een kunstenares.

Van de oorspronkelijke twaalf potentiële juryleden die gisterochtend hun plaatsen hadden ingenomen, waren er nog maar twee over. De ingenieur op plaats zeven en een van de gepensioneerden op plaats twaalf hadden het op de een of andere manier gered. Het waren allebei blanke mannen en ze neigden, naar mijn inschatting, naar sympathie voor het OM. Ze stonden geen van beiden openlijk aan de kant van de aanklager, maar op mijn kaart had ik over hen allebei aantekeningen gemaakt met blauwe inkt, mijn code voor een jurylid dat naar mijn mening onwelwillend tegenover de verdediging stond. Maar ze neigden maar zo licht naar partijdigheid dat ik voor geen van beiden een kostbare wraking wilde gebruiken.

Ik wist dat ik hen allebei kon verwijderen met mijn laatste twee preventieve wrakingen, maar de ondervraging van de vervangers had ook zo haar risico's. Je schrapt één jurylid omdat je vindt dat er iets niet helemaal goed zit en dan blijkt zijn vervanger een nog groter risico voor je cliënt te vormen dan het oorspronkelijke jurylid. Dat maakte de juryselectie zo onvoorspelbaar.

De laatste aanwinst voor de jurybanken was de kunstenares, die de lege plaats elf had ingenomen, nadat Golantz zijn negentiende preventieve wraking had gebruikt een medewerker van de gemeentelijke reinigingsdienst, over wie ik met rode inkt aantekeningen had gemaakt. Rood was de codekleur die ik gebruikte voor juryleden die volgens mij een positieve houding ten opzichte van de verdediging hadden. Tijdens de algemene ondervraging door rechter Stanton vertelde de kunstenares dat ze in Malibu woonde en in een studio vlak bij de Pacific Coast Highway werkte. Ze schilderde met acrylverf en had aan de kunstacademie in Philadelphia gestudeerd voordat ze naar Californië was gegaan voor het licht. Ze zei dat ze geen televisie had en niet regelmatig kranten las. Ze wist niets over de moorden die zes maanden geleden waren gepleegd in het strandhuis dat niet ver verwijderd was van haar huis en de studio waar ze werkte.

Bijna vanaf het begin had ik met rode inkt aantekeningen over haar gemaakt en hoe meer vragen er waren gesteld hoe liever ik haar in de jury wilde hebben. Ik wist dat Golantz een tactische fout had gemaakt. Hij had de man van de gemeentereiniging met een wraking verwijderd en voor hem in de plaats een jurylid gekregen dat ogenschijnlijk nog schadelijker voor zijn zaak was. Hij zou nu met zijn fout moeten leven of zijn laatste wraking gebruiken om de schilderes te verwijderen en daarna zou hij opnieuw hetzelfde risico lopen.

Toen de rechter klaar was met zijn algemene vragen was het onze beurt. Golantz begon en hij stelde een serie vragen waarvan hij hoopte dat ze een vooroordeel zouden blootleggen zodat hij reden had om de schilderes te laten verwijderen en hij niet zijn laatste preventieve wraking hoefde te benutten. Maar de vrouw hield stand en leek erg eerlijk en onbevooroordeeld.

Toen de aanklager vier vragen had gesteld, voelde ik een trilling in mijn zak en ik pakte mijn telefoon. Ik hield hem tussen mijn benen onder de tafel in een zodanige hoek dat de rechter hem niet kon zien. Julie Favreau had me al de hele dag sms'jes gestuurd.

Favreau: Deze moet je houden.

Ik stuurde haar er onmiddellijk een terug.

Haller: Dat weet ik. Hoe zit het met 7, 8 en 10? Wie is de volgende die ik moet houden?

Favreau, mijn geheime juryconsulente, had zowel tijdens de ochtendzitting als de middagzitting op de vierde rij van de tribune gezeten. Ik had ook met haar geluncht toen Walter Elliot weer eens naar de studio was gegaan om dingen te controleren en ik had haar mijn kaart laten bestuderen zodat ze haar eigen kaart kon maken. Ze had het snel door en wist precies hoe ik er met mijn codes en wrakingen voor stond.

Ik kreeg bijna onmiddellijk antwoord op mijn boodschap. Dat was een van de dingen die me aan Favreau bevielen. Ze dacht niet lang na. Ze nam snelle, intuïtieve beslissingen, die alleen gebaseerd waren op visuele signalen in relatie tot verbale antwoorden.

Favreau: 8 bevalt me niet. Van 10 heb ik nog niet genoeg gehoord. Laat 7 vallen als het nodig is.

Jurylid 8 was de bomensnoeier. Ik had in het blauw aantekeningen over hem gemaakt vanwege enkele antwoorden die hij had gegeven toen hem vragen over de politie werden gesteld. Ik vond ook dat hij te graag in de jury wilde zitten. Dit was altijd veelzeggend in een moordzaak. Dat was een teken dat het potentiële jurylid krachtige gevoelens had over recht en orde en dat het idee om over iemand anders te moeten oordelen hem niet bezwaarde. Eerlijk gezegd wantrouw ik iedereen die graag over een ander oordeelt. Voor iedereen die het een prettig idee vond om over een ander te oordelen, gebruikte ik blauwe inkt.

Rechter Stanton gaf ons heel veel speelruimte. Wanneer het tijd was om een mogelijk jurylid te ondervragen, mochten beide partijen hun tijd ook gebruiken om een ander jurylid te ondervragen. Hij stond ons ook toe om in ruime mate preventieve wrakingen met terugwerkende kracht te gebruiken, wat betekende dat we leden van het jurypanel mochten verwijderen, ook al waren ze al ondervraagd en geaccepteerd.

Toen het mijn beurt was om de schilderes te ondervragen, liep ik naar de lessenaar en zei tegen de rechter dat ik haar op dit moment zonder verdere ondervraging als jurylid accepteerde. Ik vroeg of ik in plaats daarvan jurylid nummer 8 verder mocht ondervragen en de rechter stond dat toe.

'Jurylid nummer 8, ik wil alleen wat meer duidelijkheid hebben over enkele van uw opvattingen. Ik wil u eerst vragen of u voor een veroordeling van mijn cliënt zou stemmen als aan het einde van dit proces, nadat u alle getuigenverklaringen hebt gehoord, zou denken dat hij misschien schuldig is?'

De bomensnoeier dacht even na voordat hij antwoordde.

'Nee, want dat zou niet buiten gerede twijfel zijn.'

Ik knikte om hem te laten weten dat hij het goede antwoord had gegeven.

'Dus u stelt "misschien schuldig" niet gelijk aan "buiten gerede twijfel"?'

'Nee, meneer. Helemaal niet.'

'Goed. Gelooft u dat mensen in de kerk gearresteerd worden omdat ze te hard zingen?'

Er verscheen een niet-begrijpende uitdrukking op het gezicht van de bomensnoeier en achter me op de tribune werd zachtjes gelachen.

'Dat begrijp ik niet.'

'Volgens een gezegde worden mensen niet in de kerk gearresteerd omdat ze te hard zingen. Met andere woorden, er is geen rook zonder vuur. Mensen worden niet zonder goede reden gearresteerd. De politie heeft het meestal bij het goede eind en arresteert de juiste mensen. Gelooft u dat?'

'Ik geloof dat iedereen fouten maakt – ook de politie – en dat je elk geval apart moet bekijken.'

'Maar u gelooft wel dat de politie het mééstal bij het rechte eind heeft?'

Hij was in het nauw gedreven. Een van de partijen zou de vlag hijsen, wat hij ook zou antwoorden.

'Waarschijnlijk wel, denk ik – het zijn professionals – maar ik zou naar elk geval apart willen kijken. Ik denk niet dat de politie in een bepaald geval de juiste man te pakken heeft omdat ze het meestal bij het rechte eind heeft.'

Dat was een goed antwoord. En dan van een bomensnoeier. Weer knikte ik. Zijn antwoorden waren goed, maar het leek bijna alsof hij erop geoefend had. Hij sprak een beetje zalvend en op een toon alsof hij de wijsheid in pacht had. De bomensnoeier wilde heel graag in de jury komen en dat zat me niet lekker.

'Wat voor auto rijdt u, meneer?'

Deze onverwachte vraag leverde altijd een reactie op. Jurylid nummer 8 leunde achterover in de bank en keek me aan alsof hij dacht dat ik hem op de een of andere manier bij de neus probeerde te nemen.

'Mijn auto?'

'Ja, met wat voor auto rijdt u naar uw werk?'

'Ik heb een pick-up. Daar bewaar ik mijn gereedschap en mijn andere spullen in. Het is een Ford 150.'

'Hebt u stickers op de achterbumper?'

'Ja... een paar.'

'Wat staat erop?'

Hij moest een paar seconden nadenken voordat hij zich herinnerde wat er op zijn eigen stickers stond.

'Eh, ik heb een NRA-sticker en een sticker waarop staat dat je te dichtbij bent als je dit kunt lezen. Zoiets. Misschien staat het er niet zo aardig.'

De andere leden van het jurypanel lachten en nummer 8 glimlachte trots.

'Hoe lang bent u al lid van de National Rifle Association?' vroeg ik. 'U hebt op het informatieblad niet vermeld dat u lid bent.'

'Dat ben ik ook eigenlijk niet. Ik heb alleen de sticker opgeplakt.'

Bedrog. Of hij loog erover dat hij lid was en had dat op zijn informatieblad weggelaten, of hij was geen lid en gebruikte de bumpersticker om de indruk te wekken dat hij iets was wat hij niet was, of dat hij sympathiseerde met een organisatie waarin hij geloofde, maar waarbij hij zich niet officieel wilde aansluiten. In beide gevallen was het bedrog en het bevestigde alles wat mijn gevoel me over hem zei. Favreau had gelijk. Hij moest weg. Ik zei tegen de rechter dat ik geen vragen meer had en ging weer zitten.

Toen de rechter vroeg of het OM en de verdediging de jury in de huidige samenstelling accepteerden, probeerde Golantz de schilderes te wraken. Ik maakte bezwaar en de rechter gaf me gelijk. Golantz had nu geen andere keus dan zijn laatste preventieve wraking te gebruiken om haar te verwijderen. Daarna gebruikte ik mijn op een na laatste wraking om de bomensnoeier weg te sturen. De man keek boos toen hij de rechtszaal uit liep.

Er werden nog twee andere potentiële juryleden opgeroepen. Het waren een onroerendgoedhandelaar en een gepensioneerde, die op plaats 8 en 11 in de jurybank gingen zitten. Uit hun antwoorden op de vragen van de rechter bleek dat ze een neutrale houding hadden. Ik gaf hun de code zwart en hoorde niets wat me verontrustte. Halverwege de ondervraging door de rechter kreeg ik weer een sms'je van Favreau.

Favreau: Allebei vlees noch vis als je het mij vraagt. Allebei lemmingen.

Over het algemeen was het goed om lemmingen in de jury te hebben. Juryleden die geen uitgesproken overtuigingen en geen sterke persoonlijkheid hadden, konden vaak bij de beraadslagingen gemanipuleerd worden. Ze zoeken iemand die ze kunnen volgen. Hoe meer lemmingen je in de jury hebt, hoe belangrijker het is om ook een jurylid met een sterke persoonlijkheid te hebben van wie je gelooft dat hij geneigd is om de kant van de verdediging te kiezen. Je wilt iemand bij de beraadslagingen hebben die de lemmingen meetrekt.

Golantz had naar mijn mening een tactische fout gemaakt. Hij had zijn voorraad preventieve wrakingen eerder dan de verdediging uitgeput en, wat veel erger was, hij had een jurist in de jury laten zitten. Jurylid 3 had het gehaald en ik voelde aan mijn water dat Golantz zijn laatste preventieve wraking voor hem had gereserveerd. Maar die had hij voor de schilderes gebruikt en nu zat hij opgescheept met een jurist in de jury.

Jurylid nummer 3 was geen strafpleiter, maar hij had het strafrecht wel moeten bestuderen om zijn bul te krijgen en af en toe moest hij gespeeld hebben met het idee om strafpleiter te worden. Ze maakten geen films en tv-series over juristen die bij een verzekeringsbedrijf werkten. Het strafrecht had een grote aantrekkingskracht en jurylid nummer 3 zou daar niet ongevoelig voor zijn. Naar mijn mening was hij daardoor een uitstekend jurylid voor de verdediging. Ik had de code rood voor hem gebruikt en hij was mijn eerste keus voor de jury. Hij zou aan het proces beginnen en later aan de beraadslagingen deelnemen met kennis van het recht en hij zou ervan op de hoogte zijn dat de verdediging een absolute underdogpositie had. Hij zou daardoor niet alleen met de verdediging sympathiseren, maar ook de voor de hand liggende kandidaat zijn voor de functie van juryvoorzitter, het jurylid dat door de jury gekozen wordt om met de rechter te communiceren en namens de hele jury te spreken. Wanneer de jury zich zou terugtrekken om met de beraadslagingen te beginnen, zou de jurist degene zijn tot wie ze zich allemaal het eerst zouden wenden. Als hij echt rood zou blijken te zijn, zou hij veel van zijn medejuryleden naar een 'niet schuldig'-vonnis meetrekken. En op zijn minst zou hij door zijn ego als jurist volhouden dat zijn vonnis juist was en hij zou niet opgeven. Alleen hij zou kunnen verhinderen dat de jury tot een uitspraak zou komen en mijn cliënt op die manier voor een veroordeling kunnen behoeden.

In aanmerking genomen dat jurylid nummer 3 minder dan dertig minuten vragen van de rechter, het OM en de verdediging had beantwoord, was het veel om op te vertrouwen, maar daar kwam juryselectie op neer, op het nemen van snelle, intuïtieve beslissingen die op ervaring en observatie gebaseerd waren.

Uiteindelijk zou ik dus de twee lemmingen in de jury accepteren. Ik had nog één preventieve wraking over en die zou ik gebruiken voor jurylid 7 of 10. De ingenieur of de gepensioneerde.

Ik vroeg de rechter of ik even met mijn cliënt mocht overleggen. Daarna keek ik Elliot aan en schoof mijn kaart over de tafel naar hem toe.

'Dit is het, Walter. We zijn aan onze laatste kogel toe. Wat vind jij? Ik vind dat we van 7 en 10 af moeten, maar we kunnen er maar een lozen.'

Elliot was zeer betrokken geweest bij de selectie. Sinds de eerste twaalf potentiële juryleden gisterochtend plaats hadden genomen, had hij over ieder jurylid dat ik wilde schrappen een uitgesproken, intuïtieve mening gegeven, maar hij had nog nooit een jury uitgekozen. Ik wel. Ik had zijn commentaar verdragen, maar uiteindelijk mijn eigen keuzes gemaakt. De laatste keus was echter een kwestie van kans. Beide juryleden konden schadelijk zijn voor de verdediging en ze konden allebei een lemming blijken te zijn. Het was een moeilijke keus en ik kwam in de verleiding om de intuïtie van mijn cliënt de doorslag te laten geven.

Elliot tikte met zijn vinger op het vierkant voor jurylid 10 van mijn rooster. De gepensioneerde was technisch schrijver voor een speelgoedfabrikant geweest.

'Hem,' zei hij. 'Stuur hem maar weg.'

'Weet je het zeker?'

'Absoluut.'

Ik keek naar het rooster. Er zat een heleboel blauw in vierkant 20, maar evenveel in vierkant 7. De ingenieur.

Ik had een vermoeden dat de technisch schrijver op de bomensnoeier leek. Hij wilde heel graag in de jury zitten, maar waarschijnlijk om heel andere redenen. Ik dacht dat hij misschien van plan was om zijn ervaring te gebruiken om een boek of misschien een filmscenario te schrijven. Hij had zijn hele werkzame leven handleidingen voor speelgoed geschreven, maar na zijn pensionering had hij, zoals hij tijdens de ondervraging had toegegeven, geprobeerd om fictie te schrijven. Er was niets beter dan een plaats op de eerste rij bij een moordproces om de verbeelding en de creativiteit te stimuleren. Dat was mooi voor hem, maar niet voor Elliot. Ik geloofde dat iedereen die het een prettig idee vond om in een jury te zitten, om wat voor reden ook, geneigd was om de kant van het OM te kiezen.

Jurylid 7 was om een andere reden blauw. Hij was van beroep ruimtevaartingenieur. In Zuid-Californië was de industrie waarin hij werkte een grote werkgever, zodat ik in de loop van de jaren tijdens juryselecties verscheidene ingenieurs had ondervraagd. Over het algemeen waren ingenieurs politiek en religieus conservatief, twee zeer blauwe kenmerken, en ze werkten voor bedrijven die afhankelijk waren van subsidie en enorm grote contracten met de overheid. Een stem voor de verdediging was een stem tegen de overheid en dat was voor dit soort mensen een grote stap.

Ten slotte, en dat was misschien nog belangrijker, leefden ingenieurs in een wereld van logica en absolute waarheden. Deze manier van denken kon je vaak niet toepassen op een misdaad of een plaats delict en zelfs niet op het strafrechtsysteem als geheel.

'Ik weet het niet,' zei ik. 'Ik vind dat de ingenieur weg moet.'

'Nee, ik mag hem. Ik mag hem al vanaf het begin. Ik heb een goed oogcontact met hem. Ik wil dat hij blijft.'

Ik wendde me van Elliot af en keek naar de jurybanken. Mijn blik dwaalde van jurylid 7 naar jurylid 10 en weer terug. Ik hoopte op een soort teken, een soort signaal dat me zou vertellen wat de juiste keus was.

'Meneer Haller,' zei rechter Stanton. 'Wilt u uw laatste wraking gebruiken of accepteert u de jury in haar huidige samenstelling? Ik herinner u eraan dat het al laat op de dag is en dat we onze alternatieve juryleden nog moeten kiezen.'

Mijn telefoon zoemde terwijl de rechter tegen me sprak.

'Eh, nog een ogenblik, edelachtbare.'

Ik draaide me weer opzij naar Elliot en boog me naar hem toe, alsof ik iets in zijn oor wilde fluisteren, maar in werkelijkheid haalde ik mijn telefoon tevoorschijn.

'Weet je het zeker, Walter?' fluisterde ik. 'De man is ingenieur. Dat kan ons problemen opleveren.'

'Luister, ik verdien mijn geld met het beoordelen van mensen en het nemen van risico's,' fluisterde Elliot terug. 'Ik wil die man in mijn jury hebben.'

Ik knikte en keek tussen mijn benen waar ik de telefoon hield. Het was een sms'je van Favreau.

Favreau: Gooi 10 eruit. Ik zie bedrog. 7 past in het profiel van het OM, maar ik zie goed oogcontact en een open gezicht. Hij is geïnteresseerd in jouw verhaal. Hij mag je cliënt.

Oogcontact. Dat gaf de doorslag. Ik liet de telefoon weer in mijn zak glijden en stond op. Elliot greep me bij de mouw van mijn colbert vast. Ik boog me voorover en hoorde hem dringend fluisteren: 'Wat doe je?'

Ik schudde zijn hand af omdat het me niet beviel dat hij openlijk probeerde gezag over me te laten gelden. Ik richtte me op en keek de rechter aan.

'Edelachtbare, de verdediging wil nu graag jurylid 10 bedanken en excuseren.'

Terwijl de rechter de technisch schrijver wegstuurde en een nieuwe kandidaat opriep om op plaats 10 in de jurybank plaats te nemen, ging ik zitten en ik keek Elliot aan.

'Grijp me nooit meer op die manier vast in het bijzijn van de jury. Je wekt daarmee de indruk dat je een klootzak bent en het zal me al moeite genoeg kosten om de jury ervan te overtuigen dat je geen moordenaar bent.'

Ik draaide me om, zodat mijn rug naar hem toegekeerd was terwijl ik zag hoe het hoogstwaarschijnlijk laatste jurylid de lege plaats op de bank innam.

Deel IV

Een maaltijd vol verrassingen

In de schoenen van een dode

ADVOCAAT NEEMT ZAKEN VERMOORDE COLLEGA OVER

10 DAGEN LATER: HET PROCES VAN HET DECENNIUM

door Jack McEvoy

Niet de 31 zaken die hem in de schoot geworpen werden, vormden het probleem. Het was die ene grote zaak met de grote cliënt en met de hoge inzet. Strafpleiter Michael Haller stapte twee weken geleden in de schoenen van de vermoorde Jerry Vincent en speelt nu een hoofdrol in het zogenaamde 'Proces van het decennium'.

Vandaag wordt een begin gemaakt met het afnemen van de getuigenverklaringen in het proces tegen Walter Elliot, de vierenvijftigjarige algemeen directeur van Archway Studios die ervan beschuldigd wordt dat hij zes maanden geleden zijn vrouw en haar vermeende minnaar in Malibu heeft vermoord. Haller nam de zaak pas tien dagen geleden over, nadat Vincent (45), in het centrum van Los Angeles doodgeschoten in zijn auto werd aangetroffen.

Vincent had officieel geregeld dat zijn praktijk, in het geval van zijn overlijden, door Haller overgenomen kon worden. Haller, die net een sabbatsjaar achter de rug had, ging op een dag met nul zaken naar bed en werd de volgende ochtend wakker met 31 nieuwe cliënten.

'Ik was blij dat ik weer aan het werk zou gaan, maar zoiets als dit had ik niet verwacht,' zei Haller, de tweeënveertigjarige zoon van wijlen Michael Haller Sr., in de jaren vijftig en zestig een van de legendarische strafpleiters van deze stad. 'Jerry Vincent was een vriend en een collega en ik zou natuurlijk graag weer zonder zaken zitten als ik hem daarmee tot leven zou kunnen wekken.'

Het onderzoek naar de moord op Vincent loopt nog. Er zijn geen arrestaties verricht en volgens rechercheurs die aan de zaak werken, zijn er geen verdachten. Vincent werd twee keer in het hoofd geschoten terwijl hij in zijn auto zat in de garage naast het gebouw in Blok 200 van Broadway, waarin hij kantoor hield.

Na Vincents dood werd zijn hele praktijk aan Haller overgedragen. Het was zijn taak om binnen de grenzen van zijn geheimhoudingsplicht met de politie samen te werken, de zaken te inventariseren en contact op te nemen met alle cliënten wier zaak nog liep. Haller kwam al direct voor een verrassing te staan. Een van Vincents cliënten moest de dag na de moord voor de rechter verschijnen.

'Mijn medewerkers en ik waren net begonnen met het ordenen van de zaken toen we zagen dat Jerry – en nu ik, natuurlijk – bij het vonnis van een cliënt aanwezig moest zijn,' zei Haller. 'Ik moest alles laten vallen en me naar het paleis van justitie haasten om er voor mijn cliënt te zijn.'

Eén zaak was nu klaar, maar er moesten nog dertig lopende zaken afgehandeld worden. Er moest snel contact opgenomen worden met alle cliënten op die lijst. Ze moesten van Vincents dood op de hoogte worden gesteld en de keus krijgen om een nieuwe advocaat te nemen of met Haller verder te gaan.

Een handvol cliënten besloot een andere advocaat te nemen, maar de grote meerderheid koos ervoor om bij Haller te blijven. Van alle zaken is de 'Moord in Malibu'-zaak, die bij het grote publiek sterk in de belangstelling staat, verreweg de grootste. Delen van het proces zullen landelijk live worden uitgezonden door Rechtbank TV. Dominick Dunne, die voor *Vanity Fair* een kroniek schrijft over rechtszaken en misdaad, is een van de vertegenwoordigers van de media die om een plaats in de rechtszaal hebben verzocht.

Haller kreeg de zaak onder één belangrijke voorwaarde. Elliot wilde Haller alleen als advocaat houden als deze ermee akkoord ging dat het proces niet uitgesteld zou worden.

'Walter is onschuldig en hij heeft vanaf het begin volgehouden dat hij onschuldig is,' zei Haller tegen de *Times* in zijn eerste interview sinds hij de zaak aangenomen heeft. 'Er waren in het begin vertragingen in de behandeling van de zaak en hij heeft zes maanden gewacht om de gelegenheid te krijgen zijn naam te zuiveren. Hij wilde niet nog langer op gerechtigheid wachten en ik was het met hem eens. Waarom zou je wachten als je onschuldig bent? We hebben bijna dag en nacht doorgewerkt om op tijd klaar te zijn en ik denk dat dat gelukt is.'

Het was niet gemakkelijk om op tijd klaar te zijn. Degene die Vincent heeft vermoord, heeft ook zijn aktetas gestolen. Daar zaten Vincents laptop en agenda in.

'Het was niet al te moeilijk om de agenda opnieuw samen te stellen, maar de laptop was een groot verlies,' zei Haller. 'Alle belangrijke informatie over de zaken en de strategie die Vincent ervoor ontwikkeld had, waren daarin opgeslagen. De dossiers die we in zijn kantoor hebben gevonden waren niet compleet. We hadden de laptop nodig en in het begin dachten we dat we niet verder konden gaan.'

Maar toen vond Haller iets wat de moordenaar niet gestolen had. Vincent maakte back-ups op een digitale *flash drive* die aan zijn sleutelketting bevestigd was. Toen hij de megabytes aan data doorploegde, vond Haller delen van de strategie voor het proces tegen Elliot. De juryselectie vond vorige week plaats en wanneer vandaag een begin wordt gemaakt met het horen van de getuigen, zal Haller, zoals hij zegt, volledig voorbereid zijn.

'Ik denk niet dat er ook maar één zwakke plek in de verdediging van meneer Elliot zal voorkomen,' zei Haller. 'We hebben alles gedaan wat we kunnen en zijn gereed om te beginnen.'

Elliot heeft niet op onze telefoontjes gereageerd om commentaar op dit verhaal te geven en hij heeft geweigerd met de media te praten, behalve dan tijdens één persconferentie die na zijn arrestatie werd gehouden. Hierin ontkende hij heftig dat hij bij de moorden betrokken was en zei hij dat hij rouwde om het verlies van zijn vrouw.

Het OM en rechercheurs van de politie van Los Angeles beweren dat Elliot zijn vrouw, Mitzi (39) en Johan Rilz (35), in een vlaag van razernij heeft vermoord nadat hij hen samen had aangetroffen in het weekendhuis van de Elliots op het strand van Malibu. Elliot heeft zelf de politie gebeld en hij werd na onderzoek van de plaats delict gearresteerd. Hoewel het moordwapen nooit is gevonden, hebben tests uitgewezen dat Elliot kort daarvoor een vuurwapen had afgeschoten. Rechercheurs zeiden dat hij ook tegenstrijdige verklaringen heeft afgelegd toen hij op de plaats delict en daarna op het politiebureau werd ondervraagd. Andere bewijzen tegen de filmbons zullen, naar verwacht, tijdens het proces naar voren worden gebracht.

Elliot blijft vrij op een borgsom van twintig miljoen dollar, de hoogste borgsom die ooit in de geschiedenis van Los Angeles County van een verdachte is geëist.

Rechtsdeskundigen en rechtbankverslaggevers zeggen te verwachten dat de verdediging haar pijlen zal richten op de manier waarop tijdens het onderzoek met het bewijsmateriaal is omgegaan en op de testprocedures waarmee vastgesteld werd dat Elliot een wapen had afgeschoten.

Hulpofficier van justitie Jeffrey Golantz, die als aanklager in de zaak optreedt, weigerde commentaar op dit artikel te geven. Golantz heeft als aanklager nog nooit een zaak verloren en dit wordt zijn elfde moordzaak.

36

De juryleden kwamen achter elkaar binnen, zoals de Lakers het basketbalveld op komen. Ze droegen geen uniform, zoals de Lakers, maar hetzelfde gevoel van gespannen verwachting hing in de lucht. De wedstrijd ging beginnen. Ze splitsten zich in twee rijen en liepen langs de twee jurybanken. Ze hadden stenoblocnotes en pennen bij zich. Ze gingen op dezelfde plaatsen zitten waarop ze vrijdag gezeten hadden toen de jury was samengesteld en de eed had afgelegd.

Het was maandagochtend en bijna tien uur. We begonnen later dan verwacht, maar rechter Stanton had eerder de aanklager, de verdediger en de beklaagde in zijn raadkamer bij zich geroepen en bijna veertig minuten uitgetrokken om met hen de pas op het laatst opgestelde grondregels door te nemen. Bovendien had hij ook nog de tijd genomen om zijn ongenoegen tegenover mij te uiten over het artikel dat op de voorpagina van de *Los Angeles Times* van vanochtend was verschenen. Zijn belangrijkste bezwaar was dat in het artikel sterk partij werd gekozen voor de verdediging en dat ik afgeschilderd werd als een sympathieke underdog. Hoewel hij de nieuwe juryleden vrijdag nog had gewaarschuwd dat ze geen kennis mochten nemen van nieuws over de zaak in kranten of tv-uitzendingen, maakte de rechter zich er zorgen over dat het artikel er toch tussendoor zou glippen.

Ter verdediging voerde ik aan dat ik het interview voor het artikel tien dagen geleden had gegeven en dat me was gezegd dat het minstens een week voor het begin van het proces geplaatst zou worden. Golantz gniffelde en zei dat mijn verklaring suggereerde dat ik had geprobeerd de juryselectie te beïnvloeden door het interview op een vroeg tijdstip te geven, maar dat ik nu in plaats daarvan het proces aantastte. Ik wierp tegen dat er in het artikel duidelijk stond dat het OM om commentaar was gevraagd, maar dat het dat geweigerd had.

Als het artikel eenzijdig was, kwam het daardoor.

Stanton leek knorrig mijn lezing te accepteren, maar hij zei dat we beter niet met de media konden praten. Ik wist toen dat ik op mijn afspraak om op Rechtbank TV aan het einde van elke procesdag commentaar te leveren, zou moeten terugkomen. De publiciteit zou mooi zijn geweest, maar ik wilde de rechter niet tegen me in het harnas jagen.

We gingen verder met andere dingen. Stanton wilde heel graag een tijdslimiet voor het proces stellen. Zoals iedere rechter moest hij de boel in beweging houden. Hij had een achterstand met de zaken die hij moest behandelen en een lang proces zou die nog vergroten. Hij wilde weten hoeveel tijd elke partij nodig dacht te hebben om de zaak te presenteren. Golantz zei dat hij minimaal een week nodig zou hebben en ik sloot me daarbij aan, hoewel ik wist dat ik in werkelijkheid waarschijnlijk met veel minder tijd toe kon. Het grootste deel van de zaak van de verdediging zou opgebouwd worden tijdens de fase van het OM.

Stanton fronste zijn wenkbrauwen toen hij onze tijdinschattingen hoorde en hij stelde voor dat zowel het OM als de verdediging er goed over zou nadenken hoe de tijd ingekort zou kunnen worden. Hij wilde de zaak aan de juryleden voorleggen wanneer hun aandacht nog niet verslapt was.

Ik bestudeerde de juryleden toen ze hun plaatsen innamen om naar aanwijzingen voor vooringenomenheid of wat dan ook te zoeken. Ik was nog steeds tevreden met de jury, vooral met jurylid drie, de jurist. Een paar anderen waren twijfelachtig, maar ik had in het weekend besloten dat ik tegen de jurist voor mijn zaak zou pleiten in de hoop dat hij de anderen zou meetrekken wanneer hij voor vrijspraak stemde.

De juryleden keken allemaal voor zich of hadden hun blik gericht op de rechter, de alfahond in de rechtszaal.

Ik draaide me om en keek naar de tribune. De rechtszaal was weer helemaal gevuld met vertegenwoordigers van de media, gewone burgers en familie van de slachtoffers of de beklaagde

Recht achter de tafel van het OM zat Mitzi Elliots moeder, die uit New York overgekomen was. Naast haar zaten de vader en twee broers van Johan Rilz, die helemaal uit Berlijn waren gekomen. Het viel me op dat Golantz de rouwende moeder aan het eind van het looppad had neergezet, waar de aan één stuk door huilende vrouw voor de jury duidelijk zichtbaar zou zijn.

De verdediging had vijf gereserveerde plaatsen op de eerste rij achter me. Daar zaten Lorna, Cisco, Patrick en Julie Favreau. De laatste was er omdat ik haar ingehuurd had om het hele proces bij te wonen en de jury voor me te observeren. Ik kon de juryleden niet de hele tijd in de gaten houden en soms verraadden ze zich wanneer ze dachten dat de aanklager noch de verdediger op hen lette.

De lege vijfde plaats was gereserveerd voor mijn dochter. Ik had gehoopt dat ik in het weekend mijn ex-vrouw zou kunnen overhalen om me Hayley voor deze dag van school te laten halen, zodat ze met me mee zou kunnen gaan naar de rechtbank. Ze had me nog nooit aan het werk gezien en ik vond dat de openingsverklaringen daarvoor de perfecte gelegenheid zouden zijn. Ik had veel vertrouwen in mijn zaak. Ik had het gevoel dat ik onkwetsbaar was en wilde dat mijn dochter dat zag. Het plan was dat ze naast Lorna, die ze kende en aardig vond, zou gaan zitten en me tegenover de jury aan het werk zou zien. Ik had zelfs bij mijn argumenten min of meer Mark Twain geciteerd en gezegd dat ik haar van school zou halen zodat ze iets zou leren. Maar het was een zaak die ik niet kon winnen. Mijn ex-vrouw weigerde. Mijn dochter ging naar school en de gereserveerde plaats bleef onbezet.

Walter Elliot had niemand op de tribune. Hij had geen kinderen en geen familieleden met wie hij een band had. Nina Albrecht had me gevraagd of ze op de tribune mocht zitten om haar steun te betuigen, maar omdat ze zowel op de lijst met getuigen van het OM als die van de verdediging stond, mocht ze het proces pas bijwonen wanneer ze haar getuigenverklaring had afgelegd. Verder had mijn cliënt niemand in de rechtszaal. En dat was opzettelijk. Er waren genoeg zakenvrienden, sympathisanten en meelopers die er voor hem wilden zijn. Er waren zelfs topacteurs die achter hem wilden gaan zitten om hun steun te betuigen, maar ik had tegen hem gezegd dat hij een verkeerde boodschap naar de jury zou uitzenden als er een entourage uit Hollywood of zijn bedrijfsadvocaten op de plaatsen achter hem zouden zitten. Het gaat allemaal om de jury, had ik tegen hem gezegd. Alles wat je doet – van de keuze van de stropdas die je draagt tot de getuigen die je laat oproepen – doe je uit eerbied voor de jury. De anonieme jury.

Toen de juryleden waren gaan zitten en zich geïnstalleerd hadden, zei rechter Stanton dat er van nu af aan genotuleerd zou worden en hij vroeg om te beginnen of er juryleden waren die het artikel in de *Times* van vanochtend hadden gelezen. Niemand stak zijn hand op en Stanton herinnerde hen er nogmaals aan dat ze geen nieuws in de media over het proces mochten volgen.

Daarna zei hij tegen hen dat het proces zou beginnen met de openingsverklaringen van het OM en de verdediging.

'Denk eraan dat dit verklaringen zijn, dames en heren,' zei hij, 'Het zijn geen bewijzen. Beide partijen zullen de bewijzen presenteren die hun zaak ondersteunen. Het is aan u om aan het einde van het proces te beslissen hoe overtuigend deze bewijzen zijn.'

Na deze woorden gebaarde hij naar Golantz en zei dat het OM zou beginnen. Zoals tijdens een vergadering voor het proces was afgesproken, zou elke partij een uur voor de openingsverklaring krijgen. Ik wist niet hoe het met Golantz zat, maar ik kwam daar bij lange na niet aan.

Golantz was een knappe man en hij zag er in zijn zwarte kostuum en witte overhemd met een kastanjebruine stropdas indrukwekkend uit toen hij opstond. Hij richtte zich vanaf de tafel van het OM tot de jury. Voor het proces werd hij geassisteerd door een aantrekkelijke jonge aanklaagster die Denise Dabnay heette. Ze zat naast hem en terwijl hij sprak hield ze haar blik de hele tijd op de jury gericht. Het was een goede manier van samenwerken, twee paar ogen die constant de gezichten van de juryleden afspeurden om de ernst van hun taak te benadrukken.

Nadat hij zichzelf en zijn assistente had voorgesteld, kwam Golantz ter zake.

'Dames en heren van de jury, we zijn hier vandaag vanwege onbeheerste hebzucht en woede. Duidelijker kan ik het niet zeggen. De beklaagde, Walter Elliot, is een machtig en rijk man met veel aanzien in onze gemeenschap. Maar dat was voor hem niet genoeg. Hij wilde zijn geld en macht niet delen. Hij wilde bedrog niet vergeven en gebruikte de meest extreme vorm van geweld die je je voor kunt stellen. Hij beroofde niet één mens van het leven, maar twee. Hij voelde zich vernederd en in een vlaag van grote woede schoot hij zowel zijn vrouw, Mitzi Elliot, als Johan Rilz dood. Hij geloofde dat hij door zijn macht en zijn geld boven de wet stond en dat hij zijn straf voor deze gruwelijke misdaad zou kunnen ontlopen. Maar dat zal niet gebeuren. Het OM zal wettig en overtuigend bewijzen dat Walter Elliot de trekker heeft overgehaald en dat hij verantwoordelijk is voor de dood van twee onschuldige mensen.'

Ik zat half omgedraaid in mijn stoel, deels om mijn cliënt aan het zicht van de jury te onttrekken en deels om Golantz en de rijen van de tribune achter hem in het oog te houden. Voordat de eerste zinnen uitgesproken waren, stroomden de tranen over het gezicht van de moeder van Mitzi Elliot. Dat was iets wat ik buiten gehoorsafstand van de jury met de rechter zou moeten bespreken. Het theatrale gedoe werkte vooroordelen in de hand en ik zou de rechter vragen om de moeder ergens anders neer te zetten, op een plaats waar de jury niet recht op uitkeek.

Ik keek langs de huilende vrouw en ik zag de harde, grimmige uitdrukking op de gezichten van de mannen uit Duitsland. Ik was sterk in hen geïnteresseerd en wilde graag weten hoe ze bij de jury zouden overkomen. Ik wilde zien hoe ze met emotie en de omgeving van een Amerikaanse rechtszaal omgingen. Ik wilde weten hoe dreigend ik hen eruit kon laten zien. Hoe grimmiger en dreigender ze eruit zouden zien, hoe beter de strategie van de verdediging zou werken wanneer ik me op Johan Rilz concentreerde. Terwijl ik nu naar hen keek, wist ik dat ik goed van start zou gaan. Ze zagen er kwaad en gemeen uit. Golantz zette zijn zaak voor de juryleden uiteen en hij vertelde hun wat hij aan getuigenverklaringen en bewijzen zou gaan presenteren en wat dat volgens hem betekende. Er waren geen verrassingen. Op een bepaald moment kreeg ik een sms'je van één regel van Favreau dat ik onder de tafel las.

Favreau: Ze vreten dit. Ik zou mijn best maar doen.

Ja, dacht ik. Vertel mij wat.

In elke zaak was altijd een oneerlijk voordeel voor het OM ingebouwd. Het OM heeft de macht aan zijn kant. Het wordt verondersteld eerlijk, integer en fair te zijn. Ieder jurylid en iedere toeschouwer gaat uit van de veronderstelling dat ze hier niet zouden zijn als de rook niet naar vuur zou leiden. Het is die aanname die elke verdediging moet overwinnen. Iedere verdachte wordt verondersteld onschuldig te zijn tot het tegendeel is bewezen, maar iedereen die ooit als advocaat of beklaagde een voet in een rechtszaal heeft gezet, weet dat veronderstelde onschuld alleen maar een van de idealistische ideeën is die ze je bij de rechtenstudie bijbrengen. Ik twijfelde er niet aan dat ik aan dit proces begon met een beklaagde die werd verondersteld schuldig te zijn en ik denk dat iedereen dat deed. Ik moest een manier vinden om te bewijzen dat hij onschuldig was of bewijzen dat het OM zich bij de voorbereiding op de zaak schuldig had gemaakt aan een ambtsmisdrijf, ongepast gedrag of corruptie.

Golantz gebruikte het hele uur dat hem toegewezen was en hij liet geen geheimen over zijn zaak bestaan. Dat was de typische arrogantie van het OM, stal het allemaal maar uit en laat de verdediging maar proberen het te weerleggen. Het OM was altijd een gorilla van honderdvijftig kilo, zo groot en sterk dat het zich niet druk hoefde te maken over fijnzinnigheden. Als het zijn beeld van een zaak schilderde, gebruikte het een kwast van vijftien centimeter en hing het resultaat aan de muur met behulp van een moker en een spijker.

De rechter had ons voor het proces verteld dat we aan onze tafel moesten blijven zitten of de lessenaar die tussen onze tafels in stond moesten gebruiken wanneer we ons tijdens de getuigenverklaringen tot de getuigen richtten. Maar voor de openingsverklaringen en de slotpleidooien werd een uitzondering op deze regel gemaakt. Tijdens deze boekensteunmomenten van het proces was het ons toegestaan de ruimte voor de jurybanken te gebruiken, een plek die door ervaren advocaten 'het bewijsterrein' wordt genoemd omdat je alleen daar tijdens een proces rechtstreeks tegen de jury sprak en dan je gelijk haalde of niet.

Toen het tijd was voor zijn grote finale liep Golantz eindelijk van de tafel van het OM vandaan naar het bewijsterrein. Hij ging recht voor het midden van de jurybanken staan en spreidde zijn handen wijd uit als een prediker die voor zijn kudde staat.

'Ik heb geen tijd meer, mensen,' zei hij. 'Dus ten slotte wil ik er bij u op aandringen om zeer zorgvuldig naar de presentatie van de bewijzen en de getuigenverklaringen te luisteren. Laat u leiden door uw gezonde verstand. Ik wil u op het hart drukken om niet in verwarring te raken en u niet van de wijs te laten brengen door de barrières voor de gerechtigheid die de verdediging voor u zal opwerpen. Houd uw hoofd erbij. Onthoud dat er twee mensen van het leven zijn beroofd. Hun toekomst is hun ontrukt. Daarom zijn we hier vandaag. Voor hen. Dank u zeer.'

De oude 'houd uw hoofd erbij'-opening. Die was in de rechtbank al in gebruik sinds ik pro-Deoadvocaat was. Toch was het een solide begin van Golantz. Hij zou er niet de prijs voor de spreker van het jaar mee winnen, maar hij had zijn punten gescoord. Volgens mijn telling had hij de juryleden minstens vier keer met 'mensen' aangesproken en dat zou ik nooit tegen een jury gebruiken.

Favreau had me tijdens het laatste half uur van zijn openingsverklaring twee keer een sms'je gestuurd waarin ze afnemende interesse bij de jury rapporteerde. Ze hadden het aan het begin misschien gevreten, maar hun buik was nu kennelijk vol. Soms kun je te lang doorgaan. Golantz had zich als een zwaargewichtbokser door de volle vijftien rondes heen gesleept. Ik zou een weltergewicht zijn. Ik was geïnteresseerd in korte directen. Ik zou naar voren en naar achteren dansen, een paar punten scoren, een paar zaadjes planten en een paar vragen opwerpen. Ik zou ervoor zorgen dat ze me aardig vonden. Dat was het belangrijkste. Als ze me aardig vonden, zouden ze mijn zaak ook goedgezind zijn.

Toen de rechter naar me knikte, stond ik op en ik liep onmiddellijk het bewijsterrein in. Ik wilde niets tussen mij en de jury in hebben. Ik was me er ook van bewust dat ik nu recht voor de camera van Rechtbank TV stond, die aan de muur achter de jurybanken bevestigd was en dat ik scherp in beeld was. Ik ging tegenover de jury staan en behalve een licht knikje, maakte ik geen enkel fysiek gebaar.

'Dames en heren, ik weet dat de rechter me al voorgesteld heeft, maar ik wil toch graag mezelf en mijn cliënt voorstellen. Ik ben Michael Haller, de advocaat van Walter Elliot, die u daar in zijn eentje aan de tafel ziet zitten.'

Ik wees naar Elliot en, zoals we hadden afgesproken, knikte hij somber, zonder een glimlach, die even onoprecht zou zijn als de poging van Golantz om bij de juryleden in het gevlij te komen door hen 'mensen' te noemen.

'Ik zal niet veel tijd gebruiken omdat ik zo snel mogelijk de getuigenverklaringen en de presentatie van het bewijsmateriaal – ook al is dat niet veel – wil horen. Er is genoeg gepraat en nu is het tijd om wat te laten zien of te zwijgen. Meneer Golantz heeft een groot en inge-wikkeld beeld voor u geschetst. Het heeft hem een heel uur gekost om het rond te krijgen. Maar ik ben hier om u te vertellen dat deze zaak helemaal niet zo gecompliceerd is. De zaak van het OM is in wezen een labyrint vol rook en spiegels. En als we de rook wegblazen en door het labyrint lopen, zult u dat begrijpen. U zult zien dat er geen vuur is, dat er geen zaak tegen Walter Elliot is. Dat hier meer dan gerede twij-fel bestaat en dat het een schande is dat deze zaak ooit tegen Walter Elliot is aangespannen.'

Ik draaide me om en wees naar mijn cliënt. Hij had zijn blik gericht op de blocnote waarop hij nu aantekeningen maakte. Weer volgens af-spraak moest mijn cliënt overkomen als een drukbezet man die actief betrokken was bij zijn eigen verdediging en zich geen zorgen maakte over de verschrikkelijke dingen die de aanklager net over hem had ge-zegd. Hij had het gelijk aan zijn kant en dat moest voldoende zijn.

Ik richtte me weer tot de jury en vervolgde: 'Ik heb geteld dat meneer Golantz zes keer het woord "revolver" in zijn betoog heeft ge-bruikt. Zes keer heeft hij gezegd dat Walter Elliot een revolver heeft gepakt en de vrouw van wie hij hield en een onschuldige andere aan-wezige heeft doodgeschoten. Zes keer. Maar wat hij u geen zes keer verteld heeft, is dat er geen revolver is. Water Elliot heeft geen revol-ver. De politie heeft geen revolver. De rechercheurs hebben geen re-volver en ze hebben geen verband gevonden tussen Walter en een re-volver omdat hij nooit zo'n wapen in bezit heeft gehad.

Meneer Golantz heeft u verteld dat hij er onweerlegbaar bewijs voor zal presenteren dat Walter een revolver heeft afgevuurd, maar ik zeg u dat u voor een grote verrassing zult komen te staan. Houd zijn belofte in uw achterhoofd, dan zullen we aan het einde van dit proces zien of dat zogenaamde bewijs inderdaad onweerlegbaar is. Misschien blijft er wel niets van over.'

Terwijl ik sprak, liet ik mijn blik over de juryleden heen en weer dwalen als de schijnwerpers die 's nachts de lucht boven Hollywood afzoeken. Ik bleef constant, maar rustig in beweging. Ik voelde een be-paald ritme en een bepaalde cadans in mijn gedachten en ik wist intu-itief dat ik de aandacht van de jury vasthield. Ze deinden allemaal op mijn ritme met me mee.

'Ik weet dat we in onze maatschappij willen dat onze politie professioneel en grondig is en dat ze altijd haar uiterste best doet. We zien misdaad op het nieuws en in de straten en we weten dat die mannen en vrouwen de dunne scheidslijn vormen tussen orde en chaos. Ik bedoel dat ik dat net zo graag wil als u. Ik ben zelf het slachtoffer geweest van een geweldsmisdrijf. Ik weet hoe het is. En we willen dat onze politie ingrijpt en de boeven in hun kraag grijpt. Tenslotte is ze daarvoor.'

Ik zweeg, speurde de beide jurybanken af en hield ieders blik even vast voordat ik verder sprak.

'Maar dat is hier niet gebeurd. Het bewijsmateriaal – en ik heb het over de bewijzen en de getuigenverklaringen van het OM zelf – zal aantonen dat de rechercheurs zich vanaf het begin op één verdachte hebben geconcentreerd, op Walter Elliot. Onderzoek naar andere mogelijkheden werd stopgezet of nooit gedaan. Ze hadden een verdachte en een motief waarin ze geloofden en ze keken niet meer om. Ze hebben nooit meer in een andere richting gezocht.'

Voor het eerst verplaatste ik me. Ik stapte naar voren naar de leuning voor jurylid nummer 1. Ik liep langzaam langs de eerste jurybank terwijl ik mijn hand over de leuning liet glijden.

'Dames en heren, deze zaak gaat over tunnelvisie. De volledige concentratie op één verdachte zonder ook maar enigszins open te staan voor andere mogelijkheden. Ik beloof u dat u, wanneer u uit de tunnel van het OM komt, elkaar zult aankijken en uw ogen half dicht zult knijpen tegen het felle licht. En u zult zich afvragen waar de zaak van het OM in vredesnaam gebleven is. Dank u zeer.'

Ik liet mijn hand van de leuning glijden en liep terug naar mijn plaats. Voordat ik ging zitten, schorste de rechter de zitting voor de lunch.

37

Ook deze keer wilde mijn cliënt niet met me gaan lunchen omdat hij terug wilde naar de studio om daar in de directiekamer te verschijnen alsof er niets aan de hand was. Ik begon te denken dat hij het proces als een hinderlijk ongemak in zijn programma zag. Of hij had meer vertrouwen in de zaak van de verdediging dan ik, of het proces had gewoon geen prioriteit voor hem.

Wat de reden ook was, daardoor bleef ik achter met mijn entourage van de eerste rij. We gingen naar Traxx in Union Station omdat naar mijn idee het restaurant zo ver uit de buurt van de rechtbank was dat we daar hoogstwaarschijnlijk geen juryleden zouden tegenkomen. Patrick reed, maar ik liet hem de Lincoln aan een van de portiers van het restaurant geven om te parkeren, zodat hij met ons mee kon en het gevoel zou krijgen dat hij bij het team hoorde.

Ze gaven ons een tafel in een rustige, afgeschermde hoek naast een raam dat uitkeek op de enorme, prachtige wachtkamer van het station. Lorna had de tafelschikking geregeld en ik kwam naast Julie Favreau te zitten. Sinds Lorna met Cisco was, had ze besloten dat ik ook iemand moest hebben en ze had pogingen gedaan om een soort koppelaarster te worden. Dat een ex-vrouw dit probeerde – een ex-vrouw om wie ik nog steeds in allerlei opzichten gaf – bezorgde me beslist een ongemakkelijk gevoel en het was lichtelijk pijnlijk toen Lorna me openlijk naar de stoel naast de juryconsulente dirigeerde. Ik was halverwege de eerste dag van een proces en een mogelijke romance was wel het laatste waaraan ik dacht. Bovendien was ik daartoe niet in staat. Aan mijn verslaving had ik een emotionele afstand van mensen en dingen overgehouden die ik nu pas een beetje begon te overbruggen. Daarom had ik er een prioriteit van gemaakt om weer een goede band met mijn dochter te krijgen. Daarna zou ik wel zien of ik een vrouw kon vinden om tijd mee door te brengen.

Afgezien van romantiek was Julie Favreau fantastisch om mee samen te werken. Ze was een aantrekkelijk, miniatuurvrouwtje met fijne gelaatstrekken en ravenzwart haar dat in krullen om haar gezicht viel. Door de sproeten op haar neus zag ze er jonger uit dan ze was. Ik wist dat ze drieëndertig was. Ze had me eens haar verhaal verteld. Ze was via Londen naar Los Angeles gekomen om filmactrice te worden en ze had gestudeerd bij een docent die geloofde dat innerlijke gedachten van een personage door gelaatsuitdrukkingen, trekjes en lichaamsbewegingen zichtbaar gemaakt konden worden. Het was haar taak als actrice om die gedachten subtiel aan de oppervlakte te brengen. Haar oefeningen als studente leidden ertoe dat ze deze expressievormen bij anderen ging observeren, identificeren en interpreteren. Door haar opdrachten kwam ze overal, van de pokerzalen in het zuiden van de county, waar ze geleerd had de gevoelens af te lezen van de gezichten van mensen die geen enkel gevoel wilden tonen, tot de rechtszalen van het paleis van justitie, waar altijd een heleboel gezichten waren waarvan alles aan af te lezen viel.

Nadat ik haar drie dagen achtereen op de tribune had zien zitten bij een proces waarin ik een vermeende serieverkrachter verdedigde, ging ik naar haar toe en vroeg wie ze was. Ik verwachtte dat ze me zou vertellen dat ze een tot nog toe onbekend slachtoffer van de man aan de tafel van de verdediging was en ik was dan ook verbaasd toen ik te horen kreeg dat ze daar alleen was om te oefenen in het lezen van gevoelens van gezichten. Ik ging met haar lunchen en de volgende keer dat ik een jury moest kiezen, huurde ik haar in om me te helpen. Haar observaties waren precies goed geweest en sindsdien had ik haar verscheidene keren in de arm genomen.

'Zo,' zei ik toen ik een zwart servet op mijn schoot uitspreidde. 'Hoe gaat het met mijn jury?'

Ik dacht dat het wel duidelijk was aan wie de vraag werd gesteld, maar Patrick gaf als eerste antwoord.

'Ik denk dat ze je cliënt de maximale straf willen geven,' zei hij. 'Ik denk dat ze hem een verwaande rijke stinkerd vinden die denkt dat hij ongestraft moorden kan plegen.'

Ik knikte. Hij zat er waarschijnlijk niet ver naast.

'Bedankt voor je bemoedigende woorden,' zei ik. 'Ik zal Walter zeker zeggen dat hij van nu af aan niet meer verwaand en rijk moet zijn.'

Patrick keek naar het tafelkleed en leek in verlegenheid gebracht.

'Ik zei zomaar wat.'

'Nee, Patrick, ik waardeer het. Alle meningen zijn welkom en ze zijn allemaal relevant. Maar sommige dingen kun je niet veranderen. Mijn cliënt is zo rijk dat wij ons er niet eens een voorstelling van kunnen maken en daardoor heeft hij een bepaalde stijl en een bepaald imago. Hij heeft een onsympathieke uitstraling en ik weet niet of ik daaraan wat kan doen. Julie, wat denk jij tot dusver van de jury?'

Voordat ze kon antwoorden, kwam de ober de bestelling van onze drankjes opnemen. Ik hield me aan bronwater met citroen. Lorna vroeg om een Mad Housewife-chardonnay en de anderen bestelden ijsthee. Ik keek Lorna even aan en ze begon onmiddellijk te protesteren.

'Wat is er? Ik ben niet aan het werk. Ik kijk alleen toe. Bovendien heb ik iets te vieren. Je bent weer aan het pleiten en de zaak draait weer.'

Ik knikte onwillig.

'Over de zaak gesproken, ik wil dat je naar de bank gaat.'

Ik haalde een envelop uit de zak van mijn colbert en overhandigde haar die over de tafel heen. Ze glimlachte want ze wist wat erin zat: een cheque van Walter Elliot voor 150.000 dollar, de rest van het honorarium dat we voor mijn diensten afgesproken hadden.

Lorna stopte de envelop weg en ik richtte mijn aandacht weer op Julie.

'Wat vind je ervan?'

'Ik denk dat het een goede jury is,' zei ze. 'Over het geheel genomen zie ik veel open gezichten. Ze zijn bereid naar je te luisteren. In elk geval nu. We weten allemaal dat ze geneigd zijn om het OM te geloven, maar ze hebben nog niets uitgesloten.'

'Zie je nog verandering ten opzichte van de dingen die we vrijdag besproken hebben? Moet ik de zaak nog steeds aan nummer drie presenteren?'

'Wie is nummer drie?' vroeg Lorna voordat Julie kon antwoorden.

'Golantz' vergissing. Nummer drie is een jurist en het OM had hem nooit moeten laten zitten.'

'Ik denk dat hij een goede keus is om de zaak aan te presenteren,' zei Julie. 'Maar er zijn ook anderen. Nummer elf en twaalf bevallen me ook. Ze zijn allebei gepensioneerd en zitten direct naast elkaar. Ik heb het gevoel dat ze een band met elkaar zullen krijgen en dat ze bijna als een team zullen gaan werken als de beraadslagingen beginnen. Als je er een aan je kant krijgt, heb je hen allebei aan je kant.'

Ik hield van haar Engelse accent. Het was helemaal niet upper-class. Het had iets door de wol geverfds waardoor de dingen die ze zei overtuigingskracht kregen. Ze was tot dusver als actrice niet erg succesvol geweest en ze had me eens verteld dat ze heel vaak gevraagd werd om auditie te doen voor historiestukken waarvoor een verfijnd Engels accent nodig was dat ze nog niet helemaal onder de knie had. Ze verdiende haar geld grotendeels in de pokerzalen waar ze nu zelf speelde en met het observeren van jury's, voor mij en een klein aantal advocaten bij wie ik haar had geïntroduceerd.

'Wat vind je van jurylid zeven?' vroeg ik. 'Tijdens de selectie hadden we voortdurend oogcontact, maar nu kijkt hij me niet meer aan.'

Julie knikte.

'Dat is jou dus ook opgevallen. Het oogcontact is helemaal verdwenen. Alsof er tussen vrijdag en vandaag iets veranderd is. Ik zou op dit moment zeggen dat dat een teken is dat hij in het kamp van het OM zit. Jij gaat je zaak aan nummer drie presenteren, maar je kunt erop wedden dat onze ongeslagen aanklager dat aan nummer zeven zal doen.'

'Dat krijg je als je naar je cliënt luistert,' mompelde ik.

We bestelden de lunch en vroegen de ober of hij er haast achter kon zetten omdat we terug moesten naar de rechtbank. Terwijl we wachtten belde ik Cisco om te vragen hoe we er met onze getuigen voor stonden en hij zei dat we wat dat betreft zo konden beginnen. Daarna vroeg ik hem of hij in de buurt van de rechtbank wilde blijven om te kijken of hij de Duitsers vanaf de rechtbank kon volgen, omdat ik wilde weten in welk hotel ze logeerden. Het was alleen maar een voorzorgsmaatregel. Voordat het proces voorbij was, zouden ze niet erg gelukkig met me zijn. Het was een goede strategie om uit te zoeken waar je vijanden zaten.

Toen ik mijn gegrilde kip half ophad, keek ik even door het raam de wachtkamer in. Er was daar een grootse mengeling van architectonische stijlen te zien, maar de uitstraling ervan was toch voornamelijk artdeco. Er stonden rijen leren stoelen waar reizigers in konden wachten. Erboven hingen enorme kroonluchters. Ik zag mensen die in de stoelen zaten te slapen terwijl anderen zich met hun koffers en andere bezittingen dicht om hen heen verzameld hadden.

En toen zag ik Bosch. Hij zat alleen op de derde rij vanaf het raam. Hij had zijn oortjes in. We keken elkaar even aan en toen wendde hij zijn blik af. Ik legde mijn vork neer en haalde geld uit mijn zak. Ik wist niet hoeveel Mad Housewife per glas kostte, maar Lorna was nu aan haar tweede glas bezig. Ik legde vijf briefjes van twintig op de tafel en zei tegen de anderen dat ze moesten opschieten en dat ik naar buiten ging om te bellen.

Ik liep het restaurant uit en belde Bosch op zijn mobieltje. Hij trok zijn oortjes eruit en nam op terwijl ik de derde rij stoelen naderde.

'Wat is er?' zei hij bij wijze van begroeting.

'Frank Morgan weer?'

'Nee, Ron Carter. Waarom bel je me?'

'Wat vond je van het artikel?'

Ik ging op de lege stoel tegenover hem zitten en keek hem even aan, maar deed verder alsof ik gewoon aan het bellen was.

'Dit is stom,' zei Bosch.

'Ik wist niet of je undercover wilde blijven of…'

'Hang maar gewoon op.'

We klapten onze telefoons dicht en keken elkaar aan.

'En?' vroeg ik. 'Denk je dat het gelukt is?'

'Dat weten we pas als we het weten.'

'Wat bedoel je daarmee?'

'Het verhaal is de wereld in gestuurd. Ik denk dat we gedaan hebben wat we wilden doen. Nu wachten we af. Als er iets gebeurt, ja, dan is het gelukt. We weten pas dat het gelukt is, als het gelukt is.'

Ik knikte hoewel ik niet begreep wat hij gezegd had.

'Wie is die vrouw in het zwart?' vroeg hij. 'Je hebt me niet verteld dat je een vriendin had. We moeten haar waarschijnlijk ook bescherming geven.'

'Ze is mijn juryconsulente, dat is alles.'

'O, helpt zij je om de mensen uit te zoeken die de politie haten en tegen het establishment zijn?'

'Zoiets. Ben je hier alleen? Hou je me in je eentje in de gaten?'

'Ik heb eens een vriendin gehad die altijd vragen bij bosjes stelde. Nooit één vraag tegelijk.'

'Heb je ooit een van haar vragen beantwoord? Of ontweek je ze gewoon slim, zoals je nu doet?'

'Ik ben niet alleen, Haller. Maak je geen zorgen. Je hebt mensen om je heen die je nooit zult zien. Ik heb mensen bij je kantoor of je er nu bent of niet.'

En camera's. Ze waren tien dagen geleden geïnstalleerd toen we dachten dat het artikel heel snel in de *Times* zou verschijnen.

'Ja, dat is mooi, maar we blijven daar niet lang.'

'Dat heb ik gezien. Waar ga je naartoe?'

'Nergens. Ik werk vanuit mijn auto.'

'Lijkt me leuk.'

Ik bestudeerde hem een ogenblik. Zijn toon was sarcastisch, zoals gewoonlijk. Het was een irritante kerel, maar op de een of andere manier had hij me zover gekregen dat ik hem mijn veiligheid toevertrouwde.

'Nou, ik moet naar de rechtbank. Is er iets wat ik moet doen? Wil je dat ik me op een bepaalde manier gedraag of naar een bepaalde plaats toe ga?'

'Doe maar gewoon wat je altijd doet. Maar er is één ding. Er zijn een heleboel mensen voor nodig om je in de gaten te houden als je in beweging bent. Dus bel me aan het einde van de dag wanneer je thuis bent en niet meer de deur uit gaat, dan kan ik een paar mensen naar huis sturen.'

'Oké, maar blijft er dan nog steeds iemand de boel in de gaten houden?'

'Maak je geen zorgen. Je wordt vierentwintig uur per dag, zeven dagen per week beveiligd. O, dan nog iets.'

'Ja.'

'Benader me nooit meer op deze manier.'

Ik knikte. Ik werd weggestuurd.

'Ik snap het.'

Ik stond op en keek naar het restaurant. Ik zag dat Lorna de briefjes van twintig die ik had achtergelaten, telde en op de rekening legde. Het leek erop dat ze alle biljetten gebruikte. Patrick was al naar buiten gegaan om de auto te halen.

281

'Tot ziens, rechercheur,' zei ik zonder naar hem te kijken.

Hij antwoordde niet. Ik liep weg en voegde me bij mijn gezelschap, dat net het restaurant uit kwam.

'Was dat rechercheur Bosch?' vroeg Lorna.

'Ja, ik zag hem daar.'

'Wat deed hij?'

'Hij zei dat hij hier graag luncht en het prettig vindt om in die grote comfortabele stoelen te zitten en na te denken.'

'Wat een toeval dat wij hier ook waren.'

Julie Favreau schudde haar hoofd.

'Toeval bestaat niet,' zei ze.

38

Na de lunch begon Golantz met de presentatie van de zaak. Hij gebruikte de benadering die ik de van-voren-af-aan-presentatie noem. Hij begon helemaal aan het begin, met het telefoontje naar het alarmnummer dat de dubbele moord onder de aandacht van de politie bracht, en ging van daaruit rechtlijnig verder. De eerste getuige was een telefoniste bij de meldkamer van de politie. Ze werd gebruikt om de bandopnamen van Walter Elliots telefoontjes waarin hij om hulp vroeg te introduceren. Ik had vóór het proces een verzoek ingediend om te proberen het afspelen van de twee banden tegen te houden, met als argument dat gedrukte transcripties duidelijker en nuttiger voor de juryleden zouden zijn, maar de rechter had in het voordeel van het OM beslist. Hij beval Golantz de juryleden van transcripties te voorzien zodat ze konden meelezen wanneer de banden in de rechtbank afgespeeld werden.

Ik had geprobeerd het afspelen van de banden tegen te houden omdat ik wist dat ze vooroordelen tegen mijn cliënt in de hand zouden werken. Tijdens het eerste telefoontje had Elliot op kalme toon tegen de telefoniste gezegd dat zijn vrouw en een andere persoon vermoord waren. Dat kalme optreden bood ruimte aan de interpretatie dat Elliot koud en berekenend was en ik wilde niet dat de jury zo over hem ging denken. De tweede band was vanuit het standpunt van de verdediging gezien nog erger. Elliot klonk geïrriteerd en hij liet ook blijken dat hij de man die samen met zijn vrouw was vermoord, kende en dat hij een hekel aan hem had.

Band 1 – 13:05 – 05/02/07

Telefoniste: Met het alarmnummer. Wilt u een noodsituatie melden?

283

Walter Elliot: Ik... eh, ze zien er dood uit. Ik denk niet dat ze nog te helpen zijn.

Telefoniste: Neem me niet kwalijk, meneer. Met wie spreek ik?

Walter Elliot: Met Walter Elliot. Ik ben in mijn huis.

Telefoniste: Ja, meneer. En u zegt dat er iemand dood is?

Walter Elliot: Ik heb mijn vrouw gevonden. Ze is dood. En er is hier nog een man. Hij is ook dood.

Telefoniste: Wacht even, meneer. Laat me dit even intikken dan stuur ik daarna hulp naar u toe.

– pauze –

Telefoniste: Oké, meneer Elliot. Een ambulance en de politie komen naar u toe.

Walter Elliot: Die komt voor hen te laat. De ambulance, bedoel ik.

Telefoniste: Ik moet er een sturen, meneer. U zei dat ze doodgeschoten zijn? Bent u in gevaar?

Water Elliot: Dat weet ik niet. Ik kom hier net binnen. Ik heb dit niet gedaan. Neemt u dit op?

Telefoniste: Ja, meneer. Alles wordt opgenomen. Bent u nu in het huis?

Walter Elliot: Ik ben in de slaapkamer. Ik heb het niet gedaan.

Telefoniste: Is er behalve u en de twee doodgeschoten mensen nog iemand in het huis?

Walter Elliot: Ik denk het niet.

Telefoniste: Oké, ik wil dat u naar buiten gaat, zodat de politie u kan zien wanneer ze er is. Ga op een plek staan waar u goed te zien bent.

Walter Elliot: Oké, ik ga naar buiten.

Op de tweede band werd er door een andere telefoniste opgenomen, maar ik liet Golantz het afspelen. Ik had het grote geschil over de vraag of de banden sowieso afgespeeld mochten worden verloren. Het had geen zin om de tijd van de rechtbank te verspillen door de aanklager de tweede telefoniste te laten oproepen om de echtheid van de tweede band te bevestigen en die te introduceren.

Deze band was opgenomen toen Elliot met zijn mobieltje belde. Hij was buiten en het lichte geruis van de golven van de oceaan was op de achtergrond te horen.

Band 2 – 13:24 – 05/02/07

Telefoniste: Met het alarmnummer, waarmee kan ik u helpen?
Walter Elliot: Ja, ik heb al eerder gebeld. Waar blijft iedereen?
Telefoniste: U hebt het alarmnummer gebeld?
Walter Elliot: Ja, mijn vrouw is doodgeschoten. En de Duitser ook. Waar blijft iedereen?
Telefoniste: Had u gebeld vanuit Malibu, Crescent Cove Road?
Walter Elliot: Ja. Ik heb minstens een kwartier geleden gebeld en er is hier nog niemand.
Telefoniste: Meneer, op mijn scherm zie ik dat onze alfapatrouillewagen over minder dan een minuut bij u is. Wilt u alstublieft ophangen en buiten voor het huis gaan staan zodat ze u zien wanneer ze aankomen? Alstublieft, meneer?
Walter Elliot: Ik sta al buiten.
Telefoniste: Wacht daar dan, meneer.
Walter Elliot: Als u dat zegt. Goedemiddag.
– einde –

Elliot klonk in het tweede telefoontje niet alleen geïrriteerd door de vertraging, maar hij sprak het woord 'Duitser' bijna honend uit. Of er al dan niet uit zijn toon af te leiden viel dat hij schuldig was, deed er niet toe. De banden hielpen om de stellingname van het OM te bevestigen dat Walter Elliot arrogant was en dacht dat hij boven de wet stond. Het was een goed begin voor Golantz.

Ik zag ervan af om de telefoniste te ondervragen, omdat er voor de verdediging niets te winnen viel.

De volgende getuige voor het OM was politieman Brendan Murray die de alfapatrouillewagen bestuurde die het eerst op het telefoontje naar het alarmnummer reageerde. In een half uur liet Golantz hem alles in detail beschrijven, vanaf zijn aankomst tot en met de ontdekking van de lijken. Hij besteedde speciale aandacht aan Murrays herinneringen aan Elliots gedrag, houding en verklaringen. Volgens Murray toonde de beklaagde geen emotie toen deze hem de trap op leidde naar de slaapkamer waar zijn doodgeschoten vrouw naakt op bed lag. Elliot stapte kalm over de benen van de dode man die in de deuropening lag heen en hij wees naar het lichaam op het bed.

'Hij zei: "Dat is mijn vrouw. Ik ben er vrij zeker van dat ze dood is,"' verklaarde Murray.

Volgens Murray had Elliot minstens drie keer gezegd dat hij de mensen in de slaapkamer niet had vermoord.

'Was dat ongebruikelijk?' vroeg Golantz.

'We zijn erop getraind om ons niet met moordonderzoeken te bemoeien,' zei Murray. 'Dat mogen we niet. Dus ik heb meneer Elliot niet gevraagd of hij het gedaan had. Hij bleef ons alleen maar vertellen dat hij het niet had gedaan.'

Ik had voor Murray ook geen vragen. Hij stond op mijn getuigenlijst en, als het nodig was, zou ik hem tijdens de verdedigingsfase kunnen teruggeroepen. Maar ik wilde op de volgende getuige van het OM wachten, op Christopher Harber, Murrays collega en een groentje bij de politie. Als een van de agenten een fout zou maken die in het voordeel van de verdediging was, zou het Harber zijn, dacht ik.

Harbers getuigenis duurde korter dan die van Murray en het werd hoofdzakelijk gebruikt om het getuigenis van zijn collega te bevestigen.

Hij had dezelfde dingen gehoord en gezien als Murray.

'Ik heb maar een paar vragen, edelachtbare,' zei ik toen Stanton vroeg of ik de getuige wilde ondervragen.

Terwijl Golantz zijn ondervraging vanaf de lessenaar had gedaan, bleef ik bij de tafel van de verdediging staan voor het kruisverhoor. Dit was een truc. Ik wilde dat de jury, de getuige en de aanklager zouden denken dat ik alleen maar voor de vorm een paar vragen zou stellen. In werkelijkheid stond ik op het punt om iets in de hoofden van de juryleden te planten wat een kardinaal punt in de zaak van de verdediging zou worden.

'Agent Harber, u werkt nog maar kort bij de politie, nietwaar?'

'Dat klopt.'

'Hebt u ooit eerder voor de rechtbank getuigd?'

'Niet in een moordzaak.'

'Maakt u zich maar niet nerveus. Wat meneer Golantz u ook verteld mag hebben, ik bijt niet.'

Er steeg een beleefd, kabbelend gelach in de rechtszaal op. Harbers gezicht werd een beetje roze. Hij was een grote man met zandkleurig haar dat kortgenipt was als dat van een militair, een kapsel dat bij de politie gewaardeerd wordt.

'Toen u en uw collega bij het huis van meneer Elliot aankwamen, zag u, zoals u hebt gezegd, mijn cliënt buiten in de draaicirkel van de oprijlaan staan, Klopt dat?'

'Ja.'

'Wat deed hij daar?'

'Hij stond daar alleen maar. Er was hem gezegd dat hij daar op ons moest wachten.'

'Goed, wat wist u van de situatie toen de alfawagen daar stopte?'

'We wisten alleen wat de meldkamer ons had verteld. Dat een man die Walter Elliot heette vanuit het huis had gebeld om te zeggen dat er binnen twee doden lagen. Ze waren doodgeschoten.'

'Had u ooit eerder zo'n melding gehad?'

'Nee.'

'Was u bang, nerveus, opgewonden?'

'Ik zou zeggen dat er flink wat adrenaline door ons bloed stroomde, maar we waren behoorlijk kalm.'

'Hebt u uw wapen getrokken toen u uitstapte?'

'Ja.'

'Hebt u het op meneer Elliot gericht?'

'Nee, ik hield het naast mijn zij.'

'Heeft uw collega zijn wapen getrokken?'

'Ik geloof het wel.'

'Heeft hij het op meneer Elliot gericht?'

Harber aarzelde. Ik vond het altijd gunstig wanneer getuigen voor het OM aarzelden.

'Dat herinner ik me niet. Ik keek niet echt naar hem. Ik keek naar de beklaagde.'

Ik knikte alsof ik dat logisch vond.

'U moest natuurlijk aan uw eigen veiligheid denken. U kende deze man niet. U wist alleen dat u kon verwachten dat er twee doden in het huis zouden liggen.'

'Dat klopt.'

'Dus het zou juist zijn om te zeggen dat u meneer Elliot voorzichtig benaderde?'

'Ja.'

'Wanneer hebt u uw wapen in de holster teruggestopt?'

'Nadat we het huis hadden doorzocht en veiliggesteld.'

'U bedoelt nadat u beiden naar binnen was gegaan en had vastgesteld dat er twee doden lagen en er verder niemand in het huis was?'

'Dat klopt.'

'En terwijl jullie dat deden, was meneer Elliot de hele tijd bij jullie?'

'Ja, we moesten hem bij ons houden zodat hij ons kon wijzen waar de lijken lagen.'

'Was hij toen gearresteerd?'

'Nee. Hij heeft ons de lijken vrijwillig gewezen.'

'Maar jullie hadden hem wel de handboeien omgedaan, hè?'

Harber aarzelde na deze vraag weer. Hij was nu op onbekend terrein en probeerde zich waarschijnlijk de tekst te herinneren die hij met Golantz of diens assistente gerepeteerd had.

'Hij is ermee akkoord gegaan om geboeid te worden. We hebben hem uitgelegd dat we hem niet arresteerden, maar dat we een explosieve situatie in het huis hadden en dat het voor zijn veiligheid en de onze beter zou zijn dat hij handboeien om had totdat we het huis veiliggesteld hadden.'

'En daar ging hij mee akkoord?'

'Ja.'

Vanuit mijn ooghoek zag ik dat Elliot zijn hoofd schudde. Ik hoopte dat de jury het ook gezien had.

'Waren zijn handen op zijn rug of vóór hem geboeid?'

'Achter hem, volgens de procedure. We mogen een subject de handboeien niet vóór het lichaam omdoen.'

'Een subject? Wat verstaat u daar precies onder?'

'Het kan iedereen zijn die bij een onderzoek betrokken is.'

'Iemand die gearresteerd is?'

'Dat kan ook, ja. Maar meneer Elliot was niet gearresteerd.'

'Ik weet dat u pas kort bij de politie werkt, maar hoe vaak hebt u iemand die niet gearresteerd was de handboeien omgedaan?'

'Dat is wel af en toe gebeurd, maar ik herinner me niet hoeveel keer precies.'

Ik knikte, maar ik hoopte dat het duidelijk was dat ik niet knikte omdat ik hem geloofde.

'Uw collega en u hebben allebei verklaard dat meneer Elliot jullie bij drie gelegenheden heeft verteld dat hij niet verantwoordelijk was voor de moorden in dat huis. Klopt dat?'

'Ja.'

'U hebt die verklaringen gehoord?'

'Ja.'

'Was u toen buiten of binnen?'

'Dat was binnen, toen we in de badkamer waren.'

'Dus dat betekent dat hij deze zogenaamd onuitgelokte betuigingen van onschuld deed terwijl zijn armen achter zijn rug waren geboeid en u en uw collega jullie wapens hadden getrokken. Is dat juist?'

De derde aarzeling.

'Ja, ik geloof dat het zo is gebeurd.'

'En u zegt dat hij toen niet gearresteerd was?'

'Hij was niet gearresteerd.'

'Oké. Wat gebeurde er nadat meneer Elliot jullie naar de lichamen had gebracht en jullie hadden geconcludeerd dat er niemand anders in het huis was?'

'We hebben meneer Elliot weer mee naar buiten genomen, het huis verzegeld en de rechercheurs van Moordzaken gebeld om de zaak te komen onderzoeken.'

'Ging dat ook allemaal volgens de gangbare procedures?'

'Ja.'

'Goed. Hebt u meneer Elliot de handboeien afgedaan, omdat hij niet gearresteerd was?'

'Nee, meneer. We hebben meneer Elliot achter in de auto gezet en het is tegen de regels om een subject zonder handboeien in een patrouillewagen te zetten.'

'Weer dat woord "subject". Weet u zeker dat meneer Elliot toen niet gearresteerd was?'

'Ja, dat weet ik zeker. We hadden hem niet gearresteerd.'

'Oké, hoe lang heeft hij achter in de auto gezeten?'

'Ongeveer een half uur, terwijl we op het team van Moordzaken wachtten.'

'En wat gebeurde er toen het team arriveerde?'

'Toen de rechercheurs arriveerden, keken ze eerst binnen in het huis. Daarna kwamen ze naar buiten en namen ze meneer Elliot in hechtenis, ik bedoel, ze haalden hem uit de auto.'

Dat was een verspreking waar ik in dook.

'Was hij op dat moment in hechtenis?'

'Nee, ik vergiste me. Hij ging er vrijwillig mee akkoord om in de auto te wachten. Daarna arriveerden ze en haalden ze hem eruit.'

'U zegt dat hij er vrijwillig mee akkoord is gegaan om met handboeien om achter in de auto te zitten?'

'Ja.'

'Als hij had gewild, had hij het portier kunnen openen en kunnen uitstappen?'

'Dat denk ik niet. De achterste portieren hebben veiligheidssloten. Je kunt ze van binnenuit niet openen.'

'Maar hij zat daar vrijwillig.'

'Ja.'

Zelfs Harber keek alsof hij niet geloofde wat hij zei. Zijn gezicht had een diepere kleur roze gekregen.

'Wanneer zijn meneer Elliot de handboeien eindelijk afgedaan, agent Harber?'

'Toen de rechercheurs hem uit de auto haalden, deden ze hem de handboeien af en gaven ze die terug aan mijn collega.'

'Oké.'

Ik knikte alsof ik klaar was en bladerde een paar bladzijden van mijn blocnote door om te kijken of ik nog vragen vergeten was. Ik hield mijn blik op de blocnote gericht terwijl ik sprak.

'O, agent? Nog één ding. Het eerste telefoontje naar het alarmnummer is volgens het logboek van de meldkamer om vijf over een binnengekomen. Meneer Elliot moest negentien minuten later weer bellen om zich ervan te vergewissen dat ze hem niet waren vergeten en toen arriveerden u en uw collega vier minuten daarna. Het heeft dus in totaal drieëntwintig minuten geduurd om te reageren?'

Ik keek nu naar Harber op.

'Waarom duurde het zo lang voordat er gereageerd werd op een telefoontje dat prioriteit had moeten hebben?'

'Het district Malibu is geografisch ons grootste district. We moesten helemaal de berg over komen omdat we op een andere melding gereageerd hadden.'

'Was er geen andere patrouillewagen dichter in de buurt die ook beschikbaar was?'

'Mijn collega en ik zaten in de alfawagen. Het is een Rover. Wij nemen de meldingen die prioriteit hebben aan en we accepteerden deze toen de meldkamer ons erover belde.'

'Goed, agent, ik heb verder geen vragen meer.'

Toen Golantz weer aan de beurt was, volgde hij het verkeerde spoor dat ik voor hem had uitgezet. Hij stelde verscheidene vragen die erom draaiden of Elliot al dan niet gearresteerd was. De aanklager probeerde dit idee af te zwakken omdat het in de tunnelvisietheorie van de verdediging paste. Ik wilde juist dat hij dacht dat ik dat aan het doen was en het had gewerkt. Golantz besteedde er nog vijftien minuten aan om Harber uitspraken te laten doen die onderstreepten dat de man die hij en zijn collega voor het huis waarin een dubbele moord was gepleegd een man, die niet gearresteerd was, de handboeien hadden omgedaan. Het tartte het gezonde verstand maar het OM hield eraan vast.

Toen de aanklager klaar was, schorste de rechter de zitting voor de middagpauze. Zodra de jury de rechtszaal had verlaten, hoorde ik een fluisterende stem mijn naam noemen. Ik draaide me om en zag Lorna, die met haar vinger naar de achterkant van de rechtszaal wees. Ik draaide me verder om en zag dat mijn dochter en haar moeder op de achterste rij van de tribune geperst zaten. Mijn dochter zwaaide stiekem naar me en ik glimlachte terug.

39

Ik trof hen in de gang buiten de rechtszaal, weg van de drom verslaggevers die de andere hoofdrolspelers van het proces omringden toen
ze naar buiten kwamen. Hayley omhelsde me en ik was dolblij dat ze
was gekomen. Ik zag een lege houten bank en we gingen zitten.

'Hoe lang waren jullie hier al?' vroeg ik. 'Ik had jullie niet gezien.'

'Helaas niet zo lang,' zei Maggie. 'Haar laatste les van vandaag was
gymnastiek, dus besloot ik de middag vrij te nemen, haar vroeg van
school te halen en hierheen te gaan. We hebben het grootste deel van
je kruisverhoor van die agent gezien.'

Ik keek van Maggie naar onze dochter, die tussen ons in zat. Ze leek
op haar moeder, donker haar en donkere ogen, en een huid die tot
diep in de winter een bruine kleur hield.

'Wat vond je ervan, Hay?'

'Eh, ik vond het heel interessant. Je hebt hem een heleboel vragen
gesteld. Hij zag eruit of hij kwaad werd.'

'Maak je geen zorgen, hij komt er wel overheen.'

Ik keek over haar hoofd heen en knipoogde naar mijn ex-vrouw.

'Mickey?'

Ik draaide me om en zag dat het McEvoy van de *Times* was. Hij was
naar ons toe gekomen en had zijn pen en blocnote gereed.

'Niet nu,' zei ik.

'Ik heb net even…'

'En ik zei "niet nu". Laat me met rust.'

McEvoy draaide zich om en liep terug naar een van de groepjes die
om Golantz heen draaiden.

'Wie was dat?' vroeg Hayley.

'Een krantenverslaggever. Ik praat later wel met hem.'

'Mam zei dat er vandaag een groot artikel over je in de krant stond.'

'Het ging niet echt over mij. Het ging over de zaak. Daarom hoopte ik dat je hiernaartoe zou kunnen komen om er een deel van te zien.'

Ik keek mijn ex-vrouw weer aan en knikte bij wijze van bedankje. Ze had zich over haar boosheid jegens mij heen gezet en het belang van onze dochter vooropgesteld. Hoe het verder ook tussen ons ging, wat dat betreft kon ik altijd op haar rekenen.

'Ga je daar weer naar binnen?' vroeg Hayley.

'Ja, dit is maar een korte pauze, zodat de mensen iets kunnen drinken of naar het toilet kunnen gaan. We hebben nog één zitting. Daarna gaan we naar huis en morgen beginnen we weer opnieuw.'

Ze knikte en keek door de gang naar de deur van de rechtszaal. Ik volgde haar blik en zag dat de mensen alweer naar binnen gingen.

'Eh, papa? Heeft die man daarbinnen iemand vermoord?'

Ik keek Maggie aan en ze haalde haar schouders op, alsof ze wilde zeggen *ik heb haar niet gezegd dat ze dat moest vragen.*

'Dat weten we niet, schat. Hij wordt er wel van beschuldigd. En een heleboel mensen denken dat hij het gedaan heeft. Maar er is nog niets bewezen en we gaan in dit proces beslissen of hij schuldig is of niet. Daar is het proces voor. Weet je nog dat ik je dat uitgelegd heb?'

'Ja.'

'Is dit je gezin, Mick?'

Ik keek over mijn schouder en verstijfde toen ik in de ogen van Walter Elliot keek. Hij glimlachte warm en verwachtte dat ik hem aan hen zou voorstellen. Hij kon natuurlijk niet vermoeden wat Maggie daarvan zou vinden.

'Eh, hallo, Walter. Dit is mijn dochter Hayley en dit is haar moeder, Maggie McPherson.'

'Hallo,' zei Hayley verlegen.

Maggie knikte en keek ongemakkelijk.

Walter maakte de fout om zijn hand naar Maggie uit te steken. Ik kon me niet voorstellen dat ze zich nog stijver zou kunnen gedragen. Ze schudde zijn hand één keer en trok haar hand toen snel terug. Toen hij zijn hand naar Hayley wilde uitsteken, sprong Maggie op, legde haar armen op de schouders van haar dochter en trok haar van de bank.

'Hayley, laten we even snel naar het toilet gaan, voordat de rechtbank weer begint.'

Ze duwde Hayley voor zich uit naar het toilet. Walter volgde hen met zijn blik en keek me toen aan, met zijn lege hand nog uitgestoken. Ik stond op.

'Sorry, Walter, mijn ex-vrouw is openbaar aanklager. Ze werkt voor het OM.'

Hij trok zijn wenkbrauwen hoog op.

'Dan begrijp ik waarom ze je ex-vrouw is.'

Ik knikte om hem een beter gevoel te geven. Ik zei dat hij weer naar binnen moest gaan en dat ik er zo aan kwam.

Ik liep naar de toiletten en ving Maggie en Hayley op toen ze naar buiten kwamen.

'Ik denk dat we maar naar huis gaan,' zei Maggie.

'Echt waar?'

'Ze heeft een heleboel huiswerk en ik denk dat ze voor vandaag genoeg gezien heeft.'

Wat het laatste betreft had ik haar kunnen tegenspreken, maar ik liet het gaan.

'Goed,' zei ik. 'Hayley, bedankt dat je gekomen bent. Het betekent veel voor me.'

'Oké.'

Ik boog me voorover en kuste haar boven op haar hoofd, trok haar toen tegen me aan en omhelsde haar. Alleen op dit soort momenten met mijn dochter werd de afstand overbrugd die ik in mijn leven ten opzichte van andere mensen had gecreëerd. Ik voelde me verbonden met iets wat belangrijk was. Ik keek Maggie aan.

'Bedankt dat je haar meegebracht hebt.'

Ze knikte.

'Voor wat het waard is, je doet het goed daar binnen.'

'Het is veel waard. Dank je.'

Ze haalde haar schouders op en liet zich een glimlachje ontglippen. Dat was ook aardig.

Toen ze naar de liften liepen, keek ik hen na in de wetenschap dat ze niet naar mijn huis gingen en ik vroeg me af hoe het kwam dat ik zo'n rotzooitje van mijn leven had gemaakt.

'Hayley?' riep ik haar na.

Mijn dochter keek naar me om.

'Ik zie je woensdag. Pannenkoeken!'

Ze glimlachte toen ze zich bij de drom mensen aansloten die op een lift wachtte. Ik zag dat mijn ex-vrouw ook glimlachte. Ik wees naar haar toen ik terugliep naar de rechtszaal.

'En jij mag ook komen.'

Ze knikte.

'We zullen zien,' zei ze.

Er ging een liftdeur open en ze liepen ernaartoe. *We zullen zien.* Die drie woorden waren meer dan genoeg voor me.

40

In elk moordproces is de belangrijkste getuige voor het OM altijd de rechercheur die het onderzoek heeft geleid. Omdat er geen levende slachtoffers zijn die de jury kunnen vertellen wat hun overkomen is, heeft deze rechercheur de taak om te vertellen hoe het onderzoek is verlopen en om voor de doden te spreken. De leider van het onderzoek levert de munitie. Hij voegt alles voor de juryleden samen, verduidelijkt het en wekt hun medeleven. Het is zijn taak om de zaak aan de jury te verkopen en zoals bij elke transactie is de verkoper even belangrijk als de goederen die verkocht worden. De beste rechercheurs van Moordzaken zijn de beste verkopers. Ik heb mannen die zo hard waren als Harry Bosch in het getuigenbankje een traan zien wegpinken wanneer ze de laatste momenten van een slachtoffer van een moord beschreven.

Golantz liet de leider van het onderzoek na de middagpauze getuigen. Het was een geniale zet en meesterlijk gepland. John Kinder zou, tot de zitting verdaagd werd, in het centrum van de belangstelling staan en wanneer juryleden naar huis gingen, zouden ze de hele avond zijn woorden in gedachten hebben. En ik kon alleen maar toekijken.

Kinder was een grote, innemende man met een vaderlijke bariton. Hij droeg een leesbril die hij tot op het puntje van zijn neus naar beneden schoof wanneer hij de dikke map raadpleegde die hij naar het getuigenbankje had meegebracht. Tussen de vragen in keek hij over de rand van de glazen heen naar Golantz of de jury. Zijn blik was rustig, vriendelijk, alert en verstandig. Hij was de enige getuige voor wie ik geen goede repliek had.

Aan de hand van Golantz nauwkeurige ondervraging en een serie vergrote foto's van de plaats delict – waarvan ik de vertoning had proberen tegen te houden omdat ze vooroordelen jegens mijn cliënt in de hand zouden werken – leidde Kinder de juryleden rond op de plaats delict en vertelde hij hun wat het bewijsmateriaal het onderzoeksteam leerde. Het was allemaal heel klinisch en methodisch, maar buitengewoon interessant. Met zijn diepe, gezaghebbende stem kwam Kinder over als een soort professor die iedereen in de zaal een stoomcursus moordonderzoek gaf.

Ik maakte bezwaar wanneer ik kon in een poging het Golantz/Kinder-ritme te doorbreken, maar ik kon verder weinig doen behalve nadenken over wat er gezegd werd en wachten. Op een bepaald moment kreeg ik een sms'je vanaf de tribune dat mijn bezorgdheid niet verlichtte.

Favreau: Ze zijn dol op die man! Kun je er niets aan doen?

Zonder naar Favreau om te kijken, schudde ik alleen mijn hoofd, terwijl ik onder de tafel naar het schermpje van de telefoon keek.

Daarna keek ik naar mijn cliënt en het leek of hij nauwelijks aandacht aan Kinders getuigenis schonk. Hij maakte aantekeningen op een blocnote, maar ze hadden geen betrekking op het proces of de zaak. Ik zag een heleboel cijfers en het kopje 'Buitenlandse Distributie' was op de bladzijde onderstreept. Ik boog me naar hem toe en fluisterde tegen hem: 'Die man maakt ons af. Ik zeg het maar voor het geval je het je afvraagt.'

Hij glimlachte humorloos en fluisterde terug: 'Ik vind dat we het goed doen. Je hebt een goede dag gehad.'

Ik schudde mijn hoofd en draaide me terug naar de getuige. Ik had een cliënt die zich geen zorgen maakte om de situatie. Hij was goed op de hoogte van mijn strategie voor het proces en hij wist dat ik de magische kogel in mijn revolver had, maar niets is zeker wanneer je voor de rechter verschijnt. Daarom wordt negentig procent van alle zaken geschikt. Niemand wil afwachten hoe de dobbelstenen rollen. De inzet is te hoog. En een moordproces is de grootste gok die er is.

Maar Walter Elliot leek dit al vanaf het begin niet te begrijpen. Hij bleef gewoon films maken en de buitenlandse distributie regelen en hij geloofde kennelijk dat er geen twijfel over bestond dat hij aan het eind van het proces vrijgesproken zou worden. Ik had het gevoel dat mijn zaak ijzersterk was, maar zelfs ik had er niet zo veel vertrouwen in als hij.

Nadat hij met Kinder de feiten van het onderzoek op de plaats delict grondig had doorgenomen, begon Golantz vragen te stellen die gericht waren op Elliot en de interactie van de rechercheur met mijn cliënt.

'U hebt verklaard dat de beklaagde in de patrouillewagen van agent Murray bleef zitten, terwijl u poolshoogte nam op de plaats delict. Klopt dat?'

'Ja, dat klopt.'

'Wanneer sprak u voor het eerst met Walter Elliot?'

Kinder raadpleegde een document in de map die geopend op de lessenaar voor op het getuigenbankje lag.

'Om ongeveer half drie, toen ik klaar was met mijn eerste onderzoek van de plaats delict ging ik naar buiten en vroeg de agenten of ze meneer Elliot uit de auto wilden halen.'

'En wat deed u toen?'

'Ik zei tegen een van de agenten dat hij hem de handboeien moest afdoen omdat ik het niet langer nodig vond dat hij ze om had. Er waren inmiddels verscheidene agenten en rechercheurs ter plaatse en het huis was helemaal veiliggesteld.'

'Was meneer Elliot op dat moment gearresteerd?'

'Nee, en dat heb ik hem ook uitgelegd. Ik zei tegen hem dat de agenten alle voorzorgen hadden genomen tot ze wisten waar ze aan toe waren. Meneer Elliot zei dat hij dat begreep. Ik vroeg hem of hij wilde blijven meewerken en de leden van mijn team binnen wilde rondleiden. Hij was daartoe bereid.'

'Dus u hebt hem mee naar binnen genomen?'

'Ja, we hebben hem eerst plastic zakkken over zijn schoenen laten aantrekken zodat hij eventueel bewijsmateriaal niet zou besmetten. Ik heb meneer Elliot precies hetzelfde laten doen als wat hij naar eigen zeggen had gedaan had toen hij binnenkwam en de lichamen vond.'

Ik maakte er een aantekening van dat die plastic zakken wel een beetje laat kwamen, omdat Elliot de eerste agenten al binnen had rondgeleid. Ik zou Kinder daar tijdens het kruisverhoor mee confronteren.

'Was er iets ongebruikelijks aan wat hij, naar eigen zeggen, had gedaan of waren er tegenstrijdigheden in wat hij u verteld heeft?'

Ik maakte bezwaar tegen de vraag omdat ik vond dat hij te vaag was. De rechter was het met me eens. Ik had één onbelangrijk punt voor de verdediging gescoord. Golantz paste zijn formulering aan zo- dat de vraag specifieker was.

'Waar bracht Elliot u in het huis naartoe, rechercheur Kinder?'

'Toen we binnen waren, leidde hij ons regelrecht de trap op en naar de slaapkamer. Hij vertelde ons dat hij hetzelfde had gedaan toen hij binnen was gekomen. Hij zei dat hij toen de lichamen had gevonden en het alarmnummer had gebeld met de telefoon naast het bed. Hij zei dat de telefoniste tegen hem had gezegd dat hij naar buiten moest gaan en voor het huis moest wachten. Dat had hij gedaan. Ik heb hem speciaal gevraagd of hij nog ergens anders in het huis was geweest en hij zei van niet.'

'Vond u dat ongebruikelijk of vielen u tegenstrijdigheden op?'

'Ja, ten eerste vond ik het vreemd dat hij, als het waar is, direct naar de slaapkamer was gegaan in plaats van eerst op de begane grond van het huis te kijken. Het klopte ook niet met wat hij ons vertelde toen we weer buiten waren. Hij wees naar de auto van zijn vrouw die voor het huis was geparkeerd en zei dat hij daardoor wist dat ze binnen iemand bij zich had. Ik vroeg hem wat hij bedoelde en hij antwoordde dat ze voor het huis had geparkeerd zodat Johan Rilz, het andere slachtoffer, de enige beschikbare plaats in de garage kon gebruiken. Ze hadden daar meubels en andere spullen opgeslagen zodat er maar één plaats over was. Hij zei dat de Duitser zijn Porsche daarbinnen had verbor- gen en dat zijn vrouw daarom buiten moest parkeren.'

'En wat leidde u daaruit af?'

'Het duidde erop dat hij loog. Hij had ons verteld dat hij alleen bo- ven in de slaapkamer was geweest, maar het leek me duidelijk dat hij in de garage had gekeken en dat hij de Porsche van het tweede slacht- offer had zien staan.'

Golantz knikte nadrukkelijk achter de lessenaar om extra duidelijk te maken dat Elliot had gelogen. Ik wist dat ik dit punt bij het kruisver- hoor kon weerleggen, maar ik zou die kans pas morgen krijgen, nadat het vierentwintig uur de hersenen van de juryleden binnengesijpeld was.

'Wat gebeurde er daarna?' vroeg Golantz.

'Er was in het huis nog veel werk te doen, dus heb ik meneer Elliot door een paar leden van mijn team naar het politiebureau in Malibu laten brengen zodat hij daar op zijn gemak kon wachten.'

'Was hij toen gearresteerd?'

'Nee, ik heb hem nogmaals uitgelegd dat we met hem wilden praten en dat we hem, als hij nog steeds wilde meewerken, naar een verhoorkamer op het bureau zouden brengen en dat ik daar zo snel mogelijk zou zijn. Ook deze keer stemde hij in.'

'Wie hebben hem naar het politiebureau gebracht?'

'Rechercheurs Joshua en Toles hebben hem in hun auto weggebracht.'

'Waarom zijn ze hem niet direct gaan ondervragen toen ze in het politiebureau van Malibu aankwamen?'

'Omdat ik eerst meer over hem en de plaats delict wilde weten. Soms krijg je maar één kans, zelfs bij een getuige die meewerkt.'

'U gebruikte het woord "getuige". Was meneer Elliot op dat moment geen verdachte?'

Het was een kat-en-muisspelletje met de waarheid. Het maakte niet uit wat Kinder zou antwoorden, iedereen in de rechtszaal wist dat ze Elliot als verdachte op de korrel hadden.

'Ach, tot op zekere hoogte is iedereen een verdachte,' antwoordde Kinder. 'Als je in zo'n situatie terechtkomt, verdenk je iedereen, maar op dat moment wist ik niet veel over de slachtoffers en evenmin over meneer Elliot, en ik wist ook niet precies wat voor bewijsmateriaal we hadden. Dus op dat moment zag ik hem meer als een zeer belangrijke getuige. Hij had de lichamen gevonden en hij kende de slachtoffers. Hij zou ons kunnen helpen.'

'Oké, dus u liet hem opbergen in het politiebureau van Malibu, terwijl u op de plaats delict aan het werk ging. Wat deed u daar?'

'Het was mijn taak om toezicht te houden op het in kaart brengen van de plaats delict en het verzamelen van bewijsmateriaal. We onderzochten ook de telefoons en de computers, bevestigden de identiteit van de betrokkenen en gingen hun achtergrond na.'

'Wat hebt u gevonden?'

'We ontdekten dat de Elliots geen van beiden een strafblad hadden en dat er geen wapens op hun naam geregistreerd stonden. Het andere slachtoffer, Johan Rilz, bleek een Duits staatsburger te zijn. Hij had geen strafblad en bezat geen wapens. We kwamen erachter dat meneer Elliot aan het hoofd stond van een studio en zeer succesvol in de filmbusiness was, dat soort dingen.'

300

'Heeft een lid van uw team in deze zaak op een bepaald moment huiszoekingsbevelen laten opmaken?'

'Ja. Met uiterste zorgvuldigheid hebben we een reeks huiszoekingsbevelen opgemaakt en door een rechter laten tekenen, zodat we het gezag hadden om het onderzoek voort te zetten waar het ook heen zou leiden.'

'Is het gebruikelijk om dat soort stappen te nemen?'

'Misschien. De rechtbanken hebben de politie veel speelruimte gegeven bij het verzamelen van bewijsmateriaal, maar we besloten om de extra moeite te doen vanwege de betrokkenen in deze zaak. We hebben ervoor gezorgd dat we de huiszoekingsbevelen kregen, ook al zouden we ze misschien niet nodig hebben.'

'Waar waren de huiszoekingsbevelen met name voor?'

'We hadden huiszoekingsbevelen voor het huis van de Elliots en voor de drie auto's, die van meneer Elliot, die van zijn vrouw en de Porsche in de garage. We waren ook gemachtigd om tests op meneer Elliot en zijn kleren uit te voeren om vast te stellen of hij in de voorafgaande uren een wapen had afgevuurd.'

De aanklager bleef Kinder door het onderzoek voeren tot deze de plaats delict verliet en Elliot in het politiebureau in Malibu ondervroeg. Dit vormde de introductie van de vertoning van een videoband van de eerste ondervraging van Elliot waarbij hij zat. Het was een band die ik tijdens de voorbereiding op het proces verscheidene keren had gezien. Ik wist dat datgene wat Elliot Kinder en diens collega Roland Ericsson had verteld inhoudelijk weinig voorstelde. Wat voor het OM belangrijk aan de band was, was Elliots gedrag. Hij zag er niet uit als iemand die net het naakte lichaam had gevonden van zijn vrouw die een kogelgat midden in haar gezicht en twee kogelgaten in haar borst had. Hij leek zo kalm als een zonsondergang in de zomer en daardoor zag hij eruit als een ijskoude moordenaar.

Er werd een videoscherm voor de jurybanken opgesteld en Golantz speelde de band af, waarbij hij hem vaak stilzette om Kinder een vraag te stellen en hem daarna weer startte. De opgenomen ondervraging duurde tien minuten en was niet confronterend. Het was gewoon een procedure waarbij de rechercheurs kennisnamen van Elliots verhaal. Er werden geen harde vragen gesteld. Ze vroegen Elliot globaal wat hij had gedaan en wanneer. De ondervraging eindigde ermee dat

Kinder Elliot een bevel liet zien dat hem machtigde om Elliots handen, armen en kleren te laten testen op kruitsporen.

Elliot glimlachte flauwtjes toen hij antwoordde.

'Ga uw gang, heren,' zei hij. 'Doe wat u moet doen.'

Golantz keek op de klok aan de achtermuur van de rechtszaal en bevroor met een afstandsbediening het beeld van Elliots glimlachje op het videoscherm. Dat was het beeld waarvan hij wilde dat de juryleden het mee naar huis zouden nemen. Hij wilde dat ze nadachten over die pak-me-dan-als-je-kan-glimlach wanneer ze in de spits van vijf uur naar huis reden.

'Edelachtbare,' zei hij. 'Ik denk dat het nu een goed moment is om er voor vandaag mee op te houden. Ik sla hierna met rechercheur Kinder een nieuwe richting in en misschien moeten we daarom morgenochtend verdergaan.'

De rechter stemde daarmee in en verdaagde de zitting nadat hij de juryleden er nogmaals op had gewezen dat ze geen kennis mochten nemen van nieuws over het proces in de media. Ik bleef bij de tafel van de verdediging staan en keek de juryleden na toen ze achter elkaar de kamer in liepen waar de beraadslagingen plaatsvonden. Ik was er vrij zeker van dat het OM de eerste dag had gewonnen, maar dat was te verwachten. We zouden onze kansen nog wel krijgen. Ik keek naar mijn cliënt.

'Wat heb je vanavond te doen, Walter?' vroeg ik.

'Een etentje met vrienden. Ze hebben Dominick Dunne uitgenodigd. Daarna ga ik de eerste montage bekijken van een film die mijn studio produceert. Johnny Depp speelt er een rechercheur in.'

'Bel je vrienden, bel Johnny en zeg alles af. Je gaat met mij eten. We gaan werken.'

'Dat begrijp ik niet.'

'Ja, dat doe je wel. Je hebt me ontweken sinds het proces begon. Dat was in orde omdat ik niet wilde weten wat ik niet hoefde te weten. Nu ligt het anders. Het proces loopt, we hebben de inzage in de stukken achter de rug en nu moet ik het wel weten. Alles, Walter. Dus we gaan vanavond praten of je zult morgenochtend een andere advocaat moeten nemen.'

Ik zag dat zijn gezicht verstrakte van ingehouden woede. Op dat moment wist ik dat hij een moordenaar zou kunnen zijn, of in elk geval iemand die opdracht tot een moord zou kunnen geven.

'Dat durf je niet,' zei hij.

'Probeer het maar.'

We staarden elkaar even aan en toen zag ik dat zijn gezicht zich begon te ontspannen.

'Ga maar bellen,' zei ik. 'We nemen mijn auto.'

41

Omdat ik per se wilde praten, wilde Elliot per se het restaurant uitkiezen. Met een telefoontje van dertig seconden reserveerde hij voor ons een privébox bij de Water Grill bij het Biltmore Hotel en er stond een martini voor hem op de tafel klaar toen we aankwamen. Toen we waren gaan zitten, bestelde ik een flesje bronwater zonder prik en een paar schijfjes citroen.

Ik zat tegenover mijn cliënt en keek naar hem terwijl hij het vismenu bestudeerde. Ik had heel lang onwetend over Walter Elliot willen blijven. Meestal is het zo dat je een cliënt beter kunt verdedigen naarmate je minder van hem weet, maar dat stadium waren we nu gepasseerd.

'Wil jij het menu niet zien?' vroeg Elliot zonder zijn blik van het menu af te wenden.

'Ik neem hetzelfde als jij, Walter.'

Hij legde het menu neer en keek me aan.

'Tongfilet.'

'Klinkt goed.'

Hij gebaarde naar een ober die vlak bij ons stond, maar te geïntimideerd was om naar de tafel toe te komen. Elliot bestelde voor ons allebei de tongfilet en voor zichzelf een fles chardonnay. Daarna zei hij tegen de ober dat hij het bronwater met citroen niet moest vergeten. Toen vouwde hij zijn handen op de tafel ineen en keek me verwachtingsvol aan.

'Ik had met Dominick Dunne kunnen eten,' zei hij. 'Ik hoop maar dat dit de moeite waard is.'

'Dit is zeker de moeite waard, Walter. Je gaat nu ophouden met verstoppertje met me te spelen. Je gaat me nu het hele verhaal vertellen. Het ware verhaal. Als ik weet wat jij weet, kan ik door het OM niet overrompeld worden. Dan weet ik van tevoren welke zetten Golantz gaat doen.'

Elliot knikte alsof hij het ermee eens was dat het tijd was om open kaart te spelen.

'Ik heb mijn vrouw en haar nazivriend niet vermoord,' zei hij. 'Dat heb ik je vanaf het begin verteld.'

Ik schudde mijn hoofd.

'Dat is niet goed genoeg. Ik zei dat ik het hele verhaal wilde horen. Ik wil weten wat er echt gebeurd is, Walter. Ik wil weten wat er aan de hand is, anders kap ik ermee.'

'Doe niet zo belachelijk. Geen enkele rechter zal je toestaan om er midden in een proces mee op te houden.'

'Wil je je vrijheid daarop inzetten, Walter? Als ik van een zaak af wil, vind ik heus wel een manier om ervan af te komen.'

Hij aarzelde en keek me onderzoekend aan voordat hij antwoordde.

'Je moet opletten met wat je vraagt. Het kan gevaarlijk zijn zeker te weten dat iemand schuldig is.'

'Dat risico wil ik wel nemen.'

'Maar ik weet niet of ík het risico wel kan nemen.'

Ik boog me over de tafel heen naar hem toe.

'Wat bedoel je daarmee, Walter? Wat is er aan de hand? Ik ben je advocaat. Je kunt me vertellen wat je gedaan hebt. Ik heb een beroepsgeheim, dus ik mag niets doorvertellen.'

Voordat hij iets kon zeggen, bracht de ober een flesje Europees bronwater en een bord met schijfjes citroen waaraan het hele restaurant genoeg zou hebben. Elliot wachtte met antwoorden tot de ober mijn glas had ingeschonken, was weggelopen en buiten gehoorsafstand was.

'Wat er aan de hand is, is dat jij bent ingehuurd om me te verdedigen. Naar mijn inschatting heb je het tot dusver uitstekend gedaan en je voorbereidingen voor de verdedigingsfase zijn van het hoogste niveau. En dat alles in twee weken. Het is echt geweldig!'

'Hou op met dat gelul!'

Ik zei het te hard. Elliot keek uit de box en staarde een vrouw aan een naburige tafel die de gespierde taal had gehoord, aan tot ze haar ogen neersloeg.

'Je zult zachter moeten praten,' zei hij. 'Anders eindigt het beroepsgeheim hier aan tafel.'

Ik keek hem aan. Hij glimlachte, maar ik wist ook dat hij me herinnerde aan wat ik hem verzekerd had, dat alles wat hier gezegd werd onder ons zou blijven. Was het een teken dat hij eindelijk wilde praten? Ik speelde de enige troefkaart uit die ik had.

'Vertel me over de omkoopsom die Jerry betaald heeft,' zei ik.

Eerst bespeurde ik even een uitdrukking van schrik in zijn ogen, maar die maakte plaats voor een veelbetekenende blik toen de raderen in zijn hoofd begonnen te draaien en hij iets bedacht had. Daarna meende ik een flits van spijt te zien. Ik wenste dat Julie Favreau naast me zat. Ze had beter van zijn gezicht kunnen aflezen wat er in hem omging dan ik.

'Dat is heel gevaarlijke informatie,' zei hij. 'Hoe weet je dit?'

Ik kon mijn cliënt natuurlijk niet vertellen dat ik het wist van een politierechercheur met wie ik nu samenwerkte.

'Ik denk dat je zou kunnen zeggen dat de informatie met de zaak meegekomen is, Walter. Ik heb al Vincents papieren, met inbegrip van zijn financiële gegevens. Het was niet moeilijk om uit te vinden dat hij honderdduizend dollar van je voorschot naar een onbekende had overgeheveld. Is hij vermoord vanwege de omkoping?'

Elliot tilde zijn glas martini met twee vingers om de steel geklemd op en dronk het leeg. Daarna knikte hij over mijn schouder naar een ober die ik niet kon zien. Hij wilde er nog een hebben. Toen keek hij me aan.

'Ik denk dat het veilig is om te zeggen dat een samenloop van omstandigheden tot Jerry Vincents dood heeft geleid.'

'Walter, ik ben geen spelletjes met je aan het spelen. Ik moet het weten, niet alleen om jou te verdedigen, maar ook om mezelf te beschermen.'

Hij zette zijn lege glas aan de rand van de tafel neer en iemand griste het binnen twee seconden weg. Hij knikte alsof hij het met me eens was en zei toen: 'Ik denk dat je gevonden hebt waarom hij vermoord is. Het stond in het dossier. Je hebt het zelfs tegen mij genoemd.'

'Dat begrijp ik niet. Wat heb ik dan gezegd?'

Elliot antwoordde op ongeduldige toon.

'Hij was van plan het proces uit te stellen. Je hebt het verzoek gevonden. Hij werd vermoord voordat hij het kon indienen.'

Ik probeerde de stukjes van de legpuzzel in elkaar te passen, maar ik had te weinig stukjes.

'Ik begrijp het niet, Walter. Hij wilde het proces uitstellen en dat heeft hem zijn leven gekost? Waarom?'

Elliot boog zich over de tafel heen naar me toe. Hij sprak iets luider dan op een fluistertoon.

'Oké, je hebt erom gevraagd en ik zal het je vertellen. maar neem het mij niet kwalijk wanneer je daarna zult wensen dat je niet wist wat je nu ter ore komt. Ja, hij heeft een omkoopsom betaald en alles was in orde. Het proces was gepland en we hoefden er alleen maar voor te zorgen dat we er klaar voor waren. We moesten op schema blijven. Geen uitstel, geen vertragingen. Maar toen veranderde hij van gedachte en wilde hij het proces toch uitstellen.'

'Waarom?'

'Dat weet ik niet. Ik denk dat hij dacht dat hij het proces kon winnen zonder van de omkoping gebruik te hoeven maken.'

Het leek erop dat Elliot niet wist van de telefoontjes van de FBI en de interesse die ze daar in Vincent hadden. Als dat wel zo was, was het nu het moment om me dat te zeggen. De belangstelling van de FBI voor Vincent was een even goede reden om het proces uit te stellen als wat dan ook.

'Dus hij is vermoord omdat hij het proces wilde uitstellen?'

'Dat denk ik, ja.'

'Heb jij hem vermoord, Walter?'

'Ik vermoord geen mensen.'

'Heb je hem laten vermoorden?'

Elliot schudde vermoeid zijn hoofd.

'Ik laat ook geen mensen vermoorden.'

Een ober kwam naar de tafel toe met een blad en een standaard en we leunden allebei achterover om hem zijn werk te laten doen. Hij ontgraatte onze vis, legde de filets op onze borden en zette die op de tafel, samen met twee kannetjes bearnaisesaus. Daarna zette hij Elliots nieuwe martini en twee wijnglazen neer. Hij ontkurkte de fles die Elliot had besteld en vroeg of hij hem wilde proeven. Elliot schudde zijn hoofd en zei tegen de ober dat hij kon gaan.

'Oké,' zei ik toen hij weg was. 'Laten we teruggaan naar de omkoping. Wie was er omgekocht?'

Elliot dronk zijn nieuwe martini in één slok half leeg.

'Dat moet voor de hand liggen, als je erover nadenkt.'

'Dan ben ik waarschijnlijk dom. Help me maar.'

'Een proces dat niet uitgesteld kan worden. Waarom zou dat zijn?'

Mijn blik bleef op hem gericht, maar ik keek niet langer naar hem. Ik trok me in mezelf terug om aan het raadsel te werken tot ik het opgelost zou hebben. Ik streepte de mogelijkheden in gedachten af: rechter, openbaar aanklager, politie, getuigen, juryleden… Ik realiseerde me dat er maar één mogelijkheid was waardoor een omkoping en een niet uit te stellen proces verband met elkaar hielden. Er was maar één aspect dat zou veranderen als het proces werd uitgesteld en een nieuwe planning zou krijgen. De rechter, de aanklager en alle getuigen zouden dezelfden blijven, wanneer het proces ook gehouden zou worden, maar de jurypool veranderde wekelijks.

'Er zit een mol in de jury,' zei ik. 'Je hebt iemand in je zak zitten.'

Elliot reageerde niet. Hij gaf me de tijd om het idee te verwerken en dat deed ik. In gedachten liet ik mijn blik over de gezichten van de juryleden glijden. Twee rijen van zes. Ik stopte bij jurylid nummer zeven.

'Nummer zeven. Je wilde hem per se in de jury hebben. Je wist dat hij de mol was. Wie is hij?'

Elliot knikte even en glimlachte flauwtjes naar me. Hij nam zijn eerste hap vis voordat hij mijn vraag kalm beantwoordde, alsof we het over de kansen van de Lakers bij de play-offs hadden en niet over het manipuleren van een moordproces.

'Ik heb geen idee wie hij is en ik wil het eigenlijk ook niet weten. Maar hij is van ons. We hebben te horen gekregen dat nummer zeven van ons zou zijn. En hij is geen mol. Hij is een overreder. Wanneer de jury aan de beraadslagingen toe is, zal hij het tij voor de verdediging doen keren. Met de zaak die Vincent opgebouwd heeft en met jou als verdediger is er waarschijnlijk niet meer dan een klein duwtje voor nodig. Maar op zijn minst zal hij volhouden dat ik vrijgesproken moet worden en dan hebben we een jury die niet tot overeenstemming kan komen. Als dat gebeurt beginnen we gewoon opnieuw en doen we het nog een keer. Ze zullen me nooit veroordelen, Mickey. Nooit.'

Ik schoof mijn bord opzij. Ik had geen trek meer.

'Geen raadsels meer, Walter. Vertel me hoe dit geregeld is. Vertel het me vanaf het begin.'

'Vanaf het begin?'

'Ja.'

Elliot grinnikte bij de gedachte en schonk een glas wijn voor zichzelf in zonder eerst de fles te proeven. Een ober dook naar voren om het voor hem te doen, maar Elliot wuifde hem weg met de fles.

'Dit is een lang verhaal, Mickey. Wil je er een glas wijn bij drinken?'

Hij hield de hals van de fles boven mijn lege glas. Ik kwam in de verleiding, maar schudde mijn hoofd.

'Nee, Walter, ik drink niet.'

'Kan ik iemand die niet af en toe wat drinkt wel vertrouwen?'

'Ik ben je advocaat. Je kunt me vertrouwen.'

'Ik vertrouwde de vorige ook en je weet wat er met hem gebeurd is.'

'Bedreig me niet, Walter. Vertel me het verhaal nu maar.'

Hij nam een paar grote slokken wijn en zette het glas toen te hard op de tafel. Hij keek om zich heen om te controleren of iemand in het restaurant het had gezien. Ik kreeg het idee dat het allemaal een act was. Hij keek eigenlijk of we in de gaten gehouden werden. Ik keek ook rond, voor zover dat vanaf mijn plaats mogelijk was, en ik probeerde het zo te doen dat het niet zou opvallen. Ik zag Bosch noch iemand anders die ik als politieman herkende in het restaurant.

Elliot begon aan zijn verhaal.

'Als je naar Hollywood gaat, maakt het niet uit wie je bent of waar je vandaan komt, zolang je maar één ding in je zak hebt.'

'Geld.'

'Precies. Ik ben hier vijfentwintig jaar geleden gekomen en ik had geld. Ik investeerde het eerst in een paar films en vervolgens in een lullige studio waar niemand in geïnteresseerd was. En ik heb die studio opgebouwd tot een bedrijf waar rekening mee gehouden moet worden. Over vijf jaar zullen ze het niet meer over de Grote Vier hebben, maar over de Grote Vijf. Archway zal op gelijke hoogte staan met Paramount, Warner's en de rest.'

Ik had niet verwacht dat hij vijfentwintig jaar terug zou gaan toen ik hem zei dat ik het verhaal vanaf het begin wilde horen.

'Oké, Walter, ik snap dat je succes hebt gehad, maar wat wil je daarmee zeggen?'

'Ik wil daarmee zeggen dat het mijn geld niet was. Toen ik hier kwam, was het mijn geld niet.'

'Ik dacht dat het verhaal was dat je uit een familie kwam die een fosfaatmijn of een rederij in Florida had.'

Hij knikte nadrukkelijk.

'Dat is allemaal waar, maar het hangt ervan af hoe je "familie" definieert.'

Het drong langzaam tot me door.

'Heb je het over de maffia, Walter?'

'Ik heb het over een organisatie in Florida met een enorme cashflow die legitieme bedrijven nodig had om het geld wit te wassen en legitieme zetbazen om die bedrijven te leiden. Ik was accountant. Ik was een van die mannen.'

Het was gemakkelijk om een en een bij elkaar op te tellen. Florida vijfentwintig jaar geleden. Het hoogtepunt van de ongeremde stroom cocaïne en geld.

'Ik werd naar het westen gestuurd,' vervolgde Elliot. 'Ik had een verhaal en ik had koffers vol geld. En ik hield van films. Ik wist hoe ik ze moest uitkiezen en in elkaar moest zetten. Ik nam Archway over en maakte er een onderneming van met een omzet van een miljard dollar. En toen zei mijn vrouw…'

Een treurige uitdrukking van spijt gleed over zijn gezicht.

'Wat, Walter?'

'Op de ochtend na onze twaalfde huwelijksdag – nadat de overeenkomst die we voor het huwelijk hadden gesloten van kracht was geworden – vertelde ze me dat ze bij me wegging. Ze wilde van me scheiden.'

Ik knikte. Ik begreep het. Nu die overeenkomst van kracht werd, zou Mitzi Elliot recht hebben op de helft van Walter Elliots aandeel in Archway Studios. Alleen was hij maar een stroman. Zijn aandeel behoorde eigenlijk aan de organisatie toe en het was niet het soort organisatie dat zou toestaan dat de helft van haar investering in een rok de deur uit zou lopen.

'Ik heb geprobeerd haar van gedachten te laten veranderen,' zei Elliot. 'Maar ze wilde niet luisteren. Ze was verliefd op die vuile nazi en ze dacht dat hij haar zou kunnen beschermen.'

'De organisatie heeft haar laten vermoorden.'

Het klonk zo vreemd om die woorden hardop te zeggen dat ik rondkeek en het restaurant afspeurde.

'Ik had daar die dag niet horen te zijn,' zei Elliot. 'Er was me gezegd dat ik uit de beurt moest blijven en voor een ijzersterk alibi moest zorgen.'

'Waarom ben je er dan naartoe gegaan?'

Zijn blik hield de mijne even vast voordat hij antwoordde.

'Ik hield op de een of andere manier nog steeds van haar. Ik wilde haar nog steeds hebben. Ik wilde voor haar vechten. Ik ben daarnaartoe gegaan om het tegen te houden, misschien om de held uit te hangen en haar terug te winnen. Ik weet het niet. Ik had geen plan. Ik wilde alleen niet dat het zou gebeuren. Dus ben ik ernaartoe gegaan... maar ik was te laat. Ze waren allebei dood toen ik daar aankwam. Vreselijk...'

Elliot leek even overweldigd door de herinnering aan het tafereel in de slaapkamer in Malibu. Ik sloeg mijn ogen neer en keek naar het witte tafelkleed voor me. Een advocaat verwacht nooit dat zijn cliënt hem de hele waarheid vertelt. Delen van de waarheid wel, maar nooit de koude, harde en volledige waarheid. Ik moest ervan uitgaan dat Elliot dingen had weggelaten, maar wat hij me verteld had, was voorlopig genoeg. Het was tijd om over de omkoping te praten.

'En toen kwam Jerry Vincent,' spoorde ik hem aan.

Hij stelde zijn blik weer op scherp en keek me aan.

'Ja.'

'Vertel me eens over de omkoping.'

'Daar heb ik niet veel over te vertellen. Mijn bedrijfsadvocaat bracht me in contact met Jerry Vincent en ik vond hem goed. We spraken een honorariumregeling af en daarna kwam hij bij me – dat was in het begin, minstens vijf maanden geleden – en zei dat hij was benaderd door iemand die met de jury kon knoeien. Je weet wel, hij kon iemand in de jury zetten die aan onze kant zou staan. Wat er ook zou gebeuren, hij zou volhouden dat ik vrijgesproken moest worden, maar hij zou ook van binnenuit voor de verdediging werken, tijdens de beraadslagingen. Hij zou een prater zijn, iemand met een grote overtuigingskracht – een bedrieger. Het punt was dat het proces, als het eenmaal geregeld was, op schema moest blijven zodat deze man in mijn jury zou komen.'

'En jij en Jerry hebben het aanbod aangenomen?'

'Ja. Dat was vijf maanden geleden. Destijds stelde mijn verdediging niet veel voor. Ik had mijn vrouw niet vermoord, maar ik had de schijn wel heel erg tegen. We hadden geen magische kogel... en ik was bang. Ik was onschuldig, maar ik begreep dat ik veroordeeld zou worden. Dus hebben we het aanbod aangenomen.'

'Hoeveel heb je betaald?'

'Een voorschot van honderdduizend dollar. Zoals je ontdekt hebt, heeft Jerry dat via zijn honorarium betaald. Hij blies zijn honorarium op, ik betaalde hem en hij betaalde voor het jurylid. Daarna zou ik nog honderdduizend dollar betalen als de jury geen overeenstemming zou bereiken en tweehonderdvijftigduizend dollar voor vrijspraak. Jerry zei dat die mensen het al eerder hadden gedaan.'

'Een jury gemanipuleerd, bedoel je?'

'Ja, dat zei hij.'

Ik dacht dat de FBI misschien lucht had gekregen van de eerdere omkopingen en daarom Vincent had benaderd.

'Waren het Jerry's processen waarmee eerder geknoeid was?' vroeg ik.

'Dat heeft hij niet gezegd en ik heb het niet gevraagd.'

'Heeft hij nooit gezegd dat de FBI aan jouw zaak aan het snuffelen was?'

Elliot leunde achterover alsof ik iets walgelijks had gezegd.

'Nee, is dat dan zo?'

Hij keek erg bezorgd.

'Ik weet het niet, Walter. Ik stel alleen vragen. Maar Jerry heeft tegen je gezegd dat hij het proces wilde uitstellen?'

Elliot knikte.

'Ja, die maandag. Hij zei dat we de omkoping niet nodig hadden. Hij had de magische kogel en hij zou het proces winnen zonder de mol in de jury.'

'En dat heeft hem zijn leven gekost.'

'Dat moet wel. Ik denk niet dat dat soort mensen je gewoon van gedachten laat veranderen en toestaat dat je je uit zoiets terugtrekt?'

'Welke mensen? Die van de organisatie?'

'Ik weet het niet. Gewoon dat soort mensen. Mensen die dit soort dingen doen.'

'Heb je iemand verteld dat Jerry het proces ging uitstellen?'

'Nee.'

312

'Weet je het zeker?'

'Natuurlijk.'

'Aan wie heeft Jerry het dan verteld?'

'Dat zou ik niet weten.'

'Met wie heeft Jerry de deal gesloten? Wie heeft hij omgekocht?'

'Dat weet ik ook niet. Dat wilde hij me niet vertellen. Hij zei dat het beter zou zijn als ik geen namen kende. Hetzelfde wat ik tegen jou zeg.'

Daarvoor was het een beetje laat. Ik moest hier een eind aan maken en weggaan om rustig alleen na te kunnen denken. Ik keek naar mijn onaangeroerde bord met vis en vroeg me af of ik het voor Patrick mee zou nemen of dat iemand in de keuken de maaltijd anders zou opeten.

'Ik wil je niet onder druk zetten,' zei Elliot, 'maar als ik veroordeeld word, ben ik er geweest.'

Ik keek hem aan.

'De organisatie?'

Hij knikte.

'Als iemand gearresteerd wordt, vormt hij een risico. Normaal gesproken brengen ze hem al om zeep voordat hij voor de rechter moet komen. Ze nemen niet het risico dat hij een deal sluit, maar ik heb nog steeds de controle over hun geld, begrijp je. Als ze mij doden, zijn ze alles kwijt. Archway, het onroerend goed, alles. Dus leunen ze achterover en kijken toe. Als ik vrijkom, wordt alles weer zoals het was en is alles in orde. Als ik veroordeeld word, vorm ik een te groot risico en zal ik in de gevangenis geen twee nachten in leven blijven. Ze zullen me daar te pakken nemen.'

Het is altijd goed om precies te weten wat de inzet is, maar ik had liever gewild dat hij me er niet aan herinnerd had.

'We hebben hier met mensen te maken die uitermate machtig zijn,' vervolgde Elliot. 'Dit gaat veel verder dan de vertrouwensrelatie tussen advocaat en cliënt. Die is hierbij vergeleken kinderspel, Mick. De dingen die ik je vanavond verteld heb, mogen niet verder komen dan deze tafel. Je mag ze niet in de rechtszaal of waar dan ook vertellen. Wat ik je hier verteld heb, zou je heel snel je leven kunnen kosten. Net zoals het bij Jerry is gegaan. Onthou dat.'

Elliot had op zakelijke toon gesproken en toen hij klaar was, dronk hij kalm zijn glas wijn leeg. Maar de dreiging lag besloten in elk woord dat hij gezegd had. Het zou me geen moeite kosten om het te onthouden.

Elliot wenkte een ober en vroeg om de rekening.

42

Ik was dankbaar dat mijn cliënt als aperitief graag martini's en tijdens en na het eten graag chardonnay dronk. Ik wist niet zeker of Elliot me evenveel verteld zou hebben als de alcohol het pad niet geëffend had door zijn tong los te maken. Maar ik wilde niet dat hij daarna het risico zou lopen om midden in een moordproces aangehouden te worden voor rijden onder invloed. Ik drong erop aan dat hij niet naar huis zou rijden, maar Elliot zei dat hij niet van plan was om zijn Maybach van 400.000 dollar 's nachts in een garage in het centrum te laten staan. Daarom liet ik ons door Patrick naar zijn auto brengen en daarna bracht ik Elliot in zijn auto naar huis, terwijl Patrick achter ons aan reed.

'Kost deze auto vierhonderd rooien?' vroeg ik. 'Ik durf er nauwelijks in te rijden.'

'Eigenlijk iets minder.'

'Ja ja, heb je niets anders om in te rijden. Toen ik je zei dat je niet in de limo moest rijden, verwachtte ik niet dat je dan in een van deze auto's naar je proces zou komen. Denk eens aan de indruk die je maakt, Walter. Dit ziet er niet goed uit. Weet je nog wat je me verteld hebt toen we elkaar voor het eerst ontmoetten? Dat je ook buiten de rechtszaal wilde winnen. Een auto als deze helpt je daar niet bij.'

'Mijn andere auto is een Carrera GT.'

'Geweldig. Wat is die waard?'

'Meer dan deze.'

'Weet je wat, ik kan je een van mijn Lincolns lenen. Ik heb er zelfs een met een nummerbord waarop "onschuldig" staat. Die kun je gebruiken.'

'Dat hoeft niet. Ik kan aan een mooie, bescheiden Mercedes komen. Is dat goed?'

'Perfect, Walter, ondanks alles wat je me vanavond verteld hebt, ga ik mijn best voor je doen. Ik denk dat we een goede kans hebben.'

'Dus je gelooft dat ik onschuldig ben?'

Ik aarzelde.

'Ik geloof dat je je vrouw en Rilz niet hebt doodgeschoten. Ik weet niet zeker of je dan ook onschuldig bent, maar ik zal het zo zeggen: ik geloof niet dat je schuldig bent aan de aanklachten die tegen je zijn ingebracht. En meer heb ik niet nodig.'

Hij knikte.

'Misschien kan ik niet om meer vragen. Dank je, Mickey.'

Daarna praatten we niet veel meer omdat ik me moest concentreren om de auto, die meer waard was dan het huis van de meeste mensen, niet in de prak te rijden.

Elliot woonde in Beverly Hills op een omheind landgoed op het vlakke land ten zuiden van Sunset Boulevard. Hij drukte op een knopje in het dak van de auto waarmee de stalen toegangspoort werd geopend en we gleden naar binnen, met Patrick vlak achter ons in de Lincoln. We stapten uit en ik gaf Elliot zijn sleutels. Hij vroeg of ik binnen wilde komen om nog wat te drinken en ik herinnerde hem eraan dat ik niet dronk. Hij stak zijn hand uit en ik schudde die. Het gaf me een ongemakkelijk gevoel, alsof we een soort deal bezegelden na zijn eerdere onthullingen. Ik wenste hem goedenacht en stapte achter in mijn Lincoln.

De hele weg naar mijn huis knarsten de raderen in mijn hoofd. Patrick had snel geleerd om mijn stemmingen aan te voelen en hij leek te weten dat dit geen tijd was om me te storen met gekeuvel. Hij liet me werken.

Ik zat tegen het portier geleund en keek door het raampje naar buiten, maar ik zag de neonwereld niet voorbijgaan. Ik dacht na over Jerry Vincent en de deal die hij had gesloten met een onbekende. Het was niet moeilijk om te bedenken hoe het gedaan was, maar de vraag wie het had gedaan was een heel andere kwestie.

Ik wist dat het jurysysteem gebaseerd was op willekeurige selectie op diverse niveaus. Dit hielp om de integriteit van jury's te garanderen en zorgde ervoor dat ze een dwarsdoorsnede van de bevolking vormden. De pool van honderden burgers die elke week werden opgeroepen om hun plicht als jurylid te vervullen, werd willekeurig geselecteerd uit de kiezersregistratie en de administratie van huizenbezitters en nutsbedrijven. Uit deze grotere groep werden juryleden voor de juryselectie bij een bepaald proces ook willekeurig gekozen, deze keer door de computer van de rechtbank. De lijst met deze potentiële juryleden werd aan de rechter gegeven die het proces voorzat en de eerste twaalf namen of codenummers op de lijst werden opgeroepen om in de jurybanken plaats te nemen voor de eerste ondervragingsronde. Weer kwamen de namen of nummers op de lijst uit een door de computer gegenereerde, willekeurige selectie.

Elliot had me verteld dat Jerry Vincent, nadat de datum waarop het proces zou beginnen was vastgesteld, was benaderd door een onbekende die hem vertelde dat er een mol in de jury gezet kon worden. Het probleem was dat het dan niet meer mogelijk zou zijn om het proces uit te stellen. Als het proces werd verschoven, zou de mol niet mee kunnen verschuiven. Hieruit concludeerde ik dat de onbekende volledig toegang had tot alle niveaus van de willekeurige selectieprocessen van het jurysysteem: de aanvankelijke oproepen om de juryplicht in een bepaalde week en in een bepaalde rechtbank te vervullen, de willekeurige selectie van de opgeroepen juryleden voor het proces tegen Elliot en de willekeurige selectie van de eerste twaalf juryleden die de jurybanken bezetten.

Wanneer de mol eenmaal in de jury zat, was het aan hem om ervoor te zorgen dat hij er bleef. De verdediging zou hem niet verwijderen met een preventieve wraking en door de indruk te wekken dat hij voor het OM was, zou hij voorkomen dat hij door de aanklager gewraakt werd. Het was simpel genoeg, als de datum waarop het proces zou beginnen maar niet gewijzigd werd.

Door deze analyse begreep ik de manipulatie die nodig was beter en kreeg ik er ook een duidelijker idee van wie de boel had bekokstoofd. Ik begreep ook beter dat ik me ethisch gezien in een lastig parket bevond. Elliot had onder het eten verscheidene misdaden bekend, maar ik was zijn advocaat en deze bekentenissen vielen onder mijn beroepsgeheim. Ik mocht alleen een uitzondering op deze regel maken wanneer ik zelf in gevaar kwam door mijn kennis van een misdrijf of wanneer ik kennis had van een misdrijf dat gepland maar nog niet gepleegd was. Ik wist dat iemand door Vincent was omgekocht. Dat misdrijf was al gebeurd. Maar het geknoei met de jury had nog niet plaatsgevonden. Die misdaad zou pas gepleegd worden wanneer de beraadslagingen begonnen en dus was het mijn plicht er melding van te maken. Elliot kende deze uitzondering op de regels met betrekking tot het beroepsgeheim kennelijk niet of hij was ervan overtuigd dat de dreiging dat ik hetzelfde lot zou ondergaan als Jerry Vincent, me in toom zou houden.

Toen ik over al deze dingen nadacht, besefte ik dat er nog een uitzondering was. Ik zou de voorgenomen manipulatie van de jury niet hoeven te melden als ik zou voorkomen dat de misdaad plaatsvond.

Ik richtte me op en keek rond. We waren op Sunset Boulevard en reden West-Hollywood binnen. Ik keek voor me uit en zag een bekend bord.

'Patrick, stop hier even voor Book Soup. Ik wil even snel naar binnen.'

Patrick zette de Lincoln voor de boekwinkel langs de kant. Ik zei dat hij moest wachten en stapte uit. Ik ging door de voordeur van de winkel naar binnen en liep naar achteren tot tussen de boekenrekken. Hoewel ik van de winkel hield, was ik er niet om iets te kopen. Ik moest even bellen en ik wilde niet dat Patrick het zou horen.

In het looppad van de detectives waren te veel klanten. Ik liep verder door naar achteren en vond een lege nis waar grote salontafelboeken op de planken en tafels hoog opgestapeld lagen. Ik haalde mijn telefoon tevoorschijn en belde mijn onderzoeker.

'Cisco, met mij. Waar ben je?'

'Thuis. Wat is er?'

'Is Lorna daar?'

'Nee, ze is met haar zuster naar de bioscoop. Een meidenfilm. Ze is waarschijnlijk terug om...'

'Daar gaat het niet om. Ik wilde jou spreken. Ik wil dat je iets voor me doet, maar misschien wil je het niet doen. Als je het niet wilt, begrijp ik het. In elk geval wil ik niet dat je er met iemand over praat, ook niet met Lorna.'

Hij aarzelde even voordat hij antwoordde.

'Wie moet ik vermoorden?'

We schoten allebei in de lach en daardoor raakte ik de spanning die zich in de loop van de avond had opgebouwd een beetje kwijt.

'Daar kunnen we het later over hebben, maar dit kan net zo gevaar-

lijk zijn. Ik wil dat je iemand voor me schaduwt en alles over hem uit-
zoekt wat je kunt. Het probleem is dat we waarschijnlijk allebei onze
vergunning kwijtraken als je betrapt wordt.'

'Wie is het?'

'Jurylid nummer zeven.'

43

Zodra ik weer in de Lincoln was gestapt, kreeg ik spijt van wat ik aan het doen was. Ik was een grijs gebied binnengegaan en daardoor zou ik in grote moeilijkheden kunnen komen. Aan de ene kant is het volkomen logisch dat een advocaat een melding van geknoei met een jury en wangedrag van een jurylid onderzoekt, maar aan de andere kant zou zo'n onderzoek zelf als een poging tot manipulatie van een jurylid beschouwd kunnen worden. Rechter Stanton had stappen genomen om de anonimiteit van de jury te garanderen en ik had mijn onderzoeker net gevraagd om daar inbreuk op te maken. Als het faliekant mis zou lopen, zou Stanton pas echt boos worden en zou hij me niet alleen maar scheef aankijken. Dit was geen geringe overtreding. Stanton zou klagen bij de Orde van Advocaten, de president van de rechtbank en zelfs bij het hooggerechtshof als ze daar naar hem zouden willen luisteren. Hij zou ervoor zorgen dat het proces tegen Elliot mijn laatste proces was.

Patrick reed Fareholm Drive op en zette de auto in de garage onder mijn huis. We liepen naar buiten en beklommen de trap naar de voorveranda. Het was bijna tien uur en ik was afgepeigerd na een werkdag van veertien uur. Maar de adrenaline pompte door mijn aderen toen ik een man op een van de verandastoelen zag zitten. Ik zag het silhouet van zijn hoofd omdat de lichten van de stad achter hem waren. Ik strekte mijn arm uit om Patrick tegen te houden, zoals een vader bij een kind zou doen dat blindelings de weg op loopt.

'Hallo, Haller.'

Bosch. Ik herkende de stem en de begroeting. Ik ontspande me en liet Patrick doorlopen. We stapten de veranda op en ik opende de deur om Patrick binnen te laten. Daarna sloot ik de deur en keek Bosch aan.

'Mooi uitzicht,' zei hij. 'Heb je dit huis kunnen kopen door tuig te verdedigen?'

Ik was te moe om erop in te gaan.

'Wat doe je hier, rechercheur?'

'Ik dacht dat je na de boekwinkel wel naar huis zou gaan,' zei hij, 'Dus ben ik vast vooruitgegaan om hier op je te wachten.'

'Nou, ik ben klaar voor vanavond. Je kunt je team naar huis sturen, als er tenminste een team is.'

'Waarom denk je dat dat er niet zou zijn?'

'Dat weet ik niet. Ik heb niemand gezien. Ik hoop dat je me niet in de maling hebt genomen, Bosch. Ik heb mijn nek hiervoor heel erg ver uitgestoken.'

'Na de zitting heb je met je cliënt gegeten in de Water Grill. Jullie hebben allebei tongfilet genomen en jullie verhieven allebei af en toe jullie stem. Je cliënt dronk nogal flink en daarom heb je hem in zijn auto naar huis gebracht. Van daaruit op de terugweg ben je Book Soup binnengegaan om een telefoongesprek te voeren dat je chauffeur kennelijk niet mocht horen.'

Ik was onder de indruk.

'Oké, dan neem ik dat terug. Ik snap het. Ze zijn daar buiten. Wat wil je, Bosch? Wat is er aan de hand?'

Bosch stond op en kwam naar me toe.

'Ik wilde jou hetzelfde vragen,' zei hij. 'Waarover was Walter Elliot vanavond onder het eten zo opgewonden en geërgerd? En wie heb je achter in de boekwinkel gebeld?'

44

Mijn beurt om rechercheur Kinder te ondervragen kwam pas dinsdag-
middag laat, nadat de aanklager nog verscheidene uren bezig was geweest om de details van het onderzoek uit te spinnen. Dat werkte in
mijn voordeel. Ik dacht dat de jury – en Julie Favreau bevestigde dit
met een sms'je – verveeld raakte door de bijzonderheden die in het
getuigenis aan de orde kwamen, en een nieuwe reeks vragen zou ver-
welkomen.

Kinders getuigenis had vandaag hoofdzakelijk betrekking op het
onderzoek na Walter Elliots arrestatie. Hij beschreef uitgebreid hoe
hij in het huwelijk van de beklaagde had gegraven, hoe hij een recent
van kracht geworden, vóór het huwelijk gesloten overeenkomst had
ontdekt en hoe hij erachter was gekomen dat Elliot in de weken voor
de moorden veel moeite had gedaan om vast te stellen hoeveel geld hij
bij een scheiding zou kwijtraken en in hoeverre hij dan de controle
over Archway zou verliezen. Met behulp van een tijdschema had hij
aan de hand van Elliots verklaringen en gedocumenteerde bewegingen kunnen vaststellen dat de beklaagde geen geloofwaardig alibi had
voor het geschatte tijdstip van de moorden.

Golantz nam ook de tijd om Kinder te ondervragen over de losse
eindjes van het onderzoek en de uitlopers ervan die nergens toe bleken te leiden. Kinder beschreef de vele ongegronde aanwijzingen die
binnenkwamen en plichtsgetrouw werden nagetrokken, het onderzoek naar Johan Rilz in een poging vast te stellen of hij het belangrijkste doelwit van de moordenaar was geweest, en de vergelijking van de
dubbele moord met andere, vergelijkbare onopgeloste zaken.

Al met al leken Golantz en Kinder grondig werk te hebben verricht om de moorden in Malibu met mijn cliënt in verband te brengen en halverwege de middag was de jonge aanklager zo tevreden

dat hij zei: 'Geen vragen meer, edelachtbare.'

Het was nu eindelijk mijn beurt en ik had besloten Kinder aan te vallen in een kruisverhoor dat scherp gericht zou blijven op slechts drie onderdelen van zijn getuigenis, tot ik hem met een onverwachte stoot in de maag zou verrassen. Ik liep naar de lessenaar en begon met mijn ondervraging.

'Rechercheur Kinder, ik weet dat we dit later in het proces nog van de patholoog-anatoom te horen zullen krijgen, maar u hebt verklaard dat u na de autopsie hebt gehoord dat het geschatte tijdstip van de dood van mevrouw Elliot en meneer Rilz tussen elf en twaalf uur lag.'

'Dat klopt.'

'Was het dichter bij elf of bij twaalf uur?'

'Dat valt onmogelijk met zekerheid te zeggen. Dat is gewoon het tijdsbestek waarin het gebeurd is.'

'Oké, en toen u dat tijdsbestek eenmaal had, hebt u uw best gedaan om aan te tonen dat de man die u al had gearresteerd geen alibi voor die periode had. Is dat juist?'

'Zo zou ik het niet willen zeggen.'

'Hoe zou u het dan willen zeggen?'

'Ik zou zeggen dat ik verplicht was om de zaak te blijven onderzoeken en voor het proces voor te bereiden. Daarbij hoorde ik open te blijven staan voor de mogelijkheid dat de verdachte wel een alibi voor de moorden zou hebben. Aan de hand van diverse ondervragingen en de gegevens die bij de poort van Archway worden bijgehouden, heb ik vast kunnen stellen dat meneer Elliot, die zelf reed, de studio die ochtend om tien over half elf heeft verlaten. Daardoor had hij ruimschoots de tijd om...'

'Dank u, rechercheur. U hebt de vraag beantwoord.'

'Ik ben nog niet klaar met mijn antwoord.'

Golantz stond op en vroeg de rechter of de getuige zijn antwoord mocht afmaken en Stanton stond dat toe. Kinder vervolgde op zijn typische rechercheurstoon.

'Zoals ik al zei, daardoor had meneer Elliot ruimschoots de tijd om naar Malibu te gaan en daar binnen de grenzen van de schatting van het tijdstip van de dood van de slachtoffers aan te komen.'

'Zei u "ruimschoots de tijd om daar aan te komen"?'

'Genoeg tijd.'

'U hebt eerder gezegd dat u de rit zelf verscheidene keren hebt gemaakt. Wanneer was dat?'

'De eerste keer was precies een week na de moorden. Ik ben 's ochtends om tien over half elf bij het poorthuis van Archway vertrokken en naar het huis in Malibu gereden. Ik kwam daar om elf uur tweeënveertig aan, ruim binnen de tijd waarin de moorden gepleegd moeten zijn.'

'Hoe wist u dat u dezelfde route nam die meneer Elliot zou hebben genomen?'

'Dat wist ik niet. Ik heb gewoon de route gekozen die in mijn ogen het snelst was en het meest voor de hand lag. De meeste mensen nemen geen omweg. Ze nemen de kortste weg om zo snel mogelijk op hun bestemming te zijn. Vanaf Archway heb ik Melrose Avenue naar La Brea Avenue genomen en daarna La Brea Avenue tot aan de tien. Daarvandaan ben ik in westelijke richting naar de Pacific Coast Highway gereden.'

'Hoe wist u dat het verkeer even druk zou zijn als toen meneer Elliot die route nam?'

'Dat wist ik niet.'

'De verkeersdrukte kan in Los Angeles heel onvoorspelbaar zijn, nietwaar?'

'Ja.'

'Hebt u de route daarom verscheidene keren gereden?'

'Dat is een van de redenen, ja.'

'Goed, rechercheur Kinder, u hebt verklaard dat u de route in totaal vijf keer hebt gereden en dat u elke keer bij het huis in Malibu aankwam binnen de tijd waarin de moorden gepleegd moeten zijn. Klopt dat?'

'Ja.'

'Wilt u de jury dan nu vertellen hoe vaak u aan de rit bent begonnen, maar hem hebt afgebroken omdat u wist dat u niet voor twaalf uur zou aankomen?'

'Dat is nooit gebeurd.'

Maar er klonk een lichte aarzeling in Kinders antwoord door. Ik wist zeker dat de jury dat ook opgemerkt had.

'Wilt u mijn volgende vraag met "ja" of "nee" beantwoorden, rechercheur? Als ik u gegevens zou tonen waaruit blijkt dat u niet vijf keer om tien over half elf bij de poort van Archway bent vertrokken, maar zeven keer, zouden die gegevens dan vals zijn?'

Kinders ogen schoten naar Golantz en daarna terug naar mij.

'Wat u suggereert, is niet gebeurd,' zei hij.

'U beantwoordt de vraag niet, rechercheur. Nog een keer: "ja" of "nee". Als ik gegevens zou tonen waaruit blijkt dat u uw controlerit minstens zeven keer hebt gemaakt, terwijl u in uw getuigenverklaring maar vijf keer noemt, zouden die gegevens dan vals zijn?'

'Nee, maar ik ben niet…'

'Dank u, rechercheur. Ik vroeg alleen maar om een "ja" of "nee"-antwoord.'

Golantz stond op en vroeg de rechter of de getuige de vraag volledig mocht beantwoorden, maar Stanton zei dat hij later nog de gelegenheid zou krijgen om erop terug te komen. Maar nu aarzelde ík. Ik wist dat Golantz later om Kinders verklaring zou vragen, maar ik had nu de kans om dat zelf te doen en er controle op uit te oefenen zodat ik er mijn voordeel mee zou kunnen doen. Het was een gok, omdat ik op dit moment het gevoel had dat ik hem behoorlijk beschadigd had en als ik gewoon verder zou gaan met mijn kruisverhoor tot de zitting tot de volgende dag werd verdaagd, zouden de juryleden naar huis gaan met een gevoel van wantrouwen jegens de politie dat in hun hersenen zou blijven doorsijpelen, en dat was nooit slecht.

Ik besloot toch het risico te nemen en te proberen de boel onder controle te houden.

'Vertelt u ons eens hoeveel van die testritten u hebt afgebroken voordat u het huis in Malibu had bereikt, rechercheur.'

'Dat waren er twee.'

'Welke waren dat?'

'De tweede en de laatste, de zevende.'

Ik knikte.

'En u hebt dat gedaan omdat u wist dat u niet binnen de tijd waarin de moorden waren gepleegd bij het huis in Malibu zou aankomen. Klop dat?'

'Nee, dat klopt helemaal niet.'

'Wat was dan de reden dat u met de testritten stopte?'

'De ene keer werd ik teruggeroepen naar kantoor om daar iemand te ondervragen en de andere keer hoorde ik over de radio dat een politieman om versterking vroeg. Ik ben van de route afgeweken om hem bij te staan.'

'Waarom hebt u deze ritten niet vermeld in uw rapport over uw onderzoek naar de duur van de rit van Archway naar Malibu?'

'Ik vond dat ze niet ter zake deden omdat het incomplete tests waren.'

'Dus deze incomplete testritten zijn nergens in dat dikke dossier van u vermeld?'

'Nee.'

'Dus hebben we alleen uw woord wat betreft de reden waarom u de testritten hebt afgebroken voordat u het huis in Malibu bereikte? Is dat juist?'

'Ja.'

Ik knikte en concludeerde dat ik hem wat dit onderwerp betrof genoeg door de mangel had gehaald. Golantz kon Kinder later rehabiliteren en misschien zelfs met gegevens naar voren komen die bevestigden dat Kinder de telefoontjes die hem van zijn route hadden doen afwijken inderdaad had gehad. Maar ik hoopte dat ik in elk geval enige twijfel aan de betrouwbaarheid van de getuige in de hoofden van de juryleden had gezaaid. Ik incasseerde mijn kleine overwinning en gaf Kinder er vervolgens van langs omdat er geen moordwapen was gevonden. Ik bracht naar voren dat hij Walter Elliot in zijn half jaar durende onderzoek met geen enkel wapen in verband had kunnen brengen. Ik benaderde deze kwestie vanuit verschillende gezichtspunten, zodat Kinder herhaaldelijk moest erkennen dat het wapen, dat voor het onderzoek en de vervolging van cruciaal belang was, nooit was gevonden, hoewel Elliot, als hij inderdaad de moordenaar was, weinig tijd had gehad om het te verbergen.

Ten slotte zei Kinder gefrustreerd: 'Ach, de oceaan is groot, meneer Haller.'

Het was de opening waarop ik wachtte.

'Een grote oceaan, rechercheur? Wilt u suggereren dat meneer Elliot een boot had en het wapen midden in de Grote Oceaan heeft gedumpt?'

'Nee, dat niet.'

'Wat dan wel?'

'Ik zeg alleen dat het wapen in het water terecht kan zijn gekomen en dat het door de stroming is meegevoerd voordat onze duikers daar aankwamen.'

'Het wapen kán in het water terecht zijn gekomen? Wilt u meneer Elliot zijn leven en zijn broodwinning afnemen met als reden dat iets gebeurd kán zijn, rechercheur Kinder?'

'Nee, dat zeg ik niet.'

'Wat u zegt, is dat u geen wapen hebt gevonden en dat u meneer Elliot niet met een wapen in verband kunt brengen, maar dat u er nooit aan getwijfeld hebt dat hij de dader is. Klopt dat?'

'We hebben een onderzoek naar kruitsporen op meneer Elliots kleding en handen gedaan waarvan de uitslag positief was. Naar mijn mening wordt meneer Elliot daardoor met een wapen in verband gebracht.'

'Wat voor wapen was dat?'

'Dat hebben we niet.'

'Hmm. En u beweert met wetenschappelijke zekerheid dat meneer Elliot een wapen heeft afgevuurd op de dag dat zijn vrouw en Johan Rilz zijn vermoord?'

'Nou ja, geen wetenschappelijke zekerheid, maar de test...'

'Dank u, rechercheur Kinder. Ik denk dat u daarmee de vraag hebt beantwoord. Laten we verdergaan.'

Ik sloeg de bladzijde van mijn blocnote om en bestudeerde de volgende reeks vragen die ik de vorige avond opgeschreven had.

'Rechercheur Kinder, hebt u in de loop van uw onderzoek kunnen vaststellen wanneer Johan Rilz en Mitzi Elliot elkaar hebben leren kennen?'

'Ik heb vastgesteld dat ze hem in de herfst van 2005 in de arm heeft genomen als binnenhuisarchitect. Ik weet niet of ze hem daarvoor al kende.'

'En wanneer zijn ze minnaars geworden?'

'Dat was voor ons onmogelijk vast te stellen. Ik weet wel dat er in de agenda van meneer Rilz regelmatig afspraken met mevrouw Elliot in een van haar huizen genoteerd stonden. Het aantal afspraken groeide een half jaar voor haar dood.'

'Werd hij voor al die afspraken betaald?'

'Meneer Rilz hield zijn boekhouding zeer onnauwkeurig bij. Het was moeilijk om vast te stellen of hij voor specifieke afspraken betaald werd. Maar in het algemeen namen de betalingen aan meneer Rilz toe toen de frequentie van de afspraken toenam.'

Ik knikte alsof dit antwoord paste in een groter beeld dat ik voor me zag.

'Goed, en u hebt ook verklaard dat de moorden slechts tweeëndertig dagen nadat de voor het huwelijk gesloten overeenkomst tussen Walter en Mitzi Elliot van kracht werd, gepleegd zijn, een overeenkomst waardoor mevrouw Elliot in het geval van een scheiding aanspraak zou kunnen maken op de helft van de financiële bezittingen van het echtpaar.'

'Dat klopt.'

'En dat ziet u als het motief voor deze moorden?'

'Gedeeltelijk, ja. Ik noem het een versterkende factor.'

'Ziet u enige inconsistentie in uw theorie over de misdaad, rechercheur Kinder?'

'Nee.'

'Vond u niet dat uit de financiële gegevens en uit de toegenomen frequentie van de afspraken duidelijk bleek dat er tussen meneer Rilz en mevrouw Elliot een soort romantische of op zijn minst een seksuele relatie was ontstaan?'

'Ik zou niet zeggen dat dat duidelijk was.'

'O nee?'

Ik zei het met verbazing. Ik had hem in het nauw gedreven. Als hij zou zeggen dat het duidelijk was dat de twee een verhouding hadden, zou hij me het antwoord geven dat ik wilde hebben en dat wist hij. Als hij zou zeggen dat het niet duidelijk was, zou hij voor gek staan omdat verder iedereen in de rechtszaal dat wel vond.

'Terugblikkend lijkt het misschien duidelijk, maar ik denk dat het destijds verborgen bleef.'

'Hoe is Walter Elliot er dan achter gekomen?'

'Dat weet ik niet.'

'Duidt het feit dat u geen moordwapen hebt kunnen vinden er niet op dat Walter Elliot de moorden gepland heeft?'

'Niet noodzakelijkerwijs.'

'Dus het is gemakkelijk om een wapen voor de politie te verbergen?'

'Nee, maar zoals ik u al heb gezegd, kan het gewoon vanaf de achterveranda in de oceaan zijn gegooid en door de stroming meegevoerd zijn. Daar zou niet veel planning voor nodig zijn.'

Kinder wist wat ik wilde en welke kant ik op probeerde te gaan. Ik kon hem die richting niet één-twee-drie uit krijgen, dus besloot ik hem een duwtje te geven.

'Rechercheur, is het nooit in u opgekomen dat het veel logischer zou zijn geweest dat Walter Elliot, als hij van de affaire van zijn vrouw wist, gewoon van haar zou zijn gescheiden voordat de voor het huwelijk gesloten overeenkomst van kracht zou zijn geworden?'

'We hebben niet kunnen bepalen wanneer hij erachter kwam dat zijn vrouw een verhouding had. En uw vraag houdt geen rekening met zaken als emoties en woede. Het is mogelijk dat het geld er als motief geen rol bij heeft gespeeld. Het kan alleen simpelweg woede om het bedrog zijn geweest.'

Ik had niet gekregen wat ik wilde hebben. Ik was boos op mezelf en schreef het toe aan gebrek aan oefening. Ik had me op het kruisverhoor voorbereid, maar het was de eerste keer in een jaar dat ik de confrontatie aanging met een ervaren en sluwe getuige. Ik besloot het er wat dit betreft verder bij te laten en Kinder te raken met een stoot die hij niet zou zien aankomen.

45

Ik vroeg de rechter of hij even wilde wachten en liep toen naar de tafel van de verdediging. Ik boog me naar voren en fluisterde in het oor van mijn cliënt: 'Knik alsof ik je iets heel belangrijks vertel.'

Elliot deed wat hem gezegd was en vervolgens pakte ik een dossier op en ging terug naar de lessenaar. Ik opende het dossier en keek toen naar het getuigenbankje.

'Rechercheur Kinder, op welk moment in uw onderzoek concludeerde u dat Johan Rilz het primaire doelwit bij deze dubbele moord was?'

Kinder wilde onmiddellijk antwoorden en hij opende zijn mond al, maar toen sloot hij hem, leunde achterover en dacht even na. Het was precies het soort lichaamstaal dat, naar ik hoopte, door de jury opgepikt zou worden.

'Dat heb ik op geen enkel moment geconcludeerd,' zei Kinder ten slotte.

'Was Johan Rilz op geen enkel moment heel belangrijk in uw onderzoek?'

'Hij was het slachtoffer van een moord. Dat maakte hem in mijn ogen heel belangrijk.'

Kinder leek nogal trots op dat antwoord, maar ik gaf hem niet veel tijd om ervan te genieten.

'Dus dat hij heel belangrijk was, verklaart waarom u naar Duitsland bent gegaan om zijn achtergrond te onderzoeken. Klopt dat?'

'Ik ben niet naar Duitsland gegaan.'

'En naar Frankrijk? In zijn paspoort stond dat hij daar heeft gewoond voordat hij naar de Verenigde Staten kwam.'

'Daar ben ik ook niet geweest.'

'Wie van uw team is daar dan wel geweest?'

'Niemand. Dat vonden we niet nodig.'

'Waarom was het niet nodig?'

'We hadden Interpol gevraagd om Johan Rilz' achtergrond na te trekken en hij bleek geen strafblad te hebben.'

'Wat is Interpol?'

'Dat staat voor International Criminal Police Organisation. Het is een samenwerkingsorganisatie tussen de politiekorpsen in meer dan honderd landen die internationale samenwerking vergemakkelijkt. Ze heeft door heel Europa heen kantoren en krijgt volledige medewerking van de gastlanden.'

'Dat is mooi, maar het betekent dat u niet rechtstreeks naar de politie in Berlijn bent gegaan, de stad waar Rilz vandaan komt?'

'Ja.'

'Hebt u contact opgenomen met de politie in Parijs, waar Rilz vijf jaar gewoond heeft?'

'Nee, we vertrouwden erop dat onze contactpersonen bij Interpol ons over de achtergrond van meneer Rilz konden informeren.'

'Dat onderzoek van Interpol kwam er grotendeels op neer dat ze daar gecontroleerd hebben of Rilz een strafblad had. Is dat juist?'

'Dat was erbij inbegrepen, ja.'

'Wat hebben ze dan nog meer nagetrokken?'

'Dat weet ik niet. Ik werk niet voor Interpol.'

'Als meneer Rilz in Parijs als informant bij een drugszaak voor de politie had gewerkt, zou Interpol u die informatie dan hebben gegeven?'

Kinders ogen werden een onderdeel van een seconde groter voordat hij antwoordde. Het was duidelijk dat hij de vraag niet verwacht had, maar ik kon niet aan hem zien of hij wist waar ik naartoe wilde of dat het allemaal nieuw voor hem was.

'Ik weet niet of ze ons die informatie wel of niet gegeven zouden hebben.'

'Politiediensten geven gewoonlijk de namen van hun informanten niet zomaar door. Dat is toch zo?'

'Ja.'

'Waarom is dat?'

'Omdat de informanten daardoor in gevaar zouden kunnen komen.'

'Dus het kan gevaarlijk zijn om politie-informant te zijn?'

'Soms, ja.'

'Hebt u ooit de moord op een informant onderzocht, rechercheur?'

Golantz stond op voordat Kinder kon antwoorden en hij vroeg de rechter of we even naar hem toe mochten komen. De rechter wenkte ons. Ik pakte het dossier van de lessenaar en volgde Golantz. De griffier kwam met haar stenografeermachine bij ons staan. De rechter reed zijn stoel naar ons toe en we staken de hoofden bij elkaar.

'Meneer Golantz?' spoorde de rechter hem aan.

'Ik zou graag willen weten waar dit toe leidt, want ik heb het gevoel dat ik hiermee overvallen word. Er staat niets in de stukken van de verdediging dat zelfs maar duidt op wat meneer Haller de getuige nu vraagt.'

De rechter draaide zich opzij in zijn stoel en keek me aan.

'Meneer Haller?'

'Als er iemand overvallen wordt, is het mijn cliënt, edelachtbare. Dit was een slordig onderzoek dat…'

'Bewaar dat maar voor de jury, meneer Haller. Wat hebt u voor me?'

Ik opende het dossier en legde een computeruitdraai voor de rechter neer. Ik legde hem opzettelijk zo neer dat Golantz hem ondersteboven zag.

'Wat ik heb, is een artikel dat vierenhalf jaar geleden in *Le Parisien* heeft gestaan. Johan Rilz wordt erin genoemd als getuige à charge in een grote drugszaak. Hij werd door de Direction de la Police Judiciaire gebruikt om aankopen te doen en kennis van binnenuit over de drugsbende te verzamelen. Hij was een informant, edelachtbare, en de politie hier heeft niet eens naar hem gekeken. Het was tunnelvisie vanaf het…'

'Nogmaals, meneer Haller, bewaar uw argumenten voor de jury. Deze uitdraai is in het Frans. Hebt u een vertaling?'

'Sorry, edelachtbare.'

Ik haalde het tweede van de drie vellen uit het dossier en legde dat op het eerste vel, weer in de richting van de rechter. Golantz draaide onhandig zijn hoofd toen hij het probeerde te lezen.

'Hoe weten we dat dit dezelfde Johan Rilz is?' vroeg Golantz. 'Het is daar een veel voorkomende naam.'

'Misschien in Duitsland, maar niet in Frankrijk.'

'Hoe weten we dat hij het is?' vroeg de rechter ditmaal. 'Dit is een vertaald krantenartikel. Dit is geen officieel document.'

Ik pakte het laatste vel uit het dossier en legde het neer.

'Dit is een fotokopie van een bladzijde uit Rilz' paspoort. Ik heb hem uit de stukken van het OM zelf. Er blijkt uit dat Rilz in maart 2003 uit Frankrijk naar de Verenigde Staten vertrokken is. Een maand nadat dit artikel is verschenen. Bovendien weet u hoe oud hij is. In het artikel staat zijn juiste leeftijd en er staat ook in dat hij voor de politie drugs kocht vanuit zijn bedrijf als binnenhuisarchitect. Hij is het duidelijk, edelachtbare. Hij heeft daar een heleboel mensen verraden en er zijn een heleboel mensen door zijn toedoen achter de tralies gekomen. Daarna komt hij hierheen om een nieuw leven te beginnen.'

Golantz schudde bijna wanhopig zijn hoofd.

'Je hebt er toch niets aan,' zei hij. 'Het is een schending van de regels voor de inzage van stukken en dus ontoelaatbaar. Je kunt dit niet achterhouden om het OM er dan plotseling mee te overvallen.'

De rechter draaide zich naar me toe en deze keer keek hij me ook afkeurend aan.

'Als er iets achtergehouden is dan heeft het OM dat gedaan, edelachtbare. Dit is materiaal waarmee het OM op tafel had moeten komen en dat het aan mij had moeten geven. Eigenlijk denk ik dat de getuige hier wel van wist en dat híj het achtergehouden heeft.'

'Dat is een ernstige beschuldiging, meneer Haller,' galmde de rechter. 'Hebt u daar bewijs voor?'

'Dat ik dit weet, is puur toeval, edelachtbare. Toen ik zondag het voorbereidende werk van mijn onderzoeker doornam, viel het me op dat hij alle namen die met deze zaak te maken hebben door de LexisNexis-zoekmachine had gehaald. Hij had de computer en de rekening gebruikt die ik samen met Jerry Vincents praktijk geërfd heb. Ik heb de rekening gecontroleerd en gezien dat de standaardinstelling alleen voor het zoeken in de Engelse taal was. Omdat ik de fotokopie van Rilz' paspoort in het dossier met de stukken van het OM heb gezien en van zijn achtergrond in Europa wist, heb ik opnieuw gezocht, ditmaal in het Frans en het Duits. Ik vond dit Franse krantenartikel in ongeveer twee minuten en ik kan moeilijk geloven dat de politie, het OM en Interpol niet af wisten van iets wat ik zo snel en zo gemakkelijk kon vinden. Ik weet niet of dat iets bewijst, edelachtbare, maar de verdediging voelt zich hier beslist de beschadigde partij.'

Ik kon het niet geloven. De rechter draaide zijn stoel naar Golantz toe en keek hém afkeurend aan. Voor het eerst. Ik schoof een stukje naar rechts op zodat een flink deel van de jury het zou kunnen zien.

'Hoe zit dat, meneer Golantz?' vroeg de rechter.

'Het is absurd, edelachtbare. We hebben niets achtergehouden en alles wat we gevonden hebben, staat in het dossier met onze stukken. En ik zou willen vragen waarom meneer Haller ons hier gisteren niet op attent heeft gemaakt. Hij heeft namelijk net toegegeven dat hij deze ontdekking zondag heeft gedaan en de uitdraai is ook op die dag gedateerd.'

Ik staarde Golantz uitdrukkingsloos aan toen ik antwoordde.

'Als ik had geweten dat je Frans zo goed was, zou ik het aan je gegeven hebben, Jeff, en misschien had je me dan kunnen helpen. Maar ik ken geen Frans en ik wist niet wat er stond, dus moest ik het laten vertalen. Pas tien minuten voordat ik aan mijn kruisverhoor begon, heb ik die vertaling gekregen.'

'Goed,' zei de rechter, waardoor we ophielden met elkaar aan te staren. 'Dit is nog steeds een computeruitdraai van een krantenartikel. Hoe gaat u de vermelde informatie verifiëren, meneer Haller?'

'Zodra we pauze hebben, zet ik mijn onderzoeker erop om te kijken of we contact kunnen krijgen met iemand van de Police Judiciaire. We gaan het werk doen dat de politie al zes maanden geleden had moeten doen.'

'Het zal duidelijk zijn dat wij het ook gaan verifiëren,' voegde Golantz eraan toe.

'Rilz' vader en zijn twee broers zitten op de tribune. Misschien kun je met hen beginnen.'

De rechter hief met een kalmerend gebaar zijn hand op als een vader die een ruzie tussen twee broers sust.

'Goed,' zei hij. 'Ik maak een einde aan dit deel van het kruisverhoor, meneer Haller. Ik zal u toestaan het fundament ervoor te leggen tijdens de presentatie van de zaak van de verdediging. U kunt de getuige dan weer oproepen en als u het krantenartikel en de identiteit kunt verifiëren, dan krijgt u van mij alle ruimte om erop door te gaan.'

'Daardoor krijgt het OM een oneerlijk voordeel,' protesteerde ik.

'Hoezo?'

'Omdat het OM, nu het op de hoogte is van deze informatie, stappen kan nemen om mijn verificatie te belemmeren.'

'Dat is absurd,' zei Golantz.

Maar de rechter knikte.

'Ik begrijp uw zorg en waarschuw meneer Golantz dat ik, als ik daarvoor ook maar enige aanwijzing vind, heel erg... laten we zeggen, ontstemd zal zijn. Ik denk dat we hier klaar zijn, heren.'

De rechter reed zijn stoel terug en Golantz en ik liepen terug naar onze tafels. Op de terugweg keek ik op de klok aan de achtermuur van de rechtszaal. Het was tien voor vijf. Ik vermoedde dat de rechter de zitting zou verdagen als ik de boel een paar minuten zou kunnen rekken. De juryleden zouden dan die avond verder over de *French connection* kunnen nadenken.

Ik ging bij de lessenaar staan en vroeg de rechter of hij even geduld wilde hebben. Daarna deed ik of ik mijn blocnote bestudeerde en probeerde na te gaan of er nog iets was wat ik Kinder wilde vragen.

'Hoe staat het ervoor, meneer Haller?' spoorde de rechter me aan.

'Prima, edelachtbare. En ik zie ernaar uit om meneer Rilz' activiteiten in Frankrijk scherper onder de loep te nemen tijdens de fase van de verdediging. Tot dan heb ik geen vragen meer voor rechercheur Kinder.'

Ik liep terug naar de tafel van de verdediging en ging zitten. Daarna zei de rechter dat de zitting tot morgen werd verdaagd.

Ik zag de juryleden achter elkaar de rechtszaal uit lopen, maar ik kon van geen van de gezichten iets aflezen. Vervolgens keek ik achter Golantz naar de tribune. De vader en de broers van Rilz keken me met kille, dode ogen aan.

46

Cisco belde me thuis om tien uur op. Hij zei dat hij vlak bij Hollywood was en dat hij direct langs kon komen. Hij zei dat hij al nieuws had over jurylid nummer zeven.

Toen ik opgehangen had, zei ik tegen Patrick dat ik de veranda op ging om Cisco onder vier ogen te kunnen spreken. Ik trok een trui aan omdat het buiten kil was, pakte het dossier dat ik eerder in de rechtbank had gebruikt en ging naar buiten om op mijn onderzoeker te wachten.

De Sunset Strip gloeide als het vuur in een blaasoven boven de hellingen vlak onder de top van de heuvels. In een jaar waarin ik veel had verdiend, had ik het huis gekocht vanwege de veranda en het uitzicht dat ze op de stad bood. Het bleef me in vervoering brengen, dag en nacht. Het bleef me opladen en me de waarheid vertellen. Die waarheid was dat alles mogelijk was, dat alles kon gebeuren, goed of slecht.

'Hé, baas.'

Ik schrok en draaide me om. Cisco was de trap op geklommen en van achteren naar me toe gekomen zonder dat ik hem gehoord had. Hij moest over Fairfax Avenue de heuvel op zijn gekomen en daarna de motor uitgezet hebben om vervolgens naar mijn huis uit te rijden. Hij wist dat ik boos werd als hij de hele buurt wakker maakte met het geluid van zijn uitlaat.

'Laat me toch niet zo schrikken, man.'

'Waarom ben je zo nerveus?'

'Ik hou er niet van als mensen me besluipen. Ga daar maar zitten.'

Ik wees naar de kleine tafel en de stoelen die onder de erker van het dak en voor het raam van de huiskamer stonden. Het was oncomfortabel tuinmeubilair dat ik bijna nooit gebruikte. Ik hield ervan om op de veranda over de stad na te denken en me op te laden. Dat kon alleen maar staande.

Het dossier dat ik meegebracht had, lag op de tafel. Cisco trok een stoel naar achteren en wilde gaan zitten, maar hij bedacht zich en veegde eerst met een hand het stof van de smog en het vuil van de zitting.

'Je moet die stoelen af en toe eens schoonspuiten, man.'

'Je draagt een spijkerbroek en een T-shirt, Cisco. Ga nou maar gewoon zitten.'

We gingen allebei zitten en ik zag dat hij door het doorzichtige zonnescherm de huiskamer in keek. De televisie stond aan en Patrick zat naar het 'extreme sporten'-kanaal op de kabel te kijken. Mensen maakten salto's op sneeuwscooters.

'Is dat een sport?' vroeg Cisco.

'Voor Patrick wel, denk ik.'

'Lukt het hier een beetje met hem?'

'Ja hoor. Hij blijft maar een paar weken. Vertel me maar over jurylid nummer zeven.'

'Ter zake. Oké.'

Hij haalde een notitieboekje uit zijn achterzak.

'Heb je hier licht?'

Ik stond op, liep naar de voordeur en stak mijn hand naar binnen om het verandalicht aan te doen. Ik keek even naar de tv en zag dat de medische staf een sneeuwscooterrijder verzorgde die kennelijk zijn salto niet helemaal had voltooid en onder zijn honderdvijftig kilo wegende voertuig terechtgekomen was.

Ik sloot de deur en ging weer tegenover Cisco zitten. Hij bestudeerde iets in zijn notitieboekje.

'Oké,' zei hij. 'Jurylid nummer zeven. Ik heb hier nog niet veel tijd aan besteed, maar ik heb toch een paar dingen gevonden die ik je direct wilde vertellen. Hij heet David McSweeney en ik denk dat bijna alles wat hij op zijn J-formulier heeft ingevuld, gelogen is.'

Het J-formulier was het uit één bladzijde bestaande formulier dat ieder jurylid invulde als onderdeel van de aan het proces voorafgaande ondervraging. Behalve zijn naam, beroep, woonplaats en postcode vult ieder jurylid een checklist in met basisvragen die erop zijn gericht om het OM en de verdediging te helpen beoordelen of ze iemand in de jury wilden hebben. De naam was verwijderd, maar alle andere informatie stond op het formulier dat ik Cisco had gegeven.

'Geef me eens een paar voorbeelden.'

'Volgens de postcode op het formulier woont hij in Palos Verde. Dat klopt niet. Ik ben hem vanaf de rechtbank rechtstreeks gevolgd naar een appartement vlak bij Beverly Boulevard, achter CBS.'

Cisco wees naar het zuiden in de richting van Beverly Boulevard en Fairfax Avenue, waar de CBS-studio stond.

'Ik heb een vriend het kenteken van de pick-up waarin hij naar huis reed laten natrekken en dat hoorde bij David McSweeney op Beverly Boulevard, het adres waar ik hem naar binnen zag gaan. Daarna heb ik mijn vriend op de computer zijn rijbewijs laten zoeken en me de foto laten toesturen. Ik heb die op mijn telefoon bekeken en McSweeney is onze man.'

De informatie was intrigerend, maar ik maakte me er zorgen over Cisco's onderzoek naar jurylid nummer zeven. We hadden in het onderzoek naar de moord op Vincent al een bron opgeblazen.

'Cisco, je laat hier overal je vingerafdrukken achter, man. Ik heb je gezegd dat dit nooit mag uitkomen.'

'Rustig maar, man. Er zijn geen vingerafdrukken. Mijn vriend zal niet gaan rondbazuinen dat hij dingen voor me uitgezocht heeft. Een politieman mag geen dingen voor buitenstaanders uitzoeken. Hij zou zijn baan verliezen als dat bekend werd. En als iemand ernaar mocht kijken dan hoeven we ons nog geen zorgen te maken, want hij gebruikt zijn eigen computer en gebruikersidentificatie niet wanneer hij dit soort dingen voor me doet. Hij heeft het wachtwoord van een oude inspecteur te pakken weten te krijgen. Dus er zijn geen vingerafdrukken, oké? Geen sporen. We zijn veilig wat dit betreft.'

Ik knikte aarzelend. Politiemensen die van politiemensen stalen. Waarom verbaasde me dat niet?

'Goed,' zei ik. 'Wat verder nog?'

'Nou, hij is bijvoorbeeld wel eens gearresteerd en hij heeft op het formulier ingevuld dat hij nooit gearresteerd is.'

'Waar is hij voor gearresteerd?'

'Hij is twee keer gearresteerd. Voor mishandeling met een dodelijk wapen in 1997 en voor samenzwering om fraude te plegen in 1999. Geen veroordelingen, maar dat is alles wat ik dit moment weet. Wanneer de rechtbank morgen opent, kan ik meer uitzoeken als je dat wilt.'

Ik wilde meer weten, vooral hoe het kwam dat de arrestaties voor fraude en mishandeling met een dodelijk wapen niet tot veroordelingen hadden geleid, maar als Cisco dossiers over de zaken zou lichten, zou hij zich moeten legitimeren en dat zou een spoor nalaten.

'Niet als je voor de dossiers moet tekenen. Laat het maar even gaan. Heb je verder nog iets?'

'Ja, ik zeg je dat het allemaal nep is. Op het formulier zegt hij dat hij ingenieur bij Lockheed is. Voor zover ik kan nagaan, is dat niet waar. Ik heb Lockheed gebeld en ze hebben geen David McSweeney in hun interne telefoongids staan. Dus tenzij deze man een baan zonder telefoon heeft...'

Hij bracht zijn handen met de palmen naar boven omhoog, alsof hij wilde zeggen dat er geen andere verklaring voor was dan dat McSweeney de boel bedroog.

'Ik ben hier pas één avond aan bezig, maar alles blijkt vals te zijn en waarschijnlijk geldt dat ook voor zijn naam.'

'Hoe bedoel je?'

'Nou, we kennen zijn naam officieel niet. Die was op het J-formulier verwijderd.'

'Ja.'

'Dus ik ben jurylid nummer zeven gevolgd en ik heb hem geïdentificeerd als David McSweeney, maar wie zegt dat dat dezelfde naam is als de naam die op het formulier is verwijderd. Begrijp je wat ik bedoel?'

Ik dacht even na en knikte toen.

'Je zegt eigenlijk dat McSweeney de naam van een legitiem jurylid is en dat hij misschien zelfs diens oproep ingepikt kan hebben zodat hij zich nu in de rechtbank voor die persoon kan uitgeven.'

'Precies. Wanneer je een oproep krijgt en bij het inschrijfloket voor juryleden verschijnt, vergelijken ze alleen je rijbewijs met de lijst. Dit zijn rechtbankklerken die het minimumloon verdienen. Het zal niet moeilijk zijn om een van hen met een vals rijbewijs te bedotten en we weten allebei hoe gemakkelijk je aan een vals rijbewijs kunt komen.'

Ik knikte. De meeste mensen willen onder de juryplicht uit komen. Dit was een manier om hem vrijwillig te vervullen. Tot het uiterste doorgevoerde burgerzin.

'Als je me op de een of andere manier de naam kunt bezorgen die de rechtbank voor nummer zeven heeft,' zei Cisco, 'dan kan ik die natrekken. Ik durf erom te wedden dat er iemand met die naam bij Lockheed werkt.'

Ik schudde mijn hoofd.

'Ik kan onmogelijk aan die naam komen zonder een spoor achter te laten.'

Cisco haalde zijn schouders op.

'Wat is hier aan de hand, Mick? Je gaat me toch niet vertellen dat die kloteaanklager een mol in de jury heeft gezet?'

Ik overwoog even om het hem te vertellen, maar ik besloot het toch maar niet te doen.

'Op het ogenblik is het beter dat je dat niet weet.'

'Periscoop omlaag.'

Dat betekende dat we de onderzeeër namen en allebei in een apart compartiment gingen zitten zodat niet de hele onderzeeër zou zinken als een ervan lek sloeg.

'Het is zo het beste. Heb je hem nog met iemand zien praten? Met mensen die we kennen?'

'Ik ben hem vanavond naar de Grove gevolgd en hij is daar met iemand koffie gaan drinken in de Marmalade, een van de restaurants daar. Het was een vrouw. Het leek min of meer toeval, alsof ze elkaar tegen het lijf liepen en even wat gingen drinken om bij te praten. Verder heb ik hem tot dusver met niemand gezien. Ik ben de man eigenlijk pas sinds vijf uur gevolgd, toen de rechter de jury naar huis stuurde.'

Ik knikte. Hij was in die korte tijd veel aan de weet gekomen. Meer dan ik had verwacht.

'Hoe dicht ben je bij hem en de vrouw in de buurt geweest?'

'Niet echt dichtbij. Je hebt me gezegd dat ik heel voorzichtig moest zijn.'

'Dus je kunt haar niet beschrijven?'

'Ik zei alleen dat ik niet dicht bij hen ben geweest, Mick. Ik kan haar wel beschrijven. Ik heb zelfs een foto van haar in mijn camera.'

Hij moest gaan staan om zijn grote hand in een van de voorzakken van zijn spijkerbroek te kunnen steken. Hij haalde een kleine, zwarte, onopvallende camera tevoorschijn en ging weer zitten. Hij zette de camera aan en keek naar het schermpje op de achterkant. Hij drukte op een paar knopjes op de bovenkant en overhandigde me het apparaat toen over de tafel.

'Ze beginnen daar en je kunt doorscrollen tot je bij de vrouw bent.'

Ik bekeek een serie digitale foto's van jurylid nummer zeven op verschillende tijdstippen van de avond. Op de laatste drie foto's zat hij met een vrouw in de Marmalade. Ze had pikzwart, loshangend haar dat haar gezicht overschaduwde. De foto's waren ook niet erg scherp omdat ze op een grote afstand en zonder flitslicht waren genomen.

Ik herkende de vrouw niet en gaf Cisco de camera terug.

'Oké, Cisco, je hebt het goed gedaan. Je kunt er nu mee ophouden.'

'Zomaar?'

'Ja, en je kunt hiermee verdergaan.'

Ik schoof het dossier over tafel naar hem toe. Hij knikte en glimlachte sluw toen hij het oppakte.

'Wat heb je de rechter verteld toen jullie bij hem stonden?'

Ik was vergeten dat hij in de rechtszaal had gewacht tot hij jurylid zeven kon gaan volgen.

'Ik heb hem verteld dat ik me realiseerde dat jij het oorspronkelijke zoekwerk naar Rilz' achtergrond in het Engels had gedaan en dat ik het in het Frans en Duits heb overgedaan. Ik heb het artikel zelfs op zondag opnieuw uitgedraaid zodat er een nieuwe datum op zou staan.'

'Mooi, maar het lijkt nu wel alsof ik een knoeier ben.'

'Ik moest met iets op de proppen komen. Als ik hem had verteld dat jij het een week geleden al tegenkwam en dat ik het sindsdien heb achtergehouden, zouden we nu dit gesprek niet voeren. Ik zou waarschijnlijk gevangenzitten wegens minachting voor de rechtbank. Bovendien vindt de rechter dat Golantz de knoeier is omdat hij het niet eerder gevonden heeft dan de verdediging.'

Dat leek Cisco milder te stemmen. Hij hield het dossier omhoog.

'Wat wil je dan dat ik ermee doe?' vroeg hij.

'Waar is de vertaalster die je de uitdraai hebt laten vertalen?'

'Waarschijnlijk in haar studentenhuis in Westwood. Ze is hier via een uitwisselingsprogramma en ik heb haar op internet gevonden.'

'Bel haar en haal haar op, want je zult haar vanavond nodig hebben.'

'Ik heb het gevoel dat dit Lorna niet zal bevallen. Ik met een twintigjarig Frans meisje.'

'Lorna spreekt geen Frans, dus ze zal het wel begrijpen. Ze lopen daar in Parijs negen uur voor. Klopt dat?'

'Ja, negen of tien uur, Dat ben ik vergeten.'

'Oké, dan wil ik dat je met die vertaalster om middernacht begint met bellen. Bel alle gendarmes of hoe ze zichzelf daar ook noemen die aan die drugszaak gewerkt hebben en laat er een met het vliegtuig hierheen komen. Er worden er minstens drie met name in dat artikel genoemd. Je kunt met hen beginnen.'

'Zomaar? Denk je dat een van hen zomaar voor ons in een vliegtuig zal stappen?'

'Ze zullen waarschijnlijk proberen elkaar neer te steken om het ticket te krijgen. Zeg tegen hen dat ze eersteklas vliegen en stop degene die het doet in het hotel waar Mickey Rourke altijd logeert.'

'Welk hotel is dat?'

'Dat weet ik niet, maar ik heb gehoord dat hij daar een hele pief is. Ze denken dat hij een soort genie is. Ik wil alleen maar zeggen dat je hun moet vertellen wat ze willen horen. Geld speelt geen rol. Als er twee willen komen, laat je er twee komen. We screenen ze en zetten de beste in het getuigenbankje. Zorg in elk geval dat je iemand hier krijgt. Dit is Los Angeles, Cisco, Suitcase City, man. Iedere politieman op de wereld wil deze stad bezoeken om bij thuiskomst overal te kunnen rondbazuinen wat en wie hij heeft gezien.'

'Goed, ik zal zorgen dat er iemand op het vliegtuig stapt. Maar als hij nu eens niet direct kan vertrekken?'

'Laat hem dan zo snel mogelijk komen en laat het me weten. Ik kan de boel in de rechtbank rekken. De rechter wil overal haast mee maken, maar ik kan de boel vetragen als het nodig is. Waarschijnlijk kan ik tot woensdag of donderdag volgende week gaan. Zorg dat er dan iemand is.'

'Wil je dat ik je vannacht bel, als ik het geregeld heb?'

'Nee, ik heb mijn schoonheidsslaapje nodig. Ik ben er niet meer aan gewend om de hele dag in de rechtszaal op mijn tenen te lopen en ik ben afgepeigerd. Bel me morgenochtend maar.'

'Oké, Mick.'

Hij stond op en ik volgde zijn voorbeeld. Hij sloeg me met het dossier op de schouder en stopte het toen op zijn rug achter zijn broekriem. Hij ging de trap af en ik liep naar de rand van de veranda. Ik keek hoe hij naast de stoep op zijn motor stapte, hem in zijn vrij zette en geruisloos over Fareholm Drive naar Laurel Canyon Boulevard gleed.

Daarna keek ik uit over de stad en dacht aan de stappen die ik deed, mijn persoonlijke situatie en het bedrog dat ik in de rechtbank als advocaat tegenover de rechter had gepleegd. Ik dacht er niet te lang over na en ik voelde me nergens schuldig over. Ik verdedigde een man die, naar ik geloofde, de moorden waarvan hij beschuldigd werd niet had gepleegd, maar er medeplichtig aan was als je de reden waarom ze hadden plaatsgevonden in aanmerking nam.

Ik had een mol in de jury en dat hij daarin zat, hield direct verband met de moord op mijn voorganger. Ik had een rechercheur die over me waakte terwijl ik dingen voor hem achterhield en niet zeker wist of hij mijn veiligheid prioriteit zou geven boven zijn verlangen om de zaak open te breken.

Dat had ik allemaal en ik voelde me nergens schuldig over en was nergens bang voor. Ik voelde me als iemand die met een sneeuwscooter van honderdvijftig kilo een salto maakt. Het was misschien geen sport, maar het was verdomd gevaarlijk en het deed datgene met me waar ik meer dan een jaar niet toe in staat was geweest. Het schudde de roest af en laadde me weer op.

Ik voelde dat ik volstroomde met energie.

Ik hoorde het geluid van de uitlaat van Cisco's panhead eindelijk opkomen. Hij had het helemaal tot Laurel Canyon Road gehaald voordat hij de motor moest starten. Zijn Harley ronkte luid toen hij het donker in reed.

Deel V

Beschuldig nooit jezelf

47

.

Maandagochtend had ik mijn Corneliani-pak aan. Ik zat naast mijn cliënt in de rechtszaal en ik was gereed om zijn verdediging te presenteren. Jeffrey Golantz, de openbaar aanklager, zat aan zijn tafel klaar om mijn inspanningen tegen te werken. En de tribune achter ons was weer afgeladen. Maar de rechtersstoel voor ons was leeg. De rechter had zich afgezonderd in zijn raadkamer. Hij hoorde om negen uur te beginnen, maar hij was nu al bijna een uur te laat. Er was iets mis of er was iets gebeurd, maar we waren daarover nog niet geïnformeerd. We hadden gezien dat agenten een man die ik niet herkende de raadkamer binnenbrachten en hem later weer naar buiten leidden, maar we hadden niet te horen gekregen wat er aan de hand was.

'Hé, Jeff, wat denk jij ervan?' vroeg ik ten slotte over het looppad heen. Golantz keek me aan. Hij droeg zijn mooie, zwarte pak weer, maar hij had het om de dag in de rechtbank gedragen en het was niet zo indrukwekkend meer. Hij haalde zijn schouders op.

'Geen idee,' zei hij.

'Misschien is hij mijn verzoek om mijn cliënt direct vrij te laten aan het heroverwegen.'

Ik glimlachte, maar Golantz niet.

'Ongetwijfeld,' zei hij op zijn meest sarcastische toon.

De presentatie van de zaak van het OM had de hele vorige week in beslag genomen. Ik had daaraan bijgedragen met een paar lange kruisverhoren, maar Golantz was er grotendeels verantwoordelijk voor, omdat hij met overkill bezig was. Hij had de patholoog-anatoom die de autopsies op Mitzi Elliot en Johan Rilz had uitgevoerd bijna een hele dag in de getuigenbank vastgehouden en hem tot in de kleinste details laten vertellen hoe en waar de slachtoffers waren omgekomen. Hij hield Walter Elliots accountant een halve dag in het getuigenbankje om hem uit te laten leggen hoe de financiën in het huwelijk van de Elliots geregeld waren en hoeveel geld Walter bij een scheiding zou kwijtraken. En hij hield de forensisch onderzoeker die de hoge niveaus kruitpoeder op de handen en kleding van de beklaagde had gevonden bijna even lang vast om hem het resultaat van de test te laten toelichten.

Tussen deze belangrijke getuigen in ondervroeg hij minder belangrijke getuigen aan wie hij aanmerkelijk minder tijd besteedde, en uiteindelijk beëindigde hij de presentatie van zijn zaak vrijdagmiddag met een tranentrekker. Hij liet Mitzi Elliots oudste en beste vriendin getuigen. Ze verklaarde dat Mitzi haar in vertrouwen had verteld over haar plan om van haar echtgenoot te scheiden zodra de overeenkomst die ze voor het huwelijk hadden gesloten van kracht zou zijn geworden. Ze vertelde over de ruzie tussen de echtelieden toen Mitzi haar man had verteld dat ze wilde scheiden en over de blauwe plekken die ze de volgende dag op Mitzi's armen had gezien. Ze bleef maar huilen tijdens het uur dat ze in het getuigenbankje zat en ze verklaarde voortdurend dingen die ze uit de tweede hand had, waartegen ik uiteraard bezwaar maakte.

Zodra het OM klaar was, vroeg ik de rechter routinematig om mijn cliënt direct vrij te spreken. Als argument voerde ik aan dat de bewijslast van het OM bij lange na niet sterk genoeg was. Maar de rechter wees mijn verzoek even routinematig af en hij zei dat het proces aanstaande maandag om negen uur de fase van de verdediging zou ingaan. Ik bracht het weekend door met het ontwikkelen van mijn strategie en het voorbereiden van mijn twee belangrijkste getuigen, Shamiram Arslanian, mijn expert op het gebied van kruitsporen en een Franse politiecommandant met een jetlag, die Malcolm Pepin heette. Het was nu maandagochtend en ik was er helemaal klaar voor, maar er was geen rechter aanwezig om de zitting te openen.

'Wat is er aan de hand?' fluisterde Elliot.

Ik haalde mijn schouders op.

'Ik weet het net zomin als jij. Wanneer de rechter niet naar buiten komt, heeft het meestal niets te maken met de zaak die behandeld wordt. Gewoonlijk gaat het om het volgende proces op zijn rol.'

Elliot was er niet gerust op. Er was een diepe frons in het midden van zijn voorhoofd verschenen. Hij wist dat er iets mis was. Ik draaide me om en keek naar de tribune. Julie Favreau zat met Lorna op de derde rij. Ik knipoogde naar hen en Lorna stak haar duim omhoog. Ik speurde de rest van de tribune af en merkte op dat er achter de tafel van het OM een gat zat tussen de toeschouwers, die verder schouder aan schouder zaten. Geen Duitsers. Ik wilde Golantz net vragen waar Rilz' familie was, toen een geüniformeerde agent naar de leuning achter de aanklager liep.

'Pardon?'

Toen Golantz zich omdraaide, wenkte de agent hem met een document dat hij in zijn hand had.

'Bent u de aanklager?' vroeg de agent. 'Met wie moet ik hierover praten?'

Golantz stond op en liep naar de leuning. Hij keek even naar het document en gaf het toen terug.

'Dat is een dagvaarding van de verdediging. Bent u agent Stallworth?'

'Ja.'

'Dan bent u hier goed.'

'Nee, dat ben ik niet. Ik heb met deze zaak niets te maken.'

Golantz pakte de dagvaarding uit Stallworth' hand en bestudeerde het document. Ik zag dat het hem begon te dagen, maar als hij het door zou hebben, zou het te laat zijn.

'Was u niet op de plaats delict in het huis? Of was u anders in de buurt of regelde u het verkeer?'

'Ik lag thuis te slapen, man. Ik heb de vroege nachtdienst.'

'Een ogenblikje.'

Golantz liep terug naar zijn tafel en opende een dossier. Ik zag dat hij de definitieve getuigenlijst controleerde die ik twee weken geleden had overlegd.

'Wat is dit, Haller?'

'Wat is wat? Hij staat erop.'

'Dit is onzin.'

'Nee, dat is het niet. Hij staat er al twee weken op.'

Ik stond op, liep naar de leuning en stak mijn hand uit.

'Agent Stallworth, ik ben Michael Haller.'

Stallworth weigerde me een hand te geven. In verlegenheid gebracht ten overstaan van de hele tribune, vervolgde ik: 'Ik ben degene die u opgeroepen heeft. Als u op de gang wacht, zal ik proberen u binnen te krijgen zodra de zitting begint. De rechter is op de een of andere manier opgehouden, maar wacht u rustig af, dan kom ik straks naar u toe.'

'Nee, dit klopt niet. Ik heb niets met de zaak te maken. Ik ben net klaar met mijn werk en ik ga naar huis.'

'Agent Stallworth, er is geen vergissing in het spel en zelfs als dat wel zo was, kunt u zich niet aan een dagvaarding onttrekken. Alleen de rechter kan u op mijn verzoek laten gaan. Als u naar huis gaat, zult u hem boos maken. Ik denk dat u niet wilt dat hij boos op u wordt.'

De agent snoof alsof hij totaal van zijn stuk gebracht was. Hij keek naar Golantz alsof hij hulp zocht, maar de aanklager had een telefoon tegen zijn oor gedrukt en fluisterde erin. Ik had het gevoel dat het een dringend telefoontje was.

'Luister,' zei ik tegen Stallworth. 'Gaat u nu gewoon naar de gang, dan…'

Ik hoorde dat mijn naam en die van de aanklager voor in de rechtszaal geroepen werden. Ik draaide me om en zag dat de griffier gebaarde dat we naar de raadkamer van de rechter moesten gaan. Eindelijk gebeurde er iets. Golantz beëindigde zijn telefoontje en stond op. Ik wendde me van Stallworth af en volgde Golantz naar de raadkamer van de rechter.

De rechter zat in zijn zwarte toga achter zijn bureau. Hij leek ook klaar te zijn om te beginnen, maar iets hield hem tegen.

'Gaat u zitten, heren,' zei hij.

'Wilt u de beklaagde hier ook hebben, edelachtbare?' vroeg ik.

'Nee, ik denk niet dat dat nodig is. Gaat u maar zitten, dan zal ik u vertellen wat er aan de hand is.'

Golantz en ik gingen naast elkaar tegenover de rechter zitten. Ik zag aan Golantz dat hij zich in stilte druk maakte over de dagvaarding van Stallworth en zich afvroeg wat die zou kunnen betekenen.

Stanton leunde naar voren en verstrengelde zijn handen boven op een opgevouwen vel papier dat voor hem op het bureau lag.

'We hebben te maken met een ongewone situatie die met wangedrag van een jurylid te maken heeft,' zei hij. 'De zaak is nog… in ontwikkeling en ik verontschuldig me omdat ik jullie in onwetendheid heb gelaten.'

350

Hij zweeg en we keken hem allebei aan. We vroegen ons af of we verondersteld werden nu te vertrekken en terug te gaan naar de rechtszaal of dat we vragen konden stellen. Maar Stanton praatte even later door.

'Ik heb donderdag in mijn kantoor een aan mij persoonlijk gerichte brief ontvangen. Helaas had ik pas vrijdag na de zitting gelegenheid om hem te openen – een soort inhaalslag aan het eind van de week nadat iedereen naar huis was gestuurd. In de brief stond... nou ja, hier is de brief. Ik heb hem al in mijn handen gehad, maar jullie mogen hem geen van beiden aanraken.'

Hij haalde zijn handen van het vel papier, vouwde het open en liet het ons lezen. Ik stond op zodat ik me over het bureau heen kon buigen. Golantz was zo lang – zelfs als hij zat – dat hij dat niet hoefde te doen.

Rechter Stanton, u moet weten dat jurylid nummer zeven niet is wie u denkt dat hij is. Doe navraag bij Lockheed en controleer zijn vingerafdrukken. Hij is gearresteerd geweest.

De brief zag eruit alsof hij op een laserprinter uitgedraaid was. Behalve dat er vouwen in zaten, was er niets bijzonders aan de brief te zien.

Ik ging weer zitten.

'Hebt u de envelop bewaard waar hij in zat?' vroeg ik.

'Ja,' zei Stanton. 'Geen retouradres en het poststempel is van Hollywood. Ik zal het politielab naar de brief en de envelop laten kijken.'

'Ik hoop dat u niet met dit jurylid hebt gesproken, edelachtbare,' zei Golantz. 'We moeten aan een eventuele ondervraging deel kunnen nemen. Dit zou best eens een truc van iemand kunnen zijn om dat jurylid uit de jury te krijgen.'

Ik verwachtte wel dat Golantz het jurylid te hulp zou schieten. Wat hem betrof was nummer zeven een jurylid dat sympathie had voor het OM.

Ik schoot mezelf te hulp.

'Hij suggereert dat dit een truc van de verdediging is en tegen die beschuldiging maak ik bezwaar.'

De rechter maakte snel een sussend gebaar.

'Rustig aan, allebei. Ik heb nummer zeven nog niet gesproken. Ik heb er het hele weekend over nagedacht hoe ik dit moest aanpakken wanneer ik vandaag in de rechtbank zou aankomen. Ik heb met een paar andere rechters over de kwestie overlegd en ik was er volledig op voorbereid om er vanochtend met jullie over te spreken. Het enige probleem is dat jurylid nummer zeven vandaag niet is komen opdagen. Hij is er niet.'

Golantz en ik wisten allebei even niet wat we moesten zeggen.

'Hij is er niet?' zei Golantz ten slotte. 'Hebt u de politie naar…'

'Ja, ik heb politiemensen naar zijn huis gestuurd en zijn vrouw vertelde hun dat hij op zijn werk was, maar ze wist niets van de rechtbank of een proces of zoiets. Ze zijn naar Lockheed gegaan en hebben de man daar gevonden. Een paar minuten geleden hebben ze hem hier gebracht. Hij was het niet. Hij was jurylid nummer zeven niet.'

'Ik kan u niet volgen, edelachtbare,' zei ik. 'Ik dacht dat u zei dat ze hem op zijn werk hebben gevonden.'

De rechter knikte.

'Dat weet ik. Dit begin te klinken als Laurel en Hardy met die act van "Wie komt er het eerst op?"'

'Abbott en Costello,' zei ik.

'Wat?'

'Abbott en Costello. Zij deden die act van "Wie komt er het eerst op?"'

'Dat zal dan wel. Het punt is dat jurylid nummer zeven jurylid nummer zeven niet was.'

'Ik kan u nog steeds niet volgen, edelachtbare,' zei ik.

'Nummer zeven stond in de computer als Rodney L. Banglund, ingenieur bij Lockheed en woonachtig in Palos Verde. Maar de man die al twee weken op plaats nummer zeven zit is Rodney Banglund niet. We weten niet wie hij wel is en nu wordt hij vermist.'

'Hij heeft Banglunds plaats ingenomen zonder dat Banglund het wist,' zei Golantz.

'Kennelijk,' zei de rechter. 'Banglund – de echte – wordt er nu over ondervraagd, maar toen hij hierbinnen was, leek hij er niets van te weten. Hij zei dat hij helemaal geen oproep om in een jury te zitten heeft ontvangen.'

'Dus zijn oproep is ingepikt en gebruikt door deze onbekende?' vroeg ik.

De rechter knikte.

'Daar lijkt het wel op. De vraag is waarom, en hopelijk zal de politie daar een antwoord op vinden.'

'Wat betekent dit voor het proces?' vroeg ik. 'Wordt de zaak nu geseponeeerd?'

'Dat denk ik niet. We laten de andere juryleden komen, vertellen hun dat jurylid nummer zeven om redenen die hen niet aangaan van zijn taak is ontheven, we vervangen hem en gaan gewoon verder. Intussen controleert de politie stilletjes of alle andere juryleden zijn wie ze beweren te zijn. Meneer Golantz?'

Golantz knikte peinzend voordat hij begon te spreken.

'Dit is allemaal nogal schokkend,' zei hij. 'Maar ik denk dat het OM gereed is om door te gaan, als tenminste blijkt dat er alleen met jurylid nummer zeven problemen zijn.'

'Meneer Haller?'

Ik knikte instemmend. Het gesprek was gegaan zoals ik had gehoopt.

'Ik heb getuigen van wie er een helemaal uit Parijs komt. Hij is in de stad en klaar om te getuigen. Ik wil niet dat de zaak geseponeerd wordt en mijn cliënt evenmin.'

De rechter bezegelde het akkoord met een knikje.

'Goed, u kunt teruggaan naar de rechtszaal. Ik zorg ervoor dat we over tien minuten kunnen beginnen.'

Toen we door de gang naar de rechtszaal liepen, fluisterde Golantz een dreigement tegen me.

'Hij is niet de enige die hier een onderzoek naar gaat instellen, Haller.'

'O ja? En wat wil je daarmee zeggen?'

'Daarmee wil ik zeggen dat we, wanneer we deze rotzak vinden, er ook achter zullen komen wat hij in de jury deed. En als er ook maar enig verband met de verdediging blijkt te zijn, dan zal ik...'

Ik drong me langs hem heen naar de deur van de rechtszaal. Ik hoefde de rest niet te horen.

'Je doet je best maar, Jeff,' zei ik toen ik de rechtszaal binnenging.

Ik zag Stallworth niet en ik hoopte dat hij, zoals ik hem had gezegd, de gang op was gegaan en daar wachtte. Elliot begon me direct vragen te stellen toen ik bij de tafel van de verdediging aankwam.

'Wat is er gebeurd? Wat is er aan de hand?'

Ik gebaarde hem dat hij zachter moest praten en fluisterde toen tegen hem: 'Jurylid nummer zeven is vandaag niet komen opdagen. De rechter heeft de zaak onderzocht en ontdekt dat hij een bedrieger was.'

Elliot verstijfde en zag eruit alsof iemand een briefopener vijf centimeter diep in zijn rug had gestoken.

'Mijn god, wat betekent dit?'

'Voor ons niets. Het proces gaat door met een vervangend jurylid. Maar er wordt onderzocht wie jurylid nummer zeven was en hopelijk leidt het spoor niet naar jou, Walter.'

'Dat is absoluut onmogelijk, maar we kunnen nu niet doorgaan. Je moet het proces stoppen. Laat het nietig verklaren.'

Ik zag de smekende uitdrukking op het gezicht van mijn cliënt en ik realiseerde me dat hij nooit enig vertrouwen in zijn verdediging had gehad. Hij had al zijn vertrouwen in de mol in de jury gesteld.

'De rechter heeft gezegd dat dat niet mogelijk is. We gaan door met wat we hebben.'

Elliot wreef met een bevende hand over zijn mond.

'Maak je geen zorgen, Walter. Je bent in goede handen. We gaan dit proces eerlijk winnen.'

Op dat moment riep de griffier dat de zitting zou beginnen en de rechter liep met grote stappen de trap naar zijn stoel op.

'Goed, we gaan verder met de zaak van het OM tegen Elliot,' zei hij. 'Laat de jury maar binnenkomen.'

354

48

De eerste getuige voor de verdediging was Julio Muniz, de freelance-videograaf uit Topanga Canyon die een voorsprong had gehad op de rest van de lokale media en voor de meute uit op de dag van de moorden bij het huis van Elliot was gearriveerd. Ik stelde met mijn vragen snel vast hoe Muniz aan de kost kwam. Hij werkte niet voor een televisiemaatschappij of een lokaal nieuwskanaal. Hij luisterde thuis en in zijn auto naar de politieradio en pikte adressen van plaatsen delict en actief politieoptreden op. Hij ging er dan met zijn videocamera naartoe, maakte filmopnamen en verkocht die aan de lokale nieuwskanalen die niet gereageerd hadden. De zaak-Elliot begon voor hem toen hij op zijn scanner een oproep hoorde voor een team van Moordzaken en hij met zijn camera naar het genoemde adres was gegaan.

'Wat deed u toen u daar aankwam, meneer Muniz?' vroeg ik.

'Ik heb mijn camera gepakt en ben gaan filmen. Het viel me op dat ze iemand achter in de patrouillewagen hadden en ik vermoedde dat het een verdachte was. Daarom heb ik hem ook gefilmd en daarna filmde ik de agenten die de plaats delict aan de voorkant van het huis met politielint afzetten. Dat soort dingen.'

Daarna introduceerde ik de digitale videocassette die Muniz die dag gebruikt had als het eerste bewijsstuk van de verdediging. Ik zette het videoafspeelapparaat en het videoscherm voor de jury neer, stopte de cassette in het apparaat en drukte op PLAY. De cassette was van tevoren teruggespoeld tot het moment waarop Muniz voor het huis begon te filmen. Terwijl de band afgespeeld werd, zag ik dat de juryleden er zeer aandachtig naar keken. Ik was al vertrouwd met de band, omdat ik hem al verscheidene keren had gezien. Er was op te zien dat Walter Elliot aan de passagierskant achter in de patrouillewagen zat. Omdat de film schuin van boven was opgenomen, was de 4-alfa-aanduiding op het dak duidelijk zichtbaar.

Vervolgens werden opnamen getoond van de agenten die het huis met tape afzetten, en daarna zwenkte de camera terug naar de patrouillewagen. Deze keer was te zien dat Elliot door de rechercheurs Kinder en Ericsson uit de auto werd gehaald. Ze deden zijn handboeien af en leidden hem het huis binnen.

Met de afstandsbediening zette ik de band stil en spoelde hem terug tot het moment waarop Muniz Elliot van dichtbij had gefilmd terwijl deze achter in de auto zat. Ik startte de band weer en bevroor het beeld toen. Elliot zat op de passagiersplaats. Hij leunde naar voren omdat zijn handen op zijn rug geboeid waren, wat het zitten bemoeilijkte.

'Goed, meneer Muniz, mag ik uw aandacht vestigen op het dak van de patrouillewagen. Wat ziet u daarop geschilderd staan?'

'Ik zie dat de aanduiding van de auto daarop geschilderd is. Het is vier-A of vier alfa, zoals ze over de politieradio zeggen.'

'Hebt u die aanduiding herkend? Had u die al eerder gezien?'

'Ik luister vaak naar de politieradio, dus ken ik de vier-alfa-aanduiding. En ik had de vier-alfa-auto die dag al eerder gezien.'

'En onder wat voor omstandigheden gebeurde dat?'

'Ik had over de politieradio over een schietpartij in Malibu Creek State Park gehoord en ben erop uitgegaan om daar ook te filmen.'

'Hoe laat was dat?'

'Om twee uur 's nachts.'

'Dus ongeveer twaalf uur voordat u de activiteiten bij het huis van Elliot filmde, hebt u opnamen gemaakt rondom die schietpartij. Klopt dat?'

'Dat klopt.'

En de vier-alfa-auto was ook bij dat eerdere incident betrokken?'

'Ja, toen de verdachte eindelijk gearresteerd was, werd hij in de vier-alfa-auto weggebracht. Dezelfde auto.'

'En hoe laat gebeurde dat?'

'Dat was pas tegen vijven 's ochtends. Het was een lange nacht.'

'Hebt u daar opnamen van?'

'Ja. die staan eerder op dezelfde band.'

Hij wees naar het bevroren beeld op het scherm.

'Laten we dan maar eens kijken,' zei ik.

Ik drukte op de terugspoelknop op de afstandsbediening. Golantz stond onmiddellijk op, maakte bezwaar en vroeg de rechter of we naar hem toe mochten komen. De rechter wenkte ons en ik bracht de getuigenlijst mee die ik twee weken daarvoor had overlegd.

'Edelachtbare,' zei Golantz boos. 'De verdediging overvalt het OM weer. Er is in de stukken van de verdediging of op een andere plaats geen aanwijzing te vinden voor meneer Hallers voornemen om het met deze getuige over een andere misdaad te hebben. Ik maak er bezwaar tegen dat dit materiaal getoond wordt.'

Ik legde kalm de getuigenlijst voor de rechter neer. Volgens de regels voor de inzage van stukken moest ik iedere getuige die ik wilde oproepen op de lijst noteren en in een beknopte samenvatting aangeven wat zijn of haar getuigenis zou inhouden. Julio Muniz stond op mijn lijst. De samenvatting was beknopt, maar omvatte alles.

'Er staat duidelijk dat hij zou getuigen over video-opnamen die hij op 2 mei, de dag van de moorden, heeft gemaakt,' zei ik. 'De opnamen die hij in het park gemaakt heeft, zijn gemaakt op 2 mei, de dag van de moorden. Het staat er al twee weken op, edelachtbare. Als iemand overvallen wordt, dan is het meneer Golantz die zichzelf overvalt. Hij had met de getuige kunnen praten en diens opnamen kunnen bekijken. Dat heeft hij kennelijk niet gedaan.'

De rechter bestudeerde de getuigenlijst een ogenblik en knikte toen.

'Bezwaar afgewezen,' zei hij. 'U kunt verdergaan, meneer Haller.'

Ik ging terug, spoelde de band terug en speelde hem af. De jury bleef uiterst geïnteresseerd. Het waren nachtopnamen en de beelden waren korreliger en schokkeriger dan op de opnamen bij het huis van Elliot.

Ten slotte zagen we beelden van een man die met zijn handen op de rug geboeid in een patrouillewagen werd gezet. Een agent sloot het portier en sloeg twee keer met de vlakke hand op het dak. De auto reed weg en kwam pal langs de camera. Toen hij langsreed, zette ik het beeld stil.

Op het scherm was een korrelige opname van de patrouillewagen te zien. Het licht van de camera verlichtte zowel de man die achterin zat als het dak van de patrouillewagen.

'Meneer Muniz, wat is de aanduiding op het dak van die auto?'

'Het is weer vier-a of vier-alfa.'

'En de man die weggebracht wordt, waar zit hij?'

'Rechts achterin.'

'Heeft hij handboeien om?'

'Die had hij om toen ze hem in de auto zetten. Ik heb het gefilmd.'

'Zijn handen waren achter zijn rug geboeid. Klopt dat?'

'Ja.'

'Zit hij in dezelfde houding en op dezelfde plaats in de patrouillewagen als meneer Elliot toen u hem ongeveer acht uur later filmde?'

'Ja, in exact dezelfde houding.'

'Dank u, meneer Muniz. Ik heb geen vragen meer.'

Golantz liet het kruisverhoor schieten. Er viel niets aan te vallen en de videoband loog niet. Muniz verliet het getuigenbankje. Ik zei tegen de rechter dat ik het videoscherm wilde laten staan voor mijn volgende getuige en ik riep agent Todd Stallworth naar het getuigenbankje.

Stallworth keek nog bozer dan toen hij de rechtszaal binnen was gekomen. Dat was mooi. Hij zag er ook doodmoe uit en zijn uniform hing slap om zijn lichaam. Op een van de mouwen van zijn overhemd zat een zwarte veeg van een soort worsteling in de loop van de nacht.

Ik stelde snel Stallworth' identiteit vast en liet hem bevestigen dat hij op de dag van de moorden in het huis van Elliot tijdens de eerste dienst van de dag in het district Malibu in de alfa-auto had gereden. Voordat ik een andere vraag kon stellen, maakte Golantz weer bezwaar en hij vroeg weer of we naar de rechter toe mochten komen. Toen we bij hem kwamen, hief hij zijn handen met de palmen omhoog in een gebaar van *Wat is dit?* Hij begon in herhaling te vervallen. Hij moest maar eens wat nieuws verzinnen.

'Ik maak bezwaar tegen deze getuige, edelachtbare. De verdediging heeft hem op de getuigenlijst verborgen tussen de vele agenten die op de plaats delict waren en verder los van de zaak staan.'

Weer had ik de getuigenlijst klaar. Deze keer sloeg ik hem gefrustreerd met een klap voor de rechter neer en daarna liep ik met mijn vinger langs de lijst met namen tot ik bij Todd Stallworth aangekomen was. Hij stond tussen de namen van vijf andere agenten die allemaal op de plaats delict in het huis van Elliot waren geweest.

'Als ik Stallworth heb verborgen, dan heb ik hem in het volle zicht verborgen, edelachtbare. Hij staat daar duidelijk vermeld onder het kopje "wetshandhavers". De verklaring is dezelfde als de vorige keer. Er staat dat hij zal getuigen over zijn activiteiten op 2 mei. Dat is alles wat ik opgeschreven heb, omdat ik nooit met hem heb gepraat. Wat hij te zeggen heeft, zal ik nu zelf voor het eerst horen.'

Golantz schudde zijn hoofd en probeerde zijn kalmte te bewaren.

'Edelachtbare, vanaf het begin van dit proces heeft de verdediging zich bediend van misleiding en bedrog...'

'Meneer Golantz,' onderbrak de rechter hem. 'Zeg geen dingen die u niet kunt waarmaken, anders krijgt u problemen. Deze getuige staat, net als de vorige die meneer Haller heeft opgeroepen, al twee weken zwart op wit op de getuigenlijst. U hebt alle gelegenheid gehad om uit te zoeken wat deze mensen zouden gaan zeggen. Als u van die gelegenheid geen gebruik hebt gemaakt, dan was dat uw beslissing. Maar dit is geen misleiding of bedrog. U kunt maar beter op uw woorden letten.'

Golantz bleef even met gebogen hoofd staan voordat hij reageerde.

'Edelachtbare, het OM verzoekt om een korte onderbreking,' zei hij ten slotte met zachte stem.

'Hoe kort?'

'Tot één uur.'

'Ik noem twee uur niet kort, meneer Golantz.'

'Edelachtbare,' kwam ik tussenbeide. 'Ik maak bezwaar tegen een onderbreking. Hij wil alleen mijn getuige spreken om zijn getuigenis te verdraaien.'

'Daar maak ík bezwaar tegen,' zei Golantz.

'Luister, geen onderbreking, geen vertraging en geen geruzie,' zei de rechter. 'We zijn al het grootste deel van de ochtend kwijt. Bezwaar afgewezen. Gaat u maar terug.'

We keerden terug naar onze plaatsen en ik speelde dertig seconden van de video af waarin te zien was dat een geboeide man in Malibu Creek State Park achter in de vier-alfa-auto werd gezet. ik bevroor het beeld op dezelfde moment als daarvoor, precies toen de auto langs de camera reed. Ik liet het beeld op het scherm staan, terwijl ik mijn ondervraging van de getuige voortzette.

'Agent Stallworth, bent u degene die de auto bestuurt?'

'Ja.'

'Wie is de man die achterin zit?'

'Hij heet Eli Wyms.'

'Het viel me op dat hij handboeien om had voordat hij in de auto werd gezet. Is dat gedaan omdat hij gearresteerd was?'

'Ja.'

'Waarvoor was hij gearresteerd?'

'Onder andere omdat hij had geprobeerd mij dood te schieten. Hij is ook beschuldigd van het onwettig afschieten van een wapen.'

'Hoe vaak heeft hij onwettig een wapen afgeschoten?'

'Ik kan me het exacte aantal niet herinneren.'

'Wat zou u zeggen van vierennegentig keer?'

'Dat kan wel ongeveer kloppen. Het was heel vaak. Hij schoot er maar in het wilde weg op los.'

Stallworth was moe en gelaten, maar hij aarzelde niet met zijn antwoorden. Hij had geen idee hoe ze in de zaak-Elliot pasten en hij leek er niet in geïnteresseerd om het OM met korte, nietszeggende antwoorden te beschermen. Hij was waarschijnlijk boos op Golantz, omdat deze niet had verhinderd dat hij moest getuigen.

'Dus u hebt hem gearresteerd en naar het nabijgelegen politiebureau in Malibu gebracht?'

'Nee, ik heb hem helemaal naar de countygevangenis in het centrum gebracht, waar hij op de psychiatrische afdeling gezet kon worden.'

'Hoe lang heeft dat geduurd? De rit, bedoel ik.'

'Ongeveer een uur.'

'En daarna bent u teruggereden naar Malibu?'

'Nee, eerst heb ik de vier-alfa laten repareren. Wyms had het stadslicht kapotgeschoten. Toen ik in het centrum was, ben ik naar de garage van de politie gegaan om de lamp te laten vervangen. Dat heeft de rest van mijn dienst in beslag genomen.'

'Wanneer bent u met de auto in Malibu teruggekomen?'

'Toen ik afgelost werd. Ik heb hem overgedragen aan de mensen van de dagdienst.'

Ik keek naar mijn aantekeningen.

'Dat moeten dan agenten… Murray en Harber zijn geweest?'

'Dat klopt.'

Stallworth gaapte en er steeg een kabbelend gelach in de rechtszaal op.

'Ik weet dat het voor u al lang bedtijd is, agent. Het zal niet lang meer duren. Wanneer u uw auto aan de mensen van de volgende dienst overdraagt, maakt u hem dan schoon of desinfecteert u hem op de een of andere manier?'

'Dat hoor je te doen. Maar in de praktijk doet niemand het, tenzij er iemand achterin overgegeven heeft. De auto's worden een of twee keer per week uit de roulatie genomen en dan maken de jongens van de garage ze schoon.'

'Heeft Eli Wyms in uw auto overgegeven?'

'Nee. Dat zou ik geweten hebben.'

Weer kabbelend gelach. Ik keek naar Golantz en zag dat er bij hem geen glimlachje af kon.

'Goed, agent Stallworth, laat me eens kijken of ik het goed begrepen heb. Eli Wyms werd gearresteerd omdat hij die ochtend op u geschoten had en minstens drieënnegentig andere schoten had afgevuurd. Hij werd gearresteerd, zijn handen werden achter zijn rug geboeid en hij werd door u naar de gevangenis in het centrum gebracht. Klopt dat allemaal?'

'Dat lijkt me wel.'

'Op de video is te zien dat meneer Wyms rechts achterin zit. Bleef hij daar tijdens de hele rit van een uur naar het centrum zitten?'

'Ja. Ik had hem de veiligheidsriem omgedaan.'

'Is het standaardprocedure om iemand die gearresteerd is achterin aan de passagierskant te zetten?'

'Ja, je wilt hem niet achter je hebben wanneer je rijdt.'

'Het is me op de band opgevallen dat u geen plastic zakjes of iets dergelijks om meneer Wyms' handen hebt gedaan voordat u hem in uw patrouillewagen zette. Waarom niet?'

'Ik vond het niet nodig.'

'Waarom niet?'

'Omdat het geen punt zou worden. Het bewijsmateriaal dat de wapens die hij in bezit had door hem waren afgevuurd, was overstelpend. We maakten ons geen zorgen om kruitsporen.'

'Dank u, agent Stallworth. Ik hoop dat u nu kunt gaan slapen.'

Ik ging zitten en liet de getuige aan Golantz over. Hij stond langzaam op en liep naar de lessenaar. Hij wist precies waar ik heen wilde, maar hij zou weinig kunnen doen om me tegen te houden. Maar ik moest hem nageven dat hij een scheurtje in mijn ondervraging had weten te vinden en hij deed zijn best om dat uit te buiten.

'Agent Stallworth, hoe lang hebt u ongeveer moeten wachten voordat uw auto in de garage in het centrum gerepareerd was?'

'Ongeveer twee uur. Er werken daar maar een paar man in de nachtdienst en ze moeten bijna toveren om alles klaar te krijgen.'

'Bent u die twee uur bij de auto gebleven?'

'Nee, ik ben in het kantoor aan een bureau gaan zitten en heb het rapport over de arrestatie van Wyms geschreven.'

'En u hebt eerder verklaard dat u, ongeacht wat de procedure hoort te zijn, over het algemeen verwacht dat de mensen van de garage de auto's schoonhouden. Klopt dat?'

'Ja.'

'Doet u daarvoor een formeel verzoek of geven de mensen in de garage uit zichzelf de auto's een schoonmaak- en onderhoudsbeurt?'

'Ik heb nog nooit een formeel verzoek gedaan. Ze doen het werk gewoon uit zichzelf, denk ik.'

'Weet u of de mensen van de garage de auto schoongemaakt of gedesinfecteerd hebben in de twee uur dat u niet bij de auto was en het rapport schreef?'

'Nee.'

'Als ze het gedaan hadden, zou u het niet noodzakelijkerwijs hoeven te weten. Is dat juist?'

'Ja.'

'Dank u, agent.'

Ik aarzelde, maar stond toch op om Stallworth nog een paar vragen te stellen.

'Agent Stallworth, u zei dat het de mensen van de garage twee uur kostte om uw auto te repareren, omdat ze het druk hadden en met te weinig mensen waren. Klopt dat?'

'Dat weet ik niet. Dat moet u hun vragen.'

'Hebt u hun speciaal gevraagd om de auto schoon te maken?'

'Nee.'

'Dank u, agent.'

Ik ging zitten en Golantz had geen behoefte aan nog een ronde.

Het was nu bijna twaalf uur. De rechter schortte de zitting op voor de lunch, maar hij gaf de juryleden, de aanklager en de verdediger slechts een pauze van vijfenveertig minuten, omdat hij de tijd die 's ochtends verloren was gegaan, wilde goedmaken. Dat was mij best. Mijn stergetuige was als volgende aan de beurt en hoe sneller ik haar in het getuigenbankje had, hoe dichter mijn cliënt bij vrijspraak zou zijn.

49

Doctor Shamiram Arslanian was als getuige een verrassing. Niet omdat ze voor de rechtbank verscheen – ze stond al langer op de getuigenlijst dan ik aan de zaak gewerkt had – maar door haar uiterlijke verschijning. Haar naam en achtergrond op het gebied van forensisch onderzoek riepen een beeld op van een diepzinnige, mysterieuze en voor de wetenschap levende vrouw in een witte laboratoriumjas en met strak achterovergekamd haar dat ze in een knotje droeg. Maar dat beeld klopte helemaal niet. Ze was een levendige blondine met blauwe ogen, een vrolijk karakter en een vlotte glimlach. Ze was welbespraakt en zelfverzekerd, maar verre van arrogant. Als je haar met één woord zou willen beschrijven, zou je dat met het woord doen waarvan iedere advocaat zou wensen dat al zijn getuigen ermee beschreven konden worden: innemend. En dat kwam zelden voor bij een forensisch getuige-deskundige.

Ik had het grootste deel van het weekend met Shami, zoals ze genoemd wilde worden, doorgebracht. We hadden het forensisch bewijsmateriaal in de zaak-Elliot, de getuigenverklaring die ze voor de verdediging zou afleggen en het kruisverhoor dat ze van Golantz kon verwachten, doorgenomen. Haar optreden was tot zo laat in het proces uitgesteld om problemen rondom de inzage van stukken te voorkomen. Wat mijn deskundige niet wist, kon ze de aanklager niet onthullen. Ze werd tot het laatst mogelijke moment onwetend gehouden over de magische kogel.

Het leed geen twijfel dat ze een beroemdheid was die zich liet inhuren. Ze had eens een programma over haar wapenfeiten gepresenteerd voor Rechtbank TV. Ze werd twee keer om haar handtekening gevraagd toen ik met haar in de Palm ging eten en ze sprak een paar directeuren van tv-maatschappijen die naar onze tafel toe kwamen met de voornaam aan. Ze rekende ook een bij haar beroemdheid passend honorarium. Voor de vier dagen in Los Angeles waarin ze de zaak bestudeerde en zich voorbereidde op haar getuigenverklaring ontving ze een honorarium van 10.000 dollar plus een onkostenvergoeding. Mooi als je het kon krijgen en dat kon ze. Ze stond erom bekend dat ze de vele rechtszaken waarvoor ze als getuige-deskundige werd gevraagd, zorgvuldig bestudeerde en alleen die zaken koos waarin volgens haar een ernstige fout was gemaakt of waarin sprake was van een rechterlijke dwaling. Het kon ook geen kwaad als je een zaak had die de aandacht van de landelijke media kreeg.

Nadat ik tien minuten met haar had doorgebracht, wist ik dat ze elke cent waard zou zijn die Elliot haar moest betalen. Ze zou een dubbel probleem voor het OM opleveren. Door haar persoonlijkheid zou ze de jury voor zich innemen en de feiten die ze zou aandragen, zouden de zaak beslechten. Bij heel veel getuigenissen draait het om wie er getuigt en niet om de inhoud van het getuigenis. Het gaat erom dat je je zaak aan de jury verkoopt en Shami kon ijs verkopen aan een Eskimo. De forensisch getuige-deskundige voor het OM was een sullig laboratoriumtype met de persoonlijkheid van een reageerbuis. Mijn getuige-deskundige had een televisieprogramma gepresenteerd dat *Chemisch afhankelijk* heette.

Ik hoorde een diep geroezemoes van herkenning toen mijn getuige-deskundige met haar grote bos haar via de achterkant van de rechtszaal haar entree maakte. Alle blikken bleven op haar gericht toen ze over het middenpad, door het hekje en over het bewijsterrein naar het getuigenbankje liep. Ze droeg een marineblauw mantelpakje dat haar welvingen nauw omsloot en de waterval van blonde krullen over haar schouders accentueerde. Zelfs rechter Stanton leek voor haar te vallen. Nog voor ze de eed had afgelegd, vroeg hij de parketwacht om een glas water voor haar te halen. Hij had de sukkel die voor het OM als getuige-deskundige was opgetreden niets te drinken aangeboden.

Toen ze haar naam had opgegeven en gespeld en de eed had afgelegd, stond ik met mijn blocnote in mijn hand op en liep naar de lessenaar.

'Goedemiddag, doctor Arslanian. Hoe gaat het met u?'

'Uitstekend. Dank u.'

Er klonk een zweem van een zuidelijk accent in haar stem door.

'Voordat we uw curriculum vitae doornemen, wil ik eerst even iets duidelijk vaststellen. U bent een betaalde getuige-deskundige voor de verdediging. Klopt dat?'

'Ja, dat klopt. Ik word betaald om hier te zijn, niet om iets anders te verklaren dan wat ik vind, of het nu in het straatje van de verdediging past of niet. Dat is mijn uitgangspunt en daar wijk ik nooit van af.'

'Goed. Vertelt u ons eens waar u vandaan komt.'

'Ik woon nu in Ossining, in New York. Ik ben geboren en getogen in Florida en heb heel veel jaren in Boston en omstreken doorgebracht waar ik diverse scholen heb bezocht.'

'Shamiram Arslanian. Dat klinkt niet als een Engelse naam.'

Ze glimlachte stralend.

'Mijn vader is honderd procent Armeens, dus ik ben half Amerikaans en half Armeens. Toen ik klein was, zei mijn vader altijd dat ik een Armerikaanse was.'

Veel toeschouwers grinnikten beleefd.

'Wat is uw achtergrond in de forensische wetenschap?' vroeg ik.

Ik heb twee verwante academische titels. Ik heb mijn doctoraal gehaald aan het MIT – het Massachusetts Institute of Technology – in chemische technologie. Daarna ben ik doctor in de criminologie geworden en die titel is me toegekend door het John Jay College in New York.'

'Wanneer u zegt "toegekend", bedoelt u dan dat het een eredoctoraat is?'

'God, nee,' zei ze fel. 'Ik heb me twee jaar uit de naad gewerkt om die bul te krijgen.'

Deze keer steeg er in de hele rechtszaal gelach op en ik zag dat zelfs de rechter glimlachte voordat hij beleefd één keer met zijn hamer tikte om de zaal tot de orde te roepen.

'Ik heb in uw curriculum vitae gezien dat u ook nog twee baccalaureaten hebt behaald. Is dat zo?'

'Het lijkt wel alsof ik alles dubbel heb. Twee kinderen. Twee auto's. Ik heb zelfs twee katten die Wilbur en Orville heten.'

Nog meer gelach. Ik keek naar de tafel van het OM en zag dat Golantz en zijn assistente recht voor zich uit keken en zelfs niet glimlachten. Daarna keek ik naar de jury en ik zag dat alle vierentwintig ogen verrukt en aandachtig op mijn getuige gericht waren. Ze aten uit haar hand en ze was nog niet eens begonnen.

'Waarin hebt u een baccalaureaat?'

'Ik heb er een aan Harvard behaald in technische wetenschappen en een aan het Berklee College of Music. Ik heb beide studies tegelijkertijd gedaan.'

'Hebt u een graad in muziek?' vroeg ik met geveinsde verbazing.

'Ik hou van zingen.'

Nog meer gelach. De succesjes bleven komen. De ene na de andere verrassing. Shami was de perfecte getuige.

Golantz stond eindelijk op en richtte zich tot de jury.

'Edelachtbare, het OM zou graag zien dat de getuige zich beperkt tot het afleggen van verklaringen over het forensisch onderzoek. Muziek, de namen van haar huisdieren en andere dingen die strijdig zijn met de ernst van dit proces doen hier niet ter zake.'

De rechter vroeg me onwillig niet af te dwalen met mijn vragen. Golantz ging zitten. Hij had een punt gescoord, maar zijn positie verzwakt. Alle aanwezigen in de rechtszaal zagen hem nu als een spelbreker die hun een klein beetje luchtigheid in zo'n ernstige kwestie misgunde.

Ik stelde nog een paar vragen waaruit bleek dat doctor Arslanian nu als docente en onderzoekster aan het John Jay College werkte. Ik stipte haar achtergrond en haar beperkte beschikbaarheid als getuige-deskundige aan en kwam ten slotte uit op haar bestudering van de kruitsporen op Walter Elliots lichaam en kleren op de dag van de moorden in Malibu. Ze verklaarde dat ze de procedures in het politie-lab had bestudeerd en tot een eigen evaluatie en een eigen model was gekomen. Ze zei ook dat ze alle videobanden die de verdediging haar had gegeven, in combinatie met haar eigen onderzoek had bestudeerd.

'Doctor Arslanian, de forensisch getuige-deskundige van het OM heeft eerder in dit proces verklaard dat de schijfjes waarmee meneer Elliots handen, mouwen en colbert zijn afgeveegd verhoogde niveaus bleken te hebben van bepaalde stoffen die in kruitsporen voorkomen. Bent u het met die conclusie eens?'

'Ja,' zei mijn getuige.

Een diepe trilling van verbazing rolde door de zaal.

'U zegt dus dat uit uw onderzoek is gebleken dat de beklaagde kruitsporen op zijn handen en kleren had?'

'Dat klopt. Verhoogde niveaus van barium, antimonium en lood. In combinatie duiden deze stoffen op de aanwezigheid van kruitresten.'

'Wat betekent het dat de niveaus verhoogd zijn?'

'Het betekent alleen dat je sommige van deze stoffen altijd wel op iemands lichaam kunt aantreffen, of hij nu net een wapen heeft afgevuurd of in handen heeft gehad of niet. Gewoon door het dagelijks leven.'

'Dus een verhoogd niveau van alle drie de stoffen is noodzakelijk om te kunnen concluderen dat er kruitresten zijn. Klopt dat?'

'Ja. Dat en de concentratiepatronen.'

'Kunt u uitleggen wat u met concentratiepatronen bedoelt?'

'Natuurlijk. Wanneer een wapen afgevuurd wordt – in dit geval denk ik dat we het over een vuistvuurwapen hebben – vindt er in de kamer een explosie plaats die de kogel zijn energie en snelheid geeft. Door die explosie worden samen met de kogel gassen uit de loop en eventuele kleine scheurtjes of openingen in het wapen gestoten. Het achterste deel van de loop gaat open nadat er een schot is afgevuurd. De ontsnappende gassen blazen de microscopisch kleine deeltjes van de betreffende stoffen naar achteren tegen de schutter aan.'

'En dat is in dit geval gebeurd. Is dat juist?'

'Nee, dat is niet juist. Op basis van mijn gehele onderzoek kan ik dat niet zeggen.'

Ik trok verbaasd mijn wenkbrauwen op.

'Maar u hebt net gezegd dat u het eens was met de conclusie van het OM dat er kruitsporen op de handen en mouwen van de beklaagde zaten.'

'Ik ben het met die conclusie eens, maar dat was niet de vraag die u stelde.'

Ik wachtte even, alsof ik over mijn vraag nadacht.

'Doctor Arslanian, wilt u beweren dat er een andere verklaring kan zijn voor de aanwezigheid van kruitresten op meneer Elliots handen en kleren?'

'Ja.'

We waren er. We waren eindelijk bij de kern van de zaak van de verdediging aangekomen. Het was tijd om de magische kogel af te schieten.

'Is uw onderzoek van het materiaal dat de verdediging u in het weekend heeft gegeven voor u aanleiding geweest om een alternatieve verklaring te geven voor de aanwezigheid van kruitsporen op de handen en kleren van meneer Elliot?'

'Ja.'

'En wat is die verklaring?'

'Het is naar mijn mening hoogstwaarschijnlijk dat de kruitresten op meneer Elliots handen en kleren daarop overgebracht zijn.'

'Overgebracht? Wilt u suggereren dat iemand opzettelijk kruitsporen op hem heeft aangebracht?'

'Nee. Ik suggereer dat het onopzettelijk door toeval of een fout is gebeurd. Kruitresten zijn in wezen microscopisch stof. Het beweegt. Het kan door contact overgedragen worden.'

'Wat betekent overdracht door contact?'

'Dat betekent dat het stof waarover we het hebben, neerdaalt op een oppervlak nadat het uit een vuurwapen is gestoten. Als dat oppervlak in contact komt met een ander oppervlak wordt een deel van het stof overgedragen. Het wordt eraf gewreven. Daarom zijn er bij de politie protocollen om dit te voorkomen. Van slachtoffers en verdachten van misdaden met een vuurwapen worden vaak de kleren bewaard om ze te bestuderen. Soms worden er zelfs plastic zakjes over de handen van mensen getrokken om overdracht tegen te gaan.'

'Kunnen deze stoffen meer dan één keer worden overgedragen?'

'Ja, dat kan, met afnemende niveaus. Dit is een vaste stof, geen gas. Het vervliegt niet als een gas. Het is microscopisch klein, maar vast en het moet ergens blijven. Ik heb hiernaar talloze studies gedaan en ik heb geconstateerd dat de overdracht keer op keer herhaald kan worden.'

'Maar zou, in het geval van herhaalde overdracht, de hoeveelheid van de stof niet met elke overdracht afnemen tot er bijna niets meer van overblijft?'

'Dat is juist. Elk nieuw oppervlak zal minder vasthouden dan het vorige. Dus het gaat erom met welke hoeveelheid je begint. Hoe groter die hoeveelheid is, hoe meer er overgedragen kan worden.'

Ik knikte en nam een korte pauze door bladzijden van mijn blocnote om te slaan alsof ik iets zocht. Ik wilde een duidelijk verband leggen tussen de bespreking van de theorie en de zaak waar het hier om ging.

'Oké, doctor Arslanian,' zei ik ten slotte. 'Kunt u ons, met deze theorieën in gedachten, vertellen wat er in de zaak-Elliot is gebeurd?'

'Dat kan ik u vertellen en ik kan het u ook laten zien,' zei doctor Arslanian. Toen meneer Elliot de handboeien werden omgedaan en hij achter in de vier-alfa-patrouillewagen werd gezet, kwam hij letterlijk midden in een grote hoeveelheid kruitsporen terecht. Daar heeft de overdracht plaatsgevonden.'

'Hoezo?'

'Zijn handen, armen en kleren werden in direct contact met kruitresten van een andere zaak gebracht. Het was onvermijdelijk dat die op hem overgedragen werden.'

Golantz maakte snel bezwaar met als reden dat ik de basis voor zo'n antwoord niet had gelegd. Ik zei tegen de rechter dat ik van plan was dat nu direct te doen en ik vroeg toestemming om de videoapparatuur weer voor de jury te starten.

Doctor Arslanian had de video van mijn eerste getuige, Juiio Muniz, gemonteerd en er een demonstratievideo van gemaakt. Ik introduceerde de band als een bewijsstuk voor de verdediging als antwoord op Golantz' mislukte bezwaar. Ik gebruikte hem als visueel hulpmiddel en leidde mijn getuige door de overdrachtstheorie van de verdediging. Het was een demonstratie die bijna een uur duurde en het was een van de grondigste presentaties van een alternatieve theorie die ik ooit gegeven had.

We begonnen ermee dat Wyms werd gearresteerd en achter in de alfa-auto werd gezet. Daarna lieten we zien dat Elliot minder dan tien uur later in dezelfde patrouillewagen werd gezet. In dezelfde auto en op dezelfde plaats. Bij beide mannen waren de handen op de rug geboeid. Ze was verbluffend gezaghebbend in haar conclusie.

'Een man die minstens vierennegentig keer wapens heeft afgevuurd, werd op deze stoel gezet,' zei ze. 'Vierennegentig keer! Hij moet letterlijk kruit hebben uitgewasemd.'

'En is het uw mening als deskundige dat de kruitsporen van Eli Wyms op die stoel zijn overgedragen?' vroeg ik.

'Absoluut.'

'En is het uw mening als deskundige dat de kruitsporen op die stoel kunnen zijn overgedragen op de volgende persoon die erop ging zitten?'

'Ja.'

'En is het uw mening als deskundige dat de kruitsporen op Walter Elliots handen en kleren daarvandaan kwamen?'

'Nogmaals, doordat zijn handen op zijn rug geboeid waren, kwam hij in direct contact met een overdrachtoppervlak. Ja, naar mijn mening als deskundige, zijn de kruitsporen zo op zijn handen en kleren terechtgekomen.'

Ik zweeg weer even om de conclusie van de deskundige goed tot de jury te laten doordringen. Als ik iets over gerede twijfel wist, dan was het wel dat ik die net in het bewustzijn van ieder jurylid had gezaaid. Of ze later naar eer en geweten zouden stemmen was een andere kwestie.

50

Het was nu tijd om het grote rekwisiet erbij te halen om doctor Arslanians getuigenverklaring volkomen duidelijk te maken.

'Hebt u uit uw analyse van het bewijsmateriaal nog andere conclusies getrokken die de overdrachtstheorie die u hier geschetst hebt, ondersteunden, doctor?'

'Ja.'

'En wat waren die?'

'Mag ik mijn etalagepop gebruiken om het te demonstreren?'

Ik vroeg de rechter of mijn getuige een etalagepop mocht gebruiken om iets te demonstreren en hij gaf toestemming zonder dat Golantz bezwaar maakte. Ik liep daarna langs het hokje van de griffier naar de gang die naar de raadkamer van de rechter leidde. Ik had doctor Arslanians etalagepop daar achtergelaten tot ik toestemming van de rechter zou krijgen om hem te gebruiken. Ik reed hem naar het midden van het bewijsterrein tot voor de jury en de camera van Rechtbank TV. Ik gebaarde doctor Arslanian dat ze uit het getuigenbankje kon komen om haar demonstratie te geven.

De etalagepop was een model met een compleet lichaam met volledig manipuleerbare ledematen, handen en zelfs vingers. Hij was gemaakt van wit plastic en er zaten verscheidene grijze vlekken op zijn gezicht en handen, die erop waren achtergebleven na de experimenten die er in de loop van de jaren mee waren uitgevoerd. Hij was gekleed in een blauwe spijkerbroek, een donkerblauw overhemd met een kraag en een windjack met een afbeelding op de rug ter herinnering aan het feit dat de Universiteit van Florida eerder dit jaar landelijk footballkampioen was geworden. De pop hing vijf centimeter boven de grond aan een metalen beugel die aan een onderstuk met wieltjes bevestigd was.

Ik besefte dat ik iets vergeten was en liep naar mijn tas. Ik haalde er snel de houten neprevolver en de uitschuifbare aanwijsstok uit. Ik overhandigde ze allebei aan doctor Arslanian en ging toen terug naar de lessenaar.

'Goed, wat hebben we hier, doctor?'

'Dit is Manny, mijn demonstratiepop. Manny, dit is de jury.'

Er werd een beetje gelachen en één jurylid, de jurist, knikte zelfs naar de pop.

'Is Manny een fan van het footballteam van de Universiteit van Florida?'

'Eh, vandaag wel.'

Ik probeerde naar een serieuze getuigenverklaring toe te werken, voordat Golantz op zou staan om bezwaar te maken.

'Waarom hebben we Manny hier nodig, doctor?'

'Omdat een analyse van de schijfjes die door de forensisch deskundige van het politielab verzameld zijn ons kan laten zien waarom de kruitsporen op meneer Elliots kleren en lichaam er niet op zijn gekomen doordat hij een wapen heeft afgevuurd.'

'Ik weet dat de deskundige van het OM ons vorige week deze procedures heeft uitgelegd, maar ik wil toch graag dat u ons geheugen even opfrist, Wat moet ik me bij zo'n schijfje voorstellen?'

'De test om te bepalen of er kruitsporen zijn, wordt uitgevoerd met ronde schijfjes met een plakkant die eraf getrokken kan worden. Met de schijfjes wordt over het oppervlak gewreven dat getest wordt om al het microscopische materiaal te verzamelen dat erop zit. Het schijfje gaat daarna in een scanning elektronenmicroscoop. Door de microscoop kunnen we zien of de drie elementen waarover we het gehad hebben – barium, antimonium en lood – op het oppervlak aanwezig waren.'

'Goed, kunt u ons daar een demonstratie van geven?'

'Ja zeker.'

'Legt u het alstublieft aan de jury uit.'

Doctor Arslanian schoof de aanwijsstok uit en draaide zich naar de jury toe. Haar demonstratie was zorgvuldig gepland en gerepeteerd, het ging zelfs zover dat ik haar altijd 'doctor' noemde en zij altijd naar de forensische expert van het OM als 'meneer' verwees.

'Meneer Guilfoyle, de forensisch expert van de politie heeft acht verschillende monsters van het lichaam en de kleren van meneer Elliot genomen. Elk schijfje was gecodeerd zodat de plaats waarop het monster genomen was, bekend zou zijn en in kaart gebracht kon worden.'

Ze wees met de aanwijsstok naar de pop terwijl ze de locaties van de monsters besprak. De pop had zijn armen langs zijn zij.

'Schijfje A kwam van de bovenkant van de rechterhand. Schijfje B van de bovenkant van de linkerhand. Schijfje C was van de rechtermouw van meneer Elliots windjack en schijfje D van de linkermouw. Dan hebben we schijfjes E en F van de revers van het jack en G en H van de borst en de torso van het overhemd dat meneer Elliot onder het open windjack droeg.

'Zijn dit de kleren die hij die dag droeg?'

'Nee, maar dit zijn exacte duplicaten van wat hij droeg. Ze hebben zelfs dezelfde maat en zijn afkomstig van dezelfde fabrikant.'

'Goed, wat hebt u uit uw analyse van de acht schijfjes geconcludeerd?'

'Ik heb een kaart gemaakt voor de juryleden zodat ze me kunnen volgen.'

Ik presenteerde de kaart als een bewijsstuk voor de verdediging. Golantz had er die ochtend een kopie van gekregen. Hij stond nu op en maakte bezwaar, omdat de late ontvangst van de kaart in strijd was met de regels voor de inzage van stukken. Ik zei tegen de rechter dat de kaart pas de vorige avond getekend was, na mijn besprekingen met doctor Arslanian op zaterdag en zondag. De rechter was het eens met de aanklager met als argument dat de richting van mijn ondervraging van mijn getuige duidelijk en goed voorbereid was en dat de kaart daarom eerder getekend had moeten worden. Het bezwaar werd toegekend en doctor Arslanian moest nu improviseren. Het was een gok geweest, maar ik had er geen spijt van. Ik had liever dat mijn getuige zonder vangnet tegen de juryleden praatte dan dat Golantz van tevoren van mijn strategie op de hoogte zou zijn geweest.

'Goed, doctor, u kunt nog steeds zelf gebruikmaken van uw aantekeningen en de kaart. De juryleden hoeven alleen maar goed naar u te luisteren. Wat hebt u uit uw analyse van de acht schijfjes geconcludeerd?'

'Ik heb eruit geconcludeerd dat de niveaus van de kruitresten sterk verschillen.'

'Hoe kan dat?'

'Schijfjes A en B, die van meneer Elliots handen kwamen, hadden de hoogste niveaus kruitresten. Verder dalen de niveaus scherp. Schijfjes C, D, E en F hadden veel lagere niveaus en op schijfjes G en H werden helemaal geen kruitresten aangetroffen.'

Weer gebruikte ze de aanwijsstok om haar conclusies te illustreren.

'En wat leidde u daaruit af, doctor?'

'Dat meneer Elliot geen kruitresten op zijn handen had, doordat hij een wapen had afgevuurd.'

'Kunt u laten zien waarom dat zo is?'

'Ten eerste wijzen vergelijkbare metingen op beide handen erop dat het wapen met twee handen is afgevuurd.'

Ze liep naar de pop toe, bracht zijn armen omhoog en vormde een V door de handen naar elkaar toe te trekken. Ze boog de handen en vingers om de houten revolver heen.

'Maar een tweehandige greep zou tot gevolg moeten hebben dat de niveaus van de kruitresten vooral op de mouwen, maar ook op de rest van de kleren hoger zouden zijn.'

'Maar de schijfjes die door het politielab zijn geanalyseerd laten dat niet zien. Heb ik daar gelijk in?'

'Ja. Ze laten het tegendeel zien. Hoewel er een daling ten opzichte van de metingen op de handen te verwachten is, kan die niet zo groot zijn.'

'Wat betekent dat naar uw mening als deskundige?'

'Dat er sprake is van een samengestelde blootstelling aan overdracht. De eerste blootstelling vond plaats toen meneer Elliot met zijn handen op de rug achter in de alfa-vier-auto werd gezet. De kruitresten zaten nu op zijn handen en armen. Daarna werd een deel ervan door normale hand- en armbewegingen op de voorkant van zijn windjack overgebracht. Dit moet voortdurend gebeurd zijn tot zijn kleren hem afgenomen werden.'

'En de schijfjes van het overhemd onder het jack waarop geen kruitresten gemeten zijn?'

'Die laten we buiten beschouwing, omdat het jack tijdens de schietpartij dichtgeritst kan zijn geweest.'

'Is er naar uw mening als deskundige een manier waarop meneer Elliot dit patroon van kruitresten op zijn handen en kleren kan heb-

374

ben gekregen door een wapen af te vuren, doctor?'

'Nee, die is er niet.'

'Dank u, doctor Arslanian. Ik heb geen vragen meer.'

Ik ging terug naar mijn plaats, boog me voorover en fluisterde in Walter Elliots oor: 'Als we zonet geen redelijke twijfel bij de jury hebben gezaaid, dan weet ik het ook niet meer.'

Elliot knikte en fluisterde terug: 'Ik heb nog nooit tienduizend dollar zo goed besteed.'

Ik vond dat ik het zelf ook niet slecht had gedaan, maar ik hield mijn mond maar. Golantz vroeg de rechter of de middagpauze gehouden mocht worden vóór zijn kruisverhoor van de getuige, en de rechter stemde daarmee in. Ik had het idee dat het geroezemoes in de rechtszaal na de aankondiging van de pauze luider was. Shami Arslanian had de verdediging beslist een impuls gegeven.

Over een kwartier zou ik merken wat Golantz in zijn arsenaal had om de geloofwaardigheid en de verklaringen van mijn getuige te ondermijnen, maar ik kon me niet voorstellen dat het veel bijzonders zou zijn. Als hij iets had gehad, zou hij niet om de pauze gevraagd hebben. Hij zou opgestaan zijn en haar direct hebben aangevallen.

Toen de jury en de rechter de rechtszaal hadden verlaten en de toeschouwers zich de gang op drongen, slenterde ik naar de tafel van de aanklager. Golantz schreef vragen op een blocnote. Hij keek niet naar me op.

'Wat is er?' vroeg hij.

'Het antwoord is nee.'

'Op welke vraag?'

'De vraag of mijn cliënt wil bekennen in ruil voor strafvermindering. We zijn niet geïnteresseerd.'

Golantz grijnsde.

'Je bent geestig, Haller. Dus je hebt een indrukwekkende getuige. En wat dan nog? Het proces is nog lang niet voorbij.'

'En ik heb een Franse politiecommandant die morgen gaat verklaren dat Rilz zeven van de gevaarlijkste, wraakzuchtigste mannen naar wie hij ooit een onderzoek heeft ingesteld, heeft verraden. Twee van hen zijn vorig jaar uit de gevangenis gekomen en ze zijn verdwenen. Niemand weet waar ze zijn. Misschien waren ze afgelopen lente wel in Malibu.'

Golantz legde zijn pen neer en keek me eindelijk aan.

'Ja, ik heb je inspecteur Clouseau gisteren gesproken. Het is nogal duidelijk dat hij gaat zeggen wat je wilt dat hij gaat zeggen, aangezien je hem eersteklas laat vliegen. Aan het einde van de depositie haalde hij een van die sterrenkaarten tevoorschijn en vroeg me of ik hem kon wijzen waar Angelina Jolie woonde. Echt een serieuze getuige die je opgeduikeld hebt.'

Ik had tegen commandant Pepin gezegd dat hij rustig aan moest doen met die sterrenkaart, maar hij had kennelijk niet geluisterd. Ik besloot maar van onderwerp te veranderen.

'Waar zijn de Duitsers?' vroeg ik.

Golantz keek achter zich, alsof hij zich ervan wilde vergewissen dat Johan Rilz' familieleden er niet waren.

'Ik heb hun verteld dat ze zich erop moesten voorbereiden dat jouw strategie erop gericht zou zijn een verdediging op te bouwen waarbij de nagedachtenis van hun zoon en broer door het slijk wordt gehaald,' zei hij. 'Ik heb hun verteld dat je de problemen die Johan vijf jaar geleden in Frankrijk had, zult aangrijpen om zijn moordenaar vrij te krijgen. Ik heb hun verteld dat je hem zult afschilderen als een Duitse gigolo die in heel Malibu en de hele kuststreek rijke cliënten verleidde, zowel mannen als vrouwen. Weet je wat de vader tegen me zei?'

'Nee, maar dat ga jij me nu vertellen.'

'Hij zei dat ze genoeg hadden van de Amerikaanse rechtspraak en dat ze naar huis gingen.'

Ik wilde hem met een slim, cynisch antwoord aftroeven, maar er schoot me niets te binnen.

'Maak je geen zorgen,' zei Golantz. 'Of ik win of verlies, ik zal hen bellen om hun te vertellen wat de uitspaak is geworden.'

'Mooi zo.'

Ik liep de gang op om mijn cliënt te zoeken. Ik zag hem te midden van een kring verslaggevers staan. Hij was overmoedig na doctor Arslanians getuigenis en bewerkte nu de grote jury – de publieke opinie.

'Ze hebben zich al die tijd helemaal op mij geconcentreerd, maar de echte moordenaar loopt nog vrij rond!'

Een mooie, kernachtige uitspraak. Hij was goed. Ik wilde me net door de drom verslaggevers heen dringen om hem weg te halen, toen Dennis Wojciechowski me onderschepte.

'Kom eens even mee,' zei hij.

We liepen van de drukte vandaan de gang in.

'Wat is er, Cisco? Ik vroeg me al af waar je was.'

'Ik heb het druk gehad. Mijn contactpersoon in Florida heeft telefonisch verslag uitgebracht. Wil je horen wat hij gezegd heeft?'

Ik had hem verteld dat ik van Elliot te horen had gekregen dat hij zetbaas voor de zogenaamde organisatie was. Elliot had toen een eerlijke indruk op me gemaakt, maar de volgende dag had ik mezelf aan een simpele waarheid herinnerd – iedereen liegt – en Cisco gevraagd om te kijken of hij het kon bevestigen.

'Vertel het me maar,' zei ik.

'Ik heb een privédetective uit Fort Lauerdale in de arm genomen met wie ik al eerder samengewerkt heb. Tampa is aan de andere kant van de staat, maar ik wilde iemand hebben die ik kende en vertrouwde.'

'Dat begrijp ik. Wat heeft hij ontdekt?'

'Elliots grootvader is achtenzeventig jaar geleden een scheepvaartbedrijf begonnen dat fosfaat vervoerde. Hij heeft het geleid, Elliots vader heeft het geleid en daarna heeft Elliot het zelf geleid. Alleen hield hij er niet van om zijn handen vuil te maken in de fosfaatbusiness en hij verkocht het bedrijf een jaar nadat zijn vader aan een hartaanval was overleden. Het was een particulier bedrijf, dus de gegevens over de verkoop zijn niet openbaar. Destijds werd in krantenartikelen geschat dat het ongeveer tweeëndertig miljoen zou hebben opgebracht.'

'En hoe zit het met de georganiseerde misdaad?'

'Daar heeft hij geen spoor van kunnen vinden. Hij had de indruk dat het een goed, legaal bedrijf was. Elliot heeft jou verteld dat hij zetbaas was en hiernaartoe was gestuurd om het geld van de organisatie te investeren. Hij heeft je niet verteld dat hij zijn eigen bedrijf heeft verkocht en met de opbrengst hierheen is gekomen. De man liegt tegen je.'

Ik knikte.

'Oké, Cisco, bedankt.'

'Heb je me in de rechtbank nog nodig? Ik ben nog met een paar dingen bezig. Ik heb gehoord dat jurylid nummer zeven sinds vanochtend vermist wordt.'

'Ja, hij is in rook opgegaan. En ik heb je hier niet nodig.'

'Oké, man. Ik spreek je nog.'

Toen hij wegliep naar de liften, staarde ik naar mijn cliënt, die nog tegen de verslaggevers stond te oreren. Er maakte zich langzaam een gevoel van woede van me meester, dat sterker werd toen ik me tussen de mensen door drong om bij hem te komen.

'Oké, dat is alles, mensen,' zei ik. 'Verder geen commentaar. Verder geen commentaar.'

Ik pakte Elliot bij de arm, trok hem uit de drom verslaggevers en liep met hem de gang door. Ik joeg een paar verslaggevers weg die achter ons aan liepen en ten slotte waren we buiten ieders gehoorsafstand.

'Wat was je aan het doen, Walter?'

Hij glimlachte vrolijk, maakte een vuist en stompte in de lucht.

'Ze kunnen het in hun reet steken. De aanklager en de politie, het hele zooitje.'

'Ja, ik zou toch maar even afwachten. We hebben nog een lange weg te gaan. We hebben misschien de slag gewonnen, maar de oorlog nog niet.'

'Ach, kom nou. Het is in kannen en kruiken, Mick. Ze heeft het daar binnen voortreffelijk gedaan. Ik bedoel, ik wil met haar trouwen!'

'Ja, dat is mooi, maar laten we eerst maar eens afwachten hoe ze het bij het kruisverhoor doet, voordat je de ring koopt, oké?'

Toen er weer een verslaggeefster naar ons toe kwam, zei ik tegen haar dat ze moest ophoepelen. Daarna richtte ik me weer tot mijn cliënt.

'Luister, Walter, we moeten praten.'

'Oké, praat maar.'

'Ik heb door een privédetective je verhaal over Florida laten checken en ik heb net gehoord dat het gelul is. Je hebt tegen me gelogen, Walter, en ik heb je gezegd dat je nooit tegen me mag liegen.'

Elliot schudde zijn hoofd en leek boos op me omdat ik zijn triomfstemming verstoorde. Dat ik hem op de leugen had betrapt was maar een klein ongerief en het ergerde hem zelfs dat ik erover begon.

'Waarom heb je tegen me gelogen, Walter? Waarom heb je dat verhaal verzonnen?'

Hij haalde zijn schouders op en hield zijn blik van me afgewend, terwijl hij sprak.

'Het verhaal? Dat heb ik eens in een script gelezen. Ik heb het afgewezen, maar het verhaal heb ik onthouden.'

'Maar waarom? Ik ben je advocaat. Je kunt me alles vertellen. Ik heb je gevraagd om me de waarheid te vertellen en je hebt tegen me gelogen. Waarom?'

Hij keek me eindelijk aan.

'Omdat ik wist dat ik je onder druk moest zetten.'

'Onder druk? Waar heb je het over?'

'Kom nou, Mickey. Laten we niet...'

Hij draaide zich om en wilde teruggaan naar de rechtszaal, maar ik greep hem ruw bij de arm.

'Nee, ik wil het horen. Hoe wilde je me onder druk zetten?'

'Iedereen gaat weer naar binnen. De pauze is voorbij en we horen binnen te zijn.'

Ik greep hem nog steviger vast.

'Hoe wilde je me onder druk zetten, Walter?'

'Je doet me pijn.'

Ik ontspande mijn greep, maar liet hem niet los. En ik bleef hem aankijken.

'Hoe wilde je me onder druk zetten?'

Hij wendde zijn blik af en grijnsde alsof hij wilde zeggen: jezus, wat een gezeik. Ik liet eindelijk zijn arm los.

'Luister,' zei hij. 'Vanaf het begin wilde ik dat je zou geloven dat ik het niet gedaan had. Het was voor mij de enige manier om de zekerheid te krijgen dat je je uiterste best zou doen. Dat je meedogenloos zou zijn.'

Ik staarde hem aan en zag dat de glimlach plaatsmaakte voor een uitdrukking van trots.

'Ik heb je verteld dat ik kijk op mensen had, Mick. Ik wist dat je iets nodig had om in te geloven. En ik wist dat ik je dat zou geven als ik je ervan kon overtuigen dat ik een beetje schuldig was, maar dat ik niet schuldig was aan de grote misdaad. Het zou je je vuur teruggeven.'

Ze zeggen dat de beste acteurs in Hollywood aan de verkeerde kant van de camera staan. Op dat moment wist ik dat dat waar was. Ik wist dat Elliot zijn vrouw en haar minnaar had vermoord en dat hij er zelfs trots op was. Toen ik mijn stem teruggevonden had, vroeg ik: 'Waar had je de revolver vandaan?'

'O, die had ik al een tijdje. Ik heb hem in de jaren zeventig onder de tafel gekocht op een vlooienmarkt. Ik was een grote fan van Dirty Harry en ik wilde een .44 magnum hebben. Ik bewaarde hem in het strandhuis om mezelf te kunnen verdedigen. Er lopen daar een heleboel vreemde figuren rond.'

'Wat is er echt in dat huis gebeurd, Walter?'

Hij knikte alsof hij de hele tijd al van plan was geweest om het me op dit moment te vertellen.

'Ik ging daarnaartoe om de confrontatie aan te gaan met haar en degene met wie ze steevast elke maandag neukte. Maar toen ik daar aankwam, besefte ik dat het Rilz was. Ze had tegenover mij gedaan alsof hij een nicht was. Ze nodigde hem uit voor etentjes, feestjes en premières bij ons en waarschijnlijk lachten ze er later om. Ze lachten om me, Mick.

Ik werd er kwaad om. Razend eigenlijk. Ik haalde de revolver uit de kast, trok de rubberhandschoenen aan die onder het aanrecht lagen en ging naar boven. Je had de uitdrukking op hun gezicht moeten zien toen ze die grote revolver zagen.'

Ik staarde hem secondelang aan. Er hadden al vaker cliënten tegenover me bekend, maar meestal deden ze dat huilend, handenwringend en vechtend tegen de demonen die hun misdaad in hen had gecreëerd. Maar Walter Elliot deed dat niet. Hij was ijskoud.

'Hoe heb je de revolver geloosd?'

'Ik ben daar niet alleen naartoe gegaan. Ik had iemand bij me en zij heeft de revolver, de handschoenen en mijn eerste stel kleren meegenomen. Ze is langs het strand gelopen tot ze vlak bij de Pacific Coast Highway was en heeft daar een taxi genomen. Intussen heb ik me gewassen en andere kleren aangetrokken. Daarna heb ik het alarmnummer gebeld.'

'Wie heeft je geholpen?'

'Dat hoef je niet te weten.'

Ik knikte, naar niet omdat ik het met hem eens was. Ik knikte omdat ik het al wist. In een flits zag ik Nina Albrecht voor me, die met gemak de deur naar de veranda opende, terwijl ik niet kon bedenken hoe dat moest. Daaruit bleek een vertrouwdheid met de slaapkamer van haar baas die me direct getroffen had.

Ik wendde mijn blik van mijn cliënt af en keek naar de vloer waarover talloze mensen talloze kilometers hadden gelopen voor gerechtigheid.

'Ik had nooit op de overdracht gerekend, Mick. Toen ze zeiden dat ze de test wilden doen, was ik er helemaal voor. Ik dacht dat ik schoon was. Ik verwachtte dat ze dat zouden constateren en dat het daarmee afgelopen zou zijn. Geen wapen, geen kruitresten, geen zaak.'

Hij schudde zijn hoofd, omdat het op het nippertje nog goed afgelopen was.

'Godzijdank zijn er advocaten als jij.'

Mijn blik schoot omhoog en ik keek hem aan.

'Heb je Jerry Vincent vermoord?'

Elliot schudde zijn hoofd.

'Nee, maar het was wel een meevaller, want daardoor kreeg ik een betere advocaat.'

Ik wist niet hoe ik daarop moest reageren. Ik keek door de gang naar de deur van de rechtszaal. De parketwacht stond daar. Hij zwaaide naar me en gebaarde me dat ik binnen moest komen. De pauze was voorbij en de rechter was klaar om te beginnen. Ik knikte en stak één vinger omhoog. Wacht even. Ik wist dat de rechter niet zou beginnen voordat hem gezegd was dat de aanklager en de verdediger hun plaats hadden ingenomen.

'Ga maar naar binnen,' zei ik. 'Ik moet naar het toilet.'

Elliot liep kalm naar de wachtende parketwacht toe. Ik ging snel een nabijgelegen toilet binnen en liep naar een van de wasbakken. Ik spatte koud water op mijn gezicht en bevlekte daarbij mijn beste pak en overhemd, maar het kon me niets schelen.

51

Die avond stuurde ik Patrick naar de film, omdat ik het huis voor mezelf wilde hebben. Ik wilde geen televisie horen en niet praten. Ik wilde niet gestoord worden en ik wilde dat niemand naar me keek. Het was niet omdat ik me dan beter zou kunnen voorbereiden op wat waarschijnlijk de laatste dag van het proces zou zijn. Ik was er meer dan klaar voor. De Franse politiecommandant had ik helemaal klaargestoomd om de jury nog een dosis gerede twijfel toe te dienen. En het was ook niet omdat ik nu wist dat mijn cliënt schuldig was. Ik kon de echt onschuldige cliënten die ik in de loop van de jaren had gehad op de vingers van één hand tellen. Schuldige mensen waren mijn specialiteit, maar ik voelde me aangeslagen omdat ik zo sluw was gebruikt. En omdat ik die basisregel vergeten was: iedereen liegt.

Ik was aangeslagen omdat ik wist dat ik zelf ook schuldig was. Ik kon Rilz' vader en broers en wat ze tegen Golantz hadden gezegd over hun besluit om naar huis te gaan maar niet uit mijn hoofd zetten Ze wilden niet op het vonnis wachten als dat betekende dat ze moesten toezien hoe de naam van hun dierbare dode zoon en broer door het Amerikaanse rechtssysteem door het slijk werd gehaald. Ik had de afgelopen twintig jaar grotendeels doorgebracht met het verdedigen van schuldige en soms slechte mannen. Ik had dat altijd kunnen accepteren en ermee om kunnen gaan. Maar ik had geen goed gevoel over mezelf en het werk dat ik morgen zou gaan doen.

Op dit soort momenten voelde ik het sterkst het verlangen om weer te gaan gebruiken. Om de pil tegen de lichamelijke pijn te nemen die, zoals ik wist, ook de innerlijke pijn zou verdoven. Op dit soort momenten besefte ik dat ik mijn eigen jury had die me schuldig zou bevinden en dat er na deze zaak geen zaken meer voor me zouden zijn.

Ik ging naar buiten, de veranda op, in de hoop dat de stad me uit de afgrond waarin ik was gevallen, zou kunnen trekken. Het was een koele, heldere avond. Los Angeles spreidde zich voor me uit als een tapijt van lichten die allemaal een vonnis van een droom vertegenwoordigde. Sommige mensen leefden naar hun droom, andere verkochten hun droom goedkoop en weer andere koesterden hun droom. Ik wist niet of ik nog een droom had. Ik had het gevoel, alsof ik alleen nog maar zonden te bekennen had.

Na een tijdje moest ik ergens aan denken en ik glimlachte onwillekeurig. Het was een van mijn laatste duidelijke herinneringen aan mijn vader, de grote advocaat uit zijn tijd. Een antieke glazen bol – een erfstuk dat uit Mexico via mijn moeders familie was doorgegeven – was gebroken onder de kerstboom gevonden. Mijn moeder nam me mee naar de woonkamer om me de schade te laten zien en me de kans te geven om schuld te bekennen. Mijn vader was toen ziek en zou niet meer beter worden. Hij had zijn werk – wat er nog van over was – mee naar huis genomen, naar de studeerkamer naast de woonkamer. Ik kon hem door de open deur niet zien, maar ik hoorde zijn stem.

Als je in het nauw gedreven bent, beroep je je op het Vijfde Amendement...

Ik wist wat dat betekende. Zelfs met mijn vijf jaar was ik de zoon van mijn vader en wist ik al iets van de wet. Ik weigerde de vragen van mijn moeder te beantwoorden. Ik weigerde mezelf te beschuldigen.

Nu lachte ik hardop terwijl ik over de stad van dromen uitkeek. Ik leunde naar voren met mijn ellebogen op de leuning en boog mijn hoofd.

'Ik kan dit niet meer,' fluisterde ik voor me uit.

De muziek van de lone ranger barstte door de open deur achter me naar buiten. Ik ging naar binnen en keek naar de mobiele telefoon, die ik, samen met mijn sleutels, op de tafel had laten liggen. Op het scherm stond PRIVÉNUMMER. Ik aarzelde, omdat ik precies wist hoe lang de ouverture gespeeld zou worden, voordat het telefoontje als boodschap opgenomen zou worden.

Op het laatste moment nam ik op.

'Spreek ik met Michael Haller, de advocaat?'

'Ja, met wie spreek ik.'

'Met agent Randall Morris van de politie van Los Angeles. Kent u een vrouw die Elaine Ross heet, meneer?'

Ik had het gevoel of mijn maag door een vuist omklemd werd.

'Lanie? Ja. Wat is er gebeurd? Wat is er mis?'

'Eh, meneer, ik heb mevrouw Ross hier op Mulholland Drive aangehouden en ze mag niet meer rijden. Eigenlijk raakte ze buiten westen nadat ze me uw kaartje had gegeven.'

Ik sloot even mijn ogen. Het telefoontje leek mijn angst om Lanie Ross te bevestigen. Ze was teruggevallen. Door een arrestatie zou ze weer in het systeem terechtkomen en waarschijnlijk zou ze een tijdje in de gevangenis en een afkickcentrum moeten doorbrengen.

'Naar welke gevangenis brengt u haar?' vroeg ik.

'Ik moet eerlijk tegen u zijn, meneer Haller. Over twintig minuten zit mijn dienst erop. Als ik haar meeneem om proces-verbaal op te maken, ben ik twee uur kwijt en ik mag deze maand geen overuren meer maken. Ik wilde zeggen dat ik haar een kans wil geven, als u haar komt halen of iemand stuurt om haar te halen. Begrijpt u wat ik bedoel?'

'Ja, dank u, agent Morris. Als u me het adres geeft, kom ik haar halen.'

'Weet u waar de uitkijkpost in Fryman Canyon is?'

'Ja.'

'Daar staan we. Komt u zo snel mogelijk, alstublieft.'

Fryman Canyon was maar een paar straten van de omgebouwde garage vandaan waar Lanie van een vriend gratis mocht wonen. Als ik haar naar huis had gebracht, zou ik naar het park terug kunnen lopen om haar auto op te halen. Het zou me minder dan een uur kosten en ik zou Lanie uit de gevangenis houden en voorkomen dat haar auto weggesleept zou worden.

Ik ging het huis uit en reed door Laurel Canyon de heuvel op naar Mulholland Drive. Toen ik de top bereikte, sloeg ik links af in westelijke richting. Ik draaide de ramen open en liet de koele lucht binnen toen ik voelde dat de vermoeidheid van de dag aan me begon te trekken. Ik volgde de kronkelige weg achthonderd meter en minderde één keer snelheid toen het licht van mijn koplampen een armetierige coyote bescheen die aan de zijkant van de weg op wacht stond.

Mijn telefoon ging over, zoals ik verwacht had.

'Waarom duurde dat zo lang, Bosch?' vroeg ik bij wijze van begroeting.

'Ik heb je al eerder gebeld, maar er is geen verbinding in de cañon,' zei Bosch. 'Is dit een soort test? Waar ga je in vredesnaam naartoe? Je hebt gebeld om te zeggen dat je vanavond verder thuis zou blijven.'

'Ik heb een telefoontje gehad. Een... cliënte van me is gearresteerd wegens rijden onder invloed. De agent geeft haar een kans als ik haar naar huis breng.'

'Waarvandaan?'

'De uitkijkpost in Fryman Canyon. Ik ben er bijna.'

'Wie was de agent?'

'Randall Morris. Hij heeft niet gezegd of hij van Hollywood of Noord-Hollywood was.'

Mulholland Drive vormde de grens tussen de twee politieafdelingen. Morris zou bij allebei kunnen werken.

'Oké, stop tot ik het kan natrekken.'

'Stoppen? Waar?'

Mulholland Drive was een kronkelige tweebaansweg en je kon er nergens stoppen, behalve bij de uitkijkpost. Als je ergens anders stopte, zou de volgende auto die de bocht rondde tegen je aanknallen.

'Ga dan langzamer rijden.'

'Ik ben er al.'

De uitkijkpost in Fryman Canyon was aan de kant van de Valley. Ik sloeg rechts af om in te draaien en reed recht langs het bord waarop stond dat het parkeerterrein na zonsondergang gesloten was.

Ik zag Lanies auto niet en ook geen patrouillewagen van de politie. Het parkeerterrein was leeg. Ik keek op mijn horloge. Het was pas twaalf minuten geleden sinds ik tegen agent Morris had gezegd dat ik er binnen een kwartier zou zijn.

'Verdomme!'

'Wat is er?' vroeg Bosch.

Ik sloeg met de muis van mijn handpalm op het stuurwiel. Morris had niet gewacht. Hij was weggegaan en had Lanie naar de gevangenis gebracht.

'Wat is er?' herhaalde Bosch.

'Ze is er niet,' zei ik. 'En de agent ook niet. Hij heeft haar naar de gevangenis gebracht.'

Ik zou nu moeten uitzoeken naar welk politiebureau Lanie was gebracht en ik zou waarschijnlijk de rest van de avond bezig zijn om haar borg te regelen en haar naar huis te krijgen. Ik zou morgen in de rechtszaal gesloopt zijn.

Ik parkeerde de auto, stapte uit en keek rond. De lichten van de Valley waren beneden kilometers ver te zien.

'Bosch, ik moet ophangen. Ik moet proberen om...'

Ik zag uit mijn ooghoek links van me beweging. Ik draaide me opzij en zag een gebogen figuur uit de hoge struiken naast het parkeerterrein komen. Eerst dacht ik dat het een coyote was, maar toen zag ik dat het een man was. Hij was in het zwart gekleed en had een bivakmuts over zijn gezicht getrokken. Toen hij uit zijn gebogen houding overeind kwam, zag ik dat hij een pistool op me richtte.

'Wacht even,' zei ik. 'Wat is...?'

'Laat die telefoon vallen, verdomme!'

Ik liet de telefoon vallen en bracht mijn handen omhoog.

'Oké, oké, wat is dit? Hoor je bij Bosch?'

De man liep snel naar me toe en duwde me achteruit. Ik viel op de grond en voelde toen dat hij me bij mijn kraag greep.

'Opstaan!'

'Wat is...?'

'Opstaan! Nu!'

Hij begon me omhoog te trekken.

'Oké. oké, ik sta al op.'

Zodra ik stond, werd ik naar voren geduwd en ik liep door het licht van de koplampen van mijn auto.

'Waar gaan we naartoe? Wat is...?'

Ik werd weer geduwd.

'Wie ben je? Waarom..?'

'Je stelt te veel vragen, advocaatje.'

Hij greep de achterkant van mijn kraag vast en duwde me in de richting van de afgrond. Ik wist dat de afgrond bij de rand bijna steil naar beneden liep. Ik zou in een warmwaterbadkuip in iemands achtertuin terechtkomen... na een duik van negentig meter.

Ik probeerde mijn hielen in te graven en mijn voorwaartse beweging af te remmen, maar als reactie duwde hij me nog harder. Ik had nu snelheid en de man met het masker zou me over de rand in de zwarte afgrond duwen.

Plotseling klonk er een schot. Niet van achter me, maar van rechts en vanaf een afstand. Daarna hoorde ik schreeuwende stemmen.

'Laat je wapen vallen! Laat je wapen vallen!'

'Ga liggen! Ga liggen!'

386

Ik wierp me aan de rand van de afgrond op mijn buik in het zand en sloeg mijn armen over mijn hoofd om me te beschermen. Ik hoorde nog meer geschreeuw en het geluid van rennende voeten. Ik hoorde het geronk van motoren en het geluid van voertuigen die knarsend over het grind reden. Toen ik mijn ogen opende, zag ik blauwe flitslichten die op het zand en de struiken weerkaatsten. Blauwe lichten betekenden politie. Ik was veilig.

'Haller,' zei een stem boven me. 'Je kunt nu opstaan.'

Ik rekte mijn nek uit om omhoog te kunnen kijken. Het was Bosch en zijn hoofd tekende zich in silhouet af door het licht van de sterren boven hem.

'Dat scheelde maar een haartje,' zei hij.

52

De man met de bivakmuts krijste van pijn toen ze zijn handen op zijn rug boeiden.

'Mijn hand! Jezus, klootzakken, mijn hand is gebroken!'

Ik krabbelde overeind en zag verscheidene mannen in zwarte windjacks rondlopen als mieren op een mierenheuvel. Op sommige van de jacks stond LAPD, maar op de meeste stond FBI. Al snel verscheen er een helikopter boven ons die het hele parkeerterrein met een schijnwerper verlichtte.

Bosch liep naar de FBI-agenten die over de man met de bivakmuts heen gebogen stonden.

'Is hij geraakt?' vroeg hij.

'Nee, de kogel heeft het wapen geraakt,' zei een FBI-agent. 'Maar dat doet toch verdomd veel pijn.'

'Waar is het wapen?' vroeg Bosch.

'Dat zijn we nog aan het zoeken,' zei de man.

'Misschien is het over de rand gevallen,' zei een andere FBI-agent.

'Als we het vanavond niet vinden, vinden we het morgen bij daglicht wel,' zei een derde.

Ze trokken de man overeind. Aan weerskanten van hem stond een FBI-agent die hem bij de elleboog vasthield.

'Laten we eens kijken wie we hier hebben,' zei Bosch.

De bivakmuts werd zonder plichtplegingen van zijn hoofd gerukt en een zaklantaarn werd recht op het gezicht van de man gericht. Bosch draaide zich om en keek me aan.

'Jurylid nummer zeven,' zei ik.

'Waar heb je het over?'

'Jurylid nummer zeven van het proces. Hij is vandaag niet komen opdagen en de politie was naar hem op zoek.

Bosch draaide zich weer om naar de man die, zoals ik wist, David McSweeney heette. 'Hou hem hier vast.'

Hij draaide zich weer naar mij om en gebaarde me hem te volgen. Hij liep de cirkel van activiteit uit en vervolgens het parkeerterrein op tot vlak bij mijn auto. Hij bleef staan en draaide zich naar me om, maar ik was hem voor met mijn vraag.

'Wat is er zonet gebeurd?'

'We hebben je leven gered. Hij wilde je over de rand duwen.'

'Dat weet ik, maar wat is er gebéúrd?' Waar komen jij en al die anderen vandaan? Je zei dat je je mensen naar huis liet gaan wanneer ik thuis was. Waar komen al die politiemannen vandaan en wat doet de FBI hier?'

'Vanavond was het anders. Er zijn dingen gebeurd.'

'Wat voor dingen zijn er dan gebeurd? Wat is er veranderd?'

'Daar komen we later nog wel op. Laten we eerst praten over wat we hier hebben.'

'Ik weet niet wat we hier hebben.'

'Vertel me eens over jurylid nummer zeven. Waarom is hij vandaag niet komen opdagen?'

'Dat zul je hemzelf moeten vragen. Ik kan je alleen vertellen dat de rechter ons vanochtend in zijn raadkamer heeft geroepen om te zeggen dat hij een anonieme brief had ontvangen waarin stond dat jurylid nummer zeven nep was en dat hij had gelogen over zijn strafblad. De rechter wilde hem ondervragen, maar hij kwam niet opdagen. Er zijn politiemensen naar zijn huis en zijn werk gestuurd en ze kwamen terug met een man die jurylid nummer zeven niet was.'

Bosch stak als een verkeersagent zijn hand op.

'Wacht even, wacht even. Ik kan je even niet volgen. Ik weet dat je net erg in angst hebt gezeten, maar...'

Hij zweeg toen een van de mannen in een jack van de LAPD naar hem toe kwam.

'Wilt u dat we een ziekenwagen bellen? Hij zegt dat zijn hand gebroken is.'

'Nee, hou hem hier vast. We laten hem wel nakijken wanneer we proces-verbaal hebben opgemaakt.'

'Weet u het zeker?'

'Hij kan doodvallen.'

De man knikte en ging terug naar de plek waar ze McSweeney vasthielden.

'Ja, hij kan doodvallen,' zei ik.

'Waarom wilde hij je vermoorden?' vroeg Bosch.

Ik spreidde mijn handen.

'Dat weet ik niet. Misschien vanwege het artikel dat we hebben laten plaatsen. Dat was toch het plan? Om hem uit zijn tent te lokken?'

'Ik denk dat je iets voor me achterhoudt, Haller.'

'Luister, ik heb je vanaf het begin alles verteld wat ik kon. Jij bent degene die dingen achterhoudt en spelletjes speelt. Wat doet de FBI hier?'

'Die is er vanaf het begin bij betrokken geweest.'

'Precies en je was even vergeten om me dat te vertellen.'

'Ik heb je verteld wat je moest weten.'

'Ik wil alles weten of ik werk van nu af aan niet meer met je samen. En dat houdt ook in dat ik op geen enkele manier tegen die man daar getuig.'

Ik wachtte even, maar hij zei niets. Ik maakte aanstalten om weg te lopen, maar Bosch legde zijn hand op mijn arm. Hij glimlachte gefrustreerd en schudde zijn hoofd.

'Kom nou, man, rustig aan. Uit geen loze dreigementen.'

'Denk je dat dit een loos dreigement is? Wacht dan maar eens af tot ik de boel ga rekken wanneer ik van de federale onderzoekscommissie de dagvaarding heb gekregen die hieruit zal voortkomen. Ik kan me tot aan de Hoge Raad op mijn beroepsgeheim beroepen – ik denk dat dat maar twee jaar zal kosten – en je nieuwe vrienden van de FBI zullen wensen dat je open kaart met me had gespeeld toen je de kans had.'

Bosch dacht even na en trok aan mijn arm.

'Oké, stoere jongen, kom eens mee.'

We liepen naar een plaats op het parkeerterrein die nog verder van de politiemensen en de heuvel vandaan was. Bosch begon te praten.

'De FBI heeft een paar dagen na de moord op Vincent contact met me opgenomen en me verteld dat ze in hem geïnteresseerd waren. Dat is alles. Ze waren in hem geïnteresseerd. Hij was een van de advocaten wier namen kwamen bovendrijven toen ze de staatsrechtbanken onder de loep namen. Ze hadden niets specifieks en baseerden zich alleen op geruchten. Hij zou zijn cliënten verteld hebben dat hij bepaalde dingen kon regelen en dat hij connecties had, dat soort dingen. Ze hadden een lijst opgesteld met de namen van advocaten die corrupt zouden zijn en Vincent stond daar ook op. Ze nodigden hem uit om als meewerkende getuige op te treden, maar hij weigerde. Ze waren bezig om hem zwaarder onder druk te zetten, maar toen werd hij vermoord.'

'Dus nadat ze je dat allemaal hadden verteld, hebben jullie je krachten gebundeld. Prachtig hoor. Bedankt dat je het me verteld hebt.'

'Zoals ik al zei, je hoefde het niet te weten.'

Een man in een FBI-jack stak achter Bosch het parkeerterrein over en zijn gezicht werd even van boven af verlicht. Hij kwam me bekend voor, maar ik kon hem niet thuisbrengen. Toen stelde ik me hem met een snor voor.

'Hé, daar heb je de klootzak die je een paar dagen geleden op me af gestuurd hebt,' zei ik zo luid dat de langslopende FBI-agent het wel moest horen. 'Hij heeft geboft dat ik hem geen kogel door zijn kop geschoten heb toen hij voor de deur stond.'

Bosch legde zijn handen op mijn borst en duwde me een paar passen achteruit.

'Rustig aan, Haller. Zonder de samenwerking met de FBI zou ik de mankracht niet hebben gehad om je in de gaten te houden en de kans is groot dat je dan nu onder aan de berg had gelegen.'

Ik duwde zijn handen weg, maar ik kwam wel tot bedaren. Mijn woede vervloog toen ik accepteerde wat Bosch me net had gezegd. De waarheid was dat ik vanaf het begin als pion was gebruikt. Eerst door mijn cliënt en nu door Bosch en de FBI. Bosch maakte van het moment gebruik om een andere agent te wenken die vlakbij stond te kijken.

'Dit is agent Armstead. Hij heeft de boel bij de FBI geleid en hij heeft een paar vragen voor je.'

'Waarom niet?' zei ik. 'Niemand beantwoordt de mijne, dus ik kan net zo goed die van jullie beantwoorden.'

Armstead was een jonge, fris ogende FBI-agent met een kort, militair kapsel.

'We komen later wel aan uw vragen toe, meneer Haller,' zei hij. 'Op dit moment hebben we hier een onduidelijke situatie en uw medewerking zal erg op prijs gesteld worden. Is jurylid nummer zeven de man die door Vincent omgekocht is?'

Ik keek Bosch met opgetrokken wenkbrauwen aan, alsof ik wilde vragen: *wie is die man?*

'Hoe moet ik dat nu weten? Ik had daar niets mee te maken. Als je daar antwoord op wilt hebben, moet je het hem vragen.'

'Maakt u zich geen zorgen. We zullen hem een heleboel vragen stellen. Wat deed u hier, meneer Haller?'

'Dat heb ik jullie al verteld. Ik heb het Bosch verteld. Ik heb een telefoontje gekregen van iemand die zei dat hij van de politie was. Hij zei dat hij hier een vrouw had die ik persoonlijk ken. Hij had haar aangehouden omdat ze onder invloed was en als ik hiernaartoe zou kunnen komen om haar naar huis te brengen, zou ze niet gearresteerd worden.'

'We hebben de naam nagetrokken die je me over de telefoon hebt gegeven,' zei Bosch. 'Er werkt een Randall Morris bij de politie. Hij zit bij een eenheid die zich in het zuiden van de stad met bendes bezighoudt.'

Ik knikte.

'Ja, ik denk dat nu wel duidelijk is dat het een neptelefoontje was. Maar hij kende de naam van mijn vriendin en hij had mijn mobiele nummer. Het was op dat moment heel overtuigend.'

'Hoe is hij aan de naam van die vrouw gekomen?' vroeg Armstead.

'Goeie vraag. Ik had een relatie met haar – een platonische relatie – maar ik heb haar al bijna een maand niet gesproken.'

'Hoe zou hij dan van haar weten?'

'Je vraagt me allemaal dingen die ik niet weet. Vraag het maar aan McSweeney.'

Ik besefte onmiddellijk dat ik me had versproken. Ik kon die naam alleen kennen als ik een onderzoek naar jurylid nummer zeven had ingesteld.

Bosch keek me nieuwsgierig aan. Ik wist niet of hij besefte dat de jury verondersteld werd anoniem te zijn, zelfs voor de advocaat en de openbaar aanklager die aan de zaak werkten. Voordat hij een vraag kon stellen, werd ik gered doordat iemand vanuit de struiken op de plek waar ik bijna naar beneden was geduwd, schreeuwde: 'Ik heb het wapen gevonden!'

Bosch wees met een vinger naar mijn borst.

'Blijf hier.'

Bosch en Armstead draafden weg en voegden zich bij een paar anderen die het gevonden wapen in het licht van een zaklantaarn bestudeerden. Bosch raakte het wapen niet aan, maar boog zich in het licht voorover om het goed te bekijken.

De *Wilhelm Tell*-ouverture werd achter me gespeeld. Ik draaide me om en zag mijn telefoon op het grind liggen. Zijn kleine vierkante schermpje gloeide als een baken. Ik liep ernaartoe en pakte hem op. Het was Cisco en ik nam op.

'Ik moet je straks terugbellen, Cisco.'

'Doe het een beetje snel. Ik heb goed nieuws voor je. Je zult dit willen weten.'

Ik klapte de telefoon dicht en zag dat Bosch klaar was met het bestuderen van de telefoon en vervolgens naar McSweeney toe liep. Hij boog zich naar hem toe en fluisterde iets in zijn oor. Hij wachtte niet op antwoord. Hij draaide zich om en kwam weer naar me toe. Zelfs in het flauwe maanlicht zag ik dat hij opgewonden was. Armstead kwam achter hem aan.

'Het pistool is een Beretta Bobcat, het wapen waarmee Vincent is vermoord,' zei hij. 'Als de ballistische gegevens overeenstemmen, dan kan die kerel het helemaal schudden. Ik zal zorgen dat je een oorkonde van het stadsbestuur krijgt.'

'Mooi, ik zal hem inlijsten.'

'Laat je licht hier eens over schijnen, Haller, en dan kun je daarbij ervan uitgaan dat hij Vincent vermoord heeft. Waarom wilde hij jou ook vermoorden?'

'Dat weet ik niet.'

'De omkoping. Is hij degene die het geld ontvangen heeft?' vroeg Armstead.

'Hetzelfde antwoord dat ik je vijf minuten geleden gegeven heb. Ik weet het niet, maar het zou logisch zijn, hè?'

'Hoe wist hij de naam van je vriendin?'

'Dat weet ik ook niet.'

'Wat hebben we dan eigenlijk aan je?' vroeg Bosch.

Het was een goede vraag en het voor de hand liggende antwoord zat me niet lekker.

'Luister, rechercheur, ik...'

'Doe geen moeite, man. Stap maar in je auto en rot op. We kunnen het zonder jou wel af.'

Hij draaide zich om en liep weg, met Armstead achter zich aan. Ik aarzelde, riep Bosch toen en gebaarde dat hij terug moest komen. Hij zei iets tegen de FBI-agent en kwam alleen naar me terug.

'Geen gelul, hè?' zei hij. 'Daar heb ik geen tijd voor.'

'Oké, hier gaat het om,' zei ik. 'Ik denk dat hij het op zelfmoord wilde laten lijken. Alsof ik gesprongen was.'

Bosch dacht erover na en schudde toen zijn hoofd.

'En wie zou dat geloven? Je hebt de zaak van het decennium, man. Je bent groot nieuws. Je bent op tv. En je hebt een kind om voor te zorgen. Zelfmoord zou niet geloofwaardig zijn.'

Ik knikte.

'Ja, dat zou het wel zijn.'

Hij keek me zonder iets te zeggen aan en wachtte op mijn uitleg.

'Ik ben een verslaafde die aan het herstellen is, Bosch. Het verhaal zou zijn dat ik de druk van de zaak en de aandacht niet aankon en van de berg gesprongen ben. Daardoor denk ik dat...'

'Wat?'

Ik wees over het parkeerterrein naar jurylid nummer zeven.

'Dat hij en degene voor wie hij dit heeft gedaan een heleboel over me weten. Ze hebben een uitgebreid achtergrondonderzoek gedaan. Ze hebben ontdekt dat ik verslaafd ben geweest, zijn daarbij op Lanies naam gestuit en hebben een solide plan gemaakt om van me af te komen.'

'Waarom?'

'Ik vermoed dat ze denken dat ik te veel weet.'

'Is dat ook zo?'

Voordat ik kon antwoorden, begon McSweeney aan de andere kant van het parkeerterrein te schreeuwen.

'Hé, jij daar, bij de advocaat. Ik wil een deal sluiten. Ik kan je een paar belangrijke mensen geven, man! Ik wil een deal sluiten.'

Bosch wachtte om te kijken of hij nog meer zou zeggen, maar dat was alles.

'Zal ik je een tip geven?' vroeg ik. 'Ga naar hem toe en smeed het ijzer nu het heet is. Als hij zich straks herinnert dat hij recht op een advocaat heeft, is het te laat.'

Bosch knikte.

'Bedankt, coach,' zei hij. 'Maar ik weet wat ik doe.'

Hij liep weer weg.

'Hé, Bosch,' riep ik hem na. 'Je bent me iets schuldig voordat je daarnaartoe gaat.'

Bosch bleef staan en gebaarde Armstead dat hij naar McSweeney toe moest gaan. Daarna kwam hij naar me terug.

'Wat ben ik je dan schuldig?'

'Eén antwoord. Vanavond heb ik je gebeld en gezegd dat ik verder thuis zou blijven. Je werd verondersteld om me nog maar door één auto te laten beveiligen. Maar dit hier is de hele rits. Waarom ben je van gedachte veranderd?'

'Je hebt het echt nog niet gehoord, hè?'

'Wat niet?'

'Je kunt morgen uitslapen, Haller. Er is geen proces meer.'

'Waarom niet?'

Ik stelde de vraag, maar ik voelde al aankomen wat het antwoord zou zijn.

'Je cliënt is dood. Iemand – waarschijnlijk onze vriend daar die een deal wil sluiten – heeft Elliot en zijn vriendin doodgeschoten toen ze thuiskwamen nadat ze ergens hadden gegeten. Elliots elektrische poort ging niet open en toen hij uitstapte om hem open te duwen, kwam iemand naar hem toe en schoot hem een kogel door zijn achterhoofd. Daarna heeft hij de vrouw in de auto doodgeschoten.'

Ik deed geschokt een halve stap naar achteren. Ik kende de poort waar Bosch het over had. Ik was gisteravond nog bij Elliots huis in Beverly Hills geweest. En ik dacht ook te weten wie de vriendin was. Ik had Nina Albrecht die positie al toegedacht sinds Elliot me had verteld dat hij op de dag van de moorden in Malibu hulp had gehad.

Bosch liet zich er door de verbijsterde uitdrukking op mijn gezicht niet van weerhouden om door te gaan.

'Ik werd getipt door een vriend die voor de patholoog-anatoom werkt en ik dacht dat iemand vanavond wel eens helemaal schoon schip zou willen maken. Ik heb toen het team teruggeroepen om te kijken wat er bij jouw huis zou gebeuren. Daar heb je geluk mee gehad.'

Ik keek dwars door Bosch heen toen ik antwoordde.

'Ja,' zei ik. 'Dat mag je wel zeggen.'

53

Hoewel er geen proces meer was, ging ik dinsdagochtend naar de rechtbank om de zaak officieel af te sluiten. Ik nam plaats naast de lege stoel waarop Walter Elliot de afgelopen twee weken had gezeten. Op de nieuwsfotografen die toegang tot de rechtszaal hadden gekregen, leek die lege stoel een grote aantrekkingskracht uit te oefenen want ze maakten er een heleboel foto's van.

Jeffrey Golantz zat aan de andere kant van het middenpad. Hij was de gelukkigste aanklager ter wereld. Hij had de ene dag de rechtszaal verlaten met de gedachte dat zijn carrière ernstige schade zou oplopen doordat hij zo'n grote zaak ging verliezen en toen hij de volgende dag terugkwam, bleek zijn perfecte staat van dienst ongeschonden te zijn. Hij kon nu voorlopig veilig voortgaan op de weg naar de top van het OM en de stadspolitiek. Hij had me niets te zeggen en we wachtten zwijgend tot de rechter zou komen.

Maar op de tribune werd veel gepraat. De mensen waren vol van het nieuws over de moord op Walter Elliot en Nina Albrecht. Niemand had het over de aanslag op mijn leven en de gebeurtenissen bij de uitkijkpost in Fryman Canyon. Voorlopig was dat allemaal geheim. Toen McSweeney tegen Bosch en Armstead had gezegd dat hij een deal wilde sluiten, hadden ze me gevraagd er mijn mond over te houden, zodat ze hun meewerkende verdachte langzaam en zorgvuldig konden uitmelken. Ik was blij dat ik daaraan kon meewerken. Tot op zekere hoogte. Rechter Stanton nam zijn plaats precies om negen uur in. Zijn ogen waren gezwollen en hij zag eruit alsof hij heel weinig had geslapen. Ik vroeg me af of hij evenveel details kende van wat er de vorige avond was gebeurd als ik.

De jury werd binnengebracht en ik bestudeerde hun gezichten. Als er juryleden waren die wisten wat er gebeurd was, lieten ze het niet blijken. Ik merkte op dat enkelen van hen enigszins verbaasd naar de lege stoel naast me keken voordat ze gingen zitten.

'Goedemorgen, dames en heren,' zei de rechter. 'Ik ga u nu ontheffen van uw taak als jurylid bij dit proces. Zoals u ziet, zit meneer Elliot niet in zijn stoel aan de tafel van de verdediging. Dat komt doordat de beklaagde in dit proces gisteravond het slachtoffer van een moord is geworden.'

De mond van de helft van de juryleden zakte open. Bij de anderen stond de verbazing in hun ogen te lezen. Een opgewonden geroezemoes steeg in de rechtszaal op en daarna begon iemand achter de tafel van het OM langzaam en weloverwogen te klappen. Ik keek opzij en zag dat Mitzi Elliots moeder het nieuws van Elliots dood met een applaus verwelkomde.

De rechter liet zijn hamer scherp neerdalen op het moment dat Golantz uit zijn stoel opsprong en naar haar toe rende. Hij pakte zachtjes haar handen vast om te voorkomen dat ze door zou gaan. Ik zag tranen over haar wangen rollen.

'Geen demonstraties op de tribune,' zei de rechter streng. 'Het kan me niet schelen wie u bent of wat uw relatie met de zaak is. Iedereen hier dient respect voor de rechtbank te tonen, anders laat ik hem of haar de zaal uit zetten.' Golantz ging terug naar zijn plaats, maar de tranen bleven over het gezicht van de moeder van het slachtoffer stromen.

'Ik weet dat dit voor u allemaal schokkend nieuws is,' zei Stanton tegen de jury. 'U kunt ervan verzekerd zijn dat de autoriteiten de zaak grondig onderzoeken en dat degene of de degenen die hiervoor verantwoordelijk zijn hopelijk snel voor de rechter gebracht zullen worden. Ik weet zeker dat u er alles over te weten zult komen wanneer u de krant leest of naar het nieuws kijkt, wat u nu weer gerust kunt doen. Ik bedank u allemaal voor uw moeite. Ik weet dat u allemaal aandachtig naar de presentatie van de zaak door het OM en de verdediging hebt geluisterd en ik hoop dat het een positieve ervaring voor u is geweest. U kunt nu uw spullen gaan halen in de jurykamer en naar huis gaan. Nogmaals bedankt.'

We stonden nog een laatste keer voor de jury op en ik zag hen achter elkaar door de deur naar de jurykamer lopen. Toen ze weg waren, bedankte de rechter Golantz en mij voor onze professionele houding tijdens het proces. Daarna bedankte hij zijn medewerkers en sloot hij snel de zitting. Ik had niet de moeite genomen mijn dossiers uit mijn tas te halen, dus ik bleef nog lang roerloos staan nadat de rechter de rechtszaal had verlaten. Mijn gemijmer werd pas verbroken toen Golantz met uitgestoken hand naar me toe kwam. Zonder erbij na te denken schudde ik hem.

'Sans rancune, Mickey. Je bent een verdomd goeie advocaat.'

Wás, dacht ik.

'Ja,' zei ik. 'Sans rancune.'

'Blijf je nog rondhangen om met de juryleden te praten om te kijken naar welke kant ze overhelden?' vroeg hij.

Ik schudde mijn hoofd.

'Nee, ik ben niet geïnteresseerd.'

'Ik ook niet. Pas goed op jezelf.'

Hij klopte me op de schouder en liep het hekje door. Ik wist zeker dat er een heleboel leden van de media op de gang zouden wachten en dat hij hun zou zeggen dat hij het gevoel had dat er op een vreemde manier recht was gedaan. Wie naar het zwaard grijpt, zal door het zwaard vergaan. Of woorden van gelijke strekking.

Ik zou de media aan hem overlaten. Ik gaf hem een flinke voorsprong en volgde hem toen naar buiten. De verslaggevers stonden al om hem heen en ik kon langs de muur wegsluipen en aan hun aandacht ontsnappen. Behalve dan aan die van Jack McEvoy van de *Times*. Toen hij me zag, kwam hij achter me aan. Hij haalde me in toen ik bij het trappenhuis was.

'Hallo, Mick.'

Ik keek hem even aan, maar bleef doorlopen. Ik wist uit ervaring dat je nooit moest blijven staan. Wanneer één lid van de media je heeft aangeklampt, dan volgt de rest van de meute. Ik wilde niet verslonden worden. Ik duwde de deur van het trappenhuis open en begon de trap af te dalen.

'Geen commentaar.'

Hij bleef bij me, stap voor stap.

'Ik schrijf niet over het proces, maar over de nieuwe moorden. Ik dacht dat we misschien weer dezelfde deal konden sluiten. U weet wel, we ruilen infor…'

'Geen deal. Jack. En geen commentaar. Ik zie je nog wel.'

Op de eerste overloop stak ik mijn hand op en hield hem tegen. Ik liet hem daar achter, daalde nog twee trappen af en ging op de tiende verdieping de gang op. Ik liep door tot ik bij de rechtszaal van rechter Holder kwam en ging naar binnen.

Michaela Gill zat in haar hokje en ik vroeg haar of ik de rechter even kon spreken.

'Maar u hebt geen afspraak,' zei ze.

'Dat weet ik, Michaela, maar ik denk dat de rechter me wel wil ontvangen. Is ze in haar kamer? Kun je haar zeggen dat ik maar tien minuten nodig heb? Zeg maar dat het over de dossiers van Vincent gaat.'

De griffier pakte de telefoon, drukte op een knopje en gaf mijn verzoek aan de rechter door. Ze hing op en zei dat ik direct naar de raadkamer kon gaan.

'Dank je.'

De rechter zat achter haar bureau met haar halve brilletje op en een pen in haar hand, alsof ik haar had gestoord terwijl ze een rechterlijk bevel aan het ondertekenen was.

'Ah, meneer Haller,' zei ze. 'Het is beslist een veelbewogen dag. Gaat u zitten.'

Ik ging in de vertrouwde stoel tegenover haar zitten.

'Bedankt dat u me wilt ontvangen, edelachtbare.'

'Wat kan ik voor u doen?'

Ze stelde de vraag zonder me aan te kijken en ze begon een serie documenten te ondertekenen.

'Ik wilde u alleen laten weten dat ik me voor de rest van Vincents zaken als raadsman terugtrek.'

Ze legde haar pen neer en keek me over haar brilletje heen aan.

'Wat?'

'Ik stop als advocaat. Ik ben te snel weer begonnen of ik had misschien nooit terug moeten komen, maar ik ben op.'

'Dat is belachelijk. Iedereen in de rechtbank had het over uw verdediging van meneer Elliot. Ik heb delen ervan op tv gezien. U gaf meneer Golantz duidelijk een lesje en ik denk niet dat er veel toeschouwers waren die erop hadden durven wedden dat er geen vrijspraak zou komen.'

Ik wuifde de complimenten weg.

'Het maakt niet uit, edelachtbare. Dat is niet de echte reden waarom ik hier ben.'

'Waarom bent u dan hier?'

'Omdat ik wilde dat u zou weten dat ik het weet. En binnenkort zal iedereen het weten.'

'Ik weet niet waar u het over hebt. Wat weet u dan, meneer Haller?'

'Ik weet dat u te koop bent en dat u hebt geprobeerd me te laten vermoorden.'

Ze stootte een blaffend lachje uit, maar er stond geen plezier in haar ogen te lezen. De uitdrukking erin was vernietigend.

'Is dit een grap of zo?'

'Nee, het is geen grap.'

'Dan stel ik voor dat u tot bedaren komt en uzelf in de hand probeert te houden. Als u in deze rechtbank dat soort waanzinnige beschuldigingen gaat rondbazuinen, zal dat consequenties voor u hebben. Ernstige consequenties. Misschien hebt u gelijk. U staat onder grote stress omdat u te vroeg na uw ontwenningskuur met werken bent begonnen.'

Ik glimlachte en ik zag aan haar gezicht dat ze onmiddellijk besefte dat ze zich versproken had.

'Een vergissinkje, hè, edelachtbare? Hoe wist u dat ik in een ontwenningskliniek heb gezeten? Of nog beter, hoe wist jurylid nummer zeven hoe hij me gisteravond van huis kon weglokken? Het antwoord is dat u mijn achtergrond hebt laten natrekken. U hebt het voorbereidende werk gedaan en toen McSweeney op me af gestuurd om me te vermoorden.'

'Ik weet niet waar u het over hebt en ik ken die man niet die volgens u heeft geprobeerd u te vermoorden.'

'Nou, ik denk dat hij ú wel kent en toen ik hem voor het laatst zag, was hij bezig een deal met de FBI te sluiten.'

Het leek alsof ze een stomp in haar buik had gekregen. Ik wist dat het Bosch en Armstead niet voor me zou innemen dat ik haar dit vertelde, maar dat kon me niet schelen. Ze waren geen van tweeën de man die als pion was gebruikt en bijna een hoge duik van een berg had genomen. Die man was ik en dat gaf me het recht om het degene die erachter zat in te wrijven.

'Ik ben erachter gekomen zonder dat ik een deal met iemand hoefde te sluiten,' zei ik. 'Mijn onderzoeker heeft McSweeneys antecedenten onderzocht. Negen jaar geleden is hij gearresteerd wegens mis-

400

handeling met een dodelijk wapen en wie was zijn advocaat? Mitch Lester, uw echtgenoot. Het jaar daarop werd hij weer gearresteerd, ditmaal wegens fraude, en weer deed Mitch Lester de zaak. Daar zit het verband. Het vormt een mooi driehoekje, hè? U hebt toegang tot en de controle over de jurypool en het selectieproces. U kunt in de computers komen en u hebt de mol in de jury gezet. Jerry Vincent heeft u betaald, maar hij bedacht zich toen de FBI begon rond te snuffelen. U kon het risico niet nemen dat Jerry problemen met de FBI zou krijgen en zou proberen een deal te sluiten door een rechter aan hen uit te leveren. Dus stuurde u McSweeney op hem af.

Toen alles gisteren in de soep liep, besloot u schoon schip te maken. U stuurde McSweeney op Elliot en Albrecht af en daarna op mij. Hoe doe ik het tot dusver, edelachtbare? Heb ik nog iets over het hoofd gezien?'

Ik sprak het woord 'edelachtbare' met groot sarcasme uit, alsof het iets smerigs betekende. Ze stond op.

'Dit is volslagen belachelijk. Ga weg, ik wil u niet meer in mijn raadkamer hebben.'

'Het hele kaartenhuis zal instorten. Als ík het verband kan leggen, kunnen de FBI en de politie dat ook, en ze hebben ook nog McSweeney die uit de school gaat klappen. U zult binnenkort die toga moeten verruilen voor een oranje gevangenisplunje.'

'Eruit of ik roep de beveiliging en laat u arresteren!'

Ze wees naar de deur. Ik stond kalm en langzaam op.

'Goed, ik ga wel. En zal ik u eens iets vertellen? Ik zal misschien nooit meer als advocaat in deze rechtbank optreden, maar ik beloof dat ik zal terugkomen om te zien hoe u veroordeeld wordt. U en uw echtgenoot. Reken daar maar op.'

Met haar arm nog steeds naar de deur uitgestrekt, staarde de rechter me aan en ik zag hoe de woede in haar ogen langzaam plaatsmaakte voor angst. Ze liet haar arm een stukje zakken en daarna langs haar lichaam vallen. Ik liet haar daar staan.

Ik nam de trap helemaal naar beneden, omdat ik niet in een volle lift wilde staan. Tien trappen. Toen ik beneden was, liep ik door de glazen deur de rechtbank uit. Ik haalde mijn telefoon tevoorschijn, belde Patrick en zei dat hij me moest komen halen. Daarna belde ik Bosch.

'Ik heb besloten jou en de FBI onder druk te zetten,' zei ik.

'Hoe bedoel je? Wat heb je gedaan?'

'Ik wilde niet wachten terwijl de FBI er, zoals gewoonlijk, anderhalf jaar de tijd voor zou nemen om de zaak voor de rechter te brengen. Soms kan het recht niet wachten, rechercheur.'

'Wat heb je gedaan, Haller?'

'Ik heb net een gesprek gehad met rechter Holder. Ja, ik ben er zonder hulp van McSweeney achter gekomen. Ik heb haar verteld dat de FBI McSweeney had en dat hij wilde meewerken. Als ik in jullie schoenen stond – van jou en de FBI – zou ik maar verdomd veel haast met de zaak maken en intussen zou ik haar laten volgen. Ze lijkt me niet iemand om ervandoor te gaan, maar je weet maar nooit. Nog een prettige dag.'

Ik sloot de telefoon voordat hij me kon uitfoeteren om wat ik gedaan. Het kon me niet schelen. Hij had mij de hele tijd gebruikt. Het gaf me een goed gevoel om de rollen eens om te draaien en hem en de FBI naar mijn pijpen te laten dansen.

Deel VI

Het laatste vonnis

54

Bosch klopte donderdagochtend vroeg op mijn deur. Ik had mijn haar nog niet gekamd, maar ik was wel aangekleed. Hij zag er daarentegen uit of hij de hele nacht had doorgehaald.

'Heb ik je wakker gemaakt?' vroeg hij.

Ik schudde mijn hoofd.

'Ik moet mijn dochter naar school helpen.'

'O ja. Woensdagavonds en om het weekend.'

'Wat is er, rechercheur?'

'Ik heb een paar vragen en ik dacht ook dat je misschien wel zou willen weten hoe de zaken ervoor staan.'

'Natuurlijk, laten we hier buiten gaan zitten. Ik wil niet dat ze dit hoort.'

Ik streek mijn haar plat, terwijl we naar de tafel liepen.

'Ik wil niet zitten,' zei Bosch. 'Ik heb niet veel tijd.'

Hij draaide zijn rug naar de balustrade toe en steunde er met zijn ellebogen op. Ik veranderde van richting en ging in dezelfde houding naast hem staan.

'Ik zit ook niet graag wanneer ik hier buiten ben.'

'Ik heb hetzelfde soort uitzicht vanuit mijn huis,' zei hij. 'Alleen is het aan de andere kant.'

'Dan zijn we eigenlijk keerzijden van dezelfde berg.'

Hij wendde zijn blik even van het uitzicht af en keek me aan.

'Zoiets,' zei hij.

'Wat gebeurt er nu? Ik dacht dat je te kwaad op me zou zijn om me ooit te vertellen hoe het ging.'

'Eerlijk gezegd vind ik zelf ook dat de FBI te langzaam werkt. Het beviel die jongens niet erg wat je gedaan hebt, maar dat kon mij niet schelen. De zaak werd erdoor in beweging gezet.'

Bosch richtte zich op en leunde naar achteren op de balustrade, met het uitzicht op de stad achter hem.

'Wat gebeurt er dan nu?' vroeg ik.

'De federale onderzoekscommissie heeft gisteravond aanklachten opgesteld tegen Holder, Lester, Carlin, McSweeney en een cheffin van het jurykantoor die hun toegang heeft gegeven tot de computers. We arresteren hen vanochtend allemaal tegelijk. Dus hou het onder de pet tot we iedereen opgepakt hebben.'

Het was fijn dat hij me genoeg vertrouwde om me dat vóór de arrestaties te vertellen. Ik dacht dat het nog fijner zou zijn om naar het paleis van justitie te gaan om te zien hoe Holder met handboeien om afgevoerd werd.

'Is het bewijs solide?' vroeg ik. 'Holder is rechter. Jullie moeten echt zeker van je zaak zijn.'

'Het is solide. McSweeney heeft alles verteld. We hebben telefoongegevens en geldoverboekingen. Hij heeft zelfs sommige gesprekken met de echtgenoot op band opgenomen.'

Ik knikte.

Het klonk als het typische pakketje van de FBI. Eén reden dat ik nooit federale zaken aannam, was dat wanneer de FBI een zaak rond had, er meestal niets meer aan te doen was. Overwinningen van de verdediging waren zeldzaam. Meestal werd je verpletterd als een overreden dier.

'Ik wist niet dat Carlin hier ook bij betrokken was,' zei ik.

'Hij zat er tot zijn nek in. Hij kent de rechter al heel lang en ze heeft hem gebruikt om Vincent in eerste instantie te benaderen. Vincent heeft hem het geld laten bezorgen. Toen Vincent het daarna benauwd kreeg omdat de FBI aan het rondsnuffelen was, kreeg Carlin daar lucht van en vertelde het aan de rechter. Het leek haar het beste om Vincent uit de weg te ruimen. Zij en haar echtgenoot hebben McSweeney op Vincent af gestuurd om hem te vermoorden.'

'Hoe kreeg hij er lucht van? Via Wren Williams?'

'Ja, dat denken we. Hij begon wat met haar om Vincent in de gaten te kunnen houden. We denken niet dat ze wist wat er gaande was. Ze is niet slim genoeg.'

Ik knikte en dacht eraan hoe mooi de stukjes van de legpuzzel in elkaar pasten.

'En hoe zit het met McSweeney? Deed hij gewoon wat hem gezegd werd? Als de rechter tegen hem zei dat hij iemand moest vermoorden, dan deed hij dat gewoon?'

'Ten eerste was McSweeney een oplichter voordat hij een moordenaar werd. Dus ik denk geen moment dat hij ons de hele waarheid vertelt. Maar hij zegt dat de rechter heel overtuigend kan zijn. Zoals zij het hem uitgelegd heeft, zouden ze allemaal voor de bijl gaan als Vincent niet omgelegd werd. Er was geen keus. Bovendien beloofde ze hem een groter aandeel als hij doorging met dat proces en zou zorgen dat het OM de zaak verloor.'

Ik knikte.

'Wat zijn de aanklachten?'

'Samenzwering tot moord, corruptie. Dit is pas de eerste golf. Er zullen er nog meer volgen. Dit was niet de eerste keer. McSweeney heeft ons verteld dat hij in de afgelopen zeven jaar vier keer in een jury heeft gezeten. Twee keer vrijspraak en de andere twee keer kon de jury niet tot overeenstemming komen. Drie verschillende rechtbanken.'

Ik floot en dacht aan een paar grote zaken die in de laatste jaren in een schokkende vrijspraak waren geëindigd of waarin de jury niet tot overeenstemming had kunnen komen.

'Robert Blake?'

Bosch glimlachte en schudde zijn hoofd.

'Was het maar waar,' zei hij. 'En O.J. ook niet. Ze waren toen nog niet bezig. Die twee zaken hebben we op eigen houtje verloren.'

'Dat maakt niet uit. Dit wordt een enorm grote zaak.'

'De grootste die ik ooit heb gehad.'

Hij kruiste zijn armen voor zijn borst en keek over zijn schouder naar het uitzicht.

'Jij hebt de Sunset Strip en ik heb Universal,' zei hij.

Ik hoorde dat de deur openging en toen ik omkeek, zag ik dat Hayley naar buiten gluurde.

'Pap?'

'Wat is er, Hay?'

'Is alles in orde?'

'Ja hoor. Dit is rechercheur Bosch. Hij is van de politie.'

'Hallo, Hayley,' zei Bosch.

Ik denk dat het de enige keer was dat ik hem ooit echt had zien glimlachen.

'Hallo,' zei mijn dochter.

'Heb je je cornflakes op, Hayley?' vroeg ik.

'Ja.'

'Oké, dan kun je tv-kijken tot het tijd is om te gaan.'

Ze verdween naar binnen en sloot de deur. Ik keek op mijn horloge. Ze had nog tien minuten voor we weg moesten.

'Leuk kind,' zei Bosch.

Ik knikte.

'Ik moet je iets vragen,' zei hij. 'Jij hebt deze hele zaak aan het rollen gebracht, hè? Jij hebt de rechter die anonieme brief gestuurd.'

'Als ik ja zeg, moet ik dan getuigen?'

Ik was door de federale onderzoekscommissie niet opgeroepen. Omdat McSweeney alles opbiechtte, hadden ze me kennelijk niet nodig en dat wilde ik graag zo houden.

'Nee, ik vraag het alleen voor mezelf,' zei Bosch. 'Ik wil alleen weten of je het juiste hebt gedaan.'

Ik overwoog om het hem niet te vertellen, maar uiteindelijk wilde ik dat hij het wist.

'Ja, dat was ik. Ik wilde McSweeney uit de jury hebben en de zaak eerlijk winnen. Ik had niet verwacht dat rechter Stanton andere rechters over de brief zou raadplegen.'

'Hij heeft de president van de rechtbank gebeld en haar om advies gevraagd?'

Ik knikte.

'Zo moet het gegaan zijn,' zei ik. 'Hij heeft haar gebeld zonder te weten dat zij achter de hele samenzwering zat. Daarna heeft zij McSweeney getipt en tegen hem gezegd dat hij niet in de rechtbank moest verschijnen. Vervolgens heeft ze hem gebruikt om de rotzooi op te ruimen.'

Bosch knikte alsof ik dingen bevestigde die hij al wist.

'En jij hoorde bij de rotzooi. Ze moet uitgepuzzeld hebben dat jij rechter Stanton de brief had gestuurd. Je wist te veel en je moest verdwijnen, net als Vincent. Het kwam niet door het artikel dat we in de krant hebben laten zetten. Het kwam doordat jij rechter Stanton getipt had.'

Ik schudde mijn hoofd. Mijn eigen daden hadden bijna mijn dood veroorzaakt in de vorm van een hoge duik van Mulholland Drive.

'Het was waarschijnlijk erg stom.'

'Dat weet ik nog zo net niet. Jij kunt je leven gewoon voortzetten. Na vandaag kun je dat van niemand van hen nog zeggen.'

'Dat is waar. Wat voor deal heeft McSweeney gesloten?'

'Geen doodstraf en een gevangenisstraf die afhangt van wat er met de anderen gebeurt. Als ze allemaal voor de bijl gaan, krijgt hij waarschijnlijk vijftien jaar. In het federale systeem betekent dat dat hij dertien jaar moet zitten.'

'Wie is zijn advocaat?'

'Hij heeft er twee. Dan Daly en Roger Mills.'

Ik knikte. Hij was in goede handen. Ik herinnerde me dat Walter Elliot tegen me had gezegd dat je meer advocaten nodig had naarmate je schuldiger was.

'Een behoorlijk goede deal voor drie moorden,' zei ik.

'Eén moord,' corrigeerde Bosch me.

'Hoe bedoel je? Vincent, Elliot en Albrecht.'

'Hij heeft Elliot en Albrecht niet vermoord. Dat moet iemand anders gedaan hebben.'

'Waar heb je het over? Hij heeft eerst hen vermoord en daarna heeft hij geprobeerd mij te vermoorden.'

Bosch schudde zijn hoofd.

'Hij heeft wel geprobeerd om jou te vermoorden, maar hij heeft Elliot en Albrecht niet vermoord. Het was een ander wapen. Bovendien zou dat niet logisch zijn geweest. Waarom zou hij hen vermoorden en vervolgens proberen om jouw dood op zelfmoord te laten lijken. Dat sluit niet op elkaar aan. McSweeney heeft Elliot en Albrecht niet vermoord.'

Ik was even met stomheid geslagen. De afgelopen drie dagen had ik geloofd dat de man die Elliot en Albrecht had vermoord dezelfde man was die had geprobeerd om mij te vermoorden en dat hij nu veilig in handen van de autoriteiten was. Nu vertelde Bosch me dat er nog een tweede moordenaar rondliep.

'Heeft de politie van Beverly Hills er ideeën over?' vroeg ik.

'O ja, ze denken daar vrij zeker te weten wie het gedaan heeft, maar ze zullen het nooit kunnen bewijzen.'

Ik viel van de ene in de andere verbazing.

'Wie dan?'

'De familie.'

'Je bedoelt de Familie met een hoofdletter F? De georganiseerde misdaad?'

Bosch glimlachte en schudde zijn hoofd.

'De familie van Johan Rilz. De broers en de vader hebben het geregeld.'

'Hoe weten ze dat?'

'Vlakken en groeven. De kogels die ze uit de slachtoffers verwijderd hebben, waren 9mm Parabellums. Koperen huls en patroon en gefabriceerd in Duitsland. De politie van Beverly Hills heeft het profiel van de kogels bepaald en ze bleken uit een C-96 Mauser te komen, een wapen dat ook in Duitsland wordt gemaakt.'

Hij zweeg even om me de gelegenheid te geven om vragen te stellen. Toen ik niets vroeg, vervolgde hij: 'Bij de politie van Beverly Hills vinden ze dat het erop lijkt dat iemand een boodschap heeft gestuurd.'

'Een boodschap uit Duitsland.'

'Je snapt het.'

Ik dacht aan Golantz, die tegen de familie Rilz had verteld dat ik Johans naam een week lang door het slijk zou halen. Ze waren vertrokken, omdat ze daar geen getuige van wilden zijn. En Elliot was vermoord voordat dat kon gebeuren.

'Parabellum,' zei ik. 'Ken je Latijn, rechercheur?'

'Ik heb geen rechten gestudeerd. Wat betekent het?'

'"Bereid je voor op oorlog". Het is een deel van een gezegde. Als je vrede wilt, bereid je dan voor op oorlog. Hoe gaat het onderzoek nu verder?'

Bosch haalde zijn schouders op.

'Ik ken een paar rechercheurs van de politie van Beverly Hills die er een leuk snoepreisje naar Duitsland aan zullen overhouden. Ze mogen businessclass vliegen met de stoelen die je tot een bed kunt uitklappen. Ze zullen voor de vorm een onderzoek instellen en de indruk wekken dat ze hun best doen. Maar als de moord goed uitgevoerd is, zal er nooit iets gebeuren.'

'Hoe hebben ze het wapen hier gekregen?'

'Dat is geen probleem. Via Canada of met FedEx als het hier absoluut op tijd moest zijn.'

410

Ik glimlachte niet. Ik dacht aan Elliot en het evenwicht in de rechtspraak. Bosch leek op de een of andere manier te weten wat ik dacht.

'Herinner je je nog wat je tegen me zei nadat je rechter Holder had verteld dat je wist dat zij achter dit alles zat?'

Ik haalde mijn schouders op.

'Wat zei ik dan?'

'Je zei dat het recht soms niet kon wachten.'

'En?'

'En daar had je gelijk in. Soms wacht het niet. In dat proces had jij de wind in de zeilen en het zag ernaar uit dat Elliot vrijgesproken zou worden. Dus besloot iemand niet op het recht te wachten en zijn eigen vonnis te vellen. Weet je hoe we in de tijd dat ik nog in de patrouillewagen reed een moord noemden die op simpel straatrecht neerkwam?'

'Nee, wat dan?'

'Het laatste oordeel.'

Ik knikte. Ik begreep het. We zwegen allebei secondelang.

'In ieder geval is dat alles wat ik weet,' zei Bosch ten slotte. Ik moet gaan om me gereed te maken om mensen in de gevangenis te stoppen. Het zal een mooie dag worden.'

Bosch zette zich van de balustrade af en wilde weggaan.

'Het is grappig dat je hier vandaag naartoe gekomen bent,' zei ik. 'Gisteravond heb ik besloten om je de volgende keer dat ik je zou zien iets te vragen.'

'O ja? Wat dan?'

Ik dacht even na en knikte toen. Het was het juiste om te doen.

'Keerzijdes van dezelfde berg… weet je dat je heel sterk op je vader lijkt?'

Hij zei niets. Hij staarde me alleen even aan, knikte toen één keer, draaide zich om naar de balustrade en keek uit over de stad.

'Wanneer ben je daarachter gekomen?' vroeg hij.

'Feitelijk gisteravond, toen ik met mijn dochter oude foto's en plakboeken bekeek, maar ik denk dat ik het ergens al heel lang wist. We bekeken foto's van mijn vader en ze bleven me maar aan iemand herinneren. Toen realiseerde ik me dat jij het was. Toen ik het eenmaal zag, leek het volkomen duidelijk, Ik zag het gewoon in het begin niet.'

Ik liep naar de balustrade en keek samen met hem over de stad uit.

'Het meeste wat ik over hem weet, komt uit boeken,' zei ik. 'Een heleboel zaken en een heleboel vrouwen. Maar er zijn een paar herinneringen die niet in boeken staan en alleen van mij zijn. Ik herinner me dat ik het kantoor binnenkwam dat hij thuis had ingericht toen hij ziek werd. Er hing een ingelijst schilderij aan de muur, het was eigenlijk een reproductie, maar destijds dacht ik dat het een echt schilderij was. *De Tuin van Aardse Verrukkingen* heette het. Het was een vreemde, angstwekkende voorstelling voor een zevenjarige…

De herinnering die ik heb, is dat hij me op schoot nam, me naar het schilderij liet kijken en me vertelde dat het niet angstwekkend was. Dat het mooi was. Hij probeerde me de naam van de schilder te leren. Hieronymus Bosch.'

Ik zag de stad niet meer. Ik zag alleen de herinnering. Het bleef daarna een tijdje stil. Mijn halfbroer was nu aan de beurt. Uiteindelijk leunde hij met zijn ellebogen op de balustrade en zei: 'Ik herinner me dat huis. Ik ben één keer bij hem op bezoek geweest. Ik stelde mezelf voor. Hij lag op bed. Hij was stervende.'

'Wat heb je tegen hem gezegd?'

'Ik heb hem alleen gezegd dat ik het gered had. Dat is alles. Er viel eigenlijk niets anders te zeggen.'

Net als nu, dacht ik. Wat viel er te zeggen?

'Je hebt het al die jaren geweten, Waarom heb je nooit contact met me gezocht? Ik heb nog een halfbroer en drie halfzusters. Dat zijn ze van jou ook.'

Bosch zei aanvankelijk niets en gaf toen een antwoord dat hij zichzelf waarschijnlijk tientallen jaren gegeven had.

'Ik weet het niet. Ik denk dat ik niemand ermee wilde overvallen. Meestal houden mensen niet van verrassingen. Niet op deze manier.'

Ik vroeg me even af hoe mijn leven eruit zou hebben zien als ik eerder geweten had dat Bosch mijn halfbroer was. Misschien zou ik dan politieman zijn geweest in plaats van advocaat. Wie weet?

'Ik hou ermee op.'

Ik wist niet waarom ik het gezegd had.

'Waar hou je mee op?'

'Met mijn werk. Met de advocatuur. Je zou kunnen zeggen dat het laatste oordeel mijn laatste vonnis was.'

'Ik ben ook een keer gestopt, maar het heeft niet lang geduurd. Ik ben teruggekomen.'

'We zullen zien.'

Bosch keek me even aan en richtte zijn blik toen weer op de stad. Het was een mooie dag met laag zwevende wolken en een koudelucht-front dat de smoglaag tot een dunne amberen band op de horizon had samengeperst. De zon had de top van de bergen in het oosten bereikt en verlichtte de Grote Oceaan. We konden helemaal tot Catalina kijken.

'Ik ben die keer dat je neergeschoten was naar het ziekenhuis gegaan,' zei hij. 'Ik wist niet waarom. Ik zag het op het nieuws en ze zeiden dat het een buikschot was. Ik wist dat je daaraan kon overlijden. Ik dacht dat ze misschien bloed nodig zouden hebben of iets wat ik... Ik vermoedde dat we dezelfde bloedgroep hadden. In ieder geval waren er allemaal verslaggevers en camera's en ten slotte ben ik maar weggegaan.'

Ik glimlachte en begon toen te lachen. Ik kon het niet helpen.

'Wat is er zo grappig?'

'Dat jij, een politieman, bloed wilde geven aan een advocaat. Ik denk niet dat ze je nog in het clubhuis hadden toegelaten als ze het hadden geweten.'

Bosch glimlachte en knikte.

'Daar zal ik wel niet over nagedacht hebben.'

Toen verdween onze glimlach weer en het ongemakkelijke gevoel dat we vreemden waren, keerde terug. Ten slotte keek Bosch op zijn horloge.

'De teams die de verdachten gaan arresteren, treffen elkaar over twintig minuten. Ik moet ervandoor.'

'Oké.'

'Ik zie je nog wel, Haller.'

'En ik jou, rechercheur.'

Hij liep de trap af en ik bleef waar ik was. Ik hoorde dat hij zijn auto startte, optrok en de heuvel af reed.

55

Ik bleef daarna op de veranda en keek uit over de stad terwijl het licht eroverheen bewoog. Vele gedachten sijpelden door mijn hoofd en zweefden weg in de lucht, zoals de wolken daarboven, onaanraakbaar en van een verre schoonheid. Ik had het gevoel dat ik Bosch nooit meer zou zien. Dat hij zijn kant van de berg zou hebben en ik de mijne en dat dat alles zou zijn.

Na een tijdje hoorde ik de deur opengaan en daarna hoorde ik voetstappen op de veranda. Ik voelde dat mijn dochter naast me stond en ik legde mijn hand op haar schouder.

'Wat doe je, pap?'

'Ik kijk alleen maar.'

'Is alles goed met je?'

'Ja hoor.'

'Wat wilde die politieman?'

'Alleen maar praten. Hij is een vriend van me.'

We zwegen allebei even voordat ze verder praatte.

'Ik wou dat mam gisteravond bij ons was gebleven,' zei ze.

Ik keek op haar neer en kneep zachtjes in haar nek.

'Eén ding tegelijk, Hay,' zei ik. 'We hebben haar in elk geval zover gekregen dat ze pannenkoeken met ons heeft gegeten.'

Ze dacht erover na en knikte toen. Ze was het met me eens. Pannenkoeken waren een begin.

'Ik kom te laat als we nu niet weggaan,' zei ze. 'Nog één keer en ik krijg een slechte aantekening.'

Ik knikte.

'Jammer. De zon schijnt bijna vol op de oceaan.'

'Kom nou, pap. Dat gebeurt elke dag.'

'In elk geval ergens.'

Ik ging naar binnen om de sleutels te pakken. Ik sloot af en we liepen de trap af naar de garage. Tegen de tijd dat ik de Lincoln achteruit naar buiten had gereden en met zijn neus heuvelafwaarts had gericht, zag ik dat de zon goud spon op de Grote Oceaan.

Dankbetuigingen

In willekeurige volgorde wil de auteur de volgende mensen bedanken voor hun bijdragen aan de research voor en het schrijven van dit verhaal, die varieerden van klein tot ongelooflijk groot en onbaatzuchtig.

Daniel Daly, Roger Mills, Dennis Wojciechowski, Asya Muchnick, Bill Massey, S. John Drexel, Dennis McMillan, Linda Connelly, Jane Davis, Shannon Byrne, Michael Pietsch, John Wilkinson, David Ogden, John Houghton, Michael Krikorian, Michael Roche, Greg Stout, Judith Champagne, Rick Jackson, David Lambkin, Tim Marcia en Philip Spitzer.

Dit boek is fictie. Fouten in de weergave van de wet, bewijsmateriaal of rechtszaaltactieken zijn geheel voor rekening van de schrijver.